चाँदनी बेगम

उपन्यास

चाँदनी बेगम

क़ुर्रतुलऐन हैदर

अनुवादक

डॉ. वहाजउद्दीन अलवी

भारतीय ज्ञानपीठ

राष्ट्रभारती/लोकोदय ग्रन्थमाला : ग्रन्थांक 598

ISBN 978-93-263-5085-3

प्रकाशक :
भारतीय ज्ञानपीठ
18, इंस्टीट्यूशनल एरिया, लोदी रोड, नयी दिल्ली-110 003

मुद्रक : चार दिशाएँ प्रिंटर्स, नोएडा

आवरण : क़ुर्रतुलऐन हैदर

CHANDANI BEGAM
(Urdu Novel)
by Qurratulain Hyder

Published by
Bharatiya Jnanpith
18, Institutional Area, Lodi Road, New Delhi-110 003
Ph. : 011 24698417, 24626467; 23241619 (Daryaganj)
Mob. : 9350536020; e-mail : bjnanpith@gmail.com
sales@jnanpith.net, website : www.jnanpith.net

Eleventh Edition : 2018
Price : Rs. 250

उपन्यास के सोलह अध्याय

1. गुले-सुर्ख़
2. सनूबर फ़िल्म कंपनी
3. मधुमालती
4. कादंबरी
5. झाँकड़ बाग़
6. कजली बन
7. माउंटेन गोंड
8. शीरीं कासल
9. बोहेमियन गर्ल
10. चार खूँट में नौबत बाजी
11. डिस्कवरी ऑफ़ ए कल्चर हीरो
12. आल्हा ऊदल
13. क़सरे-शीरीं—ब्रेकफास्ट रूम
14. तीन कटोरी हाउस—बारादरी
15. टीपू सुल्तान बार
16. बिंतुलजबल

इस उपन्यास के सभी पात्र काल्पनिक हैं सिवाय 'राना साहब' के जो एक मिश्रित कैरेक्टर हैं।

विक्टोरिया मेमोरियल अपने अँग्रेज़ मालिक के साथ, रानी बादशाह बेगम, टीपू की औलाद और 'टाम साहब' (तामस ऐज़ली) वास्तविक हैं और कहानी में कहीं-कहीं उनका ज़िक्र है।

हरेंद्रनाथ चट्टोपाध्याय सरोजनी नायडू के भाई हैं।

'माना' का लेखिका को पता नहीं कि वह असली है या ख़याली!

चाँदनी बेगम

गुले-सुर्ख़

नदी-किनारे निचली ज़मीन का वह बड़ा हिस्सा रंग-बिरंग फूलों से पट गया है—गुल अब्बास, गेंदा, हज़ारा, सूरजमुखी और चाँदनी। बंजारे यहाँ पड़ाव करते हैं और जुम्मा धोबी कपड़े सुखाता है। अपने गधों को फूलों में चरने के लिए छोड़ देता है और अरहर की खेती भी करता है। कभी-कभार कोई टूटी हुई ज़ंग-लगी चीज़ हल की नोक से टकरा जाती है। वह उसे उठाकर ग़ौर से देखता है और मायूसी के साथ दूर फेंक देता है। भुरभुरी मिट्टी के अंदर केंचुए अपने काम में लगे रहते हैं—सारी उम्र अपने काम में मसरूफ़। ख़ैर, केंचुओं की क्या उम्र और क्या ज़िंदगी! मगर वे अपने घर बनाने में जुटे हुए हैं और गीली मिट्टी की नन्हीं-नन्हीं ढेरियाँ बनाते रहते हैं। एक तरफ़ ग्वालों और घोसियों ने सब्ज़ियाँ उगा ली हैं। बहुत ही उपजाऊ मिट्टी है। जिस फ़स्ल में जो चाहिए बोइए, उगाइए।

भारी-भरकम, सिल्वर ग्रे बाल, काले फ्रेम की ऐनक, मुँह में हवाना सिगार, कामियाब और मुतमव्वल[1] बैरिस्टर की क्लासिक तस्वीर। शेख़ अज़हर अली ज़मीन-जायदाद के पेचीदा मुक़द्दमे जीतने के लिए मशहूर थे। उनका बेटा क़ंबर अली नई चाल का नौजवान स्टूडेंट यूनियन में प्राइवेट प्रॉपर्टी के ख़िलाफ़ धुआँधार तक़रीरें करता। बाप के बरअक्स दुबला-पतला ज़र्द-रू, नाज़ों का पला इकलौता बेटा, ज़बान में थोड़ी-सी हकलाहट, जो लोगों का कहना था कि बाप के रोब-दाब की वजह से बचपन में पैदा हो गई थी। उस पर क़ाबू पाने के लिए ही उसने फ़न्ने-तक़रीर की मश्क़ की और रफ़्ता-रफ़्ता स्टूडेंट लीडर बन गया। उसकी माँ बदरुन्निसा अज़हर अली जो कि बिट्टो बाजी कहलाती थीं, सोशल रिफ़ॉर्मर थीं; ज़नाना जलसों में औरतों के हक़ूक़ पर स्पीचें देतीं। मुमताज़ ख़वातीन के जो वफ़्द[2] सुर्ख़ चीन, यूरोप या मिस्र वग़ैरह भेजे जाते उनमें शामिल होती थीं।

---

1. मालदार, 2. प्रतिनिधि मण्डल।

माँ-बाप और बेटा अपनी-अपनी जगह तीनों मुक़र्रिर[1] और ज़बानदाँ। क़ाज़ी के घर के चूहे सयाने, बैरिस्टर के पुराने मुंशी सोख़्ता नामी शायर थे। कुछ लोगों का ख़याल था कि बिट्टो बाजी की पेशख़िदमत अलहम्दो किसी डोमेस्टिक साइंस कॉलेज में लेक्चरर हो सकती है, क्योंकि वह कोठी के नौकरों को कंट्रोल में रखने के लिए सुबह से शाम तक फ़साहत[2]-ो-बलाग़त के दरिया बहाती रहती थी।

नौकरों की टोली अपनी सजधज से इस तरह की थी जैसे लखनऊ के कुम्हारों के बनाए हुए नौकर-नौकरानियों के नफ़ीस व नाज़ुक छोटे-छोटे मॉडल आतिशदान पर एक क़तार में रखे जाते थे, जिनका सेट अंग्रेज़ एक ज़माने में अपने साथ विलायत ले जाते थे।

शाही[3] में यह इलाक़ा शहर से बाहर और बैरिस्टर अज़हर अली के पुरखों की मिल्कियत था। अंग्रेज़ी राज होते ही इस तट पर कोठियाँ बनने लगीं। बैरिस्टर साहब के दादा ने अपनी ज़मीन का बड़ा हिस्सा बेचकर बची-खुची ज़मीन पर कोठी बनाई। आम और अमरूद का बाग़ लगवाया, इसके साथ कच्ची बंगलिया, अस्तबल, ज़मींदोज़ मुर्ग़ीख़ाना, धूपघड़ी, बहुत बड़ा सेवकालय[4] जिसमें अब अलाउद्दीन ड्राइवर, रमज़ानी ख़ानसामा, ईदू ख़िदमतगार अपने बाल-बच्चों के साथ रहते थे। बिट्टो बेगम की पेशख़िदमत अलहम्दो बेवा थीं। क्वार्टर के नुक्कड़ पर नत्था धोबी और उनके घरवालों का राज था। क़रीब ही उनकी भट्ठी थी। सामने भाँग के पौधे उग आए थे। भगवानदीन माली और फटकू चौकीदार बाग़ के कॉटेज में रहते थे। होली के दिन बूटी घोंटते और लहक-लहक कर गाते। बिट्टो बेगम भाँग की हरी-भरी खेती का सफ़ाया करवा देतीं, लेकिन वह फिर उग आती। भैंसों का बाड़ा किचन गार्डेन के नज़दीक था। हिरन और एक नील गाय भी वहीं पले हुए थे जो क़ंबर मियाँ के शिकारी दोस्त रघुवीर प्रसाद सिंह ने उनको लाकर दिए थे। बैरिस्टर साहब भी शिकारी थे। जंगलों से वापसी पर हिरन के कबाब की दावत की जाती। रमज़ानी जब कबाब बनाते, अलहम्दो फ़लसफ़ियाना[5] अंदाज़ में कहतीं—इस बेज़बान जनावर के नसीब! साधू इसकी खाल पर बैठें। शायर इसकी आँखों पर कबित्त बनावें—दुखिया जलकर कबाब!

कुछ लोगों के नसीब ऐसे थे कि उनको हर चीज़ मयस्सर[6] थी—कपड़े धुलवाने के लिए नदी, अपने बाग़ के फल और सब्ज़ियाँ, ख़िदमत के लिए घरेलू नौकर। गो अब कुछ चीज़ें सरकती जा रही थीं, जैसे उर्दू-रस्मुलख़त[7], तरक़्क़ीपसन्द तहरीक[8] और

---

1. मीठी बोली (खुशगोई), 2. शालीन बोलचाल, 3. किंग ग़ाजीउद्दीन हैदर (1835 ई० से लेकर 1857 ई० तक) जब अवध की नवाबी को ईस्ट इंडिया कंपनी ने शाही में बदल दिया था। 4. नौकरों के घर, 5.दार्शनिक, 6. उपलब्ध, 7. उर्दू-लिपि, 8. प्रगतिशील आंदोलन।

ख़ानदानों की अटूटता। ख़ानदान अब ऐसे हो गए थे जैसे नाक में मुर्ग़ी का पर—आधा इधर आधा उधर।

नदी के किनारे कोठी की चहल-पहल में चमन के सारे बासी शामिल थे—तोते, मैनाएँ, कोयलें, लालसरे। बैरिस्टर अज़हर अली नामी क़ानूनदाँ। बिट्टो बाजी मशहूर समाजी कार्यकर्ता। क़ंबर अली स्टूडेंट्स के नेता। सुबह से शाम तक भाँति-भाँति के आदमियों का ताँता बँधा रहता। पहले तालुक़ेदार अपने अनन्त मुक़द्दमों के सिलसिले में लंबी मोटरों से बरसाती में उतरते थे। हिंदू राजाओं के मोटे ताज़े गोद लिये हुए बेटे जो आम तौर पर 'बेबी' कहलाते थे, बग्घियों पर सवार रेशमी कुर्ते और झाग ऐसी धोतियाँ पहने हुए, हीरे चमचमाते आते थे।

अचानक सीन बदला। तालुक़ेदार व बेगमात कारों, पालकियों और बग्घियों समेत ग़ायब। बहुत जल्द ताँगे और एक्के भी ओझल हो गए। साइकिलों और रिक्शाओं की बाढ़ आ गई। उन पर सवार ऐसे मुवक्किल बस्ते थामे बरसाती में दाख़िल होते जिनकी इमलाक़[1] किसी एक रिश्तेदार के पाकिस्तान चले जाने से मतरूका[2] हुई मान ली गई थी। इनमें से बहुत-से ऐसे थे जो इससे पहले मोटरों पर आया करते थे।

जो बेदख़्ल किसान मतरूका क़रार दिए जाने वाले खेतों के सिलसिले में फ़रियाद लेकर आते, अज़हर अली निःशुल्क उनकी क़ानूनी मदद करते। वो बेचारे अक्सर बतौर नज़राना[3] उनके लिए डलिया में ताज़ा सब्ज़ी या गुड़ की भेलियाँ ले आते और इंतज़ार में सब्र से आम के पेड़ों के नीचे बैठे रहते। नमाज़ के वक़्त बाग़ के कोने में बनी छोटी-सी पुरानी टूटी मसजिद में जाकर नमाज़ पढ़ आते और फिर इंतज़ार शुरू कर देते।

बाग़ के दूसरे कोने में नदी की तरफ़ पीपल का बूढ़ा पेड़ था। उसकी जड़ में किसी ज़माने में किसी ने नदी से निकालकर एक काला गोल पत्थर गाड़ दिया था, उसके चारों तरफ़ लखौरी ईंटों का चबूतरा था। मुंशी भवानी शंकर, भगवानदीन और फटकू वहाँ पूजा-पाठ करते।

बेदख़्ल किसानों के अलावा कोठी पर नान व नुफ़क़ा (रोटी, कपड़े और बच्चों का ख़र्च) की मुहताज, तलाक़ दी हुई औरतों की भीड़ बढ़ी। 'लाला' के पौधों के बीच से गुज़रती खामोश काले बुर्क़ों वाली औरतें, अदब के रसिया क़ंबर अली को वह लोरका की किसी भयंकर स्पेनिश ट्रेजिडी की किरदार मालूम होतीं। अक्सर मुंशी सोख़्ता उनको बेगम साहिबा के पास अन्दर पहुँचा देते; वह उनके मसायल[4] हल करने की कोशिश करतीं। उन बेसहारा औरतों में से कुछ की लड़कियों ने हिंदुओं से शादियाँ कर ली थीं। बिट्टो बेगम के कमरे में अलहम्दो इस्तम्बोली ग़लीचे पर बैठकर हुस्नदान सामने रखकर सबके

---

1. जायदाद, 2. त्यागी हुई, 3. उपहार, 4. समस्याएँ।

लिए पान लगातीं और इज़हारे-ख़याल[1] करती जातीं, "बेगम साहब बरे क्या करो— लड़के गूलर का फूल हुए जा रहे हैं ! सब चले गए।"

चाँदी की थाली में पान रखकर बेगम साहब को पेश करतीं। वह बुर्क़ावालियों को भी देतीं जो उँगलियों में गिलोरियाँ थाम झुककर आदाब अर्ज़ करतीं, और उनमें से कोई एक कहती—

"अल्लाह बिट्टो बाजी, हमारी चार लड़कियाँ घर में बैठी हैं, कोई रिश्ते बतलाइए।"

वह सोचतीं—अल्लाह रखे हमारा एक ही लड़का है, यह दुखियारी लड़कियाँ बेशुमार। इनमें से किसी एक को ब्याह लावें तो कितना पुण्य कमाएँ !

क़ंबर अली अपने वालिद के इन मुवक्किलों की परेशान सूरतों को देखते-देखते ही अपने सियासी ख़यालात में ज़्यादा कट्टर होते गए। अंग्रेज़ से आज़ादी, बुर्जुआ जमहूरियत सब बकवास ! अब उनके मियाँ जान यह उम्मीद किस तरह कर सकते थे कि वह राजा अनवार हुसैन ऑफ तीन कटोरी की सबसे छोटी बेटी सफ़िया सुल्ताना से शादी करेंगे जिनकी उनसे ठीकरे की माँग थी ?

चले चलो कि वो मंज़िल अभी नहीं आई।

राजा साहेब के एक पुरखे ने कैथ के जंगल में किसी पैदल प्यासे गुदड़ीपोश को तीन कटोरी सत्तू पिलाया था। कहते हैं वह बुज़ुर्ग एक पहुँचे हुए फ़कीर थे। ख़ुदा का करना ऐसा हुआ कि कुछ दिनों के बाद ही उनके पुरखे को बादशाहे-वक़्त ने जागीर दी, जो तीन कटोरी राज कहलाता है।

राजा अनवार हुसैन से जलनेवाले उनकी तीन साहबज़ादियों को तीन कटोरी के नाम से याद करते। बड़ी ज़रीना सुल्ताना उर्फ जेनी की मियाँ से ठनी रही। वह कराची चले गए। जेनी अपने बच्चों शहला, आमिना और परवेज़ समेत मैके में रहती थीं। मँझली परवीन उर्फ़ पेनी का बी० ए० करते ही टेलीफ़ोन पर ब्याह हुआ। वह भी कराची सिधारीं। छोटी सफ़िया बहुत खूबसूरत थीं और बहुत पढ़ी-लिखी। लेकिन नौउम्री में पोलियो ने उनका बायाँ हाथ बेकार कर दिया था।

सफ़ेद रंग का तीन कटोरी हाउस और बैरिस्टर अज़हर अली की पीली कोठी तक़रीबन आमने-सामने थीं। बीच में रुपहली नदी। सफ़िया की सहेलियाँ कभी गुनगुनातीं, 'धीरे बहो नदिया धीरे बहो, हम उतरबा बार' तो पहले वह मुस्करा देती थीं, अब चिढ़ने लगीं। परवीन बाजी कराची से आती तो शिकायत करती, वहाँ हम पर लोग तंज़[2] करते हैं, कहते हैं तुम्हारे यहाँ की तो सब मुसलमान लड़कियाँ हिंदुओं से शादी कर

---

1. विचार प्रकट करना, 2. व्यंग्य।

रही हैं, अपनी छोटी बहन की ख़ैर मनाओ। हम बहुत समझाते हैं कि आठ करोड़ की आबादी में गिनती की चंद लड़कियों ने ऐसा किया तो इसे जनरलाइज़ न करो। आठ करोड़ में आधी अगर औरतें हैं और उनमें से आधी अगर बिन ब्याही, तो उनके ख़याल में दो करोड़ लड़कियों ने···मगर सही आँकड़े कौन देखता है !

रानी सौलत ज़मानी यह सब सुनकर दहला करतीं। सफ़िया नाक-भौं सिकोड़े बैठी रहतीं। बड़ी बजिया ज़रीना बात आगे बढ़ातीं—"और हमारे यहाँ के तो बेस्ट फ़ेमिलीज़ के एक से एक बढ़िया लड़के जो यहीं मौजूद हैं, इंडिया में एक से एक अच्छे ओहदों पर, वो अदबदाकर हिंदू लड़कियों से शादियाँ कर रहे हैं। कॉलेज, दफ़्तर, क्लब हर जगह तो वही उनको मिलती हैं।"

"अपनी लड़कियों को दमपुख़्त[1] रखिएगा तो यही होगा। इन्हीं बेचारी फ़ेनी को आप लोगों ने क़िलाबन्द कर रखा है।" परवीन उर्फ़ पेनी जवाब देतीं। वह कराची में रहकर बहुत मॉडर्न हो गई थीं। वहाँ जिमख़ाना क्लब में जाकर बालरूम डांस भी करती थीं।

तंग आकर सफ़िया सुल्ताना उर्फ़ फेनी ने तीन कटोरी हाउस की दूसरी मंज़िल पर 'सेंट जॉन्स कॉन्वेंट' का बोर्ड लगाया और स्कूल खोल लिया।

बेगम बदरुन्निसा अज़हर अली को नए हिंदुस्तान में जहालत और बेवक़ूफ़ी और अहमक़ाना[2] पश्चिमी तहज़ीब[3] के इस सैलाब ने बेहद दुःखी कर रखा था। एक शाम रानी साहिबा से मिलने आईं। बरसाती पर स्कूल का बोर्ड लगा देखा तो अंदर गईं। सफ़िया को आड़े हाथों लिया—"ग़ज़ब ख़ुदा का बिटिया, तुम तो ख़ुद सेंट एगन्सिएज़ की पढ़ी हो। इतनी जाहिल हो गईं? क्या तुम कैथोलिक नन बन गई हो और यह ख़ानक़ाह[4] क़ायम की है, पोप ऑफ़ रोम से इजाज़त लेकर? आख़िर यह तुम सब को हुआ क्या है? धड़ाधड़ यह बोगस कॉन्वेंट खुल रहे हैं।"

सफ़िया ने चिढ़कर जवाब दिया—"बिट्टो चची ! इंग्लिश मीडियम स्कूल अगर कॉन्वेंट न कहलाएँ तो लोग अपने बच्चे नहीं भेजते। अब तो यहाँ दुर्गादास कॉन्वेंट और अब्राहम लिंकन कॉन्वेंट भी खुल गए हैं। और चची, मैं अभी परवीन बाजी के पास कराची गई थी, वहाँ भी गली-गली कॉन्वेंट नज़र आए। वह तो इस्लामी मुल्क है। ख़ुद परवीन बाजी की चचेरी ननद ने स्कूल खोला है, उसका नाम रखा है पाक कॉन्वेंट।"

बिट्टो बाजी सर थामे बैठी रहीं—"डिपार्टमेंट ऑफ़ एजुकेशन भी इस कूड़मग़ज़ी और धाँधली पर कुछ नहीं करता?"

---

1. वह, खाना जो हाँडी के ढक्कन को आटे से मूँदकर पकाया जाता है ताकि भाप बाहर न निकले, बुर्क़ा-बंद, 2. मूर्खतापूर्ण, 3. संस्कृति, 4. आश्रम।

सफ़िया ने जवाब नहीं दिया। बेवक़्त की रागनी छेड़ना बिट्टो चची की पुरानी आदत थी। हमेशा किसी न किसी सुधार के पीछे! यह नहीं कि अपने हीरो बेटे को कुछ नसीहत करें।

युनीवर्सिटी छोड़ने के बाद नदिया के पार बसनेवाले सैयाँ जी बैरी हो गए। पुराने सिस्टम के खिलाफ़ ऐलाने-जंग[1] कर दिया।

इस मक़सद से एक पंद्रह-रोज़ा मैगज़ीन निकालने का इरादा किया। बाप ने लाडले बेटे को उसकी पसंद के हल्के-फुल्के काम में लगाए रखने के लिए मैगज़ीन के लिए, बड़ी रक़म का एक एकाउंट खोल दिया। वह पंडित जवाहरलाल नेहरू का गोल्डन एरा था, मैगज़ीन का नाम भी इसीलिए 'रेड रोज़' रखा। मैगज़ीन निकलते ही हिट हो गई।

तीन कटोरी ज़ब्त हो चुकी थी, मगर राजा साहब एक छोटे-से पहाड़ी होटल और कैथ के एक जंगल के अभी तक मालिक थे। छोटे साहेबज़ादे अबरार मियाँ उर्फ़ बॉबी की शादी एक कलेक्टर साहेब की बेटी से तय हो गई थी, जो चाहते थे कि रिटायर होकर अलीगढ़ में सेटेल होने से पहले अपने फ़र्ज़ से मुक्त हो जाएँ। दोनों जानिब तैयारियाँ शुरू हुईं। बिट्टो बाजी समाज-सुधार करते-करते थक गई थीं। एक-चौथाई सदी पहले यह फ़र्ज़ अपने ज़िम्मे लिया था। उस वक़्त उनकी समझ में न आया था कि कहाँ से शुरू करें। लेकिन निहायत ख़ैरख़्वाह क़ौमपरस्त[2] ख़वातीनों का एक गिरोह उनके साथ था। वह सब तरह के सुधारों में जुटी रहतीं। वह ज़माना भी अचानक ख़त्म हो गया। वो नेक बीवियाँ ज़्यादातर अपनी आख़िरी उम्र को पहुँचकर जन्नतनशीन और स्वर्गवासी हुईं। उनकी औलादें आदर्श के बजाय अपने फ़ायदे और समझौते की तरफ़ बढ़ीं।

सँभल के बैठ गए महमिलों[3] में दीवाने।

बिट्टो बाजी के शौहर और बेटे, दोनों उनकी तरह अब तक आदर्शवादी थे। एक दिन वह तीन कटोरी हाउस से वापस आईं तो बहुत ज़्यादा उदास थीं। शाम को डिनर-टेबल पर शौहर और बेटे से कहा—वह बात करती थीं तब भी लगता था कि तक़रीर कर रही हैं—"हमारी कम्यूनिटी के मौजूदा हालात यूँ ही अच्छे नहीं हैं, ऊपर से काहिली, बेज़ारी, बेहिम्मती ने लुटिया डुबो दी! और जो पैसेवाले हैं, उनके वहाँ वही अलल्ले-तलल्ले! एक तो सफ़िया सुल्ताना का कॉन्वेंट स्कूल देखकर जान जली। बॉबी मियाँ के ब्याह की तैयारियों में जो रुपया वो लोग बहा रहे हैं, उससे तो ग़रीब औरतों के लिए एक

---

1. युद्ध की घोषणा, 2. राष्ट्रवादी महिलाएँ, 3. ऊँटों पर स्त्रियों के बैठने के कजावे।

इंडस्ट्रियल होम खोल सकते थे।"

क़ंबर अली ने जवाब दिया—"अम्मीजान! इन ज़वालपरस्तों[1] से बहस फ़ुज़ूल है।" क़ंबर मियाँ अपनी गुफ़्तगू में जो नई परिभाषाएँ इस्तेमाल करते थे, वह बिट्टो बाजी ने भी सीख ली थीं। पैदावारी रिश्ते, ज़वालपरस्ती, रुजअत पसंदी[2], मेहनतकश अवाम का इस्तेहसाल[3]।

'अक़दार की शिकस्त[4] व रेख़्त' अभी चलन में नहीं आया था, न 'सनअती तमद्दुन में इनसान की तन्हाई और बेचेहरगी'[5]।

मुंशी भवानी शंकर सोख़्ता पुरानी चाल के आदमी थे। दूसरी सुबह सबेरे हाते में बने अपने पीपलवाले मंदिर से लौटकर अन्दर गए और शुभ घड़ी जान के बेगम साहब से बात शुरू की—"सरकार, राजा साहब के मैनेजर कालीचरन हमें कल अमीनाबाद में मिले थे।"

"अच्छा, कालीचरन नैनीताल नहीं गए? हमारा ख़याल था, राजा साहब ने उन्हें अपने होटल पर भेज दिया है।"

"वही तो कह रहे थे। बॉबी मियाँ के ब्याह के साथ-साथ अगर सफ़िया बिटिया के लिए भी तय हो जाए, तो वही नैनीताल लौटकर होटल के कमरे-वमरे उनके लिए ठीक करवा दें।"

"भवानी शंकर! भय्या रईसज़ादियों से बिदकने लगे हैं। अच्छा ज़रा उन्हें बुलाना तो सही!"

"सरकार! भय्या शरबरी देवी के साथ प्रेस गए हैं।"

बिट्टो बेगम के कान में घंटी बजी—शरबरी, करुना, सरिता, शोभा…

"यह भी तो नई हवा चली है भवानी शंकर!"

"हवा-सी हवा! झक्कड़ चल रहा है बेगम साहब!"

हमपल्ला[6] वालिदैन की बेटियाँ, जर्नलिस्ट—आर्टिस्ट, क्लासिकल डांसर…

इंटर-कम्यूनल शादियाँ अगर बहुत ऊँचे तबक़े में हो रही थीं, तो दोनों तरफ़ के हमरुतबा माँ-बाप आमतौर पर ख़ामोश रहते थे। बच्चों के नाम बे-माने[7] क़िस्म के कबीर, राहुल, समीर, मोना, सीमा, या रूसी नाम नीना, मीरा ज़ोया, नताशा रखे जाते। ईद-दीवाली बतौर कल्चरल फ़ेस्टिवल, उनके घरों पर मनाई जातीं।

क़म्बर अली लंच के लिए घर आए। खुद ही शरबरी का ज़िक्र छेड़ा : "आज शरबरी बहुत ही झुँझलाई हुई थीं।"

---

1. पतनवादी, 2. रूढ़िवादिता, 3 शोषण, 4. मूल्यों का भंग होना, 5. औद्योगिक सभ्यता में मनुष्यों का अपनी पहचान खो देना, 6. एक समान पद-प्रतिष्ठा के, 7. निरर्थक।

"क्या हुआ ?" बैरिस्टर अली ने पूछा।

"मियाँ जान[1] ! वह इंग्लिश डिपार्टमेंट में मॉडर्न लिटरेचर एम० ए० क्लास को पढ़ाती हैं। उनकी दो शागिर्दों की हो गई शादी। वह माँग में खूब सिंदूर रचा के आने लगीं। शरबरी इन दिनों सार्त्र पढ़ा रही हैं। उनसे कहा—जब तुम लोग माँग में इतना सिंदूर भरोगी, सार्त्र तुम्हारी समझ में क्या आएगा ?"

बैरिस्टर साहब मुस्कराए—"सिंदूर का सार्त्र से क्या ताल्लुक़ है ?"

"मियाँ जान ! सिंदूर हिंदू औरतों की गुलामी की निशानी है, दक़ियानूसियत का सिम्बल—हम लोगों के यहाँ काँच की चूड़ियाँ, हैदराबाद में काली पोथ, साउथ में मंगलसूत्र।"

"बेटा, सुहागिनों के लिए तो इन चीज़ों की बड़ी अहमियत है।" बिट्टो बेगम ने कहा।

"मर्द क्यों नहीं कुछ पहनते ? शादी के बाद नाक में सेफ़्टी पिन ही लटका लिया करें। शरबरी ने उन लड़कियों से कहा—सिंदूर पोंछ डालो, वरना मैं सार्त्र नहीं पढ़ाऊँगी।"

"है…है ! हिंदू सुहागन सिंदूर पोंछ डाले ! यह तुम्हारी शरबती तो दीवानी मालूम होती है और खुद ब्राह्मण बंगालन।"

"अम्मीजान ! औरतें बेवा हो जाएँ तो चूड़ियाँ तोड़ डालें, सफ़ेद कपड़े पहनें। सारे सिम्बल इन्हीं के लिए हैं।"

बैरिस्टर साहब प्यार से मुस्कराते रहे।

"अपनी-अपनी तहज़ीबी[2] रवायात[3] का एहतराम[4] करना चाहिए अगर वो नुक़सानदह न हों।" उन्होंने कहा।

"सिंदूर नुक़सानदह नहीं है ? इसे लगाकर एक औरत मॉडर्न माइंड की मालिक कैसे हो सकती है ?"

शेख साहब लाडले बेटे की बातों से बहुत लुत्फ़-अंदोज़ हुए। खाना ख़त्म करके कोर्ट चले गए। बिट्टो बेगम ने बेटे से दरियाफ़्त किया—"यह शरबरी का चक्कर है क्या ?"

वह जब नर्वस होते थे, ज़रा-सा हकलाने लगते थे—"यह…हमारी…का…कामरेड है।"

"शादी-वादी का कुछ इरादा है ?"

"क़तई नहीं। झक्की है।"

"कोई सही दिमाग़ की लड़की तलाश करें, जो सुर्ख़ काँच की चूड़ियाँ पहनने पर

1. पिता को आदर से कहते हैं, 2. सांस्कृतिक, 3. परंपरा, 4. सम्मान।

एतराज़ न करे ?"

"ज़रूर ! मगर दो शर्तें हैं—नंबर एक कम-से-कम एम० ए०, नंबर दो ग़रीब घराना और नंबर तीन ख़ूबसूरत।"

"शादी के दिन माँग में अफ़शाँ चुनने की इजाज़त है ?"

"ओ० के०। मगर निकाह के वक़्त नाक में नथ हरगिज़ न पहने, गाय-भैंसों की तरह—औरतों की ग़ुलामी का सिम्बल।"

"माँ-बेटे मिलकर घर को साबरमती आश्रम बनाए दे रहे हैं। अब हम अनवार हुसैन को क्या जवाब दें ? भवानी शंकर, कोई तरकीब बतलाओ।" बैरिस्टर अली ने मुंशी सोख़्ता से कहा—"अब सुनिए कि बेगम साहिबा आज ज़फ़रपुर तशरीफ़ लिये जा रही हैं किसी ग़रीब लड़की की तलाश में।"

"यहाँ कुछ कमी है ?"

"फ़रमाती हैं चैरिटी घर से शुरू करनी चाहिए।"

अलीमा बानो बिट्टो बाजी की बचपन की सहेली थीं। बड़ी ही मुसीबत की मारी। उनकी भी वही कहानी—शौहर पाकिस्तान फ़रार हुए, वहाँ से तलाक़ लिख भेजी। अलीमा बानो ने मैट्रिक शादी से पहले किया था, अब बी० ए०, बी० टी०। स्कूल में नौकरी करके बेटी को एम० ए०, बी० एड० करवाया। दोनों माँ-बेटियाँ क़स्बा ज़फ़रपुर में अपने पुरखों के खँडहर के बचे दो कमरों में रहती थीं और एक प्राइवेट कॉलेज में पढ़ा रही थीं। कॉलेज की मालिक और प्रिंसिपल डेढ़-डेढ़ सौ रुपया की मासिक रसीदें उनसे लेतीं और अस्सी-अस्सी रुपए दोनों को थमा देतीं।

ज़फ़रपुर बिट्टो बेगम का मैका था। हमेशा की तरह अपने छोटे भाइयों के घर उतरीं। अलीमा बानो से मिलने गईं। उनसे कुछ गोल-मोल बात की। अलीमा बानो को अपने कानों पर यक़ीन न आया। बिट्टो बाजी ने उनकी लड़की को उसके बचपन के बाद अब देखा। बहुत प्यारी शक्ल की बच्ची थी। बस एक नुक्स[1] ज़रूर था। मोटे शीशों की ऐनक ने आधा चेहरा छुपा रखा था। ख़ैर, धब्बे तो चाँद पर भी हैं। क़ंबर अली भी तो कोई ऑयल पेंटिंग नहीं थे।

"बहन, क्या करूँ ! लगातार तंगी···बिजली कट गई। लालटेन की रोशनी में

1. कमी।

पढ़ाई करके इसने अपनी आँखें फोड़ लीं।"

बिट्टो खामोश रहीं। बच्ची हर तरह से अच्छी थी। क़ंबर की दोनों शर्तों पर पूरी उतरती थी। इसके अलावा ग़रीब घर की लड़की—दब के रहेगी।

तस्वीर जिसमें वह गाउन पहने डिग्री का रोल हाथ में लिये खड़ी थी, लखनऊ वापस आकर क़ंबर मियाँ को दिखलाई। तस्वीर में उसने ऐनक उतार दी थी। क़ंबर मियाँ देखते-के-देखते रह गए—"बस ऐसी लड़की तो हम चाहते हैं—पढ़ी हुई और ग़रीब घर से ताल्लुक़ रखनेवाली।"

"ऐसा-वैसा ग़रीब! एक एजुकेशनल शार्क कॉलेज-प्रिंसिपल के रूप में इन माँ-बेटियों की और इन-ऐसी बहुत-सी टीचरों की मजबूरी का फ़ायदा उठा रही है।" बिट्टो बेगम ने फिर एकदम तक़रीर शुरू कर दी—"तुम अगले महीने के पर्चे में प्राइवेट स्कूलों, कॉलेजों के इस रैकेट पर एक ज़ोरदार नोट भी लिखो।"

"यक़ीनन[1] अम्मीजनियाँ, और हम पहली फ़ुर्सत में आपके साथ ज़फ़रपुर भी चलेंगे। उस बहादुर बा-हिम्मत सिपाही लड़की से मिलेंगे और अगर पसंद आई, और क्या वजह कि पसंद न आए तो उससे शा···शादी भी करेंगे।"

बैरिस्टर अज़हर अली कमरे में आ चुके थे। क़ंबर अली के बाहर जाने के बाद उन्होंने बीवी से पूछा, "यह तुम लोग क्या अड़ंग-बड़ंग हाँक रहे थे?"

"आप देखते जाइए। फिलहाल शरबरी देवी की तरफ़ से ध्यान हटाने को ख़याल अच्छा है।"

क़ंबर मियाँ 'रेड रोज़' के सालनामा[2] की तैयारियों में बहुत ज़्यादा मसरूफ़[3] थे। ज़फ़रपुर वाली लड़की के इस ज़िक्र को भुला दिया। उनकी माँ अपने ग़ैर-मुल्की सफ़र के बंदोबस्त में लग गईं। ख़वातीन की आलमी[4] कॉन्फ्रेंस में शिरकत के लिए जिनेवा गईं। मास्को और ताशकन्द होती हुई लौटीं तो देखा कि शौहर पर फ़ालिज गिर चुका है।

बैरिस्टर अज़हर अली छह महीने की बीमारी के बाद खुदा को प्यारे हुए।

बिट्टो बाजी चुने हुए अबरक़ के रंगीन दुपट्टे, बढ़िया रेशमी ग़रारे, कानों में चंबेली के फूल, कलाइयों में सुर्ख़ या सब्ज़ काँच की चूड़ियाँ, खुशरंग[5] रेशमी साड़ियों के लिए मशहूर थीं। अब सफ़ेद खादी, सिल्क की साड़ी या सफ़ेद ग़रारे के जोड़े में बुझकर रह गईं। रानी सौलत ज़मानी, दूसरी सहेलियों और सबसे ज़्यादा अलहम्दो के इसरार पर कि अल्लाह रख़े जवान बेटे की माँ हैं, खुदा उसकी हज़ारी उम्र करे, उन्होंने काँच की चूड़ियाँ

---

1. अवश्य, 2. वार्षिकांक, 3. व्यस्त, 4. अंतरराष्ट्रीय, 5. चटक रंगों की।

अलबत्ता नहीं तोड़ीं। इद्दत[1] गुज़ारकर अपना ग़म ग़लत करने के लिए और भी ज़्यादा लगन के साथ भलाई के काम में जुट गईं। औरतों के हुक़ूक़ पर होने वाले एक सेमिनार की सदारत करने दिल्ली गईं। वापसी पर ज़फ़रपुर उतरीं। क़स्बे के रेलवे-स्टेशन से बाहर आकर ताँगा किया। भाइयों के घर पहुँचीं। बरोठे के दरवाज़े पर मोटा-सा ताला पड़ा था। धक से रह गईं। एक जुलाहा पीठ पर गट्ठर लादे आवाज़ लगाता गली में से गुज़रा। उनको देखकर चुप रहा; सलाम करके आगे निकल गया। बिट्टो बेगम का सर चकराया। आँखों-तले अँधेरा छा गया। ताँगे का डंडा पकड़ा। कोचवान को दूसरे मुहल्ले का पता बताया, जहाँ एक दूर के रिश्तेदार रहते थे।

बन्ने चचा बरसाती में मोंढा बिछाए ताज़ा अख़बार पढ़ रहे थे। बिट्टो के सलाम का जवाब देकर उस जुलाहे की तरह वह भी ख़ामोश रहे। फिर धीरे से बोले, "क्या बतलाएँ बिट्टो बी, हमने बहुत मना किया मगर माने ही नहीं! कहने लगे फ़ौजें आमने-सामने ठनी खड़ी हैं, इससे पहले कि रास्ते बंद हो जाएँ...हमने बहुत समझाया—मियाँ, यहाँ जमे-जमाए बैठे हो, मगर उन पर धुन सवार थी। बड़े तो बेटी की चाहत में गए। ब्याह कर इतनी दूर क्वेटा भेज दी। जब से उठते-बैठते माँ-बाप उसे याद करते थे। ऊपर से उसकी बीमारी का तार आया। बस एकदम चल पड़े। छोटों ने कहा चलिए, हम भी आपके साथ ही चले चलें।"

"मुझे इत्तिला[2] तो कर देते! ऐसे ख़ून सफ़ेद हुए..."

"नहीं बिट्टो..."

"इनके तीजे-चालीसवें[3] में सब आए थे तब भी ज़िक्र न किया!"

"नहीं बिट्टो! ज़िक्र इसलिए नहीं किया कि तुम रोकतीं, ज़िद करतीं कि न जाओ। वह तुम्हारा दिल नहीं तोड़ना चाहते थे।"

"अब तो बड़ा दिल जोड़कर गए हैं!" बिट्टो बेगम ने सिसकी भरी।

बन्ने चचा ने उनके कंधे पर हाथ रखा—"चलो, अपनी चची के पास चलकर आराम करो।"

बन्नी चची बरोठे में बैठी खेतों से आया हुआ ग़ल्ला तुलवा रही थीं। सलाम का जवाब देकर वह भी ख़ामोश रहीं। बिट्टो उनके नज़दीक पीढ़ी पर बैठ गईं।

"पिछली बार यूरोप जाते हुए रुकी थी। मँझले का कुछ सामान बँधा देखा, तो

---

1. तीन महीना दस दिन का समय जो हर एक मुस्लिम विधवा नारी को अपने पति के घर में गुज़ारना आवश्यक है, 2. सूचना, 3. किसी मुस्लिम की मृत्यु के तीसरे और चालीसवें दिन किया जाने वाला धार्मिक अनुष्ठान।

उनकी दुल्हन फ़ौरन बोलीं—नैनीताल की तैयारी है। मैंने यह न सोचा कि यह पहाड़ का कौन सीज़न है? इसका मतलब है इन्तज़ाम जभी से शुरू कर दिए थे।"

गोलू ने चाय की ट्रे लाकर फ़र्श पर रख दी। वहाँ मक्खियाँ भिनभिनाने लगीं।

"तौबा है! यह गन्ने का सीज़न कमबख़्त आया और सारे ज़फ़रपुर पर मिट-गई मक्खियों ने हल्ला बोला। चलो, अंदर चलो!" बन्नी चची ने कहा। यह रुहेला घराना पछवा उर्दू बोलता था।

बड़े कमरे में छोटी बहू के दहेज में लाया हुआ सनमाइका का फ़र्नीचर चमचमा रहा था। गोदरेज की अलमारी के ऊपर नए कमख़्वाब[1] के ग़िलाफ़[2] में लिपटे क़ुरआन शरीफ रखे थे; दीवारों पर नए-पुराने कलेंडर। ऊन के गोले से खेलती विलायती बिल्ली की तस्वीर। अल्लाह रसूल के तुग़रे[3]। कारचोबी[4] झालर वाले आतिशदान के ऊपर शीशे के केस में जापानी गुड़ियाँ। जमा-जमाया घर। बिट्टो बेगम ने मसहरी पर बैठकर आँखें बंद कर लीं। क्रोशिया के मेज़पोश से ढके रेडियो सेट का बटन दबाकर बन्नी चची की लड़की ने देहली लगाया—ख़बरें आ रही थीं। अचानक बिट्टो बाजी का नाम सुनाई दिया—"गोष्ठी का उद्घाटन करते हुए बेगम अज़हर अली ने कहा—

"अरे बिट्टो का नाम आ रहा है! अरे आयशा, जल्दी से उनको बुलाकर ला—ख़बरों में बिट्टो का नाम आ रहा है!" बन्नी चची चिल्लाईं।

बन्ने चचा दौड़े-दौड़े आए। उस वक़्त सेमिनार के मुताल्लिक़ ख़बर ख़त्म हो चुकी थी।

"ओहो! हम न सुन सके।" उन्होंने सर हिलाकर कहा, "वैसे हम तुम्हारी सारी तक़रीरें रेड़ियो पर सुना करते हैं।"

"बैठिए बन्ने चचा!" बिट्टो ने उकताहट से कहा।

ये दोनों बेचारे उनका दिल बहलाने की पूरी कोशिश कर रहे थे।

बाहर दीवार के नीचे मैदान में कुछ बच्चे टेसू लिये जा रहे थे—टेसुआ कुरकुरे टेसू मुरकुरे। दिल्ली पर है काला कोट, मार सिकंदर कारी चोट!

बन्ने चचा ने सर हिलाया।

"बे-सोचे-समझे अब तक ऐसे गीत गा रहे हैं। इन्हीं लोगों ने तो इस्किज़ की क़ौम को वेलकम किया था—हालात का बहाव इतना तेज़ है। कितने काम दुनिया में बे-सोचे-समझे होते हैं।" उन्होंने आह भरी—"और अगर सोच-समझ के भी करो तो क्या फ़र्क़ पड़े है!"

बिट्टो बेगम तकिए के सहारे आधी लेट गईं। हाथ से मक्खियाँ हटाईं।

"सारे क़स्बे में शीरे की महक फैल गई है। तुमको इस महक की आदत नहीं

---

1. एक कीमती कपड़ा, 2. कवर, 3. अरबी लिपि में लिखे हुए पवित्र नाम या क़ुरआन की पंक्तियाँ, जो आर्टिस्टिक डिज़ाइन में लिखी हों, 4. क़सीदाकारी।

रही।" बन्ने चचा ने नर्मी से कहा।

"इस साल मेरे यहाँ भी गन्ने की फ़स्ल ख़ूब हुई। अल्लाह के फ़ज़ल-ो-करम से दूसरी खंडसार ने भी काम शुरू कर दिया है।"

"मुबारक हो!"

इसी तरह उनके तीनों भाई उनको अपनी फ़ार्मिंग के मुताल्लिक़[1] बतलाया करते थे। फिर दिल में हूक-सी उठी—जाने वहाँ पहुँचकर क्या करेंगे परदेस में!

बिट्टो बेगम को उनके प्यारों की इस बे-मुरव्वती और बेवफ़ाई से सख़्त ज़ेहनी धक्का लगा था। शौहर की मौत का ग़म हरा था; इन सब का जाना भी हमेशा की जुदाई के बराबर ही था। एक बार गए तो गए! जब भी आएँगे तो अजनबियों की तरह, उखड़ी-उखड़ी तंज़िया[2] बातें करते। ऐसे मंज़र[3] वह दूसरों के घरों में बहुत देख चुकी थीं।

शाम को उन्होंने पर्चा भेजकर अपनी सहेली अलीमा बानो को बुलवा भेजा। अँधेरा पड़े वह आईं।

"बिटिया को साथ नहीं लाईं?" बिट्टो बेगम ने पूछा।

अलीमा ख़ामोश रहीं। जब लड़की के लिए बेटे का पैग़ाम[4] दे चुकी हैं तो साथ लाने का क्या मतलब? अब हम ग़रीब हैं तो क्या बेग़ैरत भी हो गए कि लड़की होने वाली सास को सलाम करने हाज़िर हो जाए? या यह विलायत के चक्कर लगा-लगाकर खुद भी अंग्रेज़ हो गई हैं?

बिट्टो ने कहा, "अलीमा! वह सब भाग गए, तुमको भी ख़बर न की?"

अलीमा बोलीं, "वह मुझसे कौन-सा मेल-जोल रखते थे? माफ़ करना बिट्टो, तुम्हारी भावजें-भतीजियाँ तुमसे बहुत अलग थीं। हम ग़रीबों से उनका क्या मेल?"

बिट्टो ने कोई जवाब न दिया। हाथ हिला-हिलाकर चेहरे से मक्खियाँ उड़ाती रहीं। फिर आहिस्ता से बोलीं, "अलीमा, मेरे मियाँ अल्लाह के घर गए। मैके वाले परदेस सिधारे। अब तुम मेरी मुँहबोली बहन ही यहाँ रह गई हो। चलो ख़ैर, अब हम-तुम ही मिल-बाँटकर ज़िंदगी गुज़ार लेंगे।"

अलीमा ने सर हिलाया। दिल में उम्मीद की शमा रौशन हुई। अब तो यक़ीनन यह बहुत जल्द मेरी बच्ची को बहू बनाकर लखनऊ ले जावेंगी।

बिट्टो कुछ न कह पाईं। यकबारगी फिर रोने का दौरा पड़ा, हिचकी बँध गई।

बन्नी चची बावर्चीख़ाने से भागी आईं। बन्ने चचा बाहर से आकर दरवाज़े में ठिठक गए। एक हाथ ऊपर की चौखट पर रखा, नर्मी से बोले, "रोने दो, जी हल्का होगा।"

अलीमा ने दुपट्टे की ओट से पर्दा किया। वह फ़ौरन वापस गए। बिट्टो पर नींद

---

1. विषय में, 2. व्यंग्यात्मक, 3. दृश्य, 4. रिश्ता।

का ग़लबा[1] तारी हुआ। बिजली ग़ायब हो गई।

"तौबा है, सारी बिजली तो डूबी फैक्ट्रियों में जा रही है।" बन्नी चची बड़बड़ाईं।

आयशा ने लैंप और लालटेनें जलाईं।

अलीमा ने धीमी रोशनी में अपने चप्पल तलाश किए जो तख़्त के नीचे अंदर को सरक गए थे। बुर्क़ा सर पर डाला। बन्नी चची से कहा, "मेरी लड़की अकेली बैठी होगी। मैं चलूँ, कल आऊँगी।"

दूसरी सुबह बिट्टो सोकर उठीं तो तेज़ बुख़ार में भुन रही थीं। डॉक्टर आया। उन्होंने दवा पीने से इनकार किया। रोते-रोते एकबारगी चिल्लाने लगीं, "हाय, मुझे सब छोड़ गए! मियाँ भी छोड़ गए, भय्ये भी! मैं अकेली रह गई! हाय, मैं अकेली···"

"तौबा करो बिट्टो!" बन्ने चचा ने डाँटा, "तुम्हारा बेटा ज़िंदा सलामत रहे। ऐसे क्यों चिल्ला रही हो? अब बस करो!"

"अच्छा, अब नहीं चिल्लाऊँगी। उन सबको मैंने बीबी सय्यदा[2] की चादर में दिया।" आँसू पोंछे और चुपकी पड़ रहीं। कुछ देर बाद सोते में बड़बड़ाईं, "बाप-दादा की क़ब्रें भी छोड़ गए।"

चची एक पाँव फ़र्श पर टिकाए दूसरा अपने पलँग पर रखे, सर झुकाए बैठी पान लगा रही थीं। जवाबन बड़बड़ाईं, "क़ब्रें कौन साथ ले जा सके है!"

बिट्टो बेगम की दशा सरसामी हो गई। बन्ने चचा ने अपनी शीरे की फ़ैक्ट्री जाकर क़ंबर अली को ट्रंक-काल किया। तार दिए। वह कलकत्ता गए हुए थे, मुंशी सोख़्ता अपने गाँव। इधर धूप तेज़ होते-होते बिट्टो बेगम चल बसीं। डॉक्टर ने कहा— दिमाग़ की रग फट गई थी।

बाप-दादा की हड़वाड़ में दफ़्न करने का बंदोबस्त किया गया। अँधेरा पड़े जनाज़ा उठाए, कलमा[3] पढ़ते थोड़े-से सोगवारों[4] का जुलूस उनके मैके की सुनसान गली में से निकला। गन्ने के छिलके और बेरस सूखी गंडेरियाँ धूल-भरे रास्ते पर बिखरी हुई थीं। बन्ने चचा गैस की लालटेन थामे आगे-आगे चल रहे थे।

शहर वाले अभी बैरिस्टर अज़हर अली की मौत का ग़म न भूले थे। बिट्टो बाजी जैसी दर्दमंद और हरदिल-अज़ीज़[5] ख़ातून की अचानक मौत से कुहराम मच गया। वह काले बुर्केवालियाँ उनके चालीसवें के रोज़ आख़िरी बार लाला के फूलों के बीच देखी गईं।

1. नींद आने लगी, 2. हजरत मुहम्मद साहेब की सुपुत्री बीबी फ़ातिमा की चादर में देने का अर्थ यह है कि उनकी हिफाज़त में दिया, 3. पवित्र धार्मिक पंक्तियाँ, 4. शोक-संतप्तों, 5. सर्वप्रिय महिला।

अलहम्दो और ज़ैतून उजड़ी-उजड़ी-सी सारे इंतज़ामात करती फिरीं। कुरआन-ख़्वानी[1] और फ़ातिहा के खाने के बाद शोक करनेवालों की भीड़ रुख़सत हुई। क़ंबर मियाँ बरामदे में आरामकुर्सी पर आधे लेटे हुए सिगरेट फूँका किए। भवानी शंकर सर झुकाए कुएँ की मुँडेर पर बैठे थे। बेगम साहब दुल्हन बनकर इस घर में जब आई थीं, वह खुद लड़के-से थे। उनकी भी नई-नई शादी हुई थी। अपनी छम-छम करती दुल्हन को गाँव से यक्के पर बिठालकर सलाम करवाने लाए थे। चालीस साल उन्होंने बैरिस्टर साहेब के दफ़्तर में मुंशीगीरी की। चालीस बरस इन्हीं मसलों और मुवक्किलों के साथ गुज़ारे। क़ंबर मियाँ को गोद में खिलाया। कंधे पर बिठालकर सिकंदर बाग़ की सैर कराई। स्कूल पहुँचाने गए। उनके माँ-बाप की तरह उनकी हर ज़िद पूरी की। माँ ने तो लाड-प्यार में उनका कबाड़ा कर दिया था। मुंशी जी ने भी कसर नहीं छोड़ी थी। अब माँ के मरने के बाद यह दुनिया का मुक़ाबिला कर पावेंगे? मैग़जीन की एडीटरी करना और बात है।

नौकर अब अलहम्दो के कंट्रोल से आज़ाद हो गए थे। वह पिछले बरामदे में जाकर चिल्लातीं—"रमज़ानी, यह तुमने आज क्या ढब-ढब क़लिया पकाया है? भय्या ने चख के छोड़ दिया!" कभी ईदू बैरे को डाँटतीं—"अरे ओ चंबल घाटी वाले! गोल कमरा साफ़ किया या बेगार टाली है?" कभी दौड़ी-दौड़ी जाकर भवानी शंकर से शिकायत करतीं—"मुंशी जी! भय्या पहले दोस्त-एहबाब में पीते थे। अब घरे पर बैठकर पीने लगे हैं। आपसे डरते हैं। आप जब अपनी बुर्जी में जाकर सो जाते हैं तब..."

क़ंबर मियाँ ज़्यादा तन-मन-धन से 'रेड रोज़' में जुट गए। रिसाले[2] का दफ़्तर कोठी में ले आए। एक बरामदे के दरों को प्लाईवुड से बंद करके उसमें न्यूज़रूम बनाया गया। मुवक्किलों के वेटिंग-रूम में असिस्टेंट एडीटर बैठा। पंद्रह-रोज़ा से रिसाला हफ़्तावार हुआ। उर्दू एडीशन 'गुले सुर्ख़' और हिंदी 'लाल गुलाब' छपने लगे। स्टाफ़ की तादाद को बढ़ाया। वालिदैन के मरने के बाद घर पर एकदम जो सन्नाटा छाया था, वह एक बार फिर चहल-पहल में बदल गया। पहले फूलों से लदे हुए पेड़ों के नीचे मुवक्किल बैठे नज़र आते थे, अब सहाफ़ी, सियासी कारकुन और हिंदी के तरक़्क़ीपसंद[3] अदीब और शायर। आए दिन 'रेड रोज़' के फ़ोरम के तहत अदबी[4] और सियासी सेमिनार और जलसे होने लगे।

बैरिस्टर अज़हर अली की कोठी का नाम ही 'रेड रोज़' पड़ गया; अवाम में 'लाल कोठी'।

---

1. कुरआन का पाठ, 2. मैग़जीन, 3. प्रगतिशील लेखक व कवि, 4. साहित्यिक।

सनूबर फ़िल्म कंपनी

गुलाब रंग जाड़ों की एक सुबह क़ंबर अली अपने दफ़्तर में (जो पहले उनके मियाँ जान का शानदार ऑफ़िस-रूम था) बैठे 'रेड रोज़' के लिए रूस की नई विदेशी पॉलिसी पर एडीटोरियल लिखने में डूबे हुए थे कि मुंशी भवानी शंकर सोख़्ता ने चिक़ उठाकर झाँका।

"भय्या। यक तायेफ़या कंजराँ आमद अस्त[1]।" अंदर आकर कार्ड पेश किया।

> मास्टर आई० बी० मोगरे
> म्यूज़िक डायरेक्टर
> अमानी बिल्डिंग। अंधेरी। बंबई।

आँखों में सुर्मा। माँग पट्टी। दुपल्ली टोपी। नुकीली मूँछें। बूटीदार अचकन[2]। चूड़ीदार पाजामा। सलीमशाही जूते। हाथ में पान की डिबिया और लंबी डोरी का बटुआ। साथ एक ख़ातून। दोहरा बदन। गोरी-चिट्टी। आम की फाँक ऐसी आँखें। मेहँदी से रँगे सुर्ख़ बाल। कासनी नायलोन की साड़ी। सुनहरे सैंडिल।

एक टेडी गर्ल। नाज़ुक बदन। साँवली-सलोनी। चुस्त कमीज़। चूड़ीदार पाजामा। कटे हुए बाल। उदास सूरत। साँवली रंगत पर सफ़ेद पाउडर।

एक टेडी ब्वॉय। दिलीप-कट बाल। चमकीली क़मीज़, काली तंग पतलून। सुनहरी बेल्ट। गले में मोटी ज़ंजीर लॉकेट के साथ जिसमें बड़ा-सा 'अल्लाह' लिखा था। एक हाथ में कड़ा। नुकीले एड़ीदार बूट।

---

1. कुंजड़ों की एक मण्डली आई है। 2. शेरवानी की तरह का पहनावा, जिसकी सिलाई व कटाई शेरवानी से थोड़ी-सी भिन्न होती है।

क़ंबर हक्के-बक्के रह गए। लगता था एक मज़ाहिया[1] ड्रामा शुरू होने वाला है। पहले सीन में सारे किरदार स्टेज पर नमूदार[2] हुए हैं। जब मियाँ जान ज़िंदा थे, इस तरह के थियेट्रिकल लोग भी अपने मुक़द्दमे लेकर उनके पास आया करते थे। यह मंडली बहुत दूर के शहर से आई थी, इसलिए इनको बैरिस्टर साहेब की मौत की अब तक ख़बर नहीं हुई थी। मास्टर मोगरे कोरनिश बजा लाए। झुककर सलाम किया।

"आदाब अर्ज़ है। माफ़ कीजिएगा, उस्ताद ! मेरे वालिद साहेब का इंतिक़ाल हो चुका है।" क़ंबर मियाँ ने जवाब दिया।

"अल्लाह जन्नत नसीब करे ! गुलाम आपकी ख़िदमत में हाज़िर हुआ है, मिस्टर अबरार हुसैन ऑफ तीन कटोरी राज के हुक्म पर।"

गॉड····डैम हिम !—क़ंबर ने दिल में आहिस्ता से कहा।

"बिरादरी में एक जश्न था। उसमें शामिल होने के लिए बहुत ज़माने के बाद इस लखनऊ शहर में नाचीज़ का गुज़र हुआ। एक रात की महफ़िल में मिस्टर बॉबी मियाँ से मुलाक़ात हुई। अपने-अपने शौक़ का ज़िक्र हुआ। उन्होंने फ़रमाया हमारे पुराने दोस्त शेख क़ंबर अली रेड रोज़ से ज़रूर मिल लीजिए। वह मदद फ़रमाएँगे। अपनी पार्टी का तआरुफ़[3] कराया—

"वाइफ़—चँबेली बेगम नाज़ (फ़िल्मस्टार एंड पोयटेस)

"डॉटर—बेला रानी शोख़ (रेडियो सिंगर एंड पोयटेस)

"सन—परीज़ादा गुलाब (कॉमेडियन)"

वाइफ़ और सन ने झुक-झुककर सलाम किया। डॉटर जली-भुनी बैठी रहीं। पहली बार क़ंबर अली ने नोटिस किया कि वह बेइन्तिहा बेज़ार और झेंपी हुई नज़र आ रही थी।

चँबेली बेगम नाज़ बोलीं, "पहले हम भी रेडियो पर गाते थे। लखनऊ से प्रोग्राम कर चुके हैं। मून शाइन थियेट्रिकल कंपनी ऑफ काठगोदाम।"

क़ंबर मियाँ अचानक हंस पड़े। याद आया एक ज़माने में इस फ़र्ज़ी कंपनी की तरफ़ से रेडियो पर ऑपेरा नश्र[4] किए जाते थे। मून शाइन !····पल की पल में वह अपने बचपन में वापस पहुँच गए। अम्मी जनियाँ बड़े शौक़ से यह प्रोग्राम सुना करती थीं और वह अक्सर उनके साथ पिक्चर भी जाते थे। क़ैसर बाग़ में एलफ़िंस्टन सिनेमा पर एक बोर्ड लगा रहता था 'संत तुलसीदास'। गगरी सँभाले लीला चिटनस बी॰ए॰ और उस पर बड़ा-सा नीले रंग का नं॰ 3, यानी तीसरा हफ़्ता। ओफ़्फ़ोह ! कितनी पुरानी बात थी ! और बालों में पत्ते उड़से कानन बाला और जमुना और राम प्यारी—क़ंबर मियाँ ने पल की पल के लिए आँखें बंद कीं। उँगलियों पर माथा टकोरकर क़लम से खेलने लगे, फिर आँखें खोलीं।

मास्टर मोगरे ने उनको नर्म पड़ते देखा। फ़ौरन बोले—

---

1. हास्य, 2. प्रकट, 3. परिचय, 4. प्रसारित।

"जी हाँ हुज़ूर, मून शाइन थियेट्रिकल···इसके लिए बुलबुले-बंगाल जहाँआरा कज्जन कलकत्ता से बुलाई गई थीं, इशरत सुल्ताना बिब्बो बंबई से, मलिका पुखराज जम्मू से।"

"इस नाचीज़ ने 'शीरी फरहाद' में गाया था। सहेली का रोल था।" चँबेली बेगम ने एक ठंडी साँस भरी।

ये दुःखी लोग थे। क़ंबर मियाँ का दिल पसीजा। इसी मौज़ू[1] पर उन सबसे और बातचीत का इरादा किया—"अच्छा, हाऊ इंटरस्टिंग! हमने मलिका पुखराज तो देखी थीं। हम ब्वॉय स्काउट्स का प्रोग्राम करने जाते थे। वह स्टूडियो से निकल रही थीं। उनके नौकर ने कोयले का थैला उठा रखा था।"

"जी हाँ, हुक़्क़ा पीती थीं।"

"उस्ताद, यह हमारे भवानी चचा हैं। मशहूर शायर। थियेटर नौटंकी के रसिया।"

अचानक क़ंबर मियाँ की नज़र चँबेली बेगम नाज़ के बैग पर पड़ी। ब्राउन प्लास्टिक का बैग एक तरफ़ से फट चुका था। उन सबको ग़ौर से देखा। सबके लिबास में कहीं-न-कहीं कोई ख़राबी थी या टाँके लगे हुए थे। माँ-बेटी ने नक़ली ज़ेवर पहन रखे थे। ये बहुत ख़स्ता-हाल लोग थे।

"बिब्बो जब यहाँ आई थीं, सीधी महाराजा पटियाला के यहाँ से।" मुंशी सोख़्ता ने भी उसी लहर में बहते हुए दरवाज़े में से ख़बर दी—"हमसे पूछिए। हम सब जानते हैं। यहाँ उन्हें हाजी मुज़्तबा ख़ान ने डिनर पर बुलाया। साहब, बेगम साहब भी गए थे। मास्टर मोगरा, आप लोगों ने थियेटर में भी काम किया है? हमने तो मुख़्तार बेगम को कोरंथियन थियेटर कलकत्ता में आग़ा हश्र कश्मीरी की ग़ज़ल गाते सुना—चोरी कहीं खुले न नसीमे-बहार की। और बेबी नूरजहाँ कलकत्ता में थियेटर की कोरस गर्ल थीं। सरकार एक केस के लिए कलकत्ता गए थे, तब की बात है। मख़दूम बाँदी भी थियेटर में थीं।"

"भवानी चचा, आप हमें यहाँ बड़ी नुमाइश में थियेटर दिखलाने भी तो ले गए थे। हमने ज़िद की थी।"

"जी हाँ, परिस्तान थियेटर। उसमें अख़्तरी बाई फ़ैज़ाबादी हीरोइन थीं।"

क़ंबर मियाँ ने रूस की विदेशी पॉलिसी ताक़ पर धरी और घंटी बजाई। ईदू हाज़िर हुए। नौटंकी वालों को देखकर खीसें निकालीं।

"ज़रा चाय तो लाओ भई फटाफट!" क़ंबर मियाँ ने कहा। अब वह तफ़रीह के मूड में आ चुके थे—"हाँ तो भवानी चचा, अख़्तरी बाई···"

"जी हाँ भय्या, टंडन निवास में रहती थीं। एक दीवाना चाँदनी रातों में सारे शहर की सड़कों पर चाक से अपना नाम लिखता-फिरता था और उसके आगे—आशिक़ेज़ार

---

1. विषय।

अख़्तरी बाई। कभी-कभी बाटा की सीढ़ियों पर बैठकर गिटार बजाता था। सुना था अच्छे घर का लड़का था। इनसान का दिमाग़ पलटते क्या देर लगती है! बस खुदा बुरी घड़ी से बचाए!"

सोख़्ता इस पार्टी को ग़ौर से निहार रहे थे। उनको नज़रअंदाज़ करके मास्टर मोगरे ने कहा, "सरकार! यह गुलाम और अहलिया[1] दोनों फ़िल्म-स्टार हैं। यहाँ नसीम संदेलवी रशीद 'दुल्हन' बना रहे थे, उसके लिए अहलिया को ऑफ़र मिल सकता था; मगर उस ज़माने में हमारे पास बंबई में काम बहुत था। फिर यहाँ बिस्मिल की 'आरज़ू' बननी शुरू हुई; उसके लिए भी बातचीत रही। ख़ैर, वक़्त-वक़्त की बात है। हुज़ूर, अर्ज़ यह है कि यह हमारी दुख़्तरे-नेक[2] अख़्तर गुल अब्बास सल्लमहा—जिसे हमने पंजगनी में पढ़ाया है, हम इसे बेलारानी के नाम से पर्दाए-सीमीं[3] पर पेश करनेवाले हैं।" जेब से एक काग़ज़ निकाला—"यह अपने तीनों रिसालों में छाप दीजिए। इश्तिहार[4]।"

बेला कुर्सी पर बैठी गुस्से में खौलती रही।

"उस्ताद! यह ख़ालिस सियासी पर्चे हैं। हम इनमें इस क़िस्म के इश्तेहार छापते ही नहीं।"

"देख तो लीजिए!"

क़ंबर ने भवें उठाकर पढ़ना शुरू किया—

सनूबर पिक्चर्स—अँधेरी—बंबई

का

अव्वली शाहकार

गुलज़ारे मुहब्बत

बेला। राबेल कुमार। प्रिंस गुलफ़ाम। चँबेली देवी। लोटन कबूतर

कहानी और मुकालमे : देवताड़ बाराबंकवी

गीत : बहार फूलपुरी, चकोतरा गढ़वाली

डांस डायरेक्टर : छोंगे महाराज

संगीत : ए० बी० मोगरे; रक़्स : मैडम ठुमकी

नायब हिदायतकार : परीज़ादा गुलाब

प्रोड्यूसर फ़िनांसर : एडल जी बोमन जी पोचखाना वाला

डायरेक्टर : प्रिंस गुलफ़ाम।

क़म्बर मियाँ ने क़हक़हा लगाया—"यह फ़िल्म कंपनी है या कंपनी बाग़?"

---

1. धर्मपत्नी, 2. अच्छी बेटी, 3. सिल्वर स्क्रीन, 4. विज्ञापन।

"जी हाँ सरकार, बाग़ीचा-ए-सुलेमानी[1] ।" मास्टर मोगरे ने बाँछें खिलाईं ।

कंबर मियाँ को हैरत नहीं हुई जब उन्होंने अबरार हुसैन उर्फ बॉबी मियाँ की दावते-वलीमा[2] में पूरी सनूबर कंपनी को मौजूद पाया । डिनर के बाद उनका प्रोग्राम पेश किया गया । मास्टर मोगरे, लोटन कबूतर (जो दरअसल परीज़ादा गुलाब ही थे) और चकोतरा गढ़वाली की नक़लें । बेलारानी की नग़मा-सराई[3] । तीन कटोरी हाउस की बरसाती के सामने आधा चबूतरा बना हुआ था, जो इस तरह की महफ़िलों के लिए स्टेज का काम देता था । नक़्लें ख़त्म हुईं । बेलारानी शोख़ सलमा-सितारा की चमचम करती साड़ी में सरसराती आकर क़ालीन पर विराजमान हुईं । उनकी वालिदा चमचमाते ग़रारे का जोड़ा पहने माथे पर नक़ली कुंदन का झूमर-छपका लगाए हारमोनियम बजा रही थीं । मोगरे और गुलाब ने सारंगी और तबले पर संगत की । बेलारानी ने अपनी वालिदा[4] का कलाम पेश किया, जो उनके लिए दरअसल, बहार फूलपुरी लिखते थे । यही ग़ज़लें वह लय के साथ मुशायरों में पेश करती थीं । जब से उनकी क़व्वाली पार्टी फ़ेल हुई थी, मुशायरे ही उनकी आमदनी का ज़रिया थे । बेलारानी के प्रोग्राम के बाद चकोतरा गढ़वाली ने बाँसुरी पर जादुई धुनें सुनाईं ।

काफ़ी बेल मिली ।

बेलारानी के अलावा मोगरा एंड कंपनी खुश हुई ।

शामियाने में क़ंबर मियाँ दूल्हा के साथ शहबाले के तौर पर सामने ही मौजूद थे । दूल्हा की छोटी बहन सफ़िया नज़दीक की कुर्सी पर बैठी दुआएँ माँग रही थीं कि जल्द-से-जल्द इसी सोफ़े पर क़ंबर मियाँ सेहरा बाँधे बैठे हों । सफ़िया सुल्ताना ने दिल-ही-दिल में मेहमानों की लिस्ट भी तैयार करनी शुरू कर दी थी, लेकिन शेख क़ंबर अली बहुत ही बेतुके आदमी थे । उस दो टके की बेला को इतने ध्यान से देख रहे थे मानो ज़िंदगी में आज तक ऐसी अनोखी मुग़न्निया[5] देखी, न ऐसा गाना सुना । और वह गाते हुए भी हद से ज़्यादा बेज़ार लगती थी या उसकी शक्ल ही ऐसी थी—टर्री और नकचढ़ी ।

क़ंबर अली ने 'रेड रोज़' के दो पन्ने रंगीन कर दिए थे । कलर तीन हफ़्ते पहले प्रेस में

---

1. हज़रत सुलेमान का बनवाया हुआ खूबसूरत और विचित्र बाग़, 2. वैवाहिक भोज, 3. गायन, 4. माँ, 5. गायिका ।

जाता था। वह आर्टिस्ट के बोर्ड पर झुके ले-आउट की फ़ाइनल चेकिंग में लीन थे कि एक सब-एडीटर बरामदे में आया—"कामरेड (क़ंबर मियाँ कहते थे कि सब उन्हें कामरेड कहें), किसी महिला का फ़ोन है। कहती है कि फ़ौरन बात कीजिए, ज़िंदगी और मौत का सवाल है।"

"उनसे कहो पाँच मिनट के बाद कुएँ में कूदें।" आर्टिस्ट ने जवाब दिया—"एक तो ये महिलाएँ कामरेड एडीटर को चैन नहीं लेने देतीं। क़ंबर मियाँ, ज़रा यह साइज़...."

"अभी आया। पता नहीं क्या बात है।"

क़ंबर अली के दिल ने कहा था कि यह बेला होगी। वही निकली। फर्राटे से अंग्रेज़ी बोल रही थी—"इसे S.O.S. समझिए। आप प्रोग्रेसिव आदमी हैं। इस शहर में सबसे तारीफ़ सुनी। ये लोग मुझे एक मिनट के लिए आँखों से ओझल नहीं होने देते। कोई तरकीब निकालिए कि इनकी ग़ैर-मौजूदगी में आपसे मिल सकूँ।"

मुलाक़ात से पहले क़ंबर मियाँ ने अपने चीफ़ रिपोर्टर मेराज मियाँ को ड्यूटी पर लगाया कि मंडली के अस्ल हालात की ख़बर दें।

एक हफ़्ते बाद मेराज अहमद ने आकर कहा, "चँबेली बेगम ज़ात की डोमनी हैं।"

"नॉनसेंस!" क़ंबर ने गुस्से के साथ बात काटी—"कैसी ज़ात कैसी पात? यार, तुम भी रि-एक्शनरी निकले!"

"कामरेड एडीटर! आपने रिपोर्ट माँगी थी, सो हाज़िर है। डोमनी हैं।"

"फोक सिंगर कहो!"

"और शरीफ़ लोग हैं। पेशेवर औरतें नहीं। चँबेली बेगम की माँ जाफ़र बाँदी नवाब हशमत जहाँ बेगम की मजलिसों में मर्सिया[1] पढ़ने के लिए मुलाज़िम थीं। चँबेली का असली नाम अल्लाह जिलाई है। नवाब साहिबा के साहिबज़ादे इन पर ज़हर खाने लगे। बेहद हसीन थीं।

"नवाब साहिबा ने रातों-रात माँ-बेटी को महल से निकाल दिया।

"जाफ़र बाँदी ने अल्लाह जिलाई को मोगरा भाँड के पल्ले बाँध दिया। मोगरा की वजह से चँबेली कहलायीं। मियाँ-बीवी ने कुछ साल शादियों में गा-बजाकर पेट पाला। इमाम बख़्श उर्फ़ मोगरा को फ़िल्मों में म्यूज़िक देने का जुनून था, सो बीवी-बच्चों को लेकर बंबई पहुँचे।"

"बच्चे कौन?"

"यही गुलाब और गुल अब्बास उर्फ़ बेला। तरह-तरह के पापड़ बेले। मास्टर आई० बी० मोगरे के नाम से कुछ म्यूज़िक डायरेक्टरों के असिस्टेंट रहे। मजबूर होकर

1. ऐसी कविता, जिसमें किसी मरे हुए व्यक्ति की विशेषताओं का वर्णन होता है।

चँबेली बेगम भी छोटे-मोटे रोल करने लगीं। एक बात माननी पड़ेगी कि यह इतनी ख़ूबसूरत थीं कि अगर चाहतीं तो आसानी से हीरोइन बन सकती थीं; मगर नेकचलन औरत थीं। बहन-भाभी ही बना कीं। मोटापा सवार हो गया तो साइड रोल भी मिलने बंद हो गए। इन्होंने एक स्टूडियो के अहाते में बरगद के नीचे अँगीठी रखकर क़ोरमा, कबाब, पराठे पकाने शुरू किए। क़ोरमे के ज़रिए हीरो तक पहुँच हो गई। वह एक सनकी आदमी था। उसने गुल अब्बास को बेटी बना लिया; पंचगनी पढ़ने भेज दिया। वहाँ से इनको जल्द ही वापस आना पड़ा, क्योंकि खुद हीरो बरगद-तले आ चुका था। लेकिन अब मोगरे ने ठान ली कि बेला को नरगिस की तरह लांच करेंगे। इसमें कामयाब न हुए। बहार फूलपुरी ने राय दी कि क़व्वालन पार्टी बनाओ। चुनांचे शकीला बानो भोपाली के तोड़ पर बेला भावनगरी एंड पार्टी तैयार हुई। माँ-बेटी, क़व्वाली गाने लगीं। इनके प्रोग्रामों में एक बाबा जी बहुत आया करते थे, एडलजी बोमनजी पोचखाना वाला। वह रेस के घोड़ों का मालिक है। बहार फूलपुरी ने उसे गाँठा कि पिक्चर फ़िनांस करे।"

"भाई, यह तो बहुत ही शेडी सेट-अप है, मगर पैदावारी रिश्तों से इस सूरतेहाल का जो ताल्लुक़ है, हमें उसकी Analysis करनी चाहिए।"

"जी हाँ, बेशक। उनसे मुलाक़ात की तरकीब बहुत आसान है। मास्टर मोगरे को कहलवा भेजिए—शादी में बेला का गाना बहुत पसंद आया। रेड रोज़, लाल गुलाब और गुले-सुर्ख़, तीनों में इनके बारे में एक स्पेशल फीचर छापना चाहते हैं। यह फलाँ तारीख़ दफ़्तर में आ जाएँ।"

"ठीक है यार, तुम आदमी समझदार हो। मगर मुंशी सोख़्ता को अभी न बतलाना! उन्होंने इस मंडली को ज़्यादा अहमियत नहीं दी।"

क़ंबर मियाँ ने फ़ीचर का टाइटिल सोच लिया—

वीमेन क़व्वाल

हिंदुस्तान की नई अवामी फ़नकार

पीपुल्ज़ आर्टिस्ट! लोक-कलाकार! शब्दों, परिभाषाओं में बड़ी ताक़त है। डोम, धाड़ी, मीरासी, भाँड में कितनी हक़ारत[1] छुपी हुई है! फोक सिंगर, फोक आर्टिस्ट…इमेज ही बदल जाता है!

सनीचर की सुबह फ़ोटो-सेशन और इंटरव्यू।

क़ंबर मियाँ ने मुंशी सोख़्ता को दफ़्तर के काम से इलाहाबाद भेज दिया। अगरचे वह काम डाक या टेलीफ़ोन से भी हो सकता था कि इलाहाबाद युनीवर्सिटी के एक अर्थशास्त्री से मज़मून मँगवाना था। मुंशी जी कच्ची गोलियाँ तो खेले नहीं थे।

1. तुच्छता।

कुछ-कुछ अंदाज़ा उन्हें बॉबी मियाँ की शादी में भी हो गया था। अलहम्दो से कहते गए—हमारे पीछे क्या होता है, सब ख़बर रखना !

ठीक सुबह दस बजे 'रेड रोज़' के ड्राइंगरूम में बेला अपने माँ-बाप और भाई के साथ आ बैठीं। वो तीनों अंग्रेज़ी बिल्कुल नहीं जानते थे। मोगरा सिर्फ़ दस्तख़त कर सकते थे। परीज़ादा गुलाब पहली क्लास पास थे। प्रोग्राम के मुताबिक़ स्टाफ़-फ़ोटोग्राफ़र ने अपना साज़ो-सामान जमाने के बाद ख़बर दी कि कैमरा ख़राब हो गया। फ़ोटो-सेशन अगले दिन पर टाला गया। इस तरह कई गिन गुज़र गए। परीज़ादे की भी तस्वीरें खिंचीं। उन्होंने अपने नाम की वजह बतलाई—माँ बेहद हसीन थीं, इत्रपरी कहलाती थीं, इसलिए वह परीज़ादा गुलाब क्यों न मशहूर होते ! वह सूरत की एक पुराने टाइप की थियेटर कंपनी में ज़नाना पार्ट भी कर चुके थे और बंबई की गुजराती स्टेज पर भी उनको काम मिला था।

ये बड़े मनमोहक लोग थे। इतने टैलेंटेड और इतने बदनसीब !

"फ़नकार हमारे पूँजीवादी समाज ही में इतना परेशान क्यों रहता है ?" मज़मून लिखना शुरू किया, फिर ख़याल आया—मुकम्मल स्टोरी के लिए बेला से और बातचीत ज़रूरी है। मुंशी सोख़्ता इलाहाबाद से वापस आ चुके थे। मैगज़ीनों के स्टाफ़ में कानाफूसी शुरू होने का ख़तरा था। अलहम्दो ने उन लोगों से अपनी नाराज़गी का पहले ही इज़हार कर दिया था, जब दूसरी बार वह फ़ोटो-सेशन के लिए पहुँचे। बड़ी बी ने अंदर आकर कहा था "भय्या, तो आ गए।"

"कौन भई ?"

"वही मास्टर मोगरा, जो भेड़िये की तरह मुँह चीरे सारे में घूमते हैं।"

इसलिए बेला को घर पर बुलाना किसी तरह मुनासिब न था। माँ-बाप ऊँचे क्लबों के मेम्बर थे। ये उसे लेकर वहाँ जा सकते थे, लेकिन तरक़्क़ीपसंदी की वजह से इन बुर्ज़ुआ इदारों से वह खुद इस्तीफ़ा दे चुके थे। अब मुसीबत यह थी कि उसको साथ लेकर किसी ढाबे में भी तो नहीं जा सकते थे। क्वालिटी में जाकर बैठते तो सारा शहर जान जाता कि बाप के मरते ही छोटी-मोटी फ़िल्म-एक्ट्रेसों के साथ रंगरलियाँ मनाने लगे। असलियत तो किसी को मालूम नहीं, बातें सब बनाने लगते हैं। एक तरकीब समझ में आई। लंबी ड्राइव, वायर रिकार्डर के साथ, माँ बाप की इजाज़त से; परीज़ादा गुलाब साथ चलें।

"हम तो जाते ही हैं। हमने नौटंकी का टूर किया है और अपनी क़व्वाल पार्टी के साथ सारे महाराष्ट्र और गुजरात में घूमे, गाँव-खेड़े में रात-बिरात ठहरे। इसी मारे हम तो रामपुरी चाकू भी अपने साथ रखते हैं।" परीज़ादा ने अपनी जड़ाऊ बेल्ट पर हाथ फेरकर बताया।

अचानक क़ंबर मियाँ उकता गए। हम अवामी फ़नकारों से हमदर्दी के चक्कर में बुरे फँसे ! यह चाकू-छुरी क्या माने ? लेकिन अब तीर कमान से निकल चुका था। अपनी कार से मोगरा के पास, यानी अब्दुर्रहमान बेकरीवाले के यहाँ पहुँचे—पिकनिक बास्केट, फ्लास्क, वायर रिकार्डर के साथ।

स्लेक्स पहने हुए, सर पर पगड़ी की तरह स्कार्फ बाँधे हुए बेहद स्मार्ट बेला रानी आकर गाड़ी में बैठीं। गुलाब पिछली सीट पर बिराजे। मोगरा और चँबेली ने ऊपर बाल्कनी में से खुदा हाफ़िज़ कहा। क़ंबर झेंप-से गए। दिल में कहा—लाहौल विला कूव्वत ! सारा मुहल्ला देख रहा है। शहर में क़ंबर मियाँ को कौन नहीं पहचानता था !

लेकिन लंबी ड्राइव पर जाते हुए पछताए नहीं। बातचीत के दौरान बेला की शराफ़त और खुद्दारी ने बेहद असर डाला। वह एक निहायत हस्सास[1] और मुसीबत की मारी लड़की थी और सच्ची आर्टिस्ट; और उसने जो कहानी अपनी और अपने लोगों की सुनाई उससे समाजी विश्लेषण के लिए एक और तनाज़ुर हासिल किया—वह तो दरअसल, अब तक अवामी ज़िंदगी के बारे में कुछ जानते ही न थे। कोठी में पैदा हुए। मसूरी में पढ़े। आराम की ज़िंदगी हमेशा से गुज़ारी। उनको क्या मालूम था कि स्लम्ज़् (SLUMS) में लोग किस तरह रहते हैं ! गंदी गलियों के अंदर। गाँवों के अँधेरे कच्चे मकानों में।

अचानक अहसास हुआ कि वह सचमुच एक आरामचेयर-लेफ़टिस्ट थे।

शहर के अंदर से निकलते हुए एक पुराना फाटक दिखलाई पड़ा।

"नवाब हशमत जहाँ की हवेली····अम्माँ और नानी को उन्होंने बेक़सूर रातों-रात यहाँ से निकाल दिया था।"

"बेला ! हम इन सब की तरफ़ से माफ़ी चाहते हैं।"

"हम लोगों ने इन गली-मुहल्लों में बहुत जूतियाँ चटख़ाई हैं—

"यहाँ शादी-ब्याह, मँगनी, बिस्मिल्लाह, सुन्नतें—इन सारे प्रोग्रामों में गाने के लिए आते थे। शादियों में अम्माँ से एक गाना अक्सर सुना जाता—उहि रे देस बाबुल चुनरी भई महँगी, तो सिंदूर हुआ बड़ा मोल रे। उहि सिंदुरवा के कारण छूटा है बाबुल का देस रे।"

सिंदूर—शरबरी की बहस याद आई।

कार की रफ़्तार धीमी करते हुए कहा— "यही सारा फ़ितना है, बेला ! सिंदूर हुआ बड़ा मोल रे ! इसकी इकोनॉमिक्स हमारे पैदावारी रिश्तों से जुड़ी हुई है।"

---

1. भावुक।

"अम्माँ मुझे गोटे-लचकेवाला फ्रॉक पहनाकर लातीं। महफ़िलों में पहनने के लिए मेरे पास वह एक ही फ्रॉक था। सर पर गोटे की टोपी ओढ़ा देतीं। आँखों में ख़ूब-सा काजल लगातीं। हम लोग हमेशा दहलीज़ के पास जूतियों के ढेर के नज़दीक बैठते थे। अम्माँ मुझे गाने के लिए खड़ा कर देतीं। बीवियाँ कभी मुझे बड़े शौक़ से गवातीं, कभी बुरी तरह झिड़कतीं—अरी चुप हो जा री, बात करने दे ! और मैं सहमकर अम्माँ की गोद में जा बैठती। हम नौकरों के साथ खाना खाते। अम्माँ और नानी दुपट्टे में शीरमाल और कबाब बाँधकर घर भी ले आतीं। अब्बा बाहर मर्दाने में नक़लें करते, कभी जानवरों की बोलियाँ बोलते।"

क़ंबर सुनते रहे।

"अब्बा मेंढकवाली नक़ल खूब करते थे !" परीज़ादा गुलाब ने कहा, "नदी के उस पार एक मेंढक टर्रा रहा है, दूसरे किनारे पर दूसरा जवाब में कैसा टर्राता है, कभी आप भी सुनिएगा—मेंढकों का सवाल-जवाब।"

कार शहर से निकलकर जंगल के रास्ते पर आ गई।

क़ंबर ने रफ़्तार तेज़ की। हवा फ़र्राटे भरने लगी।

"उस दिन भी बड़ी तेज़ हवा चल रही थी।" बेला ने कहना शुरू किया, "हम लोग थर्ड क्लास के एक चौड़े-से डिब्बे में बैठे थे। उस ज़माने में थर्ड क्लास कंपार्टमेंट बहुत बड़े हुआ करते थे और मुसाफ़िर भी बहुत कम।

"हम चारों थे और एक-दो मुसाफ़िर और। अब्बा हम लोगों को बंबई लिये जा रहे थे।

"ट्रेन के दोनों तरफ़ बड़ी हरियाली थी। बरसात का मौसम था। मैं एक मुसाफ़िर से लेकर ताज़ा 'इंडियन लिस्नर' के पन्ने पलट रही थी। उसके कवर पर एक राजस्थानी पेंटिंग थी जन्माष्टमी के बारे में कि अँधेरे आसमान पर बिजली चमक रही है और एक औरत तेज़ बारिश और बिजली मे फुहार से बचती भाग रही है। बिजली की तस्वीर बड़ी रियलिस्टिक थी।

"दूर समंदर नज़र आया। नमक की ढेरियाँ—हरे-भरे टीले—नारियल के झुंड। अब्बा बोले हम जन्नत की तरफ़ जा रहे हैं। बंबई उरूस-उल-बिलाद[1] कहलाती है और ज़मीन की जन्नत है।

"पश्चिमी घाट के हरे-भरे सिलसिले पर बारिश का आबी[2] गुबार तैरता जा रहा था। फिर खपरैल के दोमंज़िला मकान ज़ाहिर हुए, और बाँकपन से ऊदी नीली आठ-गज़ी साड़ियाँ बाँधे, जूड़ों में फूल सजाए तस्वीरों जैसी घाटी औरतें····।

1. शहरों की दुल्हन, 2. जल-भरा।

"शेरवानी पहने एक लंबे बालों वाला दुबला-पतला लड़का खुले दरवाज़े में जा खड़ा हुआ। वह झाँसी से सवार हुआ था। बहुत ग़रीब मालूम हो रहा था। अम्माँ ने नाश्तेदान निकालकर जब सीट पर अख़बार बिछाए और अब्बा ने दस्तूर के मुताबिक़ उससे कहा—आइए खाना खाइए, तो वह चुपचाप आकर बैठ गया और हमारे क़ीमे-पराठों में शरीक हुआ। शुक्रिया अदा करके फिर खिड़की में जा बैठा और शे'र गुनगुनाने लगा। अब्बा ने पूछा—आपका इस्म-शरीफ़[1] ? बोला—हम बहार फूलपुरी हैं। इस अंदाज़ से जैसे हम जिगर मुरादाबादी हैं।

"अब्बा ने पूछा—आप मौज़ा फूलपुर ज़िला इलाहाबाद से तशरीफ़ लाए हैं? कहने लगा—साहब, आपने मुझे खाना खिलाया है, इसका यह मतलब नहीं कि ज़ाती सवालात का जवाब भी दूँ और रास्ते-भर फ़िक्रे-सुख़न[2] के बजाय फ़िज़ूल बकवास करता रहूँ।

"अब वह दरवाज़े में जाकर तरन्नुम[3] से शे'र पढ़ रहा था। हैंडिल पर ज़ोर डालकर बाहर को झूल जाता। अम्माँ कहतीं—इलाही[4] ख़ैर! ए भय्या, क्यों अपनी जान के पीछे पड़े हो?

"वह उसी तरह खड़ा सिगरेट फूँकता रहा। लोकल स्टेशन सर-सर गुज़रने लगे।

"शहर के क़रीब एक कंपाउंड की दीवार पर चूने से उर्दू और अंग्रेज़ी में बड़ा-बड़ा लिखा नज़र आया—भवनानी प्रोडक्शंज़। अब्बा ने फ़ौरन टोपी सर पर रखी और बोले—मेरा दिल कहता है यहीं उतर जाओ।

"जब गाड़ी अगले स्टेशन पर रुकी, हम चारों अपनी गठरियाँ, पोटलियाँ, ट्रंक सँभालकर प्लेटफॉर्म पर उतरे। ट्रेन चली और बहार फूलपुरी बाल हवा में लहराते आगे निकल गए।

"मास्टर इमाम बख़्श मोगरा की दिल की आवाज़ ने हमें बहुत कुएँ झँकाए।

"बंबई रवाना होने से पहले हम लोग बहराइच दरगाह गए। वहीं पर अनारकली झील में नहाते एक खाँ साहब अब्बा को मिले। वह बंबई में काँच की बंगलिया, पवन-पुल पर साज़िन्दे थे। पता लिखवा दिया था—उनके यहाँ पहुँचे। फिर बहुत मारे-मारे फिरे। वह सहगल का आख़िरी दौर था। अब्बा ने अब दिल की आवाज़ सुनकर स्ट्रीट-सिंगर वाले सहगल की धज बनाई। हारमोनियम गले में डाला। अम्माँ को काननबाला जैसी बिजलियाँ पहनाईं और किसी-न-किसी तरह एक स्टूडियो में घुस गए। दोनों को मुमताज़ अली और शहज़ादी-टाइप नाच-गाने का काम मिल गया। नागपाड़ा की एक जूनी-पुरानी चाल में दस रुपए महीने की खोली भाड़े पर ली।"

बेला अच्छी-ख़ासी उर्दू बोलते-बोलते बंबइया पर उतर आई थी।

---

1. शुभनाम, 2. काव्य -चिंतन, 3. सस्वर, 4. भगवान सहायता करे।

"सरकार, मैं बतलाता हूँ—" गुलाब पिछली सीट पर से आगे झुककर बोले, "धीरे-धीरे अम्माँ को सहेली के रोल मिलने लगे। उस ज़माने में हुज़ूर, इश्तिहारों में कास्ट की लिस्ट हुआ करती थी—जल्लो बाई, अमीना ख़ातून, चार्ली, ग़ौरी, दीक्षित; इसी तरह की लिस्टों में अब्बा और अम्माँ दोनों के नाम आने लगे। हमारी ईद हो गई। चँबेली बेगम और मास्टर आई० बी० मोगरे। वह जूट की दाढ़ी लगाए साधू या फ़क़ीर के भेस में एक मौक़े का गाना गाते स्क्रीन पर से गुज़रते थे।" गुलाब ख़ूब हँसे, "धूमी खाँ की धूम मच रही थी और झंडे खाँ ने झंडे गाड़ रखे थे। अब्बा को यक़ीन था कि वह भी उस्ताद मोगरे के तौर पर मशहूर होंगे, मगर क़िस्मत के हेटे रहे। बहरहाल हुज़ूर, अब अम्माँ...."

"भई इतनी बार आप लोगों से कहा है कि हमें हुज़ूर-सरकार न कहिए।" क़ंबर ने टोका और शहर वापस जाने के लिए उठे।

"अम्माँ एक सी-क्लास फ़िल्म में सेकंड हीरोइन बन गईं। हम लोगों ने खोली को अपनी नई हैसियत के मुताबिक़ सजाया। मैंने एक सिंगार-मेज़ की तरह का आईना दीवार से टाँगा। काग़ज़ी फूल काँच के गुलदानों में रखे। घी के ख़ाली टीनों में पौधे लगाकर अगासी के नीचे अटका दिए। अब्बा एक सेकंड-हैंड मसहरी ख़रीद लाए, जिसके सिरहाने फूलदार टाइल लगे हुए थे। अम्माँ चूँकि अब बाक़ायदा जैसे हीरोइन थीं। वह मसहरी पर सोतीं। अब्बा नीचे फ़र्श पर। गुल्लू भाई पलँग के नीचे। मसहरी की छत पर मेरा बिस्तर बिछता। बंबई में बड़े-बड़े कुनबे[1] और बहुत पैसेवाले भी इसी तरह सारी ज़िंदगियाँ गुज़ार देते हैं। चाल-सिस्टम का अपना कल्चर है। आप कभी किसी चाल में गए हैं?" बेला ने पूछा।

"नहीं।" क़ंबर ने ज़रा शर्मिंदगी से जवाब दिया।

"एक कोने में मोरी। दूसरे में स्टोव। ऊपर रैक में बर्तन। रंगीन मछलियों का टैंक और शो-केस खोलियों में स्टेटस-सिम्बल है। दोनों चीज़ें हमारे यहाँ आ गईं। अम्मॉं ने अपने चमकीले जूते और कपड़े शो-केस में रखे। अंदर बल्ब लगा दिया। अब लंबे-लंबे फ्रॉक पहने ख़ोजा और मेमन पड़ोसिनें दरवाज़े में आकर खड़ी हो जातीं और अम्माँ बड़े फ़ख़्र से उनको अपनी पोशाकें दिखलाया करतीं। हमारा कुनबा सारी चाल में बहुत पापुलर था। ज़िंदगी बड़े कायदे से गुज़र रही थी। सुबह-सुबह मैं या अम्माँ अगासी में स्टोव रखकर खाना तैयार करते।

"औंटी हुई चाय गिलासों में डालकर पीते। गुलाब जाकर मुग़ल की दुकान से गर्म ताज़ा डबल रोटी और मक्खन-अंडे ले आते। नाश्ते के बाद खाना टिफ़िन कैरियर में रखा जाता। अम्माँ और अब्बा नाश्तेदान सँभालकर रेलवे स्टेशन की तरफ़ जाते। दोनों हमेशा एक ही स्टूडियो में काम करते थे। मैं बस्ता उठाकर म्यूनिसिपैलिटी के उर्दू

---

1. परिवार।

स्कूल चल देती। गुल्लू भाई आवारागर्दी में लगे रहते। अब्बा ने समझा-बुझाकर उन्हें स्टूडियो में लाइट-ब्वाय लगवा दिया। वहाँ से यह कुछ गुजराती एक्टरों के साथ सूरत भाग गए।

"अम्माँ अब मामूली पिक्चरों में भाभी और माँ बनने लगीं। फिर बहुत सख़्त बीमार हुईं। साल-भर पड़ी रहीं। सारी बचत उनके इलाज में ख़र्च हो गई। अच्छी हुईं तो काम न मिला। उसी स्टूडियो में बड़ के नीचे अँगीठियाँ रखकर क़ोरमा, कबाब, पराठे तैयार करने लगीं। अम्माँ के हाथ का पका मज़ेदार खाना हिट हो गया। गुल्लू सूरत से लौटे। मैं बाल्टी में पानी भरकर बर्तन धोती। गुल्लू भाई प्लेटें अंदर ले जाते। अब्बा ख़रीदारों से पैसे वसूल करते।

"क़ोरमे के ज़रिए बी-क्लास पिक्चरों के हीरो प्रिंस गुलफ़ाम तक रसाई[1] हुई। उन्होंने पहली बार मुझे देखा तो रो पड़े। कुछ थियेट्रिकल-से आदमी थे। क़ंबर साहब, आपने उनकी फ़िल्में देखी हैं?"

"नहीं भई!"

"वह ज़्यादातर कास्ट्यूम पिक्चर्ज़ में आते थे। पुराने एक्टर थे। कानों में मोती पहनते। हल्का-सा पाउडर-लिपस्टिक भी लगाए रखते। भँवें Pluck करते थे। बहुत ही भले आदमी थे।"

"ठीक है, मगर तुम्हें देखकर वह रोए क्यों?"

"पहले रोए, फिर हँसे—हातिम ताई की तरह। कहने लगे—उनकी लाडली बेटी बिल्कुल मेरी हमशक्ल थी, जो मर गई। आज इतने बरसों बात उन्हें वह नज़र आ गई। आज से तुम माबदौलत की बेटी हो। आज से तुम्हारा ख़र्चा माबदौलत के ज़िम्मे। प्रिंस गुलफ़ाम को बादशाहों का रोल करते-करते उसी तरह बोलने की आदत पड़ गई थी। अब्बा ने दस्त-बस्ता[2] अर्ज़ की—'जहाँपनाह! हम इसे इंग्लिश मीडियम स्कूल में पढ़ाना चाहते हैं; इतना बूता नहीं।' जोश से बोले—हम इसे पंचगनी में पढ़ाएँगे और नर्गिस की तरह लाँच करेंगे।

"लेकिन प्रिंस गुलफ़ाम-टाइप एक्टिंग का ज़माना ख़त्म हो चुका था। उनकी आख़िरी पिक्चर फ़ेल हो गई। मैं पंचगनी में सिर्फ़ दो साल गुज़ारकर वापस आ गई, क्योंकि ख़ुद बेचारे गुलफ़ाम को भी उसी बरगद-तले आकर बैठना पड़ा, जहाँ बेकार अदाकारों और एक्सट्राज़ की भीड़ काम के इंतज़ार में दिन-भर मौजूद रहती थी।"

गुलाब और बेला ने पिकनिक का सामान टोकरी में वापस रखा।

"उसी भीड़ में एक दिन बहार फूलपुरी अब्बा को टकरा गए। उनका हाल अब भी पतला मालूम होता था। लेकिन ट्रेन में बुरी तरह डाँट चुके थे इसलिए अब्बा ने कोई ज़ाती[3] सवाल न किया कि इतने बरस कहाँ रहे और क्या किया। गुल्लू भाई ने एक

---

1. पहुँच, 2. हाथ जोड़कर, 3. व्यक्तिगत।

दफ़ा बताया था कि माहिम की झोंपड़पट्टी में एक आंटी की भट्ठी पर उन्होंने बहार साहब को देखा था, मगर वह बिल्कुल आउट थे और उन्हें पहचाने नहीं। कई मशहूर शायर गुल्लू भाई ने बताया कि वहाँ आया करते। अब बहार साहब ने ख़ुद ही फ़रमाया कि वह एक बड़े नग़्मा-निगार के स्टाफ़ पर हैं और उसके नाम से गीत लिखते हैं। अच्छे पार्टनर मिल जाएँ तो अपनी टीम बना लें।

"वह चँबेली के ढाबे पर अक्सर आने लगे। एक दिन बोले—हम फ़क़त दस रुपये जेब में डालकर घर से निकले थे और वह दस रुपये हमने बम्बई में रहने के ख़र्च के लिए बचा रखे थे और बेहद भूख लग रही थी तब आपने हमें पेट-भर खाना ट्रेन में खिलाया था—उस एहसान का बदला हम इस तरह चुकाएँगे कि गुल अब्बास बीबी को लांच करेंगे।

"जिसने इन्हें लांच करने की स्कीम बनाई वह डूबा! मियाँ, अपने काम से लगे रहो। हर महीने तनख़्वाह मिल जाती है।—अब्बा ने कहा। बहार बोले—सुनिए तो सही! आजकल ज़नाना क़व्वाली की डिमांड ज़्यादा है, सप्लाई कम। हमने मुशायरा-क़व्वाली मार्केट को बहुत स्टडी किया है। आपको यह भी बतला सकते हैं कि किस शायर की स्टार-वैल्यू इस वक़्त क्या है। क्योंकि हिंदुस्तान में हमारी प्यारी चहेती मादरी ज़बान उर्दू अब एक एंटरटेनमेंट इंडस्ट्री में बदल चुकी है, चुनांचे अब हम गुल अब्बास बीबी का नाम शकीला बानो भोपाली के तोड़ पर बेला भावनगरी रखेंगे और एक क़व्वालन पार्टी बनाएँगे।"

"बहार साहब को एकदम से नाम रखने में अजीब कमाल हासिल है!" क़ंबर ने अपनी राय ज़ाहिर की।

"इस तरह हमारी कव्वाल पार्टी बनी और शुरू-शुरू में बहुत कामयाब रही। इस पार्टी में कॉमेडियन चकोतरा गढ़वाली भी शामिल हो गए। यह नाम भी बहार साहब ने ही रखा था। हम लोगों ने दौरे भी किए—औरंगाबाद और कर्नाटक तक गए। मगर डिमांड के साथ-साथ लेडी क़व्वालों की सप्लाई बढ़ती गई। कंपीटीशन तेज़ हो गया। बंबई की ख़ुशहाल कुरैशी अंसारी-बिरादरी फ्री-स्टाइल कुश्तियों और क़व्वालियों की सरपरस्त है। क़व्वाली उन लोगों में भी बहुत पसंद की गई, जिनकी मादरी ज़बान उर्दू नहीं थी, ख़ासकर गुजरातियों में। हमारे प्रोग्राम ज़्यादातर साबू सिद्दीक़ पॉलिटेक्निक के ओपन एअर थियेटर में होते। क़व्वाली किंग और क़व्वाली-क्वीन के ख़िताब दिए जाते। एक बाबाजी इन प्रोग्रामों में बहुत आता था।"

"एडल जी बोमन जी पोचखाना वाला?" क़ंबर ने बात काटी।

"जी हाँ। उसको बहार साहब ने पटाया कि हमारे लिए पिक्चर बनाएँ।"

"अब यहाँ से वापस जाते ही इंशा-अल्लाह[1] काम शुरू!—मियाँ गुलाब ने पीछे

1. अल्लाह ने चाहा तो।

से ख़बर दी।

"यह रकाबगंज के बेकरीवाले, जिनके यहाँ हम लोग ठहरे हैं, यह भी हमारे क़व्वाली-फ़ैन हैं। इनकी बेकरियाँ बंबई और पूना में हैं और यह हमारे प्रोग्रामों में हमेशा आया करते हैं। इन्होंने अब्बा से ज़ोर देकर कहा—जब वतन तशरीफ़ लाएँ, मेरे ग़रीबखाने पर क़याम फ़रमाइएगा।"

शहर क़रीब आ रहा था।

निशातगंज के बाज़ार में कार रोककर क़ंबर ने गुलाब से कहा, "भाई, ज़रा हमारे लिए एक पैकेट गोल्ड फ्लेक तो ले आइए।" पैसे निकालकर दिए।

वह फुर्ती से उतरे—"गोल्ड फ्लेक न मिले तो कोई और ब्रांड चलेगा?"

"जी नहीं। वही तलाश कीजिए।"

वह दुकानों की तरफ़ लपके। बेला ने लंबी साँस भरके सीट से सर टिकाया।

बातचीत जारी रखने की ग़रज़ से क़ंबर अली बोले, "अब बहार साहब के दिन फिर जाएँगे...सनूबर पिक्चर्ज़ के ज़रिए।"

"वह तो आलरेडी फिर गए हैं। उनका बॉस शायद पालीहिल पर अपने लग्ज़री फ़्लैट में रहता है। तीन मोटरें रखता है। यह बेचारे बरसों से एक बालकनी में पड़े हुए थे। लेकिन गला ग़ज़ब का पाया है! मुशायरों में उनका तरन्नुम हिट हो चुका है। दूर-दूर बुलाए जा रहे हैं। अब इन बेचारे ने हम लोगों से वफ़ादारी के मारे यह शर्त रखी है कि वह उसी मुशायरे में शरीक होंगे, जिसमें चँबेली बेगम नाज़ और बेलारानी शोख़ को भी बुलाया जाएगा। एक बार वतन गए थे। वालिदैन[1] ने शादी कर दी। बीवी को साथ न ला सके। अब कह रहे थे कि कमरा मिल जाए तो बीवी को ले आएँगे। यह सब क़ंबर साहब, गुडलक-बैडलक की बात है।"

"लक कोई चीज़ नहीं बेला! यह लफ़्ज़ भी सरमायादारों[2] की जालसाज़ी है।"

"क़ंबर साहब, हमारे मुहल्ले में बहुत-से यहूदी रहते थे। मराठी बोलनेवाले बनी इसराइल[3]। पढ़े-लिखे थे, वकील और डॉक्टर। बग़दादी यहूदी घर में अरबी बोलते थे। ज़्यादातर ग़रीब। पुराने कपड़ों का व्यापार करते थे। शाम पड़े वह नुक्कड़ पर मुग़ल के रेस्तराँ के सामने बैठ जाते। मोटा लद्धड़-सा ईरानी उनको चाय के गिलास भिजवाता रहता। वह तरबूज़ खाकर उसके छिलके कचरे के ढेर में फेंका करते। धीरे-धीरे वो सब इसराइल चले गए। दाऊद नसरुल्लाह टैक्सी-ड्राइवर हमारी चाल में रहता था। उसकी बीवी का नाम रोज़ा था। लड़की रबैका। बूढ़ी माँ हन्ना। रबैका फ़ोर्ट में टाइपिस्ट थी। नसरुल्लाह 'दाऊद भाई' कहलाता था। बहुत नेकदिल आदमी था। अम्माँ जब बीमार पड़ीं, हमारा कड़की का ज़माना था। वह अम्माँ को बिला किराया लिये बराबर अस्पताल ले-जाता रहा। उसका लड़का इसराइल जा चुका था। वहाँ फ़ौज में सोल्जर भर्ती हो गया

---

1. माता-पिता, 2. पूँजीपतियों, 3. यहूदी।

था। रोज़ा ने उसकी तस्वीर दीवार पर लगाई, जिसमें वह वर्दी पहने बंदूक ताने खड़ा था। वह तस्वीर देखने के बाद गुल्लू भाई ने अम्माँ से कहा था—अब दाऊद भाई की टैक्सी पर हरगिज़ न बैठना! और यह बेला की बच्ची अगर उनके यहाँ गई तो मैं इसकी टाँगें तोड़ दूँगा! वो लोग हमारे दुश्मन हैं। ज़ाती दोस्ती और पास-पड़ोस का लिहाज़ क़ौमी दुश्मनी के सामने कोई हक़ीक़त नहीं रखता।

"दाऊद भाई की नब्बे साल की माँ हन्ना सारी चाल की 'ओल्ड मामा' थी। मराठे उसे हन्ना ताई कहते। साउथ इंडियन हन्ना अम्माँ। गुजराती हन्ना बैन याबा। मुसलमान हन्ना बाई या हन्ना बी। तीस साल से उसने अपनी खुशमिज़ाज बहू रोज़ा से बातचीत बंद कर रखी थी। सफ़ेद चोग़ा पहने आरामकुर्सी पर बैठी बाइकला सिने गोग के इबादत करनेवालों के लिए गोल टोपियाँ सीती रहती थी। कभी-कभी अरबी में बड़बड़ाती—सूअलहज़.....सूअलहज़.....

"मुझे उससे डर लगता था। ख़ब्ती बुढ़िया थी—आसेब-सी[1]।

"हमारी क़व्वाल पार्टी फ़ेल हो गई। रॉक एंड रोल टाइप क़व्वाली का ज़ोर बँधा। अब्बा ट्रेडीशनल म्यूज़ीशियन हैं। वह रॉक एंड रोल के लिए राज़ी न हुए। दूसरे कॉमर्शियल क़व्वालों और क़व्वालिनों ने बड़े-बड़े आर्केस्ट्रा तैयार कर लिये—ड्रम, इलेक्ट्रिक गिटार वग़ैरह। हमारे पास वही तबला-हारमोनियम। इतनी पूँजी भी न थी कि अपनी पार्टी को मॉडर्न बनाते। अम्माँ की फ़िल्मों के ज़माने की घिसी हुई कारचोबी साड़ियाँ पहनकर स्टेज पर जाते। आख़िरी बार हमने अँधेरी में प्रोग्राम दिया। वहाँ हमारे फटीचर गेटअप और ट्रेडीशनल क़व्वाली पर हूटिंग हो गई। घर वापस आकर मैं ख़ूब रोई। अम्माँ नाकामियाँ सहने की आदी थीं। चुपचाप स्टोव के पास उकड़ूँ बैठकर चाय ओटने लगीं। मैं आँसू बहाती रही। काफ़ी रात गए बहार साहब दम-दिलासा देने तशरीफ़ लाए। कहने लगे—हूटिंग फलाँ क़व्वाली-ग्रुप के आदमियों ने की थी; वह तुमको बिल्कुल लाइन से बाहर कर देना चाहते हैं। अब्बा ने टीन की कुर्सियाँ बरामदे में डालीं जो सारी चाल का कॉमन बरामदा है।

"बहार साहब एक पनामा सुलगाकर बोले—फ़िल्म बनाने के लिए एडलजी को पटा रहा हूँ बेला, पर प्रिंस गुलफ़ाम का बड़ा एहसान है। पंचगनी भेजकर उसकी ज़िंदगी बना दी। उनकी हालत बहुत पतली हो चली है। उनके एहसान का बदला यूँ चुका सकते हैं कि पिक्चर उनसे डाइरेक्ट करवाएँ और बाप का रोल भी वही करें। देवताड़ बाराबंकवी के नाम से कहानी और डायलॉग मैं लिखने शुरू करता हूँ। बस, अब एडलजी से रुपया लेना बाक़ी है। उस वक़्त तक मुशायरों की आमदनी पर गुज़र कीजिए।

"उनके जाने के बाद अब्बा, अम्माँ, गुल्लू तीनों सो रहे। पतिव्रता अम्माँ अब फ़र्श

---

1. प्रेतात्मा जैसी।

पर सोती थीं क्योंकि अब्बा बूढ़े हो चले थे। उनको आराम की ज़रूरत थी। वह मसहरी पर और गुल्लू उसकी छत पर। मैं मसहरी के नीचे।

"मैं कुर्सियाँ उठाने बाहर गई तो वहीं जंगले से टिककर फिर रोने लगी।"

पल भर रुककर बेला ने बताया—

"हम लोग पाँचवें माले पर रहते हैं। उसी माले के सिरे पर नसरुल्लाह की खोली थी। नीचे अहाते में एक अंधा कुआँ है। कहा जाता है कि स्मगलर अपना माल लाकर उसमें छुपा देते हैं। अँधेरी रातों में ऊपर से देखिए तो वह बहुत डरावना लगता है।

"मैं जँगले पर झुकी उसी कुएँ को तक रही थी कि आहट हुई। घुप अँधेरी रात। सारी चाल में सन्नाटा। देखा तो आसेब की तरह सफ़ेद चोग़ा पहने बूढ़ी हन्ना सामने मौजूद। वह अक्सर सारी रात अपनी आराम-कुर्सी पर गुज़ार देती थी, जो उसके कमरे के सामने बरामदे में रखी रहती थी। बोली—छोकरी! रोता क्यों है? बावड़ी में कूदी मार!

"मैं सहम गई। वह कहती रही—बात सुनो! लाइफ़ में या बैडलक है या गुडलक, तीसरा कुछ नहीं। हमारा हसबैंड इराक से इधर चला आया। वही दिन दूसरे जहाज़ से उसका भाई अमरीका चला गया। उसका फ़ैमिली उधर ऐश करता है। मैंने पचास बरस इस खोली में निकाल दिया। हमारा लक न बदला। हमारा छोकरा टैक्सी-ड्राइवर ही रहा। सर डेविड सीसून के मुवाफ़िक बांबे का बड़ा सेठ न बना। अब हमारा ग्रैंड-सन इसराइल-आर्मी में चला गया है। अगर उसका बैडलक है तो मारा जाएगा। गुडलक है, तो ज़िंदा रहेगा। बुड्ढा होकर मरेगा।

"हम हमेशा अपना बाइकला का मसजिद में जाकर दुआ माँगता है कि अगले साल यरूशलम। अब अगर हमारा गुडलक है तो अगले बरस हम यरूशलम में बैठा होगा वरना इधर ही मर जाएगा। यंग गर्ल को हँसना माँगता। तू हमेशा रोता है। अगर हँसने का कोई चांस नहीं तेरे को दिखता, तो अभी इस बावड़ी में कूदी मार। बैडलक है तो गिरते ही पट से मर जाएगा। गुडलक है तो गोल्ड बिस्किट पर हाथ पड़ेगा। निकालकर ऊपर ले आना! उस दीवानी बुढ़िया ने मेरे कन्धे पर इस तरह हाथ रखा जैसे नीचे धक्का देनेवाली हो। मैं घबराकर पीछे हटी। वह अरबी में बड़बड़ाती अपनी आरामकुर्सी की तरफ चली गई।

"चंद रोज़ बाद वह मर गई। उसकी बहू रोज़ा ने मुस्कराकर बताया—मामा पूरे सौ साल की थी, मगर उम्र छुपाकर नब्बे साल बताती थी।

"पाँच-छः महीने बाद दाऊद भाई, रोज़ा और रबैका इसराइल चले गए।"

गुल्लू वापस आए।

"पोचखाना वाला का ख़त आया है। वह रुपया लगाने के लिए तैयार है। हम लोगों को

फ़ौरन बुलाया है, कहानी पर बैठने के लिए।"

"ओहो···वंडरफुल! मुबारक हो! मगर कहानी पर किस तरह बैठते हैं?"

"नेवर माइंड—बात सुनिए। मैं एक दुकान से फ़ोन कर रही हूँ। अभी-अभी मैंने अम्माँ से कहा, मैं किसी पिक्चर-विक्चर में काम नहीं करूँगी। इस पर उन्होंने मुझे ख़ूब मारा।"

"मारा? परसों पिकनिक पर तुमने किसी मारपीट का ज़िक्र नहीं किया?"

"करती कैसे? गुल्लू जो सर पर सवार थे। अम्माँ कहने लगीं—क़ंबर मियाँ के भरें में न आना। हम इन रईसों को ख़ूब जानते हैं। डोमनी से अगर निकाह कर भी लें, थोड़े दिन के बाद छुट्टी!"

निकाह-ब्याह का यह कौन ज़िक्र था? क़ंबर अली सिटपिटा गए। नर्वस होकर फिर हकलाने लगे "भ···भई, हमने तो···यानी कि···हमने तो कुछ भी नहीं कहा···"

"अम्माँ तो समझ गई हैं! अब्बा, अब्दुर्रहमान बेकरीवाले, पास-पड़ोस के लोग···।"

क़ंबर मियाँ को ठंडे पसीने आ गए। रूमाल निकालकर चेहरा साफ़ किया।

"अब यह चाहते हैं फ़ौरन मुझे यहाँ से ले जाएँ बंबई।"

"मशविरे हो रहे हैं आपस में
भेजते हैं हमें बनारस में—मसनवी ज़हरे-इश्क़···"

"आपको मज़ाक़ सूझ रहा है?"

"भई, तुम ज़रूर से ज़रूर वापस जाओ। स्टार बनने का सुनहरा मौक़ा है।"

"आप कैसे प्रोग्रेसिव आदमी हैं? मेरा पूरा क़िस्सा सुनने के बाद भी यह कह रहे हैं? आप जानते है पोंचखाना वाला सरमायादारों का सरमायादार है···वह खौफ़नाक बूढ़ा।"

"तुम तो कहती हो तुम्हारी माँ ने और तुमने हमेशा बहुत शराफ़त की ज़िंदगी गुज़ारी?"

"बेशक। मगर अब हालात दूसरे हैं। अरे आप कितने बुज़दिल निकले! आपका इनक़लाब वग़ैरह सब खोखले नारे हैं। मैंने तो आपको सच्चा खरा इनक़लाबी समझा था।"

क़ंबर अली एक मिनट तक सोचा किए। वह हेलो-हेलो करती रही, फिर बोली—

"बांद्रा के रास्ते की झोंपड़पट्टी में एक जगह बेहद ग़रीब तवायफ़ें रहती हैं। वह रात को जब लोकल ट्रेन गुज़रती है, अपने दरवाज़ों पर लालटेन लेकर खड़ी हो जाती हैं। आंध्रा में या कहीं और क़हेत[1] पड़ता है तो उनकी तादाद बढ़ जाती है। एक जगह पर

1. भुखमरी।

उनका नीलाम होता है। मैडम लोग बोली बोलकर उनको ख़रीदती हैं। सरमायादारी का वह सबसे भयंकर रूप है। मगर उसके सुहाने रूप भी अंदर से उतने ही हौलनाक[1] हैं।"

अचानक क़ंबर अली ने मज़बूती से कहा, "अच्छा-अच्छा, तुम सन···सनीचर की शाम सा···सात बजे डालीगंज वाली सड़क पर जहाँ बरगद के नीचे चिड़ीमार पिंजरे लेकर बैठते हैं, वहाँ आ जाओ। परीज़ादे को किसी तरह काटो।"

"आजकल अब्बा और गुल्लू मग़रिब[2] की नमाज़ पढ़ने मसजिद जाते हैं और इशा[3] की नमाज़ पढ़कर लौटते हैं, वही बेहतरीन वक़्त है। मगर आप वहाँ आ जाइएगा ज़रूर! यह मेरी ज़िंदगी और मौत का सवाल है!"

"बेला, डायलाग मत बोलो—प्लीज़!" क़ंबर अली ने झुँझलाकर रिसीवर रखा और हाथों में सर थामकर बैठे रहे।

'डबल बैरल' नाम वाले राजा रघुबीरप्रसाद सिंह का मसूरी में स्कूल अलग था, मगर स्काउटिंग में क़ंबर अली के साथी रह चुके थे। यारों के यार थे। हालाँकि राजनीति में उनकी बिल्कुल दिलचस्पी नहीं थी और क़ंबर अली बुनियादी तौर पर सियासी आदमी थे। राजा रघुवीरप्रसाद सिंह ही क़ंबर अली के बेहद वफ़ादार दोस्त थे। यह वफ़ादारी उनके फ़्यूडल मिज़ाज में दाख़िल थी। ब्वाय स्काउट रह चुके थे और ओल्ड स्कूल राजपूत और शिकारी थे। किसी ख़तरनाक मुहिम[4] का ज़िक्र सुनकर उनकी आँखें चमक उठती थीं। क़ंबर अली का फ़ोन आया "यार, एक समाज की सताई अबला को बचाना है। तुम इस मुहिम में हमारा साथ दोगे?"

"गले गले पानी।" जवाब मिला।

"शाम को रेडरोज़ आ जाओ!"

"पहले यह बतलाओ, तुमको वह लड़की पसंद है?" नौजवान ठाकुर ने सोफ़े पर बैठते हुए पूछा।

ईदू शराब पीने का सारा सामान संगे-सब्ज़ की मेज़ पर रख गए।

"है तो!"

"उसके माँ-बाप खुश न होंगे कि उनकी बेटी ऊँचे घराने की बहू बन जाएगी और इतने बेवक़ूफ आदमी की बीवी?"

"फ़िल्मी माँ-बाप? तुम उनकी ज़हनियत[5] से वाफ़िक़ नहीं।" क़ंबर ने जाम उठाते

---

1. डरावने, 2. वह नमाज़, जो शाम को सूरज के डूबने के बाद पढ़ी जाती है, 3. वह नमाज़, जो शाम के बाद पढ़ी जाती है और दिन की पाँचवीं और आखिरी नमाज़ होती है, 4. अभियान, 5. मानसिकता।

हुए इतने कॉन्फ़िडेंस (Confidence) से कहा मानो पैदा ही फ़िल्मी माहौल में हुए थे। उस वक़्त उनको अपनी आज़ादी के एहसास ने बहुत खुश किया। माँ-बाप की ज़िंदगी में क्या मजाल थी, जो इस धड़ल्ले से घर पर बैठकर शराब पीते और एक नौटंकीवाली को अग़वा[1] करके उसे ब्याह लाने का प्लान बनाते! दूसरे पल मियाँ जान और अम्मी जनिया की मौत पर इस तरह खुशी मनाने के कमीनेपन पर शर्मिंदा हुए।

रघुवीर सिंह ने मूँछों पर हाथ फेर के जाम उठाया।

"कामयाबी के नाम!" दोनों ने नारा लगाया।

"अच्छा, अब तरकीब नंबर एक।" कुछ देर बाद क़ंबर फिर बोले, "डॉक्टर जानकी नन्दन को जानते हो? हमारा पुराना यार है। उसने अपना क्लीनिक खोल रखा है ऑपरेशन थियेटर समेत।"

"ओ माई गॉड! यह चक्कर है?" रघुवीरप्रसाद ने घबराकर पूछा।

"अरे नहीं भाई! लाहौल विला कूवत...बात तो सुनो! बेला एक्टिंग करेंगी कि उनके पेट में उठा है ज़ोरों का दर्द। हमें फ़ोन करवाएँगी। हम जानकी को भेजेंगे। वह बता देंगे अपेंडीसाइटिस। फ़ौरन अपने क्लीनिक ले जावेंगे। माँ-बाप और भाई बाहर बैठे रहेंगे। ऑपरेशन थियेटर के अंदर सफ़ेद मास्क और सफ़ेद एप्रिन पहने दूल्हा, मौलवी और गवाह मौजूद। जल्द-से-जल्द निकाह और हम दोनों ग़ायब!"

"और उसके बाद फ्रॉड और अग़वा के इल्ज़ाम में तुम और जानकी नंदन गिरफ़्तार...शाबाश! क़ंबर अली, हमें अफ़सोस है कि तुम अक़्ल से पैदल होते जा रहे हो और इन फ़िल्मी लोगों की संगत में रहकर सिनेमा का असर भी तुम पर हो गया है। तुमने यह एकदम थर्ड क्लास पिक्चर का सिनेरियो तैयार किया है। फ़ॉरगेट इट!"

"फिर क्या करें?" क़ंबर ने मुँह लटकाकर पूछा।

"हमें ज़रा सोचने दो।" रघुवीरप्रसाद सिंह गिलास हाथ में लेकर सोफ़े पर आधे लेट गए। आँखें मूँद लीं। पंद्रह मिनट बाद उठ बैठे और पूछा, "बेला बालिग़ है?"

"बालिग़ से बहुत ज़्यादा। पच्चीस-छब्बीस साल की तो होगी।"

"हम अपने चिनहट वाले बंगले पर रखेंगे एक अदद इंदर-सभा[2]।"

"वाह! जोगन आती है परी बन के परिस्तान के बीच!"

"दूसरी मंज़िल पर मौलवी-गवाह मौजूद...खुफिया। लेकिन इस क्लॉक एंड डैगर बिज़नेस से पहले तुम एक बार मास्टर जी से बात कर लो। अगर वह मना करें तब?"

"मास्टर जी फ़िल्मी बाप हैं...लालची और खुदग़र्ज़। पोचखाना वाला के रुपये पर ऐश करना चाहते हैं।"

"तुम कहते हो वह पेशावर दलाल नहीं, शरीफ़ आदमी हैं।"

---

1. अपहरण, 2. अमानत लखनवी का नाटक जो पहली बार लखनऊ में सन् 1855 ई० में खेला गया और बहुत लोकप्रिय हुआ।

"बेशक ! लेकिन···"

"यार, यह पोचखाना वाला अजीब नाम है, जैसे हमारे वहाँ के वह शीरीं कासेल वाले मिस्टर आदी दादा भूए ढोंडी···"

"और उनके दामाद···कैप्टन···"

"भांजे—डॉक्टर रूसी इंजीनियर और फ़रहाद इंजीनियर।"

"मिसेज़ मानिक बाई ढोंडी के भाई का शुभ नाम है मिस्टर केकी लाल काका···"

"हा-हा···हा-हा···हो-हो-हो···केकी लाल काका—हो-हो-हो···"

"रघुवीर प्रसाद ! खुफ़िया स्कीम पर ग़ौर करो।"

वह फिर सँभलकर बैठ गए।

"अच्छा तो बेला एंड पार्टी शहर से आकर नीचे हॉल में बैठेगी । इंदर-सभा के लिए हम दो-तीन पात्राएँ भी बुलवा लेंगे। ठीक सात बजे रूपा महरी ज़ीने पर से बेला को सिग्नल दे। बेला अपना माँ से कहें—" रघुवीरप्रसाद ने बारीक आवाज़ में नक़्ल की—'मम्मी, मैं मेकअप ठीक कर आऊँ।' फ़ौरन ख़याल आया—अगर यह लड़की उनके प्यारे दोस्त की बेगम बनने वाली है तो इसके लिए इस तरह का बर्ताव ठीक नहीं।

क़ंबर प्लान सुनने में इतने लीन थे कि इस बारीकी पर उनका ध्यान नहीं गया।

"देखो, बँगले में एक बाथरूम ग्राउंड फ़्लोर पर है, एक ऊपर।" राजा साहेब ने माचिस की डिबिया तिपाई पर रखकर तीलियों के ज़रिए नक़्शा समझाया—"नीचेवाले के फ़र्श पर पानी भरा होगा । रूपा बेला से कहेगी—ऊपर चली चलिए।"

आहट हुई। ईदू भुने तीतर और कबाब मेज़ पर रख गए। क़ंबर ने उठकर दरवाज़ा बन्द किया।

"मगर यार,इस स्कीम में भी खाँचा पड़ रहा है।" रघुवीरप्रसाद ने सोचकर कहा।

"परफ़ेक्ट है। तुमने तो गले-गले पानी का वचन दिया है। कैसे बोगस राजूपत हो ?"

ठाकुर को जोश आ गया। कड़ककर बोले, "DONE!" एक कबाब उठाया। अचानक चिल्लाए—"ओ···ह हो ! मुंशी भवानी शंकर सोख़्ता, जो उड़ती चिड़िया के पर गिनते हैं··· ।"

"फिर इलाहाबाद··· !"

दोनों ने दोबारा गिलास भरे और ज़्यादा सोच-विचार में लीन हो गए।

तीसरे रोज़ चीफ़ रिपोर्टर मेराज अहमद फ़ोटो-फ़ीचर की तस्वीरें लेकर बेला की रिहाइश[1] पर पहुँचे। क़ंबर ने एक तस्वीर के पीछे खुफ़िया पैग़ाम लिख दिया था।

तय वक़्त पर बेला डालीगंज में बरगद के नीचे नज़र आई। वह एक बूढ़े

---

1. निवास।

चिड़ीमार की बहँगी के नज़दीक उकड़ूँ बैठी थी। चिड़ीमार ने ख़ाकी रंग का पुराना कोट पहन रखा था। नीचे को झुकी सफ़ेद मूँछों और लंबी छिदरी सफ़ेद दाढ़ीवाले उस बूढ़े आदमी ने दो लाल पिंजरे से निकालकर दस्तूर के मुताबिक ख़रीदार के सर पर से न्योछावर किए और बेला ने उनको अपने हाथ में लेकर उड़ा दिया।

इस दुःखद और प्रभावी दृश्य से क़ंबर अली बहुत बेचैन हुए। वह कुछ दूरी पर अपनी कार में इंतज़ार कर रहे थे। कुछ मिनट बाद बेला दौड़ती हुई आकर अगली सीट पर टिक गई। रास्ता सुनसान पड़ा था। कभी कोई ठेलेवाला तरकारी बेचता हुआ गुज़र जाता । तीन-चार कुम्हारिनें चादर पर मूर्तियाँ और नक़ली फल सजाए चुपचाप बैठी थीं। दूर हनुमान जी के मंदिर में घंटियाँ बज रही थीं। क़ंबर ने प्लान को क़ायदे से समझाया। वह कार से उतरी। शेख़ साहेब ज़न से अँधेरे में ग़ायब हो गए।

दूसरे दिन ठाकुर रघुवीरप्रसाद सिंह के ख़ास राजदूत कालेखाँ, अब्दुर्रहमान बेकरीवाले के यहाँ पहुँचे—"मालूम हुआ आप लोग बंबई वापस जा रहे हैं। राजा साहेब तो बँगले पर आपकी इंदर-सभा रखना चाहते थे।"

पहले ज़माने में बहलियों पर सवार इंदर-सभा की मंडलियाँ जंगल में मंगल मनांने इस दोमंज़िला गार्डेन हाउस पर पहुँचते थे।.

राजासाहब की मोटरकार बंबई के आर्टिस्टों को शहर से ले आई। हॉल में सब नक़्शा फ़िट था। महरे और महरियाँ तैयार। फाटक पर लट्ठबंद चौकीदार। तीन कटोरी हाउस की तरह यहाँ भी चंबेली बेगम ने देखा कि पुराना रईसाना माहौल अब भी बना हुआ था। गंधर्व जाति की वागेश्वरी देवी अपनी पार्टी के साथ गाँव से आ चुकी थीं।

पात्राओं को देखकर चँबेली देती बहुत हैरान हुईं। इतना लंबा अर्सा बंबई में गुज़ार कर उनको पात्राएँ याद ही न रही थीं। शहर से मेहमान अभी नहीं पहुँचे थे। बँगले के हॉल के अंदर बेला सब्ज़ परी के मेकअप में जगमगा रही थीं और—

अब चाह से यूसुफ को निकलवाओ हमारे
अंधेरे में घुटता है दिल-आराम[1] *हमारा*

अलापती थीं। गुलाब पुखराज परी के भेष में इतराए फिर रहे थे। चकोतरा गढ़वाली काला देव बने थे। चँबेली बेगम प्लास्टिक के पर ठीक कर रही थीं।

"इसी लखनऊ के अंदर अख़्तरीबाईवाली इंदर-सभा में तमाम पर असली इस्तेमाल किए गए थे—चिड़ियों के पर। उनको कई तरह के रंगों में रंगा था।" मास्टर

---

1. माशूक़ (दिल को आराम पहुँचानेवाला)।

मोगरा ने आह भरी।

तहमद और फटी कमीज़ पहने नंगे पाँव काले भुजंग देहातियों की एक टोली आई। वे पाँच थे और एक नन्हा-सा काला बच्चा छोटे-छोटे क़दम रखता उनके साथ चल रहा था।

"सलाम अलैकुम काले खाँ भाई!" टोली के लीडर ने आवाज़ दी।

काले खाँ बरामदे से उतरे—"ओ...हो, हनीफ़ भाई!...आओ-आओ...वालैकुम अस्सलाम!"

"हमका मालोम पड़ा, राजा साहेब के यहाँ आज इंदर-सभा है, हमहू चले आए।" वे पाँचों बरसाती के फ़र्श पर बैठ गए।

मोटर साइकिल पर सवार मेराज अहमद, चीफ़ रिपोर्टर मैगज़ीन 'रेड रोज़' भी आ पहुँचे।

"क़ंबर मियाँ तशरीफ़ नहीं लाए?" चँबेली बेगम ने अन्दर से झाँककर पूछा।

"प्रैस कान्फ्रेंस के लिए दिल्ली तशरीफ़ ले गए। इतवार तक लौटेंगे। तुम लोग ठाकुर साहब का इंतज़ार न करो...वो ज़रा देर में पहुँचेंगे। मेहमानों को सुनाओ!" कालेखाँ ने भाटों से फ़रमाइश की।

उन्होंने अपनी-अपनी बीड़ियाँ बुझाकर कानों के पीछे रखीं। लड़का बन्दर के बच्चे की तरह उनके बीच में चुप बैठा रहा। वे पाँचों उसके बाप, चचा और मामूँ थे। वह उनकी आवाज़ें सुनते-सुनते बड़ा होगा तो इसी तरह आल्हा-ऊदल सुनाकर अपनी रोज़ी कमाएगा जिस तरह उस्ताद मोगरा ने अपने बाप-चचा और मामूँ से अपना फ़न सीखा था।

उनके अगुवा हनीफ़ ने एक साँस में फ़र्राटे से शुरू किया—

उत्तर गय्ये गढ़ बहराइच, दक्खिन गय्ये शाह मदार
पुरबी गय्ये नगर अयोध्या, जेहि मा राम लिहिन अवतार

मेराज अहमद ने बहार फूलपुरी से कहा—"अच्छा हुआ हम आ गए। हम फ़ोक आर्टिस्टों पर एक फ़ीचर छाप रहे हैं।"

"आल्हा बैठे हैं जमुना पर, सुनो रे भइया हमरी बात
अली-अली करके सय्यद दौड़े, ले अली मुर्तज़ा का नाम
तेग़ा मार दिहिन छतरी पर, मूड़ गिरे खेतन में जाय
सय्यद हुकुम लगाइन आल्हा, पर सुनो रे बेटा हमरी बात
संकट काटे मिल्हिना के आए, नगर महोबे के मैदान!"

आवाज़ हॉल में पहुँची। चँबेली बेगम बेला के साथ फिर दरवाज़े में आ गईं।

"अम्माँ, यह क्या कह रहे हैं?"

"अरे तुम क्या जानो बंबई की छोकरी! जाओ अंदर बैठो!" चँबेली बेगम ज़रा परेशान थीं—मेहमान अब तक क्यों नहीं आए? मगर यह वक़्त के पाबंद बंबईवाले

थोड़े ही हैं ! यहाँ तो बिल्कुल देहाती गढ़ी वाला माहौल था। रात-भर बैठे आल्हा ही सुनते रहेंगे।

"तीन लाख के पिरथी आवा नदिया डेरा दिया डलवाय
मार भगाइन पृथ्वीराज को, टटवा-टाटर लिहो छिनाय
आल्हा बोले अब सय्यद से, सुनो रे चाचा हमरी बात !"

मेराज मियाँ ने झुककर बहार साहब से कहा—"भई बहार साहेब, आप तो बहुत पढ़े-लिखे आदमी हैं। यह सय्यद साहब कौन थे जो आल्हा-ऊदल के मुँह-बोले चचा बने थे और उनकी हिमायत में पृथ्वीराज से लड़े ?"

"अरे साहब, सारी क़ाबिलियत तो फ़िल्मी गीत लिखते-लिखते बर्बाद हुई। सुनते हैं बनारस के कोई तालार सय्यद थे।"

"बहार साहब, उस वक़्त बारहवीं सदी में सय्यद लोग बनारस कहाँ जा पहुँचे ?"

"शायद कन्नौज के सय्यद रहे हों। सालार मसऊद गज़नवी के साथ वहाँ आ बसे थे। वही बनारस में भी आबाद हुए।"

"बहार साहब..."

"भाई, आल्हा सुनने दीजिए। फूलपुर से आने के बाद आज कान में पड़ी। हम होमसिक हो रहे हैं।"

"जी हाँ, मगर एक बात बतलाइए। इन भाटों ने सदियों से अपने-आपको फ़ोक-लोर और वीरगाथाकाल का मुहाफ़िज़[1] मुक़र्रर[2] कर रखा है और ये भूखे रहते हैं; यह भी नहीं जानते कि एक अहम फ़र्ज़ पूरा कर रहे हैं।"

बरसाती के बाहर सारस पेड़ों के झुंड पर उतर रहे थे। हनीफ़ खाँ की ज़बान से लफ्ज़ नयाग्रा प्रपात की तरह गिरते रहे।

बहार साहब सिगरेट के कश लगाया किए। फिर कहा—"अपने सरपरस्त ज़मींदारों के ज़वाल[3] के बाद ये भूखे नहीं रहेंगे ?"

"बहार साहब, इस मुल्क का सिर्फ़ एक इलाज है—कम्यूनिज़्म।"

बेला बरामदे से निकल आई थीं और दिलचस्पी से यह बातचीत सुन रही थीं।

"आइए-आइए।" कालेखाँ कुर्सी से फ़ौरन उठे।

"मेराज साहब, आप भी कम्यूनिस्ट हैं... और क़ंबर साहब भी ?"

सब्ज़ परी कम्यूनिज़्म पर सवाल करती अजीब लगी।

"कार्ड-होल्डर तो हम लोग बिल्कुल नहीं हैं, अलबत्ता..."

"कम्यूनिज़्म में यक़ीन तो रखते हैं ?"

"बिल्कुल ! क़ंबर मियाँ ने तो यह भी फ़ैसला कर लिया है कि कोठी और बाग़

---

1. संरक्षक, 2. नियुक्त, 3. पतन।

पार्टी को दे दिया जाए। आज ही कल में उसके काग़ज़ात तैयार हो जाएँगे।"

बेला चौंक पड़ीं—"पार्टी को··· ?"

"जी हाँ। क़ंबर साहब और हम लोग मिलकर एक नई पार्टी बना चुके हैं—रेडरोज़ पार्टी। उसके टिकट पर क़ंबर साहब इलेक्शन भी लड़ेंगे।"

अंदर वागेश्वरी देवी ने अलापना शुरू किया, "अब रुत आई सैंया बेना डोलन की।"

पंखा झलने का मौसम आया।

बेला ने घबराकर घड़ी देखी—सवा सात।

हॉल में वापस गईं।

रूपा महरी अंदर आई। उससे कहा—"बाथरूम···"

"चलिए।"

"अम्माँ, हम अभी आते हैं। ज़रा मेकअप भी ठीक कर लें।" अपना बैग उठाकर महरी के साथ हॉल के बाहर गईं। चंद मिनट बाद नाक-भौं चढ़ाए हुए लहँगा टख़नों से ज़रा ऊँचा किए उल्टे पाँव लौटीं—"तौबा अम्माँ, गुस्लख़ाने[1] में पानी ही पानी···पात्रों के बच्चे वहाँ छप्पकछैया खेल रहे हैं।"

रूपा महरी ने कहा—"ऊपर चली चलिए।"

दूसरी मंज़िल पर पहुँचते ही प्लास्टिक के पर उतारे। महरी एक बंद कमरे में ले गई जहाँ क़ंबर अली, एक मौलवी साहब और दो गवाह काले खाँ के साथ मौजूद थे। ठाकुर रघुवीरप्रसाद सिंह बाक़ायदा पिस्तौल लिये दरवाज़े में डटे खड़े थे। कमरे में बड़ी गंभीर ख़ामोशी थी। क़ंबर ने बेला से कहा—"भई, यह कालेखाँ तुम्हारी तरफ़ से वकील हैं।"

बेला चुप रहीं।

काले खाँ ने कहा—"शर्तें क्या हैं, क़ंबर भैया ?"

"भई शर्तें क्या होंगी! यह तो खुशी और मुहब्बत का सौदा है और हम दर्वेश[2] आदमी।"

"महर[3] कितना ?"

"शरई···हम तो कोई मालो-दौलत नहीं रखते। सब जनता के लिए वक़्फ़ करने वाले हैं।"

"क़ंबर साहब, मैं आपसे कुछ बात करना चाहती हूँ, उस कमरे में चले चलिए।"

बेला कुर्सी से उठीं।

कालेखाँ भी खड़े हो गए।

---

1. स्नानगृह, 2. फ़क़ीर, सन्त, 3. बीवी का हक़, जो निकाह के समय पति की ओर से पत्नी को दिया जाना तय पाता है।

"नहीं ख़ान साहब, आप नहीं। आइए कुंबर जी!"

कुंबर हैरत से उनके साथ दूसरे कमरे में पहुँचे। वह एक स्टूल पर बैठ गईं।

"रेडरोज़ आपको मेरे मेहर में लिखनी होगी।"

"क्या··· ?"

"जी। क़ौम से ज़्यादा आपके बीवी-बच्चों का उस पर हक़ है। आपकी औल-फ़ौल बहुत सुन चुकी हूँ···इनक़लाब और फ़लाना-ढमाका। ऑल ब्लडी नॉनसेंस! आप प्राइवेट प्रॉपर्टी में यक़ीन ही नहीं रखते ना? और मैं अपनी नानी जाफ़र बाँदी और माँ अल्लाह जिलाई उर्फ़ चँबेली की तरह एक मिनट की नोटिस पर महल-बदर[1] होने को तैयार नहीं!"

"मगर भई···" कुंबर का मुँह खुला का खुला रह गया। बुरी तरह हकलाने लगे—"तु···तु···तुमसे हमने कब···कि···कब कहा था शादी करने को? तुम्हीं ने हा···हा···हमसे कहा।"

अँधेरे पहाड़ी रास्तों पर चलने के आदी चकोतरा गढ़वाली दबे पाँव सीढ़ियाँ चढ़कर ऊपर आ गए। ऊपर के बरामदे में इधर-उधर देखा, झाँका और कमरे की खिड़की के नज़दीक दुबक गए। वह काले देव के भेष में थे। मुँह पर काजल पोत रखा था। काले कपड़े अँधेरे में राजा रघुवीरप्रसाद को दिखलाई न दिए।

"आप वादा कर चुके हैं।"

"वा···वादा···कैसा··· ?"

"आपने उस दिन कार में प्लान बतलाते वक़्त कहा था कि आप मेरी हर शर्त मान लेंगे। कहा था या नहीं?"

"हमारा तो इस तरफ़ ख़याल ही नहीं गया था। हम तो सोच भी नहीं सकते थे कि तुम···तुम···इतनी···इतनी···"

"यह आपके बाप-दादा की जायदाद मैं आपकी औलाद के लिए बचाना चाहती हूं ताकि आप बेवकूफ़ी में आकर इसे रेडरोज़ पार्टी के नाम न लिख दें। कैसा रेडरोज़ और कहाँ का लाल गुलाब? चलिए उधर, निकाह पढ़वाइए!"

चकोतरा गढ़वाली घबराकर तेज़ी से ज़ीने की तरफ़ बढ़े। वहाँ उनको राजा साहब ड्यूटी पर खड़े दिखाई दिए। नागरा गुड़कर चारों तरफ़ देखा। बरामदे पर पाँव टिकाकर पहाड़ी ऊदबिलाव की तरह परनाले पर उतरे और उचककर पाइप के ज़रिए बरसाती में वापस पहुँच गए। दम साधे रहे। यह रईसों का मामला है, और औरत का चक्कर। फ़िलहाल चुप साधे रहने में ही भलाई है, वरना फँस जाओगे बच्चू!—उन्होंने अपने-आपसे कहा।

हाथों की धूल साफ़ करते हुए एक मूँढ़े पर बैठ गए। जेब से बाँसुरी निकाली

---

1. महल से निष्कासित।

और धीरे-धीरे मधुमाधवी रागिनी बजाने लगे।

निकाह के फ़ौरन बाद मिस्टर और मिसेज़ क़ंबर अली घर के बाग़ के पिछले ज़ीने पर पहुँचे।

ठाकुर रघुवीरप्रसाद सिंह वहाँ पहले से पिस्तौल लिये चौकस खड़े थे। कार का दरवाज़ा उन्होंने हाथ बढ़ाकर खोला। नक़ाबपोश हसीना सवार हुई। क़ंबर अली और शादी की मुहिम को अंजाम तक पहुँचानेवाले दोस्त ने मुस्कुराकर उँगलियों से ब्वाय-स्काउट वाला कामयाबी का सिग्नल एक-दूसरे को दिया। क़ंबर अली ने कार स्टार्ट की और अमावस की काली रात में ग़ायब हो गए। आगे जाकर शाहजहाँपुर-बरेलीवाली सड़क पर मुड़े और काठगोदाम रवाना हुए और मुस्कुराकर कहा—

"मूनशाइन थियेट्रिकल कंपनी ऑफ़ काठगोदाम की इंदर-सभा का...ड्रॉप सीन!"

मामला इतना गंभीर था कि नैनीताल में पहले से बुकिंग नहीं करवाई थी। पहुँचने पर मालूम हुआ कि किसी अच्छे होटल में जगह नहीं। मजबूरन रात गए राजा साहेब तीन कटोरी के होटल पहुँचे।

बाबू कालीचरन रस्तोगी मैनेजर उनको बचपन से जानते थे। बैरिस्टर अली और उनकी बेगम की ज़िंदगी के आख़िरी दिनों में रानी साहब के इशारे पर उन्होंने मुंशी सोख़्ता से पूछा था कि अगर बॉबी मियाँ की शादी के साथ ही सफ़िया बिटिया और क़ंबर अली का निकाह भी हो जाए तो इस होटल में उनके लिए भी कमरे सजवा दें? अब क्या देखते हैं कि साहबज़ादे एक बुर्क़ापोश को साथ लिये खड़े हैं। ठीक है, रईस बाप के मरने के बाद बेटे भटक ही जाते हैं। मगर ऐसी बेशर्मी भी क्या कि ख़ुद होटल तीन कटोरी में किसी आवारा लड़की को बुर्क़ा ओढ़ाकर ले आए! बूढ़े मैनेजर ने रजिस्टर उनके सामने नहीं सरकाया। क़ंबर ने ज़रा काँपते हाथों से ख़ुद ही मिस्टर एंड मिसेज़ क़ंबर अली उस पर लिखा। बड़े मियाँ को और ज़्यादा गुस्सा और शर्म आई। शरीफ़ों के इस आलीशान होटल में ऐसा लफ़ंगापन आज तक नहीं हुआ था।

"मियाँ साहबज़ादे! आपसे यह उम्मीद न थी।" उन्होंने भिन्नाकर कहा।

क़ंबर का रंग उड़ गया।

"इस वक़्त तीनों साहबज़ादियाँ भी यहाँ मौजूद हैं। जेनी, पेनी, फैनी बिटिया तीनों। मँझली बिटिया के मियाँ पाकिस्तान से आए हैं। सुबह को रानी साहब और सरकार आने वाले हैं।"

मूसलाधार बारिश शुरू हो गई।

"इस तरफ़ हमारे सिटिंग रूम में बैठ जाइए। उजाला होते ही रानीखेत निकल जाइएगा। हम रोमनॉफ़ होटल फोन किए देते हैं।"

"अरे उनको नहीं!" क़ंबर मियाँ ने और ज़्यादा घबराकर कहा।

हाजी रहीमुद्दीन तीन कटोरी वाले लाला कालीचरन से ज़्यादा बददिमाग़ थे और मियाँ जान के पुराने दोस्त। मियाँ जान मरहूम उनके लिए मुक़द्दमे लड़ा करते थे। शहर लखनऊ में अंग्रेज़ी होटलों की चेन (Chain) के मालिक थे। उनके परदादा हाजी रहीमुद्दीन बुख़ारा से आए थे, इसलिए उन्होंने अपने रानीखेत के होटल का रूसी नाम रख लिया था जो बहुत रोमांटिक था। आज़ादी से पहले अंग्रेज़ों में यह होटल बहुत मशहूर था।

"रोमनॉफ नहीं। हम लोग कहीं और ठहर जाएँगे।"

"आप इनको बतला क्यों नहीं देते?" बेला ने नक़ाब के अंदर से कहा।

"ताकि ख़बर फैल जाए और गुलाब आकर हमें चाकू भोंक दे।"

"अरे! आप तो बहुत ही डरपोक हैं।"

"अच्छा भई, अल्लाह के लिए चुप रहो। तीनों कटोरियाँ भी यहाँ मौजूद हैं। या अल्लाह! हम कितनी बड़ी मुसीबत में फँस गए। इतनी बारिश, अँधेरी रात और ये ख़तरनाक पहाड़ी रास्ते! हर तरफ़ फिसलन ही फिसलन! क्या पता रास्ते ही में कार लुढ़ककर खड्ड में जा गिरे! रानीखेत से पहले ही बेलारानी खेत रहें।"

"ख़ुदा न करे⋯ठहर जाइए सुबह तक।"

"जी हाँ, और सुबह-सुबह नीचे आ जाएँ मोहतरमा सफ़िया सुल्तान। बहुत बुरे फँसे!"

रानीखेत पहुँचकर एक कॉटेज किराए पर लिया। नौकर का बंदोबस्त करने निकले। बेला ने चूल्हा-हंडिया सँभाली। फिर झड़ी लग गई। दिन-भर घर में क़ैद। बेला से गाने सुनते-सुनते उकता चले। अपना मनपसंद गीत "उमड़े दल बादल शाम घटा" भी बोर करने लगा। पहुँचवाले पत्रकार थे। पहाड़ पर बैठे-बैठे ऐसा इंतज़ाम किया कि इस सनसनीखेज़ संजोग की ख़बर प्रेस में न आई। बारिश थमती तो बेला ख़रीदारी करने निकलतीं। क़ीमती कपड़ों के ढेर लगा दिए, क्योंकि जब माँ के साथ राजा साहेब के बँगले पर पहुँची थीं तो सिर्फ़ मेकअप-किट के साथ।

पहाड़ पर घटाओं ने तंबू तान रखे थे। एक दिन तीसरे पहर कॉटेज की लाउंज में चाय पीते-पीते अचानक क़ंबर मियाँ ने पूछा—"तुम्हारे गुलज़ारे-मुहब्बत की पूरी कास्ट से तो हम मिल लिये, राबेल कुमार को छोड़कर। उनका नाम भी सनूबर फ़िल्म कंपनी के

इश्तिहार में दर्ज था। यह कोई हीरो हैं ?"

"बहार साहब ने नाम पहले से सोच लिया था। हीरो की तलाश ज़ारी थी," बेला ने शोख़ी से जवाब दिया, "सो मिल गया !"

"अच्छा ?....वह कौन है ?"

"यह क्या मेरे सामने बैठे हैं !"

शेख क़ंबर अली एडीटर रेडरोज़ हँस पड़े।

मधुमालती

"अस्ल ख़ैर से यह कहकर सिधारे[1] थे कि दिल्ली जाते हैं। पहुँच गए रानीखेत! मुंशी जी गाँव जाते वक़्त बतला गए कि पहाड़ से भय्या का ख़त आया था।"

अलहम्दो ने बरसाती में बिछी अपनी चारपाई पर बैठते हुए कहा। गर्मियों में जब भय्या कहीं बाहर जाते, सारे नौकर कोठी की ज़्यादा हिफ़ाज़त के ख़याल से वहीं आकर सोते थे। पहले महफ़िल जमती। रमज़ानी की बीवी पान लगातीं। ईदू और भगवानदीन कजरियाँ अलापते। रमज़ानी दास्ताने-लंधूर सुनाते।

"ऐ रमज़ानी भय्या! आज हमने तीसरी का चाँद देख लिया है, टोटका कर दो!" अलहम्दो ने फिर बात की।

उन्होंने जब-जब तीसरी का चाँद देखा, उनका सारा महीना परेशानी में कटा। चाँद देखते ही रमज़ानी की खोज शुरू होती। वह चाँदी के कटोरे में पानी भरके उसमें चवन्नी और हरे पत्ते डालते। अलहम्दो सर ढाँपकर अदब से बैठ जातीं। रमज़ानी उकड़ूँ बैठकर शहज़ादे और वज़ीरज़ादे की कहानी शुरू करते जो शिकार खेलने निकले और जंगल में उन्होंने एक लोटा देखा, जिसके अंदर एक चमकदार शै बंद थी और टोंटी में से निकलने की कोशिश कर रही थी। उसने कहा कि मैं दूसरी तारीख़ की रात यानी तीसरी का चाँद हूँ और बड़ी तक़लीफ में हूँ।

और खुद बेगम साहिबा मरहूमा, अल्लाह उन्हें जन्नत दे, तीसरी का चाँद देखते ही फ़ौरन रमज़ानी को बुलाकर यही कहानी सुनती थीं। उसके बाद चाँदी की कटोरी में उँगलियों की पोरें डुबोती थीं और रमज़ानी उनके पाँव के नाख़ूनों को वह पानी ज़रा-ज़रा-सा छुआ देते थे। फिर वह मुस्कुराकर कहती थीं—'भय्या को ना बताना! वो हँसेंगे कि हम वहमपरस्ती[2] के खिलाफ़ रेडियो पर तक़रीरें भी करते हैं।'

"ऐ लो, फिर नज़र आ गया कमबख़्त!" अलहम्दो बड़बड़ाई।

---

1. शुभ घड़ी गए थे (औरतों की ज़बान), 2. अंधविश्वास।

"ख़ाला, तीसरी का चाँद इतना बड़ा नहीं होता, न इतनी देर तक रहता है। आज चाँद की चौथी रात होगी।" ईदू ने कहा।

अलहम्दो को बेगम साहिबा की याद आ गई। आँखों में आँसू भर आए, "क्या मुर्दों को भी चाँद-सितारे नज़र आते होंगे?" उन्होंने गम्भीर आवाज़ में पूछा।

"लो, नज़र आना क्या माने? वह रहते ही वहीं पर हैंगे! कोई ज़मीन के अंदर थोड़ा ही गड़े रह जाते हैं! वहाँ से निकल गए कबके!" ईदू ने बड़े इत्मीनान से जवाब दिया।

"ऐ ईदू बेटे! ऐसी अँधेरी रातों में जब यह बाग़ महकत है—साहब, बेगम साहब कहीं यहीं न हों! जैसे चंदन के बिरवा, जैसे यह मधुमालती है, यह कोई लड़की है या बेल?"

"लड़की तो ककड़ी की बेल होत है।" रमज़ानी की बीवी ने निहायत बेबाकी से जवाब दिया।

"एक बार मुंशी जी वृक्ष-कन्या की बात बतलावत रहे।" भगवानदीन बोले, "लड़की की लड़की, पेड़ का पेड़।"

"मधुमालती के फूल रंग बदलकर सफ़ेद-से गुलाबी हो जात हैं, औरतें भी दो रंगी।" ईदू ने फ़ैसला किया।

"ऐहै! और मर्द तो बड़े भोले मासूम!" ज़ैतून ने चमककर कहा।

तेज़ रौशनी बरसाती पर पड़ी। एक जीप करीब आकर रुकी। राजा रघुवीरप्रसाद नीचे उतरे। सब खड़े हो गए और अदब से झुककर सलाम किया। ठाकुर ने जेब से एक मुहरबंद लिफ़ाफ़ा निकाला, "मुंशी जी हैं?"

"गाँव गए हैं, कल आवेंगे।"

"अच्छा तो अम्दो खाला, यह लिफ़ाफ़ा अपने पास हिफ़ाज़त से रख लीजिए। मुंशी जी को दे दीजिएगा, हमें फ़ौरन कलकत्ता जाना है। जाने कब तक लौटें! और मुमकिन है, भय्या को इस काग़ज़ की फ़ौरन ज़रूरत पड़े, अदालत में रजिस्ट्री वग़ैरह करवानी हो। क्या हो, हमें मालूम नहीं।"

"ठीक है हुज़ूर!"

वह जीप में सवार हुए और फाटक की तरफ़ निकल गए। अलहम्दो लिफ़ाफ़ा सँभाल, ग़रारे के नेफ़े से कुंजी निकालती अपने क्वार्टर में पहुँची। कोठरी में जाकर चारपाई के नीचे से बक्स खींचा। निकाहनामा, जो जाने की जल्दी में क़ंबर अली रानीखेत ले-जाना भूल गए थे, लिफ़ाफ़ा में बंद करके ठाकुर साहब ने उस पर अपनी मुहर भी लगा दी थी। अलहम्दो ने कपड़े हटाकर पैकेट को तह में रखा। ताला लगाया। मुसल्ला निकालकर बाहर चबूतरे पर इशा की नमाज़ पढ़ी। बरसाती में पलँग पर आकर लेटी तो देखा कि रमज़ानी, ईदू और अलाउद्दीन अपनी-अपनी खाटों पर खर्राटे ले रहे थे, जिस तरह बाड़े में हिरन और नील गाय सोए हुए हों।

"ऐ लो ! तीसरी के चाँद का टोटका तो रह ही गया ! ख़ैर, अल्लाह मालिक है।" करवट बदलकर ठंडी-ठंडी हवा में वह भी सो गईं।

एक हफ़्ते के बाद शाम के वक़्त गर्द से अटी कार बरसाती में पहुँची। छत पर सामान, अंदर सामान ! गए तो एक अटैची केस लेकर, ये इतने लद-फँदकर कैसे आए ?

अलहम्दो ने आगे बढ़कर देखा। सामने की सीट पर एक मेमसाहब—सर पर स्कार्फ़, काला चश्मा, कोट-पतलून। दोनों उतरे।

"सलाम हम्दो ख़ाला ! सब ख़ैरियत ?" क़ंबर अली की आवाज़ में हल्की-सी घबराहट थी। ख़ैर, घबराए-से तो हमेशा ही रहते हैं।

ईदू दौड़े आए। डिकी खोली। मेम साहब स्कार्फ़ और चश्मा उतार उँगलियों से बाल सँवारती सीढ़ियाँ चढ़ीं। सारा निजी स्टाफ़ भागा आया। इतवार का दिन। दफ़्तर बंद था, वरना तीनों मैगज़ीनों का स्टाफ़ भी मौजूद होता।

फटकू और भगवानदीन ने सामान उतारा। सब बरामदे में इकट्ठा हो गए।

बेला ने इंगलिश पिक्चर्स में देखा था कोई यंग और हैंडसम लॉर्ड किसी ग़रीब गवर्नेस को ब्याह कर अपने कंट्री हाउस पर आता है तो उसका डोमेस्टिक स्टाफ़ अगवाने के लिए एक क़तार में खड़ा होता है। बटलर, हाउसकीपर, हाउसमेड कुक, किचन मेड, वग़ैरह कलफ़-लगे सफ़ेद-काले यूनीफ़ॉर्म पहने सब कर्टसी करते हुए। ये मटमैले कपड़ों वाले ग़रीब और यतीम नौकर-चाकर चुपचाप खड़े रहे— भौंचक्के।

"यह वही लड़की तो थी नौटंकी वाली जो बेतुके कपड़े पहने फ़ोटो खिंचवाने यहाँ आया करती थी।" रमज़ानी ने धीरे से कहा, "या मज़हरुल अयाजब[1] ! भय्या की मत्त फट गई।"

क़ंबर ज़रा सख़्ती से बोले—"ईदू ! बेगम साहब का सामान हमारे बेडरूम में ले जाओ। अम्दो ख़ाला ! ये टोकरियाँ उठाइए, रानीखेत के फल हैं।"

"ठहर जाओ, मैं पहले गिन लूँ।" बेला ने आगे बढ़कर कहा।

क़ंबर अली झेंप गए।

"बहू साहब ! यहाँ हमारे भय्या के बाग़ में मनों आम, अमरूद, सब क़िस्म का फ्रूट लदा रहता है। हम सेर-चश्म[2] लोग हैं।" अलहम्दो ने तल्ख़ी[3] से कहा।

"ओ के···ओ के···नेवर माइंड···"

दूर बाग़ की सड़क पर रिक्शा पहुँचा। मुंशी सोख़्ता ने अपना सामान उतारा।

---

1. अद्‌भुत चमत्कार दिखानेवाले यानी हज़रत अली, 2. अघाए हुए, 3. कड़वाहट।

झुककर सदरी की जेब से किराया निकाला। मुड़कर देखा। वह गाँव से लौटे थे और बस-अड्डे से आ रहे थे। आगे बढ़े। बेला दिखाई पड़ीं। वह भी दंग रह गए।

"आदाब अर्ज़ भवानी चचा!" क़ंबर अली ने खिसियाकर कहा।

"जीते रहिए!"

"बाथरूम किधर है?" बेला ने ज़ैतून से पूछा। अचानक उनको वह वक़्त याद आया जब चिनहट में रूपा महरी से प्लान के मुताबिक़ यह सवाल किया था। दिल में एक अजीब-सी चुभन महसूस की। यह सब क्यों हुआ? अगर न होता तो क्या होता? अच्छा हुआ। बहुत अच्छा हुआ। न होता तो बहुत बुरा होता। मैं क्या इन दो टके के नौकरों ही के रौब में आ गई? वह तेज़-तेज़ क़दम रखती ज़ैतून के साथ कोठी के अंदर चली गईं।

बाथरूम से ताज़ादम होकर निकलीं तो गैलरी में से अलहम्दो ने आवाज़ दी, "बहू साहब, चाय गोल कमरे में लगा दी है, वहीं तशरीफ़ ले चलिए।"

यह हुई न बात! बहू साहब···गोल कमरा···तशरीफ़ ले चलिए—एरिस्टोक्रेटिक मामिलात।

गोल कमरे में जाकर अनजाने में उसी सोफ़े पर बैठ गईं जहाँ फ़ोटो-सेशन के दौरान बैठती थीं।

मुंशी सोख़्ता बरामदे से गुज़र रहे थे। क़ंबर अली ने उन्हें पुकारा, "भवानी चचा!"

वह भारी-भारी क़दमों से अंदर आए।

"नमस्ते सोख़्ताजी!" बेला ने फ़िल्मी अन्दाज़ में कहा।

"जीती रहिए बहू साहब!" खड़े रहे, फिर बोले, "माफ़ कीजिएगा। हम ज़रा अपना सामान बुर्जी में रख लें। बाहर पड़ा है।" लौट गए।

दो हफ़्ते बीत गए। नौकर चुपचाप अपने-अपने काम में लगे रहते। उनकी ख़ामोशी से ज़्यादा शौहर की लापरवाही जानलेवा मालूम हो रही थी। वह सुबह नौ बजे से दफ़्तर जाकर मैगज़ीनों के काम में जुट जाते। खाना भी अपने स्टाफ़ के साथ खाते। शाम को बहुत देर तक काम करते। उसके बाद ड्राइंगरूम में जा बैठते। राइटरों और जर्नलिस्टों के साथ पीने-पिलाने का दौर शुरू हो जाता। रात को कहते, "क्या करें बेला! तीनों मैगज़ीनों को हफ़्तावार कर दिया है, काम बहुत बढ़ गया है।"

बेला सोचतीं—इस सर्दमहरी[1] के ज़रिये जो मेरी तौहीन हो रही है, उस बेइज़्ज़ती

---

1. उपेक्षा।

से बदतर है जो मेरी माँ और नानी बर्दाश्त करती थीं, जब उनको ज़नानख़ानों में बेगमों की जूतियों के पास बिठाला जाता था। एक बार अम्माँ एक बेगम के पलँग पर बैठ गई थीं तो उन्होंने झिड़क दिया था—'इनके बहुत दिमाग़ ऊँचे हो गए हैं। आकर हमारे बराबर बैठ गईं !'

रेडरोज़ के नौकर भी तो इसी वजह से उनके साथ ऐसी रुखाई से पेश आते हैं।

एक रोज़ उन्होंने अपने शौहर से यह बात कही। वह बोले, "अरे भई, तुमको अपने बारे में कॉम्पलेक्स है। अब ये लोग क्या करें ? तुमसे बेतकल्लुफ़ी पर उतर आएँ तो तुम शिकायत करोगी कि तुमको बेगम साहिबा नहीं समझते।"

"नहीं, यह बड़ी अजीब सिचुएशन है । सोख़्ता के अलावा ये सब कमीन समझे जाते हैं, मगर इन्हीं के तबक़े[1] के एक मेंबर को ऊँची हैसियत मिल जाती है तो इनको बुरा लगता है। ये वाक़ई अपनी ज़ंजीरों से मुहब्बत करते हैं। ये चाहते हैं मालिक हमेशा मालिक रहें। तुम ख्वामख़ाह एक क्लासलेस सोसाइटी क़ायम करने की फ़िक्र में परेशान हो रहे हो।"

"बेला ! ये चंद नौकर मेरे ख़ानदान के फ़्यूडल दौर की यादगार हैं। इनकी औलाद जो फ़ैक्ट्रियों में काम करेगी उसकी यह गुलामाना ज़हनियत नहीं होगी। ये मारे वफ़ादारी के इस क़दर उदास हैं। ये चाहते थे कि इस घर में कोई नवाबज़ादी बहू साहब बनकर आवे। इन सोशियो-इकॉनोमिक मामिलात की सही Analysis करने की ज़रूरत है। इसके अलावा बात दरअस्ल यह है कि···कि···नौटंकीवाले और फ़िल्मी लोग वग़ैरह ज़रा···ज़रा अच्छी नज़रों से नहीं देखे जाते और अवाम को इनके बारे में बहुत ग़लतफ़हमियाँ हैं और शक वग़ैरह, और तुम्हारा ताल्लुक़ चूँकि···चूँकि···"

"अब ज़्यादा सफ़ाई न पेश करो !"

"रहे भवानी चचा, वह मेरे बाप के बराबर हैं। अगर मेरे वालिद ज़िंदा होते तो उनकी नाराज़गी बिल्कुल ऐसी ही होती और अम्मी जनियाँ का रवैया[2] भी यही होता जो अम्दो ख़ाला का है। इन्होंने मुझे पाला है। अच्छा, तुम एक काम करो। तुम बहुत बोर हो रही हो, टाइप करना सीख लो। हम और टाइपिस्ट नहीं रख सकते। ख़र्चा बढ़ता जा रहा है। इश्तिहार[3] बहुत कम मिलते हैं। हम अब बैंक से निकालकर मैगज़ीनों पर रुपया ख़र्च कर रहे हैं। तुम टाइपिंग सीख लो तो कुछ आर्टिकल तुमसे टाइप करवा लिया करेंगे। ठीक है ?"

बेला खुश हो गई। दफ्तर के वक़्त के बाद मिस छोटे लाल की कुर्सी पर बैठकर टाइप की मश्क़[4] शुरू कर दी।

दो महीने इस तरह निकल गए।

---

1. वर्ग, 2. व्यवहार, 3. विज्ञापन, 4. अभ्यास।

वह बावर्चीख़ाने के इंतिजाम की माहिर थीं। खोली में बचपन से खाना पकाया था और बरगद-तले 'चँबेली के ढाबे' में माँ की मदद करती रही थीं। रमज़ानी के हाथ का खाना उनको अच्छा नहीं लगता था। वह हर सालन में नारियल डालना पसंद करती थीं।

रमज़ानी ने मुंशी सोख़्ता से शिकायत की—"सरकार मरहूम जब शिकार पर जाते थे, हमने उनके लिए जंगलों में केले के पत्ते पर दाल पकाई है...शाही के रकाबदार घराने से ताल्लुक़ रखते हैं, मज़ाक़ नहीं है, लेकिन बहू साहब नालायक़ समझती हैं!"

बावर्चीख़ाना बहुत दूर स्टाफक्वॉटर के कोने में था। उसमें ऊँचे चूल्हों पर पत्थर के कोयले से खाना पकता था। कोठी में एक साइडरूम ख़ाली पड़ा था। उसमें बेला ने मॉडर्न किचन बनवाया। सफ़ेद टाइल। सफ़ेद सिंक। अलमारियाँ। खिड़कियों में सफ़ेद लैस के झालरदार पर्दे। गुलदान। दीवारों पर फलों के स्टिल लाइफ़। 'होम एंड गार्डेन' मैगज़ीन में बावर्चीख़ाने की तस्वीरें देखती गईं और सजाती गईं। गैस का चूल्हा लगवाया। ज़नाना बरतानवी[1] मैगज़ीनों में पढ़-पढ़कर बढ़िया विलायती ब्रेकफ़ास्ट शौहर के लिए खुद तैयार करने लगीं।

"भई, तुम तो बहुत सुघड़ बीवी निकलीं!" एक सुबह नाश्ता करते हुए उन्होंने मुस्कुराकर कहा।

बेला खिल उठीं। आँखों में आँसू आ गए—"शुक्र है मेरी कोई बात तो पसंद आई!"

"अरे भई, अगर तुम पसंद न होतीं तो हम तुमसे ऐसी ड्रामाई शादी क्यों करते?" कलफ़दार नेपकिन से मुँह पोंछकर दफ़्तर की तरफ़ भागे।

मुंशी भवानी शंकर सोख़्ता बाहरी बरामदे में खड़े पोस्टमैन से डाक ले रहे थे। बेला पास से गुज़रीं। मुंशी जी को सलाम नहीं किया। अलाउद्दीन ड्राइवर को आवाज़ दी। कार में बैठकर फिर ख़रीदारी के लिए निकल गईं। दफ़्तर के चपरासी ने डाक का अंबार लाकर सेक्रेटरी मिस एलिज़ाबेथ छोटे लाल की मेज़ पर रखा, जो सुबह-सवेरे साइकिल पर लालबाग़ से आती थीं। उन्होंने सेक्शनों की डाक अलग-अलग की। साहब के नाम के ख़त उन्हें पेश किए। मुंशी जी अंदर आकर टेलीफ़ोन की मेज़ पर बैठ गए।

बचत के ख़याल से मुंशी सोख़्ता ही ऑपरेटर की ड्यूटी करते थे और हर मैगज़ीन की कॉल के लिहाज़ से 'रेडरोज़ गुडमार्निंग', 'गुले-सुर्ख़ आदाब अर्ज़', 'लाल गुलाब नमस्कार' कहते जाते थे।

टेलीफ़ोन-ऑपरेटर के अलावा वह रेडरोज़ पब्लिकेशन्ज़ के क़ानूनी सलाहकार भी

1. ब्रिटिश।

थे और 'गुले-सुर्ख़' के लिटरेरी सेक्शन की एडीटरशिप भी इन्हीं के ज़िम्मे थी। भय्या की खुशी की ख़ातिर तरक़्क़ीपसंद[1] अंदाज़ की ग़ज़लें भी कहते थे, जो कभी-कभी 'गुले-सुर्ख़' में छपती थीं। 'लाल गुलाब' के एडिटिंग स्टाफ़ से बातें करते हुए कहते थे कि "हम समाजवादी लेखकों का यह फ़र्ज़ बनता है कि....."

और यह सब इसलिए कि क़ंबर अली खुश रहें, क्योंकि वह उन्हें अपने बेटे की तरह चाहते थे और उन्होंने महसूस किया था कि शादी के बाद से भय्या बहुत फ़िक्रमन्द[2] और उदास हो गए हैं। उनकी शादी की ख़बर अब तक आम नहीं हुई थी। दोस्तों के क़रीबी हलक़े ने उनके इस क़दम की हिमायत की। तीन कटोरी वाले हैरान थे और खुद भय्या के सामने भवानी शंकर ने अपनी राय अब तक ज़ाहिर नहीं की थी। मुंशी जी का ख़याल था कि भय्या को इस ड्रामेबाज़ी की ज़रूरत ही नहीं थी। अगर वह खुले-आम बेला से शादी कर लेते तो भी कुछ न होता; मगर वह नौजवान आदमी थे, क़ौम का ग़म खाते थे; फिर भी ज़ाती ज़िंदगी आराम और सुकून से गुज़र रही थी। थोड़े-से जोश की उन्हें ज़रूरत थी।

ख़तों को पढ़ते-पढ़ते अचानक क़ंबर अली ने मुंशी जी को आवाज़ दी।

भय्या रोज़ से ज़्यादा परेशान नज़र आ रहे थे। बोले—"भवानी चचा! ज़रा इस तरफ़ आइए।" उनको ड्राइंगरूम में ले गए। हाथ में एक लिफ़ाफ़ा था, मास्टर आई० बी० मोगरा—नागपाड़ा, बंबई की तरफ़ से।

भवानी शंकर सोख़्ता बैरिस्टर अज़हर अली के क्लर्क की हैसियत से धोखाधड़ी के मुक़द्दमों का चालीस साल का तजुर्बा रखते थे। उनको यक़ीन था कि वह नाटक जो राजा रघुवीरप्रसाद के यहाँ चिनहट में खेला गया, उसके असली राइटर पर्दे के पीछे से मास्टर इमाम बख़्श मोगरा थे। उन्होंने देखा कि क़ंबर अली एक लंबी-चौड़ी जायदाद के अकेले मालिक हैं और एक जज़्बाती व सीधे-सादे नौजवान हैं। कोई बुज़ुर्ग रिश्तेदार, नसीहत करनेवाला सरपरस्त[3] नहीं। सोख़्ता को गागूली मुंशी समझे। लड़की से एक्टिंग करवाई कि माँ-बाप की क़ैद से रिहाई चाहती है।

सोख़्ता को अपने इस यक़ीन का सबूत उस वक़्त मिला जब क़ंबर अली ने सोफ़े पर बैठते हुए ज़रा हकलाकर कहा—"भवानी चचा! हा....हमारे पर्चे ही घाटे में चल रहे हैं, हम इस तीन सौ माहवार की....की गुंजाइश कहाँ से निकालें?"

भवानी शंकर ने कमानीदार ऐनक नाक की फुनगी पर जमाई।

उस्ताद मोगरे ने लिखा था—

—आप जैसे बड़े आदमी ने हम ग़रीबों को इतना बड़ा धोखा दिया। हमारी सनूबर कंपनी अभी शुरू भी न हुई थी कि ठप्प हो गई। हम तीनों बहुत जल्द रोड पर आ जाएँगे। हम आप रईसों को पहचानते हैं। जिस तरह गुल अब्बास आपकी नज़रों में

---

1. प्रगतिशील, 2. चिंताग्रस्त, 3. अभिभावक।

चढ़ी, उतर भी सकती है, मगर अब वह कहीं की न रहेगी। उसका बड़ी फ़िल्म-स्टार बनने का चांस भी मारा गया। बहार साहब हमारे ख़र्चे कहाँ तक पूरा करें! वह खुद बाल-बच्चों वाले आदमी हैं। तीन सौ रुपया माहवार पेंशन ज़िंदगी-भर के लिए देना मंज़ूर फरमाइए—जौज़ा,[1] और हम आपको दुआएँ देंगे।

मुंशी जी ने ऐनक उतारी, एक मिनट चुप रहे और बोले—"भय्या, आपने अब तक जो कुछ किया, सो किया। अब हम चुप नहीं रह सकते। ज़िंदगी-भर पेंशन किस बात की? वह खुद बतला रहे थे कि हरफ़न मौला आदमी हैं। हस्तविद्या और बाबागीरी से भी कमा चुके हैं। बंबई में आदमी हर तरह लूट-पीटकर पेट पाल लेता है। अब तक कोई वहाँ बादशाही कर रहे थे? और वह जो उनका हीरो बटा ज़ीरो बेटा है, वह तबलची उनको कमाकर नहीं खिला सकता? अच्छा अब यह बात आपने खुद निकाली है तो पहले यह बतलाइए कि आपने निकाह के वक़्त कितनी रक़म[2] मुक़र्रर की—मुअज्जल और मुवज्जल? दुल्हन की तरफ़ से वकील कौन था? मौलाना कौन आए थे और गवाह कौन-कौन लोग थे?"

"वक····वक····वकील तो काले खाँ थे—रघुवीरप्रसाद के ड्राइवर। मौलाना उसी गाँव के थे और गवाह रघुवीरप्रसाद के कारिंदे थे। हमें उनके नाम ठीक से याद नहीं, शायद इकराम अहमद और अशफ़ाक़ अली।"

"महर··· ?"

"म····महर····अरे भवानी चचा, क्या आप हमें बच्चा समझते हैं? सारा हिंदुस्तान हमारे क़लम से थरथर काँप रहा है।"

मुंशी जी मुस्कुराए।

"ख़ैर सारा न सही, आधा सही। तमाम मंत्री लोग सबसे पहले हमारे एडिटोरियल पढ़ते हैं, खुद पंडित जी····"

"महर—मुअज्जल और मुवज्जल···· ?"

"वह तो हमने सब काम सोच-समझकर किया है। हम भी तो आख़िर बैरिस्टर के लड़के हैं!"

"महर··· ?"

---

1. पत्नी, 2. यह रक़म (महर) लड़की को उसके पति की तरफ़ से देने के लिए मुक़र्रर की जाती है। यह दो तरह की होती है—(1) मुअज्जल—इसे तुरंत देना होता है। (2) मुवज्जल—इसे डिमांड होने पर या अपनी सहूलत से पति अपनी पत्नी को अदा करता है। वरना पति की मृत्यु के बाद वह उसकी संपत्ति में से क़ानूनन वसूल कर सकती है, या अगर पति उसे तलाक़ देता है तो महर की रक़म उसे तुरंत स्त्री को देनी पड़ती है। लेकिन अगर स्त्री पति से खुद तलाक़ ले तो उसे महर की रक़म छोड़नी पड़ती है। महर की रक़म स्त्री की निजी संपत्ति होती है। इसी प्रकार लड़कियों को अपने पिता की जायदाद में एक-तिहाई हिस्सा मिलता है और पति की मृत्यु के बाद पत्नी उसकी जायदाद के आठवें हिस्से की हक़दार होती है।

"बस यह कोठी ही समझ लीजिए। मगर सिर्फ़ को····कोठी, बाग़ नहीं!"

सोख़्ता हैरान रह गए। रूमाल निकालकर माथे से पसीना पोंछा। कुछ देर तक बड़ी गंभीर ख़ामोशी छाई रही। अचानक क़ंबर मियाँ यह सोचकर डर गए कि मुंशी सोख़्ता छड़ी उठाकर उनको पीटना शुरू न कर दें। अपनी सारी हिम्मत जमा की। कंधे उचकाकर ज़रा तन के बैठ गए। हल्की सीटी बजाने की कोशिश की। बेफ़िक्री को जताने के लिए टाँगें हिलाने लगे।

"बेगम साहिबा के लॉकर की कुंजी भी आपके पास थी—उनके ज़ेवरात····"

"ओहो····लॉकर में अम्मी के ज़ेवरात हैं? यह तो हम भूल ही गए थे! अच्छा हुआ आपने बता दिया। हम उनको बेच देंगे और मैगज़ीनों में जो नुक़सान हो रहा है इस पैसे से उसे पूरा करेंगे। बेला को न बताइएगा, वरना पीछे पड़ जाएँगी कि ज़ेवर भी मुझे दे दो। औरतों को गहने-पाते का जाने क्यों इतना जुनून होता है! भवानी चचा, लॉकर में और क्या है? शेयर सर्टिफिकेट वग़ैरह?"

"जी हाँ।"

"अच्छा हुआ आपने बता दिया। मौक़ा पड़ने पर शेयर भी बेच सकते हैं। अब हमें ज़रा इत्मीनान हुआ। अच्छा आप मनीऑर्डर-फ़ार्म तो निकालिए!"

"क्यों?"

"मोगरा-चँबेली को भूखों मरने दें? भवानी चचा, वह हमारी ब्याहता बीवी के ग़रीब माँ-बाप हैं और हमें अपनी बीवी से कोई शिकायत नहीं है।"

"भय्य, यह सारी नौटंकी मास्टर मोगरा ने की थी कि बेला रानी उस माहौल से निकलना चाहती हैं, आप उनकी मदद कीजिए; और आप इतने भोले हैं कि उनके भर्रे में आ गए। ज़रा ग़ौर से सोचिए, ठंडे दिल से, और फिर उन्होंने कोठी भी आपसे अपने नाम लिखा ली। वह चिनहट वाला ड्रामा चोरी-छपे की शादी का न तो आपने बनाया था न राजा रघुवीरप्रसाद ने। उसके अस्ल लेखक थे मास्टर मोगरा और शायद उनके साथ बहार फूलपुरी उर्फ़ देवताड़ बाराबंकवी। सोचिए····ज़रा ग़ौर कीजिए!"

क़ंबर अली सोचा किए, फिर सर हिलाया, "भवानी चचा, ऐसा मुमकिन भी है और नहीं भी। आप क़ानून के माहिर आदमी हैं। क़ानून में एक चीज़ The Benefit of the Doubt होती है। आप वह इन सबको न दीजिएगा।"

मिस बर्डी छोटे लाल ने दरवाज़े से झाँका, "सर, कॉल फ़ार यू।"

वह उठे, "चलिए मास्टर जी के नाम दो सौ रुपया महीना आज से ज़ारी कर दीजिए। अगर देखा जाए तो हमने वाक़ई उनके साथ ज़्यादती की। उनका सनूबर फ़िल्म कम्पनी का बना-बनाया खेल बिगाड़ दिया। आपको बेचारे उस्ताद से कुछ हमदर्दी ही नहीं! आप अब एक प्रगतिवादी पत्रकार हैं। आप भी सोचिए, हमारे जागीरी समाज ने इन फ़नकारों को सदियों तक जूते की नोक पर रखा, इनको Exploit किया। अगर हम अपनी ज़ाती ज़िंदगी में अपने आदर्शों पर अमल न करें तो हमारी मार्क्सिज़्म पर तीन

हर्फ़...हाँ ! कामरेड छोटे लाल, हम आ रहे हैं।"

टेलीफ़ोन इलेक्शन-कमिश्नर के दफ़्तर से आया था। दूसरे दिन सुबह मुँह-अँधेरे गाउन पहने टहलते हुए क़ंबर अली पीपल के नीचे पहुँच गए जहाँ सोख़्ता सूर्य-नमस्कार और पूजापाठ में लीन थे। सिगरेट बुझाकर दूर फेंका। एक तरफ़ को खड़े रहे। सोख़्ता ने जाप ख़त्म करके सर उठाया, "नमस्कारम्, स्वामी जी !" क़ंबर ने खिलकर कहा।

"गॉड ब्लेस यू, भय्या !"

"आ-हा-हा ! गॉड ही के सिलसिले में तो इस वक़्त आपको तकलीफ़ देने आए हैं। पहले यह बताइए, आप किस भगवान को मानते हैं ? किस-किस को ?"

"एक ख़ुदा को मानते हैं...ज़ाते-मुतलक़[1]...परम ब्रह्म, जिसके जलाल[2] के मज़हर[3] शिव जी हैं...शंकर भगवान; जमाल[4] के मज़हर विष्णु, जिनके राम और कृष्ण लिहिन अवतार; और सब देवी-देवता जो हैं वो ज़ाते-मुतलक़ का बुतकदा सिफ़ात[5] हैं—उसके कारिंदे—'ज़ाईदये[6] नूर'। मगर साहबज़ादे, आज बिल्कुल सुबह हिंदू धर्म के Meta- Physic की तरफ़ आप क्यों मुतवज्जह[7] हुए ?"

"भई, हम सिर्फ़ इतना पूछ रहे थे, आप पूजा किस एक देवी या देवता की करते हैं यहाँ बैठकर ?"

"हम बतौर अलामते[8]-जलाल-ख़ुदावंदी शंकर भगवान की तक़दीस[9] करते हैं।" पुराने ज़माने के कायस्थ थे इसलिए निहायत मुश्किल उर्दू बोलते थे।

"बस इतनी-सी बात पूछनी थी। दरअस्ल, हम इलेक्शन में खड़े हो रहे हैं और चाहते हैं कि आप एक अदद क़सम खाएँ लॉर्ड शिवा की कि आप बेला को न बतलाएँगे कि इलेक्शन के लिए पैसा कहाँ से आ रहा है।"

"कहाँ से आ रहा है ?"

"बस, समझ लीजिए कि लक्ष्मी जी ही भेज देंगी।"

"ख़ुदा के लिए कोई और बचपना न कर बैठिएगा !"

"बचपना ? देखिएगा एक रोज़ हम मंत्रि-मंडल में बैठे होंगे।"

क़ंबर अली ने मुंशी भवानी शंकर को बताए बग़ैर बाप के ख़रीदे हुए शेयर्स औने-पौने बेचे। मुक़ाबिला रूलिंग पार्टी से था। लाखों रुपया दरकार। दूसरे हल्ले में माँ के ज़ेवरात पर हाथ साफ़ किया। कोठी पर ज़बरदस्त हंगामा रहा—वर्कर्स, जीप- गाड़ियाँ,

---

1. एक ईश्वर, 2. तेज, कीर्ति, 3. द्योतक, 4. सौंदर्य, 5. परमात्मा के गुण, 6. प्रकाश के स्रोत, 7. आकर्षित, 8. भगवान के तेज के प्रतीक, 9. पूजा-आराधना।

पोस्टरों के अंबार, झंडियाँ। वालंटियर्स के लिए सुबह से शाम तक लगातार चाय बनती। देगों में खाना पकता। निजी वर्कर्स भी रेडरोज़ पार्टी के बिल्ले लगाए बेहद ज़िम्मेदारी के एहसास से इधर-उधर दौड़ते रहते।

इस चहल-पहल में बेला को बिल्कुल भुला दिया गया। वह मुँह फुलाए अपने बेडरूम में पलँग पर लेटी मारी कोरेली के नॉवेल पढ़ा करतीं, जो उनकी इकलौती सहेली एलिज़ाबेथ छोटेलाल उनके लिए लाया करती थी।

क़ंबर अली इलेक्शन लड़े और हार गए। इस ज़बरदस्त माली नुक़सान और सियासी हार के बाद अपना ग़म भुलाने के लिए शराब और ज़्यादा पीने लगे।

बेला की शॉपिंग में कोई फ़र्क़ न आया। रिक्शा पर बैठकर हज़रत गंज, अमीनाबाद, नज़ीराबाद चौक चली जातीं। शाम को पैकेटों से लदी-फँदी वापस आतीं। अब वह ज़्यादा वक़्त मदर-क्राफ़्ट की दुकानों पर गुज़ारने लगीं।

एक दिन तीसरे पहर क़ंबर अली अपने दफ़्तर में बैठे छमाही हिसाब-किताब की जाँच-पड़ताल कर रहे थे। मुंशी जी नाक की नोक पर ऐनक रखे सामने मौजूद थे। उनसे पूछा, "भवानी चचा, यह आम-अमरूद की फ़सल जो इस साल बिकी है, वह रजिस्टर में कहीं दर्ज ही नहीं है?"

"आप इलेक्शन में मसरूफ़[1] थे। बहू साहब ने यह खटीक से ख़ुद वसूल कर ली। उनको नया फ़र्नीचर बनवाना था।"

"आपने हमें न बतलाया! क्या उन्होंने भी क़सम दिला दी थी?"

"आप देहात के दौरे पर गए हुए थे... आम चुनाव के सिलसिले में। आपको ख़बर कैसे करते?"

रिक्शा आकर रुका। बेला बरामदे की सीढ़ियाँ चढ़ीं। क़ंबर को दरवाज़े में से उनकी झलक दिखाई दी। फ़ौरन काग़ज़ात समेटकर उठे।

दफ़्तर का कमरा और ड्राइंगरूम आमने-सामने थे, बीच में गैलरी। जैसे ही बेला दाख़िल हुईं, क़ंबर अली गैलरी में पहुँचे; कहा—"ज़रा इधर आना!" उनको ड्राइंगरूम में ले गए।

बेला ने ऊन और सलाइयों के पैकेट एक साइड-टेबुल पर रखे। सोफ़े पर बैठ गईं। सोचीं—आज फिर झगड़ा होगा।

उन्होंने बात शुरू की—"बेला!"

"बोलो!"

"चिड़ियाँ बोलती हैं। इनसान कहते हैं।"

---

1. व्यस्त।

"फ़रमाइए?"

"यह देखो, हर दुकान से बिल पे बिल चले आ रहे हैं। तुमने बाग़ की आमदनी भी खुद वसूल करके उड़ा दी। हमें न बतलाया?"

"अपने शौक़ के लिए तुमने अपनी मम्मी के दागीने[1], डैडी के शेयर बेच डाले, मुझे बताया?"

"शौक? Cause के लिए··· और तुमसे किसने कहा—मुंशी जी ने?"

"वह तुमसे ज़्यादा घुन्ने हैं। मुझसे बात ही कहाँ करते हैं?"

"फिर? उस बर्डी काले लाल ने?"

"बर्डी छोटे लाल।"

"तुम मेरी जासूसी करती हो। और उस बर्डी की बच्ची को हमने बाइबिल की क़सम दिला दी थी।"

"उसने कुछ नहीं बोला, लेकिन वह तुम्हारी बैंक की सारी Correspondance टाइप करती है। तुम्हारे ऑर्डर के मुताबिक पाँच बजे के बाद मैं अपनी कुर्सी पर टाइपिंग की प्रैक्टिस करती हूँ। उस दिन बर्डी लेटर की कार्बन-कॉपी मशीन से निकालना भूल गई थी। तब मुझे मालूम पड़ा।"

"और यह तुमने फ़र्नीचर किसलिए बनवाया है?"

"मार्च में बेबी आने वाला है, उसके लिए।"

"यह बेबी कौन साहब हैं और कहाँ से आ रहे हैं?····माई गॉड! बेला, तुमसे कितनी बार कहा कि यह अपनी घिटपिटिया बेबी-मम्मी-डैडी-अंकल-आंटी न किया करो।"

"ठीक है, नहीं करूँगी। इतना तो याद कर लिया है पैंट्री के बजाय आबदारख़ाना, खाना उठाओ के बजाय दस्तरख़्वान बढ़ाओ, बाथरूम के बजाय हम्माम, लैट्रिन की जगह चौकी पर जाना बोलती हूँ। तुम लोगों के ये ज़बान के नख़रे बहुत ज़्यादा हैं। वह दिन····"

"उस दिन···"

"तुम्हारे नौकर तक ज़बान पकड़ते हैं।"

"नौकर नहीं, डोमेस्टिक हेल्प।"

"वह दिन मैंने ख़ाली इतना बोला—कलावती से ग़ुस्लख़ाना[2] में झाड़ू-पोंछा करवा दो। अलहम्दो ने धमाल डाल दी—ऐ बहू साहब! हमारे यहाँ शिया लोग जहाँ अपने मुर्दे नहलाते हैं, वह जगह ग़ुस्लख़ाना कहलाती है।"

"तुम्हारे माँ-बाप तो यहीं से बंबई गए थे। तुम्हारी ज़बान····गुडनेस, हम अस्ल टॉपिक से बहुत दूर भटक गए। यह बिल···· ?"

---

1. गहने (बंबई की भाषा में), 2. स्नानगृह।

"और तुम चाहते क्या हो? जो बोलते हो····सॉरी, जो फ़रमाते हो वह करती हूँ।"

"मैं सिर्फ़ यह अर्ज़ कर रहा हूँ कि ज़रा हाथ रोककर ख़र्च करो।"

"तुम क्यों नहीं अपने ख़र्चे कम करते?····इतनी दारू····इतनी दारू····! नर्सरी फ़र्नीचर मैंने इतना ख़ूबसूरत बनवाया है कि देखकर ख़ुश हो जाओगे। सफ़ेद और उस पर मिकी माउस, डोनाल्ड डिक स्नोव्हाइट एंड सेवन ड्वाफ़र्स। यह जो तुम्हारा लेडीज़ गेस्ट-रूम है, इसमें इंशाअल्लाह[1] नर्सरी बनेगी।"

"तुम मेरा रहा-सहा दीवाला भी निकाल दोगी।"

"तुमसे किस हकीम ने कहा था मैगज़ीन निकालो? यह तुम्हारे बस का रोग नहीं। क़ानून पढ़ा था तो अपने डैडी····"

"मियाँ जान।"

"मियाँ जान की तरह प्रैक्टिस करते तो उनकी जमी-जमाई गुडविल तुमको मिलती। मगर कुछ लोगों को फ़िल्म इंडस्ट्री में घुसने का जुनून होता है तो कुछ को पॉलिटिक्स। मुझे तो अपने बाप और बहार फूलपुरी में और तुममें कोई फ़र्क़ नज़र नहीं आता।"

बेला अकसर क़ंबर मियाँ को लाजवाब कर देती थीं—

"अब अगर तुम्हारी आमदनी ज़ीरो है—मैगज़ीनों से, तो बंद करो! बाग़ की ज़मीन पर दुकानें बनवाओ।"

"दुकानें? हम सरमायादारी करेंगे? हम इस बाग़ का ट्रस्ट बना रहे हैं। जनता के लिए रीडिंग रूम, डिस्पेंसरी, फ्री नाइट स्कूल बनवाएँगे।"

"साथ ही अपने लिए पागलख़ाना भी बनवा लेना ताकि उसमें तुमको बंद कर दिया जाए।"

"अच्छा अब तुम अंदर जाओ, चाय बनाओ।"

"जिस जनता के लिए तुम मरे जा रहे हो, उसने तुमको इतने कम वोट दिए। तुम्हारे पार्टी-प्रोग्राम को जनता ने रिजेक्ट कर दिया। उसे अपने मंदिर-मसज़िद-गुरुद्वारे चाहिएँ, और कुछ नहीं। तुम्हारे रमज़ानी और ईदू और अलाउद्दीन और भगवानदीन और फटकू की तरह वह भी अपनी हालत बदलने के लिए तैयार नहीं। मालिक को मालिक बनाए रखना चाहते हैं। तुम उनकी ख़ातिर अपने-आपको तबाह कर लो, वह तुम्हारी कभी नहीं सुनेंगे।"

"क्योंकि उनकी लीडरशिप सही नहीं है। उन्हें एजूकेट करना है।"

"वह सब तुम करते रहो, लेकिन बाग़ का ट्रस्ट मैं नहीं बनने दूँगी। इसे फ़ौरन मेरे नाम लिखो।"

---

1. भगवान की कृपा से।

"अच्छा ये सब दलीलें और नसीहतें[1] इसीलिए की गईं! अपने नाम लिखवा के तो देखो! कोठी लिखकर बेवकूफ़ी की। वह नाज़ुक मौक़ा था। तुम्हारे गुंडे-जैसे चाकूबाज़ लफ़ंगे भाई के डर से बेचारे रघुवीरप्रसाद ने पिस्तौल तान रखी थी कि फ़ौजदारी न हो जावे। इसी डर से मैंने भी फ़ौरन..."

"अब तुम बाग़ भी इसी तरह लिखोगे।"

"मुझे बुली मत करो! अंदर जाओ!"

"मैं तो अभी, इसी वक़्त फ़ैसला करवाऊँगी, वरना बेबी कहाँ खेलेगा?"

"तुम्हारे बेबी को खेलने के लिए इतना बड़ा बाग़ दरकार है जबकि अवाम के करोड़ों बच्चे नंगे-भूखे ख़ाक फाँकते फिर रहे हैं।"

"मैं तो तब मानूँ जब तुम ख़ुद जाकर उनके साथ झोंपड़पट्टी में रहने लगो।"

"मौक़ा पड़ने पर ऐसा भी कर सकते हैं हम।"

"हरगिज़ नहीं! तुमको आरामदायक घर भी चाहिए और बढ़िया विलायती दारू भी। बुलवाओ वकील अभी और तैयार करो काग़ज़, वरना मैं और बेबी क्या रोड पर खड़े होंगे?"

"रोड? कौन-सी रोड भई?"

बाहर ठेलेवाला नर्सरी फ़र्नीचर लेकर आ पहुँचा। उसने हाँक लगाई—"सामान उतरवा लीजिए।"

दफ़्तर बन्द हो चुका था और कलावती बाहरी बरामदे में झाड़ू दे रही थी। उसने सर्वेंट क्वार्टर की तरफ़ जाकर ख़बर दी—"साहब और बेगम साहब में फिर महाभारत छिड़ी है। अब रटत हैं बाग़ मेरे नाम लिख दो।"

"भय्या हमेशा के धान-पान। अब तो बिल्कुल पीले पड़ गए हैं। बीवी ऐसी ज़ालिम मिली! तौबा अल्लाह! मेरे गुनाहों की तौबा!" ज़ैतून ने कानों पर हाथ रखे।

अंदर ड्राइंगरूम में युद्ध ज़ारी था।

"अवाम की फ़िक्र में बेचारे का हाल पतला हुआ जा रहा है! असलियत में तुमसे ज़्यादा क्लास-कांशियस कोई न होगा।"

"मैं क्लास-कांशियस?"

"तुमने आज तक अपने दोस्तों से मुझे क्यों नहीं मिलवाया? मुझे अंडरग्राउंड कर रखा है। तुम डंके की चोट पर सबसे कहते—यह मेरी बीवी बेला हैं...मोगरा भाँड की साहबज़ादी। तुमने तो शादी के फ़ौरन बाद मुझसे मुताल्लिक[2] वह फ़ोटो-फ़ीचर भी प्रेस से वापस मँगवा लिया। उसको—मेराज को बोला यह स्टोरी फ़ौरन KILL कर

1. उपदेश, 2. संबंधित।

दो ! क़ायदा है जब आदमी की शादी होती है, उसके दोस्त-अहबाब नए जोड़े की दावतें करते हैं। तुम्हारे दुलारे रघुवीरप्रसाद की रानी तक ने आज तक मुझे invite नहीं किया। जिनके मकान पर ही निकाह हुआ था—आज तक मिली भी नहीं। जो तुम्हारे मुफ़्तखोरे यहाँ शाम को आकर अड्डा जमाते हैं उनसे भी नहीं मिलवाते।"

"वे सब इंटेलेक्चुअल लोग हैं। उनसे तुम क्या बात करोगी ? वही कव्वाली और सिनेमा !" इतना कहकर ज़रा पछताए, क्योंकि यह बेला जैसी दिमाग़ी और तमीज़दार लड़की के साथ साफ़ ज़्यादती थी।

"मेरी दोस्त कौन है ? बेचारी एलिज़ाबेथ छोटेलाल, मेरी तरह की यतीम ग़रीब बैकग्राउंड की लड़की। मैं शॉपिंग भी न करूँ ? ख़ाली बनिया क्या करे ? इस कोठे का अनाज उस कोठे में ! सारे वक़्त कमरों का फ़र्नीचर इधर-उधर रखवाया करती हूँ। ख़ैर, वह तो मुझे घर सजाने का हमेशा से शौक़ था। ख़ोली में टीन के कनस्तरों में गुलाब उगाए थे। पुरानी साड़ियों के पर्दे सीकर टाँगती थी। अब अल्लाह ने ऐसा मकान दिया है तो..."

"वेरी गुड ! हम तुम्हारे सलीक़े के क़ायल हैं, मगर बेकार की नई चीज़ें न ख़रीदो। यह सब अम्मी जनियाँ का पुराना सामान है—मेरे लिए तबर्रुक[1]। यह मियाँ जान, अम्मी जनियाँ विलायत से उस ज़माने में लाया करते थे, जब कोई विलायत जाता भी नहीं था। आजकल हर भंगी-चमार जा रहा है। दरअस्ल तुम इस क्लासी साज़ो-सामान की क़द्र नहीं कर सकतीं।"

"क्लासी ! बिल्कुल ठीक कहते हो। तुमसे ज़्यादा क्लास-कांशियस..."

"फिर वही ! मैं क्लास...कांशियस ?"

"और मग़रूर[2] ...खानदान...बैकग्राउंड...मसूरी की पढ़ाई...क़ाबिलियत, शोहरत—इतने सारे क्वालीफ़िकेशंज़ और एक अकेली जान ! इनके बोझ-तले तुम्हारा कचूमर निकलता जा रहा है। ऊपर से ख़ाकसारी का भारी ताज सर पर धरा है—'मैं दरवेश आदमी—मैं अनपढ़ आदमी।' अपने मैगज़ीनों में अपनी तारीफ़ के ख़त छपवाते भी तुम ज़रा नहीं झेंपते। अपने ही मैगज़ीन में अपनी तारीफ़ !"

"पॉलिटिक्स में यह सब करना ही पड़ता है।"

"तुम क्लास ही नहीं बल्कि कास्ट-कांशियस भी हो, वरना बेचारी बर्डी को मुँह पर कामरेड और पीठ-पीछे इतनी हक़ारत[3] से काले लाल क्यों कहते हो ? और यह कि अब तो भंगी-चमार भी विलायत जाने लगे ! क्या सिर्फ़ तुम्हारे अपर क्लास माँ-बाप ही इंग्लैंड जाने का हक़ रखते थे ?"

क़ंबर घबराए हुए बैठे रहे। यह औरत तो शरबरी देवी से ज़्यादा झक्की निकली !

"और यह जो तुम दौड़-दौड़कर दिल्ली जाते हो, वजह मुझे मालूम है। हर शाम तुम

---

1. प्रसाद, लेकिन यहाँ पवित्र के माने में प्रयोग हुआ है, 2. घमंडी 3. घृणा।

रूस या ईस्टर्न यूरोप की किस एम्बेसी में पहुँच जाते हो और वहाँ शराब लुढ़ाते हो। तुम्हारे बड़े तोप शायर लोग भी कहीं जाते हैं तो अपने कम-हैसियत दोस्तों और चाहनेवालों के बजाय करोड़पतियों के घरों पर ही ठहरते हैं। बहार साहब के साथ मुशायरों में जा-जाकर मुझे इस लिटरेरी दुनिया का भी कुछ आइडिया हो चुका है। मुझे बेवकूफ़ न समझना!"

"तुम और बेवकूफ़? तौबा-तौबा!"

हर दूसरे-तीसरे रोज़ अब बाग़ के मुआमिले पर झगड़ा होने लगा। जवाब में वह चुप रहते। बेला हथछुट भी थीं। गुलाब और चँबेली से मार खाकर चाल के बच्चों को पीटती फिरती थीं। अब वह क़ंबर की ख़ामोशी से तिलमिलाकर उनको मारने लगीं। क़ंबर फ़ौरन एक गिलास ठंडा पानी पीते और सोचते—मुझे इस सूरतेहाल का साइंटिफ़िक Analysis करना चाहिए। बेला एक स्लम (Slum) चाइल्ड हैं और मारपीट के माहौल में बड़ी हुई हैं। क़ंबर के ठंडे रवय्ये से वह और आगबबूला होतीं और उनके सब्र और सहनशीलता को उनकी क्लास-स्नोबरी और संरक्षात्मक रवैया समझकर उनको और ज़्यादा बुरा-भला कहतीं।

आज सुबह नाश्ते की मेज़ पर फिर वही क़िस्सा शुरू हुआ—"आज तुम वकील को बुला रहे हो ना?"

"तुम्हारे एजेंडे पर तीन आइटम थे : नं० 1 – उल्लू के पट्ठे क़ंबर अली से शादी। नं० 2 – क़ंबर अली की कोठी पर क़ब्ज़ा। नं० 3 – बाग़ पर भी। अफ़सोस कि नं० 3 किसी तरह मुमकिन नहीं।"

"मैं इसी बाग़ के कुएँ में कूदी मारूँगी।"

"कूद पड़ूँगी।" क़ंबर ने ज़बान दुरुस्त की।

"मैं तुम्हें वार्निंग देती हूँ।"

"पान कल के लिए लगाते जाएँ
याद अपनी तुम्हें दिलाते जाएँ[1] – मसनवी ज़हरे-इश्क़!"

"ज़मीन मेरे नाम लिखो, वरना मैं कुएँ में छलाँग लगाने के बाद अगर ज़िंदा बची तो पुलिस को बयान दूँगी कि तुमने मुझे धक्का देकर गिराया था।"

"देखा जाएगा। तुम किसी तरह मेरा पीछा तो छोड़ो!"

वह लाल-पीली होकर मेज़ से उठीं। भरी हुई चायदानी क़ंबर पर फेंकी। निशाना चूक गया। उठकर भागे। यह उनको धक्के देती मारती हुई दौड़ीं। वह कार में जा बैठे। इंजन स्टार्ट किया और ग़ायब हो गए।

---

1. पिछली शताब्दी के नवाब मिर्ज़ा शौक़ लखनऊ की मसनवी (पद्यावली) 'ज़हरे इश्क' की पंक्तियाँ। मसनवी की हीरोइन ज़हर खाने से पहले यह कहती है।

मधुमालती की बेल के क़रीब चंद खटीक मौजूद थे और एक पार की कुबड़न। उसने मार-पीट की ख़बर तीन कटोरी हाउस पहुँचाई।

उसी रात दो-ढाई का वक़्त रहा होगा कि कुएँ में कोई भारी चीज़ गिरने की आवाज़ आई। बाड़ेवाले चबूतरे पर अलहम्दो नमाज़े-तहज्जुद[1] के बाद चटाई लपेट रही थीं, फ़ौरन दौड़ीं। रमज़ानी, अलाउद्दीन, ईदू और नत्था को जगाया। कुएँ की तरफ़ भागे। उन सबके दिलों में एक ही ख़याल की चमक दामिनी दमकी—ख़ुदा करे यह वो हों, भय्या न हों!

भगवानदीन और फटकू ने कुएँ के अंदर झाँका। घिग्घी बँध गई। पानी की सतह पर बिखरे बालों के साथ बेला दिखाई दीं।

"बेगम साहब, रस्सी थाम लीजिए, रस्सी! ख़ूब ज़ोर से पकड़ लीजिए! घबराइए मत!··· या अली मदद!" रमज़ानी कुएँ में उतरने के लिए तैयार हो गए।

मुंशी जी रोज़ की तरह दफ़्तर की रद्दी अपनी बुर्जी के फ़र्श पर फैलाए एक-एक काग़ज़ देख रहे थे कि कोई काम की चीज़ कबाड़ी के यहाँ न चली जाए। दिल न लगा। ध्यान भय्या की तरफ़ था, जिनकी मुसीबतें किसी तरह कम होने में न आतीं। उनसे मुताल्लिक़ फ़ाल देखने के लिए अलमारी से दीवाने-हाफ़िज़ उतारा। छत से लटकते बिना शेड के बल्ब के नीचे पलँग पर आलती-पालती मारकर बैठे ही थे कि घबराई हुई अलहम्दो अन्दर आईं।

क़ंबर अली सुबह की मार-पीट के बाद असेम्बली-सेशन कवर करने के लिए निकल गए थे। रोज़ की तरह रात गए वापस आए। आते ही पलँग पर गिरकर सो गए।

अलहम्दो की भयानक आवाज़ पर आँख खुली। वह चिल्ला रही थीं—"मुंशी जी! डॉक्टरनी को फ़ोन···कमला गुप्ता डॉक्टरनी को फ़ोन···"

अगले कुछ रोज़ में बेला की हालत बहुत ज़्यादा रोने की वजह से और ख़राब हो गई। जब आधी नींद में होतीं, बड़बड़ाया करतीं—"ओल्ड मामा···हन्ना बाई···तुम हमारे को को बोला था बावड़ी में कूदी मारो—या बैडलक होगा या गुडलक। पर हमारा बैडलक हो गया···डैम बैडलक!"

क़ंबर अली ने इस ट्रेजडी की हवा किसी को न लगने दी। अलाउद्दीन से लेकर फटकू चौकीदार तक सारे स्टाफ़ के लोग वफ़ादार—"भय्या एक बार मना कर दें, हम सर कटा देंगे मगर कोई बात यहाँ से निकलने नहीं पावेगी।"

"शाबाश रमज़ानी! हमें तुमसे यही उम्मीद थी।" उन्होंने ख़ुद को किसी पुराने जागीरदार की तरह बात करते पाया। बहुत झुँझलाए। हालात, वाक़ियात[2] और

---

1. आधी रात के बाद पढ़ी जाने वाली नमाज़ जो ज्ञान-ध्यान के लिए पढ़ी जाती है, 2. घटनाएँ।

मुआमिलात ने उनके खिलाफ़ साज़िश करके उनको जाल में फँसा लिया था, जिस तरह उनके हिरन बाड़े में बंद थे।

कोठी के भीतरी कमरों के दरवाज़ों में चटख़नी लगी रहती। यूँ भी बेगम साहिबा से मिलने कौन अंदर आता था! अब बर्डी छोटे लाल को भी अंदर जाने की इजाज़त नहीं रही।

कुछ दिनों के बाद बेला की हालत सँभली। क़ंबर अली ने वकील बुलाकर बाग़ हिबा[1] किया। बेला ने तकिए से उचककर उनको दस्तख़त करते देखा। क़लम के चलने से समझ गईं अब Q बना रहे हैं। Q एक ख़ास तरह बनाते थे जैसे चीनी की एक मूँछ बहुत नीचे चली जाए। बाक़ी हर्फ़ों को बड़े आर्टिस्टिक तरीक़े से घसीटते थे। अली का A जैसे ऐफ़िल टॉवर खड़ा है। वह मुस्कराईं। ऐसा नेक, सीधा-सच्चा शौहर, हालाँकि थोड़ा-सा ज़िद्दी। सुना है माँ के लाड-प्यार ने इतना हठीला बना दिया, वरना आख़िर में करते वही हैं जो मैं कहती हूँ। क़ंबर अली ने दस्तावेज़ उनको दी। जब वह चलने-फिरने लगीं, खुद डाकख़ाने गईं और उसका पैकेट अपने बाप के नाम बंबई भेज दिया।

क़ंबर अली उनको आबो-हवा को बदलने के लिए रानीखेत ले गए।

चलते वक़्त बेला ने अलहम्दो से सिर्फ़ इतना कहा—मैं रात को ताज़ा हवा खाने ज़रा बाहर निकली थीं। टहलती हुई कुएँ तक चली गई। मुँडेर पर खड़े होकर ऐसे ही नीचे झाँका। पत्थर की काई पर पैर रपट गया।

अलहम्दो ने चुपचाप सर हिलाया। पैर रपटने पर रपट लिखाने का थोड़ा ही होता है। भय्या कैसे बार-बार मुंशी जी से कह रहे थे कहीं पुलिस-केस न बन जाए! अरे मेरे बच्चे की जान कैसी आफ़त में फँसी है!

साहब और बेगम साहब के पहाड़ जाने के बाद कोठी पर सन्नाटा छा गया। मैगज़ीन का स्टाफ़ सुबह साढ़े नौ बजे आता, पाँच बजे वापस चला जाता। मुंशी सोख़्ता पहले की तरह पीपल के नीचे ज्ञान-ध्यान करते। अलाउद्दीन, रमज़ानी, ईदू और नत्था किनारे की मस्जिद में नमाज़ पढ़ने के बाद कुछ देर वहीं बैठे रहते। काम-धाम कुछ था नहीं। साहब की तरफ़ से परेशानी बहुत थी। अलहम्दो फ़ज्र[2] पढ़कर तस्बीह[3] फेरती हुई जाकर पीपल-तले बैठ जातीं और मुंशी सोख़्ता से बातें करतीं। वे सब उस रात के हादसे से अब तक डरे हुए थे।

भय्या और उनकी बेगम को रानीखेत गए तीन-चार दिन गुज़रे थे, जब मंगल आया—भगवानदीन और उनकी बीवी गंगा देवी और भांजे फटकू प्रसाद हाथ में लिये माथे पर तिलक लगाए पुलवाले मंदिर से लौटकर पीपल के नीचे आ बैठे।

---

1. दान, 2. सुबह की नमाज़, जो सूर्योदय से पहले पढ़ी जाती है, 3. माला, जिसके दानों पर पवित्र मंत्र पढ़ा जाता है।

"बंदगी अम्दो ख़ाला !" भगवानदीन ने कहा।

अलहम्दो ने तस्बीह फेरते हुए हुंकारा भरा। चंद मिनट बाद उन्होंने अपना विर्द[1] ख़त्म किया।

भगवानदीन बोले, "भय्या बड़े संकट में हैं। अम्दो खाला, सुनिए ! हमने अब तक किसी को बताया नहीं था, अब सुनिए ! जिस रात यह गजब भवा, उससे तीन रोज़ पहले की बात है। ई भैंसन की सानी करत रहे सबेरे-सबेरे। बेगम साहब आ पहुँचीं। इनसे कहिन—मालिन, हमने सुना है तुम साहब की मम्मी के लिए रोज सुबह मोगरे की माला बनाकर ले जाती थीं और उनके लिए हर जुमे को मेहँदी पीसती थीं ? ई कहिन—जी हाँ। कहिन—हमारे लिए क्यों नहीं गूँथती हो हार और पीसती हो मेहँदी ? ई कहिन—जब हुक्म कीजिए, बना देंगे। फिर हमसे कहिन—क्यों माली, यह कुआँ कितना गहरा है ? हम बतावा—यहाँ बूटी उगत रही; हम पंच होली के रोज़ बूटी पियत रहे। बड़ी बेगम साहब डरीं। ईके नशे में आकर हम लोग कहीं कुएँ में छलाँग न लगा दें। उन्होंने उसके अंदर ढेर सारी मिट्टी भरवा दी। बहू साहब पूछिन—इब इसमें कोई गिरे तो न डूबे ? हम कहेन—अरे नहीं बेगम साहब, थोड़ा हाथ-पाँव मारकर डोल की रस्सी पकड़ ले और तुरंत उसे ऊपर खींच लें, तो काहे को डूबे ?"

सब चुप रहे।

"अम्दो खाला !" भगवानदीन ने बात जारी रखी, "भय्या बड़े कष्ट में हैं। हमने मंदिर में उनकी खातिर हनुमान चालीसा शुरू करवा रखा है।"

वे तीनों उठे और सोख़्ता के लिए प्रसाद का दोना पीपल के चबूतरे पर रखते हुए कच्ची बंगलिया की तरफ़ चले गए।

अलहम्दो ने तस्बीह चूमकर आँखों से लगाई, कलाई में लपेटी, उठकर क्यारियों के बीच में बेचैनी से टहलने लगीं। निंबू का एक पत्ता तोड़कर सूँघा। आगे बढ़ीं। अमरूद के पेड़ को ग़ौर से देखा। उसका भी एक पत्ता तोड़ा। वापस आकर अपने पत्थर पर टिक गईं। सोख़्ता जी महादेव के सामने आलती-पालती मारे बैठे रहे। सोचती हुई आवाज़ में बोलीं, "मुंशी जी हो, अल्लाह की शान देखो। फूल, पत्ते, पेड़, चरिंद-परिंद[2] सब लाखों बरस से वैसेन हैं जैसे थे। निंबू है तो उसकी महक-मज़ा वही। आम है, जामुन, करोंदा, भुट्टा, जो फल-तरकारी चखो—वैसेन। सब आदमज़ाद ख़राब हो गया।"

मुंशी जी ने हामी भरी।

"दुनिया की कोई चूलें ठीक नहीं बैठतीं। क्यों मुंशी जी ?"

"हाँ, अम्दो बाजी ! दुनिया मुक़ामे-इबरत[3] है। आदमी अपने-आपको अच्छे-बुरे अल्फ़ाज़ में, नेक व बद आमाल[4] में—सुरों में ढाल लेता है, कभी बेसुरा हो जाता है।"

---

1. जाप, 2. पशु-पक्षी, 3. ऐसा स्थान जिसे देखकर मानसिक खेद हो, 4. कर्म।

"पूरी तरह कहाँ ढाल पाता है मुंशी जी ! हमारे घर के पास इमामगंज क़ब्रस्तान है। हम जुमेरात के दिन अपने माँ-बाप और शौहर की क़ब्रों पर अगरबत्ती सुलगाने जाते थे और सोचते थे कि क्या-कुछ यह सब कहते थे कि करेंगे, न कर पाए न कह पाए। एक बेरी हमने वहाँ मिट्टी की ख़ाली हाँडी पड़ी देखी तो सोचे मुंशी जी कि उसमें खाना पकाएँ। भाप निकल गई। खाना लोगों ने खाया। ख़ाली हाँडी धो-धाकर रख दी। हमरे बाप इसी आस में जिए कि इक्का बेचकर ताँगा खरीद लेंगे—यही आरज़ू करते-करते क़ब्र में जा लेटे। हमरे शौहर पचीस साल की उम्र में गुज़र गए। हम अट्ठारह साल के थे मुंशी जी, जब बेवा हुए। मेहनत-मजूरी करके लड़कन को पाला, ब्याह किए। ऐ मुंशी जी, हमरे आँगन में अमरूद के पेड़ रहे वो तो वैसन हैं—न उनकी ख़ासियत बदली न महक। हमरे लड़के आदम, आदमज़ाद। वह बदल गए। बहुओं ने लड़-लड़कर हमको घर से निकाल दिया।"

"बाजी ! अब वह सब याद करने से क्या फ़ायदा ? जो बीत गई सो बीत गई।"

"हम यहाँ पहुँचे। बेगम साहब के इतने बरस ख़िदमत की। अब देखो इन मेम साहब के त्रिया-चरित्तर। अरे अगर डूब जातीं उस रात—तौबा तौबा तौबा ! आख़ थू ! ख़ुदा-न-ख़्वास्ता भैय्या कोतवाली-चबूतरा···"

"अल्लाह ने बड़ी ख़ैर की अम्दो बाजी !"

"कौन दुआ-वज़ीफ़ा हमने छोड़ा है भैय्या की सलामती की खातिर! अल्लाह मियाँ लँगड़ी चींटी की दुआ[1] भी सुन लेते हैं। कल रात हमने एक अजीब ख़्वाब देखा मुंशी जी ! जैसे बाग़ में तेज़ रौशनी हो रही है। बड़ की जड़ में से मोगरा, चँबेली, गुलाब तीनों निकले। तीनों जने ज़मीन पर बैठकर जैसे कुछ ढूँढ़ने लगे तो केंचुए उनके हाथों से चिपट गए। वह अपने हाथ झटकें और केंचुए उन्हें छोड़ें नहीं। फिर उनके हाथ ग़ायब ! बड़ की जड़ें मौजूद ! अरे मुंशी जी, वह तीनों ख़ुद मोगरा, चँबेली, गुलाब बन गए। अब जैसे हम वहीं खड़े थे। हम सोचा किए कि यह पहले मोगरा-चँबेली-गुलाब थे या अब ? बड़ी अक़्ल चकराई मुंशी जी !"

"हाँ, परेशानी का ख़्वाब था अम्दो बाजी !"

"फिर ठंडी हवा चली और जंगल में सियार बोलने लगे।" चन्द लम्हों बाद बातचीत का रुख मोड़ा—"वह क्या क़िस्सा है कि कटकटौवा जाड़े की रात सियार चिल्लात रहे। नवाब आसिफुद्दौला ने पूछा—क्या फरियाद[2] करते हैं ? उनके वज़ीर ने कहा—जनाबे-आली, उनको सर्दी लगती है। नवाब आसिफुद्दौला ने सात सौ दुशाले उन्हें ओढ़ाने के लिए भिजवा दिए।"

---

1. एक लँगड़ी चींटी ने पैग़ंबर सुलेमान के ज़माने में अल्लाह से दुआ की कि मैं सुलेमान की दावत करूँ। अल्लाह ने उसकी दुआ सुन ली। हज़रत सुलेमान तो दुनिया के सबसे बड़े बादशाह हुए, जिनका राज पशु-पक्षी और जिन्न-परी पर भी था। लँगड़ी चींटी ने इतना ग़ल्ला जमा किया कि हज़रत सुलेमान की पूरी फ़ौज ने खाना खाया। तब हज़रत सुलेमान सिजदे में गिरा और कहा 'या अल्लाह ! तू जिससे जो चाहे करवा सकता है', 2. फ़र्याद।

सर्द हवा का झोंका आया।

अलहम्दो ने दोसूती की चादर कसकर लपेट ली—"मौसम बदलने लगा मुंशी जी ! और देखो, मौसम भी हर बरस एक ही से आत हैं—सर्दी, गर्मी, बरसात। यह नहीं कि जाड़े में गर्मी पड़े, बरसात में जाड़ा।"

"अम्दो बाजी ! दो-चार ऐटम बम और फटने दो, ऐसा भी हो जाएगा। भय्या बता रहे थे कि अब मसूरी में गर्मी पड़ने लगी है।"

एक बड़ी स्मार्ट-सी काला सर, काली गर्दनवाली धोबन चिड़िया अपनी लंबी दुम को हिलाती घास पर चल रही थीं। अलहम्दो उसको देखकर बोलीं, "मुंशी जी हो, खड़ैंचा पहाड़ से उतर आवा। जाड़े आ गए !"

झुकी-झुकी बावर्चीख़ाने की तरफ़ रवाना हो गईं।

'रेड रोज़' में सर्दियाँ बड़ी सुहानी होती थीं। दूब पर तैरता कोहरा, दरख़्तों पर गहरी धुंध, फूलों पर जमी बूँदें। सूरज की नई-नई किरनों के साथ हज़ारा सँभाले कंटोप डाँटे, भगवानदीन फुलवारी की तरफ़ बढ़ते नज़र आते। बाड़े में भैंसें डकारतीं। चिड़ियों की चहकान सर्वेंट क्वार्टर्स की आवाज़ों पर छा जाती। सोख़्ता जाड़ों में भी नदी पर जाकर स्नान करते थे। सूर्य-नमस्कार के बाद वापस आते, पीपल के नीचे पूजा करने बैठते। उसके बाद अपनी बुर्जी में पहुँचते। ईदू उनके लिए चाय ले आता। प्याली हाथ में लेकर नील गाय और हिरनों को चारा खिलाने निकल जाते।

पहले क्लाइंट्स के आने से दिन शुरू होता था, अब रेडरोज़, गुले-सुर्ख़ और लाल गुलाब की सरगरमियाँ शुरू होतीं। रानीखेत से वापसी पर भी भय्या के रोज़ के कार्य में कोई भी फ़र्क नहीं आया था। बेकफ़ास्ट के बाद दफ़्तर में आ बैठते। मुंशी सोख़्ता, मिस छोटे लाल, मेराज अहमद, सारे सब-एडिटर, प्रूफ़रीडर, कातिब, आर्टिस्ट वक्त पर पहुंचते ही अपने-अपने काम में लग जाते। ठीक ग्यारह बजे ईदू चाय की बहुत बड़ी केतली उठाए अंदर आते। साथ उनके अलहम्दो कश्ती सँभाले स्टाफ़ की मेज़ों पर चाय की प्यालियाँ रखती जातीं। भय्या अपनी नाकामियों और परेशानियों के बावजूद सबसे हँस-हँसकर बातें करते। खुशगप्पियाँ, मज़ाक़, लतीफ़े। गुले-सुर्ख़ और लाल गुलाब के बीच नोंक-झोंक आपस में जारी रहती। प्लाईवुड वाले बरामदे में दोनों के एडिटर आमने-सामने बैठते थे। लाल गुलाब के संपादक दरयाफ़्त करते—"क्यों साहब, इस शब्द का अनुवाद किस प्रकार किया जावे ?"

मुदीर[1] गुले-सुर्ख़ मुस्कुराकर जवाब देते, "लिख दीजिए—जूझ रहे हैं।"

---

1. संपादक।

"वाह ! आपने क्या बेजोड़ बात कही !"

"बेजोड़ तो अन-मिल, बे-जोड़ है। बेमिसाल के मानों में न इस्तेमाल कीजिए।"

संपादक कहते—"साहिब, हमारे मुहावरे अलग, आपके अलग।"

चीफ़ एडिटर आवाज़ देते, "मिल-बाँटकर खाओ भाई ! मिल बाँट के !"

अंदर बेला का दिन उकताहट और डिप्रेशन से शुरू होता। नर्सरी का फ़र्नीचर पिछले बरामदे में पड़ा था। उसे देख-देखकर रोतीं। फिर ज़नाना मैगज़ीनों में खाना पकाने की तरकीबें पढ़ने बैठ जातीं। पलँग पर लेटी रहतीं या कोई कमरा फिर से सजाना शुरू कर देतीं।

वह इतवार की बादल-भरी सुबह थी। क़ंबर बेड-टी पीने के बाद फ़ौरन तैयार हुए। कोई रूसी डेलीगेट नई दिल्ली से आ रहा था, उसके रिसेप्शन के लिए एयरपोर्ट चले गए। बेला अपने वक़्त पर बिस्तर से, उठीं। पहाड़-सा दिन काटने का पड़ा था। नाश्ते के बाद सोचती रहीं—आज क्या करें ? अलहम्दो को आवाज़ दी। वह आईं।

"बैरे को बुलाकर लाओ !" उन्होंने हुक्म दिया।

ईदू झाड़-पोंछ कर रहे थे। झाड़न कंधे पर फेंकते हुए वह भी आए। बेला ने कुंजियों का मोटा गुच्छा सँभाला। बंगाली कहानी पर बनी पिक्चर्स में बहुत देखा था कि घर की बहू कुंजियों का गुच्छा आँचल के कोने में बाँधे रहती हैं। बेला बंगाली स्टाइल की साड़ी नहीं पहनती थीं, लेकिन मिल्कियत के राहतबख़्श एहसास के साथ चाबियाँ छनकाती, शरतचंद्र बोस की किसी हिरोइन की तरह सहज-सहज चलती बाहर चली गईं।

बाहरी बरामदे के दोनों तरफ़ बुर्जीनुमा दो बड़े कमरे बने हुए थे। एक में बरसों से सोख़्ता रहते आए थे। वह हर पंद्रहवें दिन जुमा या शनीचर की शाम बस पकड़कर दो घंटे सफ़र के बाद अपने गाँव पहुँचते थे जहाँ ख़ानदानी कच्चे मकान में उनकी बीवी, दो विधवा भावजें, एक विधवा बहन अपने बच्चों के साथ रहती थीं। मुंशी जी के कोई लड़का न था; सिर्फ़ तीन लड़कियाँ थीं, जिनकी शादी-ब्याह के फ़र्ज़ से छुटकारा पा चुके थे। इतवार की शाम पाबंदी से कोठी पर वापस पहुँच जाते और हमेशा गाँव की कोई-न-कोई सौग़ात[1] लेकर आते—गुड़, हरे बूँट, सिंघाड़े। रात को अपने कमरे में देर तक पढ़ा करते।

दूसरे बुर्जीनुमा कमरे में बिट्टो बेगम ने घर का फ़ालतू सामान बंद कर रखा था और ऐसी चीज़ें जो कभी-कभी इस्तेमाल में आती थीं—चाँदनियाँ, गाव-तकिये, मेहमानों के लिए लिहाफ़, तोशक।

मर्दाना गेस्टरूम बाथरूम के साथ तीसरे बरामदे के कोने पर बना था। ज़नाना गेस्टरूम अंदर था।

---

1. उपहार।

बेला ने बुर्जी का ताला खोला। अंदर जाकर सामान को देखा। ईदू और अलहम्दो को पुकारा और चीज़ें उठवाना शुरू कीं।

"कहाँ रखवाइएगा?" ईदू ने पूछा।

"वह जो कमरा हमारे बेडरूम के बाज़ू में है, जिसे तुम लोग ज़नाना गेस्टरूम बोलते हो। उसके बराबर हमने किचन बनवाया है। हम उसमें···उसमें नर्सरी···" आँसू पीकर कहा, "अब हम उसका ब्रेकफास्ट-रूम बनाएँगे। यह कमरा बेकार पड़ा है, इसे हम लेडीज़ गेस्टरूम किए देते हैं।"

"बरे मेहमान लोग यहाँ कहाँ रहेंगी बरसाती के पास? और बाथरूम कहाँ जाएँगी?" अलहम्दो ने नाक पर उँगली रखकर कहा।

"मुंशीजी किधर जाते हैं?"

"वह तो हम लोगों की तरफ़ चले जाते हैं। मेहमान बीवियों को क्या उधर भेजिएगा?"

"देखा जाएगा। यहाँ कौन-सी हाउस गेस्ट का ताँता बँधा रहता है। मेरे होते तो कोई चुहिया भी मेहमान नहीं आई।"

"बेगम साहब के ज़माने में तो बराबर आती थीं। एक से एक लेडी लोग विलायत तक से आती थीं।"

"सुनो अलहम्दो, मुझसे बहस मत करो। जो मैं हुक्म दूँ, ख़ामोशी से करती जाओ। यह नमकदान उठाओ, माँझकर डाइनिंग टेबल पर रख दो।"

अलहम्दो दुपट्टे का पल्लू मुँह पर रखकर हँसीं—"यह नमकदान नहीं बेगम साहब, क़लमदान है चाँदी का।"

"ख़ैर होगा···और यह ख़ूबसूरत गुलदान भी यहाँ पड़े हैं?"

"उगालदान हैं बहू साहब।"

बहू झल्ला गईं। ईदू से कहा, "खड़े मुँह क्या देख रहे हो? सारे लिहाफ़-गद्दे उठाकर हमारे बेडरूम के बराबरवाले कमरे में रख आओ। चलो।"

मास्टर बेडरूम और लेडीज़ गेस्टरूम में बीच का कमरा बिट्टो बेगम का ड्रेसिंग-रूम था। अलहम्दो पीछे-पीछे गईं—"बहू साहब, यह बेगम साहब का जामेख़ाना[1] है। इसे गोदाम न बनाइए।"

"जो मैं कह रही हूँ करो! सुना क्या?"

अलहम्दो ने पलटकर जवाब दिया, "अरे कोठियों में रहना तो सीखो, फिर हुक्म चलाइए।"

बेला इस गुस्ताख़ी पर सन्नाटे में आ गईं। पैर पटककर बोलीं—"निकल जाओ इसी वक़्त फ़ौरन! पहली तारीख़ को आकर हिसाब कर लेना।"

---

1. ड्रेसिंग रूम।

अलहम्दो ने कमर पर हाथ रखकर सर्द आवाज़ में कहा, "चले भी जाएँगे।"

"काला मुँह करो, गेट आउट!"

चुपचाप अलहम्दो और ईदू ने लिहाफ़, तोशक, गाव-तकिए बाहर ला-लाकर ड्रेसिंग रूम में रखे। काम ख़त्म करके अलहम्दो ने हाथ झाड़े और माथे पर तीन उँगलियाँ ले जाकर कहा, "अच्छा सलाम बहू साहब! बूढ़ सुहागन हूजिए।"

"गेट आऊट!"

ईदू सकते के आलम में खड़े रहे। अलहम्दो रिमझिम आँसू बहाती क्वार्टरों की तरफ़ रवाना हो गईं।

अपनी कोठरी में जाकर सामान बाँधना शुरू किया। सारे नौकर और उनके बच्चे हाल-चाल पूछने के लिए जमा हो गए।

बेला पिछले बरामदे में नमूदार हुईं। ईदू को आवाज़ दी, "बैरा!" वह हमेशा ईदू को बैरा ही पुकारती थीं—"आपा के सामान की तलाशी लो!"

"आइए, आप ख़ुद ही देख लीजिए।" अलहम्दो ने ललकारा।

"अरे अम्दो बाजी! यू तो बक-झिक कर चुप हो जइहैं। कहाँ जात हो? यू तो अब भी साहिब का मारे दौड़त हैं! इनकी भली चलाई।" भगवानदीन ने आहिस्ता से समझाया।

बेला आ पहुँचीं। अलहम्दो दोनों बक्स घसीटकर क्वार्टर के बरामदे में लाईं। एक-एक कपड़ा झाड़कर उन्हें दिखलाया—बेगम साहिबा के दिए हुए पुराने ग़रारे, दुपट्टे, कमीज़ें, स्वेटर, शालें।

"यह सब जन्नत सिधारनेवाली ने हमें दिया था, हमने चुराया नहीं है। बाक़ी ये हमारी चाँदी की चूड़ियाँ हैं, बालियाँ, हमीला[1] और ये सोने की दो चूड़ियाँ बेगम साहिबा ने बनवा दी थीं, जब अल्लाह रखे भय्या, इनवरसिटी-पास हुए थे।"

"अच्छा-अच्छा, ठीक है।" बेला ज़रा शर्मसार-सी वापस गईं।

अलहम्दो ने सारी चीज़ें फ़र्श पर बिखेर दी थीं। बड़े संदूक की तह में बिछा अख़बार उठाना याद नहीं रहा, जिसके नीचे निकाहनामे का मुहरबंद लिफ़ाफ़ा छिपा था। शादी के ऐसे लगातार ख़ौफनाक वाक़यात[2] हुए थे कि वह लिफ़ाफ़ा मुंशीजी या भय्या के हवाले करना ही भूल गई थीं। चलते वक़्त भी उनके दिमाग से उतर गया।

"अब कहाँ जाओगी?" रमज़ानी ने पूछा।

"इमामगंज ही जावेंगे, और कहाँ जावेंगे?" अलहम्दो ने नर्मी से कहा।

"भय्या को आ जाने दो अम्दो खाला! ऐसा गजब न करो!"

"नहीं फटकू! हमरा दिल टूट गवा। हमरे सामान की तलाशी ली! अब हम यहाँ

---

1. एक ज़ेवर का नाम, 2. घटनाएँ।

कैसे रह सकत हैं ?"

"अच्छा, मुंशी जी को तो आ जाने दो !"

"जब उन्होंने कहा गेट आउट, तो अब यहाँ रुककर अपनी और बेइज़्ज़ती करवाएँ इस बुढ़ापे में ? जा भय्या फटकू, मेरे लिए एक रिक्शा तो ले आ बस-अड्डे के लिए। जा मेरे बच्चे, ले आ !"

"ठहरो अम्दो बाजी ! हम तुम्हारे साथ चलते हैं। तुम्हारे इमामगंज का पता तो भय्या को ज़रूर मालूम ही होगा। वह ज़रूर वापस बुलवा लेंगे। चलो, तुमको बस-अड्डे तक ही छोड़ आवें।" रमज़ानी ने हथेली से आँखों की नमी पोंछते हुए कहा।

मुंशी जी उस रोज़ सुबह के वक़्त ही बाबा नीम चमेली के दर्शन के लिए चले गए थे। दो साइकिल-रिक्शा रमज़ानी, अलहम्दो और उनके सामान को लादे रेडरोज़ के फाटक से बाहर निकले। सिर्फ़ पंद्रह-बीस मिनट बाद ही मुंशी सोख़्ता दूसरे फाटक से दाख़िल हुए।

कादंबरी

बेला सर्वेंट-क्वार्टर से लौटकर मुज़तरिब-सी[1] अपने कमरे में आईं। सोचा, बहुत दिनों से टाइपिंग की प्रेक्टिस नहीं की। ऑफ़िस-रूम में गईं। बर्डी छोटे लाल की कुर्सी पर बैठकर रेमिंगटन का कवर उतारा। काग़ज़ चढ़ाया। जी उचाट रहा। सास की वफ़ादार ख़ादिमा। क़ंबर उसे इतना चाहते थे। इस तरह खड़े-खड़े निकालकर जल्दबाज़ी की। मगर मैं जो इतने नामी-गिरामी शौहर से नहीं दबती, दो टके की मुँह-चढ़ी नौकरानी के ताने और बदतमीज़ी सहूँगी ?

टाइप करना शुरू किया था। बरामदे में आहट हुई; समझ गईं वह वालरस जैसी मूँछोंवाला बुड्ढा आ गया—मुंशी कोफ़्ता। अब शायद वह पूछ-ताछ करे। क़ंबर वापस आकर जाने कितना चीख़ें-चिल्लाएँगे ! या मुमकिन है इस मामले को भी पी जाएँ।

सोख़्ता ने चिक़ उठाई। उनके पीछे एक औरत की झलक दिखलाई दी। बेला डरीं कि रास्ते में अलहम्दो मुंशी को मिल गई होगी। उसे वापस लाए हैं।

मुंशी जी ने खँखारकर कहा, "एक बीबी भय्या से मुलाक़ात करना चाहती हैं।"

ओह ! बेला ने इत्मीनान की साँस ली। तीनों मैगज़ीन ज़रा-ज़रा पनप चले थे। हाल ही में क़ंबर अली ने तीनों में पब्लिक की शिकायत के लिए एक पेज कर दिया था। लोग-बाग अपने खर्रे लेकर आने लगे थे। उनमें बुर्क़ेवालियाँ भी अच्छी तादाद में होती थीं।

"बुलाइए !"

मुंशी बाहर गए। एक बुर्क़ापोश ज़रा झिझकते हुए कमरे में दाख़िल हुईं। टाइपिस्ट के सामने की कुर्सी पर टिकीं। थकी-माँदी लगती थीं। नक़ाब उठाई। मोटे शीशों की ऐनक लगा रखी थी। मामूली साड़ी। सफ़ेद प्लास्टिक की चूड़ियाँ। गुलाबी रबड़ की चप्पलें। जनता की अस्ल रिप्रज़ेंटेटिव। क़ंबर इसी क़िस्म के लोगों पर तो फ़िदा थे। बेला अख़लाक़न[2] मुस्कुराईं। उनका शिकायतनामा लेने के लिए हाथ

---

1. बेचैन-सी, 2 शिष्टाचार से।

बढ़ाया।

आनेवाली ने स्टाइल से बेला को क्रिश्चियन टाइपिस्ट समझा। पंचगनी की पढ़ी-लिखी और बंबई में पली हुई मिसेज़ अली घर पर ज़्यादातर स्लैक्स और जर्ज़ी पहने रहती थीं। उन बीवी ने चारों तरफ़ नज़र घुमाकर बात शुरू की, "आज तो इतवार है। आपकी आज छुट्टी नहीं है? चर्च नहीं गईं?"

"जी नहीं। मैगज़ीन का काम संडे को भी चालू रहता है।" बेला ने भी ज़रा-से पंजे निकाले।

मुंशी सोख़्ता ने फिर चिक़ उठाई। एक सूटकेस और लोटा सँभाले कमरे में आए। बाहर जाकर बिस्तरबंद ले आए और धूल-भरा सामान मेहमान की कुर्सी के नज़दीक रख दिया।

बेला ने सवाल करने के अन्दाज़ में मुंशी जी को देखा और मुस्कुराईं। अलहम्दो के वाक़या के बाद सोख़्ता को ख़ुश करना ज़रूरी था।

उन्होंने कोई जवाब नहीं दिया। चुप सीधे बाहर चले गए।

"मैं ज़फ़रपुर से आई हूँ। सीधी रेलवे स्टेशन से आ रही हूँ।"

बेला ज़फ़रपुर के नाम को जानती थी—क़ंबर की ननिहाल। सास वहीं मरी थीं। बोलीं—"ज़फ़रपुर⋯वह तो बहुत दूर है।"

"जी हाँ। हिमालय पहाड़ के नज़दीक⋯रात-भर का सफ़र था।"

"तब तो आपको कंटाल आया।"

"जी⋯?"

"अपने को इंट्रोड्यूस तो करना चाहिए।"

"मैं क़ंबर साहब की ख़ाला की लड़की हूँ—चाँदनी बेगम।"

"हलो!" बेला को पता नहीं था कि कंबर की कोई ख़ाला भी मौजूद है। उन्होंने बताया था कि सारे ननिहाली पाकिस्तान चले गए।

"सगी खाला⋯?"

"सगी ही समझिए। बल्कि सगों से ज़्यादा।"

बेला ने घंटी बजाई। मुँह फुलाए ईदू हाज़िर हुए।

अलहम्दो की बेइज़्ज़ती और अचानक जाने से सारे नौकर-चाकर ज़्यादा परेशान थे और मेम साहिब के मुख़ालिफ़ हो गए थे। आदतन मुँह से निकला—"अलहम्दो को भेजो!" फ़ौरन ख़याल आया—वह बददिमाग़ बुढ़िया अब कहाँ? कहा, "चाय लाओ! ⋯आपने नाश्ता तो न किया होगा? आइए अंदर चलिए। साहब शाम तक आएँगे।"

चाँदनी बेगम ने महसूस किया कि क्रिश्चियन सेक्रेटरी क़ंबर अली के घर पर हावी है।

"साहब रूसियों को लेने गए हैं। दिन-भर उनके साथ रहेंगे। मैं बोल नहीं सकती कब तक लौटेंगे। जर्नलिस्टों के टाइम का कुछ ठीक नहीं।" दोबारा टाइप शुरू किया।

ईदू ट्रे मेज़ पर रख गए।

क़ंबर अली से अपनापन जताते हुए उस टाइपिस्ट गर्ल को उसके सही मुक़ाम पर पहुँचाने के लिए चाँदनी बेगम ने फिर गुफ़्तगू[1] शुरू की—

"अफ़सोस कि बिट्टो ख़ाला…"

"बिट्टो ख़ाला?" बेला ने सर उठाकर बेध्यानी से दुहराया। चाय बनाई।

"क़ंबर की वालिदा।"

"ओह यस…ऑफ़ कोर्स…आप साहब से कब से नहीं मिलीं?"

"कभी नहीं। एक बार बिट्टो ख़ाला के साथ ज़फ़रपुर गए थे, जब मसूरी में पढ़ते थे। अम्मा से मिलने आए। मैं स्कूल गई हुई थी।" चाँदनी बेगम ने जवाब दिया। सच बोलना भी ज़रूरी था।

"ज़फ़रपुर में आप क्या करती हैं?"

"कॉलेज में पढ़ाती थी। तीन दिन हुए इस्तीफ़ा दे दिया।"

दूर गिरजाघर में सुरीले घंटे बज रहे थे। खिड़की में एक परिंदा आ बैठा। बिल्कुल क्रिसमस कार्डों वाले रोबिन रेड ब्रेस्ट जैसा। बेला उसे दिलचस्पी से देखने लगीं।

परिंदा उड़ गया।

"मेरी बाजी अम्मा भी इसी तरह अचानक फुर्र से उड़ गईं।"

चाँदनी बेगम की आवाज़ पर वह चौंकीं।

"उन्होंने भी हद कर दी! ज़ंग-आलूद[2] चाकू से तरकारी काट रही थीं। हाथ कट गया। मैंने कहा एंटी-टेटनेस इंजेक्शन लगवा लीजिए। उन्होंने परवाह नहीं की। पट्टी बाँधकर काम-काज में लगी रहीं। जिस्म में ज़हर फैल गया। अभी दो महीने पहले की तो बात है। मैंने क़ंबर मियाँ को ख़बर दी थी। शायद उन्हें खत मिला नहीं, वर्ना ताज़ियत की दो सतरें ज़रूर लिख भेजते। दुनिया में अब उनके सिवा मेरा कोई भी सहारा नहीं है।" अचानक चाँदनी बेगम काँपते हाथों से चाय की प्याली मेज़ पर रखकर रोने लगीं।

बेला घबराकर उठीं। उनके क़रीब जाकर दिलासा देने की कोशिश की, "अरे आप तो बहुत ही ज़्यादा दुःखी मालूम होती हैं।"

"दुःखी-सी दुःखी?" चाँदनी बेगम ने बुर्क़ा उतारकर आँसू पोंछे। बेला ने नोटिस किया कि मोटी ऐनक ने उनकी सूरत बिगाड़ दी, वर्ना काफ़ी दिलकश थीं।

"आराम से बैठो, यहाँ कोई नहीं है।"

चाँदनी ने बुर्क़ा पूरी तरह से उतारा।

गिरजाघर में घंटे बजा किए।

---

1. बातचीत, 2 ज़ंग लगा हुआ

"और आपके डैडी···वह कहाँ हैं?"

"पाकिस्तान गए। वहाँ से बाजी अम्मा को तलाक़ दे दी।"

"और कोई सगेवाले नहीं हैं? मेरा मतलब है रिश्तेदार?"

"हैं। सब ख़ुदग़र्ज़···कमीने। जो अच्छे रिश्तेदार थे वह मर गए, मेरे दादा।" वह तल्ख़ी से हँसी—"बाबा मेरे हफ़्तहज़ारी थे। दादा सूबेदार! मेरे ग्रांड फ़ादर ख़ान बहादुर डिप्टी क्लक्टर थे। नाना बड़े ज़मींदार। वह क्या मेरी ख़ातिर सौ-सौ बरस जीते? अपना-अपना वक़्त आने पर मर गए। ज़िन्दों ने साथ छोड़ दिया। अब्बा के जाने के बाद उन सबने आँखें फेर लीं कि बाजी अम्मा और मेरा ख़र्च न उठाना पड़े। बाजी अम्मा बेचारी ने खुद बी० ए० बी० टी० किया, मुझे एम० ए० बी-एड० करवाया। बस एक बिट्टो ख़ाला थीं। कोई ख़ून का रिश्ता नहीं था। हमवतन थीं और अम्माँ के साथ अलीगढ़ स्कूल में पढ़ी थीं। जब कभी बिट्टो ख़ाला ज़फ़रपुर आतीं, बाजी अम्माँ की ख़ैर-ख़बर लेतीं।"

बेला मबहूत[1] रहीं।

"बिट्टो ख़ाला ने एकाध बार माली इमदाद[2] भी करना चाही, मगर मेरी बाजी अम्माँ इतनी ग़ैरतदार थीं कि कभी एक पैसा उनसे न लिया। बिट्टो ख़ाला कोई नई साड़ी या कपड़े ले आतीं, वह भी बड़ी मुश्किल से क़बूल करती थीं। तीन साल हुए बिट्टो ख़ाला ज़फ़रपुर आईं और उन्होंने···उन्होंने···"

अब बेला बड़े ग़ौर से सुन रही थीं।

"उन्होंने अम्माँ से कुछ बात भी की थी।"

"क्या बात?" बेला ने चौंककर पूछा।

"अब तुमसे क्या छिपाऊँ! तुम नेक-सी लड़की मालूम होती हो, हालाँकि मैंने अब लोगों पर भरोसा करना छोड़ दिया है। फिर भी···तुम क़ंबर मियाँ की सेक्रेटरी हो, उनके सभी मामलात से वाक़िफ़ होगी। शायद उन्होंने तुमसे ज़िक्र भी किया हो···।"

"उन्होंने मुझसे कोई ज़िक्र नहीं किया।"

"बिट्टो ख़ाला ने बाजी अम्माँ से मेरे बारे में क़रीब-क़रीब तय कर लिया था।"

बेला का हलक़[3] ख़ुश्क हो गया।

"और उन्होंने यहाँ वापस आकर अम्माँ को लिखा कि क़ंबर मियाँ ने तस्वीर देखी, पसंद किया और अब वह जल्द ज़फ़रपुर आनेवाले हैं।"

"फिर?"

"फिर क्या! पहले उनके मियाँ जान मरे, फिर बिट्टो ख़ाला, फिर मेरी बाजी अम्माँ। वालिदैन[4] की एक बुरी आदत है कि मौक़ा पाते ही मर जाते हैं; औलाद पड़ी झींकती रहे, उनकी बला से! अम्माँ के इंतिक़ाल के बाद मैं अकेली कैसे रहती? ढंढार[5]

---

1. स्तब्ध, 2. आर्थिक सहायता, 3. गला, 4. माता-पिता, 5. सुनसान।

मकान, न नौकर न चाकर। जिस गर्ल्स कॉलेज में अम्माँ और मैं पढ़ाती थीं, वह प्रिंसिपल और उनके शौहर की निजी प्रोपर्टी है। उन्होंने कहा तन्हा कैसे रहोगी, हमारे यहाँ आ जाओ! मैं उनके यहाँ चली गई। वह बड़े मियाँ अब्बा के दोस्त थे। जवान औलाद के बाप। तीन हफ़्ते उनके यहाँ रहते गुज़रे थे कि बुढ़ऊ की नीयत में खोट आ गया।"

"अरे! यू डोंट से..."

"जहाँ बीवी की पीठ मुड़ी, वह अजीब-सी बातें करने लगते। मेरे होश-हवास गुम हो गए। इरादा किया कि उनकी बेगम से कह दूँ, मगर और लेने के देने पड़ जाते। एक रात सब लोग सो चुके थे। आहट पर मेरी आँख खुली। देखा, बड़े मियाँ मेरे कमरे के दरवाज़े में खड़े हैं। मैंने घबराकर बत्ती जलाई। खिसियाकर वापस भागे। बीवी शायद बाथरूम जाने के लिए उठी थीं। उन्होंने चोरों की तरह अपने शौहर को मेरे कमरे से भागते देखा। उन्हें पहले से कुछ शक हो चला था। तूफ़ान खड़ा हो गया! बड़े मियाँ ने कहा—'यह आवारा लड़की है। जब से यहाँ आई है मेरे पीछे पड़ी है कि मैं बेसहारा हूँ; प्रिंसिपल साहिबा तो बुड्ढी खूसट हो गई हैं, मुझसे निकाह कर लो।' बीवी ने यह सुनकर हॉकी उठाई और मुझे मारने दौड़ीं। मैंने बहुत शोर मचाया। सारा घर जाग गया। सुबह होते ही मैंने इस्तीफ़ा लिखकर बीवी के हाथ में पकड़ाया; और कुछ समझ में नहीं आया सिवाय इसके कि रेल में बैठकर क़ंबर साहिब के यहाँ पहुँच जाऊँ, इस उम्मीद पर कि बिट्टो ख़ाला वाला वादा शायद उनको याद हो!"

बेला फटी-फटी आँखों से चाँदनी को तक रही थीं।

"तुमको यह क़िस्सा सुनकर बड़ा अफ़सोस हुआ?"

"अफसोस-सा अफ़सोस?"

ईदू कमरे में आए—"बेगम साहिब! ग्यारह बज रहा है। सौदे के लिए पैसे दे दीजिए।"

चाँदनी बेगम पर जैसे बिजली गिरी।

बेला बावर्चीख़ाने की तरफ़ चल दीं। मालूम हुआ कि रमज़ानी अलहम्दो को बस पर पहुँचाने गए हैं। ज़ैतून को हुक्म दिया कि लंच तैयार कर लें। वापस आईं। चाँदनी बेगम कुर्सी पर स्टैचू बनी बैठी रहीं। उन्होंने दहशत-भरी नज़रों से इस घर की मालकिन को देखा।

"आएम सॉरी!" बेला ने आहिस्ता से कहा।

वह चुप रहीं।

"क़ंबर ने मुझसे कभी आपका ज़िक्र ही नहीं किया; मैं कुछ जानती न थी और वह इतने भुलक्कड़ आदमी हैं कि मुझे यक़ीन है, वह उस बात को भूल चुके हैं जो उनकी मम्मी ने आपकी मदर से की थी, वर्ना वह बहुत उसूलपरस्त खरे सच्चे-सीधे इनसान हैं। अगर उन्हें ज़रा भी याद होता...अरे वह तो ऐसे भुलक्कड़ हैं कि कभी-कभी मुझे बेला की बजाय शर्बरी-शर्बरी पुकार बैठते हैं। मुझे पता चल गया है कि कोई बंगालिन

क्लासफ़ेलो थी। अच्छा ख़ैर, अब क्या हो सकता है! आप धुआँधार सफ़र करके आई हैं, नहा लीजिए, मैंने हम्माम गर्म करवा दिया है। फिर आराम···हमारे लेडीज़ गेस्टरूम में—उसे अभी ठीक करवाती हूँ। एक बजे लंच।"

"कहाँ का लंच और कैसा डिनर! मैं अब यहाँ एक मिनट नहीं ठहरना चाहती। मैं तो शर्म से गड़ी जा रही हूँ। यह क़िस्सा सुनाने के बाद इस घर में कैसे रह सकती हूँ! आप कितनी नेकदिल ही सही, मगर आपको और आपके शौहर को अपनी सूरत नहीं दिखाना चाहती, और उन्होंने देखी ही कब थी मेरी मनहूस सूरत!"

"अरे ऐसा न कहिए, आप तो बहुत गुड-लुकिंग हैं। आप कांटैक्ट लेंस लगाया कीजिए।"

"मुझे किसी और जगह पहुँचा दीजिए। वहाँ टिककर कोई नौकरी ढूँढ़ लूँगी। आप तो यहाँ बहुत लोगों को जानती होंगी।"

"किसी को नहीं जानती।"

"मगर एक बात मेरी समझ में नहीं आई—शेख क़ंबर अली एडिटर रेडरोज़ की शादी की ख़बर मुझे क्यों न हुई? दरअसल ज़फ़रपुर अल्लाह मियाँ के पिछवाड़े आबाद है— हिमालय के दामन में। किसी का आना-जाना नहीं। लेकिन यह ख़बर पेपर्स में ज़रूर छपी होगी।"

"इनकी मम्मी की बरसी नहीं हुई थी। इस वजह से कोई धूम-धाम नहीं की गई; निकाह बिल्कुल सादगी और ख़ामोशी से हुआ।" यह कहकर बेला दिल-ही-दिल में हँसी।

"अच्छा, अब मुझे कहीं पहुँचाइए।" चाँदनी ने बात दुहराई।

"भई, अब मैं आपको कहाँ ले जाऊँ? मैं खुद यहाँ अजनबी हूँ। मेरे हस्बैंड काम में इतने मसरूफ़ रहते हैं, हमारी कोई सोशल लाइफ़ है ही नहीं। अरे हाँ···तीन कटोरी हाउस····खूब याद आया!"

"छोटी कटोरी भी तो···"

"आपको मालूम है?"

"बिट्टो ख़ाला मरहूमा ने बाजी अम्मा को बतलाया था।"

"छोटी कटोरी ही ने अपने घर में स्कूल खोल रखा है। वहाँ आपको जॉब मिल जाएगा। बहुत बड़ा मकान है। रहने को जगह भी।"

"चलिए, अभी चलिए, फ़ौरन! क़ंबर अली के आने से पहले।"

"खाना तो खा लीजिए!"

"इस घर का आबो-दाना मेरी क़िस्मत में नहीं है।" चाँदनी ने झुककर लोटा उठाया।

बेला ने सोचा—ठीक है, यही बेहतर है कि यह नई आफ़त क़ंबर के आने से पहले टल जाए। ईदू को रिक्शा लाने का हुक्म दिया। पहले सोचा करती थीं कि शादी

की पहली एनीवर्सरी पर वह अपने लिए कार की फ़रमाइश करेंगी। मियाँ वही पैसा की तंगी का रोना रोते। यह मारपीट करके फ़िएट खरीदवा ही लेतीं। मगर कुएँ वाली ट्रेजडी के बाद इतनी दादागिरी की हिम्मत नहीं रही थी।

रानी सौलत ज़मानी की ख़्वाबगाह[1] में कपड़े सिले जा रहे थे। मँझली साहिबज़ादी परवीन सुल्ताना उर्फ पैनी मैके आई हुई थीं और बेशुमार साड़ियाँ ख़रीदकर कराची वापस जाने वाली थीं। वह तख़्त पर बैठी बड़े ध्यान से एक ब्लाउज़ की आस्तीन मापने में लगी थीं। छोटी सफ़िया सुल्तान उर्फ़ फ़ैनी रंग-बिरंगे फ़ाल साड़ियों से मैच कर रही थीं। सबसे बड़ी ज़रीना सुल्ताना उर्फ़ जैनी दूसरे तख़्त पर ग़रारे की गोट काटने में मसरूफ़ थीं। इलाची ख़ानम फ़र्श पर आलती-पालती मारे धनक के गोले बना रही थीं। रानी साहिबा छपरखट पर आधी लेटी तमाम कार्यवाहियों को सुपरवाइज़ कर रही थीं। ऐसे सुकून-भरे माहौल में बेगम क़ंबर अली बम के गोले की तरह आनकर गिरीं। एक दुबली-सी बुर्क़ापोश औरत भी उनके पीछे दाख़िल हुई।

बेगम अली शादी के बाद पहली बार तीन कटोरी हाउस आई थीं। पिछली बार गानेवाली की हैसियत से बाहर चबूतरे पर बैठकर तबले-सारंगी के साथ ग़ज़लें गाई थीं। आज ख़ुदा की शान है—कितने आन-बान के साथ फ्रांसीसी काउच पर बैठीं। कुबड़न बता गई थी कि ऐसी मुँहज़ोर हैं कि मियाँ कि ठुकाई भी करती रहती हैं।

व तो इज्ज़ो मन तशाओ व तो ज़िल्लो मन तशाओ[2]।

आज वह तीन कटोरी वालों की टक्कर के खानदान की बहू थीं और क़ंबर जैसे अहम और नामवर आदमी की बीवी। अपने-आपको वास्तव में बेगम समझने लगी थीं क्योंकि आधा पर्दा करती थीं। अधिकतर घर के अंदर ही रहती थीं।

बुर्क़ापोश अब तक झिझकी हुई खड़ी थी। परवीन उर्फ़ पैनी की नज़र उसकी रबड़ की चप्पल पर पड़ी। पीढ़ी की तरफ़ इशारा किया यानि वहाँ बैठ जाओ।

वह उसी तरह खड़ी रही।

बड़ी साहबज़ादी ज़रीना सुल्ताना ने कहा—"ओहो···बेला रानी शोख़, कैसी हो? शादी के बाद इधर का रास्ता ही भूल गईं!"

"आपने कभी बुलाया भी?" बेला ने चाँदनी को मुहब्बत से कहा, "बैठती क्यों नहीं?"

"हाँ-हाँ, बैठ जाओ···पीढ़ी ले लो!" ज़रीना ने कहा।

लंबे सफ़र और सुबह को मंज़िल पर पहुँचकर क़ंबर अली की शादी की ख़बर ने

---

1. शयन-कक्ष, 2. ईश्वर जिसको चाहे सम्मानित करे और जिसको चाहे अपमानित करे।

चाँदनी को निढाल कर दिया था। वह धम से पीढ़ी पर गिर-सी गईं और तख़्त के पाए से टेक लगा लीं। बेला ने नफ़रत की निगाह से उन बेहिस बीवियों को देखा, जो सैकड़ों बरस से ग़रीब औरतों को ज़लील कर रही थीं। 'बीवी' और 'बाँदी' दो अलग तबक़े थे। अब अगर इस वक़्त वह खुद चाँदनी का साथ देने के लिए फ़र्श पर बैठतीं तो बीवियाँ समझतीं कि डोमनी को अपनी औक़ात याद आ गई। इसीलिए, दिल न चाहते हुए भी सोफ़े पर बैठी रहीं।

"यह कौन हैं?" सफ़िया ने पूछा।

"इन्हीं की ख़ातिर आना पड़ा। अगर आपके स्कूल में जगह हो तो इनको टीचर रख लीजिए। एम० ए०, बी० एड० हैं। कॉलेज में पढ़ाती थीं।"

"स्कूल तो हमें फ़िलहाल बंद करना पड़ा। मालूम हुआ इसी नाम का सेंट जॉन्स कॉनवेंट नख़्ख़ास में कई साल से चल रहा है। अब हमें नाम बदलना पड़ेगा।"

"किसी और रोमन कैथोलिक सेंट का नाम सोच लीजिए!" बेला ने फ़िक़रा कसा।

सफ़िया सुल्ताना के ऊपर से गुज़र गया; बोलीं, "तक़रीबन सारे रोमन कैथोलिक सेंट प्राइवेट स्कूलों में खप गए। अब मैंने सेंट सफ़िया कॉनवेंट ही तय कर लिया है।"

"सेंट सफ़िया कॉनवेंट। सुब्हान अल्लाह[1]!" बेला पर हँसी का-सा दौरा पड़ गया। सुबह-सुबह अलहम्दो का टंटा, उसके बाद चाँदनी बेगम का अचानक आना और उसका टेंशन—बेला नर्वस हो रही थी।

"स्टाफ़ में तो जगह नहीं है। आया की ज़रूरत भी नहीं है। हमारी अपनी मामाएँ-मेहरियाँ बहुत काफ़ी हैं। बाक़ी यह कि..."

"यह बहुत ज़रूरतमंद हैं।" बेला ने कहा। ग़रज़ और मजबूरी इनसान को पल-ही-पल में झुका देती है। चाँदनी को यहाँ ज़रूर-से-ज़रूर नौकरी मिलनी चाहिए। किसी हालत में रैंडरोज़ वापस न आए।

कराचीवाली परवीन सुल्ताना ज़रा नर्म पड़ीं—"सिलाई कर लेती हो?"

चाँदनी ने सर उठाया, "जी हाँ, नीडल क्राफ़्ट का डिप्लोमा भी लिया है।"

"हमें ढेरों सिलाई करवाना है। दर्ज़ी बहुत देर लगाता है। मेरा एक महीने की वीज़ा और बाक़ी है। साठ ब्लाउज़ सिलवाने हैं।"

"साठ... ? इनको यहाँ रहने के लिए कमरा दे दें। यह साठ छोड़ सौ सी देंगी। हैं ना मूनी?"

"मूनी... ? ऐ यह कौन नाम है?" रानी साहिबा ने पहली मर्तबा बात की, "कहाँ से आई हो? ऐ बेला रानी शेख़, तुम इनको अच्छी तरह जानती हो न? कुछ इनका

---

1. व्यंग्यपूर्ण अंदाज़ में प्रशंसात्मक वाक्य।

पता-निशान भी तो चाहिए ! क्या यह भी तुम्हारे बाप की कंपनी में थीं ? ऐसी लगती तो नहीं !"

रानी के इस आख़िरी जुमले में बेला और उनके कुनबे के लिए जो तौहीन छिपी थी, बेला ने ग़रज़ की वजह से ध्यान नहीं दिया, पी गईं।

"एम० ए० की डिग्री है तुम्हारे पास ?" परवीन सुल्ताना ने चाँदनी से पूछा।

"जी नहीं। कुछ ऐसे हालात में कॉलेज से इस्तीफा देना पड़ा कि मेरे सारे काग़ज़ात प्रिंसिपल ने अपने कब्ज़े में कर लिये।"

"कैसे हालात भई ? कहीं हमें किसी चक्कर में न फँसवा देना। ऐ बेला रानी शोख़ ! तुम इनकी ज़मानत लेती हो ? इन्हें कब से जानती हो ?"

"यह आज सुबह मेरे यहाँ पहुँचीं। लेकिन हालात कुछ ऐसे थे कि फ़ौरन मुलाज़िमत ढूँढ़ना चाही।"

"ए वुई···फिर वही हालात ? क्या मामला है भई ?" रानी साहिबा झुँझला गईं।

अब बेला को सच बोलना पड़ा, "यह मेरे शौहर की वालिदा के दोस्त की लड़की है।"

"ऐ हे ! चाँदनी बेगम है ? इन्हीं के लिए बिट्टो बाजी आख़िरी दिनों में कहने लगी थीं कि साहबज़ादे एक बंगालिन के फेर में पड़ गए थे। अब शुक्र है एक ग़रीब बेज़बान लड़की के साथ दो बोल पढ़वाने पर राज़ी हो गए हैं। खुदा की शान है कि क़ंबर की क़िस्मत में तो तुम लिखी थीं।"

बेला फ़ौरन उठ खड़ी हुईं, "अब तो आपको किसी ज़ामिन की ज़रूरत नहीं ? यह आपकी सारी सिलाई-विलाई कर देंगी। फिर स्कूल में लगा लीजिएगा। वैसे हम भी इनके लिए नौकरी तलाश करते रहेंगे। ओ० के०···मूनी···बाय-बाय !"

बेला के जाते ही सफ़िया ने फ़ौरन उठकर एक नक़्शीं अल्मारी में से एक मोटा सुनहरा अलबम निकाला, "चाँदनी बेगम, इधर आओ !"

उन्होंने पीढ़ी पर बैठे-बैठे गर्दन बढ़ाई।

"यह देखो···हमारे बॉबी भाई की शादी की तस्वीरें। दुल्हन भाभी आजकल मैके गई हैं। यह फ़ोटोग्राफ़ देखो ! यह रहीं बेला रानी। उनकी वालिदा मोहतरमा हारमोनियम बजा रही हैं। वालिद मोहतरम और भाई पीछे बैठे हैं···मीरासियों का ख़ानदान।"

चाँदनी ने फ़्लैशलाइट तस्वीर को आँखें फाड़कर देखा।

रानी साहिबा ने ज़रीना से कानाफूसी की, "यह बेला वाक़ई बड़ी चंडालिनी है, कलभुतरी। अपनी बला हमारे सर मढ़ गई !" ऊँची आवाज़ में चाँदनी को पुकारा, "सुनो भई चाँदनी ! बात यह है कि कोठी के अंदर तो बिल्कुल जगह नहीं है। अल्लाह रखे, पैनी बिटिया और उनके बच्चे आए हुए हैं। उनसे मिलने के लिए तमाम अज़ीज़ रिश्तेदार आते रहते हैं। सारे कमरों में मेहमान ही मेहमान ! तुम फ़िलहाल इलायची

ख़ानम के साथ बसॅर कर लो। उनका बाथरूम वग़ैरह भी उस तरफ़ नज़दीक ही हैं। उन्हें भी आजकल बाहर ही रहना पड़ रहा है।"

सोनाकली ने दरवाज़े में आकर अर्ज़ की, "रानी साहिबा, ख़ासा तैयार हैं।"

वह पाइँचे सँभालकर छपरखट से उतरीं। तीनों बेटियों ने अपना-अपना काम समेटा। उन सबने डाइनिंगरूम का रुख़ किया। चाँदनी पीढ़ी पर से उठकर उनके पीछे चलने लगीं। जब ज़फ़रपुर से रवाना हुई थीं, शाम को एक स्टेशन पर ख़्वांचेवाले को बुलाकर समोसे ख़रीदे थे। सुबह से ज़ोरों की भूख लग रही थी। बेला के वहाँ सिर्फ़ एक प्याली चाय पी थी। उसने लंच पर रुकने के लिए कहा। मारे तनतने और ग़म-गुस्से के इनकार कर दिया। अब वह तनतना ख़त्म होने वाला था। इलायची ख़ानम ने इशारा किया और आहिस्ता से बोलीं, "किधर जा रही हो? मेज़ पर अल्लाह रखे आजकल पंद्रह-सोलह जनों के लिए ख़ासा चुना जाता है। वहाँ जगह नहीं है। खाना हमारे साथ खा लेना। वह सामने आँगन में नलका है। हाथ-वाथ धो लो।"

"मेरा लोटा और सामान···" चाँदनी के हलक़ से महीन-सी आवाज़ निकली।

"मँगवाए लेते हैं, बाहर रखा होगा···चलो!"

एक घंटे के बाद नौकरों के खाने की नौबत आई।

मत्बख[1] के फ़र्श पर झूठी रक़ाबियाँ बिखरी पड़ीं थी। मामाएँ और उनके बच्चे पटरे और पीढ़ियाँ घसीटकर चारों तरफ़ बैठ गए।

"आओ चँदनिया! बिस्मिल्लाह करो!" इलायची ख़ानम ने आवाज़ दी।

चाँदनी सेहन के कोने में नल की मुँडेर पर बैठी रेल के धुएँ की कलौंच रगड़-रगड़कर धोती जा रही थीं और पट-पट आँसू बहा रही थीं। इलायची ख़ानम की पुकार सुनकर मुँह पर छपके मारे। लाल-लाल आँखें किए बावर्चीख़ाने में गईं। सोनाकली के बराबर पटरे पर बैठ गईं। टूटी हुई आवाज़ में कहा, "मुझे मेज़ पर से आया हुआ झूठा खाना मत देना।"

"अरे नहीं चाँदनी बेगम, हम लोग क्या झूठन खाते हैं? झूठन सारी अंगूरी और बिलैया के लिए इस क़ाब[2] में डाल दी जाती है।"

खाने के बाद इलायची ख़ानम से कहा, "मैं ज़रा आराम करना चाहूँगी।"

"हाँ-हाँ, आओ! आजकल मुझे भी इसी तरफ़ सोना पड़ रहा है।"

महलख़ाने के क्वाड्रिंगल में एक विंग मामाओं के लिए मख़सूस[3] था। दालान में चारपाइयाँ एक क़तार में बिछी हुई थीं। खद्दर के गद्दे। छींट के लिहाफ़। मैले-मैले तकिये। खुशक़दम, बताशन बुवा, वज़ीरन, नूरन, सोनाकली सब वहीं सोती थीं। इलाची

---

1. रसोईघर, 2. थाली, 3. नियत।

ख़ानम का पलँग सिरे पर था। उसके बराबर एक खाट चाँदनी बेगम के लिए बिछा दी गई।

"तुम्हारा सूटकेस हमने अंदर ही कोठरी में रख दिया है। लाओ तुम्हारा बिस्तर लगा दें।" इलायची ख़ानम ने कहा, "खाट उधर को सरका लो⋯धूप में।"

"यहीं ठीक है।" चाँदनी ने जवाब दिया और बिस्तर पर लेटकर आँखें मूँदी।

सामने दालान से परवीन सुलताना ने पुकारा, "आतो साहिब[1]!⋯दिन जा रहा है, ज़रा चाँदनी को भेजिए।"

इलायची ख़ानम ने आहिस्ता से कहा—"जाओ, रोज़गार पर पहला रोज़ है। आज ही दिल लगाकर काम न किया तो⋯"

वह थकान से चूर-चूर थीं। उठकर फिर नल की तरफ़ गईं। नींद भगाने के लिए मुँह धोया। ऐनक लगाई। कोठी के अंदर चली गईं।

रात तक ख़ाली कमरे में बैठी साड़ियों पर फ़ाल लगाती रहीं। उँगलियाँ दुख गईं। आँखों में दर्द होने लगा। फिर मत्बख़ में खाना खाया। घर के लोग साढ़े नौ बजे सोने के लिए चले गए। चाँदनी दालान में आईं।

नौकरानियों का लैट्रिन सेहन में बहुत दूरी पर था। लालटेन लेकर रवाना हुईं। वापस आकर खटिया पर लेटीं। खुशक़दम ने रुई के पर्दे गिराए। चाँदनी लिहाफ़ में दुबक गईं। पहाड़ी इलाकों में बसा ज़फ़रपुर बहुत ठंडी जगह थी, मगर वहाँ कमरे में सोती थी। बाहर सोने का पहला इत्तिफ़ाक़ था। कोठी में सब लोग बर्क़ी अंगीठियाँ जलाए अपने-अपने कमरों में सो रहे थे। शाम को उन्होंने खुशक़दम बुवा से पूछा था कि तुम लोग अंदर कोठरियों में क्यों नहीं सोतीं? उसने कहा था कोठरियाँ रहने लायक़ नहीं हैं। खिड़कियाँ-दरवाज़े टूट गए। राजा साहब उनकी मरम्मत कराने की ज़रूरत नहीं समझते, क्योंकि हम लोग बाहर ही सो जाते हैं। रुई के पर्दों में ठंड नहीं लगती।

चाँदनी को सर्दी महसूस हुई। गुड़ी-मुड़ी होकर पड़ गईं। बीती रात गड़गड़ाती ट्रेन में गुज़री। परसों रात वह ज़फ़रपुर में थी, जो उनसे शायद हमेशा के लिए छूट गया और कैसे-कैसे सदमे-ज़िल्लतें[2] सहने के लिए छूटा। ख़ैर, अल्लाह का एहसान है। या रब्बे करीम[3], तेरा किस मुँह से शुक्र अदा करूँ! तूने फ़ौरन सर पर छत भी दे दी। पेट-भर खाना भी खिलाया। खूब गर्म चाय भी पिला दी। अल्लाह तेग लाख-लाख शुक्र!

बाप से बेहद मुहब्बत थी जो उन्हें छोड़कर ग़ायब हो गए थे। कभी भूले से ख़त

---

1. पुराने समय में शरीफ पढ़ी-लिखी बेसहारा महिला जिसे गवर्नेस की हैसियत से रखा जाता था। वह लड़कियों की शिक्षा-दीक्षा करती थी। उसको मुग़लानी, आतो जी या आतो साहब कहते थे। आतो तुर्की भाषा का शब्द है। 2. अपमान, 3. हे दयालु ईश्वर!

न भेजा। लेकिन वह हमेशा रात को सोने से पहले दुआ करती थीं कि या अल्लाह, तू अब्बा को ज़िंदा सलामत रख। वह जहाँ कहीं भी हों, ख़ैरियत से हों। वापस आ जाएँ। या अल्लाह, अम्माँ को ज़िंदा सलामत रख। या अल्लाह, अब्बा ख़ैरियत से हों। माँ की मौत को दो महीने गुज़र चुके थे, मगर अब भी आदतन दुआ करतीं—या इलाही, अपने हबीब के सदक़े अम्माँ को ज़िन्दा सलामत रख, उनकी लंबी उम्र हो। फ़ौरन दुरुस्त करतीं—उनको बख़्श दे। जन्नत में जगह दे। आमीन[1]।

पलँग पर करवटें बदलते देख इलायची ख़ानम ने हुंकार दिया, "अब सो भी जाओ चँदनिया, सवेरे उठना है।"

नीलाभ सुबह ने मटियाले पर्दों की दर्ज़ में से झाँका। चाँदनी बेगम आँखें मलती हुई उठ बैठीं। कलमा पढ़ा। एक लम्हे के लिए ज़ेहन परेशान हुआ—मैं कहाँ हूँ?

सर्दियों की सुबह अपने घर के परिचित दरो-दीवार नज़र आते थे। खिड़की में से बाग़ का मंज़र... । कभी कोई शरीर[2] बेज़रर[3] भुतने-ऐसा पहाड़ी लंगूर किसी डाली पर झूलता दिखाई पड़ता। हिमालय के परिंदे शोर मचाते। धोबन चिड़ियाँ, पहाड़ी मैनाएँ, लाल चोंच वाला गुल सेहरा, नीले रंग के नूरपोश। दादा मियाँ प्यार से आवाज़ देते— चाँदनी बिटिया! देखो मियाँ नूरपोश तुम्हें सलाम करने आए हैं! ख़्वाब से उठो! नमाज़ पढ़ो!

अब्बा दिन चढ़े तक सोया करते। अम्माँ, दादी और दोनों चच्चियाँ घर के काम में लग जातीं। सेहन के यूकेलिप्टस हवा में झूमते। दूसरी मंज़िल पर नेपाली स्टाइल की काली लकड़ी की बालकनी में दादा मियाँ की आरामकुर्सी बिछती। वह धूप में बैठकर अख़बार पढ़ते।

अब्बा किसी से सीधे मुँह बात नहीं करते थे। दादा मियाँ की डाँट-फटकार पर उनको गुस्ताख़ी से जवाब देते। बीवी और भाइयों से लड़ते। बंदूक उठाकर जीप में जा बैठते और शिकार के लिए निकल जाते।

वह बचपन के जाड़े थे। फिर अक्सर सुबह जब आँख खुलती, घर का एक फ़र्द ग़ायब होता। दादा मियाँ, दादी, चच्चा, चच्चियाँ, उनकी औलाद। कुछ मरकर निकले, कुछ ज़िंदा। अब्बा भी ग़ायब हो गए। दूर सरकंडों में छिपे इमामबाड़े की तरह कोठी खँडहर हो गई। बाग़ उजड़ गया। एक बार मुहर्रम के दिनों में झाड़ियों में छिपा तीतर ज़ोर-ज़ोर से बोला। अम्मा बी॰ ए॰ के इम्तिहान के लिए पढ़ने में मशग़ूल थीं। सर उठाकर बोलीं—कहते हैं कर्बला के जंगल में एक तीतर बोलता है, उसकी आवाज़ भी ऐसी सुनाई देती है जैसे कहता हो—कुश्ताशुद हुसैन[4] – कुश्ता शुद हुसैन!

रात को बहुत दूर से हुसैनी बाजे की आवाज़ आती। विस्वाँ में बने ताज़ियों से लदी बैलगाड़ियाँ कोहरे-भरी सड़क से गुज़र जातीं। अम्माँ सर ढाँपकर नज़्र-नियाज़ का

---

1. ख़ुदा ऐसा ही करे, 2. नटखट, 3. जो दुःख न दे, 4. हज़रत इमाम हुसैन क़त्ल हुए।

इंतिज़ाम करतीं। खुद ही बैठकर शहादतनामा पढ़ लेतीं। दादा-दादी की मौत, अब्बा और चचाओं की पाकिस्तान-रवानगी और घर के ज़वाल के बाद भी वह अकेले जैसे बन पड़ता, दादी अम्मा के ज़माने की रवायात निभाए जा रही थीं।

सन् 1858 में बेचारी हज़रत महल[1] ने इसी रास्ते से नेपाल हिजरत की थी। उनके हारे हुए लश्कर के बहुत-से लोग पहाड़ियों तक न जा पाए थे और इन जंगलों में बस गए थे। उनकी औलाद इन टूटे मकानों में आबाद थी और उनका इमामबाड़ा खँडहर की सूरत में मौजूद था। अब भी वहाँ अज़ादारी[2] होती थी। रात को सन्नाटे में नौहों की आवाज़ें साफ़ सुनाई देतीं। लोग कितने सख़्तजान हैं!

अम्माँ कितनी सख़्तजान थीं! अलीगढ़ से मैट्रिक करने के बाद उनकी शादी हुई थी। अब्बा के फ़रार के बाद उन्होंने खुद ही पढ़-पढ़कर इंटरमीडिएट और बी० ए०, बी० टी० किया। आधी उम्र उनकी मुश्किलों को झेलते गुज़री।

अच्छा हुआ मरने से पहले इस चोट्टी मीरासन से क़ंबर मियाँ के ब्याह की ख़बर उन्होंने न सुनी, वर्ना एक और करारी चोट दिल पर लिये क़ब्र में उतरतीं।

पहले जब कभी गोगा पीर के लाल सूती गोलों वाले झंडे उठाए मेहतर सड़क से गुज़रते, रमनिया झाड़ू देने के बाद अम्माँ से अदब के साथ कहती—बेगम साहिब! आज हम लोगन का त्यौहार है, जल्दी छुट्टी दे दीजिए। अब वह बड़े फ़ख़्र और खुद-एतमादी से यह कहती थी—बेगम साहिब! हमारे बेटे का केमिस्ट्री का पेपर है, हम उसके साथ सहर जा रहे हैं। अम्माँ कहतीं—क्या पता दस साल बाद उसका लड़का इसी ज़िले का कलेक्टर होकर आवे! *व तो इज्ज़ो मन तशाओ, व तो ज़िल्लो मन तशाओ।*

साहबज़ादी परवीन सुल्ताना की आवाज़ कानों से टकराई—"अरे सोनाकली! क्या चाँदनी अब तक सो रही हैं? उनसे कहो, इधर आकर काम शुरू करें।"

"जेनी—पेनी—फेनी—बॉबी—मदर-फ़ादर, फ्रेंड्स एंड रिलेटिव्स एंड कन्ट्रीमेन! देखो मुझे जो···" एक करारी आवाज़ क्वाड्रिंगल के तीसरे दालान से बुलंद हुई।

तीनों बहनें जो धूप खाने सेहन में निकल आई थीं, फ़ौरन ग़ायब हो गईं। एक गोरे-चिट्टे जवान आदमी, घनी काली दाढ़ी, आँखों में ज़रा-सी वहशत, ज़्यादा क़ीमत का ड्रेसिंग गाउन, एक हाथ में पाइप दूसरे में ताज़ा अख़बार, थियेटर के जूलियस सीज़र की तरह तोल-तोलकर क़दम रखते दालान की सीढ़ियाँ उतरे। चाँदनी दिखलाई पड़ीं, जो अमरूद के नीचे नलके पर हाथ-मुँह धो रही थीं। उन्होंने अपनी साबुनदानी पेड़ की एक डाल में छिपा दी थी ताकि नौकरानियाँ उसे इस्तेमाल न करें। उसे उतारने के लिए हाथ

---

1. बेगम हज़रत महल अवध के आख़िरी नवाब वाजिद अली शाह की पत्नी थीं। इन्होंने अंग्रेज़ों से युद्ध किया और अपने पुत्र ब्रिजिस क़दर को उत्तराधिकार दिया। 2. मुहर्रम के दिनों में हज़रत इमाम हुसैन और कर्बला के दूसरे शहीदों के ग़म को मनाना, नौहे पढ़ना, मजलिसें करना, आँसू बहाना।

बढ़ाया तो साबुन फिसलकर नाली में गिर गया। उलझकर झुकीं। सर उठाया तो जूलियस सीज़र सर पर मौजूद !

उन्होंने हवा में हाथ लहराया, फिर साबुनदानी उठाकर उन्हें पेश की; पूछा, "आप कौन मोहतरमा हैं ?"

इलायची ख़ानम ने दूर से इशारा किया—इधर भाग आओ ! इधर भाग आओ !

"यह साहब कौन हैं जो तक़रीरें करते रहते हैं ? लीडर हैं ?" शाम को इलायची ख़ानम से पूछा।

"सरकार के बड़े साहबज़ादे···पगला गए हैं। लीडर ही समझो।"

चाँदनी आगे की कहानी सुनने का इंतिज़ार कर रही हैं।

"लो ज़रा यह चावल बीनो !"

"अल्लाह बतलाइए ना।"

उन्होंने चारों तरफ़ देखकर कानाफूसी की—"तीन कटोरी तीन कौड़ी हो गईं, इस ग़म में ज़रा खिसक गए। बाप ने पढ़ने के लिए विलायत भेजा। वहाँ से मेम कर लाए।" परवीन को बरामदे में आते देखकर ऊँची आवाज़ में कहा, "अरी चाँदनी बिटिया ! आज कितने ब्लाउज़ सिए ?"

परवीन अन्दर चली गई।

"वह मेम सिड़िन थी और घोड़ी ऐसी।"

"अरे वाह !" खिलखिलाकर चाँदनी हँसीं।

"शुक्र है चँदनिया, तुमको हँसी तो आई !"

"अच्छा, फिर ?"

"और विकी मियाँ इतने खूबसूरत। ख़ैर, घरवाले सब चुप। क्या कर सकते थे ?···ऐ चाँदनी बेगम, तुमको तेपची भरनी भी आती है ?"

चाँदनी ने सेहन पर नज़र डाली। सफ़िया सुल्ताना ज़ीने पर जा रही थीं।

"गईं। आगे बताइए।"

"भगल गाँठकर बाहर निकलतीं। एक बार ब्लाउज़-पेटीकोट पर ड्रेसिंग गाउन पहने क्लब पहुँच गईं। एक बार हैट की जगह रद्दी की टोकरी ओढ़ ठंडी सड़क पर टहलने लगीं। अब कोई उनको बाहर निकलने न दे। यह कोशिश करें भागने की, तो मियाँ उनको पीटने लगे। चार-पाँच बरस बिटिया, वह इस महलख़ाने में क़ैद रहकर पिटती रहीं। एक रात ताली बजानेवालों के साथ ग़ायब हो गईं।"

"ताली बजाने वाले ?···अवाम ?"

"ऐ न आम न अवाम।"

"पब्लिक···यानि जब नेता तक़रीर करते हैं और जो बाक़ी लोग ताली बजाते हैं वो ?"

"वो नहीं—वो जो पहले ताली बजाते हैं, फिर बात करते हैं।"

"हम समझे नहीं?"

इलायची ख़ानम बहुत नेक औरत थीं। मुश्किल से कहा—"अरे वही···ज़नाने।"

"ओह!" चाँदनी बेगम दुपट्टे में मुँह छिपाए ख़ूब हँसीं।

"माली के वहाँ लड़का-बाला हुआ था। एक टोली कंपाउंड में आ गई। मेम साहब दिलचस्पी से उनका नाच-गाना खिड़की में से देखती रहीं।

"दूसरी रात बताशन बुवा ने दूर से एक लंबी-तड़ंगी औरत की झलक देखी थी, जो साड़ी पहने, घूँघट काढ़े ड्योढ़ी से निकल रही थी। बताशन बुवा समझीं सुलोचना होंगे···अन्दर इनाम लेने आए होंगे।"

"सुलोचना कौन···?" चाँदनी ने बात काटी।

"अरे वही ज़नाने के लीडर। ये लोग अक्सर सिनेमा की एक्ट्रेसों के नाम खुद रख लेते हैं। उनके बूढ़े चौधरी पुराने ज़माने की सुलोचना कहाते थे। सुबह को मालूम पड़ा! तब से भय्या ज़्यादा खिसक गए···लंबी-लंबी स्पीचें देने लगे। चुनाव में खड़े होने वाले थे। बड़ी मुश्किल से रोका गया।"

"मेम को न ढूँढ़ा?"

"घरवाले इज़्ज़त के मारे चुप। मशहूर कर दिया विलायत गई है। सुलोचना ने उसका नाम आसमान से टूटा सितारा सफ़ेदुज़्ज़मानी ग़लीचा बेगम रखा।"

"आसमान से टूटा सितारा सफ़ेदुज़्ज़मानी ग़लीचा बेगम···" चाँदनी ने दुहराया। हँसते-हँसते उनकी आँखों में आँसू आ गए।

बाबू कालीचरन ने कहा—"क़ायदे की लड़की से विकी मियाँ की दूसरी शादी कर दीजिए। ये ठीक भी हो जाएँगे।"

"तौबा! पागल आदमी को कौन अपनी लड़की देगा?" चाँदनी ने कहा।

"नहीं, ऐसे पागल भी नहीं हैं।"

जाड़ों की रातें लंबी होती जा रही थीं। परवीन सुल्ताना के वीज़ा की मुद्दत ख़त्म होनेवाली थी। चाँदनी शाम तक उनके कपड़े सीतीं। रात को दालान में आकर अपने बिस्तर पर लेट जातीं और इलायची ख़ानम और बताशन बुआ से तीन कटोरी हाउस के क़िस्से सुना करती थीं या खुद उनको अपने ददिहाल-ननिहाल के भले दिनों के क़िस्से सुनातीं—

"मेरे नाना-परनाना वग़ैरह इस क़दर मग़रूर और बददिमाग़ थे कि उनके इलाक़े में किसी को पक्का मकान बनाने की इजाज़त न थी। सारी रिआया कच्चे घरों में रहती थी। इसी घमंड का अंजाम भी मैंने अपनी आँखों से देख लिया।

"आज पैनी बाजी ने कश्मीरी शाल वाले से पशमीने की चादर ख़रीदी। उसमें दो-दो बालिश्त चौड़ी जामावार की पट्टी लगी थी। बहुत महँगी दे गया। मैंने कहा—

अरे पेनी बाजी, हमारे नाना बावन गाँव के मालिक थे। उनके वहाँ तो पूरा शामियाना जामावार का था। पेनी बाजी ने फ़ौरन डाँट दिया—बस-बस उड़ाओ मत! अगर तुम कभी पाकिस्तान गईं, वहाँ यह कहा तो वहाँ के रहनेवाले लोग हँसेंगे कि जो मुहाजिर आता है वह इसी क़िस्म की बेतुकी हाँकता है। फिर कहाँ गया वह शामियाना जामावार का?

"मैं रुआँसी हो गई। पछताई कि यह बात क्यों छेड़ी। मैंने कहा—मेरे मामू अय्याश और अनपढ़ हैं। उन्होंने हवेली के फाटक, दरवाज़े, कड़ियाँ, संगेमरमर एक-एक चीज़ बेच दी। शामियाना चबूतरे पर फैलाकर दोनों भाई बड़ी-बड़ी क़ैंचियाँ लेकर उकडूँ बैठ जाते और उसके टुकड़े काट-काटकर बेचने के लिए दो-दो अंगुल पर एक-दूसरे से झगड़ते।"

"फिर वह भी पाकिस्तान चले गए तुम्हारे अब्बा की तरह?" पेनी बाजी ने कमेंट किया।

मैंने बतलाया, "एक मर गए, दूसरे दिल्ली में टैक्सी ड्राइवर हैं। उन्होंने भी कभी हमारी ख़बर न ली।"

कुछ देर बाद चाँदनी ने बताशन बुवा से कहा—"बाजी, अम्माँ रोज़ रात को ख़्वाब में नज़र आती हैं। कल रात तो उनके साथ दादी अम्मा और उनकी ख़ास नौकरानी सुनहरा बुवा भी आई थीं।"

"तुम आजकल बहुत मुसीबत-परेशानी में हो ना, इस वजह से उन लोगों की रूहें तुम्हारे लिए बेचैन हैं।"

"हमने तो अपनी माँ का बहुत दिल दुखाया, और वो हैं कि मरने के बाद भी हमारे लिए बेचैन हैं!"

"औलाद का तो यह काम ही है कि माँ-बाप का दिल दुखाए।"

"जब तीन-चार साल उधर बिट्टो ख़ाला क़ंबर मियाँ की बात लेकर आईं, बाजी अम्माँ के पाँव में बड़ी सख़्त मोच आ गई थी। वह चलने-फिरने से मजबूर थीं। मैं कॉलेज से आई। खिसकते-खिसकते पाँयती तक आईं और कहने लगीं—चाँदनी, तुम्हारे लिए...

"बस बताशन बुआ, जहाँ बाजी अम्माँ ने यह कहा और मेरा पारा चढ़ा! जब किसी का टूटा-मारा पैग़ाम आता, वह उसका ज़िक्र शुरू करतीं और मैं मुँह फुलाकर कमरे से निकल जाती। वह लगातार बकती-झकती रहतीं। अब्बा को बुरा-भला कहतीं—यह वबाले-जान मेरे ज़िम्मे डालकर भाग गए! मैं चुप साधे रहती। हफ़्तों उनसे बात ही न करती। अब उस रोज़ बिट्टो ख़ाला के जाने के बाद वह खिसककर पाँयती आईं। मैं चुप रही। मुँह फेर लिया। वह भी ख़ामोश हो गईं। मायूसी के साथ सरकते हुए वापस फिर अपने तकिए से टेक लगा ली। अब वह मंज़र कभी भूल ही नहीं पाती।

"सुनहरा बुवा ज़िन्दा थीं। उन्होंने मुझे बताया कि बिट्टो बेगम अपने बेटे के लिए बात कर गई हैं।

"मैंने बाजी अम्माँ का दिल बहुत दुखाया। कभी-कभी मैं चिल्लाती—तुम ख़ुद ही बुरी हो, वर्ना अब्बा छोड़कर क्यों जाते? ऐ बताशन बुवा, मेरा दिल बड़ा चाहता है कि किसी तरह कराची जाकर अब्बा से मिल आऊँ। उन्होंने कभी न सोचा कि जवान बेटी किस हाल में है? बुवा, लोग ऐसे पत्थरदिल क्यों हो जाते हैं?"

"आदमज़ाद असलियत में बहुत बद है चँदनिया! वर्ना काहे को इतने पैग़ंबर आते?"

"आख़िरी बार जब बिट्टो ख़ाला ज़फ़रपुर पहुँचीं, मरने से दो दिन पहले उन्होंने बाजी अम्माँ को और मुझे बुला भेजा। बाजी अम्माँ बीमार थीं। उनको बड़ी झुँझलाहट आई— चाँदनी को क्यों बुलाया? क़ंबर को साथ लेकर यहाँ आएँ; हम क्यों उनके सामने झुकें? मैं भी खूब बाजी अम्माँ पर चिल्लाई—और कीजिए अपनी अमीर सहेली की ख़ुशामद! मगर बताशन बुवा, ख़ुदा की शान देखो, अब मुझे ख़ुद भिखारिन की तरह क़ंबर मियाँ के दर पर आना पड़ा और वह भी बेकार। शायद उस बेला लंका ने उन्हें बतलाया ही न हो कि मैं आई हूँ, वर्ना वह कम-से-कम फ़ोन पर ख़ैरियत मालूम कर लेते।"

नूरन बोलीं—"बीवी के गुलाम हैं। हमने एक रोज़ अलहम्दो बाजी को फ़ोन किया। ईदू ने कहा उनको बेगम साहब ने खड़े-खड़े निकाल दिया। साहब ने चूँ तक न करी।"

"चूँ करें कैसे? वह उन्हें मारती भी तो हैं। कुछ बोलें तो पिटें…जगहँसाई अलग!" सोनाकली ने बातचीत में शामिल होते हुए कहा।

क़ंबर मियाँ का टॉपिक बहुत तकलीफ़ वाला था। चाँदनी ने कहा—"आतो जी अब तक अंदर से नहीं आईं।"

वज़ीरन बावर्चीख़ाने से अँगीठी उठाकर लाईं।

"अंदर प्रेस कर रही हैं। कल दावत है बड़ी भारी। पेनी बिटिया पाकिस्तान वापस जाने वाली हैं। अब रोज़ उन्हीं के लिए डिनर पार्टी का लग्गा लगा।" सोनाकली ने जवाब दिया।

वज़ीरन की बेटी नूरन उकड़ूँ बैठकर ज़ोर-ज़ोर से कोयले दहकाने लगी। चाँदनी ने उड़ती चिनगारी पर नज़रें जमा दीं।

"बताशन बुवा! मैंने बचपन में एक अंग्रेज़ी कहानी पढ़ी—एक छोटी लड़की है, यतीम, बेघर। क्रिसमस की शाम है और वह सड़क पर चलते-चलते थककर एक अमीर आदमी की दीवार से लगकर बैठ जाती है। अंदर त्यौहार मनाया जा रहा है। बाहर बर्फ़ गिर रही है और यह लड़की सर्दी से बचने के लिए दियासलाई रोशन करती है। पल-भर की रौशनी में वह ख़्वाब-सा देखती है कि एक खूबसूरत गर्म कमरे में बैठी त्यौहार मना

रही है। वह माचिस बुझ जाती है। दूसरी जलाती है, फिर सोचती है कि बड़ी नफ़ीस मसहरी पर बैठी है। इसी क़िस्म की कुछ कहानी है जो मुझे ठीक से याद नहीं।"

बताशन बुवा ने एक ठंडी साँस भरी।

चाँदनी लालटेन उठाकर लैट्रिन की तरफ़ चली गईं।

नूरन बड़बड़ाई, "दावत है। कल सवेरे से फेनी बिटिया एक-एक फ़ोटो साफ़ करवाएँगी। हर दीवार पर सैकड़ों तो फोटो लगा रखे हैं—दादा, परदादा, फलाने ढमाके।"

"तो क्या तुम्हारे बाप-दादा की तस्वीरें लगाएँ? ये सक्के थे। कमर पर लाल पटका बाँधे सारी उम्र पानी भरते गुज़ारी। कहलाए भिश्ती[1]। मरे तो बेनामो-निशान कब्र में दफ़्न किए गए। बताशन बुवा के बाबा···यह बावर्ची थे। वज़ीरन के वालिद ज़िंदगी फुकनी से चूल्हा फूँकते गुज़ारी।"

"और इनको देखो!" वज़ीरन ने बड़ी तल्ख़ी से कहा, "आज इन पर वक़्त पड़ा है तो बाँदियों के साथ रहती हैं। कल फिर से बीवी बन गईं तो आकर किसी बाँदी की चारपाई पर बैठेंगी? बेला ज़ात की डोमनी हैं। जब यहाँ गाने आई थीं शादी में, उनके लिए खाना कश्ती में लगाकर बाहर भेजा गया था। साथ किसी ने खिलाया भी नहीं। अब बेगम बनकर आई बर्राती हुई।"

दावत के हंगामे और काम की थकान की वजह से अगली रात महफ़िल नहीं जमी। चाँदनी अपने बिस्तर पर आँखें मूँदें लेटी नींद का इंतिज़ार कर रही थीं। बताशन बुवा और इलायची ख़ानम की कानाफूसी सुनाई दी। चौंक उठीं, मगर सोती बनी रहीं।

"ऐ बताशन! कल रात हम रानी साहिब के सिंगार-कमरे में प्रेस कर रहे थे। अरे···देखो यह जग तो नहीं रहीं?"

"सो गई हैं बेख़बर। कहे जाओ!"

"सरकार, रानी साहिब, तीनों बिटियाँ, बॉबी भय्या, सब जने बड़े कमरे में बातें कर रहे थे। रानी साहिब कहिन—हर डॉक्टर की राय है, शादी कर दो, ठीक हो जावेंगे। यह लड़की तो जैसे अल्लाह ने भेज दी—ख़ानदानी, पढ़ी-लिखी और शक्ल-सूरत भी क़ायदे की। गोरी बुक़्क़ा जैसे बर्फ़ी का टुकड़ा।"

चाँदनी से रहा नहीं गया। फ़ौरन उठ बैठीं, "पूरी बात बताओ!"

इलायची ख़ानम बौखला गईं।

"बिटिया! सरकार तो चुप रहे, पेनी बिटिया और बॉबी भैय्या बहुत बिगड़े। बॉबी मियाँ ने कहा—आप माँ हैं इसलिए यह कह रही हैं। विकी कभी तंदुरुस्त नहीं हो सकते। डॉक्टरों से हम भी पूछ चुके हैं। आप इस ग़रीब लड़की को क्यों तबाह करती

---

1. पानी पिलानेवाला; बैकुंठ में जाएगा।

हैं? चँदनिया, बात यह है कि रानी साहिब जानती हैं कि तुम्हारा कोई हिमायती नहीं है। क़ंबर मियाँ ने टेलीफ़ोन तक नहीं किया। बेला अपने घर में घुसने नहीं देंगी। तुम जाओगी कहाँ? मेम साहिबा तो ज़नानों के साथ निकल भागीं। तुम क्या करोगी? विकी तुमको बेंत से पीटेंगे। उनके पास एक चमड़े का हंटर भी है। उससे मेम साहिब को पीटा करते थे। डॉक्टर लोग कहते थे इनका मर्ज़ ही यही है।....

"बॉबी मियाँ ने रानी साहिब की बहुत मुख़ालिफ़त की। हम समझ गए। तुमसे हमदर्दी तो ख़ैर उन्हें क्या होगी! असल वजह यह है कि अगर बड़े भाई बाल-बच्चों वाले हो गए तो जायदाद गई!"

बताशन बुवा सोचती रहीं। अब वह बोलीं—"बिटिया, हर मामले के दो पहलू हैं। हो सकता है अच्छे हो जाएँ! अपने ऐश-आराम की सोचो! इस घर की बड़ी बहू बनोगी। और अगर पैदाइशी बदनसीब हो तो वह तुम्हारे धुर्रे उड़ाएँगे। तुम यहाँ से निकल भी नहीं पाओगी।....एक बात तुमको और बतला दें कि तुम बॉबी मियाँ से इस बारे में कुछ न कहो। वह एक तरह से तुम्हारे तरफ़दार भी हैं और मुख़ालिफ़ भी। पूछो क्यों? अरे वह हमदर्दी के बहाने तुम पर डोरे भी डाल सकते हैं। वह ठीक आदमी नहीं हैं। बीवी चाले के लिए मैके गई आज तक तो लौटी नहीं। जब यह बेला बम्बई से आईं, उनके चक्कर में पड़ गए। शेख़ क़ंबर अली शेखचिल्ली थे जो उनसे ब्याह ही कर बैठे। वह बॉबी भय्या की आदतों से वाक़िफ़ हैं। इसी मारे वह आज तक बेला को लेकर यहाँ नहीं आए। उस रोज़ तो वह तुमको पहुँचाने यहाँ आ गई थीं। रहे बॉबी मियाँ, उनकी लकड़बग्घे की ख़ासियत है। पहला-सा ज़माना होता तो यह गाँव से लड़कियाँ उठवाते।"

सोते वक़्त चाँदनी ने अल्लाह से कहा—अल्लाह मियाँ, हम बहुत कनफ़्यूज़ हो रहे हैं, तू ही कोई राह सुझा! जो बेहतर हो मेरे हक़ में वही तू कर!

सुबह को चावल साफ़ करते वक़्त सोनाकली चुपके से बोली, "अब सबको मालूम हो गया है। तुम इलायची ख़ानम, बताशन बुवा, नूरन, वज़ीरन की बातों में न आना! ये हरगिज़ नहीं चाहेंगी तुम फिर से बीवी बन जाओ, और दूसरे यह कि इलायची ख़ानम ऊँची ज़ात की पठानी हैं। उनकी जवान नवासी अपने माँ-बाप के साथ गाँव में रहती है। एक बार पहले भी यह क़िस्सा छिड़ा था कि डॉक्टरों की राय के मुताबिक विकी मियाँ का ब्याह कर दिया जाय तो रानी साहिब ने यह इरादा भी ज़ाहिर किया था कि इलायची ख़ानम नवासी से ही दो बोल पढ़वा दें। बॉबी मियाँ ने बड़ी मुख़ालिफ़त की। इतने में तुम कहीं से आ टपकीं!"

चाँदनी बेगम का दिमाग़ चकरा गया। बहुत ज़्यादा घबराकर सिलाईवाले कमरे में पहुँचीं और मशीन का ग़िलाफ़ उतारा।

“जब अम्माँ मुंशी कालीचरन को नैनीताल ट्रंककाल लगावें कि हमारे कमरे दुरुस्त करवा दो, समझ लो परवीन कि यहाँ किसी-न-किसी की बात तय हो गई।” बॉबी मियाँ ने तन्ज़िया अंदाज़ में बहन से कहा। वह बरामदे में आरामकुर्सी पर बैठी अपने आख़िरी ब्लाउज़ की आस्तीन में तुरपाई कर रही थीं।

“हाँ! वह चाहती हैं कि मेरे कराची वापस जाने से पहले निकाह हो जाए।”

“कमाल है! यह बिलकुल अभी तक क्वीन विक्टोरिया बनी हुई हैं। मगर क्वीन विक्टोरिया भी पार्लियामेंट के हुक्म से बाहर नहीं थीं। यह ख़ुद ही जज हैं, ख़ुद ही जूरी। एक बेज़ुबान लड़की को क़ुर्बानी का बकरा बनाए दे रही हैं···सॉरी, क़ुर्बानी की बकरी।”

“लड़की राज़ी है और तुम आफ़त मचा रहे हो!”

“चाँदनी राज़ी है?”

“होंगी क्यों नहीं! सोनाकली, ख़ुशक़दम, सबको उनका इशारा मालूम हो चुका है। टूटे दालान से अचानक उनका ट्रांसफ़र किया जा रहा है कोठी में, बतौर बड़ी बहू साहिब।”

“पेनी, ऐसा ग़ज़ब नहीं होना चाहिए। वह नॉर्मल कभी नहीं हो सकते।”

“तुम कैसे भाई हो? ख़ुदग़र्ज़!”

“ख़ुदग़र्ज़? हम नहीं चाहते कि इस घर में दीवानों की एक फ़ौज हो। अम्माँ को समझाओ!”

“हम तो उनसे कभी कुछ कह नहीं पाते। उन्होंने हमारा ब्याह कौन हमारी मर्ज़ी से किया था! मगर अब हम अच्छे-ख़ासे ख़ुश हैं।”

“तुम लोग इतना पढ़-लिखकर भी गैयाँ बनी रहती हो। यह चाँदनी भी तो एम० ए०, बी० एड० है बेचारी।”

“हम देखते हैं कि तुम उस बेज़ुबान गाय की कुछ ज़्यादा ही हमदर्दी करते हो।”

“वालिदा ने जिन ज़बानदराज़ साहिबज़ादी को हमारे सर मढ़ा है, उसके मुक़ाबले में हम उस लड़की के नर्म मिज़ाज के क़ायल न होंगे? तुम लोगों ने उसे सर्वेंट क्वार्टर में डाल रखा है। वह कितने वक़ार और सब्र के साथ इस बेइज़्ज़ती को सहे जा रही है!”

ज़रीना और सफ़िया निटिंग करती हुई आकर पास की कुर्सियों पर बैठ गईं।

बड़ी ज़रीना ख़ानदानी मामलात में अपनी वालिदा की सलाहकार थीं और हाँ में हाँ मिलाती थीं। मँझली परवीन सचमुच ‘पड़ोसन दाख़िल’ थीं कि शादी के बाद पड़ोसी मुल्क अब उनका वतन था। सफ़िया सुल्ताना हमेशा ख़ामोश और बेपरवाह-सी रहती थीं। क़ंबर की शादी के बाद से बहुत तल्ख़-मिज़ाज भी हो गई थीं।

सिगरेट दूर घास पर फेंकते हुए बॉबी ने अचानक परवीन से कहा, "तुम एक काम करो। चाँदनी को कराची ले जाओ।"

"ख़्वामख़्वाह कराची ले जाऊँ?"

"तुम बता रही थीं तुम्हारे साथ दो मुलाज़िम बाहर जा सकते हैं?"

"हाँ—एक ख़ानसामा, एक आया···बॉबी, वाट दी हेल डू यू मीन (What the Hell do you mean)?"

फिर ख़ामोशी छा गई।

तीनों बहनें अपने ख़यालों में डूबी गुडहल के पेड़ों पर नज़रें जमाए रहीं। निखरी हुई धूप में सेमल के फूल तैरते फिर रहे थे। कुछ दूर जाकर माहौल की तेज़ सुनहरी नीलाहट में अचानक गुम हो जाते।

एक नर्म-नाज़ुक भोली ग़ैर-महफ़ूज़ लड़की रुई के उस हवाई-से फूल की तरह हवा में तैरती यहाँ आ गई है और ये सब मिलकर अपनी-अपनी ग़रज़ के लिए तरह-तरह के मंसूबे बना रहे हैं—या बड़ी बहू, या आया···वाह!—सफ़िया सुल्ताना ने नफ़रत के साथ सोचा और खुद से बोलीं—अगर इनका बस चले तो उसे अपनी मिस्ट्रेस बना लें।

परवीन ने आह भरी।

"सगे भाई के लिए इतनी बेहिसी[1]!" सफ़िया बोली।

"तो भई क्या करें? उनका इलाज सोचा है तो इसमें बॉबी खंडित डाल रहे हैं।" ज़रीना ने तुनककर कहा।

"मैकबेथ की चुड़ैलें तुम तीनों से ट्रेनिंग ले सकती हैं। अब हमारी जान न खाओ!" बॉबी कुर्सी से उठे और सीढ़ियाँ उतरकर बाग़ में चले गए। नूरन झूले पर बैठी मालिन से बातें कर रही थी। उसे बुलाया। धीरे से कहा, "देखो, जब बिटिया लोग अंदर क़ैलू के लिए जाएँ तो ज़रा मौक़ा-महल देखकर चाँदनी बेगम को इधर बुला लाना। हम अभी आते हैं।" फ़ौरन अपने कमरे की तरफ़ चले गए।

चाँदनी अंदर सेहन में ज़ुहर की नमाज़ के लिए वज़ू कर रही थीं। एक फुटकी चिड़िया अमरूद की डाल पर आ बैठी और ज़ोर-ज़ोर से गाने लगी।

"अरी उड़ जा कमबख़्त!" चाँदनी बड़बड़ाईं। अमरूद के नीचे संगमरमर की बड़ी-सी सिल पर चटाई बिछाई।

ज्योंही सलाम फेरा, खंभे के पीछे नूरन दिखाई दी।

"बाजी, आपको बॉबी मियाँ बुला रहे हैं, जल्दी चलें।"

तेज़ आँखोंवाले बॉबी मियाँ से कभी-कभार चलते-फिरते बात हो जाती थी। वह खुद ही बड़े तपाक से 'हेलो' कहते। अगर मामाओं ने उनके बारे में नहीं बताया होता

---

1. बेपरवाही।

तब भी उनकी रफ़्तार-गुफ़्तार से ही ज़ाहिर होता था कि शौक़ीन-मिज़ाज, तुंद-ख़ू और क़ीना-परवर आदमी हैं। न उनकी दोस्ती अच्छी न दुश्मनी।

—सेमल के पास एक फ़ाइल लिये खड़े थे।

"हैलो···हैलो, चाँदनी बेगम, आओ!"

वह साथ-साथ चलते क़दम के कुंज में जा बैठे—"घबराओ नहीं। अरे भई, तुम कैसी दब्बू लड़की हो?"

"फ़रमाइए?"

"बहुत मुख़्तसर बात करना है। तुमको विकी के बारे में विस्तार से मालूम है?"

"कुछ-कुछ।"

"ये उनकी मेडिकल रिपोर्टें हैं, पढ़ लो।"

वह बेंच के कोने पर टिकीं और फ़ाइल के काग़ज़ात पर सरसरी नज़र डालीं।

"शीज़ोफ़्रेनिया।"

"नाचीज़ ने साइकालोजी में एम० ए० किया है, जिसमें एब्नॉर्मल नफ़्सियात भी शामिल हैं।"

"इसके बावजूद तुम···"

"इसके बावजूद क्या? यह सब तो आप लोगों ने ख़ुद ही इस अंदाज़े से तय किया है, गोया मैं भी आपके किसी किसान की लड़की हूँ। मुझसे किसी ने डायरेक्ट बात ही नहीं की!"

"अपने पिछले बर्ताव की वजह से सब लोग तुमसे झेंपते हैं। सीधी बात अब हम कर रहे हैं—यह जानते हुए भी कि मैगी मेम की उन्होंने खाल···"

"उनकी शादी तो बेला से होनी चाहिए थी। जवाब में वह इतनी ठुकाई करतीं कि दिमाग़ बिल्कुल ठीक हो जाता।" चाँदनी ने हँसकर बात काटी।

"तुम कैसी अजीब लड़की हो? इतना सीरियस मामला है और तुम हँस रही हो?"

"अब तक जो हमारे ऊपर गुज़री है सह ली, बाक़ी भी भुगत लेंगे।"

"यानी तुम्हें भी दौलत की तमन्ना है!"

"आपको नहीं? आप क्यों विकी मियाँ की शादी के इस क़दर मुख़ालिफ़ हैं?"

"तुम रिटार्टेड और एब्नॉर्मल बच्चों की माँ बनना चाहती हो सिर्फ़ दौलत और इज़्ज़त के लिए?"

"आप बताएँ—हम कहाँ जाएँ? क्या करें?"

"कोई मुलाज़िमत नहीं मिल सकती?"

"पहले नौकरी की तलाश करूँ। मिले तो एक कमरा किसी होस्टल में ढूँढूँ, फिर उसके बाद···?"

"हाँ, बेशक ! उसके बाद तीन कटोरी के विकी मियाँ—चाहे वह आधे पागल ही हों—वह तो न मिलेंगे। सुनो, तुम्हारी भलाई के लिए कहता हूँ। ज़रीना, सफ़िया अपने-अपने हालात की वजह से काफ़ी फ्रस्ट्रेटेड, चिड़चिड़ी औरतें हैं, तुम्हारा जीना दूभर कर देंगी। अम्माँ निहायत मुदम्मग़[1] औरत हैं। ज़मींदारी की बू अभी उनके दिमाग़ से नहीं निकली। अपने-आपको मलिकाए-आलम समझती हैं। विकी बेचारे जो हैं सो हैं।"

चाँदनी सेमल के उड़ते फूलों को तक रही थी। एक-एक फूल उड़कर कितनी दूर जाता है ! ज़फ़रपुर के बाग़ में जब सेमल के लाल-लाल कटोरी-ऐसे फूल खिला करते थे, रात-भर उसमें शबनम भरा करती थी। सुबह-सवेरे लंबी चोंचवाली ख़ूबसूरत चिड़ियाँ उन कटोरियों से पीने आ जातीं।

"तुम्हारा ध्यान किधर है, चाँदनी ?"

"जी इरशाद ?"

"तुम किस क़िस्म की ज़िंदगी इस क़ैद में गुज़ारोगी ? बात सुनो ! माई वाइफ डज़ंट अंडरस्टैंड मी।"

"ओह नो !" चाँदनी बेंच से उठी।

"हमारे जंगलात में एक बँगला ख़ाली पड़ा है। हम वहाँ तुम्हारा बन्दोबस्त कर देंगे—नौकर-चाकर, सारी चीज़ें यहाँ से गोया ज़फ़रपुर के लिए रवाना होना…"

"बॉबी मियाँ ! आप लकड़बग्घे हैं।"

"क्या… ?"

"सरीहन[2] लकड़बग्घे।"

बॉबी ने फ़ाइल उनके हाथ से छीना।

"गोल्ड डिगर (Gold Diger), हम तुम्हें बहुत भोली-मासूम समझते थे। तुममें और बेला में क्या फ़र्क़ है ?" वह तेज़ी से इमारत की तरफ़ चले गए।

चाँदनी खुद अपने-आप पर हैरत से मुस्कारती रहीं। अल्लाह मियाँ से हर वक़्त दुआ माँगती थीं—अल्लाह ! मुझे प्लीज़ इन ख़ौफ़नाक अनोखे हालात का सामना करने की हिम्मत दे। सो अल्लाह ने दे दी। या रब्बेकरीम ! मैं तेरा किस मुँह से शुक्र अदा करूँ।

राजस्थानी तस्वीरों वाले कदम के पेड़ कितने रोमांटिक और हसीन लगते हैं ! कदम की छाँव में बनवारी मुरली बजाते थे ! वह कुंज में से गुज़रती आगे बढ़ीं। मरमरीं छतरी के नीचे एक तिलकधारी पंडितजी दिखाई पड़े। वह चंद रजिस्टर सामने रखकर लिखा-पढ़ी में मगन थे। एक लालपंखी तोता उनके सर पर झुकी डाली पर बैठा गुलशन की सारी कार्रवाई देख रहा था।

---

1. घमंडी, 2. सर्वथा।

टहलती हुई आगे बढ़ीं। बाहर हरियाली में ज़रीना सुल्ताना के बच्चे पिंकी और आमिना, परवीन के नौनिहाल डिंकी, फ़िरोज़ा और शीरीं, कासल वालों की आँखों के तारे फल्ली और महनाज़ सब मिलकर राजा नरायनबख़्श सिंह के फ़र्बा सुपुत्र बेबी को 'धूप-छाँव' खेलते हुए बेतकान[1] दौड़ा रहे थे। बरसाती में शीरीं कासेल की छोटी टमटम खड़ी थी। उसके शेटलैंड पोनी के कानों के पीछे किसी बच्चे ने फूल लगा दिए थे। वह भी बेहद मगन दिखाई देता था। मौसम के लिहाज़ से ज़र्द रेशमी साड़ी पहने, हीरे का ब्रोच लगाए फल्ली और महनाज की माँ मिसेज़ मानक ढोंडी अंदर जा चुकी थीं। पारसी-स्टाइल साड़ी बहुत बढ़िया लेस के ब्लाउज़ पहने नाज़ुक-अंदाम मिसेज़ ढोंडी 1916 वाले 'जमालियाती' उर्दू नाविलों की 'पारसी हसीना' मालूम होती थीं। वह ज़रीना की सहेली थीं और सोनाकली ने बतलाया था कि ज्योंही किसी की शादी तय होती है, सलाहकार की हैसियत से इनको फ़ौरन बुलाया जाता है और वह आते ही बहुत अपनाइयत और तेज़ी के साथ इंतिज़ामात में हाथ बँटाती हैं। चाँदनी मुस्कराई। दिल में ख़ुशी थी। सारे दुख, बेचैनी, रंज ग़ायब हो चुके थे।

मानक बाई की आया दिलबहार एक बेद[2] के नीचे खड़ी सोनाकली से बातें कर रही थी। सोनाकली के हाथ में आफ़ताबा[3] था। बेद की नाज़ुक डालियाँ उन दोनों के ऊपर गिर रही थीं। दिलबहार ने मोटी तनज़ेब की कुर्ती और आड़ी-गोट का घुटन्ना पहन रखा था। सोनाकली ने डोरिया की कमीज़ और ज़र्द-कासनी धारीदार गुलबदन का खड़ा पाएँचा। ज़र्द मलमल के दुपट्टे ओढ़े वो दोनों लड़कियाँ दकनी और मुग़ल-राजपूत राग- मालाओं की तस्वीर 'वसंत' की तरह नज़र आ रही थीं। फागुन की हवाएँ चलने लगी थीं। फ़िज़ा में ख़ुनकी[4] थी। 'फागुन की रुत आई रे ज़रा बाजे बाँसुरी, बालमोहन हरजाई रे ज़रा बाजे…' सितारा का एक पुराना रिकॉर्ड बाजी अम्माँ को बहुत पसंद था—बहार ठंडे दरख़्तों के पीछे से झाँक रही है, आम के पेड़ों में बौर आ चुका है।

अब पिंकी की बारी थी। सारे बच्चे हँराते गुल मचाते उसके पीछे भाग गए। नूरन फिर झूले पर जा बैठी।

चाँदनी पंडितजी की बैंच के क़रीब से गुज़रीं।

"देखिए पाते हैं उश्शाक़ बुतों से क्या फ़ैज़ ![5]
इक बरहमन ने कहा है कि ये साल अच्छा है।"

चौंककर देखा। सामने विकी खड़े मुस्कुरा रहे थे।

यह कितने स्वीट, प्यारी चीज़ हैं! आज तक हंटर इनके हाथ में नहीं देखा। ये तो लंगड़ी चिड़ियों और बीमार तोतों की देखभाल और इलाज करते फिरते हैं। यह मैगी को

---

1. थके बिना, 2. बेंत का पेड़, 3. विशेष प्रकार का लोटा, जिसमें टोंटी लगी होती है, 4. ठंडक, 5. मिर्ज़ा ग़ालिब का एक शे'र

चाबुक से मारते थे? कुछ समझ में नहीं आता। मुमकिन है इनकी दोहरी शख़्सियत हो! घड़ी में भूत, घड़ी में औलिया! ख़ैर जो कुछ हो, बल्कि अगर मेरी ख़ुशफ़हमी नहीं है तो जब से मैं यहाँ आई हूँ, ये रोज़बरोज़ नॉर्मल और पुरसकून होते जा रहे हैं। फ़ैंसी ड्रेस पहनकर तक़रीरें भी नहीं करते। पिछले ढाई महीने की मुद्दत में इनसे बाग़ या अँगनाई ही में अक्सर मुठभेड़ होती थी। जब चाँदनी धूप में बैठकर सिलाई करती थीं, वह पूछते—तुम्हारी तरफ़ नीली दुम वाली मैना होती है ना? और ज़र्द चोंच वाले लाल परे? नेपाल की तराई और कुमायूँ के परिन्दों की बातें करते।

एक बार कहने लगे—'कादंबरी[1]! तुम्हारे पास तोता था? होना चाहिए!'

'दादी अम्माँ के पास था।'

'पिंजरे में?'

'जी नहीं, स्टैंड पर बैठा रहता था। पहाड़ों के लोग किसी को क़ैद में नहीं रखते। हमारी दादी रानीखेत की थीं।'

चाँदनी ने मारे ख़ुद्दारी के अपना बायोडाटा विकी मियाँ को कभी नहीं बताया—न बावनी परनाना, न ख़ान बहादुर दादा, न कुछ न कुछ। अगर परवीन सुल्ताना की तरह यह भी व्यंग्य से हँस पड़ते तो? लेकिन वह हमेशा बड़ी इज़्ज़त से पेश आए।

'क्या वह तोता तुम्हें कहानियाँ सुनाता था?'

'दादी-अम्माँ को सुनाता था। वह उसकी बात समझती थीं।'

'कादंबरी का तोता भी दिलचस्प कहानियाँ सुनाता था। वह चंडाल[2] लड़की के रूप में ज़ाहिर हुई थी, लेकिन...' उन्होंने मिस्टीरियस लहजे में कहा—"दरअस्ल थी अप्सरा!'

'अप्सरा?'

'कादंबरी! तुम स्वर्ग की अप्सरा को बेशक जन्नत की हूर कह लो। सब अलफ़ाज़ के फेर हैं!'

इक चाँद का मज़मून सौ रंग से बाँधते।

'चाँदनी! फ़िलहाल तुम क़मर-दर-अकरब[3] हो या तीसरी शब का चाँद जो लोटे में क़ैद हो जाए तो बड़ी तकलीफ़ में रहता है।'

उसे कोई शहज़ादा आकर छुड़ा भी लेता है।—चाँदनी ने मुस्कुराकर सोचा था।

'चंद्रावली! चाँद ही चाँद...चाँदों की क़तार...चकाचौंध!...चंद्रायन[4]!'

'बरवज़न डिप्टियाइन!' चाँदनी ने फ़ौरन जवाब दिया।

---

1. संस्कृत कथा 'कादंबरी' (रचना 616 ई०) की हिरोइन, 2. प्राचीन भारत की तुच्छ जाति, 3. वह समय जब चन्द्रमा वृक्ष की ओट हो जाता है; चूँकि यह समय अशुभ होता है इसलिए बुरी घड़ी कहते हैं, 4. प्रेममार्गी सूफ़ी मुल्ला दाऊद की मसनवी।

ख़ूब हँसे—"शशिबाला···दुख़्तरे-महताब[1]!'

वह विकी मियाँ की बातें बड़े ध्यान से सुनतीं और समझने की कोशिश करतीं, जबकि उनके घरवाले उनसे कतराते थे। उन्हें अकेला छोड़ रखा था।

चाँदनी पेड़ के पास रुक गई। विकी मियाँ ने उनको ग़ौर से देखा और बच्चों की तरह मुस्कुराए—"वृक्षकन्या!"

"जी··· ?"

"दरख़्त की परी···रूह···आत्मा!"

कदम के नीचे रुककर कहने लगे—

"मानुष हौं तो वही 'रसखान' बसौं ब्रज गोकुल गाँव के ग्वारन।
जो पशु हौं तो कहा बस मेरो चरौं नित नन्द की धेनु मँझारन।
पाहन हौं तो वही गिरि को जो धरौ करछत्र पुरंदर कारन।
जो खग हौं तो बसेरौ करौं नित कालिंदी कूल कदंब की डारन।

रसखान कहते हैं कि अगर इनसान होऊँ तो गोकुल का ग्वाला, जानवर होऊँ तो नंद की गाय, पत्थर होऊँ तो उस पहाड़ का जिसे श्रीकृष्ण ने उठाया, परिंदा होऊँ तो जमुना-किनारे कदम की डाल पर बसेरा करूँ!"

"विकी मियाँ! यह पंडित जी इतने सोच-विचार से क्या लिख रहे हैं?"

"यह श्री दुर्गा प्रसाद मिश्र? देखने को तो यह हमारे जंगलों का हिसाब रखते हैं, दरअस्ल एक शफ़्फ़ाफ़ रूह हैं···[2] सिर्फ़ हवा···एक दिन जंगल की हवा में शामिल हो जाएँगे। हम सब घूमती रूहें हैं। आफ़ाक़[3] की झील में डुबकियाँ लगाती पनडुब्बियाँ।···तुम एक काम करो। इस वक़्फ़े के लिए जो हमारी चंदरोज़ा ज़िंदगी है, अपनी कुंडली बनवा लो। पंडितजी! यह चाँदनी बेगम हैं। इनकी एक कुंडली बना दें। यह एक हैरान व परेशान अपनी झील से निकली हुई मुर्ग़ाबी हैं, बल्कि फुटकी चिड़िया।"

पंडित दुर्गाप्रसाद ने चाँदनी पर गहरी नज़र डाली; ख़ामोश रहे।

"क्यों पंडित जी?"

"बना देंगे भय्या!"

"टालिए मत पंडित जी! ख़ैर न बनाइए। कुंडली से भी क्या फ़र्क़ पड़ता है!"

बाग़ में बच्चों के क़हक़हों का मद्धम शोर तेज़ हुआ।

"वह सुनो! मुस्तक़बिल[4] की आवाज़ें पत्तों से छनती हुई हम तक पहुँच रही हैं।" विकी ने टी० एस० इलियट की तरह कहा।

एक कार आकर रुकी।

---

1. चंद्रमा की बेटी, 2. उज्ज्वल आत्मा, 3. क्षितिज, ब्रह्मांड, 4. भविष्य।

"ओहो! नरायनबख्श सिंह···हमने उनसे हिमालय के चंद नायाब पौधे मँगाए थे।···खुदा हाफ़िज़ चाँदनी बेगम!" रवाना हो गए।

"पंडित जी, हम भी जाएँ?"

"जाइए बिटिया! खुदा हाफ़िज़!"

दूसरी मंज़िल की एक खिड़की से सफ़िया सुल्ताना ने झाँका। पहले विकी रविश पर चलते दिखाई पड़े, फिर चाँदनी। धूप पेड़ों पर से उतरकर नदी की तरफ़ सरकती जा रही थी। उस पार रेडरोज़ अपने हरे-भरे घने बाग़ में छिपा हुआ था। गोमती का पानी पिघला सोना बन गया, फिर ताँबा। बहुत जल्द रात भी हो जाएगी। ज़िंदगी का एक बेकार, उदास, सुनसान दिन निपट गया।

"रात बॉबी ने हमसे बहुत झाँय-झाँय की। आप इंतिज़ामात में मसरूफ़ हो गईं, यह तक न सोचा कि जब बेला उनको लेकर आई थीं, बार-बार कहती थीं—हालात ऐसे थे कि कॉलेज से इस्तीफ़ा देना पड़ा, हालात ऐसे थे···आपने कभी ज़फ़रपुर वालों या उनके बारे में कोई इन्क्वायरी भी न कराई कि क्या मामला था। और वह तो जैसे लगता है उधार खाए बैठी थीं। खुदा छप्पर फाड़कर उन्हें···सुन रही हैं? बॉबी बहुत टेढ़े आदमी हैं। आप क्यों ख़्वामख़्वाह भिड़ों के छत्ते को हाथ लगाती हैं?"

इलायची ख़ानम जले पाँव की बिल्ली की तरह अंदर आईं—"बिटिया, चाँदनी बेगम कह रही हैं, आपके तमाम कपड़े तैयार हो गए हैं, आकर देख लीजिए।"

परवीन कुर्सी से उठीं—"सारी उम्र आपने मनमानी की। अब ज़रा···"

"तो भई, अब तुम उनको कहीं और भिजवाओ! इस मामले के बाद वह यहाँ कैसे रह सकती हैं?"

कल रात बॉबी ने जो उधम मचाई, नूरन उसकी रिपोर्ट पहुँचा चुकी थी। इसके बावजूद चाँदनी अपने इरादे पर क़ायम थीं। एक बार निकाह हो जाय, फिर मेरा क्या बिगाड़ लेंगे? राजा साहिब तो सर पर मौजूद हैं! लेकिन इस वक़्त वह सीविंग रूम में मौजूद थीं। रानी सौलत ज़मानी और उनकी साहिबज़ादी परवीन सुल्ताना की बातचीत उनके कान में पड़ी और फ़ौरन क़तई फ़ैसला कर लिया।

इस घमंडियों के ख़ानदान में सिर्फ़ वही एक शख़्स हीरा था। शायद सच्चा फ़क़ीर···मजज़ूब[1]। या अल्लाह! इसे अपने हिफ़्ज़ो-अमान में रखना और ऐ अल्लाह, मेरी बेइज़्ज़ती का दुःख जो मेरे आन-बान वाले दादा और मेरी माँ की खुद्दार रूहों ने सहा है, इसके लिए हाथ जोड़कर उनसे माफ़ी चाहती हूँ और ऐ अल्लाह, तू गवाह है इस

1. वह सूफ़ी संत जो अपने-आप में न रहें अर्थात् अपने अस्तित्व को भुलाकर परमात्मा की याद में मस्त रहें।

कड़ी मुसीबत में जिसमें तूने मुझे इतने लंबे अर्से तक डाले रखा। मैंने अपने बावनी नाना-नानी का थोड़ा-सा कफ़्फ़ार[1] अदा कर दिया।

वह सीविंग मशीन की तरफ़ बढ़ी।

परवीन कमरे में आईं। चाँदनी फ़र्श पर कपड़े फैलाए बैठी थीं।

"रानी साहिब को बतला दीजिए मैं इस प्रोग्राम के लिए तैयार नहीं हूँ।"

"बॉबी ने कहा होगा?"

"जो भी समझिए। मैं भी कुछ अक़्ल रखती हूँ और इस अनोखी सिचुएशन में फँसकर ख़ासी कनफ़्यूज़ हो गई थी।"

"अमरीका चलोगी?"

"अमरीका··· ?"

"बतौर डोमेस्टिक हेल्प। वहाँ तो बड़ी-बड़ी ख़ानदानी लड़कियाँ बेबी सिटिंग करती हैं।"

"जी हाँ, मालूम है।"

"फिर टाइपिंग वग़ैरह सीख लेना। एक से एक पाकिस्तानी या हिंदुस्तानी तुमसे शादी के लिए दौड़ेगा।"

"आप अचानक मेरी हमदर्द कैसे बन गईं? आपने तो आज तक अपनी वालिदा से यह तक न कहा था कि मेरी चारपाई उस कमरे में बिछा दें, जहाँ सिलाई करती हूँ?"

"तुमको मालूम तो है, अम्माँ किस मिज़ाज की हैं। और अब तो वह तुम्हारे लिए नैनीताल में और यहाँ मार कमरे के कमरे में सजवाने में जुटी हुई थीं। अच्छा ख़ैर, सोच लो! अपने बारे में सारी बात लिखकर ला दो। बॉनी जल्द-से जल्द तुम्हारा पासपोर्ट-वीज़ा बनवा देंगे।"

"बहुत अच्छा। इसमें भी कोई चक्कर तो नहीं?"

"क्या मतलब? तुम्हारे साथ हम जाल-बट्टा करेंगे? इतनी नेकी करने जा रहे हैं और तुम यह कहती हो? जाओ पासपोर्ट के लिए दरख़्वास्त लिख लाओ!"

चाँदनी बेगम के पैरों में स्प्रिंग लग गए। वह फ़ौरन तेज़-तेज़ चलते हुए मामाओं के बरामदे में पहुँचीं। ख़्याल आया—काग़ज़-कलम तो कोठी ही में मिलेगा। फिर घबरा गईं। परवीन 'लास्ट मिनट' शॉपिंग के लिए हज़रतगंज जाने वाली थीं। ज़रीना के लड़के पिंकी से काग़ज़-कलम लेकर वीज़ा-पासपोर्ट की दरख़्वास्त लिखने बैठीं।

पिंकी ने जाकर अपनी नानी को ख़बर दी—"नन्नो-नन्नो, पेनी ख़ाला चाँदनी बाजी को

---

1. प्रायश्चित्त।

अपने साथ अमरीका लिये जा रही हैं बतौर आया।"

"बुलाओ अपनी पेनी ख़ाला को फ़ौरन!"

परवीन और सफ़िया बाहर कार में बैठ चुकी थीं! पिंकी भागा हुआ आया और नानी का हुक्म सुना दिया।

पेनी बुरा-सा मुँह बनाकर गाड़ी से उतरीं। अंदर गईं।

रानी साहिब गरजीं, "गधैया तो तुम हमेशा की हो। ऐ परवीन सुल्ताना, तुम भी विकी की तरह खिसक गईं? तुम चाँदनी को अपने साथ अमरीका ले जाओगी? अपने घर में रखोगी? उम्र में तुमसे छोटी। जवान लड़की। क़बूल-सूरत। तुमसे ज़्यादा समझदार। काइयाँ। यहाँ आते ही फ़ौरन किस तरह विकी से ब्याह के लिए राज़ी हो गई! और मियाँ तुम्हारे जैसे हैं, तुम उनकी शिकायतें करते नहीं थकतीं। रंगीन-मिज़ाज, दिलफेंक। आजकल की लड़कियाँ कितनी बेवकूफ़ हैं! भई परवीन, तुमने तो हद कर दी!"

"ऐ-हे! हमें तो इस बात का ख़याल ही न आया। हम ख़ुद चकराए हुए हैं। बॉबी की राय थी कि उन्हें यहाँ से ले जाएँ। आपने भी अभी-अभी कहा कि उनका किसी और जगह बंदोबस्त होना चाहिए। वाक़ई ठीक कहती हैं आप। मगर वह तो पासपोर्ट के लिए दरख़्वास्त लिख रही हैं। बेचारी बेहद ख़ुश है। उनकी ज़िंदगी बन जाएगी!"

"उनकी बनाओ अपनी बिगाड़ो, शाबाश!"

"अब उनसे कहूँ क्या?"

"कह दो तुम्हारे शौहर का ख़त कराची से आ गया है। वहाँ आया का इंतिज़ाम हो गया है।"

अगली सुबह नाश्ते के फ़ौरन बाद चाँदनी बेगम ने परवीन के हाथ में दरख़्वास्त थमाई।

"वह···ऐसा है···चाँदनी···" पेनी ने ज़रा शर्मिंदगी से कहा, "कल सुबह हमने तुमसे बात की और शाम की डाक से हमारे साहिब बहादुर का ख़त आ गया। हमारी ननद ने कराची में आया का इंतिज़ाम कर लिया है। इसमें आसानी भी है तुम्हारी नेशनैलिटी बदलवाने का झमेला है। तुम इंडियन नेशनल हो।"

चाँदनी ने लम्हे-भर तक उनकी सूरत देखी और काग़ज़ फाड़कर फेंक दिया, फिर ख़ुद ही उसके टुकड़े चुनकर सेहन के कोने में ले गईं जहाँ अँगूरी झाड़ू दे रही थी।

परवीन की पाकिस्तान रवानगी के तीसरे दिन विकी मियाँ 'बर्फ़ का नज़ारा" करने नैनीताल भेज दिए गए।

सफ़िया बात ही नहीं करती थीं। ज़रीना की बड़ी लड़की शहला उर्फ़ शैली ख़ासी

बुक़रात थी। वह हर वक़्त कॉलेज की पढ़ाई में लगी रहती। आमिना उर्फ़ ऐमी बहुत छोटी थी। पिंकी शरारतों में मगन रहता।

"बाप की सख़्ती बहुत ज़रूरी है।" इलायची ख़ानम कहतीं—"लड़के को नाना-नानी के लाड ने बिगाड़ रखा है। बाप ने कभी पलटकर पूछा ही नहीं—न एको बार वहाँ बुलाया।"

चाँदनी को अब इस ख़ानदान की परेशानी में कोई दिलचस्पी नहीं थी। एक-एक पल यहाँ दूभर।

इलायची ख़ानम पहले इनसे जलने लगी थीं, अब बेफ़िक्र थीं।

नवासी के लिए फिर रास्ता साफ़!

चाँदनी दिन-भर अपनी चारपाई पर बैठी रहतीं।

परवीना सुल्ताना के जाने के कुछ दिन बाद ही उन्होंने पिंकी और ऐमी को उर्दू पढ़ाने की बात कही। पिंकी हद से ज़्यादा शरीर था। ज़रीना ने जवाब दिया, "उनको तोड़फोड़ हुल्लड़बाज़ी से ही फ़ुर्सत नहीं। हाँ, ठीक है, तुम उनको पढ़ा दिया करो उर्दू। मगर बच्चे भी क्या-क्या पढ़ें! अंग्रेज़ी, हिंदी, फ्रेंच, अब उर्दू भी पढ़ाओ। ऐ चाँदनी, तुम तो···"

"जी हाँ। आप फ़िक्र न कीजिए, मैं जल्द-से-जल्द यहाँ से चली जाऊँगी।"

अपने दालान में गईं। इलायची ख़ानम की कोठरी का दरवाज़ा अंदर से बंद किया। जाए-नमाज़ बिछाकर सजदे में गिरीं—या अल्लाह, कोई रास्ता सुझा दे! तारीक कमरे में बैठी सोचा कीं—वापस ज़फ़रपुर? बन्ने चच्चा के घर! उनके बदनज़र आवारा बेटे?

मिसेज ढोंडी के वहाँ चली जाऊँ। वह ज़रूर ही मदद करेगी। लेकिन अब इन बिल्कुल अजनबी पारसियों के वहाँ जा पहुँचूँ? जिस तरह इन लोगों ने यह रिश्ता तय किया और जिस भोंडेपन और बदतमीज़ी से तोड़ा, इसकी वजह से बक़ौल सोनाकली ढोंडी मेम साहब बहुत ख़फ़ा थीं—"वह बड़े भैय्या की सच्ची हमदर्द हैं और तुम्हारी इनसल्ट भी न झेल पाईं। बड़ी बिटिया से कहत रहीं—लड़की कितनी ही ग़रीब हो उसकी ऐसी बेइज़्ज़ती नहीं करनी चाहिए, जैसे ऊ की कौनो हस्ती नहीं है!"

जूँ ही विकी को इस फ़ैसले की ख़बर मिली, उन्हें चुप लग गई थी। फ़ौरन उन्हें पहाड़ भेजा गया। ये कैसे बग़ैर एहसास वाले लोग थे! अब मैं मिसेज़ ढोंडी के घर जाऊँ तो इस कुनबे से ताल्लुक़ात में और भी तनाव पैदा होगा।

यहाँ से एम्प्लॉयमेंट एक्सचेंज, वर्ना सीधी करामत हुसैन गर्ल्स कॉलेज। इतनी शागिर्दाओं ने ज़फ़रपुर से आकर एडमिशन लिया था। कोई-न-कोई शनासा[1] निकल ही आएगी। वर्ना फिर रेल का टिकट ख़रीदूँ और दिल्ली जाऊँ। मामूँ का पता··· ? मामूँ का

---

1. परिचित।

पुराना पता तो नोटबुक में था। उस पते पर पहुँचकर मालूम करूँ। एक शागिर्दा की बल्लीमारों में शादी हुई थी, उसे तलाश करूँ। यह सब तो बहुत मुश्किल काम है। नामुमकिन ! दिल्ली जाकर ठहरूँगी कहाँ ? अशोका होटल में ? नहीं। अगर मामूँ भी न मिले तो ? क्या पता मर-मरा गए हों ! भई, अल्लाह मियाँ, कमाल है ! ऐसा भी क्या आपने हमारे साथ घपला किया है ! तौबा-तौबा ! अल्लाह तौबा ! माफ़ कर अल्लाह मेरे···

क़ंबर और बेला को फ़ोन करने का सवाल ही पैदा नहीं होता। चेहरे पर हाथ फेरा तो आँसुओं से तर-ब-तर था।

बाहर जाकर हौज़ के किनारे उकड़ूँ बैठी अमरूद की शाख़ से साबुनदानी उठाई। मुँह धोने से पहले ऐनक उतारकर मुँडेर पर रखी। चंद मिनट बाद हाथ से टटोली तो ग़ायब ! शायद नीचे गिर गई हो। धुँधला-सा नज़र आया कि ज़रीना का शैतान बच्चा उनकी ऐनक मुट्ठी में पकड़े दालान में खड़ा है।

"अरे पिंकी मियाँ, हमारा चश्मा···"

वह हँसता हुआ दूर भागा। चाँदनी उठकर उसके पीछे दौड़ी।

"वादा कीजिए हमें उर्दू नहीं पढ़ाएँगी।"

"अल्लाह मेरी तौबा ! मेरी सात पुश्त की तौबा···नहीं पढ़ाऊँगी। लाओ !"

वह फिर भागा। उन्होंने उसे पकड़ लिया। छीना-झपटी में ऐनक पट से फ़र्श पर गिरी, दोनों शीशे टूट गए।

दुपट्टे से चेहरा पोंछते चाँदनी कोठरी में वापस आईं। नोटबुक, जिसमें ऐनक का नंबर लिखा था, सूटकेस में बंद थी। एक टूटे ताक़ में बोतलों के पीछे कुंजियाँ छुपा रखी थीं। बक्स खोला। नोटबुक तलाश करने के लिए सारे कपड़े उलट डाले। ख़याल आया शायद ज़फ़रपुर से चलते वक़्त ज़ेवरों के डिब्बे में रख दी हो।

वह संदूकचा ग़ायब था !

तीन महीने तीन कटोरी हाउस में जिस तौर पर गुज़ारे थे, उनके सब्र का पैमाना ख़त्म हो रहा था। कोठरी से आकर अपनी चारपाई पर गिरीं। हलहलाकर बुख़ार चढ़ा। तीन दिन तक पड़ी रहीं। उठीं तो ज़बान गुंग ! बड़ी मुश्किल से ख़ुशकदम से कहा—मेरे गहने चोरी हो गए !

इलायची ख़ानम ने जाकर रानी साहिबा को बताया, "चाँदनी बेगम को जाने क्या हो गया है, बहकी-बहकी बातें कर रही हैं। अब गहने चोरी हो गए ! जब से आई हैं, रोज़ एक न एक नई मुसीबत उनकी वजह से खड़ी हो जाती है। आज तक तो कभी कहा नहीं कि गहने-पाते भी साथ लाई हैं। यहाँ आपके पास सेफ़ में रखवा देतीं।"

मामाएँ, महरियाँ दालान में जमा होकर अपने-आपने ख़याल ज़ाहिर कर रही थीं, "टूटी कोठरी में गहने रखे ही क्यों थे ? और अब हम पर चोरी का इल्ज़ाम लगा रही हैं।"

इलायची ख़ानम ने फ़रियाद की, "भई, अब इनसे कहो जाएँ कहीं और!"

सर पर कंबल ओढ़े चाँदनी ये सब सुना कीं। कंबल के महीन सुराख़ों से धूप छन-छनकर आती तो बंद पपोटों के अंदर बिल्कुल सुर्ख़ रंग दिखाई पड़ता। कुछ देर बाद हिम्मत करके उठीं। नौकरानियाँ बावर्चीख़ाने में जा चुकी थीं। एक अकेला कौवा दर में बैठा था। आदत से पलँग की पटरी के नीचे हाथ घुमाया, जहाँ हमेशा सोने से पहले ऐनक उतारकर रखती थीं। याद आया कि ऐनक तो ज़रीन सुल्ताना के आफ़ती बच्चे ने तोड़ दी।

बहुत आहिस्ता-आहिस्ता सेहन पार करके गैलरी में पहुँचीं। टेलीफ़ोन के पास गईं। क़ंबर का नंबर मालूम न था। डायरेक्ट्री उठाकर दरवाज़े के पास ले गईं। बिना चश्मे के पढ़ना मुश्किल था। आँखों के बहुत क़रीब ले जाकर नम्बर ढूँढ़ा।

फ़ोन पर ईदू बोला, "जी हाँ, साहब हैं। ठहरिए, बुलाते हैं।

"हैलो!···मैं चाँदनी बेगम हूँ—तीन कटोरी हाउस से।"

"चा···चाँदनी बेगम?" क़ंबर अली की आवाज़ आई—"आदाब अर्ज़ है। हाँ-हाँ, बेला ने ज़िक्र किया था। हम वहाँ आ न सके, मगर आपके जॉब के लिए बराबर कोशिश में लगे हैं। आप ख़ैरियत से हैं न?"

"जी नहीं, मैं बिल्कुल ख़ैरियत से नहीं हूँ।"

"अरे! आइ ऐम सॉरी। क्या हुआ?"

"इन लोगों ने मुझे अपने सर्वेंट क्वार्टर में रखा। शादी तय की, फिर तोड़ दी। फिर ऐनक टूटी। फिर मेरे ज़ेवर चोरी हो गए। फिर मुझे बुख़ार आया। और अब ये लोग कहते हैं यहाँ से चली जाओ।"

"घबराओ नहीं।"

"इतना-कुछ हो गया, आप कहते हैं घबराओ नहीं! बाजी अम्माँ के पास जो बचे-खुचे ज़ेवर रह गए थे, वही मेरा आख़िरी आसरा थे।"

"हम अभी आ रहे हैं, फ़ौरन।"

चाँदनी ने दरवाज़े के ऊपर लगे क्लॉक पर नज़र डाली। उस वक़्त दोपहर के तीन बजे थे। वह रिसीवर रखकर अपने दालान में वापस आ गईं। कंबल तानकर फिर लेट रहीं।

क़ंबर अली ने कार ज़न्नाटे से लाकर बरसाती में रोकी। अंदर पहुँचे। वह तीन कटोरी हाउस बहुत दिनों बाद आए थे। इससे पहले बॉबी की शादी में डिनर में आए थे तो बाहर शामियाने में ही बैठे रहे थे। गैलरी में जाकर याद आया—रानी साहिबा का कमरा उस तरफ़ है। आगे बढ़कर झाँका—रानी साहिबा मसहरी पर लेटी थीं। नूरन पैर दबा रही थी। "कौन है?" उन्होंने पूछा।

"चची, आदाब ! हम हैं क़ंबर अली।"

"ऐ-है··· माशाअल्लाह से—आओ, आओ !"

"हम चाँदनी को लेने आए हैं।"

"शाबाश ! बड़ी जल्दी चाँदनी का ख़याल आया ? बैठो !"

"वह कहाँ हैं ?"

"उधर चले जाओ, वहीं होंगी। परसों से अटवाती-खटवाती लिये पड़ी है। पूछो गहने सर्वेंट क्वार्टर में क्यों रखे थे ?"

"आपने उन्हें सर्वेंट क्वार्टर में रखा ही क्यों ?"

"इस तरफ़ जगह नहीं थी।"

क़ंबर बिफरे हुए कमरे से बाहर निकले। चारों तरफ़ देखा। सेहन के पार टूटा हुआ दालान दिखाई पड़ा, जिसके आगे दो महरियाँ धूप सेंक रही थीं। दबे पाँव वहाँ पहुँचे—"चाँदनी··· !"

वह हड़बड़ाकर उठी। एक मद्धम-सा छोटे क़द का अजनबी सरहाने खड़ा दिखाई पड़ा। फ़ौरन बाल समेटे। चप्पलें पहनीं।

"सामान कहाँ है ?" कोठरी में झाँका। अन्दर गए। सूटकेस उठाया। होल्डाल एक कोने में लपेटा रखा था। उसमें से एक चूहा कूदकर भागा। चाँदनी ने वज़ीरन को पुकारा। बिस्तर बाँधा।

"चलो किसी को बुलाओ, सामान कार में रखे।" क़ंबर ने आया को हुक्म दिया।

"मेरा लोटा और साबुनदानी···" चाँदनी को याद आया।

"भई, वह भी ले आओ !" क़ंबर ने ज़रा झुँझलाकर कहा।

"मेरी ऐनक टूट गई !"

"अरे यार; कल सुबह बनवा देंगे। इस वक़्त सारी दुकानें बंद हो जाती हैं।"

चाँदनी ने बुर्क़ा ओढ़ा। चलते-चलते अमरूद की शाख़ से साबुनदानी उतारी। मुँडेर पर से लोटा उठाया। नौकरानियाँ धूप में खड़ी रहीं। इलायची ख़ानम उस वक़्त वहाँ मौजूद नहीं थीं। एक नौकर बिस्तरबंद उठाकर ले गया। चाँदनी क़ंबर के साथ सेहन में से गुज़री।

"स्टुपिड गर्ल !" वह बड़बड़ाए। क्या अजीब बात की ! दोनों में छूटते ही इतनी ज़्यादा बेतकल्लुफ़ी और दोस्ती-सी हो गई जैसे बचपन से साथ खेले हों। शायद इसकी वजह यह हो कि—चाँदनी ने सीढ़ियाँ चढ़ते हुए सोचा—बिट्टो ख़ाला रत्ती-रत्ती बात बतलाया करती थीं : तुम्हारे कज़िन क्रिकेट के शौक़ीन हैं, तुम्हारे कज़िन ब्वॉय स्काउट हैं। हालाँकि यह मेरे सचमुच के कज़िन भी नहीं थे और अब ऐसी अपनाइयत सगे रिश्तेदारों जैसी ! लेकिन बेकार ! यह कैसी बदक़िस्मती है अल्लाह !

वह गैलरी में पहुँचे—"रानी साहिब को ख़ुदाहाफ़िज़ कहते चलें।" क़ंबर ने नज़र

अंदर डाली।

नूरन ने इशारे से जवाब दिया—सो रही हैं।

उस वक़्त साढ़े पाँच बजे थे। कोठी का बाहरी हिस्सा सुनसान पड़ा था। नौकर ने सामान डिग्गी में रखा। गाड़ी स्टार्ट करते हुए क़ंबर ने कहा, "माफ़ करना, हम फ़ौरन न आ सके। दफ़्तर के काम में देर लग गई।"

सफ़िया सुल्ताना ने दूसरी मंज़िल की बालकनी से झाँका। छज्जे पर से "सेंट जॉन्स कॉन्वेंट" का बोर्ड उतर चुका था।

"उनका स्कूल बंद हो गया?"

"इसी नाम का एक और स्कूल नख़्ख़ास में चल रहा है। अब यह दूसरा नाम सोच रही हैं।"

क़ंबर हँस पड़े। चाँदनी ने हाथ हिलाकर सफ़िया सुल्ताना को ख़ुदाहाफ़िज़ कहा। कार फाटक से बाहर निकली।

नदी के पुल पर ट्रैफ़िक की भीड़ थी।

"अरे! सूरज अचानक पानी में डूब गया, जैसे किसी ने पीछे से धक्का दिया हो!" चाँदनी ने कहा।

"उन सबने तुम्हारे साथ बड़ा अजीब सलूक किया। ताज्जुब है! यह तो बड़े मुहज़्ज़ब लोग हैं।"

"लोग ख़ुद कुछ नहीं करते। ज़माना अच्छा-बुरा सलूक करवाता है।....आपने एक बार टेलीफ़ोन तक नहीं किया। मैं किस बूते पर उनसे अकड़ती? आप शायद अपनी बीवी से डरते हैं।"

"तुम वह गहने मेरे वहाँ ही रखवा जातीं।"

चाँदनी ने नक़ाब दुरुस्त की।

"अब यह बुर्क़ा तह करके रखो। यह ज़फ़रपुर नहीं है।"

नक़ाब की कैप उतार ली। ताज़ा हवा चेहरा पर लगी। जान में जान आई। शौक़ से बाहर का नज़ारा करने लगीं।

"तुमने यहाँ कुछ सैर-वैर की?"

"तीन कटोरी हाउस से क़दम तक नहीं निकाला।"

"हम रानी साहिबा को खरी-खरी सुनाकर आ रहे हैं।"

"ख़ैर, तीन महीने पनाह तो मुझे उन्होंने दी।"

क़ंबर मियाँ ने शादी के बारे में कुछ न पूछा। बुख़ार की वजह से चाँदनी की आवाज़ में इतनी कमज़ोरी थी कि टेलीफ़ोन पर उनकी पूरी बात समझ न सके थे। वह भी ख़ामोश रहीं।

"विकी नज़र नहीं आए?"

"नैनीताल···"

"अभी से? अच्छा···बर्फ़ देखने, वह इस क़िस्म के काम बहुत करते हैं—तुलूए माह का मुताला[1], दौरे-ख़िज़ाँ का मुशाहिदा[2], फूलों से व्यवहार, बाग़ो-बहार···ख़ूब आदमी हैं।"

"थोड़े-से क्रैक नहीं हैं?"

"अरे नहीं भई, सिर्फ़ ज़्यादा एहसास करनेवाले और शायर-मिज़ाज। पार्टीशन के ज़माने में इस सब-कान्टीनेंट में जो ख़ून-ख़राबा हुआ, उसने उनका दिमाग़ हिला दिया था। धीरे-धीरे ठीक हुए। हमारे दिमाग़ का भी यही हश्र होता मगर हम मोटी खाल वाले सिपाही आदमी, हालात सुधारने का बीड़ा उठाकर मैदान में कूद पड़े। तन-मन-धन से डट गए और डटे रहेंगे। विकी मियाँ भी इनक़लाबी दिमाग़ रखते थे। मगर तुमने उनके यहाँ का माहौल देखा, उसमें वह Misfit थे। हमने अपने घर की फ़िज़ा अपने ख़यालों के मुताबिक़ बना ली। विकी ऐसा न कर सके।···नैनीताल अकेले गए ह?"

"बॉबी के साथ।"

"अरे खुदा ख़ैर करे!"

"उनके दोस्त—कोई ठाकुर हैं।"

"नारायणबख्श सिंह।"

"जी हाँ, वही। वह भी अपनी फ़ैमिली को लेकर विकी मियाँ के साथ गए हैं।"

"तब तो ठीक है। वहाँ लाला कालीचरन भी होंगे—क़दीम वफ़ादार। ठाकुर नारायणबख्श सिंह के बहनोई रघुवीरप्रसाद सिंह हमारे यार जानी हैं। यह फ़्यूडल नेटवर्क पुश्तैनी वफ़ादरियों पर क़ायम था। हमारी जेनरेशन तक ही बाक़ी है।"

घर जाने के बजाय यूनिवर्सिटी रोड पर कार उतार दी। रफ़्तार आहिस्ता कर दी—"ज़रा हवाख़ोरी कर लें? घर पर तो कोतवाल बैठा होगा।" फिर विकी का ज़िक्र करने लगे, "बॉबी हमारी उम्र के हैं, लेकिन दोस्ती हमारी बड़े भाई से है। वह बहुत ग़ैर-मामूली क़िस्म के आदमी हैं चाँदनी! एक सच्चे ह्यूमनिस्ट। हमें उनकी तरफ़ से बड़ी फ़िक्र रहती है। किस तरह उनकी ज़िंदगी बेकार गुज़र रही है! तुमने उनका घराना देखा? सब फुज़ूल जाली क़िस्म के इनसान, सिवाय उनके वालिद के; वह बेहद अच्छे आदमी हैं लेकिन बेअसर।"

"और सफ़िया?"

"बोगस···रूमान-परस्त।"

"वह तो आपके लिए बैरागन बन गईं!"

"वाक़ई? ऐश-आराम बहुत है, करें क्या? एक रोमांटिक बेचैनी ही सही! ये जो ग़रीब लड़कियाँ दिन-भर स्कूलों में जान खपाती हैं, दफ़्तरों में क्लर्की करती हैं, उनके

---

1. चंद्रोदय का मनोरम दृश्य देखना, 2. पतझड़ को देखना।

पास ऐसी रूमानपरस्ती की फ़ुर्सत नहीं। लेकिन चाँदनी मैडम, यहाँ तो अफ़सोस यह है कि उल्टा हिसाब हो गया।"

"क्या?"

"हमारी बीवी उन्हीं मेहनत करनेवाली ग़रीब लड़कियों में से थी। हमारा ख़याल था, हमारी कामरेड बनेंगी। मगर न जाने क्यों वह सफ़िया सुल्ताना टाइप बन बैठीं। शायद बीते दिनों की तकलीफ़ें भुलाना चाहती हैं।"

अर्से के बाद उन्हें एक हमसुखन[1] मिला था, ऐसी एक हस्ती जो उनकी मरहूमा माँ की नामलेवा थी। वह दिल की भड़ास निकालना चाहते थे।

"तुम बड़ी होशमंद लड़की हो!"

"आपने ज़रा-सी देर में कैसे अंदाज़ा लगाया?"

क़ंबर मियाँ ने अपने सर की तरफ़ इशारा किया—"बुद्धि···और जर्नलिस्ट का तजुर्बा!···तीन महीने तुमने उन लोगों के वहाँ मुसीबतें झेलीं, मगर हमें फ़ोन न किया। मजबूरी में ही आज बुलाया। तुम्हारी जगह कोई और हमारी मदद की हक़दार परेशान-हाल लड़की होती तो हमारी जान को आ जाती। हम उड़ती चिड़िया के पर गिनते हैं। बस एक बार ही धोखा खा गए। अब तुम हमारे यहाँ रहोगी। ज़रा क़रीने से बेला को समझाती रहना! उनकी शॉपिंग का जुनून हमारे लिए एक प्रॉब्लम बन गया है।"

"मुमकिन है कि आप उनको ज़्यादा वक़्त न देते हों!"

"फ़ालतू वक़्त हमारे पास है कहाँ? तीन-तीन हफ़्तावार मैगज़ीन छाप रहे हैं हम। उनसे कहा टाइपिंग ही सीख लें, वह लेटी 'मिल्ज एंड बून' पढ़ती रहती हैं। दरअस्ल चंद महीने पहले उनको एक भारी सदमा सहना पड़ा। इस वजह से हम भी टाल गए। अब तुम ही उन्हें समझाना। अम्मी जनियां ने बताया था कि तुम साइकालोजी पढ़ाती थीं। बेला बेचारी की तालीम मामूली है, अलबत्ता Slum wisdom बहुत रखती हैं—हम यही एनालिसिस करके ख़ामोश रहते हैं। हमें बेहद ख़ुशी है कि तुम हमारे घर चल रही हो।"

चाँदनी घबरा गईं। फ़ौरन बात का रुख़ बदला।

"जिस तरह आपने बेला के बारे में एनालिसिस की है, सफ़िया के बारे में भी ठंडे दिल से सोचते! मुमकिन है यह सिर्फ़ एक रोमांटिक बेचैनी न हो, सचमुच का इश्क़ हो! आप ज़रा उनके साथ ज़्यादती कर रहे हैं!"

"इश्क़···? हा-हा! बेला से शादी करते वक़्त भी हमने और उनके दोनों के बारे में यही समझा था। इसके अलावा सफ़िया का इश्क़ क्लास का पाबंद है। हम तो एक रईसजादे और इनक़लाबी···लिहाज़ा बहुत ही रोमांटिक। बक़ौल पितरस[2] एक तो कुत्ता, ऊपर से और बकरी की तरह, यानि बहुत ही कुत्ता।"

---

1. समान विचारोंवाली, 2. उर्दू साहित्य के प्रसिद्ध हास्यकार के अनुसार।

चाँदनी खिलखिलाकर हँस पड़ीं।

"अगर हम एक मामूली, सड़क-छाप, साइकिलसवार कामरेड होते तो··· ? नक चढ़े ! चाँदनी, हमारे चीफ़ रिपोर्टर हैं मेराज मियाँ, उनके एक बेचलर कज़िन थे—बहुत बढ़िया आदमी, कामयाब एडवोकेट, लेकिन मिडिल क्लास। हमने उनके लिए पैग़ाम भिजवाया। सफ़िया के ख़ानदानवाले बहुत बिगड़े, और वह तो बहुत ही बुरा मानीं। हम शहनशाहे-ईरान के लिए कोशिश करते, लेकिन वह तीसरी बार दुल्हन ले आए।"

चाँदनी ने क़हक़हा लगाया।

गाड़ी अब महानगर के रास्ते पर आ चुकी थी।

"आओ, तुम्हें थोड़ी सैर और करा दें।" क़ंबर ने रफ़्तार तेज़ की और कुछ दूर जाकर सड़क के किनारे रुके। सामने एक सफ़ेद रंग की टूटी कोठी झाड़-झंखाड़ में छिपी खड़ी थी।

"वह खँडहर देखती हो ? उसमें एक ज़माने में मिर्ज़ा हादी रुसवा[1] रहते थे। उन्हें एक यूरोपियन हसीना से इश्क़ हो गया था। वह शायद उनसे मैथ पढ़ने आती थी और वह रोज़ाना शाम को इसी महताबी पर बैठकर उसका इंतिज़ार करते थे।"

सहराए-महताब जैसा सुनसान चबूतरा शफ़क़ की रोशनी में झिलमिलाया।[2]

"फिर क्या हुआ ? न जुनूँ रहा न परी रही।" क़ंबर ने कहा।

चाँदनी ने सर बाहर निकालकर ग़ौर से देखा, मगर ऐनक न होने की वजह से मंज़र बहुत ही धुँधला मालूम हुआ।

"सुनो जाने-आलम पिया का एक शे'र सुनो चाँदनी !—

वहीं जंगल है अब, पर उससे आगे
चमन था, गुल थे, हम थे, बाग़बाँ था॥"

गाड़ी मोड़ी और रेडरोज़ की तरफ़ तेज़ी से रवाना हो गए।

चंद मिनट बाद कहा, "तुम ज़ेवर रानी साहिबा के सेफ़ में रखवा देतीं !"

"दरअस्ल, मुझे उनका ख़याल ही न रहा। वहाँ पहुँचते ही सिलाई-विलाई और दूसरी उलझनों में ऐसी फँसी रही कि बिल्कुल याद न आया। परसों जब नोटबुक ढूँढ़ने के लिए सूटकेस की तह पर नज़र पड़ी···"

"तुमको एक बात बतलाएँ चाँदनी बेगम !" क़ंबर अली कार रेडरोज़ के अन्दर ले जाते हुए बोले, "हम भी तीन-चार साल अपने काम से ऐसे उलझे रहे कि उस मामले का ख़याल ज़ेहन से उतर गया जिसका ज़िक्र अम्मी जनियाँ ने तुम्हारी वालिदा से किया था। हम भी एक क़ीमती चीज़ तह में रखकर भूल गए।"

मुंशी भवानीशंकर सोख़्ता बरामदे में खड़े थे। एक बार फिर चाँदनी का सामान उठाकर अंदर ले गए। क़ंबर ने ईदू को आवाज़ दी और ड्राइंगरूम में दाख़िल हुए,

---

1. 'उमराव जान अदा' उपन्यास के लेखक, 2. चाँद जैसा निर्जन स्थान उषा की रोशनी में झिलमिलाया।

"आओ भई, चाय-वाय पी लो। बेला तो ब्यूटी पार्लर गई हैं। कल हमारे यहाँ डिनर है। कुछ फ़ॉरेन जर्नलिस्ट दिल्ली से आए हैं लंदन टाइम्स-वाइम्स के; और भी लोग होंगे। तुम यहाँ चार आदमियों से मिलोगी। अच्छी मुलाज़िमत की राह भी निकल आएगी।"

ईदू चाय की ट्रे लेकर आए। कोठी में बड़ी गहमागहमी थी। खाने के कमरे में रमज़ानी साइड बोर्ड से बर्तन निकाल रहे थे। ज़ैतून चाँदी की कटलरी साफ़ कर रही थीं। भगवानदीन और फटकू गुलदान धो-माँज रहे थे।

"बेगम साहब के आने तक सब काम ख़त्म होने चाहिए, वर्ना किसी की ख़ैर नहीं !" ज़ैतून की आवाज़ आई।

चाँदनी की नज़र बैरिस्टर अज़हर अली और बिट्टो बेगम की तस्वीर पर पड़ी। आतिशदान की उन्नाबी मख़मली झालर पर बहुत ख़ूबसूरत मोतियों का काम बना हुआ था। क़ंबर ने कहा, "हमें याद है, अम्मी जनियाँ ने बतलाया था कि····"

"जी हाँ। यह झालर बाजी अम्माँ ने बनाकर बिट्टो ख़ाला को दी थी।"

चाय की प्याली रखकर चाँदनी ने फिर फ़रियाद की, "हमारी ऐनक ही टूट गई !"

अजीब लीचड़ लड़की है ! वही एक रट !

"अरे भई, कह तो रहे हैं कि कल सुबह बनवा देंगे। अब तुम जाकर आराम करो।···· बुख़ार कैसा है ?"

मुंशी जी चंद काग़ज़ लेकर अंदर आए।

"भवानी चचा, बिटिया को इनके कमरे का रास्ता बता दीजिए। शुक्र है अब तक बेला ने ब्रेकफ़ास्ट रूम में कनवर्ट नहीं किया, वर्ना तुमको उस सामनेवाली बुर्जी में रहना पड़ता।"

वह सोफ़े से उठीं। मुंशी जी के साथ अंदर गईं। गैलरी के दरवाज़े पर पहुँचकर सोख़्ता ने कहा, "वह बरामदे का आख़िरी दरवाज़ा मेहमान-कमरा है। सीधी चली जाइए। आपका सामान वहाँ रखवा दिया है। कोई काम हो तो ज़ैतून को बुला लीजिएगा।"

"शुक्रिया मुंशीजी !"

आगे बढ़ीं। कोई चीज़ बिल्कुल साफ़ नहीं सुझाई दे रही थी। बरामदे में तीन दरवाज़े खुलते थे। सब पर एक तरह के मोटे रेशम के फूलदार पर्दे लगे थे।

आख़िरी दरवाज़ा समझकर एक पर्दा सरकाया और अंदर गईं। सामने एक मसहरी नज़र आई। तीन दिन के बुख़ार की वजह से बहुत कमज़ोरी महसूस हो रही थी। अंदर जाते ही बिस्तर पर गिर गईं। यह कमरा भी कितना दिलकश और सुहाना था ! सरहाने बिल्लौर के गुलदान में गुलाब महक रहे थे।

आँख लग गई।

—

थोड़ी देर बाद क़ंबर आए। साहबज़ादी उनकी मसहरी पर आराम कर रही थीं। समझ गए कि यह सब ऐनक टूटने का मामला है। हँसी आई। वापस जाने वाले थे कि दरवाज़े में बेला से टकरा गए।

यह भी बड़ी टिपिकल सिचुएशन थी—शौक़िया ड्रामा स्टेज वाली। खिसियानी-सी हँसी हँसे। बेला ने अपना बैग मसहरी पर ज़ोर से फेंका। क़ंबर ने सहमकर सोचा—यह ऐलाने-जंग है।

चाँदनी घबराकर उठ बैठी। फिर आदत के मुताबिक़ पलँग के नीचे हाथ बढ़ा ऐनक टटोली। एकाएक सिचुऐशन समझ गईं—"अल्लाह रहम करे!" उन्होंने ज़ोर से कहा।

"आमीन!" बेला ने ज़हरख़ंद किया।

वह आहिस्ता से उठीं। नज़र की कमज़ोरी की वजह से रबड़ की गुलाबी चप्पल गुलाबी कालीन पर दिखाई न पड़ी। टटोल-टटोलकर ढूँढ़ा, "गेस्टरूम कहाँ है?"

बेला ख़ामोश रहीं। क़ंबर जान बचाकर भागे। चाँदनी बरामदे में निकलकर साथ वाले दरवाज़े में दाखिल हुईं। पलंग पर लेट रहीं।

कुछ देर बाद उठकर कमरे का जायज़ा लिया। हर चीज़ जाकर क़रीब से देखने लगीं। क़ीमती सजावट का सामान, सुनहरी धारियों वाला फ्रांसीसी, फर्नीचर पर्दे वग़ैरह।

बिट्टो ख़ाला इतनी अमीर थीं?

साफ़-शफ़्फ़ाफ़ बाथरूम। खिड़की में शफ़्फ़ाफ़ सफ़ेद झालरदार पर्दे। ताक़ में गुलदान। उसमें गुलाब का एक फूल बड़े आर्टिस्टिक ढंग से सजा हुआ था। बेला के सुघड़पन की क़ायल हुईं। वह इस घर की मालकिन भी तो हैं!

आँसू बहने लगे। मुँह पर पानी के छपक्के मारे। वॉशबेसिन के सामने बहुत क़रीब चेहरा ले-जाकर अपनी शक्ल देखी। अच्छी-ख़ासी तो थी! अगर बेला की तरह घंटों ब्यूटी पार्लर में बैठी रहती तो मैं भी···ख़ैर, ज़िंदगी किसी तरह कट ही जाएगी।

मगर कैसे कटेगी? कंगली और बेघर की। वापस आकर मसहरी पर बैठ गईं। ख़ूबसूरत-मुलायम पलँगपोश पर हाथ फेरा कीं।

साढ़े आठ बजे ईदू ने आकर बरामदे में आवाज़ दी—

"बिटिया! आइए, खाना लग गया।"

तीन माह तक बावर्चीख़ाने की पीढ़ी पर बैठकर खाते-खाते मेज़-कुर्सी भूल ही गई थीं। ज़फ़रपुर में दादा के मरने के बाद कौन-से मेज़पोश सजते थे! अब्बा के फ़रार के बाद तो बाजी अम्माँ ने जैसे-तैसे करके रोटी जुटाई। पलँग के पास एक खुरदरी मेज़ पर रक़ाबियाँ रखकर माँ-बेटी खाना खातीं। उसी मेज़ पर किताबें रखती थीं। उसी पर कपड़े प्रेस किए।

डिनर-टेबल पर ख़ामोशी छाई रही। बेला बिल्कुल चुप थीं। चाँदनी ने सोचा—आज इस औरत ने अपना असल रंग दिखाया। बीवी के इस घटिया बर्ताव से क़ंबर शर्मिंदा हो रहे थे। अब वह किस मुँह से तीन कटोरी हाउस वालों की बदअख़लाक़ी[1] की शिकायत करते? उन्होंने बात करने की कोशिश की, "ज़फ़रपुर में कैसा मौसम रहता है?"

"ऐसा ही रहता है—गर्मियों में गर्मी, सर्दियों में सर्दी।"

"पहाड़ बहुत नज़दीक हैं, सर्दी ज़्यादा पड़ती होगी?"

"जी हाँ।"

"हम तो बस एक-दो बार ही गए—बचपन में अम्मी जनियाँ के साथ।···· हमारे मामुओं के बारे में कोई ख़बर है?"

"जी नहीं। अगर वह मौजूद होते तो मैं कॉलेज के प्रिंसिपल के घर से उन्हीं के वहाँ चली गई होती। मैं बिल्कुल मजबूरी में आई हूँ। मुझे अफ़सोस है कि इस वक़्त आप लोगों को ज़हमत दे रही हूँ। अगर मेरे ज़ेवर न चोरी हुए होते तो मैं····"

"अरे बेवक़ूफ़ी की बातें मत करो! ज़हमत कैसी? तुम्हारे लिए बहुत जल्द कोई अच्छा इंतज़ाम हो जाएगा।" क़ंबर ने जवाब दिया, "यहाँ आराम से रहो। तुम्हारी ख़ाला का घर है।" वह फिर हँसे, "अच्छा भई, यह अजीब बात है। यह तो हमारी कहावतें हैं—ख़ाला का घर—नानी मर गई, फूफी का घर और दादी मर गई क्यों नहीं कहा जाता?"

ज़ैतून गर्म चाय लेकर अंदर आई थीं। बोलीं—"भैया, पायँचे के रिश्तेदार पगड़ी के रिश्तेदारों से ज़्यादा मुहब्बतवाले होते हैं।"

"हा-हा! पायँचे के रिश्तेदार हमारे जो थे वह अपनी बहन को ही छोडकर चले गए!····चाँदनी, कॉफ़ी पियोगी?"

"जी नहीं।"

"चाय-वाय।"

"जी नही। शुक्रिया!"

"अच्छा तो अब सोया जाय। कल सुबह से बेला को बहुत काम करना है—पचास आदमियों का डिनर। मेहमानों की लिस्ट बढ़ती ही चली गई।" वह खोखली हँसी हँसे।

"आप मुझे बतला दीजिएगा, मैं मदद करूँगी। जो भी ख़ास डिश आप चाहें मैं पका दूँगी।" चाँदनी ने बेला से कहा।

"ज़रूर-ज़रूर! अच्छा गुडनाइट!" बेला ने रुखाई से जवाब दिया।

चाँदनी अपने कमरे में वापस आईं। दरवाज़ा थोड़ा-सा खुला छोड़ दिया।

---

1. अनैतिकता, दुर्व्यवहार।

हल्की-हल्की ठंडक अच्छी लग रही थी। बिस्तर पर बैठीं। भारी चीनी पलँगपोश हटाया। अतलस के लिहाफ़ के फूल-पत्ते देखे। बर्फ़-सी चादर। मुलायम ऊँचे-ऊँचे विलायती तकिये। ऐसे पलँग पर ज़िंदगी-भर न सोई थीं।

दादा मियाँ खुशहाल थे, मगर यह विलायती साज़-सामान उनके वहाँ नहीं था।

—ऐ-हे! टूथपेस्ट और ब्रश वहीं कोठरी के ताक़ में रह गया! अब जाकर बेला से टूथपेस्ट माँगूँ? हर्गिज़ नहीं। उनका बेडरूम नज़दीक ही था, जहाँ आफ़त की मारी पहले ही जा घुसी थी। अल्लाह कल ही ऐनक बन जाय!

बाथरूम से वापस आकर कपड़े बदले। पलँग पर बैठीं। कैसा मुलायम आरामदेह बिछौना! अल्लाह शुक्र, तूने मुझे उस टूटे दालान से ऐसा बढ़िया घर दिया! अब बाक़ी दुआ शुरू की—या अल्लाह! मेरे अब्बा जहाँ कहीं हों खुश और ज़िंदा सलामत रहें! या खुदावंदे-करीम रब्बुल आलमीन! मेरी बाजी अम्माँ को जन्नत में जगह दे। उनकी रूह को मेरी तरफ़ से सुकून पहुँचा और दादा मियाँ, दादी अम्माँ को भी। और मेरा भी कहीं बेहतरीन बंदोबस्त कर दे ताकि और ज़्यादा दर-दर न भटकूँ। हर जगह बिन बुलाई मेहमान···या अल्लाह!

मास्टर-बेडरूम से तकरार की आवाज़ें सुनाई दीं। बक़िया दुआएँ छोड़कर कान उधर लगाए—

"इस फ़ितनी को क्यों ले आए?"

"उस ग़रीब ने क्या दंगा-फ़साद किया है?"

"इलायची ख़ानम कोई उन लोगों की मुग़लानी हैं जो वह ज़ैतून को फ़ोन किया करती थीं? इसने उनके ख़ब्ती बेटे पर डोरे डाले। अब यहाँ जाने क्या गुल खिलाएगी! ज़फ़रपुर से क्यों निकाली गई, यह मालूम ही नहीं।"

"बेला! आहिस्ता! सब आवाज़ उधर जाती है। अच्छा कल रात का मीनू सोच लिया?"

"तुम्हारा भेजा, मेरा कलेजा और उस चुड़ैल का क़ीमा।"

"एक बेसहारा लड़की के लिए ऐसी बकवास करते तुमको शर्म नहीं आती?"

"तुमने यतीमख़ाना खोला है?"

"रेसक्यू होम तो ज़रूर खोला है। फ़ोन पर फ़ोन आते थे तुम्हारे—मदद करो! ज़ालिम माँ-बाप की क़ैद से निकालो! तुमने भी खूब नौटंकी खेली!"

"मुझे मालूम है यह मुंशी कोफ़्ता···"

"सोख़्ता।"

"वह मेरे ख़िलाफ़ तुम्हारे कान भरता है।"

"वह उर्दू-फ़ारसी-संस्कृत के आलिम हैं, कम-से-कम उन्हीं की इज़्ज़त करो!"

"तुम्हारे यहाँ सब ही आलिम-फ़ाज़िल हैं। यह बूढ़ा तुम्हारा घर लूटकर अपना घर भर रहा है। हर हफ़्ते बोरे भरकर जाने क्या बाहर ले जाता है!"

“शुरू से मियाँ जान ने उनको इज़ाज़त दे रखी थी कि दफ़्तर की रद्दी बेच लिया करें। वह बहुत ग़रीब आदमी हैं। गाँव में अपना इतना बड़ा ख़ानदान पाल रहे हैं। ईमानदार और वफ़ादार···”

“तुम्हारे अमीर मियाँ जान ने उनकी तनख़्वाह क्यों न बढ़ाई ?”

“बढ़ाई क्यों नहीं ? लेकिन महँगाई तो···डैम इट बेला ! शटअप ! भवानी चचा ऐसे संत आदमी के लिए आइंदा बदज़बानी न करना !”

“तुम्हारे यहाँ सब फ़रिश्ते और संत हैं। सुबह से शाम तक तुम्हारे मियाँ जान, अम्मी जनियाँ और भवानी चचा की तारीफ़ें सुनते-सुनते कान पक गए। उस बुड्ढे ने तुम्हें मेरे खिलाफ़ ख़ूब भड़काया है। क्या मैं अच्छी बीवी साबित नहीं हुई ?”

“फ़ज़ूलख़र्च, टर्री और न्यूरोटिक ! आव न देखा ताव, कुएँ में कूद पड़ीं ! अरे तुमने तो मेरी जान अज़ाब में डाल रखी है। दुकानों के बिल आने ख़त्म नहीं होते। ज़्यादा उधियावो नहीं।”

“इस घर की हर चीज़ पुरानी है। मैं इसे अल्ट्रा मॉडर्न बनाना चाहती हूँ। स्वीडिश स्टाइल।”

“बंबई में तुम महल में रहती थीं, बेला ? तअज्जुब है लोग अपनी पुरानी बातें कितनी जल्दी भूल जाते हैं ! आज खाने की मेज़ पर कितना शर्मिंदा किया ! घर आए मेहमान की बेइज़्ज़ती की।”

“मैं इस घर की मालिक हूँ, और मेरी इजाज़त के बगैर यहाँ कोई मेहमान-वेहमान नहीं आ सकता।”

“बेला, तुम बंबई जाओ, कुछ हमें सकून मिले।”

“मैं क्यों जाऊँ ? मेरा घर है, मैं तुमको निकाल सकती हूँ इस फूला-लगी मुर्गी के साथ।”

“हम बाग़ में ख़ेमा लगा लेंगे।”

“बाग़ भी, तुम भूलते हो, मेरे नाम कर चुके हो। अम्माँ-अब्बा ने दुनिया देखी है। उन्होंने कहा था, यह रईसज़ादे हैं, जब जी चाहा कोई दूसरी तुम्हारे सर ला बिठाएँ ! उसी की पेशबंदी मैंने की है।”

“हमने इसे···इस बेचारी को तुम्हारे सर पर ला बिठाया है ? बेला, तुम घास खा गई हो। मियाँ जान और अमिया जनियाँ के ज़माने में यह मकान मेहमानों से भरा रहता था। तरह-तरह के ज़रूरतमंद आकर यहाँ ठहरते थे। वह दोनों उन सबकी दिलजोई में लगे रहते थे। बिन बुलाए मेहमानों की भी ख़ातिर करते थे। तुम हो कि एक सीधी-सादी अंधी लड़की की वजह से कुछ घंटों में बौखला गई हो। चुप हो जाओ, वर्ना हमें ताव आ जाएगा।”

“तुमने अभी मुझ पर फ्रॉड का इल्ज़ाम लगाया कि मैंने नौटंकी खेली।”

“साबित करो कि यह ग़लत है।”

"यक़ीन जानो, क़सम खाती हूँ। मैंने तुम्हारे साथ पैसे के लिए शादी नहीं की।"

"नहीं तो क्या बतौर क़ौमी ख़िदमत तुमने मेरा घर बसाया है?"

बिजली गुल हो गई।

"लोड-शेडिंग ने भी नाक में दम कर रखा है।"

"तुम भी कर लो लोड-शेडिंग। इस मनहूस औरत को कल सुबह यहाँ से चलता करो!"

"किसी वर्किंग वीमेन्स होस्टल में इंतिज़ाम कर देंगे एक-आध हफ़्ते में।"

"और इसका ख़र्चा तुम भरोगे होस्टल का?"

"तो क्या इन्हें सड़क पर निकाल दें? कल शाम हम कैनिथ हार्डी से इनके इमीग्रेशन की बात डिसकस करेंगे।...वह ब्रिटिश हाई कमीशन वाला। आजकल लोग धड़ाधड़ ब्रिटेन जा रहे हैं। मैंने काग़ज़ात मँगवाए हैं।"

"ओहो!"

"इसी मारे हमने चाँदनी को तीन कटोरी हाउस कॉन्टैक्ट नहीं किया था। पहले सब बात पक्की हो जाय।"

"यह लंदन जाकर भाड़ झोंकेगी?"

"वहाँ भाड़ नहीं होते।"

"उसके ज़ेवर तो कहती हैं चोरी हो गए। वहाँ जाने का किराया कौन देगा? सब उठाईगीरे यही रोना रोते हैं—बटुवा चोरी हो गया, बिस्तरा चोरी गया। अगर थे भी ज़ेवर तो क्या पता उसी के थे या वहाँ ज़फ़रपुर में किसी के घर से चुराकर भागी हो! आई बड़ी ज़ेवरोंवाली! फ़कीरनियों-सा हुलिया है!"

"बेला! मत भूलो तुम किस हुलिए में पहली बार रेडरोज़ आई थीं।"

"तो यह लंदन का टिकट तुम ख़रीदोगे?"

"क्यों नहीं? समुद्री जहाज़ का किराया ही कितना है! क्या मैं अपनी ख़ाला की लड़की के लिए इतना भी नहीं कर सकता?"

"ओए होए! ख़ाला की लड़की तो देखो!"

"लंदन पहुँचते ही किसी काउंटी कौंसिल में सप्लाई टीचर हो जाएँगी।"

चाँदनी बेगम यह ज़िक्र सुनकर बहुत बेचैन हुईं। पहले अमरीका भेजी जा रही थीं, अब लंदन।

बिट्टो बेगम मरहूमा का ड्रेसिंग-रूम सोने के कमरे और मेहमान-कमरे के बीच में पड़ता था। उसके दोनों दरवाज़े खुले हुए थे। बिजली ग़ायब होने से सारे में घुप अँधेरा छा गया था। चाँदनी बिस्तर से निकली, ड्रेसिंगरूम में पहुँची। एक कोने में रखे लिहाफ़-तोशकों के ऊँचे अंबार से जा टकराई। वहीं बैठकर दरवाज़े से कान लगा दिए।

"अल्लाह की शान! इस चपड़कनात को तुम इंग्लैंड भेजो और हम यहाँ जूतियाँ चटखाएँ!"

"बेला, तुम बिल्कुल दीवानी हो गई हो !"

"इससे निकाह क्यों नहीं कर लेते ?"

"ऐसा भी हो सकता है। अम्मी जनियाँ की रूह खुश हो जाएगी। मियाँ जान और अम्मी जनियाँ दोनों की रूहों को हमने लोटन कबूतर और परीज़ादा गुलाब की मंडली से नाता जोड़कर कितनी तकलीफ़ पहुँचाई !"

"यह कार्ल मार्क्स का भक्त बोल रहा है ! ज़िंदाबाद !"

"ज़्यादा न टर्राओ ! मुँह लगाई डोमनी गावे ताल बे-ताल।"

बेला पलंग से कूदीं। एक ऐश-ट्रे उठाई, क़ंबर के मुँह पर निशाना लगाया। अँधेरे में वह दूर जा गिरी—"मुझे अभी तलाक़ दो और सुबह इस घर से निकलो !"

क़ंबर चेहरे पर हाथ फेरकर फिर हँस पड़े, "अरे डिनर तो हो जाने दो ! हम सवेरे-सवेरे ही चले गए तो मेहमान क्या करेंगे ?"

"निकाहनामा निकालो !"

"निकाहनामा··· ? अरे वह कहाँ है ? हम तो उस रघुवीर प्रसाद के वहाँ भूल गए थे। उन्होंने हमसे कहा कि वह अलहम्दो ख़ाला को दे गए और अम्दो ख़ाला को बीवी, तुमने निकाल दिया, तो अब तुम्हीं बताओ हम कहाँ से लावें निकाहनामा ? हम अब जाकर वोदका पीते हैं। तुमने हमें बहुत गुस्सा दिलाया। बहुत ग़ैर-मुनासिब बातचीत की।"

"तुम अभी भी पिये हुए हो। निकाहनामा की नक़ल मिल जाएगी शहर काज़ी के पास। हमारे बंबई में तो चीफ़ काज़ी मोरघे के वहाँ तमाम···"

"भई, लाजवाब नाम है क़ाजी मुर्ग़े !"

"गार्डनवाला काग़ज़ भी मुझे सुबह को चाहिए।"

"उसका क्या करोगी ? वह तुम्हारे लिए बिल्कुल बेकार है।"

"क्यों ?"

"उस पर जो दस्तख़त किए थे, हमने क़ंबर अली के बजाय क़मर अली लिखा था और उसे रजिस्टर भी नहीं कराया था।"

बेला ने टाइम-पीस और दो-तीन ऐशट्रे ज़ोर-ज़ोर से क़ंबर पर फेंके। टॉर्च जलाई। एक कोने में धरा स्वीडिश क्रिस्टल का गुलदान खींचकर क़ंबर के चेहरे पर मारा। वह दीवार से टकराकर चूर-चूर हो गया।

क़ंबर ने अफ़सोस से उसे देखा "तुमने यह भी तोड़ डाला बेला रानी शोख ! यह मेरी अम्मी जनियाँ का फ़ेवरिट वाज़ था।"

"जहन्नुम में जाए तुम्हारी अम्मी जनियाँ !" वह दाँत पीसकर बोली।

"क्या बका तुमने ?" क़ंबर ने पूरी ताक़त से उनके गाल पर थप्पड़ मारा। दूसरा, फिर तीसरा। बेला का मुँह ख़ून से भर गया। क़ंबर सर्द आवाज़ में बोले, "इतने दिनों तुमको एक साइकोलॉजिकल केस समझकर तुम्हारी मार-पीट बर्दाश्त कर ली थी। जाओ, डिटॉल से कुल्ली करो !"

बेला बाथरूम से आकर पलँग पर औंधी गिर गईं। सिसकियाँ भरकर रोने लगीं। क़ंबर ने टॉर्च की रोशनी में गुलदान की किरचें चुनीं और कमरे के बाहर चले गए।

चाँदनी बेग़म लिहाफ़ के ढेर पर सुन्न बैठी रहीं। बेला की तरफ़ से फ़िक्र हुई। न जाने बेचारी के कितने दाँत टूटे! इनसान के पास ऐनक न हो या दाँत न हों तो बड़ी परेशानी हो जाती है। यह तो वाक़ई चार चोट की लड़ाई थी। कल सुबह यह डेंटिस्ट के पास तो जाएँगी ही, चश्मावाले की दुकान पर मुझे छोड़ दें।

दबे पाँव उठीं। टटोलती-टटोलती अपने कमरे में वापस आईं।

पलँग पर बैठ गईं।

आधा घंटा गुज़र गया।

आहट हुई। घुप-अँधेरे में कुछ दिखलाई न दिया। दरवाज़े में क़ंबर खड़े थे।

उन्होंने भर्राई आवाज़ में कहा, "आ'एम वेरी सॉरी! वेरी सॉरी फॉर एवरीथिंग! हमें माफ़ कर दो, मगर उस हरामज़ादी को हरगिज़ माफ़ न करना। उसने हमारी अम्मी जनियाँ—उन मुअज़्ज़मा[1] मरहूमा की शान में गुस्ताख़ी की है।" लड़खड़ाते हुए वापस गए। बेडरूम में जाकर अपने बिस्तर पर गिर गए।

चाँदनी चाँद के इंतिज़ार में रहीं ताकि उसके उजाले में उठकर किवाड़ अंदर से बंद कर लें। मगर चाँद था कि फ़ॉसफ़ोरस से चमकते हुए गेंद की तरह सारे आसमान पर लुढ़कता फिर रहा था। खिड़की के सामने आकर ही न देता था। लिहाफ़ ओढ़कर तकियों के सहारे बैठ गईं। सूरज ढलने के बाद यहाँ पहुँची थीं। इस वक़्त शायद रात का एक बजा था। कैसी ख़ौफ़नाक यह शाम गुज़री! तीन कटोरी हाउस में क्या कम ख़ौफ़नाक शामें गुज़री थीं? हल्कान-सी लेटे-लेटे सुस्ती के साथ चाँदनी ने पूरी ज़िंदगी का Review करना चाहा। क़भी-कभी अच्छे दिन भी आए थे। हमेशा ऐसी भयानक ज़िंदगी थोड़े ही थी! दादा की कोठी···हर तरफ़ रंग ही रंग···नीली चट्टानें, कासनी बजरी···हरी दूब, सुरमई दीवारें···गुलचीं और गुले-मख़मल के गुच्छे···चचाज़ाद भाई-बहनों के साथ खेलकूद···दादा-दादी का लाड-प्यार···अपनी जीप गाड़ियों में बैठकर रोज़ पहाड़ पर जाया करते थे। बहुत अच्छी ज़िंदगी थी वह, और इसके अलावा फिर···नहीं, इसके अलावा तकलीफ़ें। हाँ, एग्ज़ाम पास होने की खुशी बहुत होती थी। और इसके अलावा···और क्या? और कोई सुनहरे दिन थे? नींद की झपकी आई। दादी-दादा की आवाज़ सुनाई दी—मियाँ नूरपोश तुम्हें सलाम करने आए हैं, चाँदनी बेटे, जागो! नमाज़ पढ़ो! वह फ़ौरन उठ बैठी। दादा अब्बा, दादा अब्बा, आदाब! जवाब में ख़ामोशी और अँधेरा।

मास्टर बेडरूम से क़ंबर के ख़र्राटों की आवाज़ आई—सो गए बेचारे! कैसे नेक आदमी हैं! क्या भयंकर बीवी मिली!

---

1. महान, आदरणीय।

बिजली अब तक नहीं आई, और चाँदनी अंदर कैसे आएगी ? खिड़की पर तो पर्दे पड़े हैं ! इनकी डोरियाँ जाने कैसे खींचते हैं ! कोई तरीक़ा है । एक इंग्लिश पिक्चर में देखा था । काली फ्रॉक, सफ़ेद एप्रिन, सफ़ेद टोपी पहने मैड ने आकर पर्दों की डोरियाँ सरसर खींचीं—उजाला हो गया । अँधेरे में डोरी भी नज़र नहीं आएगी । बाथरूम कैसे जाऊँ ? इंग्लैंड के मकानों में भी कमरे ऐसे ही सजे होते हैं, जैसे बिट्टो ख़ाला ने यह कमरा सजाया था । सारा रेडरोज़ किसी पुराने अंग्रेज़ का-सा घर मालूम होता था—चार्ल्स डिकिन्स के नाविलों की तस्वीरों जैसा । अल्लाह क़ंबर का भला करे ! मुझे लंदन भेजने का इंतिज़ाम कर रहे हैं । क्यों, क्या मैं नहीं जा सकती ? जो लोग जा रहे हैं क्या उनमें सुर्ख़ाब के पर लगे हैं ? कल—नहीं, आज—अब तो लग गया । आज शाम क़ंबर का अंग्रेज़ दोस्त उन्हें बताएगा । काग़ज़ात लेकर आएगा । अल्लाह क़ंबर का भला करे ! फिर इंग्लैंड में काम करके पैसा जमा करके फ़ौरन सीधे ज़फ़रपुर वापस जाऊँगी । मकान की मरम्मत कराऊँगी । इंशाअल्लाह ! दादी जनियाँ के मरने के बाद इनके ज़ेवरात में हिस्सा लेने छोटी चच्ची फ़ौरन आ पहुँची थी पाकिस्तान से—ऐ-है भाभी ! अब तक आप इसी खँडहर में बैठी हैं ? बाजी अम्माँ ने कहा—दुल्हन ! तुम्हें मेरे हालात तो मालूम हैं । और उनकी नख़रे-पीटी लड़कियाँ—ऐ है चाँदनी आपा ! किस तरह आप ऐसी सड़ियल जगह रहती हैं भई ? बाजी अम्माँ ने कहा था—तुम भी इसी मकान में पैदा हुई थीं ।

अपने पहने हुए चमकीले जापानी रेशम के कपड़े सूटकेस-भर मेरे लिए लाई थीं—आपा, यह नई रिस्टवाच भी ले लो । हम तो और चीज़ें भी ले आते मगर कस्टम-प्रॉब्लम था । फिर शज्जू भाई कहने लगे—हम तो बस पर सफ़र करते नहीं; दिल्ली एयरपोर्ट से ज़फ़रपुर आने के लिए टैक्सी कर ली । रास्ते में कई चाय की दुकानों पर रुके । गिलासों में चाय पी । इतनी मक्खियाँ ! ऐसे अनाप-शनाप लोग और चायख़ानों के सामने वह बिछी थीं···वह—उन्हें क्या कहते हैं ? रस्सियाँ-सा बटकर— स्ट्रंग-स्टेंग ।

बाजी अम्माँ ने कहा—स्ट्रिंग कॉट ।

जी हाँ, वही !

बाजी अम्माँ ने कहा—बेटे ! तुमने यह खाट पहले कभी न देखे ? तुम तो यहाँ से अच्छे-ख़ासे पंद्रह-सोलह साल के हो गए थे, हाई स्कूल करके । और बेटे, तुम्हारे यहाँ गाँव-क़स्बों के रास्तों में ऐसे चायख़ाने नहीं होते ?

अल्लाह ! कैसी छिछोरी बातें करने लगे थे वह सब ! फिर वज्जू मियाँ नहाने के लिए उठे । ख़ैर, वह तो यहाँ से छोटे-से गए थे । नल खोलकर बोले—बड़ी अम्माँ, आपके यहाँ रनिंग हॉट एंड कूल वाटर भी नहीं है ?

बाजी अम्माँ ने नर्मी से कहा था—बेटे, हम्माम में बाल्टी-मग्गे रखे हैं, जाकर नहा लो ।

तो वह बोले—अच्छा, बाल्टी-मग्गे !

बाजी अम्माँ ने चुपके से कहा था—चाँदनी, इन लोगों को क्या हो गया ?

चची ने यह भी फ़रमाया था—ऐ-है भाभी जान! आप तो लालू खेतियों की तरह रहने लगीं! और हमारे यहाँ से तो अब लालू खेती भी इंग्लैंड-अमरीका जाकर करोड़पति हो गए।

बाजी अम्माँ ने पूछा—लालू खेती कौन हैं?

जम्हाई ली। या अल्लाह! अब नींद आ जाय, कुछ देर में सवेरा हो जायगा। दादी के गहनों में से आधे से ज़्यादा चच्ची बटोर ले गईं—मेरी तीन-तीन लड़कियाँ हैं। यह भी दीजिए। अलीबंद[1] की जोड़ी भी दे दीजिए। आजकल पहुँचों के ज़ेवर कौन पहनता है? यह बेचारी चाँदनी अलीबंद कहाँ पहनेगी? मैं इन्हें तुड़वाकर दो छपके बनवा लूँगी। बाजी अम्माँ चुप। बाद में कहने लगी—तो क्या उनसे जाहिल औरतों की तरह कायँ-कायँ लड़ती?

बाजी अम्माँ मरीं ते पुर्से तक का ख़त न लिखा! और जो बच गए थे ज़ेवर, अल्लाह तूने मेरे गहने क्यों चोरी होने दिए?

आँसू फिर निकले—या अल्लाह! तू कायनात को नए सिरे से बना। सारे मामलात जो दुनिया के बिगड़ गए हैं, अल्लाह तू बिल्कुल शुरू से शुरू कर दे, ताकि एक बार फिर आदमी ठीक हो जाए।

सारे इनसान मुहरबंद लिफ़ाफ़े हैं। कोई एक-दूसरे के बारे में कुछ नहीं जानता। बंद पार्सल। दमपुख़्त हाँडियाँ[2]। कुछ पार्सलों के अंदर टाइम-बम रखे हैं।

हथेली से आँसू पोंछे। गले में पड़ी कहरूवा की हौलदिली को छुआ।

न क़ंबर, न विकी।

ख़ैर, अल्लाह जो करता है हमारी बेहतरी के लिए करता है। उसकी मसलेहत वही जाने।

खुदावन्दे-करीम! तेरा लाख-लाख शुक्र है कि तूने मेरा इंग्लैंड जाने का यक़ीनन बंदोबस्त कर दिया और तूने मुझे ऐसा नफ़ीस बिस्तर सोने को इनायत किया। वह लिहाफ़ को सर से ओढ़कर इस तरह बैठ गई जैसे चिड़िया घोंसले में बैठ जाती है। सुकून। हिफ़ाज़त का एहसास। इत्मीनान क़नाअत[3]। शुकराना।

बाथरूम हो आऊँ। मेज़ को टटोला। शमादान पर हाथ पड़ा, उसके साथ ही माचिस रखी थी। शाम यह चाँदी का शमादान और मोमबत्ती देखी थी। चाँदी के केस में छुपी माचिस। बिजली बार-बार ग़ायब होने से कमरे में मोमबत्ती का इंतिज़ाम था। बेला के सुघड़ापे की क़ायल हुईं। माचिस उठाई। ऐसी कम-क़ीमत हक़ीर चीज़ चाँदी के मुन्ने-से केस में रखी थी, जैसे बेला-सी औरत इस कोठी में बेगम क़ंबर अली की हैसियत से। सब अल्लाह की कुदरत के खेल हैं।

अँगूठे से खिसकाकर डिबिया निकाली। एक दियासलाई रगड़ी, वह फ़ौरन बुझ

---

1. कलाई में पहनने का ज़ेवर, 2. वह हाँडी, जिसका ढक्कन चारों तरफ आटे से लेप लगाकर बंद करते हैं और खाना भाप में पकता है, 3. संतोष।

गई। उस क्रिसमस स्टोरी का ख़याल आया, वह ग़रीब बच्ची जो महल की दीवार के बाहर गिरती बर्फ़ में दियासलाई रौशन करके राहत और सकून का तसव्वर करती थी।

अटकल से शमादान उठाकर दूसरी माचिस जलाई, वह भी बुझ गई। चश्मा टूटने के बाद दिन की रौशनी ही में कम सुझाई देता था। अब तो बिल्कुल Blind as a Bat – खुदा न करे जो मैं ब्लाइंड ऐज़ ए बैट होऊँ! तीसरी रगड़ी—वह जलती हुई हाथ से छूटकर लिहाफ़ पर गिरी। शोले भड़के। सफ़ेद तकिये पर सफ़ेद मोमबत्ती गिर पड़ी थी, जो उनको दिखाई न दी। वह भी जल उठी। आग तेज़ी से फैलती चली गई।

लिहाफ़ का 'आशियाँ' भड़क उठा। हवा के ज़ोर से दरवाज़े और खिड़की के पट खुल गए। कमरा आग से भर गया। बिफरे हुए अजगरों की तरह सरसराते-फुँफकारते शोले बिट्टो बेगम के ड्रेसिंगरूम में जा घुसे, जहाँ बेला ने तीन महीने पहले सख़्ती से अलहम्दो की मुख़ालिफ़त के बावजूद गद्दे-तोशक वग़ैरह रखवाए थे। मनों रुई के अंबार ने फ़ौरन आग पकड़ ली। छोटे किचन में रखे गैस सिलेंडर फटे। मास्टर बेडरूम धड़धड़ जलने लगा। गैस के धमाके में चाँदनी, बेला और क़ंबर की चीखें डूब गईं।

आग की भयानक कुंडलियों ने सारी कोठी को लपेट लिया। दफ़्तर के कमरों में आग खुल खेली। क़ानून की किताबों से भरी अलमारियाँ, तीनों मैगज़ीनों के अंबार, न्यूज़प्रिंट के गड्ढे, फ़ाइलें, आग की झाड़ू सबको समेटती मुंशी जी की बुर्जी में पहुँची। वह रद्दी क़ाग़ज़ात के ढेर में कोई ज़रूरी काग़ज़ न चला जाय, छाँट रहे थे। उठकर भागने की कोशिश की। मगर उर्दू-फ़ारसी किताबों से लदी शोला-जव्वाला अलमारी उनके ऊपर गिरी और वह उसके नीचे दबकर रह गए। नवल किशोर प्रेस की नायाब उर्दू किताबें और उर्दू लिपि में छपी धार्मिक किताबें, शेख अज़हर अली मरहूम के ख़ानदानी दस्तावेज़ों का बस्ता, जो मुंशी जी के पास रहता था, सब-का-सब आग में स्वाहा हो गया। खुद भवानी शंकर सोख़्ता[1] उस काग़ज़ी आग में भस्म हो गए।

उस वक़्त रात के तीन बज रहे थे। अलहम्दो उत्तरी ज़िला बहराइच के मौज़ा इमामगंज में अपने छप्पर तले सो रही थीं। उनके इक्कावान लड़के, भतीजे, बहुएँ और बच्चे गुदड़ियों और छींट के लिहाफ़ों में दबे गहरी नींद सो रहे थे। बाहर चौड़े कच्चे रास्ते के दोनों तरफ़ खड़े लकड़ी के बरामदोंवाले कच्चे-पक्के मकानों में सोए हुए लोग अपने-अपने सपने देख रहे थे। कुछ दरवाज़ों के सामने घोड़े बँधे थे। चारों तरफ़ हरे खेतों पर धुंध मँडरा रही थी। अलहम्दो ने सोते में देखा जैसे सरकार और बड़ी बेगम साहिब उस धुंध में से निकल आए हों और उनके सरहाने खड़े ज़ोर-ज़ोर से चिल्ला रहे हों—अम्दो !···· अम्दो, मेरे बच्चे को बचाओ ! मेरे बच्चे को बचाओ ! भवानी शंकर को बचाओ !

वह बौखलाकर उठ बैठीं। तराई की भीगी हुई रात थी। बड़े लड़के को जगाकर चिल्लाईं, "मुझे इसी वक़्त बस-अड्डे पहुँचा दो !"

---

1. 'सोख़्ता' उपाधि का अर्थ है 'जला हुआ'।

"अम्माँ, तुम तो बिल्कुल बौला गई हो।" उसने बड़बड़ाकर करवट बदली, फिर सो गया।

उठकर भतीजे के पास गईं। उसे झिंझोड़ा—"बस-अड्डे⋯बड़ा बुरा ख़्वाब⋯"

वह आँखें मलता उठ बैठा—"फूफी, तुम्हारे ख़्वाबों ने तो नथुनों में दम कर दिया है। आधी रात को कहाँ चलें?"

ख़्वाब बतलाया। खुशामद की—"मेरे भय्या⋯मेरे चंदा⋯"

"फूफी, बसें सुबह पाँच बजे से चलेंगी। पड़कर सो रहो!"

इस जाड़े में पसीना-पसीना हो रही थीं। लालटेन जलाकर कोठरी में गईं। ट्रंक में कुछ कपड़े ठूँसे। उपलों का चूल्हा सुलगाकर गुड़ की चाय बनाई। वज़ू किया। नफ़िलें पढ़ीं। भय्या की ख़ैरियत और सरकार बेगम साहिबा की मग़फ़िरत[1] के लिए गिड़गिड़ाईं।

एक गिलास चाय भतीजे को पिलाई। लोई ओढ़ी। ट्रंक उठाया। गिरती-पड़ती बाहर निकलीं। लड़के ने इक्के में घोड़ा जोता। वह जानवर इतने ज़ोर से हिनहिनाया कि अलहम्दो दहल गईं।

घोड़ा कच्चे रास्ते से निकलकर डामर की सड़क पर दौड़ने लगा। अलहम्दो ने डंडे पकड़े थे और बक्स भी सँभाला था, साथ ही 'या अली, या अली' कहती थीं। हैवान में भी शैतान घुस गया है।

या इलाही! कोठी पर अम्न-चैन हो। ग़ाज़ी मियाँ के मज़ार पर चादर चढ़ाने की मन्नत मानी। नानपारा की बस तैयार मिली। अल्लाह-अल्लाह करती सवार हुईं।

"फूफ्फू, ख़ैरियत का कार्ड डाल देना!" भतीजे ने खिड़की में सर डालकर कहा—"अल्लाह हाफ़िज़!"

रास्ते में इंजन बिगड़ गया। दोपहर के वक़्त नानपारा पहुँचीं। चाय की तलब में बस से उतरीं।

हाजी कल्लू के ढाबे पर रेडियो के गिर्द बड़ी भीड़ जमा थी। सब मुँह खोले ख़बर सुन रहे थे। अलहम्दो ने भी सुना। वहीं ग़श खाकर गिर पड़ीं।

मुसाफ़िरों को चायख़ानों से वापस बुलाने के लिए हॉर्न बजा-बजाकर बस आगे जा चुकी थी। अलहम्दो का बक्स भी उसमें चला गया। एक ग़रीब औरत के सामान में किसी को क्या मिला होगा!

तह में बिछे पुराने अख़बार के नीचे क़ंबर और बेला के विवाह का निकाहनामा अलबत्ता मौजूद था, जो राजा रघुवीरप्रसाद पिछले वर्ष अलहम्दो के हवाले कर गए थे।

मुसम्मी भोलानाथ भी एक ग़रीब चोर था। कपड़े अपनी बीवी के लिए निकाल लिये। निकाहनामे का लिफ़ाफ़ा देखा। बहुत खुश हुआ कि इसमें नोट होंगे। निकला उसमें से हरे रंग का पतला काग़ज़। सत्यानास! फाड़कर फेंक दिया।

---

1. मुक्ति।

झाँकड़ बाग़

लाल गुलाल रेडरोज़। लाल गुलाल नदी। लाल गुलाल आसमान। ज़्यादा गर्मी और तेज़ रौशनी। हवा के ज़ोर से आग पेड़ों तक फैली। सर्वेंट क्वार्टर्स आधा झुलस गया। उनमें रहनेवाले सब ज़िंदा सलामत बाहर निकल आए। रमज़ानी, ईदू, अलाउद्दीन चीख़-पुकार मचाते कोठी की तरफ़ दौड़े। नत्था धोबी और उनके लड़के बाल्टियाँ उठाकर नदी में कूद गए। भगवानदीन और फटकू ने पानीवाले पाइप निकाले। भैंसें और नीलगाय और हिरन रस्सियाँ तुड़ाकर भागे। पेड़ों पर बसनेवाले परिंदों ने ज़बरदस्त शोर मचाया। बहुत-से भुन-भुनकर पट-पट कर गिर गए।

किसी की समझ में न आया कि क्या हुआ। ख़ौफ़नाक हादसे क्यों होते हैं—किसी की समझ में आज तक भला आया है!

फ़ायर ब्रिगेड के आते-आते आग अपना काम तमाम कर चुकी थी।

मरहूमीन[1] की नमाज़े-जनाज़ा पढ़ी गईं। जला हुआ बाग़ और अहाता लोगों से भर गया। सड़क तक मजमा था। प्रधानमंत्री, चीफ़ मिनिस्टर, शहर के बड़े लोग, अख़बारनवीस, सियासी पार्टियों और आम पब्लिक के रिप्रेज़ेंटेटिव और औरतों की तरफ़ से काले फीतों से बँधे बड़े-बड़े रीथ लाल मलबे पर रखे गए।

"क़ंबर अली की याद में" के मज़ामीन[2] का सिलसिला प्रेस में शुरू हुआ। उर्दू अंजुमनों ने सोख़्ता के लिए ताज़ीयती जलसा किया।

प्रेसवालों की भीड़ लगी। पुलिस ने नौकरों के बयान लिये। अदालत ने इन्क्वायरी कमीशन बिठाया। फ़ैसला था कि अचानक आग लगी।

"अजीब इत्तिफ़ाक़ात[3] हैं!" मेराज ने अपने साथियों से कहा। वह सब राख और ईंटों के ढेर पर उस जगह सर झुकाए बैठे थे, जहाँ रेडरोज़, गुले-सुर्ख़ और लाल गुलाब का दफ़्तर था—"अच्छे इत्तिफ़ाक़ात हैं भई। इत्तिफ़ाक़िया दुनिया ज़हूर में आई, इत्तिफ़ाक़िया पानी के पौधों में जान पड़ी, इत्तिफ़ाक़िया दुनिया का ख़ात्मा होगा।"

---

1. मरनेवालों, 2. लेख, 3. संयोग।

"साहिब, इस ख़याल से बड़ा सकून मिलता है कि अगर हम फ़ना होनेवाले हैं तो बाक़ी दुनिया कौन हमेशा-हमेशा तक रहनेवाली है! लेकिन यह अहसास कि आइंदा लाखों बरस तक यह जहाने-रंगो-बू इसी तरह क़ायम रहेगा और ज़्यादा तरक्की होगी, इनसान मौजूद रहेंगे सिवाय हमारे—यह ख़याल बहुत···बहुत···" एडिटर गुले-सुर्ख ने बात अधूरी छोड़कर आदतन सिगरेट फेंकने के लिए हाथ उठाया।

मेराज अहमद भी आदतन कहना चाहते थे—यार, ऐशट्रे में बुझाओ! क्या आग-वाग लगाने का इरादा है? मगर चुप रहे।

बर्डी छोटेलाल काली पट्टी बाज़ू पर बाँधे दिखाई पड़ीं। साइकिल उसी जगह खड़ी की जो उसके लिए एक तरह से रिज़र्व थी। सुर्ख़ गुलाबों का गुच्छा सँभाले मलबे पर चढ़ीं। काले रिबन से बंधे गुलदस्ते पर उन्होंने एक कार्ड टाइप करके लगाया था—

Mr. & Mrs. Qambar Ali
Rest in Peace

राख के ढेर पर गुलदस्ता रखकर सर झुकाए अटेंशन खड़ी रहीं। रिपोर्टर भी उठे। क़ायदे से दो मिनट की ख़ामोशी के बाद वह सब बैठ गए। बर्डी लाल ने चारों तरफ़ नज़र डालकर अपना सुर्मई स्कार्फ़ बड़ी नफ़ासत से एक शहतीर पर बिछाया और उस पर बैठ गईं। छोटा-सा रूमाल आँखों पर रख लिया। फिर नीची आवाज़ में बोलीं, "लोग मिसेज़ क़ंबर अली को बहुत ज़्यादा पसंद नहीं करते थे, आप सब और उनका डोमेस्टिक स्टाफ़ भी। ख़ुद उनके हसबैंड भी। मगर मैं जानती हूँ वह कितनी गुड-हार्टेड थीं। उनकी कमज़ोरी सिर्फ़ यह थी कि हद से ज़्यादा मुँहफट थीं। उनको बराबर ग़लत समझा गया।"

हम सबको दुनिया से यही शिकायत रहती है कि हमें ग़लत समझा गया—मेराज अहमद ने सोचा। उन्हें याद आ रहा था किस तरह वह क़ंबर अली के कहने पर उस्ताद मोगरे की टोली के बारे में सुन-गुन लेने रक़ाबगंज गए थे। वापस आकर रिपोर्ट दी थी। फ़ोटो-फ़ीचर का इंतिज़ाम किया था। वह राजा रघुवीरप्रसाद सिंह की कोठी पर उस मिस्टीरियस शाम आल्हा-ऊदल सुनने बाहर आ गई थीं और उनसे सियासत पर गुफ़्तगू की थी। वह ज़्यादा क़ाबिल थीं। क़ंबर मियाँ उनसे दफ़्तर का कुछ काम करवा सकते थे। प्रूफ़रीडिंग ही सिखला देते। वह बिज़ी रहतीं और घरेलू दंगे-फसाद और फ़ुज़ूलियत में न पड़तीं।

उन सबकी आँखों में आँसू थे और अपने-अपने ढंग से मिस्टर-मिसेज़ क़ंबर अली के बारे में सोच रहे थे।

चाँदनी पहली बार इतवार के दिन आई थीं और दूसरी और आख़िरी मर्तबा शाम के साढ़े पाँच बजे दफ़्तर बंद होने के बाद यहाँ पहुँची थीं। उनको एडिटोरियल स्टाफ़ में किसी ने न देखा था। कोई उनसे वाक़िफ़ नहीं था; उनका नाम तक न सुना था।

अख़बारों में भी बार-बार मिस्टर व मिसेज क़ंबर अली, मुंशी भवानी शंकर सोख़्ता और 'एक मेहमान ख़ातून' ही छप रहा था।

मुंशी जी की विधवा, भावजें और लड़कियाँ गाँव से आईं। खँडहर में बैठकर दिल दहलानेवाले वैन करती रहीं। तीसरे दिन ख़ानदान के लोग श्मशान घाट जाकर मरनेवाले की हड्डियाँ या 'फूल' चुनते हैं; उन्हें गंगा में बहा दिया जाता है। राख के ढेर में सोख़्ता की एक बेटी को बड़ी-सी जली हुई हड्डी मिली। क्या पता पिताजी की है या क़ंबर भैय्या की !—उसने सोचा। हड्डियाँ सब एक-जैसी होती हैं। उसने दोबारा राख के नीचे दबा दी और हाथ झाड़कर उठी।

रोते-पीटते अलाउद्दीन, रमज़ानी, ईदू, भगवानदीन, फटकू, नत्था—हफ़्तों भैया और बहू साहब, मुंशीजी और मेहमान बिटिया की हड्डियाँ तलाश करते रहे। शहतीरों और ईंटों के टनों ढेर के नीचे दबे पंजर तलाश करना कोई आसान बात थी ?

पोर्टिको में मौजूद कार के तपे हुए ढाँचे के अंदर चिड़ियों ने घोंसले बनाए। बरसाती की छत पर फैली मधुमालती भी जल चुकी थी।

वही जंगल है अब, पर उससे आगे।
चमन था, गुल थे, हम थे, बाग़बाँ था॥
(वाजिद अलीशाह 'अख़्तर')

बहुत जल्द भूत-प्रेत और रूहों के क़िस्से मशहूर हो गए। रेडरोज़ भुतहा कहलाने लगा। उसकी प्राइवेट रोड से राहगीरों ने चलना छोड़ दिया।

पुलिस ने छोलदारी लगाई। क़ीमती चीज़ों की खोज में चोर रात के वक़्त दरियाई जंगल से निकलते। अधजले सर्वेंट क्वार्टर्स के रहनेवाले सहमे हुए लेटे रहते। दूर से गुज़रता कोई राहगीर टॉर्च चमकाते उचक्कों को अगिया भुतहा समझकर चीख़ मारता हुआ भागता। पुलिस ने फटकू पर भी चोरी का शक किया। वह दहाड़ें मार-मारकर रोया और इस ग़म से बुख़ार आ गया। रमज़ानी, ईदू, अलाउद्दीन ने दाढ़ियाँ बढ़ा लीं। दिन-भर अहाते की मस्जिद में बैठ नमाज़ें पढ़ते। नत्था को नमाज़ नहीं आती थी। वह बैठा-बैठा कलमा रटा करता। कुछ मुद्दत तक वह सब किचन-गार्डेन की तरकारियों पर गुज़ारा करते रहे। आम का बौर झुलस चुका था। फाटक के क़रीब शकरगोटी आम के पेड़ों से (जो बिट्टो बेगम ने सर्वेंट क्वार्टर्स के बच्चों के लिए रिज़र्व कर रखा था) कुछ फल आए। सबने रोटी से लगाकर उनसे पेट भरा।

यह ख़बर मिलते ही विकी मियाँ नैनीताल से वापस आ गए थे।

एक शाम तीन कटोरी हाउस की ब्यूक फाटक पर आकर रुकी। काली ऐनक, सोला हैट लगाए, बेंत हाथ में लिये विकी बाहर आए। जूँ की चाल चलते खँडहर तक

पहुँचे। ऊपर चढ़कर चारों तरफ़ देखा, जैसे आख़िरी इनसान मलबे के ढेर पर खड़ा हो।

हाथों का चोंगा बनाकर सर के पीछे डाला और ज़ोर से चिल्लाए—ऊहू··· ! ऊहू···!

जिस तरह लड़कपन में क़ंबर अली, नारायनबख़्श सिंह और रघुबीरप्रसाद सिंह के साथ शिकार पर जाते थे तो जंगल में भटककर एक-दूसरे को पुकारते थे—क़ंबर ! क़ंबर मियाँ··· अरे भाई कहां ग़ायब हो गए अचानक? अजीब बेतुके आदमी हो यार! जो काम किया निराला ! हमारी कादंबरी को भी ले भागे ?

ख़िदमतगार, जो उनके साथ आया था, रमज़ानी से बोला, "भैय्या ठीक हो चले थे। अबके जो यह धक्का लगा उनके दिमाग़ को, फिर-खिसक गए !"

झुक-झुककर बेंत की नोक से कुछ तलाश करने लगे।

रमज़ानी दौड़े आए—"सलाम हुज़ूर ! क्या तलाश रहे हैं ?"

भगवानदीन लपके—"सलाम हुज़ूर !"

"बनमाली··· वृक्षकन्या···"

"क्या हुज़ूर ?"

"चाँदनी।"

"हुज़ूर, चाँदनी का बरवा तो आपै-आप मुर्झा गया··· बहुत जमाना हुआ।"

ईंटों के ढेर से उतरे। ठोकर लगी। नौकर ने फ़ौरन सँभाला। गाड़ी में बैठकर वापस गए।

चालीसवें दिन हादसे के, तीन कटोरी हाउस की लिमोज़ीन फिर आई। सफ़िया सुल्ताना उसमें से उतरीं। सूँ-सूँ करती नूरन उनके साथ थी। वह चाँदनी को याद करके चहको-पहको रोईं। सफ़िया सुल्ताना खड़ी रहीं। मरहूमीन की फ़ातिहा के लिए हाथ उठाए। पायँचे सँभालकर ढेर पर से उतरीं।

खानसामा रमज़ानी की बीवी ज़ैतून को कहरुबा की हौलदिली राख में पड़ी मिली। साफ़ करके खुद पहन ली कि अल्लाह का कलाम खुदा हुआ था।

अब वह सब रोज़गार की तलाश में निकल जाते और मायूस लौटते। रमज़ानी ख़ुशक़िस्मत थे। उन्हें नदी-पार एक इंग्लिश स्टाइल होटल में काम मिल गया। बाक़ी सबको मनहूस समझकर हर दरवाज़े से वापस किया गया। वह सब अपनी पोटलियाँ बाँधकर दूसरे शहरों में चले गए।

सर्वेंट क्वार्टर्स में बंजारों ने पड़ाव डाला।

नदी में बड़ी ज़बरदस्त बाढ़ आई। रेडरोज़ का मलबा बहा ले गई। साथ ही मरने वालों की हड्डियाँ भी नदी में पहुँच गईं। मेंढक के कज़िन पानी से निकले, पानी में वापस गए।

बाढ़ उतरने के बाद मशीनों से शहर के निचले इलाक़ों को सुखाया गया। रेडरोज़ की आग फ़ायर ब्रिगेड ने बुझाई थी, मगर शहर का पानी मशीनों से उलीचा। फिर भी आग और पानी के इंजनों के बावजूद आग और पानी अपना काम कर जाते हैं।

बाग़ के दरख़्त आसपास के देहाती काट-काटकर ले गए। शहतीर और कड़ियाँ उठा लीं। पानी के बहाव के साथ दबी हुई चीज़ें ऊपर आ गई थीं। पत्थर का गुलदान, एक गोशवारा, बर्तन, क़लम, किताबों की ज़िल्दें।

हर साल गोमती की बाढ़ बचा-खुचा मलबा समेट ले जाती। धीरे-धीरे ज़मीन बराबर हो गई—हरी-भरी और उपजाऊ। उस पर रंग-रंग के फूल उग आए। पुराने बीज जो भगवानदीन ने बोए थे, नए बीज जो चिड़ियाँ चोंच में लेकर जाने कहाँ से आई थीं। झाड़-झंखाड़ खूब फली-फूली और झड़बेरी, गुड़हल, रसभरी। झाड़ियों में मुर्ग़ियाँ आ बसीं। बेला, गुलअब्बास के पौधे, चाँदनी के भी पौधे फिर लहलहा उठे।

अंधे कुएँ के चारों ओर भंग दुबारा पैदा हुई। उसके आसपास हिप्पी मँडराने लगे। उन्होंने अधजले क्वार्टरों में डेरे डाले। कुएँ की मुँडेर पर बैठकर भंग घोंटते। गाँजे के दम लगाते। पीपल के नीचे जाकर महादेवजी को प्रणाम करते। तने से टेक लगाकर गिटार बजाते। एक गोरी हिप्पिन भी बच्चे को गोद में उठाए वहाँ आ पहुँची। वह अकेली इस्तांबूल, काबुल, काठमांडू से बहती हुई यहाँ आ निकली थी।

बावली के ऊपर सतह पानी के पौधों से भर गई।

"हमारे जद्दे-अमजद ।" एक हिप्पी ने मुँडेर पर बैठी हिप्पिन को उन पौधों की तरफ़ इशारा करके बताया। वह भीगे पत्थर पर जमी हरी काई पर हाथ फेरता—"हमारी जद्द।"

दूसरा हिप्पी चिलम में कोयला भरकर आँखें अधखुली रखता—"यह कोयला पंद्रह करोड़ बरस पहले फ़र्न का सौ फीट ऊँचा दरख़्त था। इसका दम लगाकर मैं वही फ़र्न बनता हूँ।" फिर वह ज़मीन पर रेंगते कीड़ों से कहता—"हैलो केंचुए! हाय मक्कड़! हैलो बिच्छू! गुड मॉर्निंग छिपकली! पन्द्रह करोड़ बरस पहले हमने तुम्हारा साथ छोड़ दिया तो बड़ी मुसीबतों में फँसे। तुम इतने वफ़ादार कि हमें याद रखते हो। क़ब्र में हमारा साथ देने आ जाते हो। हे···फ्रेंड! देखो, यह पुराना कछुआ नदी से निकलकर तुमसे मिलने आया है। हैलो कज़िन कछुए, तुम्हारा दिमाग़ इतना छोटा-सा रह गया, आराम से हो। हमारा बड़ा हो गया, हम बड़ी आफ़तों में पड़े हैं।" वह हल्क़ा बाँधकर चिलम पीते और कहते—हम ही पहले स्पंज है। हम ही पहली काई हैं।

कंधे पर बाल बिखेरे एहसास से बेख़बर स्पंज के ऐसे चेहरेवाली हिप्पिन अपने मरियल बच्चे को मुँडेर पर बिठालकर कुएँ पर झुकी अपनी शक्ल देखती। उसने जंगली

अंजीर के पत्ते तोड़कर स्कर्ट बनाई थी।

कोई गोरा संन्यासी आलस के साथ बेर कुतरता रहता।

"चलो, अब यहाँ से आगे चलें।" हिप्पिन फ़रमाइश करती है।

"अभी बहुत वक़्त पड़ा है। लाखों-करोड़ों बरस।" वह आराम से जवाब देता।

इन पोस्तियों के बाप मग़रिब के अरबपति व्यापारी थे। हिप्पिन फ्रांस के एक इंटेलेक्चुअल की बेटी थी।

"आओ, इस कुँए में छलाँग लगाएँ। बम भोला!" एक हिप्पी नारा लगाता। उसने हिरन की खाल और गले में शेर के नाखूनों का तावीज़ पहन रखा था। यह हिप्पी काफ़ी अरसा ऋषिकेश के नेचुरल हशीश के जंगलों में रहकर आए थे। घंटों ख़ामोश बैठे रहते। कुछ अर्सा बाद पुलिस ने उनको हंकाल दिया।

अब वह ज़मीन एक तरह की कैंपिंग ग्राउंड बन गई। ख़ानाबदोश आए और गए। कुछ दिनों के लिए औरतों की एक टोली ने ख़ेमा लगाया। सुलोचना की मौत के बाद उसका पाला बेटा मधुबाला उनका चौधरी था। एक बहुत लंबी सफ़ेद बालोंवाली मेम उनके साथ थी। पूछने पर वह अपना नाम "जन्नत से टूटा सितारा सफ़ेदुज़्ज़मानी ग़लीचा बेगम" बताती थी और अपनी टोली का पकाना-रींधना उसके ज़िम्मे था।

अगली बरसात के बाद नत्था धोबी के भाँजे जुम्मा ने वहाँ अरहर की खेती शुरू कर दी। लावारिस ज़मीन थी। सात साल के अंदर कोई दावेदार सामने न आया तो हुकूमत की मिल्कियत हो जाएगी।

एक दिन सुबह गवैयों का एक क़ाफ़िला अहाते में दाख़िल हुआ।

चारों तरफ़ खँडहर देखा। दूर सर्वेंट-क्वार्टर नज़र आया। रिक्शावाला साइकिल से उतरा। टीलों और पगडंडियों पर से हाँफते-हाँफते गुज़रकर मुसाफ़िर को वहाँ पहुँचाया। रिक्शे पर एक बड़े मियाँ और बड़ी बी सवार थे। एक तीखी मूँछों और लंबी जुल्फ़ों वाले जवान पीछे हुड पर टँगे थे। सामान सामने रखा था।

क्वार्टर के बरामदे में एक मरियल कुत्ता बेख़बर सो रहा था; जाग उठा और ज़ोर-ज़ोर से भौंकने लगा कि उसने अपने-आपको वीराने का रखवाला माना था।

चँबेली बेगम रिक्शा से उतरीं। ज़मीन पर धम से बैठकर ऊँची आवाज़ में बैन करने लगीं, "फ़रियाद है मौला, फ़रियाद है मौला!"

"अरी चुप हो जा नेकबख़्त।" उस्ताद मोगरे ने धीरे से कहा।

आँसू पोंछकर चँबेली बेगम ने बेटे गुलाब से कहा, "बाज़ार से बताशे ले आओ।" सरकंडे चुनकर झाड़ू बनाई। बरामदे का फ़र्श खूब अच्छी तरह से झाड़ा। बिस्तर खोलकर दरी बिछाई। गुलाब की वापसी पर मरसिया पढ़ना शुरू किया। इसके

बाद तीनों खड़े हो गए। नौहाख़्वानी[1] की—"बन-बन रोए कागजी, जल-जल रोए माछली ! मोरा श्याम कहाँ छुपायो मोरा हुसैन ?" दरूदो-सलाम फ़ातिहा पढ़ी। फिर बैठ गए। बेटी-दामाद के ईसाले-सवाब की मजलिस[2] कर ली।

"बहुत पुराना नौहा निकाला !" मास्टरजी ने बीड़ी सुलगाई।

"सिकंदर दहाड़न की माँ पढ़ा करती थीं—कंकर के कुएँ वाली। बेला को भी सिखलाया था।" चँबेली बेगम ने छोटी-सी बोरी खोली। सनसनानेवाला स्टोव और बर्तन-भाँडे निकाले। बाज़ार से दाल-चावल मँगवाए। खाना पका। कड़क चाय बनाई गई। वह तीनों दीवार से टेक लगाकर बैठे। फिर सो गए।

जुम्मा धोबी हल-बैल लिये पहुँचा। उन लोगों को हबोड़े समझकर ध्यान नहीं दिया।

गुलाब की आँख खुली तो जुम्मा पर नज़र पड़ी। उठ खड़े हुए। तहमद पर चमड़े की पेटी बाँध रखी थी। उसमें रामपुरी चाकू छिपा था। ऐंड़ते हुए क़रीब पहुँचे। फ़िल्मी गुंडों की तरह पीछे से जाकर कंधा दबोचा। डपटकर पूछा, "ऐ ! यहाँ किसकी इजाज़त से खेती करते हो ?"

"अल्लाह मियाँ की इजाज़त से।" जुम्मा ने हँसकर जवाब दिया—"आप कौन हैं ?"

"इस ज़मीन के मालिक।"

"ज़मीन के मालिक तो अल्लाह मियाँ हैं।" बैल को चाबुक मारकर हल आगे बढ़ाया।

सोमवार का दिन था। पीपल के नीचे देहाती औरतें जमा थीं। वहाँ अब मुंशी सोख़्ता के महादेव जी के चारों तरफ़ दीवार उठाकर छोटा-सा एक मंदिर बनाया जा चुका था।

अस्र[3] की नमाज़ के लिए आसपास के घोसी मस्जिद में आ गए। जुम्मा पगड़ी लपेटे उधर लपके। मोगरा-गुलाब भी सरों पर टोपियाँ लगाकर जा पहुँचे। सफ़ में खड़े होकर नीयत बाँधी। हाथ खुले छोड़ दिए।

एक मुल्लाजी, जो वहाँ इमामत करने लगे थे, नमाज़ के बाद खँखारकर ऐलान करनेवाले अंदाज़ में कहा, "बराए मेहरबानी शिया हज़रात अपनी मस्जिद में तशरीफ़ ले जाएँ।"

घोसियों ने नए आनेवाले बाप-बेटे को ग़ौर से देखा। जुम्मा ने बतलाया, "ई कहत हैं इस कंपाउंड के मालिक हूँ।"

सबने क़हक़हा लगाया। यहाँ पर कुछ हिजड़ों के साथ गाती-बजाती एक दीवानी

---

1. मरे हुओं को याद करना, 2. मरनेवालों को याद करना, 3. नमाज़, जो चार बजे दिन से सूर्यास्त के बीच पढ़ी जाती है।

मेम भी तो आई थी, जो खुद को किसी लॉर्ड की बेटी बतलाती थी; और वह अजीब गोरे हिप्पी⋯भाँत-भाँत के लोग यहाँ पहुँचकर डेरा डालते थे। ये दो पागल और आ पहुँचे! चले जाएँगे। किसी ने इस ख़ानदान की बाज़-पुर्स न की।

चाँदनी रातों में वह तीनों अहाते की ढेरियों पर जा बैठते। मोगरा और चँबेली बेगम चिमटे से मिट्टी खोदते रहते—शायद बेला की कोई निशानी पड़ी मिल जाए! उँगलियों में केंचुए लिपट जाते।

अलहम्दो ने यह मंज़र ख़्वाब में देखा था।

गुलाब कहते, "हमको यक़ीन है बैरिस्टर अज़हर अली ने अपने बाप-दादा का खज़ाना भी यहीं दफ़न कर रखा होगा। कोठी की नींव तक खुदे तब मालूम हो।"

एक रोज़ बोले, "यह साले हमें नमाज़ नहीं पढ़ने देते हालाँकि यह मस्जिद भी हमारी मिल्कियत है।"

"अरे चुप्पे बैठे रहो।" चँबेली ने ठंडी आह से कहा।

"कब तक? नावाँ ख़त्म हो रहा है, खाएँगे कहाँ से? दावा तो करना ही है। लिखा-पढ़ी हो जाए तो यह ज़मीन आधी बेचकर इसकी क़ीमत से हज़ार गज़ कोठी बनाएँगे, बाक़ी रुपये से पिक्चर शुरू करेंगे। जुम्मा कह रहा था इस ज़मीन की क़ीमत अब दस लाख रुपया है।"

दूसरे दिन जुमा था। घोसी जमा हुए। गुलाब बर्राते हुए पहुँचे, क़िबले की मेहराब[1] के नीचे खड़े होकर ऐलान किया, "भाइयो! रेडरोज़ कंपाउंड के क़ानूनी वारिस हम लोग हैं। ये निजी मस्जिद भी हमारी जायदाद में शामिल है। हम तो यहीं इबादत करेंगे। आप अहले-सुन्नत[2] हज़रात अलबत्ता कहीं और जा सकते हैं।"

मुल्लाजी हँस पड़े। घोसी बहुत ख़ुश हुए। गुलाब ने उनको घूरा। जुम्मा ने नरमी से कहा, "जाओ मियाँ! टंटा न खड़ा करो, यहाँ शिया-सुन्नी झगड़ों से देश में आफ़त मची रहत है। जाओ, अपने घर जाओ!"

गुलाब ख़ामोशी से बाहर आ गए। क्वार्टर में आकर बाप से कहा, "अब्बा! वह काग़ज़ निकालिए जो बेला ने भेजा था। अभी सालों का दिमाग़ दुरुस्त करता हूँ। कल ही कोर्ट-फ़ीस पूछकर आता हूँ।"

"कोर्ट-कचहरी की क्या बात है भाई?" जुम्मा भी मस्जिद से आ गए थे। उन्होंने कान खड़े किए।

अब उस्ताद मोगरा ने अपना तआरुफ़[3] कराया।

"अरे बाप रे! तो इतने बरसों से तुम लोग सोते रहे?"

"ख़बर सुनकर हम दोनों खाट से लग गए थे। फिर चलने-फिरने की ताक़त न

---

1. पश्चिम की ओर की मेहराब, 2. मुसलमानों का एक समुदाय, जिसे 'सुन्नी' कहते हैं, 3. परिचय।

रही। अस्पताल और घर···अस्पताल और घर···और उन्हीं दिनों···उन्हीं दिनों गुलाब मियाँ अपने काम के सिलसिले में बाहर चले गए। हमारे पास पैसा नहीं था कि वकील करते।"

"यह क्या काम करते हैं ?"

"बिज़नेस।"

गुलाब बंबई के एक छोटे-से स्मगलर के गुर्गे बन गए थे। इस सिलसिले में छः साल की जेल काटकर अभी बाहर आए थे।

जुम्मा त्यौरी पर बल डालकर बीड़ी फूँकने लगे—अदालत ने ज़मीन इन लोगों को दे दी तो फ्री खेती-बाड़ी भी गई। ख़ैर, अल्लाह को जो मंज़ूर—"जब आप लोग यहाँ कोठी बनवाकर रहिए तो कपड़े हमसे ही धुलवाइएगा। हमारे चचा नत्था ने तो बरसों यहाँ काम किया। अब वह जद्दा चले गए। अब वह धोते हैं अरबों के जुब्बे।"

दूसरे रोज़ परीज़ादा गुलाब ने अपनी बेहतरीन बुश्शर्ट और पतलून डाटकर ज़ुल्फ़ें सँवारीं। मरहूमा बहन का भेजा हुआ बाग़ का हिबानामा[1] प्लास्टिक के थैले में रखा और रौशनुद्दौला की कचहरी रवाना हुए।

"अब्बा! यह तो बहुत लफड़ा है। फाटक पर ही एक लखनौवा छैला टकरा गए—बादशाह जानी। मैं बोला—गुलाम को शहज़ादा जानी कहते हैं। बहुत खुश हुए; कहने लगे—एक वकीलन कर लीजिए। नई-नई प्रेक्टिस शुरू की है। बहुत क़ाबिल हैं। फ़ॉरेन में पढ़कर आई हैं—राजा साहिब तीन कटोरी की नवासी। बड़ी बिटिया ज़रीना सुल्तान की साहिबज़ादी। मैं बोला—बादशाह जानी भाई, क्या है कि औरतज़ात नाक़िसुल-अक़्ल[2] है। यह मर्दों के काम हैं। कोई अच्छा वकील बताइए। मैंने उनको पूरा केस समझाया।

"उन्होंने एक साहब से मिलवाया। वह भी बाँके नौजवान निकले! जूँ ही बादशाह जानी ने रेडरोज़ का नाम लिया, बोले—शेख़ साहिब और उनके माँ-बाप किसे याद नहीं! क़ंबर अली की ज़िंदगी ही में लोगों को उनसे बड़ी हमदर्दी हो गई थी, क्योंकि आमतौर पर यह मशहूर था कि उन्होंने इस ट्रेजडी से एक-डेढ़ साल पहले बंबई की एक मामूली गुमनाम औरत को घर में डाल लिया था। इसी वजह से उन्होंने उसे बहुत छिपाकर रखा था। किसी से मिलवाते ही नहीं थे। बाप-बेटी मास्टर थे, भाई बंबई में दादागिरी करते थे। बड़ी लड़ाका थी। 'अंगार लगे' तकिया कलाम था। किसी बिगड़े दिल ने यह भी कहा कि तीली उसी ने दिखाई होगी, जो सब-कुछ जलकर राख हो गया। उस ख़ानदान का नामोनिशान मिट गया। ग़रज़ यह साहिब, जितने मुँह उतनी

1. किसी सम्पत्ति या घर इत्यादि को किसी के नाम वारिस न हो, लिख देना, 2. मंदबुद्धि।

बातें। ख़ैर, आप फ़रमाइए हम आपकी क्या ख़िदमत कर सकते हैं? जब यह हादसा हुआ हम यूनिवर्सिटी में पढ़ते थे। आज भी जब सोचते हैं, रोंगटे खड़े हो जाते हैं। बद औरत से ख़ुदा बचाए!

"बादशाह जानी झेंपकर बोले—'वकील साहिब! यह बेगम क़ंबर अली मरहूमा के भाई हैं।' वकील साहिबा पसीना-पसीना हो गए। बोले—माफ़ कीजिएगा। हम तो सिर्फ़ सुनी-सुनाई दोहरा रहे थे। अब आपका फ़र्ज़ है कि इन अफ़वाहों की तरदीद[1] कर दें। बादशाह जानी बोले—शेख़ क़ंबर अली ने बीवी के नाम कोठी मेहर में लिख दी थी, फ़्रूट-गार्डन हिबा[2] कर दिया था। आप दोनों चीज़ें अदालत से इनको दिलवा दीजिए। अफ़वाहों की तरदीद ख़ुद-ब-ख़ुद ही हो जाएगी।

"बोले—एक मसला और है। जायदाद के दावेदारों की इत्तिला के लिए क़ानूनी नोटिस अख़बारों में निकले थे, उस वक़्त आप कहाँ थे?"

"अब्बा, मैं क्या बोलता? उस वक़्त बांबे पुलिस ने मुझे तड़ीपार कर रखा था।"

"फिर बोले—अब आप इतने बरसों बाद दिखाई दिए, अब तक कहाँ रहे?"

"क्या बोलता? जेल में रहा? गार्डेन का स्टाम्प-पेपर निकाला। बोले—गिफ़्ट-टैक्स अदा किया गया था? आपकी बहन फ़सल की आमदनी ख़ुद अपने पर्सनल एकाउंट में डालती थीं? मैं बोला—साहब, यह सब मुझे नहीं मालूम। स्टाम्प पेपर देखकर बोले—अरे! इसकी तो रजिस्ट्री ही नहीं हुई! अब निकाहनामा लाइए।

"बादशाह जानी बोले—वकील साहिब! रेडरोज़ में काग़ज़-पत्तर का हरएक पुर्ज़ा राख हो गया । वह बोले—आप शहर क़ाज़ी के दफ़्तर में जाइए। उनके वहाँ ओरिजिनल मौजूद होगा। रजिस्ट्री भी हुई होगी। मालूम कर लीजिए। फिर वही बात पूछी—इतने अरसे आप कहाँ रहे? मैं बोला—क्या है कि पिक्चरों की शूटिंग के सिलसिले में इधर-उधर जाता रहा। टाइम नहीं मिला .

"पिक्चरों का नाम सुनते ही वकील साहिब खिल उठे; बोले—आप ऐक्टर हैं? मैं बोला—असिस्टेंट डायरेक्टर; मगर वकील साहब, आजकल ज़रा कड़की चल रही है। आपकी फ़ीस कितनी है?

"बोले—हम तो कॉलेज के ज़माने में बहुत ड्रामे वग़ैरह करते थे। फिर फ़िल्मों की बात छेड़ी, चाय मँगवाई। रवैया ही बदल गया। बोले—हम बंबई आवें तो साधना और सायराबानो से मिलवा देंगे?

"मैं बोला—वकील साहिब! आप यह जायदाद हमें दिलवा दीजिए तो हम फ़ौरन अपनी पिक्चर शुरू करके आपको उसमें एक धाँसू रोल भी दे देंगे। बिल्कुल जैसे इफ़्तिख़ार और रहमान वकील बनते हैं। अदालत का सीन डाल देंगे।

---

1. खंडन, 2. अनुदान।

"बोले—वकील ही क्यों ? हम तो अपने कॉलेज के नाटकों में हमेशा हीरो बनते थे।—ग़रज़ यह अब्बा कि वकील साहिब से याराना हो गया। हमने बादशाह जानी से भी वादा कर लिया है, उनको पिक्चर में रोल देंगे। यह किसी ग़रीब वसीक़ेदार[1] के बेटे हैं। शक्ल-सूरत से बस अपने मरहूम प्रिंस गुलफ़ाम को छिपाओ, इन्हें निकालो। उम्र ढल गई है, वर्ना इन्हीं को हीरो बना लेते। वकील साहिब बोले—आप अगर फ़ीस नहीं दे पाएँगे तो आपसे शरअ तय कर लेंगे। जायदाद आपको मिल जाय तो उसमें इतना हिस्सा हमारा।"

चँबेली बेगम दरी पर लेटी सो रही थीं। बातों की आवाज़ पर जागीं। करवट बदलकर कुनमुनाईं, कैसे बेहिस बेरहम बाप और भाई थे ! बेटी की जली हुई हड्डियों पर ख़याली पुलाव पका रहे थे। उन्होंने मलगुजी साड़ी का आँचल मुँह पर डालकर आँखें बंद कर लीं।

1. शाही ख़ानदान के व्यक्ति, जिन्हें वजीफ़ा मिलता हो।

कजली बन

उत्तरी हिन्द में फ़िल्मसाज़ी के नए दौर का आगाज़, जिनमें शायक़ीन को आइडियल फ़िल्म कंपनी लखनऊ की आदर्श महिला नजराना , रशीद-दुल्हन और बिस्मिल की आरज़ू की तैयारियों का रंगीन ज़माना और विलोचना, तारा, अख़्तरी बाई फ़ैज़ाबादी और शहनाज़ गुल का रोमांटिक अहद याद है, उनके लिए नई इंदर सभा की ख़ुशख़बरी !

सनूबर पिक्चर्स का पहला शाहकार

गुलज़ारे मुहब्बत

जिसका ऐलान कुछ बरस पहले किया गया था। मगर जो किसी वजह से रुकी हुई थी। नई हिरोइन। जादुई म्यूज़िक।

डायरेक्टर : परीज़ादा गुलाब

प्रोड्यूसर : मास्टर आई० बी० मोगरे

ऑफ़ रेडरोज़ गार्डेन एस्टेट लखनऊ।

मिस्टर टी० ए० शेख़ ने कलकत्ता के उर्दू न्यूज़पेपर की कटिंग जेब से निकालकर दोबारा पढ़ी। वह गोल्फ़ खेलने के बाद टालीगंज क्लब के टीपू सुल्तान बार में वापस आ चुके थे और परेशान थे । यह रोज़ानामा वह सुबह घर से चलते वक़्त साथ लेते आए थे ताकि क्लब पहुँचकर इत्मीनान से क़ानूनी कारवाई के बारे में सोचें। दवार्ज़ का एक टी-प्लांटर शुनील चक्रवर्ती उनके पास आ बैठा।

"आज की सुबह क्या हम हाथियों के साथ ख़ैरियत से हैं ?"

शेख़ ताहिर अली एक ज़माने में 'सरोश' तख़ुल्लुस करते थे, जो अब उनके नाम का हिस्सा बन चुका था। कलकत्ता के उर्दू ग्रुप में शेख़ सरोश फ़ीलफ़रोश[1] कहलाते थे। पहले आसाम में खेदा करवाते थे, अब दवार्ज़ में चाय और टिम्बर का काम फैला रखा है। उनकी बीवी नूरुन्निसा बेगम जलपायगुड़ी के एक ज़मींदार की बेटी थीं। मैके के

1. हाथियों के व्यापारी।

क़रीब की वजह से ज़्यादातर दार्जिलिंग में रहती थीं। ताहिर अली के छोटे भाई मज़हर अली पूर्वी पाकिस्तान जा चुके थे, जहाँ हाथियों और ठेकों का ख़ानदानी काम उन्होंने चटगाँव और सिलहट में जमा लिया था। साल में एक-दो बार भाई से मिलने पश्चिम बंगाल का चक्कर लगा जाते थे और चटगाँव, ढाका की फ़ैशनेबुल सोसायटी में बहुत पसंद किए जाते थे।

शेख़ साहब का एक खूबसूरत बँगला दार्जिलिंग में था, एक बीनागुड़ी में। न्यू अलीपुर कलकत्ता में नई कोठी बनवा रखी थी। कलकत्ता और दार्जिलिंग के मशहूर लोगों में गिने जाते थे। अक्सर रोटरी और लायन्स की तरफ़ से होनेवाले फ़ैशनेबुल मुशायरों की सदारत भी करते थे। ब्राउन सहिबों वाली ज़िन्दगी गुज़ारते थे। हमेशा जंगलों से वास्ता रहा, इसलिए आउटडोर लाइफ़ के शौक़ीन थे। किसी ज़माने में मैसूर के एक महावत शेख़ साबू ने हालीवुड जाकर नाम पैदा किया था। जवानी में शेख़ ताहिर भी हाथियों की वजह से एलिफ़ैंट ब्वॉय पुकारे गए। अब उनकी कमसिन लड़की लैला दार्जिलिंग के स्कूल में एलिफ़ैण्ट गर्ल कहलाती थी।

"वैरी स्ट्रैंज!" उन्होंने अखबार मेज़ पर रखकर ऐनक उतारी—"हम यहाँ कजली बन में बैठे रहे, परवाह न की, और बंबई के किसी जालसाज़ ने हमारे बेचारे कज़िन क़ंबर अली की जायदाद हथिया ली!"

"अरे!"

"अजीब मामला है···हमें ख़बर भी नहीं वहाँ क्या से क्या हो गया!"

"हर जगह क्या से क्या हो रहा है।"

"हमारे एक अज़हर अली चचा थे।" बात शुरू करते-करते शेख़ साहब ने नज़र उठाकर सामने देखा। क्लब के मेम्बर मर्द और औरतें गोल्फ़ के मैदान से वापस आ रहे थे। एक वह लखनऊ गए थे तो अज़हर अली चचा उन्हें अपने साथ दिलकुशा क्लब ले गए थे। वहाँ भी ऐन-मैन किस्म के लोग दिखाई दिए थे। वही मजमा। जब से अब तक कोलोनियल माहौल में कोई फ़र्क़ न आया था—"शेख़ अज़हर अली बैरिस्टर हमारे वालिद के फ़र्स्ट कज़िन। उनके दोनों भाई बँटवारे के फ़ौरन बाद माइग्रेट कर गए। एक अपनी जायदाद बेचकर गये; दूसरे ने सुना था वहाँ पहुँचकर सिंध के सूबे में ज़मीन एलॉट करवा ली। फिर मालूम हुआ बिट्टो चच्ची—अज़हर अली की बेगम—उनके भाई भी पाकिस्तान चले गए। यहाँ हिंदुस्तान में बेचारे क़ंबर अली का कोई सगा रिश्तेदार मौजूद न था।"

"क़ंबर अली कौन?" टी-प्लांटर चक्रवर्ती ने पूछा।

"वही अज़हर चचा के साहबज़ादे। हम उन लोगों से बरसों से नहीं मिले थे···न ख़तो-किताबत। हमारे वालिद बहुत पहले कलकत्ता आ बसे थे। फिर वह जो बड़ी भारी आग लगी···"

"यस, ड्रेडफुल! मैंने भी अख़बार में पढ़ा था।" टी-प्लांटर ने कहा।

"हम तो स्टीमर में जा रहे थे, रेडियो पर सुना। सन्नाटे में आ गए। ताज़ियत[1] का ख़त किसको लिखते? उस ख़बर से ही मालूम हुआ कि बीवी भी जलकर मरी। हमको तो यह भी पता न था कि क़ंबर ने शादी कर ली थी। वह कुछ बोहीमियन-से आदमी थे। रेडियो की ख़बर में बच्चों का कोई ज़िक्र तक नहीं था।"

"मुमकिन वारिसों[2] के लिए अख़बारों में सरकारी नोटिस तो छपा होगा?" टी-प्लांटर चक्रवर्ती ने पूछा।

"यू॰ पी॰ के अख़बार आसाम और बंगाल के जंगलों में कहाँ पहुँचते हैं! अरे भई, अब क़ंबर मरहूम की जली हुई ज़मीन पर सनूबर फ़िल्म कंपनी कैसे बन गई? मास्टर मोगरा और परीज़ादा गुलाब—क्या ख़ूब!"

क्लब से घर पहुँचते ही अपने क़ानूनी सलाहकार को टेलीफ़ोन किया। उस्ताद मोगरे एंड कंपनी और उनके विरासत के दावे के बारे पूरी जानकारी उन्हें कुछ दिन में हो गई लखनऊ से। शेख फ़ील-फ़रोश कलकत्ता से चले। उनके एडवोकेट ने लखनऊ की अदालत में शेख़ क़ंबर अली के यकजद्दी अज़ीज़[3] की हैसियत से सबूत के लिए उनका शजरा[4] पेश किया। लखनऊ के बड़े आदमियों ने इस दावे की सचाई की गवाही दी।

मुक़द्दमा लंबा खिंचा। उस्ताद मोगरा के पेश किए हुए हिबानामा[5] की कोई क़ानूनी हैसियत न थी। क़मर अली बजाय क़ंबर अली, नाम ही ग़लत था। साफ़ ज़ाहिर था कि अपनी जुनूनी और हौलवाली बीवी का दिल रखने के लिए उन्होंने स्टाम्प पेपर बनवाकर जाली दस्तख़त कर दिए थे और स्टाम्प पेपर को रजिस्टर्ड भी नहीं करवाया था। ओरिजिनल निकाहनामा चिनहट के मौलवी साहिब ने शहर काज़ी तक नहीं पहुँचाया था। उसके बाद मौलवी साहब भी रेहलत कर गए। बूढ़े आदमी थे।

निकाहनामे की दो नक़लें जो राजा रघुबीरप्रसाद खुद आकर अलहम्दो को दे गए थे, वह भोलानाथ चोर ने फाड़कर फेंक दी। नानपारा के चायख़ाने में अलहम्दो को होश आया तो हाजी कल्लू खुद उन्हें इमामगंज पहुँचाकर आए। चंद माह बाद वह भी चल बसीं।

निकाहनामा यूँ बरबाद हुआ। अब पक्के गवाहों की तलाश थी।

"क्या है अब्बा, ऐसा लगता है आधे गवाह तो साले लुढ़क गए, बाक़ी ग़ायब- गुल्ला। सालों के पाँव में बिल्ली बँधी है, देश-विदेश घूम रहे हैं।" परीज़ादा गुलाब अपने बाप से कहते। सालभर इस सर्वेंट क्वार्टर में लशटम-पशटम गुज़ारकर यह कुनबा बंबई

1. मृतक के निकटतम संबंधी को ढाढस दिलाने के लिए जो पत्र लिखा जाता है, 2. उत्तराधिकारी, 3. खास रिश्तेदार, 4. वंशावली, 5. मुस्लिम लॉ के अनुसार वह वसीयतनामा जो जायदाद किसी को भेंट की जाती है।

नागपाड़ा की चाल में लौट आया था, लेकिन इस उम्मीद पर कि जायदाद मिल जाएगी, फ़िल्म कंपनी बनेगी, उसमें वह अदाकारी के जौहर दिखाएँगे, वकील साहब बड़ी लगन से मुक़द्दमा लड़े जा रहे थे। बादशाह जानी गवाहों की तलाश में पूरी तरह लगे हुए थे। रेडरोज़ का सारा एडिटोरियल स्टाफ़ कब का तितर-बितर हो चुका था। गाँववाले मौलवी साहब मर गए। रूपा महरी मर गई। काले ख़ाँ, इकराम अहमद, अशफ़ाक़ अली लापता। नौजवान राजा रघुवीरप्रसाद सिंह हार्ट का ऑपरेशन करवाने अमरीका गए; वहीं प्राण तज दिए। बर्डी छोटे लाल भी काफ़ूर हो गई, ख़ानदान के साथ कनाडा जा बसीं। गोरे से शादी कर ली तो नाम भी बदल गया। अब सात समुंदर पार कौन उनको तलाश करे?

आम तौर पर मशहूर यही था कि क़ंबर ने बेला से बाज़ाब्ता शादी नहीं की थी।

तीन कटोरी हाउस वालों ने मुकम्मल ना-जानकारी बताई कि वह नहीं जानते थे, न इस झंझट में पड़ना चाहते थे। मैनेजर कालीचरन रस्तोगी ज़िंदा थे, मगर जिस राज़दाराना हालात में बुर्क़ा ओढ़े रात के बारह बजे बेला होटल तीन कटोरी हाउस नैनीताल पहुँची थीं, क़तई ब्याहता नहीं मालूम होती थीं।

मुक़द्दमा सोलह-सत्रह साल तक चला। मोगरा, चंबेली और गुलाब की हालत बद से बदतर हो गई। बार-बार उनको पेशी के लिए लखनऊ जाना पड़ता। बहार साहिब पैसे-कौड़ी से उनकी मदद करते रहे—हिट सांग-राइटर बन चुके थे और मक़बूल तरन्नुम वाले शायर भी।

"वह गनपती सेठ ने हम लँगड़े हाथियों का खेदा कर डाला। जानी भाई, तुम्हारी अदालतें भी तो कजली बन हैं—जादुई जंगल, आदमी फँसे तो निकल न पाए।" गुलाब ने बादशाह जानी से फ़रियाद की जो उन्हें ख़ुदा हाफ़िज़ कहने गुलाबबाड़ी आए थे।

पुराने रेडरोज़ और हाल की गुलाबबाड़ी परीज़ादे की कार्लटन थी। वह कोर्ट की पेशी के लिए जब भी बंबई से आते, वही सरौते पनवाड़ी के वहाँ ठहरते। बस्तीवालों से वादा कर चुके थे कि केस जीतने के बाद ज़मीन उनसे ख़ाली न कराएँगे (वह कंपाउंड के किनारे-किनारे ही तो आबाद थे) बल्कि अपनी पिक्चर्स में उनको काम भी देंगे और कुछ को रोज़गार दिलवाने बंबई ले जाएँगे। इसलिए परीज़ादा यहाँ ज़्यादा मक़बूल थे।

नौ-उम्र मुल्ला जी से उनकी दोस्ती हो चुकी थी, जिनके वालिद मरहूम से अट्ठारह बरस पहले सुन्नी-शिया के सिलसिले में उनका टंटा हुआ था। वह मुल्लाजी ख़ुद-ब-

ख़ुद इमामत करने लगे थे। पहले मस्जिद में रहे, फिर एक हुजरा[1] बनवा लिया। उनकी देखा-देखी दूधवाले, रिक्शेवाले, मज़दूर, ठेलेवाले भी वहाँ आ बसे।

मुल्ला जी फ़ैज़ाबाद से आए थे। मक़बरा बहू बेगम साहिबा, वालिदा नवाब आसिफ़ुद्दौला वज़ीरे-हिंद का इलाक़ा गुलाबबाड़ी कहलाता था। बस्ती को इसी नाम से पुकारा जाता था। अब तो डाकिया भी गुलाबबाड़ी के पते पर ख़त लाने लगा था। बीच के मैदान में गाएँ चरतीं, बच्चे पतंग उड़ाते, धोबी कपड़े फैलाते। कभी रात को मीलाद शरीफ़ होता, कभी पीपल के नीचे सत्यनारायण की कथा। बहुत-से स्लम्ज़ की तरह यह एक मिली-जुली आबादी की बस्ती थी। गुलाब की माहिम की झोंपड़पट्टी से अलग न थी। वह यहाँ बहुत ऐट होम रहते थे।

बहार साहिब ने पाली हिल पर फ़्लैट ख़रीद लिया था। बीवी मालदार फ़िल्मी लोगों की बीवियों की तरह घर पर किटी पार्टियाँ करतीं। बच्चे पंचगनी में पढ़ते। बहार साहिब फ़िल्म-प्रीमियर के मौक़ों पर चमकीले सूट पहनते। उनकी सालगिरह मनाई जाती थी जिसके बारे उर्दू फ़िल्मी रिसालों में उनका ख़त छपता था—"लाखों परवानों की दुआओं का शुक्रिया!" इस मरतबा जन्मदिन घर पर ही चंद दोस्तों की मौजूदगी में सादगी से मनाया।"

बहार साहिब फ़ुर्सत के वक़्त अपने पुराने बदनसीब दोस्तों के काम आने की कोशिश करते। गुलाब बदनाम और अनपढ़ थे और जेल काट चुके थे, वर्ना बहार साहिब उनको अपने स्टाफ़ में शामिल कर लेते। ख़ुद बहार साहिब गवाह के तौर पर पेश किए जा सकते थे, क्योंकि जिस रात क़ंबर अली ने बेला से राजा रघुवीरप्रसाद सिंह के गार्डेन हाउस में चोरी-छिपे निकाह किया था, नीचे इंदर सभा की नौटंकीवालों के साथ बहार साहिब भी मौजूद थे। मगर उस वक़्त उनको भी मालूम न था कि ऊपरी मंज़िल पर बेला शादी रचा रही हैं। वह बड़े दीनदार आदमी थे; झूठी क़समें नहीं खा सकते थे। अब सिर्फ़ एक शख़्स रह गया था चकोतरा गढ़वाली, जो उस शाम किसी बहाने रूपा महरी के पीछे-पीछे ऊपर चला गया था। उसने वहाँ निकाह होते अपनी आँखों से देखा या नहीं, इसका उसने कभी ज़िक्र नहीं किया, क्योंकि वह दूसरे दिन ही अपने घरवालों से मुलाक़ात के लिए गढ़वाल चला गया था। डेढ़ साल बाद आग लगने की ख़बर सुनकर वह बेला के बाप-माँ के पास ताज़ियत के लिए नागपाड़ा आया। दीवार के सहारे चुपचाप बैठा रहा, फिर उठकर दोनों के पाँव छुए थे और नमस्कार करके नीचे उतर गया था। तब से वह भी लापता था।

---

1. मस्जिद या सूफ़ियों की ख़ानक़ाह की विशेष कोठरी।

माउंटेन गॉड

हज़रत बहार फूलपुरी, जो ज़्यादातर फ़ॉरेन मुशायरा सर्किट पर रहते थे, इस बार क़रीब डेढ़ साल बाद वतन लौटे। बंबई पहुँचने के दूसरे रोज़ ही उस्ताद मोगरे से मिलने नागपाड़ा चले गए। कार चाल के नीचे रोकी। बेचैन और ख़ुश, और मास्टर जी को एक ख़ुशख़बरी सुनाने के लिए बेताब! पहले उन्होंने उस्ताद को मुग़ल के होटल में झाँका। लद्धड़ ईरानी का बेटा अब काउंटर पर बैठा था। दीवार पर शहंशाह मुहम्मद रज़ाशाह पहलवी आरया महर की पोर्ट्रेट की जगह अब बहुत दिनों से आयतुल्लाह रूहुल्लाह खुमैनी की रंगीन तस्वीर लगी थी। यहूदी कब के ग़ायब हो चुके थे। मुहल्ला उसी तरह आबाद और बा-रौनक़ था। बहार साहिब चाल के दरवाज़े पर पहुँचे जो अब इतनी ख़स्ता हो गई थी कि लगता था अगली बरसात में बैठ जाएगी। बहार साहिब पहले मोगरा-ख़ानदान से मिलने बस और लोकल ट्रेन से आते थे; अब रोज़ नई कारों पर। उन्होंने भी उस्ताद मोगरा की तरह बहुत पापड़ बेले, तब जाकर कामयाबी मिली। अपनी लाइन यानि म्यूज़िक में उस्ताद स्पेशलिस्ट थे। मगर लगातार कोशिशों के बाद भी पेटी-मास्टर ही रहे। उनको हन्ना यहूदन भी याद आई थीं, जो इसी चाल के बरामदे में बैठी सूउलहज़, सूउलहज़ रटा करती थीं। बैडलक। ज़िंदगी में किसी का बैटलक है किसी का गुडलक—बंबई में एक लतीफ़ा मशहूर था। फटे-हाल पारसी चौपाटी पर समुंदर में नारियल और फूल बहाकर खुदा से फ़रयाद करते हैं— परवरदिगार! तूने टाटा को इतना दिया, मुझे कुछ नहीं। हन्ना बाई भी अल्लाह मियाँ को सर-डेविड सूसन का हवाला दिया करती थीं।

लेकिन मोगरा की लड़की तो इतने अमीर आदमी की बेगम बन गई थी, फिर क्या हुआ? डैम बैडलक!

बहार पुराने ज़ीने की सीढ़ियाँ चढ़ते पाँचवें माले पर पहुँचे। लंबे बरामदे में कचर-पचर बच्चे खेल रहे थे। अलगनियों पर कपड़े टँगे थे। औरतें चावल बीन रही थीं। लता की बारीक सूई जैसी आवाज़ पूरे माहौल पर छाई हुई थी। कनस्तरों-और डालडा के टीनों में फूल-पौधे लहलहा रहे थे। नीचे अंधी बावली में पड़ा-कूड़ा एक टीले

की सूरत अख़्तियार कर चुका था।

बहार फूलपुरी मोगरा की खोली पर पहुँचे। प्याज़ी रंग के लंबे फ्रॉक और जार्जट के दुपट्टे में एक गोरी-चिट्टी कच्छी मेमन औरत बाहर आई। अंदर फ्रिज रखा था, टेलीविज़न सेट पर फूलदार लिनोलियम बिछा था।

"मोगरा भाई ?···माहिम गया। साल-भर पीछे।"

"आपने उनको पगड़ी देकर यह कमरा लिया ?"

"पगड़ी तो ! समझे ?"

"समझे" बंबई के मुहावरे में एक ख़ास माने अपने अंदर रखता है।

"बोलो भाई, क्या बात है ?" सेठ आया, "ओहो ! बहार साहिब, अस्सलाम अलैकुम !"

मशहूर आदमी थे। बराबर टेलीविज़न पर आया करते थे। सब उनको पहचानते थे।

"हाँ, हमने बरोबर उनको पगड़ी दिया है। वह उनका मुलुक में केस चालू है—उसमें लग गया। बाक़ी उनका मवाली छोकरा उड़ा दिया। उन्होंने माहिम में एक झुग्गी ख़रीदा। गुलाब भाई इधर आया था, बोला—वह झुग्गी भी बेचकर लगा दिया। अब उस्ताद ने महालक्ष्मी के फुटपाथ पर अपना बिजनेस जमाया है। अच्छा माफ़ करना बहार साहिब, मेरे को दुकान पर जाना है। सलाम अलैकुम !"

बहार साहिब महालक्ष्मी पहुँचे। रेसकोर्स के फाटक पर मोगरा नीम-तले बैठे थे। पीछे लोहे के जँगले में हस्तरेखाओं के स्केचेज़ रखे थे। सामने दरी पर कुछ लाल एक पिंजरे में क़ैद थे। मुक़द्दर बतानेवाले कार्ड उनके सामने पड़े थे। एक ग़रीब आदमी उकड़ूँ बैठकर उस्ताद से अपनी क़िस्मत का हाल मालूम कर रहा था।

बहार साहिब की आँखें भर आईं। मोगरा ने उनको देखा; इत्मीनान से बोले, "जीते रहो मियाँ ! कहाँ ग़ायब थे ?" वह बहुत बूढ़े हो चुके थे। बिल्कुल सड़ा फूस।

"अगर रेस खोलते हों तो हमारे पास न आना, क्योंकि हम घोड़ों के नंबर भी बतलाते हैं।"

उस्ताद नख़्ख़ास के भाँड थे। इस बुरी हालत में भी हँसी-मज़ाक से बाज़ न आए।

"चंबेली ख़ाला कहाँ है ? और गुलाब ?"

"चंबेली पड़ोस में बिज़नेस कर रही हैं।"

"कहाँ ?"

"हाजी अली की दरगाह। कबाब-पराठे का खुंचा। गुलाब अपनी घपलेबाज़ियों के धंधों में जुटे हैं। ख़र्चे-पानी के लिए हम ही से पैसे ले जाते हैं और कभी-कभार ही आते हैं। मगर मुक़द्दमे की पेशी के लिए लखनऊ पाबंदी से जा रहे हैं। वैसे अब तो हमें

जीतने की उम्मीद बहुत कम है।"

"उस्ताद! हम आपके लिए एक ख़ुशख़बरी लाए हैं। इस केस का अकेला गवाह जो मिल सकता था, मगर पचीस साल से छुपा हुआ था, वह मिल गया!"

"कौन? चकोतरा गढ़वाली?"

"जनाबेआली! दरअस्ल, हमें ओस्लो के मुशायरे में एक शायर बांद्रा के मिले। उन्होंने ज़िक्र किया कि आपके मुक़द्दमे का अभी फ़ैसला नहीं हुआ और आप हद से ज़्यादा परेशान हैं!"

"और मेरे भाई, यह ओस्लो कहाँ है?"

"नार्वे।"

"नूह नारवी[1] का वतन?"

बहार साहिब ज़ोर से हँसे—"एक मरतबा फूलपुर में एक साहिब ने नूह नारवी का नाम सुनकर पूछा था कि ओहो, अब नार्वे में भी उर्दू शायरी होने लगी? तो यह क़ुदरत का खेल देखिए कि वाक़ई नार्वे में उर्दू शायरी होने लगी। तो मास्टर जी, ऐसा हुआ कि हमें ओस्लो से सीधे टोरंटो जाना पड़ा। कनाडा और अमरीका जैसे पच्चीस शहरों में मुशायरे थे, शरीक होना ज़रूरी था वर्ना बहुत पहले आ जाते। फिर लॉस एंजिल्स गए।"

"बैठो बहार मियाँ!" मोगरा ने बात काटी। ओस्लो, टोरंटो, लांस एंजिल्स यह सारे नाम उनके लिए अजनबी थे। बहार साहिब इस तरह उनका ज़िक्र कर रहे थे जैसे सिरसी, संभल, सफ़ीपुर, लहरपुर। उनका हाथ देखकर एक बार फ़िल्म स्टुडियो के बरगद-तले कहा था—"बहार मियाँ, पैसा बहुत मिलेगा, मगर समुंदर पार का सफ़र तो भई तुम्हारे नसीब में ही नहीं।'

"ख़ैर, क़िस्मत की लकीरें बदलती रहती हैं। हमारी लकीरें भी शायद बदल रही हैं कि चकोतरा गढ़वाली पक्के गवाह के तौर पर मिल गए।" उस्ताद ने अपने हाथ की मुट्ठी भींची।

बहार साहिब वहाँ फ़ुटपाथ पर कहाँ बैठते! कहने लगे, "आइए, किसी होटल में चलकर चाय पीएँ।"

मोगरा ने क़िस्मत बतानेवाली चिड़िया का पिंजरा पेड़ की डाल पर लटकाया। जादुई कार्ड सन्दूक़चे में बंद करके क़रीब बैठे मोची को आवाज़ दी कि सामान पर नज़र रखे।

बहार साहिब नारीमन प्वाइंट पर शेर्टन के सामने जाकर रुके।

"यह फ़क़ीर का हुलिया देखो! दरबान हमें अंदर जाने देंगे?"

"हमारे मेहमान को मजाल है कोई रोके!"

"आधे घंटे के लिए हम अपनी औक़ात क्यों भूलें? ईरानी के होटल चलो!"

---

1. उर्दू के शायर जो 'नारा' ज़िला इलाहाबाद, उ० प्र० के निवासी थे।

बहार साहिब अपनी प्रेज़ेंट इंटरनेशनल फ़ेम के हिसाब से मामूली चायख़ाने में न जा सकते थे। समुंदरी किनारा चुना। दोनों मैरिन ड्राइव के किनारे एक बेंच पर जा बैठे। लाल अंगारा सूरज नीले पानी में उतरने वाला था। ठंडी हवा चल रही थी।

मोगरा ने इस सुहावने वक़्त के लिए ख़ुदा का शुक्र अदा किया। भेल-पूरीवाला सामने से गुज़रा।

इजाज़त-तलब नज़रों से बहार साहिब को देखा—"इंटरनेशनल हैसियत को सामने रखते हुए मिस्टर फूलपुरी भेलपूरी खा सकते हैं?" खँखारकर दरयाफ़्त किया।

बहार साहिब शर्मिंदा हुए। खुंचेवाले को पुकारा; फिर कहा "उस्ताद, ऐसा है कि हम लांस एंजिल्स हिल्टन में मुशायरा पढ़ रहे थे। इधर हमने हिंदुस्तानियों-पाकिस्तानियों की भीड़ लगा रखी थी, उधर बराबर के हॉल में एक साधुजी ने गोरों की भीड़ इकट्ठा कर ली थी। हमने उनकी झलक देखी। चकोतरा गढ़वाली-से मालूम हुए। उन तक पहुँचना मुश्किल था। दरवाज़े पर उनके बॉडीगार्ड खड़े थे। हमको अपनी ग़ज़ल पढ़ने के बाद फ़ौरन ही एयरपोर्ट भागना था, वर्ना फ़िलाडेल्फ़िया की फ़्लाइट मिस हो जाती···

"अच्छा ख़ैर, बहरहाल तो हमने वहीं पर फ़ौरन स्वामी के बारे में पता लगाया—माउंटेन-गॉड कहलाते हैं, बहुत नेकनाम आदमी हैं, मगर सदा मौन व्रत रखे हुए हैं। लिखकर बातचीत करते हैं—वह भी कभी-कभी। उस वक़्त भी वह जो कुछ लिखकर देते थे, उनकी गोरी सेक्रेटरी गोरे भक्तों को सुना देती थी। हम मुशायरे से भागकर उनके सेक्रेटेरिएट में पहुँचे और कहा—हम उनके पुराने भक्त हैं, इंडिया में हम दोनों बरसों एक-साथ तप करते थे, दस रोज़ बाद बंबई वापस जा रहे हैं, इस वक़्त उनके दर्शन चाहते हैं। एक सेक्रेटरी ने कंप्यूटर देखकर वक़्त दिया—"दो हफ़्ते बाद—बम्बई, तारीख—बम्बई रहने का पता। हम परसों अमरीका से वापस आए। आज आपको तलाश किया। अब माउंटेन गॉड से मुलाकात के बाद आपको बतलाएँगे या आप भी साथ चले चलिए।"

"नहीं, तुम ही पहले हो आओ। तेल देखो, तेल की धार देखो!"

"उस्ताद, हम तो उसी तेल की धार पर बहते-बहते सारी दुनिया घूम रहे हैं!"

एक पारसी-पारसिन अपना कुत्ता ज़ंजीर से हिलगाए सामने से गुज़रे। चंद क़दम के फ़ासले पर शेर्टन में किसी हिंदी पिक्चर के प्रीमियर के सिलसिले में पार्टी हो रही थी।

"सनूबर फ़िल्म कंप्नी।" मोगरा ने सर्द आह भरी।

बहार साहिब ने भेलपूरी का पत्ता बेंच के नीचे डालते हुए कहा, "कराची जिमखाना के मुशायरे में एक शे'र हमने सुना—

एक ही दास्ताने-शब, एक ही सिलसिला तो है।
एक दिया जला हुआ, एक दिया बुझा हुआ॥

"यह सिलसिला तो चलता ही रहेगा। ओस्लो में एक रोज़ तफ़रीह के लिए एक पहाड़ी ट्रेन में सवार हुए। टहलते हुए इंजन तक चले गए। ड्राइवर पाकिस्तान से आया हुआ था, सियालकोट का। ट्रेन सनूबरों में से निकालकर चोटी की तरफ़ लिये जा रही थी, चुपचाप उदास। हम आकर अपनी सीट पर बैठ गए। डिब्बा ख़ाली था। ट्रेन हरी-भरी पहाड़ियों पर से गुज़र रही थी तो अचानक हमें वह बरखा रुत और वह रेलगाड़ी याद आई, जिसमें आप लोगों से पहली बार मिले थे। हम इलाहाबाद से चले थे, आप लखनऊ से। नार्वे की उस सुनसान अजनबी पड़ाड़ी पर उस सियालकोटी ड्राइवर को देखकर हमें ख़याल आया कि पेट की ख़ातिर इनसान कहाँ-कहाँ जा पहुँचा! हम-आप तो सिर्फ़ फूलपुर और नख्ख़ास से ही बंबई गए थे; और हम भूखे थे, चँबेली ख़ाला ने हमें कबाब खिलाया, पराठे···अरे उस्ताद!" बहार साहब ने चुटकी बजाई, "यह मुक़द्दमा तो आप अब इंशाअल्लाह जीता ही समझिए। लांस एंजिल्स में हम आपके लिए एक रेस्तराँ खुलवा देंगे। चँबेली ख़ाला के कबाब-पराठे। नई दुनिया में पकवान के नए दौर की शुरुआत! यक़ीन जानिए जिस तरह आजकल लंदन का अंग्रेज़ तबीयत से समोसे-टिक्के खा रहा है, अमरीका में भी घर-घर कबाब-पराठे का चलन आम हो जाएगा और नॉर्थ अमरीका में अल्लाह के करम से हमारे अनगिनत उर्दूदाँ क़द्रदान जैसे जजमान माशा अल्लाह से जो बहुत खुशहाल भी हैं, उनमें से कोई एक आपका बिज़नेस का पार्टनर बन जाएगा और आज से दो साल बाद इंशाअल्लाह आप इसी महीने, तारीख़ और वक़्त प्रशांत महासागर पर बैठे होंगे। हमारे पीछे इस ओबेराय शेर्टन की तरह आपका मोगराए बेल्टन जगमगाता होगा और इसका रेस्तराँ—

AUNT JASMINE'S COTTAGE KABAB

हँसिए नहीं! कोई अजूबा बात नहीं। यह जो एशियन आजकल टाइकून वेस्ट में दनदना रहे हैं, उनमें से दो के बारे में तो हम जानते हैं। एक की माँ पार्टीशन से पहले पुरानी दिल्ली में घर-घर में जाकर सिलाई करती थीं और दूसरे के बाप मामूली सरकारी नौकर थे।" वह जोश में आकर उठ गए और चीनी ओपेरा के क़ासिद की तरह ऐलान किया, "अब मैं कल सुबह सागर पर्वत पर बने समुंदर महल को जाता हूँ और कैलाशपति की आकाशवाणी आपके लिए लाता हूँ।"

"उस्ताद! आपको शायद याद हो—गुल अब्बास मरहूमा की ताज़ियत के लिए चकोतरा नागपाड़ा आए थे। कुछ रोज़ बाद जमालिस्तान स्टुडियो में मिले। कहने लगे हम बद्रीनाथ यात्रा के लिए जा रहे हैं। हमने कहा अभी तो आप गढ़वाल से लौटे हैं, फिर वहीं चले? तो वहाँ पहुँचकर उस फ़रज़ंदे-कोहिस्तान ने अपनी खुदी[1] पहचानी और

1. पर्वत-पुत्र ने अपनी महिमा पहचानी। यह पंक्ति प्रसिद्ध शायर इक़बाल की लिखी है—"तू भी ए फ़र्जन्द कोहिस्तान अपनी खुदी पहचान।"

दुनिया त्याग दी। शेर की खाल ओढ़े, जटाओं का जूड़ा बनाए, रुद्राक्ष की माला पहने बद्रीनाथ की एक चट्टान पर बैठे थे कि गोरे बैरागियों की टोली का उधर से गुज़र हुआ। उनको शिव-अवतार समझा। अपने साथ बाहर ले गए। तब से वहीं पर हैं। माउंटेन गॉड कहलाते हैं। बंबई से चकोतरा गढ़वाली गए थे। उत्तराखंड से गॉड बनकर लौटे। बाहर उनके बारे में अंग्रेज़ी, फ्रेंच, जर्मन, वग़ैरह में किताबें छप चुकी हैं।

"यहाँ नैंसी रोड पर एक बढ़िया फ़्लैट में रहते हैं। जब हम पहुँचे, ज़ाफ़रानी साड़ी पहने एक गोरी औरत रिसेप्शन-डेस्क पर तैनात बैठी थी। सामने उसके नाम का कार्ड रखा था—माँ अंबावती। उसको गुड मॉर्निंग कहा। वह बोली—माँ पार्वती से बात कीजिए। मैंने चारों तरफ़ देखा। माँ पार्वती लंबी-चौड़ी थीं। नोर्वेजियन या जर्मन मालूम होती थी। गैलरी में टेलीफ़ोन की मेज़ के पास बिराजमान! He's Come Down The Mountain किताब को पढ़ रही थीं। मियाँ चकोतरा जी के मुताबिक़ इसकी लाखों कापियाँ वेस्ट में बिक चुकी हैं।"

"बहार साहिब, ज़रा क़िस्सा मुख़्तसर नहीं कर सकते?" उस्ताद ने बेसब्री से बात काटी।

बहार साहिब शायद चाहते थे कि अस्ल बात जिस क़दर मुमकिन हो, दर से बताएँ और इसी दौरान में बूढ़े पेटी-मास्टर को साइकोलॉजिकली तैयार कर लें। सिगरेट का कश लेकर उन्होंने कहना शुरू किया, "तो उस्ताद, उस पार्वती ने हमें झुँझला दिया। वह सीग़ा वाहिद मुतकल्लिम[1] के बजाय 'दिस बॉडी' कहती थी, यानि यह शरीर—यह काया। मालूम हुआ खुदावन्दे-कोहिस्तान भी चुप साधने से पहले अपने-आपको 'मैं' के बजाय 'दिस बॉडी' कहते थे। हमने उस चेली से पूछा—गॉड के दर्शन हो सकते हैं? बोली—'This body doesn't know.' हमने कहा—मैडम, हमारा अपॉइंटमेंट लॉस एंजिल्स में हो चुका है। बोली—'ठीक है, इस वक़्त साढ़े दस बजा है, आपका वक़्त ग्यारह बजे का है। इसी बीच आपका हार्टफ़ेल हो जाए, भूचाल आ सकता है, या खुद माउंटेन गॉड अपना शरीर तज सकते हैं, किसी को क्या मालूम!'

"गुस्सा तो बहुत आया, फिर सोचा—हम यहाँ बेला की शादी के सिलसिले में चकोतरा की गवाही हासिल करने आए हैं। खुद बेला और उनके शौहर को महज़ चंद सेकेंड पहले क्या यह मालूम था कि इतनी भयानक आग लगने वाली है और दोनों जलकर ख़ाक हो जाएँगे? माफ़ करना उस्ताद!"

"कोई बात नहीं। कहे जाओ।"

"हमने उस चेली से अर्ज़ की—आपके दिमाग़ को भले ही मालूम नहीं, लेकिन आपका हाथ इंटरकॉम पर महात्मा जी के कमरे से कांटेक्ट कर सकता है।

"कहने लगी—हाथ भी मेरा नहीं है, सिर्फ़ वहम है।

---

1. एकवचन-वक्ता।

"हमने सोचा एक तो वह बोलते नहीं, लिखकर जवाब देते हैं, अगर चकोतरा भी इसी तरह बात करे तो मिलना बेकार!

"उसी वक़्त एक अख़बारनवीस आ पहुँचा। बड़ा चकराया; पूछा—बहार साहिब! आप भी इस चक्कर में?

"चूँकि चकोतरा जी इंटरव्यू नहीं देते, सिर्फ़ उनके स्टाफ़ के गोरे-गोरियाँ प्रेस से बात करते हैं, सो अपॉइंटमेंट के मुताबिक़ अख़बारनवीस ने माँ पार्वती का इंटरव्यू शुरू किया; पूछा—आप कहाँ की रहनेवाली हैं?

"बोली—लामकाँ[1] की।

"इतने में घंटी बजी। एक धोतीपोश गोरा बाहर आया और हमें इशारा किया।

"हम अंदर गए। चकोतरा जी मृगछाला पर बैठे थे। पीछे दीवार पर शिवजी की बड़ी तस्वीर लगा रखी थी। एक गोरी सेक्रेट्री कुछ दूरी पर बैठी थी। हमने नोटिस किया कि वेस्ट में पूजे जाने वाले दूसरे हिंदुस्तानी स्वामियों के बरअक्स यह बहुत ही सादगी से रहते थे। हमने कहा—हम आपके पुराने दोस्त हैं और आपसे बिल्कुल तन्हाई में बात करना चाहते हैं। मेहरबानी होगी अगर अपनी स्लेट पर हिंदी में खुद ही लिखकर जवाब दें। इस देवी को ज़हमत न दें।

"गॉड बड़ी मुहब्बत से मुस्कराए। सुनहरी कन्या को बाहर जाने का इशारा किया। वह चली गई। मैंने कहा—भगवान साहिब! जब आप अँधेरी रेलवे स्टेशन पर बाँसुरी बजाकर गुब्बारे बेचा करते थे, मास्टर मोगरा ने आपकी कॉमेडी के फ़न को देखकर आपको अपने जत्थे में शामिल किया था। आप मनोहर बंसीवाला कहलाते थे। चकोतरा गढ़वाली आपका फ़िल्मी नाम इस ख़ाकसार ने ही रखा था। सर हिलाकर कहिए हाँ।

"उन्होंने हाँ के तौर पर सर निहोड़ा। मैंने कहा—अब ख़ुदा ने आपको गॉड बना दिया तो अपने पुराने साथियों की सहायता कीजिए। पूरा क़िस्सा शुरू से आख़िर तक इस मुक़द्दमे का सुनाया। जवाब में उन्होंने स्लेट पर लिखा—उस भयंकर आग की ख़बर ही ने दुनिया से हमारा दिल अचानक उठा दिया था। तुरंत हमने बद्रीनाथ जी पहुँचकर संन्यास ले लिया। अब हम भव-सागर की हर ऊँची-नीची लहर से परे हैं।

"मैंने कहा—फ़ौल-फ़रोश ने दावा किया है कि बेला की शादी क़ंबर अली से हुई ही नहीं थी। आप उस संजोग के वाहिद गवाह हैं क्योंकि आप एक इंटरनेशनल शख़्सियत हैं और बेरूत के भगवानों में से हैं, आपकी गवाही सच मानी जाएगी। हमको भी अल्लाह के फ़ज़्ल से चार आदमी जान गए हैं लेकिन महज़ बुलबुले-शे'रिस्तान[2] और सुर-रंग कवि कहलाते हैं। आप माशाअल्लाह गॉड बन चुके हैं। यूँ हम किसी को बतलाएँगे नहीं कि आप पहले चकोतरा गढ़वाली के नाम से सी-क्लास फ़िल्मों में जोकर

1. शून्य, 2. बुलबुल जो शे'र गाता हो अर्थात् मुशायरों में अच्छी लय से पढ़नेवाला शायर।

बनते थे।

"उन्होंने स्लेट पर लिखा—बतला दें तो क्या हर्ज है! वाल्मीकि जी भी तो पहले डाकू थे!

"हमने जवाब दिया—चकोतरा भाई! उस ज़मीन की क़ीमत इस वक़्त पचासी लाख है। बहुत जल्द एक करोड़ से ऊपर निकलने वाली है। सिर्फ़ आपकी गवाही से मास्टर केस जीत जाएँगे।

"उन्होंने लिखा—इस मुक़द्दमे में दम नहीं है। इसका ख़याल छोड़ दीजिए। संसार की किसी चीज़ में कोई दम नहीं। मोह-माया के जाल से निकलिए। बेला बहन के खौफ़नाक हादसे ने हमें जोगी बना दिया और पिछले दिनों—दस बरसों से तो हम मौन व्रत ही रखे हुए हैं। मास्टर जी का अस्ल एहसान हम पर यह है कि उनकी बेटी की मौत ने हमें राहे-ख़ुदा दिखाई। ओम शांति···शांति···शांति!

"स्लेट हमारी तरफ़ खिसका दी। हम भी अपनी ज़िद पर अड़े रहे; बोले—गुरु महाराज! आप कम-से-कम अदालत में यह बयान तो दे सकते हैं कि निकाह आपका चश्मदीद वाक़िया है, क्योंकि आप ही मंडली के वह अकेले इनसान हैं, जो चुपके से ऊपर चले गए थे। हम लोग तो बरसाती में बैठे आल्हा-ऊदल सुन रहे थे। आपको हमने ख़ुद ज़ीना चढ़ते देखा था।

"उन्होंने अपनी जटाओं को हरकत दी और लिखा—हमें एक-एक बात याद है। हमारी सनूबर कंपनी को राजा रघुवीरप्रसाद सिंह ने इंदर-सभा[1] का एक सीन पेश करने के लिए अपने गार्डेन हाउस में बुलाया था। थोड़ा-सा आल्हा सुनने के बाद कोठी का मिस्टीरियस माहौल देखकर कुछ शक हो चला था कि मियाँ अमानत के पर्दे में यहाँ कोई और खेल हो रहा है। सो जब बेला देर तक न लौटीं तो सुनगुन लेने के लिए हम चुपके से ऊपर पहुँचे। तुरंत ही एक कमरे में बेला और क़ंबर दिखलाई पड़े। वह 'बाग़ कोठी, बाग़ कोठी' रट रही थीं—'मेरे नाम लिख दो—मेरे नाम लिख दो'। हम चकराए, यह तो ज़र-ज़मीन-ज़न का लफ़ड़ा है। भागो यहाँ से! उल्टे पाँव नीचे लौट आए। इसलिए सुर-रंग कवि बहार जी! हमने निकाह होते अपनी आँखों से नहीं देखा। हम साधु हैं। सत्यवादी। हक़परस्त। हम झूठी गवाही कैसे दें? गीता पर हाथ रखकर झूठी क़सम कैसे खाएँ? ओम नमः शिवाय।"

1. यह नाटक का नाम है और लेखक अमानत लखनवी थे।

शीरीं कासल

'परवेज़ एंड फ़रहाद आर्किटेक्ट्स एंड बिल्डर्स' के सीनियर पार्टनर परवेज़ मिर्ज़ा उर्फ़ पिंकी मियाँ अपने जूनियर पार्टनर फ़रहाद ढोंढी उर्फ़ फ़ल्ली के पुराने दोमंज़िला शीरीं कासल के ड्राइंगरूम के क़ालीन पर एक नक़्शा फैलाए बैठे थे और सोच रहे थे कि प्रपोज़्ड 'हाई राइज़' इमारत रोज़ हाउस में गुलाब का मोतिफ़ किस अंदाज़ में शामिल करें? नेचर से इंसपिरेशन लेने के लिए उन्होंने खुले दरवाज़े के बाहर नज़र दौड़ाई तो सिर्फ़ 'कुत्ता परी' की मुन्नी-सी क़ब्र ही दिखाई पड़ी। उस पर एक बदतमीज़ व बेतहज़ीब कौआ आकर बैठा था और फ्रेंच फ़्यूडल फ़ीफ़ी की कब्र पर बना परदार और संगमरमर का स्टैचू दुरंटे की झाड़ी में छुप गया था।

फ़ीफ़ी उन फ्रांसीसियों की यादगार थी जो ग़दर से पहले यहाँ रहते थे। मुर्गबाज़ी के शौक़ीन हो चुके थे लेकिन अपने वतन की चाहत में अपनी कोठी का नाम शातो मारगो रखा था। लखनऊ के लोगों ने शातो मारगो के बजाय छत्ता फिरंगी कर दिया था और फ़ीफ़ी का परदार स्टैचू 'कुत्ता परी' कहलाने लगा था।

अंग्रेज़ी राज होते ही 'कुत्ता परी' वाली कोठी में पारसी आ बसे, जो चलते-फिरते शाहनामा फ़िरदौसी[1] थे—नरीमान, ज़ाल, नौशेरवाँ, रुस्तम। ये ईमानदार और होशियार शराब के सौदागर फ्रेंच-स्टाइल शात मारगो पर फ़ख्र करते थे। लेकिन जब नौशेरवाँ ढोंढी की शादी पालीहिल बंबई के एक बैरोनेट की बेटी शीरीं बाई से हुई, उन्होंने कोठी अपनी बीवी के नाम लिख दी और अंग्रेज़ी में शीरीं कासल और उर्दू में क़सरे-शीरीं की संगेमरमर की तख़्ती फाटक पर लगा दी गई। वह तख़्ती अब इश्क़े-पेचाँ की बेल में छुपी थी और किसी ने उसके नीचे कोयले से हिंदी में शीरीं कासल घसीट दिया था।

आज यह कुनबा सिर्फ़ नौशेरवाँ ढोंढी की बहू मानक बाई, उनके पोता-पोती फ़्रामरोज़ फ़रहाद और महनाज़ पर बाक़ी था। इसलिए ऊपरी मंज़िल पर फ्रांसीसियों के

---

1. ग्यारहवीं सदी ईसवी में ईरान का मशहूर शायर जिसने यह महाकाव्य लिखा जिसमें ईरानी बादशाहों का कारनामा भरा पड़ा है।

कार्डरूम में परवेज़ एंड फ़रहाद का दफ़्तर बना लिया गया था।

इस वक़्त इन दोनों ने नीचे ड्राइंगरूम के चोबी फ़र्श पर अपना ब्लूप्रिंट फैला रखा था और उसमें खोए पिंकी मियाँ बेख़बर थे कि सत्ताईस साल पहले एक ऐसी ही चमकीली दोपहर में तीन कटोरी हाउस के सेहन में ऊधम मचाते हुए उन्होंने चाँदनी बेगम की ऐनक न तोड़ी होती तो आज वह शेख़ ताहिर अली फ़ीलफ़रोश की नई जायदाद रेडरोज़ गार्डेन की ज़मीन पर कंक्रीट, आयरन और ग्लास का दसमंज़िला रोज़ हाउस प्लान करने में मसरूफ़ न होते।

क़िस्मत का खेल!

पिंकी और फ़ल्ली के अलावा दीवानख़ाने में और भी कई लोग जमा थे, जिनका कोई ताल्लुक़ फ़न्ने-तामीर[1] से न था। पिंकी के ख़ालाजाद भाई डिंकी, जो कासनी शलवार-कमीज़ के पाकिस्तानी क़ौमी लिबास पहने हुए थे, सबसे जरा मुख़्तलिफ़ नज़र आते थे। वह दूसरे ग़ैर-मुल्की मेहमान यानी फ़ल्ली के अमरीकन पासपोर्ट वाले मामूँ मिस्टर केकीलाल काका से बातें कर रहे थे। पिंकी की छोटी बहन आमिना एक रॉकिंग चेयर पर बैठी स्वेटर बुनने में मसरूफ़ थीं।

क़्लोपैट्रा काउच पर उनकी ख़ाला सफ़िया सुल्ताना मिसेज़ मानक बाई यानी ढोंढी की माँ से धनसुक बनाने की तरकीब पूछ रही थीं, मगर समझ नहीं पा रही थीं।

रुस्तम जी नौशेरवाँ जी दादा भाई ढोंढी का अकेला लड़का फ़्रामरोज़ फ़रहाद, जो फ़ल्ली के नाम से जाना जाता था, शेरवुड नैनीताल से लेकर कोलंबिया यूनिवर्सिटी तक पिंकी मियाँ का क्लासफ़ेलो था। ख़ानदानी पेशा शराब बेचना छोड़कर आर्किटेक्ट का पेशा अपनाया। पिंकी के साथ ही आर्किटेक्ट की बड़ी डिग्री लेकर अमरीका से लौटा था और पिछले कुछ बरसों के अंदर शहर के नंबर वन बिल्डर्स मुहम्मद मारूफ़ के बाद अब उनकी फ़र्म का नंबर आ चुका था।

तीन कटोरी हाउस की ऊपरी मंज़िल पर सफ़िया सुल्ताना का 'सेंट सोफ़िया कॉनवेंट' था।

ग्राउंड फ़्लोर पर विकी मियाँ अपनी मौजूदा बेगम (जो इलायची ख़ानम आतोजी की नवासी थीं) और चार बच्चों के साथ रहती थीं, पिंकी की बैरिस्टर बहन शहला का दफ़्तर भी उसी मकान में था, इसलिए पिंकी ने लक़ो-दक़ शीरीं कासल को अपना कारोबारी ठिकाना बना रखा था और प्रपोज़्ड रोज़ हाउस में एक मंज़िल अपनी फ़र्म के लिए बनवाने वाले थे।

"परवेज़ एंड फ़रहाद। आर्किटेक्ट्स। क़सरे-शीरीं···सुब्हान अल्लाह!"

डिंकी ने अंग्रेज़ी, हिंदी और उर्दू में छपे लैटरपैड की उर्दू लिखावट पर नज़र डालकर तारीफ़ की।

---

1. स्थापत्य कला।

"यह हमारी दिलबहार बुवा का आइडिया था।" फ़ल्ली ने नक़्शे पर से सर उठाया, कहने लगीं—"मिर्ज़ा एंड ढोंढी भोंडा लगता है। क़सरे-शीरीं में फ़रहाद होना चाहिए।"

"दिलबहार बुवा दास्तानों की तहज़ीब की परवर्दा[1] हैं।" पिंकी ने बातों में भाग लिया, "हमने शहला अप्पी से कहा—फ़ल्ली के नाम में फ़रहाद क़ानूनी तौर पर लगवा दें, सो अब यह मलिका विक्टोरिया के किसी परनवासे की तरह एक गज़ लंबे नाम के मालिक हैं—फ़रहाद फ्रामरोज़ रुस्तमजी दीनयार ढोंढी। फ़र्म 'परवेज़ एंड फरहाद' के नाम रजिस्टर्ड हुई। उर्दू-फ़ारसीवाले सर धुनते हैं।"

"इस शहर में अब कितने उर्दू-फ़ारसीवाले हैं?" डिंकी ने ताना दिया।

"तुम्हें ताज्जुब होगा कि बहुत। किसी सब्ज़ीफ़रोश या रिक्शावाले से बात करके देख लो। यहाँ के अवाम की तमीज़दारी और चुटकुलेबाज़ी तो अब मिसाल के तौर पर पेश की जाती है।" पिंकी को अब जोश आ चुका था, "हमें तो सिराज-सालिक भी याद हैं। शाम को नख़्ख़ास के एक चायख़ाने में बैठते थे। उनके गिर्द भीड़ लग जाती। पढ़े-लिखे अपने अदबी मसायल लेकर उनके पास पहुँचते। विकी मामूँ उसी ज़माने में ज़रा मजनूँ हो गए थे। एक बार हमें भी अपने साथ ले गए। हज़रत सिराज से एक शे'र के बारे में पूछा किसका है—

तेज़ रखियो सरे हर ख़ार को ए दश्ते-जुनूँ!
शायद आ जाय कोई आबला-पा मेरे बाद॥

"उन्होंने फ़रमाया यह शे'र अलावा मीर के किसी और का हो ही नहीं सकता।

"मुहल्ले-मुहल्ले अंजुमन बहारे-अदब के मुशायरे! आम लोग रात के खाने के बाद पान की दुकानों पर जमा हो जाते। कबाड़िये, ज़रदोज़, मिस्तरी, ज़्यादातर अनपढ़। तय होता कि आज गुल के मज़मून पर सुनाए जाएँ, आज क़फ़स पर। और वह एक से एक शे'र बेतकान[2] सुनाए चले जाते।"

"भागो बात यारो, तुमको तो उर्दू पढ़नी भी नहीं आती।" डिंकी ने फिर चोट की।

एकदम पिंकी का चेहरा उतर गया, "हाँ, अब हमें भी अनपढ़ कबाड़ियों ऐसा ही समझो।" उन्होंने अफ़सोस के साथ कहा, "मगर डिंकी, तुम कितनी उर्दू पढ़ते हो?"

"कम्यूनल प्रॉब्लम।" फ़ल्ली ने कहा, "हिंदी बेल्ट की मुसीबत है। साउथ में हालात मुख़्तलिफ़ हैं।"

"साउथ इंडियन लोग निस्बतन प्रोग्रेसिव हैं। वह हमें इन झमेलों में गिरफ्तार देखकर ताज्जुब करते हैं। डिंकी, चाँदनी बाजी याद हैं?" आमिना ने पूछा।

"हाँ, गोरी-गोरी। नेपाली-सी लगती थीं। हर वक़्त अम्मी के कपड़े सीती रहती

---

1. पली हुई, 2. बे-थकान।

थीं, बल्कि अम्मी उनको फिरोज़ा की आया बनाकर अमरीका भी ले-जाने वाली थीं।"

"तुम लोगों के जाने के चंद रोज़ बाद हमारी अम्मी ने कहा कि वह पिंकी को उर्दू पढ़ा दें। इनको अपनी शरारतों से फ़ुरसत नहीं थी और वह ग़रीब भी जलकर ख़ाक हो गईं।"

"न रेडरोज़ में आग लगती न पिंकी आज यह नक़्शा बनाते।" सफ़िया ने ब्लूप्रिंट की तरफ़ इशारा करके पहली बार बात की और बड़ी हौलनाक आवाज़ में।

. पिंकी दोबारा नीले काग़ज़ पर झुक गए। कमरे में अजीब-सी ख़ामोशी छा गई।

छोटी ख़ाला को देखकर मिसेज़ अब्दुल क़ादिर की कहानियाँ याद आती हैं—लाशों का शहर और दूसरे डरावने अफ़साने और मौत का राग, काउंट इलियास की मौत, मिस हिजाब इस्माइल वग़ैरह।" आमिना ने डिंकी के कान में कहा।

"वह कौन थी?" डिंकी ने चुपके से पूछा।

"कौन?"

"मिसेज़ अब्दुल क़ादिर और मिस हिजाब इस्माइल?"

"ओह, डिंकी-पिंकी! हमें छोटी ख़ाला के लिए ऐसे मोरबिड रेफरेंस नहीं देने चाहिएँ।" प्रायश्चित्त के लिए वह उठकर सफ़िया के क़रीब जा बैठीं।

डिंकी ने सर पीछे डालकर कमरे का जायज़ा लिया। वह शीरीं कासल के ड्राइंगरूम में ख़ुद को बहुत मुद्दत बाद मौजूद पा रहे थे और जज़बात में बहने के बजाय हैरान थे कि जब वह लड़कपन में अपनी माँ परवीना सुल्ताना के साथ पाकिस्तान से अपने नाना-नानी के यहाँ आए थे और अपनी बड़ी ख़ाला ज़रीना सुल्ताना की औलाद शहला, पिंकी और आमिना के साथ क़सरे-शीरीं आकर फ़ल्ली और महेनाज़ के साथ खेला करते थे, उस वक़्त से लेकर आज तक इस मकान की किसी चीज़ में ज़रा भी फ़र्क़ न आया था। आतिशदान के ऊपर शीरींबाई ढोंढी और रोडाबाई इंजीनियर की तस्वीरें उसी एंगिल से रखी थीं। दीवार पर नौजवान शहंशाह ईरान अभी तक मलिका सुरैया के साथ जलवागर थे। वहाँ फ़रहदीबा[1] आईं और चली भी गईं। ख़ुद आर्या मेहर तख़्ते- ताऊस से उतरे और अपने फ़र्ज़ी पुरखों केकाउस और जमशेद से जा मिले। डिंकी ने रश्क किया, मानक बाई किस क़दर वफ़ादार हैं! वफ़ादारी बशर्ते उस्तवारी[2]। ख़ुद मानक बाई बूढ़ी नहीं लगतीं। उनका वली अहद हुमायूँ फ्रामरोज़ फ़रहाद उर्फ़ फ़ल्ली अलबत्ता गंजा हो चला था।

इसी तौर पर डिंकी मियाँ ने नोटिस किया था कि उनकी ननिहाल तीन कटोरी हाउस के हम्मामों में क़लईदार ताँबे-पानी के गरमाने के बर्तन मौजूद थे और तोशाखाना[3]

---

1. शहंशाह ईरान की पत्नी, 2. मज़बूती, 3. वह कमरा जहाँ क़ीमती कपड़े और दूसरे ओढ़ने-बिछाने का सामान रहता था।

में गोटे-किनारीवाले चोलीदार शलूके और घरसव्वाँ पाजामे और अंगरखे और जामादार की अचकनें। कल ही डिंकी मियाँ ने अपनी बड़ी ख़ाला ज़रीना से तजवीज़ किया था कि इस क़िस्म का सामान बतौर एंटीक अगर बेचा जाए तो कितना मुनाफ़ा होगा ? उस पर वह बहुत नाराज़ हुई थीं।

मिसेज़ मानक बाई ढोंढी 'डिलबहार बुवा, डिलबहार बुवा' पुकारती हुई अंदर आ गईं। वह ज़्यादातर पारसियों और बोहरों की तरह द को ड और त को ट कहती थीं, लेकिन उनकी औलाद का शीन-क़ाफ़ ही नहीं, बल्कि त ट भी बहुत ठीक था।

डिंकी ने मिस्टर लाल काका से इजाज़त लेकर एक सिगरेट सुलगाया। दूसरा अपनी छोटी ख़ाला को पेश किया। उन्होंने बुरा मानकर सर हिलाया। मिसेज़ ढोंढी वापस आईं।

"आप लोग सब-के-सब बिल्कुल नहीं बदले।" डिंकी ने राय दी।

"और हम यह हैरट हीना नहीं ख़टम कर सकटा कि तुम किटना बडल गया !" मिसेज़ ढोंढी ने कहा, "इस ड्रेस में एकडम काबुलीवाला दिखाई पड़टा।"

"ओह नो मम्मी !" फ़ल्ली ने प्लान पर से सर उठाया और डिंकी को माफ़ी माँगनेवाली नज़रों से देखा।

डिंकी ने झुँझलाहट दबाकर प्यार में पिंकी से कहा—"तुम्हारी फ़र्म की कामयाबी देखकर बहुत ख़ुशी हुई।" अपनी छोटी ख़ाला सफ़िया की तरफ़ देखा। वह हमेशा की तरह अब वहाँ नहीं थी। कहीं और थी।

सफ़िया ने फ़ल्ली की दादी शीरीं बाई और फूफी रोदाबा की तस्वीरों पर नज़रें जमा रखी थीं। एक नौ-उम्र हसीन पारसिन अलबर्ट-फ़ैशनेबुल बाल बनाए उसी कमरे के एक खंभे के पास बड़ी नज़ाकत से खड़ी थी। दूसरी तरफ़ नौ-उम्र हसीन पारसिन पफ़फ़ैशन ज़ुल्फ़ें सँवारे गाउन पहने उस क्लोपेट्रा काउच पर आधी लेटी हुई थी। उसके बारे में मिसेज़ ढोंढी ने हमेशा की तरह बताया था कि आर्टिस्ट डेविड की 'मादाम रिकैमियर' वाली मशहूर पेंटिंग को सामने रखकर हज़रत गंज के एक अंग्रेज़ फ़ोटोग्राफ़र ने सन 06 में उनकी लेट सिस्टर-इन-ला रोडाबाई का यह फ़ोटो निकाला था।

शीरीं बाई ! रोडा बाई ! मेंटल-पीस से उतरकर इस क्लोपेट्रा पर वापस आ जाओ, फिर वापस चली जाओ।

मानक बाई के ख़याल में इस तरह का आना-जाना मुश्किल नहीं है।

वह मालाबार बंबई के एक मशहूर पारसी थीयोसोफ़िस्ट ख़ानदान से ताल्लुक़ रखती थीं। उनकी नानी तहमीना बाई सरदीन शाप्टीट की थियोसोफ़िस्ट साहिबज़ादी रती बाई को भी जानती थीं। मिसेज़ ढोंढी तो अब अक्सर पारसियों की तरह बहुत ही ज़्यादा हमा-ओस्त[1] वाली बन गई थीं। शिरडी के साईं बाबा और पूना के मेहर बाबा

1. यह हिंद-ईरानी सूफ़ी-धारा है जिसके नज़दीक परमात्मा, एक ही है और यह दर्शनशास्त्र का फ़ार्मूला है। इसका अर्थ यह है हर चीज़ में भगवान है—एको ब्रह्म, द्वितीयो नास्ति।

से लेकर सारी दुनिया के भगवानों से लौ लगाए रहती थीं। बाला गंज के बाबा नीम चमेली की भक्त थीं, जिनके माननेवालों का कहना था कि वह एक सौ बीस बरस के हो चुके थे मगर पचास के ही दिखाई पड़ते थे और बरगद की शाख़ पर कुटी बनाकर उसमें रहते थे।

दिलबहार बुवा चाय की कश्ती लाकर एक मेज़ पर रख गईं।

"फ़ेनी बिटिया, तुम इज़्ज़त करो।" मानक बाई ने सफ़िया को मुख़ातिब किया।

सफ़िया सुल्ताना मिसेज़ ढोंढी की लाजवाब उर्दू की आदी थी, लेकिन इस वक़्त चकरा गईं—ओहो··· यह Do The Honours का लफ़्ज़ी तर्जुमा[1] था।

"थोड़ा चाय··· !" पिंकी ने मुस्कुराकर मिसेज ढोंढी बाई की ज़बान में सफ़िया को पुकारा, "अरे मानक ख़ाला, आप कहाँ चलीं ?"

अक्सर शाम के वक़्त जब वह सारे भाई-बहन बाहर खेल-कूद में मसरूफ़ होते, मिसेज़ ढोंढी अपनी मुन्नी-सी टमटम (जिसमें उतना ही मुन्ना-सा सफ़ेद घोड़ा जुता रहता था) खुद हाँकती हुई तीन कटोरी हाउस के फाटक में दाख़िल होतीं। बरसाती में से सोनाकली हाँक लगाती—"ऐमी बिटिया, तुम्हारी मानक खाला आय गईं !" तब से वे सब उनको ख़ाला के बजाय खाला कहते आए थे कि खाला में बड़ा भोला-सा प्यार छिपा था। यह भी एक तरह का रखरखाव था—और मिसेज़ ढोंढी का रख-रखाव यह था कि अंग्रेज़ीनुमा उर्दू उसी तरह बरक़रार थी। बक़ौल मिसेज़ ढोंढी जब अंग्रेज़ आदमी लखनऊ पर आया—सिपाही लड़ाई के बाद, तब उन लोगों को दारू पिलाने वास्ते हमारा दादा ससुर बांबे से पहुँचा। और जब मानक बाई नूरे-खुदा के सिंबल आतिशे-बहराम के आगे रुस्तम जी से शादी बनाकर यह साइड में आया, तब से उन्होंने अपने उर्दूदाँ ससुर की ख़ातिर इतनी रियायत की थी कि इंग्लिश लफ़्ज़ों, तरकीबों और मुहावरों का लफ़्ज़ी तर्जुमा करके लगातार उर्दू बोलती थीं।

कमरे में वापस आकर वर्क़ी समोसे पेश करते हुए उन्होंने फ़रमाया, "मैं उम्मीद करती हूँ डिंकी बच्चे, कि तुम पाकिस्तान में बहुत अच्छा करते होगे, यानि Doing Well."

"जी हाँ, मानक ख़ाला !"

"और तुम्हारे प्यारे बाप ?"

"वह भी कराची वापस आ गए हैं।"

"कितना उम्दा !" मिसेज़ ढोंढी मुतमइन होकर बैठ गईं।

कल ज़रीना सुल्ताना ने अपनी इस क़दीमी वफ़ादार फ़ैमिली फ्रेंड से कहा था कि पिंकी बूढ़े हुए जा रहे हैं। फ़िरोज़ा इतने बरसों बाद सयानी होकर आई हैं, उनको बहुत अच्छी

---

1. शाब्दिक अनुवाद।

लगीं। उनसे ब्याह करना चाहते हैं। डिंकी मियाँ से मालूम कीजिए, वह बहन के लिए यह पैग़ाम मंज़ूर कर लेंगे ? मुझे पता है उनके घर में उन्हीं का हुक्म चलता है।

"पिंकी खुद फ़िरोज़ा से क्यों न पूछे ?"

"आपको तो मालूम है मानक बाई ! हमारे यहाँ डायरेक्ट लड़की से बात करने का दस्तूर नहीं। आप डिंकी से ही दरयाफ़्त कीजिए।"

इसलिए मिसेज ढोंढी नफ़रतीती के प्रोफ़ाइलवाला मिस्री (Egyptian) पफ़ खींचकर डिंकी के क़रीब जा बैठीं; धीरे से कहा—"बेचारे बॉबी की पहली शादी चट्टानों पर गई। दूसरी भी बहुत-कुछ आरज़ू के लिए छोड़ती हैं। बट तुम्हारा अंकल विकी की सेकेंड मैरेज बहुत अच्छी जा रही है। अब अपना पिंकी बोलता है अगर उसका कज़िन फ़ैरी इधर आ जाए।"

"इधर-किधर ?" डिंकी ने चौंककर पूछा।

"इधर...यह साइड में।"

"ओह, नामुमकिन मानक ख़ाला !"

"क्यों ? हाँ, यह बात बरोबर है कि फ़िरोज़ा कराची-लंदन-पेरिस में पला-बढ़ा। लखनऊ उसका जी कैसे लगेगा ? पन..."

"यह बात नहीं है मानक ख़ाला ! बल्कि...बल्कि नज़रियात, रवैये, लाइफ़-स्टाइल मुख़्तलिफ़ हो चुके हैं।"

"ऐसा ?"

"इसके अलावा वह एक अंग्रेज़ नौजवान से शादी का फ़ैसला कर चुकी है।"

"डिंकी ! तुम लोग अपना सगा वाला से शादी एप्रूव नहीं करता, इंग्लिश छोकरे से एप्रूव करता ?"

"वह मुसलमान होकर निकाह पढ़वाएगा। उसने यह शर्त मंज़ूर कर ली है।"

"वह तो समझे।" मानक बाई ने होंठ बिचकाए। बंबईवालों का 'समझे,' डिंकी न समझे।

"उई !" सफ़िया सुल्ताना ने ज़ोर से चीख़ मारी और काउच से उछलकर बाहर भागी।

डिंकी घबराकर उठे। एक छिपकली शाह ईरान की तस्वीर के पीछे से निकलकर मलिका एलिज़ाबेथ की तस्वीर के पीछे रेंग गई।

बरामदे में पहुँचकर सफ़िया चिल्लाईं, "पिंकी, डिंकी, फ़ल्ली ! अरे तुम लोग क्या कर रहे हो ? इसे मारो...निकालो !"

डिंकी बाहर गए। छोटी ख़ाला पहले भी हौल ही थीं, अब बाक़ायदा सनक गई हैं।

वह बरामदे में गमलों के पास बौखलाई खड़ी थी।

"छोटी ख़ाला ! हमने तो न्यूगिनी में छिपकलियाँ उड़ती देखी हैं और यह

लहीम-शहीम[1]...."

"प्लीज़...इसे मारो!"

"मानक ख़ाला के ड्राइंगरूम में किस क़दर फ़र्नीचर ठुँसा हुआ है! छिपकलियों से भरा होगा यह सारा घर। कितनी मारेंगे और इतने सामान में उन्हें ढूँढेंगे कैसे? जब चीज़ें पुरानी हो जाती हैं, उनमें अनाप-शनाप बलाएँ रेंगने लगती हैं।"

"तुम एंटी-कल्चर हो गए हो। मुझसे बहस मत करो! रहा बलाओं का मामला—बताशन बुवा कहा करती थीं छिपकलियाँ दरअस्ल जिन्नात हैं। इस वजह से उनसे डर लगता है। और याद रखो डिंकी, मैं मौत से सिर्फ़ इसलिए डरती हूँ कि क़ब्र में छिपकलियाँ होंगी।"

"छोटी ख़ाला, आ'एम सॉरी!" डिंकी ने नरमी से कहा और उनके कंधे पर हाथ रखकर कमरे में वापस ले गया।

मिसेज़ ढोंढी महात्मा बुद्ध के सामने दीये जलाकर फ्रांसीसी दरीचे में चली गईं और सूरज डूबने की ज़रतुश्ती दुआएँ पढ़ने लगीं। पिंकी, फ़ल्ली, आमिना और मिस्टर लाल काका बाहर चले गए थे और बाग़ में टहल रहे थे।

कमरा ख़ामोश हो गया।

टिक टिक टिक—क़दीम ग्रांड फ़ादर क्लॉक।

खट खट खट—दरवाज़े के बाहर खुट-खुट बढ़ गई।

खट खट खट—पुराने लकड़ी के ज़ीनों पर क़दमों की चाप।

दरीचों के रंग-बिरंगे शीशों में से छनती रोशनी के बिखरे हुए शक्करपारे फ़र्श पर से ग़ायब हो गए।

एकाएक सफ़िया के अंदर उसी आवाज़ ने, जो बरसों से उन्हें तंग कर रही थी, बहुत दिनों बाद उभरकर कहा, "आदाब अर्ज़ है!" उनका रंग उड़ गया। बुत जैसी बैठी रहीं। कई माह से यह आवाज़ ख़ामोश थी। इस वक़्त एकाएक उसने अपनी मौजूदगी की याद दिलाई। चंद मिनट बाद उसने सरगोशी की, "गिर गई?"

डिंकी उनके पास आ बैठे, "छोटी ख़ाला, आप मुझे एंटी-कल्चर क्यों समझती हैं?"

"हैं....?" वह चौंकीं, फिर जोश से बोलीं, "इन पारसियों को देखो, सारी दुनिया में इनकी तादाद घटते-घटते इलस्ट्रेटेड वीकली ऑफ़ इंडिया की सर्कुलेशन से कम रह गई है, मगर अब तक अपनी खुसूसियात[2] उन्होंने क़ायम कर रखी हैं।"

डिंकी चुप रहे। यह लोग बरक़रार रखने के चक्कर में हमें क्यों फँसाना चाहते हैं? यह चाहते हैं कि फ़िरोज़ा पिंकी से शादी कर ले और मैं विकी मामूँ की लड़की ब्याह ले

---

1. हृष्टपुष्ट, 2. विशेषताएँ।

जाऊँ। क्यों ? सिर्फ़ इसलिए कि रिश्तेदार हैं ? डिंकी को याद आया—वीज़ा का वक़्त ख़त्म होने वाला था। उनकी अम्मी परवीन सुल्ताना कपड़ों की ख़रीदारी में उसकी तरह बिज़ी थीं, लेकिन ताबड़तोड़ ब्लाउज़ नहीं सिलवाती थीं। वह और फ़िरोज़ा अब एक से एक स्टाइलिश शलवार-कमीज़ पहनती थीं जिन पर फ्रांसीसी पहनावे का धोखा होता था।

हम लोग अब वाक़ई एक अलग क़ौमी पहचान रखते हैं।—फ़िरोज़ा ने आमिना से फ़ख़्र से कहा था। अब वह पिंकी से शादी करके यहाँ कैसे आ सकती है ! सवाल ही पैदा नहीं होता। उसे बड़ी दिमाग़ी और तहज़ीबी कशमकश का सामना करना पड़ेगा। मगर जब वह मिसेज़ ब्राइन मूरलैंड बनकर इंगलैंड में रहेगी तो क्या कोई कशमकश—ख़ैर, यह उसका ज़ाती मामला है, मुझसे क्या मतलब ? बंदा अपने लिए जो बेहतर समझता है, वही करता है।

"शिनाख़्त और आइडेंटिटी तुम्हारी प्रॉब्लम है।" पिंकी ने कहा, "हम लोग तो पहले जो पहनावा पहनते थे, वही अब भी पहनते हैं। हमारे रहन-सहन में कोई ज़बरदस्त होश उड़ानेवाला फ़र्क़ या इनक़लाब नहीं आया।"

"चौड़े पायँचों के मर्दाने पाजामे और दोपल्ली टोपी···हा-हा !"

"अब सियासत पहनावा भी डिक्टेट करेगी ?"

"क्यों नहीं ? अतातुर्क ने अपने लोगों को यूरोपियन बनाया। खुमैनी ने औरतों को फिर पर्दे में कर दिया। ख़ुद तुम्हारे यहाँ खादी का रिश्ता सियासत से था और सारे चीनी नीला ट्यूनिक पहन रहे हैं।"

"यार, हमारी अम्मी ने बड़े चाव से तुम्हारे लिए शेरवानी और चूड़ीदार पाजामा सिलवाया है। उनका दिल रखने के लिए ही सही··· !" पिंकी ने कहा।

"हाँ, फ़ैंसी ड्रेस के तौर पर पहन लेंगे।" फ़ौरन अफ़सोस हुआ—ऐसा कठोर जवाब नहीं देना चाहिए था।

एक और प्वाइंट दिमाग़ में आया, "यार पिंकी, शिनाख़्त तुम्हारा मसलक[1] बन गया है। जिस नौजवान को देखो, चेहरे पर दाढ़ी और बुर्क़े ही बुर्क़े, जबकि पाकिस्तान से बुर्के ग़ायब हो चुके हैं।"

दोनों ने एक-एक प्वाइंट स्कोर किया और मुस्कराए।

फ़ल्ली की छोटी बहन चार्टर्ड एकाउंटेंट महनाज़ ढोंढी ने कार लाकर ठीक खिड़की के नीचे रोकी और हॉर्न बजाकर पुराने अंदाज़ में चिल्लाई—"हैलो डिंगडांग डिंकी !"

---

1. जीवन-पद्धति।

बचपन में हर तीसरे साल जो एक-डेढ़ महीना लखनऊ आकर गुज़ारते थे, वह हम सबका मुश्तरफ़ा ख़ज़ाना है; उसे बरबाद नहीं होना चाहिए—डिंकी ने सोचा।

बाग़ में से आमिना की आवाज़ आई—"हाय महनाज़! चलो आज शाम डिंकी-विंकी को ताफ़तान और रेशमी कबाब खिलाएँ और कश्मीरी चाय—टु वाश इट डाउन विद (To Wash It Down With)"

महनाज़ कमरे में आईं। मिसेज़ ढोंढी ने पूछा—"पिंकी-फ़ल्ली का खाता तुमने बाँचा? वह तुमको कई बार घंटी किया। जाकर तुम पहले अपना मुँह साफ़ करो। तुम ज़मीन पर किसी चीज़ की तरह नहीं लग रही हो।"

महनाज़ समझ गई—Do Your Face First, You Are Looking Like Nothing On The Earth.

वह हँसती हुई अपने कमरे की तरफ़ दौड़ीं। दिलबहार बुवा सामने से आ रही थीं। एक स्टूल से उलझकर गिर पड़ीं।

'आवाज़' ने कहा था "गिर गई।" जब कोई बुरी बात होने वाली होती, आवाज़ पहले से सफ़िया सुल्ताना को बता देती थी। अब मामूली हादसात से भी आगाह करने लगी थी। वह सहमी हुई बैठी रहीं।

शीरीं बाई, रोडाबाई के होंठों पर मुस्कुराहट थी। गिद्ध नहीं तो छिपकलियाँ!

अब वे सब हँसी-खुशी बातें करते मोटरों की तरफ़ जाने लगे।

आमिना ने पुकारा, "छोटी ख़ाला, चलिए भई! अभी फ़िरोज़ा को छोटे मामूँ के वहाँ से पिकअप करना है।"

"हाथ पर छींट पड़ गई थी, गमले में से पानी टपक रहा था। ज़रा तहारत[1] कर आऊँ।"

"इनको तहारत का भी जुनून हो गया है।" आमिना ने आहिस्ता से डिंकी को बताया।

"मम्मी, चलो!" फ़ल्ली दहाड़े।

"नहीं बाबा लोग, तुम जाओ, अपने को खुश करो। मेरे को ज़रा कप-हाउस··· सफ़िया के साथ चली जाऊँगी।"

मानक बाई ढोंढी ने तीन कटोरी हाउस को कप हाउस ही कहा कि आसान था।

1. अपने-आप को पानी से पवित्र करना।

बोहेमियन गर्ल

बॉबी मियाँ के घर से फ़िरोज़ा को लेकर अतरसों शाम जब वह शीरमाल ख़रीदने तहसीन की मस्जिद की तरफ़ जा रहे थे, कश्मीरी मुहल्ले से गुज़रते हुए पिंकी ने अपनी कज़िन को मुख़ातिब करते हुए कहा, "हमारे यहाँ जो कश्मीरी चाय बनती है, अस्ल कश्मीरी लोग कहते हैं, वह चाय काहे को है—सालन है।"

"मेरे अज़ीज दोस्त ब्राइन मूरलैंड को···" फ़िरोज़ा ने ज़रा लापरवाही से कहा, "हरी चाय बहुत पसंद है और आम का अचार।"

पिंकी के लिए यह इशारा काफ़ी था। सीरियस होकर बोले—"लंदन के अंग्रेज़ तो अब समोसे और तंदूरी चिकन पर फ़िदा हैं।"

अगली सुबह फ़िरोज़ा और डिंकी दिन-भर के लिए छोटे मामूँ बॉबी के घर चले गए, जो अपनी दूसरी बीवी के साथ चिरैया झील पर रहते थे। शहला हाईकोर्ट रवाना हुईं। पिंकी रेडरोज़ साइट पर गए। उनकी शादीशुदा बहन आमिना, जो पाकिस्तानी रिश्तेदारों से मिलने के वास्ते बंबई से लखनऊ आई हुई थीं, अपने बच्चों की देखरेख कर रही थीं, तीसरे दिन भी। चौथी सुबह फ़िरोज़ा विकी मियाँ की बेटी सलीमा के साथ ख़रीदारी करने के लिए निकली, फिर बॉबी के घर चली गईं।

विकी मियाँ की दुल्हन बहारआरा बेगम ने तोशाख़ाने की कुंजी निकाली।

गुज़िश्ता हफ़्ते बड़ी ननद ज़रीना सुल्ताना ने हुक्म दिया था—अल्लाह ने चाहा तो बहुत जल्द पिंकी मियाँ दूल्हा बनेंगे, ज़रा कपड़ों को धूप दिलवा दो।

रानी दुल्हन को मालूम भी न था। नरसों शाम को मिसेज़ ढोंढी क़सरे-शीरीं से आकर तोते की तरह तोप का गोला दाग़ गई थीं। फ़िरोज़ा तो एक इंग्लिशमैन से ब्याह करेंगी!

इलायची ख़ानम की नाती पहले गुलशन ख़ानम थी और अब रानी बहारआरा बेगम उर्फ़ रानी दुल्हन किसी गिनती में न थीं, जो उनको तुरंत ख़बर दी जाती। इस समय उन्होंने सोनाकली और नूरन को आवाज़ दी। कोरी मारकीन में लिपटे बहुमूल्य

वस्त्र संदूक़ से निकालकर पिछले दालान के तख़्तों पर धूप में फैलाए। सेहन में झाड़ू देने के बाद वृद्धा अंगूरी आन कर सीढ़ियों पर बैठ गई और पिछली शादियों के क़िस्से दोहराने लगी।

"ज़रा बड़ी बिटिया और पेनी बाजी को बुला लाना!" रानी दुल्हन ने नूरन से कहा।

ज़रीना सुल्ताना अपनी मँझली बहन परवीन और भांजी फ़िरोज़ा की नालायक़ी और बेमुरव्वती से बहुत ख़फ़ा और उदास थीं और पिंकी के बरअक्स उन्होंने मलाल को छुपाने की भी कोशिश नहीं की थी। भला क्यों करतीं? शिकायत अपनों ही से होती है। वह बाहर आकर एक तख़्त पर टिक गईं। बेदिली से जोड़े उलटने-पलटने लगीं।

परवीन अपने कमरे से निकलीं। कुर्सी पर बैठकर कुछ पुराने जोड़ों का मुआयना किया—"अम्माँ हव्वा[1] के ज़माने का सामान! हमारे यहाँ तो कपड़े तीन-चार बार पहने और गठरी में बाँधकर फाटक पर रख देते हैं, जो चाहे उठाकर ले जाए या ग़रीब रिश्तेदारों के लिए इंडिया ले आते हैं।"

ज़रीना ने सर उठाकर बहन को देखा, "परवीन! तुम भी इस प्रकार की छिछोरी बातें करने लगीं? अफ़सोस!"

परवीन ने ज़रा शर्मिंदा होकर एक गुलदोज़[2] कारचोबी दुपट्टे पर हाथ फेरा।

"यह पिंकी मियाँ की बरी अभी पूरी नहीं है।" रानी दुल्हन ने फ़ौरन बतलाया।

परवीन और झेंपी, बरी तो इन्हीं के घर जाने वाली थी! बात टालने को फ़ौरन बोलीं, "इतना लाजवाब काम! बिल्कुल मीनाकारी! सिवाय लखनऊ के और कहाँ! इस मसाले का जोड़ा हमारे हाँ पंद्रह हज़ार में तैयार हो। यहाँ तो चार-पाँच हज़ार में बन गया होगा। ग़रीबी की वजह से कारीगरी यहाँ इतनी सस्ती है।"

ज़रीना ख़ामोश रहीं। परवीन ने सोचा शायद मैंने फिर ग़लत बात कह दी! भावज को मुख़ातिब किया, "अरे दुल्हिन भाभी, यह तो बहुत खूबसूरत ग़रारा है! ऐसा ही शहला के ब्याह के लिए सिलवाइएगा।"

बहारआरा बेगम बातचीत में बहुत कम हिस्सा लेती थीं। रेज़ीडेंट ननद ज़रीना के सामने तो बिल्कुल सिट्टी गुम रहती थी। दबी ज़बान से कहा, "बैरिस्टर साहिबा? वह ब्याह की हामी तो भरें!"

"किसी हिंदू से कर लेंगी।" परवीन ने चुपके से जवाब देकर होंठ बिचकाए।

ज़रीना ने सुन लिया। मिर्चें लग गईं। तुनककर बोली, "परवीन सुल्ताना! यह तुम कह रही हो? याद करो, इसी जगह बैठकर अम्माँ मरहूमा से शिकायत करती थीं जब नई-नई यहाँ से गई थीं कि वहाँ पर लोग जब इंडियन मुस्लिम लड़कियों की हिंदुओं से शादी के बारे में बढ़ा-चढ़ाकर बात करते हैं तो तुमको कितना ग़म होता है। ताअज्जुब

---

1. बहुत पुराना, 2. वह कारचोबी, जिस पर उभरे हुए फूल बने होते हैं।

है पेनी, तुम भी बदल गईं !"

बेचारी रानी दुल्हन अपनी गर्मीली ननदों की जंग से नर्वस होकर उठीं और फुर्ती से बावर्चीख़ाने की तरफ़ सरक लीं।

लाल-भभूका ज़रीना लगातार बोला कीं, "तुम्हें एहसास ही नहीं कि यहाँ शुरू-शुरू में शरीफ़ों के चले जाने के बाद बची-खुची लड़कियों पर क्या बीती ! उनके लिए रिश्ते ग़ायब हो गए !"

"यह शिकायत सुनते-सुनते कान पक गए। सात फ़ाक़ों पर भी यहीं पड़े रहते ?"

"सभी तो फ़ाक़े नहीं कर रहे थे। आधी से ज़्यादा सर्विस-जैंट्री भी रवाना हो गई। मैं शिकायत नहीं कर रही। ग़दर के बाद मुग़ल शहज़ादियों को नानबाइयों और साईसों से ब्याह करने पड़े थे। यहाँ तो हमारे सामने सन् सैंतालीस के बाद दर्ज़ी और जुलाहे शरीफ़ों के दामाद बने।"

"इस्लाम में कास्ट-सिस्टम नहीं है। अर्बिस्तान में तो आज तक दर्ज़ी और क़साई अपने नाम के आगे फ़ख्र से दर्ज़ी और क़साई लिखते हैं।"

"ओहो ! तुम इतनी डेमोक्रेटिक कब से हो गईं ? क़स्बों में जाकर देखो, शरीफ़ों की बिन-ब्याही बेटियाँ अपने बाप-दादा की आन सँभाले बैठी हैं। बूढ़ी हो गईं, स्कूलों में पढ़ा रही हैं।"

इन्हीं मुसीबत की मारी शरीफ़ों में से एक लड़की आपके दौलतख़ाने पर आई थी, आप लोगों ने उसके साथ क्या किया ?"

"क्या किया ? मैंने उसे भावज बनाना चाहा। तुमने बॉबी से मिलकर भाँजी मारी।"

"दिल से तो आप भी वह रिश्ता नहीं चाहती थीं बजिया !"

"भला क्यों ?"

"विक्की नि-घरे रहते तो अपनी जायदाद आपकी औलाद के लिए छोड़ जाते, पिंकी को अपना वारिस बनाते।"

"तौबा, तौबा, तौबा ! परवीन, ख़ुदा से डरो !"

"रही चाँदनी के सिलसिले में मेरी मुख़ालिफ़त, तो तब मेरी इतनी उम्र नहीं थी कि मामिलात की गहराई में जाऊँ।"

"इतनी समझ तो तुम्हारे अंदर अब भी नहीं है।"

"शुक्रिया···आदाब ! और न मुझे इसका एहसास था कि विक्की उसे इतना चाहने लगे हैं। हम लोगों ने तो उन्हें हमेशा पगला ही समझा, न उस कर्मोंजली ने अपने बारे में बतलाया। एक बार कुछ अपने नाना के जामावार[1] के शामियाने का ज़िक्र किया था तो

1. फूलदार छींट वाला बहुमूल्य कपड़ा

मैंने झिड़क दिया कि ज़ीट न हाँके। उसके बाद वह बिल्कुल चुप रहने लगी थी। यह तो हमें आज तक नहीं मालूम हुआ और न आप लोगों ने कभी पूरी तरह पता चलाने की कोशिश की कि वह कौन थी। बेवजह जलकर राख हो गई! और बजिया, अब दुनिया देखने के बाद उम्र के साथ-साथ मुझे अक़्ल आई है, और आप भूलती हैं कि मैंने तो उसे अमेरिका ले-जाना चाहा, अम्माँ ने मना कर दिया।"

"हम सब सारी ज़िंदगी अपनी ग़लतियों और कोताहियों[1] के लिए दूसरों को मुल्ज़िम ठहराते हैं। यह इनसानी सुभाव का तक़ाज़ा है।"

"विकी अपने बीवी-बच्चों में ख़ुश हैं—और क्या चाहिए! चाँदनी ग़रीब अपनी ज़िंदगी ही इतनी लिखाकर लाई थी।"

"यह ज़िक्र तो बीबी, तुम्हीं ने निकाला। रहा यह कि कौन अपने लिए क्या लिखाकर लाया है, यह किसे मालूम? सफ़िया स्कूल में थीं। एक बार अम्माँ उनके लिए बनारसी दुशाला ख़रीद रही थीं। दुकानदार ने कहा—रानी साहब! ले लीजिए, बहुत चलेगा। अम्माँ ने जवाब दिया—ऐ···क्या सारी उम्र उसे यही निगोड़ा दुशाला ओढ़ना है? वह फ़ौरन बोला—नहीं रानी साहब! सारी उम्र क्यों, बिटिया अपने घर जाएँगी।"

"मारे कंजूसी के सफ़िया वही दुशाला अब तक ओढ़े फिरती हैं।" परवीन ने हँसकर कहा।

दोनों को छोटी बहन की आलोचना करने में बड़ा मज़ा आता था।

"मँझले मामूँ मरने से पहले उनके लिए भात भी भिजवा गए थे। सारा सामान गोदाम में—बंद पड़ा है। मजाल है जो सफ़िया ने एक भी चीज़ निकलवाकर आमिना के जहेज़ में लगाई हो!" ज़रीना सुल्ताना दोबारा उसी बात पर लौटीं, "वह ज़माने लद गए जब यहाँ रोज़गार से लगे मुसलमान लड़कों का काल पड़ गया था, बल्कि अब तो माँ-बाप अपनी लड़कियों को तुम्हारी तरफ़ भेजना नहीं चाहते। वीज़ा-पासपोर्ट की दिक़्क़तें और ख़ुदा न करे लड़ाई छिड़ गई तो रास्ते बंद! न ख़त न पत्तर! दो बार सन् 65 और सन् 71 में इन हालात का तजुर्बा कर चुके हैं। और अम्न के दिनों में कौन-सी आसानी है! माँ-बाप के आख़िरी दिनों में बेटी उनकी सूरत देखने के लिए पहुँच नहीं पाती। वह तो कहो सन् 71 की जंग के बाद उधर के रास्ते बंद हुए तो दूसरी राहें भी खुल गईं। अल्लाह सारे ज़माने एक-से नहीं रखता।" पहलू बदला, पाँव उठाकर तख़्त पर रखे, "पेनी बेगम, सफ़िया के लिए भी ख़ूब-ख़ूब पैग़ाम आए, इनके रोगी हाथ के बावजूद।"

"इन्हें क़ंबर अली का सोग मनाने से फ़ुर्सत नहीं थी! इतना एकतरफ़ा इश्क़ क्यों हो गया था?" परवीन भी मुक़ाबले पर डटी रहीं।

"इश्क़? तौबा! लाहौल विला कूव्वत! शरीफ़ज़ादियाँ कभी इश्क़ करती हैं?"

---

1. कमियों।

"अरे बजिया, मुझे सब पता है। जो पैग़ाम इनके लिए बॉबी के ज़रिए आए, वह आप सब ने बॉबी ही की मुख़ालिफ़त में रद्द किए।"

"बिल्कुल ग़लत! सफ़िया बेगम ने ख़ुद ऐलान कर दिया कि वह निगोड़ी अंदर की आवाज़ मना कर रही है। दो रिश्ते केनाडा से आए थे। बोलीं—हवाई जहाज़ पर न जाऊँगी। अब पूछो इनके लिए पानी का जहाज़ किस तरह चलवाया जाता भई?" ज़रीना का चेहरा गुस्से से तमतमा रहा था। और अब तुम किस मुँह से हिंदू से शादी का ताना शहला के लिए देती हो? तुम्हारे हाँ कितनी लड़कियों ने ईसाई, यहूदी, अमरीकनों, अंग्रेज़ों से ब्याह कर लिये। हाँ नहीं तो!"

"वो काफ़िर नहीं; लोग मुशरिक[1] ही तो हैं—अहले-किताब[2]।"

"अहले-किताब से मुसलमान औरत का ब्याह जाइज़ है?"

"वह इस्लाम कुबूल कर लेते हैं।"

"और तुम्हारे हाँ भी अंग्रेज़ दामाद आने वाला है।"

"वह कलमा पढ़कर निकाह करेगा।"

"दिल से मुसलमान होगा?"

"दिलों का हाल तो अल्लाह बेहतर जानता है।"

"यह कहो चित भी तुम्हारी पट भी।"

"ख़ैर, होगा।"

सफ़िया ऊपर से उतरीं। दर में खड़े होकर बड़ी बहनों का मुचेटा सुना कीं। धीरे से बोलीं, "आइए, अंदर चलकर बैठें।"

तीनों किनारे के बरामदे में पहुँचीं। सामने छोटी बारादरी और कदम का झुरमुट उतरती धूप में पीला हो गया। इसी बरामदे में इन्हीं कुर्सियों पर बैठकर पिछले बरसों में बडे-बड़े रिश्ते जोड़े और तोड़े गए।

इसी जगह से आधी रात को गोमती के उस पार जलते-दहकते रेडरोज़ का नज़ारा किया था।

नदी किनारे धुआँ उठत है, क्या जानूँ क्या होय।
जेहि के कारण भई जोगिनिया वही न जलता होय॥

क्यों सफ़िया सुल्तान, कैसी रही? यह नॉरमल लोग अपने झमेलों में ही मगन हैं।

ज़रीना दो-तीन दिन से भरी बैठी थीं। अब कहने पर आईं तो कहती चली गईं, "तुम्हारी साहबज़ादी ने पिंकी के लिए इनकार किया। तुम सलीमा के लिए तैयार न हुईं। परवीन, तुम भी गुरूर में अम्माँ मरहूम से कम नहीं। ठीक है, अल्लाह रखे बड़े आदमी

---

1. वह लोग जो एक भगवान को न मानकर कई ईश्वर मानते हैं और उसके कार्यों अथवा उसकी विशेषताओं में अन्य किसी को उसका साझी या सहायक मानते हैं, 2. बाइबिल के माननेवाले।

की बीवी हो। आतो जी की परनवासी को बहू बनाकर कैसे ले जातीं! लेकिन तुम यह भूल गईं कि वह राजा साहब तीन कटोरी विकी मियाँ की बेटी हैं, और यह भी याद रखो कि ऐसी नेक गाय तुमको कहीं न मिलेगी। अपनी माँ की तरह बेज़ुबान! डॉक्ट्रेट भी कर रही है।"

"यानी Ph.D. गाय।" सफ़िया ने लुक़मा दिया।

परवीन मुस्कुराई, "उनकी Ph.D का क्या Topic था?" उन्होंने सफ़िया से पूछा।

"लाग़िर भुसावली—हयात और कारनामे।"

परवीन ने क़हक़हा लगाया।

आमिना ने अंदर से झाँका—"ओहो···अम्मी, मँझली ख़ाला, छोटी ख़ाला, तीनों—माशाअल्लाह!"

"हाँ।" सफ़िया ने जवाब दिया—"बक़ौल बॉबी—मैकबेथ की चुड़ैलें।"

बॉबी फ़िरोज़ा को लाकर फाटक पर उतार गए। वह अपने भाई-बहनों से नाराज़ थे। अंदर नहीं आते थे। फ़िरोज़ा अपने इनकार के बाद ज़्यादा-से-ज़्यादा इस घर से बाहर रहना चाहती थीं। बड़ी ख़ाला ख़फ़ा। पिंकी बनावटी तौर पर बेफ़िक्र। डिंकी ख़ामोश; वह ख़ुद शर्मिंदा। मामूँ की बीवी बेचारी किसी गिनती में नहीं थीं। फ़िरोज़ा को उनसे बहुत हमदर्दी थी, मगर वह ख़ुद बहुत मुतमइन[1] और सुखी ज़िंदगी गुज़ार रही थीं; रेज़ीडेंट ननद की ताबेदारी (जो विकी से सिर्फ़ दो साल बड़ी थी), शौहर की ख़िदमत, बच्चों की परवरिश, घर की देखभाल—औरत को और क्या चाहिए! वह सोचती थीं—ज़रा सफ़िया को देखो, क्या गत बनी है! और शहला है कि काला जुब्बा पहने दिन-भर अदालत में झाँय-झाँय! शाम को फिर मुवक्किलों से सर खपाती हैं, तौबा!

"अस्सलाम अलैकुम मुमानी जान!" फ़िरोज़ा ने दालान में पहुँचकर आवाज़ दी। तख़्त पर कपड़े फैले हुए थे, फ़ौरन दिलचस्पी से देखने लगीं—"ग़रारा?"

"जी हाँ घुर्सव्वाँ पाजामा। पहले यही पहने जाते थे।" नूरन ने कहा।

"और यह जो बड़ी ख़ाला और मुमानी वग़ैरह पहनती हैं?"

"छुट्टा पाजामा। खड़ा पाइँचा। यह तो पहले लौंडियों-बाँदियों का पहनावा था। मिलकियाने में घुर्सव्वाँ।" नूरन ने जवाब दिया।

"मिलकियाना कहाँ है?"

"मिलकियाना···बिटिया, जैसे आप लोग···अमीर लोग···"

"मुमानी दुल्हन! आप मेरे लिए घुर्सव्वाँ बनवा देंगी?"

"ज़रूर! माही पुश्त? कुहनी की गोट? गलोरी चटापटी?"

---

1. संतुष्ट।

फ़िरोज़ा हड़बड़ाईं—"टिपिकल नॉर्थ इंडियन मुस्लिम वेडिंग ? बताइए कैसी होती है ?"

"इमाम ज़ामिन से शुरू करो तो माँझा, साँचक़, शहाना जोड़ा, माँगभराई, आरसी···पहले सक़्क़ों का छिड़काव। बाहर कश्मीरी घोड़ा छोड़ते हैं। नक़लें भरते हैं।"

"वो कैसे ?"

"अंदर मिर्यासनें, तारों की छाँव में रुख़सती। शोहदे दूल्हे मियाँ के हाँ तड़के ही पहुँचकर दुआओं की बौछार कर देते हैं।"

"अगर जल्दी से उन्हें इनाम देकर टालें नहीं तो लपेट-लपेटकर वह गालियाँ···वह गालियाँ···" नूरन ने कहा।

"हाँ, लेकिन शाइस्ता गालियाँ।" नूरन ने कहा।

"शोहदे अब भी मिल जाएँगे ?"

"जी हाँ बिटिया, पुराने सआदतगंज में।" नूरन ने कहा।

"फ़िरोज़ा ! क्या तुम कोई टेलीविज़न फ़िल्म बना रही हो ?" रानी दुल्हन ने पूछा।

"लंदन टेलीविज़न वालों का इरादा है।"

"तुम्हारा भी ख़ैर से ब्याह होने वाला है, पिंकी मियाँ से ना ?"

"जी नहीं, वहीं।"

"ओह··· !" पच्चीस साल इस घर में गुज़ारकर रानी दुल्हन ने डिप्लोमेसी भी ख़ूब सीख ली थी। कुछ देर बाद पूछा—"कौन ज़ात हैं ? महाजिर, पंजाबी, पठान ?"

मँझली ननद परवीन सुल्ताना के हाँ कराची हो आई थीं और वहाँ की नवीन सियासत जान गई थीं।

"जी नहीं।"

"सिन्धी ?"

"जी नहीं।"

"बगाली तो अब हो ही नहीं सकता। अच्छा बिलोच ?"

"जी नहीं, अंग्रेज़।"

"अंग···रेज़ !" बहारआरा बेगम का मुँह खुला का खुला रह गया।

अब यहाँ से खिसकना चाहिए। अपनी शादी ही के सिलसिले में एक ज़रूरी बात विकी मामूँ से करनी थी, उनको ढूँढा जाए। फ़िरोज़ा उठकर पहलू के बरामदे में गईं। माँ, दोनों ख़ालाएँ और आगिना अंदर जा चुकीं। नूरन ने बारादरी में जाकर बत्ती जला दी। विकी मानो इसी सिग्नल के इंतिज़ार में थे। अपनी लाइब्रेरी से बरामद हुए। एक ख़िदमतगार काग़ज़ात और किताबें उठाकर लाया।

सफ़ेद दाढ़ीवाले विकी मियाँ अपना ज़्यादा वक़्त बाग़ीचे में गुज़ारते थे। माली से गुफ़्तगू, बाग़बानी और पेड़-पौधों की किताबें पढ़ते थे, और भी जाने क्या-क्या पढ़ा

करते थे। घर बैठे संस्कृत और इबरानी सीख चुके थे। चालीस हज़ार अक्षर न होते तो चीनी भी सीख लेते कि लाउत्से की ज़बान थी।

अब वह रात गए तक वहीं बैठे रहेंगे। मानो बेदे-मजनूँ से घिरे पवेलियन में कनफ़्यूशस के फ़लसफ़े में लीन।

फ़ौरन अंदर गए, कुरान शरीफ़ के कुछ तर्जुमे अक़ीदत से उठाकर लाए।

फ़िरोज़ा दबे पाँव नज़दीक पहुँचीं—"अस्सलाम अलैकुम मामूँजान !"

"वालेकुम अस्सलाम ! जीती रहो, बैठो। दिनभर कहाँ ग़ायब थीं ?"

"छोटे मामूँ के हाँ ! फिर मुमानी दुल्हन ने कपड़े निकाले थे, वह देख रही थी—खड़ा पाइँचा।" वह खुश होकर मुस्कराई।

"तुमको तो यह सब फ़ैंसी ड्रेस लगता होगा !"

"जी नहीं मामूँ मियाँ, ऐसी बात तो नहीं है। दरअस्ल, मैं इसी सिलसिले में आपसे एक गुज़ारिश करना चाहती थी।"

"बजिया से पूछकर जो जी चाहे ले जाओ। हमने तुम्हारे लिए ज़ेवर भी अलग कर रखे हैं, हम भात लेकर कराची आवेंगे ना, जब तुम···"

"भात क्या मामूँ ? दाल-भात लेकर कराची न आएँ, लोग हँसेंगे।"

यह बच्ची और हम, दो अलग-अलग ज़बानों में बात कर रहे हैं।

"अच्छा हाँ, बताओ !"

"मामूँजान ! बात यह है कि···"

"आदाब बड़े मामूँ ! हैलो फ़ैरी।"

पिंकी सामने खड़े थे रौशन-रौशन-से—खुले दिल वाले।

कैसे अच्छे हैं ! मगर नहीं—नामुमकिन। अब तो ख़ैर सवाल ही पैदा नहीं होता। लंदन के अख़बारों में ब्राइन से मँगनी का ऐलान तक हो चुका है।

"जियो मियाँ ! और तुम कहाँ से आते हो थके-माँदे, मलूल व रंजूर[1]?"

बेंत की कुर्सी पर बैठ गए। जापानी पौधों के मुताल्लिक़ बातचीत की जो सिकंदरबाग़ से मँगवाए थे। कुछ कहना चाहा, मगर हिम्मत न पाई। बहुत उदास थे। फ़िरोजा ने महसूस किया इस वक़्त यह उदासी ब्राइन मूरलैंड की वजह से नहीं थी। वह मामूँ के लिए फ़िक्रमंद थे। इन सब को मामूँ से कितनी मुहब्बत थी !

"मामूँ मियाँ, क्या पढ़ रहे हैं ?" दोनों ही एक-साथ कह उठे।

"मैं··· ?" वह चौंके—"यह···यह चंद आयात करीमा के तराजिम व तफ़ासीर[2] का तक़ाबली[3] मुताला है। तुम लोगों को दिलचस्पी है ?"

"जी हाँ।" उनके भांजी-भांजे एक-साथ जोश से बोले। उस वक़्त फ़िरोज़ा ने खुद को अपने कज़िन के साथ ख़ून और दर्दमंदी के अटूट बंधन में बँधा पाया।

---

1. ग़मगीन और रंजीदा, 2. व्याख्या, 3. तुलनात्मक अध्ययन।

अनमोल ख़ज़ानों में साझा—मगर नहीं। ख़ैर...

विकी मामूँ कह रहे थे, "यह देखो, मौलाना अबुलआला मौदूदी की तफ़हीमुल कुरान पारा 29 आयत 28 –

इज़ाशिना बद्दल्ना अमसालहुम तब्दीला

"मौलाना कहते हैं इस फ़िक़रे के तीन माने हो सकते हैं। हम जब चाहें उन्हें ख़त्म करके उन्हीं के जैसे दूसरे लोग उनकी जगह ला सकते हैं, जो अपने किरदार में भिन्न हों। हम जब चाहें उनकी शक्लें तब्दील कर सकते हैं यानी जिस तरह हम किसी को तंदुरुस्त और हाथ-पैरों का पूरा बना सकते हैं इसी तरह हम इस पर कुदरत रखते हैं कि किसी को अपाहिज कर दें, किसी को लकवा मार जाए और कोई किसी बीमारी या हादसे का शिकार हो जाए। तीसरे यह कि हम जब चाहें मौत के बाद उनको दोबारा किसी और शक्ल में पैदा कर सकते हैं।"

"अरे! यह तो वह नहीं है? क्या उसे कहते हैं—"

"आवागमन।" पिंकी ने फ़िरोज़ा की मदद की।

"मालूम नहीं मौलाना का क्या मतलब है। मगर यह तीसरी बात हम कहते तो लोग हमारी ठुकाई कर देते।"

"आप आवागमन को मानते हैं?" पिंकी ने मालूम किया।

"बिल्कुल नहीं।"

चाँद निकल चुका था।

"अब न पढ़िए। यह बल्ब बहुत मद्धम है।"

"हम तो चाँदनी में भी पढ़ सकते हैं, हमारी आँखों की रौशनी इतनी तेज़ है। और कुरान की चाँद की रौशनी में तिलावत की जाए, वाह क्या बारीकी है!"

उन्होंने खुद अपनी तारीफ़ की। उनको सराहनेवाले बहुत कम थे।

"पूनम का चाँद।" पिंकी ने कहा।

"पूनम क्या? पूनम ढिल्लो?"

"यार, यू आर वेरी स्टुपिड!"

वही हमउम्र रिश्तेदारों वाली पुरानी बेतकल्लुफ़ी से बोले। पिंकी भी भूल गए कि फ़िरोज़ा के इनकार के बाद उनके बीच खिंचाव बना रहना चाहिए। मौसम, वातावरण, माहौल, वक़्त की परछाइयाँ बड़े चमत्कार दिखाती हैं।

"जिप्सी मून।" विकी मियाँ ने ऊपर देखा।

हवा खुशबुओं का रेला साथ लाई।

"इस सामनेवाले चबूतरे पर बेला ने गाया था—बेला फूले आधी रात। बहुत वाह-वाह हुई! उस रात भी चाँदनी ख़ूब खिली थी।"

चाँदनी रात का चमत्कार... !

"चाँदनी बाजी ने इसी बारादरी में आधी रात तक बैठकर मेरे लिए कार्डिगन बुना

था। जब हम लोग कराची वापस पहुँचते ही अमेरिका जाने वाले थे।"

फ़िरोज़ा ने कहा, "बड़े मामूँ ! अम्मी बतलाती हैं कि चाँदनी बाजी से भी तो उन्हीं दिनों आपके लिए बात चली थी, उसे क्या कहते हैं, सिलसिलए-जुम्बानी। अगर वह रेडरोज़ न जातीं तो ज़िंदा बच जातीं।"

कल चौधवीं की रात थी, शब-भर रहा चर्चा तेरा

"हाँ भई, तुम कुछ बतलाना चाहते थे ?"

"कुछ भी तो नहीं मामूँ मियाँ !"

"हमसे न उड़ो !"

सोच में रहे, फिर हिचकिचाकर बोले—"आज हम धनिया महरी के पुल से गुज़र रहे थे। ज़नानों की एक टुकड़ी नज़र आई। उन्होंने कहा—सुलोचना की मौत के बाद उनके जाँनशीन मधुबाला बंबई चले गए और मेमसाहब बहुत वक़्त से कहीं लापता हैं। सारा कुसूर सिर्फ़ हमारा है। लेकिन तुम जानते हो जब वह यहाँ से भागीं, हम अपने हवासों में न थे।"

"मैगी मुमानी के फ़रार को कितने बरस गुज़रे ?"

"पूरे तीस।"

"तो अब तक वह कहाँ बाक़ी होंगी ! अगर वह सॉल्वेशन आर्मी वालों के हाँ से फिर निकल भागी हों तो इन ग़रीबों के साथ की मुश्किलें कैसे झेल पाई होंगी !"

"वह बचपन से इस तरह की ज़िंदगी गुज़ारने की आदी थीं।"

"अम्मी तो कहती हैं, वह किसी इंग्लिश वायकाउंट की लड़की थीं और यूनीवर्सिटी से लौटते में आपको चेरिंग क्रॉस स्टेशन पर मिली थीं ?"

"दुरुस्त, लेकिन उनकी माँ जिप्सी थीं।"

"जिप्सी ? यह तो बिल्कुल वह बोहेमियन गर्ल वाला ओपेरा हो गया, जिसमें किसी बोहेमियन ड्यूक की बच्ची को उसके क़िले से जिप्सी चुराकर ले गए थे !"

चाँद बारादरी पर चमकने लगा। गुड़हल और चाँदनी का कुंज रौशन हुआ। बुर्जियों वाला तीन कटोरी हाउस ऐसा लगा जैसे कैनवस के पर्दे पर पेंट किया गया हो—"दि बोहेमियन[1] गर्ल" का स्टेज।

"आप चेरिंग क्रॉस स्टेशन पर···" पिंकी ने याद दिलाया।

"हाँ ?" विकी चौंके।

"वह भी यूनीवर्सिटी में पढ़ती थीं ?"

"वह स्टेशन के बाहर खड़ी होकर गाती थीं।"

"अरे !" पिंकी और फ़िरोज़ा ने फिर एक-साथ कहा।

---

1. आयरिश कंपोज़र माइकल विलियम बॉफ का लिखा हुआ बैले ओपेरा, जो पहली बार 1843 में लंदन में पेश किया गया और उसका एक गीत लोगों ने बहुत पसंद किया।

"उनका भाई एकार्डियन बजाता था। अपाहिज माँ बैसाखी के सहारे खड़ी रहती थीं, हाथ में जंगली फूलों की टोकरी लेकर। जब ट्रेन के मुसाफ़िर और राहगीर इनकी टोकरी में सिक्के डालते, वह एक-एक फूल उनको थमा देतीं।"

"मगर आपने अभी कहा कि मैगी मूमानी एक वाइकाउंट की बेटी थीं?"

"पोती... किसी वाइकाउंट के ओबाश लड़के की नेचुरल औलाद। माँ जिप्सी थीं और बेइंतिहा हसीन। किसी मामूली म्यूज़िक हॉल में कोरस-गर्ल भी रह चुकी थीं।"

"फिर? फिर क्या हुआ?" अब पिंकी और फ़िरोज़ा वह नन्हे बच्चे थे, जो इसी बारादरी में रात के वक़्त नाना मियाँ से कहानियाँ सुना करते थे।

"एक रोज़ क्लास से लौटकर हम चेरिंग क्रॉस स्टेशन पहुँचे। शिकस्ता बरसाती ओढ़े एक उदास सूरत लड़की को गाते सुना। वह बोहीमियन गर्ल ही का मशहूर गीत गा रही थी—

I dreamt that I dwelt in marble halls
With vassals and serfs at my side.
I had riches too great to count
And a highiesh ancestral name.
I also dreamt that pleased me most
That you loved me still the same.

"ऐसी सुरीली, पायदार आवाज़ तीर की तरह हमारे दिल में उतर गई। हमने एक पाउंड उसके भाई की टोपी में डाल दिया। फिर हम अक्सर वहाँ जाने लगे और उस बेचारी लड़की से वही गीत सुनते।

"उन तीनों से कोई बात न करता था। फ़ुर्सत किसे थी! और इंग्लिस्तान में भी खानाबदोश आउटकास्ट समझे जाते हैं—उचक्के, उठाईगीरे। जर्मनी के अनगिनत बेचारे जिप्सियों को तो हिटलर ने गैस-चैंबर्ज़ की नज़र कर दिया था।"

"बड़े मामूँ! क़ताकलाम[1] होता है। पेरिस में आजकल यूगोस्लाविया से भागी हुई मुसलमान जिप्सी लड़कियाँ चोरी-चकारी करती फिर रही हैं। क्या यह लोग भी यूगोस्लावियन मुसलमान थे?" फ़िरोज़ा ने पूछा।

"नहीं, ब्रिटिश जिप्सी। शायद आयरिश।"

"आपको मैगी से इश्क़ हो गया था?"

"अरे नहीं भई! महज़ हमदर्दी। चुनांचे हम इन्हें अपनी सेकंडहैंड मोरिस माइनर में बिठालकर दि किंग मस्जिद ले गए और निकाह पढ़वा लिया। इनकी माँ बहुत ख़ुश हुईं। लेकिन कहने लगीं—यह लड़की पैदाइशी कमअक़्ल है। इसका मुझसे भी ज़्यादा बुरा हश्र होगा। इसे यहीं न छोड़ जाना! हमने कहा—नहीं, हम इसे अपने साथ ले

---

1. बात काटना

जाएँगे। मियाँ अब्बा ने हमें क़ानून पढ़ने के लिए भेजा था। मिडिल टैंपिल में क़ायदे के मुताबिक़ खाना खा आते थे और मारे-मारे फिरते थे। वापसी की तैयारी की। वह अपने एरिस्टोक्रेटिक दादा के मार्बल हाल्ज़ तो कभी न पहुँच पाईं, बतौर तलाफ़ी हम उनको अपनी छोटी-सी महलसरा में ले आए। हम दीवाने थे। हमसे उम्मीद यही थी कि विलायत में इस तरह की कोई हरकत कर बैठेंगे। हमने मियाँ अब्बा और अम्मा से कहा कि यह वाइकाउंट फ़लाँ की पोती हैं तो इनके ज़रा आँसू पुँछे। मैगी को हमने समझाया कि अगर असलियत बतलाई तो हम मार-मार के भूसा भर देंगे।

"अम्मा ने इसरार किया कि तलाक़ देकर वापस भेज दें। हम न माने। हमने एक ख़ानाबदोश भिखारन को सहारा नहीं दिया था?"

"मगर आप उनको इतना पीटते क्यों थे?"

"अरे भई, ज़ेहनी तवाज़ुन हमारे अंदर रहा नहीं था। लोग समझते थे हम तीन कटोरी राज का ख़ात्मा नहीं सहार पाए। यह बात हरगिज़ नहीं थी। हिंदुस्तान-पाकिस्तान के सियासी मामलात ने हमारा दिमाग़ हिला दिया था। सारी दुनिया से Sanity रुख़्सत हो रही थी। घर के अंदर जब बीवी बेवकूफ़ी की बातें करतीं तो झुँझलाकर मार बैठते थे। छोटे बच्चों को पीटते ही तो हैं!"

"लोगों ने उड़ा दिया कि आप Sadist थे।"

"लोग जो चाहें उड़ाएँ। लेकिन हमने मैगी को इतना परेशान न किया होता तो वह न जातीं।"

"इनसान हालात से तंग आकर भाग निकलता है।" फ़िरोज़ा ने कहा, "नाना मियाँ से कहतीं कि उन्हें इंग्लैंड भिजवा दें।"

"मियाँ अब्बा को वह कोई राक्षस समझती थीं, अम्माँ को राक्षसनी। उनकी शक्ल देखकर ही मैगी की रूह फ़ना होती थी। बच्चों की तरह सहमी-दुबकी अपने कमरे में छुपी रहती थीं। कहीं आने-जाने की इजाज़त भी नहीं थी, वरना सोसाइटी में इनका मज़ाक़ बनता।

"और हमारी दोनों बद्‌दिमाग़ बहनें—पिंकी, माफ़ करना, तुम्हारी वालिदा और छोटी ख़ाला, मैगी से उन्होंने कभी सीधे मुँह बात नहीं की। हमेशा घुड़की, झिड़की, डाँट-फटकार। पिंकी, क्या तुम उनको बिल्कुल भूल गए?"

"हम बहुत छोटे थे मामूँ मियाँ! इतना याद है, वह कभी-कभी हमें इंग्लिश गाने सुनाया करती थीं।"

"हाँ, और अपनी ख़ास जिप्सी बोली का एक गीत। बंजारे मध्यकाल में शायद कालीदेवी की मूर्तियाँ भी अपने साथ ले गए थे। योरोप में स्याहफ़ाम मुजस्समों का जुलूस लेकर निकलते हैं जिसे अपनी पैटरन सीनेट कहते हैं। मैगी जो गीत इंग्लिश जिप्सियों के गाती थीं, उनमें बहुत-से लफ़्ज़ हिंदुस्तानी ज़ुबान के मौजूद हैं। अल्फ़ाज़ बहुत सख़्तजान होते हैं। पिंकी, तुम और डिंकी ज़ुबान के मामले में तकरार करते रहते

हो, मगर याद रखो ख़ानाबदोश उर्दू शायद अगले पाँच सौ साल और बाक़ी रह जाए।"

"मामूँ मियाँ! आप हमें मैगी मुमानी के बारे में बतला रहे थे।"

"ओह...हाँ, तो वह सचमुच बोहेमियन[1] गर्ल एक देव[2] की क़ैद में थीं और उन्हें इस मकान के अपने कमरे की खिड़की से कुछ Street Singer दिखलाई पड़े, जिप्सी कुनबा याद आया और वह उस गुमशुदा आज़ादी की तलाश में निकल भागीं।"

"मगर वह बंजारे नहीं थे। वह तो..."

"उनको इसकी पहचान कहाँ थी! बेचारी अंग्रेज़ औरत! इस कोठी से बाहर ही बहुत कम निकली थीं।"

"हमारे हाँ के ज़नाने भी किस क़दर फटे-हाल हैं।" फ़िरोज़ा ने कहा।

"वेस्ट में देखें रात के वक़्त पेरिस के बुवाबोलों की सड़कों पर जमा, जैसे परियों का मेला। एक से एक ग्लैमरस! बहुत-से तो अपनी-अपनी कारों पर आते हैं। हमारे साउथ एशिया में हर चीज़ इतनी फटीचर है।"

"क्यों?" पिंकी ने जिरह की, "शाही के ज़माने में तो वज़ीर और सलाहकार तक बने। ख़्वाजासरा तहसीन अली खाँ। ख़्वाजासरा अलमास अली खाँ। तहसीन की मस्जिद। इमामबाड़ा अलमास। ख़्वाजासरा अंबर अली खाँ।"

"हमारे ज़वाल[3] की एक और निशानी" विकी मियाँ ने जवाब दिया।

"मामूँ मियाँ! हमने ज़िद की थी तो एक बार ख़ुशक़दम बुआ और मुन्ने खाँ अपने-अपने साथ टर के मेले में ले गए थे। वहाँ हमने क्या देखा कि आमने-सामने दो मचानों पर खड़े ज़नानों के दो गिरोह जुमलेबाज़ी कर रहे थे और मजमा क़हक़हे लगा रहा था।"

"हमारी मशरिक़ी तमद्दुन का आख़िरी नमूना।" विकी मियाँ ने तन्ज़ की।

एक चंडोल चीखता हुआ ऊपर से गुज़रा। वे तीनों बारादरी के अंदर किसी चीनी-जापानी पेंटिंग की तरह निश्चल रहे।

अचानक तस्वीर में जान पड़ी। पिंकी पूछ रहे थे—"हमारी समझ में आज तक न आया कि जब मैगी मुमानी इस ड्योढ़ी से निकली थीं तो सुलोचना ने इनको मना क्यों न किया? इन बेचारे हक़ीर[4] ज़नख़ों की हिम्मत कैसे पड़ी कि वह राजा साहब तीन कटोरी की बड़ी बहू को अपने साथ ले जाएँ?"

"वह अनजान थे। माली के हाँ बिरादरी का भोज था। इसके बाद वह सब मंदिर गए। ज़नाने उनके पीछे-पीछे जा रहे थे। साड़ी का घूँघट काढ़कर वह भी चल पड़ीं। वह अमावस की रात थी। दूसरे रोज़ सुलोचना लरज़ते-काँपते मियाँ अब्बा की ख़िदमत में हाज़िर हुए। अर्ज़ की—'मेम साहब उनके डेरे पर तशरीफ़-फ़रमाँ हैं, पछाड़ें खा रही हैं

---

1. यूरोप में जिप्सियों को बोहेमियन कहा जाता है, 2. दैत्य-राक्षस, 3. पतन, 4. तुच्छ।

मगर यहाँ वापस आने के लिए तैयार नहीं। सरकार, मोटर भेजकर बुलवा लीजिए।'

"मियाँ अब्बा ख़ुद जाने के लिए तैयार हुए, अम्मा ने रोक दिया—बला कटी! इसे मिशनरियों के हवाले कर दीजिए। एक बड़ी रक़म सुलोचना को दी कि जब तक मेम साहब तुम्हारे यहाँ रहें, उनके खाने-पीने का ख़याल रखो। और सड़क पर हरगिज़ न निकलने देना! हमें इन सब मामलात की कानोंकान ख़बर न होने दी।

"तीन कटोरी गाँव में सॉल्वेशन आर्मी वालों ने एक सेंटर खोल रखा था। इनकी बुढ़िया मेम अक्सर वहाँ गढ़ी पर आया करती थीं। अम्माँ ने मालूम करवाया। वह मर चुकी थीं। कुछ रोज़ बाद मियाँ अब्बा ने मुक्ती फ़ौज के ब्रिगेडियर को बुलवा भेजा। वह अपने साथ मैगी को ले गए।"

"मुक्तीवाहिनी···वह उस वक़्त भी थी?" फ़िरोज़ा ने सवाल किया।

"सॉल्वेशन आर्मी, यार!" पिंकी ने आहिस्ता से डाँटा।

"मुक्ती फ़ौज की कड़ी मिशनरी ज़िंदगी और पाबंदियाँ मैगी बरदाश्त नहीं कर पाईं। भागकर फिर सुलोचना के जत्थे से जा मिलीं। लाला कालीचरण के खोजियों ने बतलाया कि वह लोग बिहार चले गए। ब्रिगेडियर साहब इनको घेर-घारकर वापस ले जाने में कामयाब हो गए थे। क्या पता फिर रस्सियाँ तुड़ाकर भाग निकली हों! इनसान अपनी तक़दीर से नहीं लड़ सकता।"

"आप भी ऐसा सोचते हैं मामूँ मियाँ?"

"कभी-कभी। वही पुराने सवाल—फ़लाँ के साथ ही ऐसा क्यों हुआ? मेरे साथ ही ऐसे क्यों हुआ? इसका जवाब नहीं मिलता।"

पिंकी ने उनकी दिलजोई की कोशिश की, "मामूँ जान! हमने सुना है सुलोचना उनको बेटी की तरह चाहते थे। सारी बिरादरी उनकी बेहद इज़्ज़त करती थी। दरअस्ल उनको शायद एक फ़ादर-फ़िगर की तलाश रही होगी, जो नाना मियाँ और ब्रिगेडियर साहब में भी नहीं मिला। कमतरीन इनसान 'जन्नत की चिरय्या' सुलोचना में मिल गया।

ख़ाकसाराने जहाँ रा न हिक़ारत म, निगर[1]
तू चे दानी कि दरीं गर्द सवारे बाशद

"मैं अभी शीरीं कासल गया था। मानिक ख़ाला को बतलाया। वह कहने लगीं—आओ हम उम्मीद करें मैगी सॉल्वेशन आर्मी वालों के साथ मेजर मारग्रेट बनी Onwards Christian Soldiers Marching On To War गाती कहीं घूम रही होंगी या इन लोगों ने उसे विलायत लौटा दिया होगा।"

"लेकिन मुक्ती फ़ौज ही ने यहाँ से कूच किया, हम किससे पूछते?"

फ़िरोज़ा ने उनका ध्यान बँटाना चाहा—"बड़े मामूँ। बेला रानी भी एक्ट्रेस थीं?

---

1. गिरी हुई नज़रों से न देख! तू क्या जाने इस गर्द में कौन-सा शहसवार छुपा हो! (शेख़ सादी)

बड़े मामूँ, हम दिलीपकुमार से स्विट्ज़रलैंड में मिले, वह तो काफ़ी···मतलब यह कि···"

"वह हमारी ज़ेनी, पेनी, फ़ेनी की जेनरेशन के हीरो थे।"

"जी हाँ, वही तो!"

पिंकी ने उनकी दिलचस्पी की गुफ़्तगू शुरू की, "तो आप आजकल कुरान की स्टडी कर रहे हैं और आवागमन को नहीं मानते।"

"नहीं। कुरआन अलबत्ता तसव्वुफ़ का सरचश्मा भी है। सारे में जारी व सारी, यही वेदांत है और ज़ेन और ताव। जलालुद्दीन रूमी फ़रमाते हैं—हफ़्त सद हफ़्ताद।"

पिंकी ने नज़र बचाकर घड़ी देखी।

"तुम्हें कहीं जाना है?" वह अपनी बात अधूरी छोड़कर उठे और सीढ़ी उतरकर तालाब के किनारे-किनारे टहलने लगे। "बारिश में कँवल!"—पानी पर फैले नीलकमल पर नज़र डालकर आत्मा और परमात्मा के बारे में उन्होंने ख़याल ज़ाहिर किया।

पिंकी ने आहिस्ता से कहा, "यह पागल कभी नहीं थे—महज़ एक Delightful Eccentric। ऐसे नफ़ीसुल्तबा[1] नाज़ुकमिज़ाज लोगों की अब हमारी सोसाइटी में गुंजाइश ही नहीं रही है। हम तो इनकी लाइब्रेरी की विरासत के भी हक़दार नहीं। इनकी ज़िंदगी अब कितनी बाक़ी होगी! मगर यह अमर जीवन की आस लगाए बाग़बानी करते जाते हैं और 'सब कहाँ, कुछ लाला-ओ-गुल'[2] में दोहराया करते हैं। मुझे यक़ीन है कि वनों में इनको किन्नर नज़र आते होंगे और तोते इनको कहानियाँ सुनाते हैं। फ़िरोज़ा, यह उन क़दीम शायरों में से हैं जिनके ज़हन और कल्पना ने देवमालाओं की रचना की।

"जापानी बाग़ीचों में ज़ेन की रूह इनको बड़ी साफ़ दिखलाई दे जाती है—पूर्ण ब्रह्म···। यूनिवर्सल स्प्रिट। पेड़, पौधे, परिंदे, इनमें शामिल होकर यह ख़ुद और हम सब फिर नमूदार होंगे।" अचानक पिंकी हँस पड़े, "मामूँजान की यही बात सुनकर एक साहब कहने लगे—ज़रा सोचिए सन् 2012 की एक सुहानी सुबह एक चिड़िया बेडरूम के दरीचे में आन बैठे और अचानक अंकल विकी की आवाज़ में तक़रीर शुरू कर दे—'मौलाना रूमी फ़रमाते हैं—'

"बात यह है फ़ैरी कि ज़िंदगी के बाद अब्दी मौत एक अटल क़ानून है।"

"यह तुम कह रहे हो या सन् दो हज़ार बारह में खिड़की में बैठा परिंदा बोल रहा है?"

"यह हम कह रहे हैं। मरने के बाद कुछ नहीं होता हपाता।"

विकी वापस आए।

"मामूँ मियाँ, इजाज़त!" पिंकी ने खड़े होकर कहा, "एक मंत्री के हाँ डिनर पर

---

1. उत्कृष्ट स्वभाव, 2. 'गालिब' का शे'र—

सब कहाँ, कुछ लाला-ओ-गुल में नुमायाँ हो गईं
सूरतें, क्या ख़ाक होंगी कि पिन्हाँ हो गईं।

जाना है। बड़ा भारी सरकारी कांट्रेक्ट मिलने वाला है। बहुत मुनाफ़ा होगा।"

"तुम ज़रपरस्ती[1] की मंज़िल पर बहुत जल्दी पहुँच गए। याद रखो महज़ चंद साल क़ब्ल तक शुरफ़ा[2] रुपए-पैसे का तज़किरा ही नहीं करते थे। इसको अच्छा नहीं समझते थे।"

"मामूँ मियाँ! अब तो हम खुद बिज़नेसमैन हैं, वरना कैसे काम चलेगा?"

पिंकी के जाने के बाद फ़िरोज़ा ने फिर अपनी गुज़ारिश की तैयारी की, जिसके लिए शाम से मुंतज़िर थीं।

"मामूँ जान! एक बात···"

"सुनो, इनसान की पाँच मंज़िलें हैं। पहले वह रोमैंटिक होता है, तुम्हारी तरह। फिर इनक़लाबी, क़ंबर अली की तरह। फिर क़ौमपरस्त, फिर ज़रपरस्त, फिर कट्टर मज़हबपरस्त या फिर सूफ़ी, या कुनूती[3], या फ़िलूती[4] अल मनफ़िलूती!"

"बड़े मामूँ! आप कितने दिलचस्प···"

"यानी इनसान अपने चैनल बदलता रहता है। अच्छा भई, तुमने हमारे कदम की छाँव तो रद्द कर दी।"

"जी हाँ, इंग्लिस्तान का ओक।"

"ओह! शाह बलूत। वह भी अच्छा दरख़्त है। और बिटिया, तुम खुद किस मिट्टी से उगी हो?"

"हम वेस्ट में ज़्यादा ऐट होम रहते हैं।"

"इसमें क्या बुराई है? तुम्हारी ज़्यादातर परवरिश वहीं हुई।"

"और इंडिया में अम्मी का मैका है। लेकिन···यह दुश्मन मुल्क है।"

मामूँ ने आह भरी।

भांजी मुस्कराई। कहा, "मैंने अब अपनी सहेलियों में इंडियन पिंक के बजाय क्रिश्चियन पिंक की **Term** (टर्म) शुरू की है।"

"तुम्हारे इन बयानात पर हम हैरान नहीं।" एक आह भरी—"तुम्हारी जेनरेशन ने एक-दूसरे के ख़िलाफ़ दो भयानक जंगें देखी हैं और मुसलसल दोनों जानिब का एक-दूसरे के ख़िलाफ़ ग़लत प्रोपेगंडा।"

"जंगें सुहानी भी होती हैं?" मुस्कराकर।

"लगातार हिंदू-मुस्लिम फ़सादात और उनकी ख़बरें।"

सुरीली-सी हवा चली।

"अच्छा भई तो वह—शाह बलूत।"

"वह लंदन यूनिवर्सिटी में मेरा क्लासफ़ैलो था।"

"तुम्हारे वालिदैन को ऐतराज़ नहीं?"

---

1. दौलत की पूजा, 2. उच्च जाति के लोग, 3. निराशावादी, 4. एक मिस्री लेखक।

"था, बेहद। लेकिन वह मुसलमान हो जाएगा। ख़ानदानी लड़का है। और उसकी बड़ी तमन्ना है कि शादी ख़ालिस इंडियन—आई मीन—साउथ एशियन रवायती ढंग से हो। हाथी-घोड़े-पालकी वग़ैरह।"

"वह क्या एक Indophile है?"

"कुछ-कुछ। दरअसल, उसके एक हमक़ौम दोस्त ने एक ब्राह्मण लड़की के साथ उदयपुर आकर फेरे-वेरे डलवाए। वैदिक रस्में और हाथी-घोड़े। ब्राइन भी उसके साथ आया था, तो उसे भी यही शौक़ चर्राया है!"

एक अदद हाथी का इंतिज़ाम हम करवा देंगे! पालकी तो गोदाम में मौजूद है!"

"ओह मामूँ मियाँ, यू आर वंडरफुल! थैंक यू!"

"मगर तुम्हारे अब्बू क्या यह पसंद करेंगे?"

"उनको मना लेंगे। वह मेरी हर ज़िद पूरी करते हैं। वह सरकारी मुलाज़िम नहीं हैं। यहाँ आने में कोई परेशानी नहीं।"

"तुम्हारे वालिद अलीगढ़ से डिग्री लेते ही सन् 49 में चले गए थे। तुम्हारे बाप की नस्ल के लिए क़ौमियत बदलने या बरक़रार रखने का इनहिसार[1] इन्तिख़ाब[2] पर था या मजबूरी पर। अब क़ौमियत का दारोमदार इस पर है कि कौन कहाँ पैदा हुआ। अगर तुम्हारे अब्बू यहीं रह गए होते और पिंकी को उनके वालिद ने वहाँ बुला लिया होता तो आज डिंकी वह होते जो पिंकी हैं और पिंकी वह होते जो डिंकी है, यानी डिंकी पिंकी होते और पिंकी डिंकी। क्या समझीं?"

"जी।" समझे मेरी बला—उसने दिल में कहा।

"क़ौमियत का दूसरा इनहिसार इस चीज़ पर है कि किसको किस सफ़ेदफ़ाम मुल्क की शहरियत और पासपोर्ट ज़्यादा आसानी से मिल जाए।"

बिल्कुल खब्ती। लेकिन राजा साहब तीन फटोरी अब यही हैं। बड़ी ख़ाला कितनी ही ख़फ़ा हों, अगर यह इजाज़त दे देंगे तो साउथ एशियन मुस्लिम वेडिंग यहीं से होगी। बल्कि झोंक में आकर बेहतरीन इंतिज़ाम यह खुद करवाएँगे। —फ़िरोज़ा ने सोचा।

"बड़े मामूँ! चंद शोहदे भी चाहिए।"

"शोहदों की आजकल क्या कमी है!"

"जी नहीं, वह शादियोंवाले।"

"शादी व ग़मीं वाले शोहदे तो अभी मौजूद हैं। शहर के अंदर शिया हज़रात के आख़िरी गुस्ल का फ़रीज़ा भी शायद अब तक इन्हीं के सुपुर्द है।"

फ़िरोज़ा लरज़ी[3]। यह पुरानी तहज़ीब का चक्कर तो बहुत तह-दर-तह निकला।

---

1. निर्भर, 2. चयन, 3. काँपना।

"ख़वातीन[1] भी आ रही हैं ?"

"जी हाँ। ब्राइन की दादी लेडी मूरलैंड बड़े शौक़ से आ रही हैं।"

"यानी एक टिकट में दो तमाशे! ब्रिटिश राज का नॉस्टेल्जिया और फ़ैंसी ड्रेस नेटिव वेडिंग।"

यह कैसे सरफिरे आदमी हैं! अच्छी-भली बात का कबाड़ा करके रख देते हैं।

हिम्मत न हारी—"ब्राइन की वालिदा और बहनें भी आएँगी।"

"बहुत ख़ूब! हमारी छुनकी मिर्यासन समधिनों को बेहद नफ़ीस गालियों से नवाज़ती है। उसे ज़रूर बुलाएँगे।"

दोबारा लरज़ा चढ़ा—शोहदे लपेट-लपेटकर गालियाँ—छुनकी नफ़ीस गालियाँ—पुरानी तहज़ीब! लेकिन फ़रमाइशों का एजेंडा अभी बाक़ी था। मरी हुई आवाज़ में कहा, "थोड़े-से भांड।"

"यक़ीनन! लेकिन हमें याद नहीं आ रहा हम लोग किन कश्मीरियों की मीरास में हैं।"

"हम लोग···आई मीन, आप लोग कश्मीरियों की मीरास में हैं?" फ़िरोज़ा ने सिटपिटाकर दोहराया।

"ज़रा बताशे को बुलाना!"

नूरन के शौहर बताशे इब्न बताशन बुआ हाज़िर हुए।

"सरकार!"

"तीन कटोरी 'करंजे भांड' की मीरास है ना?"

"जी सरकार!"

"बड़े मामूँ, तीन कटोरी भांडों की मीरास में कैसे चली गई? यह सब सुनकर मेरे तो होश उड़े जाते हैं।"

कम्यूनिकेशन गैप।

"बेटा, मिरासी और भाँड मुख़्तलिफ़ ख़ानदानों की ख़िदमत अपने बाप-दादा से मीरास में हासिल करते हैं। फिर उनके यहाँ और कोई गवैया नहीं बुलाया जा सकता। करंजे का धड़ा ही तलाश करना पड़ेगा। बताशे, कल ज़रा कश्मीरी मुहल्ले चले जाओ।"

"जी सरकार! हमें करंजे का मकान मालूम नहीं। भांडों की मस्जिद जाकर पता कर लेंगे। कटरा बूतराब।"

"ठीक है, जाओ।"

"बरात का बंदोबस्त पिंकी करेंगे।"

"पिंकी?"

---

1. महिला।

"क्यों ? क्या वह तुम्हारे कज़िन नहीं हैं ? देख लेना वह किस ख़ूबी से रिश्तेदारी और वज़ादारी निभाएँगे। हनीमून के लिए नैनीताल—होटल तीन कटोरी।"

सर उठाकर चाँद को देखा जो अब बोहेमियन गर्ल की 'स्टेज' पर पहुँच चुका था।

"तुमको नए ज़माने के जिप्सी पुराने ज़माने के क़िले से चुरा ले गए !"

"मामूँ मियाँ ! अस्ल बोहेमियन तो आप थे, लेकिन आपको क़िले में वापस आना पड़ा।"

"तुम इंग्लिस्तान जा बसोगी। मौसम बदल जाते हैं तो नदियाँ अपना रुख़ तब्दील कर लेती हैं। जैसलमेर और सिंधु घाटी पर से निकलकर बंजारा चाँद स्पेन और बोहेमिया और हंगरी कैसे जा पहुँचा ? दरिया का बहाव बदल गया था।"

बाग़ शबनम से भीग चला। वह बेद के सहारे कुर्सी से उठे।

"आओ, अब अन्दर चलें ताकि हमारी हैप्पी फ़ैमिली डिनर खाए—

तेज़ रखियो सरे हर ख़ार को ऐ दश्ते-जुनूँ
शायद आ जाय कोई, आबला-पा मेरे बाद !"

'इस वक़्त रात के साढ़े ग्यारह बज़े हैं। मैं अंकल विकी से बात करके रात के खाने के बाद अपने कमरे में आई हूँ और तुमको एक ख़ुशख़बरी तहरीर करती हूँ। अंकल विकी फ़ौरन मान गए। इंग्लिश बारात—इंडियन वेडिंग। तुम्हारा जोड़ा भी सिल जाएगा मय साफ़े की कलग़ी। तुम बिल्कुल लालारुख़ वाले प्रिंस ऑफ बुख़ारा नज़र आओगे। ख़ालाएँ मुँह फुलाए रहेंगी, लेकिन कज़िन पिंकी ने (जिनका रिश्ता मैंने रद्द किया है) बहुत ख़ुशदिली का सुबूत दिया है। अब तुम हाथी पर बैठना। बहुत तफ़रीह रहेगी। टेलीविज़न वालों को साथ लेते आना।

अगले हफ़्ते हम सब कुछ दिनों के लिए नेपाल की तरफ़ वाली तराई जा रहे हैं, जहाँ मेरी कज़िन शामिना के सुसराल के फ़ार्म वगैरह हैं। मेरे छोटे अंकल बॉबी ख़ानदानी जमघटों में शामिल नहीं होते। नाना के इन्तक़ाल के बाद बड़े भाई से जायदाद के बँटवारे पर झगड़ा हुआ। ख़ासकर इस वजह से कि अंकल विकी ने हाउसकीपर की नवासी से शादी कर ली थी। हमारी नानी ही ने करवाई थी जो सिर्फ़ अपनी मर्ज़ी चलाती थीं। कुनबे में क्वीन विक्टोरिया कहलाती थीं। अंकल विकी उस ज़माने में ज़रा एबनॉरमल थे। औलाद बिल्कुल सहीउद्दिमाग़ और ज़हीन पैदा हुई। अंकल बॉबी ख़फ़ा हो गए। बरसों अंकल विकी से मुक़द्दमा लड़ा किए। इस मुकद्दमेबाज़ी में यह घर तबाह हो गया। कैथ के जंगल इसी में हवा हुए। होटल तीन कटोरी बाक़ी बचा जो अदालत ने अंकल विकी को दिलवा दिया। इसे उन्होंने बहुत तरक़्क़ी दी है। यह एक इंग्लिश-स्टाइल मेहमान-सराय है, जो तुम लोगों के दौर में भी बहुत मक़बूल थी। दरवाज़े के बाहर इंग्लिश INNS जैसा बोर्ड लगा है, जिस पर तीन कटोरियाँ बनी हैं।

एक लाउंज के बाहर बिल्कुल विलायती तरीक़े से TEAS लिखा है। शाम की चाय के साथ विलो पैटर्न की नीली प्लेटों में स्कोन्ज़ पेश किए जाते हैं, वग़ैरह। नैनीताल का तुम लोगों के ज़माने में बड़ा पक्का इंग्लिश माहौल था। अब इसके बरअक्स है। ख़ैर, आकर देख लेना। अगला ख़त मैं तुमको पहाड़ के दामन से लिखूँगी, अगर वक़्त मिला।'

"पिंकी! डिंकी! शेली! ऐमी! फ़ैरी।" इन सब के बचपन की तरह ज़रीना सुल्ताना बरामदे में खड़ी गोया उनकी हाज़िरी लगा रही थीं। फिर उन्होंने हस्बे-आदत आहिस्ता से कहा, "मेरी आँखों में ख़ाक!"

चारों तरफ़ से बश्शाश-सदाएँ[1] आईं—"यस मेम…यस मेम!"

"विकी! बॉबी…" यह नाम हलक़ में अटक गया। बॉबी ऐसे ख़ानदानी जमावों में बरसों से ग़ैर-हाज़िर थे।

"विकी!" दोबारा पुकारा।

"बाग़ में हैं।" रानी दुलहन ने जवाब दिया।

"देख लेना यह एक दिन बाबा नीम चमेली की तरह पकड़िया की डाल पर बैठे होंगे।…पेनी!"

"यस मेम!"

"फ़ेनी!"

"अन्दर गई हैं वापस, तहारत[2] करने।"

"सैली!"

"यस मेम!"

"और यह हम खुद।" ज़रीना ने पुराने दिनों की तरह अँगूठे से अपनी तरफ़ इशारा किया।

मिसेज़ ढोंडी हड़बड़ाती हुई आन पहुँचीं।

"साहब जी! मानिक बाई केमछो… ?" विकी ने रोश पर से पुकारा।

"फ़ल्ली! महनाज़!" ज़रीना ने गोया रोल-कॉल पूरी की। क़ाफ़िला मोटरों की तरफ़ बढ़ा। सब बहुत खुश थे। सारे खिंचाव और ग़म और परेशानियाँ वक़्ती तौर पर भूल चुके थे।

डिंकी पिंकी से कह रहे थे, "यार, यह हम लोगों के अंग्रेज़ी नाम क्यों रखे गए थे ? जेनी-पेनी के बजाय जन्नू-पन्नू नहीं हो सकते थे और वक्कू-बब्बू ?"

"नाम और उर्फ़ियत से" पिंकी ने कार में बैठते हुए जवाब दिया, "क्लास ज़ाहिर होती थी। बब्बू शबराती धुन्ने जुलाहे थे।"

---

1. प्रफुल्लित आवाज़ें, 2. पवित्र होने।

"मगर यार, यह जेनी-पेनी वग़ैरह तो अंग्रेज़ मिशनरी चमरेशिनों को नाम दिया करते थे।"

"हम-तुम जैसे बाबा लोग के यह नाम उनकी फ़िरंगी गवर्नेस भी तो रख जाती थीं। जैकी सिंह और डिंकी ख़ान में किस क़दर स्नोबरी छुपी हुई है!"

"जमहूरी दौर में हमारे अवाम ने अपने नाम बदल लिये। धुन्ने खुद को मंसूरी कहते हैं, मंसूर हल्लाज[1] की निस्बत से। हज्जाम सलमानी बन गए हैं। आला तालीमयाफ़्ता साबिक़ हरिजन मौर्या।"

"मौर्या क्या?"

"चंद्रगुप्त मौर्या की माँ शूद्र थी।"

"बहुत पुराना रिश्ता निकाला!"

"हम लोग भी ज़्यादातर गुज़िश्ता Robber Barons की औलाद हैं, लेकिन जाने क्या-क्या कहलाते हैं। एक सोशल साइंटिस्ट के लिए यह मामलात..."

"पिंकी! चलो भई आगे बढ़ो!" उनकी वालिदा ने आवाज़ दी।

विकी मय अहलो-अयाल[2] अपनी नई-नवेली सुर्ख़ रंग की मारुती वैन में सवार हो चुके थे। महनाज़ और आमिना पिंकी की कार की तरफ़ आईं।

"सलीमा को भी इधर बुला लो!" महनाज़ ने कहा।

"वह अपने माँ-बाप के साथ जा रही हैं।" आमिना ने धीरे से जवाब दिया, "यार, यहाँ शादी-ब्याह की बड़ी पॉलिटिक्स चल रही है। हम इन सबको इसीलिए आउटिंग पर ले जा रहे हैं कि इनका ध्यान बँटे और टेंशन कम हो।"

मानिक बाई एक अटैचीकेस निहायत एहतराम व एहतियात से उठाए अपनी कार में बैठ रही थीं।

"लाइए, हमें दे दीजिए।" आमिना ने कहा।

"नाईं! तुम बच्चों वाला है। पाक-साफ़ हाथ नहीं होगा नीं। लो सफ़िया, तुम पकड़ो। तुम एकदम शुद्ध हो। इसमें सालार बाबा के मज़ार के लिए चादर है।"

"जी नहीं, हम नहीं।"

"अरे छोटी ख़ाला, अभी तो आप वज़ू करके आई हैं।" आमिना ने चिढ़कर कहा।

"यहाँ फिर साड़ी पर छींट पड़ गई। मार सारे बाग़ में विकी हर वक़्त पानी दिलवाते रहते हैं।"

"फ़िरोज़ा! परवीन! शहला! हमारी गाड़ी में आ जाओ।" बरसाती में खड़ी ज़रीना ट्रैफ़िक डायरेक्ट करने में मसरूफ़ थीं—"अब यह दोनों फिर चली जाएँगी।" ठंडी साँस भरी।

---

1. मंसूर हल्लाज दसवीं शताबदी के बहुत बड़े सूफ़ी थे, 2. परिवार के साथ।

"फ़िरोज़ा का ब्याह तो बहुत जल्द यहीं से होने वाला है।" शहला ने बेख़याली में भांडा फोड़ दिया।

नदी के पुल से गुज़रते हुए पिंकी डिंकी को बतला रहे थे—"करनैल गंज, ज़िला गोंडा, अल्लाह मियाँ के पिछवाड़े। वहाँ सरजू और घाघरा के संगम पर क़ैसर गंज में बेहतरीन परिंदे मिलते हैं, मय सुरख़ाब···झुंड के झुंड! वाइल्ड लाइफ़ प्रेज़र्वेशन से पहले स्वर्गवासी ठाकुर रघुवीरप्रसाद सिंह सुना है सुरख़ाब भी मार गिराते थे।"

दूसरी कार में आमिना फ़िरोज़ा से मुख़ातिब थीं, "बेगम हज़रत महल इसी रास्ते से नेपाल गई थीं, जहाँ हम लोग जा रहे हैं। उनके वफ़ादार राना बेनीमाधव बख़्श उनके हमराह गए थे। हमारे किसान अब तक उनकी आल्हा गाते हैं—बेनीमाधव बख़्श मर्दाना···"

"आल्हा क्या?"

"अरे यार, तुमने तो लुटिया ही डुबो दी!"

"अगर हम लोगों को यह मालूम नहीं कि आल्हा क्या बला है तो कौन-सा ऐसा ग़ज़ब हो गया?" फ़िरोज़ा ने पंजे निकाले।

"आल्हा-ऊदल बड़े लड़ैय्या, जिनसे हार गई तलवार!" आमिना ने फ़िरोज़ा का तीखापन नज़रअंदाज़ करके दोहराया। वह इस वक़्त सुलहजोई के मिशन पर निकली थीं, "तुम्हारी पिक्चरस्क ओरिएंटल वेडिंग के लिए भाट भी बुलवा लेंगे।"

"फ़िरोज़ा-पिंकी निस्बता के ब्रेकडाउन के बाद से मेहमानों और मेज़बानों में बसिलसिला-ए-हिंद व पाक ताल्लुक़ात[2] ख़ुशअख़लाक़ी का मुक़ाबला शुरू हो चुका था। फ़िरोज़ा को भी याद आया कि जंगबंदी ज़रूरी है।

गाड़ियाँ शाहराह पर आ गईं।

"तुम्हारी सड़कें बहुत उम्दा हैं!" फ़िरोज़ा ने फ़राख़दिली से रिमार्क किया।

"तुम्हारे यहाँ भी।"

फ़िरोज़ा बेसाख़्ता कहना चाहती थीं कि अब्बू ने मुझे नई होंडा एकार्ड ख़रीदकर दी है, अब की बार आओ तो उस पर तुम्हें स्वात लेकर जाऊँगी। डर के मारे चुप रहीं। आमिना यह भी फ़ौरन पूछती—होंडा एकार्ड क्या? कमाल है यह लोग फ़ॉरेन कारों के नाम तक से वाक़िफ़ नहीं! कल डिंकी ने पिजेरो-किड्ज़[3] का ज़िक्र किया, पिजेरो भी समझानी पड़ी।

करप्शन महज़ूज़तरीन मौज़ू था, चुनांचे फ़िरोज़ा ने इनकसार से कहा, "इतना तो करप्शन है हमारे यहाँ।"

---

1. रिश्ता (संभावित शादी का), 2. भारत और पाकिस्तान के आपसी संबंध के विषय में, 3. पिजेरो गाड़ियों पर बैठनेवाले अमीर लड़के-लड़की।

"यहाँ तो हद हो गई है !"

"हमारा तालीमी मेआर बहुत गिर गया है।"

"यहाँ भी बुरी हालत···"

"नहीं तो ! भारत में सैकड़ों यूनिवर्सिटियाँ खुल गई हैं।"

"यूनिवर्सिटियाँ ? घुड़साल !"

"घुड़साल क्या ?"

अगली कार में अब पिंकी और डिंकी के दरमियान इसी दोस्ती और ख़ैरसग़ाली का मुज़ाहरा[1] हो रहा था।

"यार डिंकी, तुम्हारे टी० वी० प्ले तो लाजवाब हैं !"

---

1. सद्‌भावना का प्रदर्शन।

चार खूँट में नौबत बाजी

"झूला है।" बूढ़े पेटी-मास्टर ने अपनी बिरादरी का खुफ़िया लफ़्ज़ दोहराया; यानी यह जगह बेकार है, आगे चलो। चँबेली बेगम फ़ौरन असबाब समेटने लगीं। कमर ख़मीदा[1], सफ़ेद फ़ाम। बादशाह जानी रंगीन बुश्शर्ट और उन्नाबी पतलून में मलबूस अब भी छैला बने हुए थे। मेहँदी से रंगे पट्टों पर हाथ फेरकर बोले, "या वहशत, कहाँ चलीं? यहीं आराम कीजिए। आप दोनों को अब आराम की ज़रूरत है।"

उस्ताद हिफ़्ज़े-मरातिब[2] के आदी थे। हाथ जोड़कर अर्ज़ की, "हुज़ूर शहज़ादा सलामत, हम मुक़द्दमा ही हारे हैं, हिम्मत तो नहीं हारे! हम अब अस्सी के पेटे में हैं। यह नेकबख़्त हमसे चंद साल ही छोटी हैं। लेकिन हम उठाऊ चूल्हा लोग अपनी हड्डियाँ अल्लाह मियाँ के वहाँ से मज़बूत लिखवाकर लाते हैं। आख़िरी बार लखनऊ आए। इस साल महाराष्ट्र में सिर्फ़ दो ही उर्स[3] मिले (एक ज़माने में बहार फूलपुरी अफ़सोस से कहा करते थे इस छह महीने में सिर्फ़ तीन ही मुशायरे मिले)। ज़रा बहराइच हो आएँ।"

बादशाह जानी रिक्शा पर बैठकर गली की भीड़ में ग़ायब हो गए।

उस्ताद मोगरे मुक़द्दमे के लिए (जिसकी पेशी आख़िरी साबित हुई) जब बंबई से चल रहे थे, उनके क़दीम मुरब्बी, भिंडी बाज़ार के सेठ अब्दुल रहमान बेकरीवाले ने कहा था कि लखनऊ पहुँचकर हस्बे-साबिक़[4] उनके ग़रीबख़ाने पर ही ठहरें। उनके छोटे भाई वहीं रहते थे और एक चीनी रेस्तराँ खोल चुके थे। रंगीन टायलों से सजी उनकी तीन-मंज़िला रिहायशी इमारत में ठहरकर और शेख़ फ़ीलफ़रोश के हक़ में इस तवील मुक़द्दमे का फ़ैसला सुन लेने के बाद उस्ताद फिर चलने को तैयार थे। चँबेली बेगम ने बोरिया-बधना समेटा। वे दोनों अपने नूरचश्म गुलाब के हमराह क़ैसरबाग़ के बस-अड्डे

---

1. झुकी हुई कमर, 2. छोटे और बड़े के रुतबे का लिहाज़ करके व्यवहार करना, 3. किसी सूफ़ी संत के मज़ार पर लगने वाला मेला, 4. पहले की तरह।

पर पहुँचे, जहाँ से सारे उत्तरप्रदेश के ज़िलों व क़स्बों के लिए यू॰ पी॰ रोडवेज़ की बसें हर पाँच मिनट पर छूटती थीं। मुसाफ़िरों के मजमे से निकले। बहराइच की खिड़की के सामने जाकर लम्बी क्यू में लग गए।

यूँ चली अश्कों से चश्मे-खूँ-फ़िशाँ की मेदनी।
जैसे बहराइच चले बाले मियाँ की मेदनी। (मीर इंशा)

और तुलसी जी ने चार सौ बरस क़ब्ल 'जग बहराइचे जाता' देखा था। जग इस तरह टूटा पड़ रहा था। ट्रेनें। स्पेशल बसें। टैक्सियाँ। मोटरें। ट्रैक्टर। बैलगाड़ियाँ जो डनलप कहला रही थीं कि उनमें डनलप टायर लग गए थे।

अपाहिज, मरीज़, अंधे, जिनकी आँखों को रौशनी मिलेगी जैसे नाबीना[1] ज़ोहरा बीबी को ग़ाज़ी मियाँ की करामत से रौशनी मिल गई थी। इन्हीं ज़ोहरा बीबी की ग़ाज़ी मियाँ से जेठ के पहले इतवार को शादी होगी। यह सारी ख़िलक़त[2] ग़ाज़ी मियाँ की बाराती थी। ग़ाजी पीर ब्याहन चले। "ग़ाज़ी मियाँ के सहले" गाते डफ़ाली दूर-दूर से आ पहुँचे थे—

चार खूँट में नौबत बाजी, सैयद सालार मसउद गाजी।

लखनऊ की एक बस से उतरकर मास्टर जी, उनकी बीवी, और फ़रज़न्द ने दरगाह-शरीफ़ का रुख़ किया। वालिदैन को एक इमली के नीचे बिठालकर गुलाब मुसाफ़िर-ख़ाने की तरफ़ दौड़ गए। माँ-बाप पोदनी और पोदने की तरह पेड़ के नीचे बैठे रहे। कुछ देर बाद परीज़ादा वापस आकर बोले, "अब्बा! वहाँ तो गोरखपुर, मिर्ज़ापुर का मियाँ भाई भरा पड़ा है। अब हम बाहर देखकर आते हैं। तुम दोनों यहाँ से उठना नहीं, वरना गुम हो जाओगे।"

गुलाब ने टेडी-ब्वॉय चुस्त पतलून के बाद नए फ़ैशन के मुताबिक़ बेलबॉटम भी कई साल पहने; अब अरसे से तहमदपोश थे। दाढ़ी और जुल्फ़ें बढ़ा ली थीं जिनके बाल सफ़ेद हो चले थे। बंबई में अपनी दक्खिनी बीवी नेमत बाई को तलाक़ देने के बाद एक कोंकनी हसीना हाजरा बी से निकाह कर लिया। उसे छोड़ने के बाद अब माहिम की झोंपड़पट्टी एक बाँकी घाटन जमुनाबाई ने बसा रखी थी, जिसे वह जमीलाबाई पुकारते थे। लावल्द[3] थे। सिनेमा-टिकटों की ब्लैक का मुअज़्ज़िज़ धंधा फ़िलवक़्त अख़्तियार कर रखा था। लेकिन इससे भी अब जी उचाट हो चला था। लखनऊ का मुक़द्दमा हारने के बाद साली दुनिया ही कंडम मालूम हो रही थी। एक घंटे बाद मेले का चक्कर लगाकर वापस आए—"अब्बा! सब जगह देख आए। ख़तीब बाग़, ज़हरा बाग़, नवरंग बाग़, यह बाग़, वह बाग़। सारे में बस्ती, गोंडा, जौनपुर, बनारस, सुल्तानपुर, कानपुर जाने कहाँ-कहाँ की मेदनियाँ ठहरी हुई हैं। इधर एक राजा की कोठी है। उसके कंपाउंड में भी बाराती ही बाराती! मगर वहीं चले चलो—किसी कोने में बैठ जाएँगे।"

---

1. अंधी, 2. लोग-बाग, 3. निस्संतान।

वह तीनों अमराई से गुज़रते एक बड़े अहाते में दाख़िल हुए। कोठी के बरामदे में एक डफ़ाली ज़ोर-ज़ोर से डफ़ पर अलाप रहा था—

ग़ाज़ी जी, सलाम करें तोहरे दिवनवा...
ग़ाज़ी जी सलाम करें—आप राज काज करें,
आप तिलकधारी दुखियन का छाँव मिले तोहरे चरनवा...

कुएँ के क़रीब ठंडक थी। उन्होंने एक छतनार आम के नीचे दरी बिछाई। पोदने-पोदनी वालिदैन के लिए दाना-दुनका लाने गुलाब दोबारा उड़न-छू हुए।

जामुन के साये में क़व्वाल गा रहे थे—

शाह ज़मन, काबा वतन, अज़दर फ़गन, ख़ैबर शिकन
नूरे - समद, शेरे - खुदा, माहे-शरफ़, शाहे- नजफ़
तलवार दी अल्लाह ने, दुख़्तर रसूल अल्लाह ने
मेरी तरफ़ भी देखना मौला अली मुश्किलकुशा

"फ़रियाद है मौला...फ़रियाद है मौला!" चँबेली बेगम ने धीरे से दोहराया। साड़ी के आँचल से आँसू पोंछे। शौहर को मुख़ातिब किया, "गुल अब्बास दस साल की थी जब हम हनीफ़न बुआ के साथ यहाँ आए थे, बंबई जाने से पहले।"

"हाँ, जर्मन की लड़ाई चल रही थी और मुमताज़ शांती की बसन्त..."

"बंबई में लोग हमसे कहते थे तुम्हारी बीवी की शक्ल मुमताज़ शांती से कहीं बेहतर है। हीरोइन बन सकती हैं। तुमने कहा था नौज हम कोई पतुरिया हैं जो हीरोइन बनें! हम तो पर्देदार शरीफ़ मिरासन हैं! लेकिन फ़िल्मों में मजबूरी दर्जे भाभी-बहन बनना पड़ा।"

"गुल बकावली की बेटी में हीरोइन भी तो आई। वह पिक्चर ही डिब्बा हो गई। क़िस्मत!"

चँबेली बेगम एक पल के लिए बेटी को न भूल पाती थीं। रें-रें किया कीं, "हनीफ़न बुआ सुन्नी थीं। कहने लगीं बंबई जाने से पहले गुल अब्बास के लिए मन्नत मान लो। उसका अच्छे घर में ब्याह हो जाए, तुरंत यहाँ आन कर चादर चढ़ा देना। ज़हरा बीबी का जहेज़ ले चलो। हमने चाँदी का मुन्ना-सा पलँग ख़रीदा था, चाँदी का तख़्त, खड़ाऊँ मुन्नी-मुन्नी।"

"तब चाँदी सस्ती थी।" मास्टर जी ने हुंकारा भरा।

"यहाँ ग़ाज़ी मियाँ के ब्याह के रोज़ कितने ज़ोर की आँधी आई! गुल अब्बास के ब्याह की मुराद भी ग़ैब से पूरी हुई।"

"हूँ।"

"हम उस अल्लाह-मारी गुलज़ार मुहब्बत पिक्चर के लिए भी मन्नत मानने न आए।"

"इसका टाइम कहाँ मिला नेकबख़्त ! " मोगरा ने टाँगें फैलाकर बीड़ी सुलगाई।

चँबेली बेगम ने पेड़ के तने से टेक लगाकर तंबाकू फाँका। वे दो थके-हारे सूरमा थे जो अपना ज़िरहबख़्तर[1] उतारकर सुस्ताने के लिए बैठे थे।

"हम लड़की के ब्याह की मन्नत बढ़ाने आ जाते तो वह न मरती !"

"फिर वही रट ! अरे इसकी मोहलत कहाँ थी ? इधर बावा जी का तार पहुँचता है बंबई आओ, उधर इंदरसभा का न्योता लेकर काले खाँ मौजूद, इधर गुल अब्बास गुल। घर्रर्रर्र जैसे तूफ़ानी टोली पिक्चर की रील। वह हॉल कमरे से ऊपर गई जैसे मशीन के ज़रिए स्टेज पर से परी निकल जाती थी, जब अख़्तरी बाई...."

"फिर वही अख़्तरी बाई !" बीवी चिढ़ गई।

"फिर हमारा चिनहट से वापस शहर जाना। पहाड़ से बेला का ख़त आना—तुम लोग अब कोठी पर हरगिज़ न आना। पाछे पड़ेगा पछताना। सीधे बम्बई जाना। न कोई लफड़ा करना। अब साहब के साथ है मुझे जीना-मरना। अनक़रीब मैं ख़ुद आऊँगी बंबई और—देखूँगी प्यारे अब्बा का मुखड़ा।"

"अरे तुम अफ़ीम तो नहीं खाने लगे ? उस ख़त में उसने नौटंकी का गाना कहाँ लिखा था— देखूँगी प्यारे अब्बा का मुखड़ा !"

"मगर वह न आई। उस रात चिनहट के बँगले में—ज़ीना चढ़कर ऊपर गई मेरी दुखियारी बच्ची। हमारे लिए तो उस घड़ी ही दुनिया से रुख़्सत हो गई। फिर हमने उसकी सूरत न देखी।"

"हाय रे मौला ! हाय मौला !"

"नेकबख़्त, कितना रोओगी ? आधी उम्र तो तुम्हारी रोते कटी। आँखें पट हो जाएँगी।"

"आँखों को अब देखना क्या बाक़ी है जो पट हुईं तो बड़ा अंधेर होगा ?"

एक शख़्स क़रीब आया। सामान कंधे से उतारकर रखा। सख़्ती से चँबेली बेगम को मुख़ातिब किया, "ऐ फूफ़ा, सारी जगह घेर ली ! परे हटकर बैठो !" थैले से साबुन और तौलिया निकालकर कुएँ की तरफ़ चला गया। चँबेली बेगम ने सूखे हाथों से दरी खिसकाई। फिर अपनी कलाइयों ही को देखती रहीं। सोने के कड़े मुक़द्दमेबाज़ी की नज़र हुए । ये चाँदी की चूड़ियाँ कब से डाल रखी हैं और ये सुर्ख़ काँच की चूड़ियाँ भी पिछली ईद पर पहनी थीं। मैली हो गईं। अब मेले से इंशाअल्लाह हरी और लाल ज़रूर ख़रीदूँगी। अल्लाह, इन बाप-बेटे को सलामत रखियो !"

अमराई में पपीहा बोला। वह फ़ौरन अपने गाँव पहुँच गईं। शौहर से कहा, "जब हम गाँव में थे, बसंत पंचमी पर अम्माँ के साथ बौर के गुच्छे लेकर मिलकियाने में जाया करते थे।"

---

1. कवच।

"हूँ।"

बदमिज़ाज आदमी तौलिया से अपना मुँडा हुआ सर रगड़ता वापस आया। तौलिया एक टहनी में टाँगी, मियाँ-बीवी को घूरकर देखा, फिर मेले की तरफ़ चला गया।

मास्टर तल्ख़ी से हँसे, "इस बेचारे को क्या मालूम कि पुराने ज़माने की हीरोइन से बात कर रहा था!"

"और सब हमसे तो अच्छी रहीं। लखनऊवाली विलोचना मज़े से बाल लाल किए मोटर उड़ाए फिरती है बंबई में क्वींज़ रोड पर। रंजीत की हीरोइन थी।"

"मोटर स्कूल में ड्राइविंग सिखलाती है।" मोगरा ने टोका, "और ज़ेब जहाँ—वह हाथ में डंडा सँभाले माहिम की गलियों में फिरा करती हैं। इतनी मशहूर-ज़माना कुक्कू परेशान-हाल मर गई। हमारी क्या औक़ात है नेकबख़्त! हमारी तो शक्लों ही पर लिखा है—डोम, मुर्दार खानेवाले।"

"ऐ नौज, खुदा न करे! हम चौदह पुश्त के कलमा-गो[1]। मुर्दार[2] खाएँ हमारे दुश्मन! मास्टर जी, क्या बकते हो!"

"कहलाए तो डोम ही, तवायफ़ों के साज़िंदे! उनकी हराम की कमाई से तनख़्वाह पाते थे, गोया मुर्दार खाते थे। अरे हम तो इतने ज़लील हैं कि हमारे डोमपने की कहावतें बन गई हैं—डोम और डोमनी। हमारी क्या हस्ती! चुपकी बैठो और अल्लाह-अल्लाह करो।"

गुलाब फ़िल्मी विलेन मैकमोहन की तरह ऐंठकर चलते हुए वारिद[3] हो चुके थे। कटोरदान और नान की पोटली माँ के सामने रखी। बाप की बात सुनकर बोले, "वाह अब्बा वाह, बहुत अच्छे! यह साले अशराफ़[4] मुर्दार खानेवाले नहीं हैं? और नेता लोग ढोंगी, लुटेरे, बेगुनाहों को पल की पल में ये साले भुनवा डालें। हराम की कमाई ये खाएँ, डोम हम कहलाएँ! पब्लिक का दिल बहलानेवाले, रोतों को हँसानेवाले हम—कलाकार···"

एक लड़की सामने से गुज़र रही थी। उसे देखकर आवाज़ ऊँची की। एंग्री यंग मैन अभिताभ बच्चन के स्टाइल से गले में रूमाल बाँधकर तावीज़ छुआ और ललकारे—"यह भ्रष्टाचार, यह अत्याचार और हम कलाकार—मैं समाज को बदल डालूँगा! मैं कठोर धनवानों से घोर बदला लूँगा!"

"धनवानों से बदला लेने के लफड़े में छः साल चक्की तो पीस आया! ख़ामोश!" मास्टर ने धीरे से डाँटा।

"अब्बा जान! अब बीड़ी फूँकते हो, तब इंपोर्टेड सिगरेट के क्रेट और मध्य-आईलैंड से लाता था। इस समाज में सीधी उँगलियों घी नहीं निकलता। सारी उम्र

---

1. मुसलमान, 2. मुर्दा जानवर। ऐसे जानवर जिन्हें ज़बह न किया गया हो; खुद मरे हों, 3. प्रकट, 4. शरीफ़ लोग।

शराफ़त का गड्ढा बैठे खोदते रहे, इसी में दफ़्न हो जाना। लो बिस्मिल्लाह करो ! यह लो भुना गोश्त, यह सीख़ के कबाब, यह दाल मलका मसूर। ख़ास रियासत नानपारा के बावर्चियों की दुकान से लाया हूँ।"

तीनों खाने बैठे। गुलाब लुक़मा चबा-चबाकर हड्डियाँ दूर फेंकते गए। गुफ़्तगू जारी रखी, "सुनो वालिदैन ! दीन की किताबों में मना किया है—चोरी न करो, क़त्ल न करो, झूठ न बोलो। यह कहाँ आया है इधर का माल उधर न करो ?" चारों तरफ़ देखकर आहिस्ता से कहा—"नेपाल की तरफ़ से...."

"चुप पाजी !" बाप ने इल्तिजा की।

वह हरे प्लास्टिक के गिलास में कुएँ के डोल से पानी भर लाए। फिर बड़े पुर-असरार लहजे में कहा, "आल राइट। तो अब्बा जी, यहाँ से चलेंगे सीधे दिल्ली।"

"दिल्ली क्यों ?" मोगरा ने ख़िलाल[1] करते हुए पूछा।

"एक बात बोलूँ ? क्या है कि क़ैसरबाग़ बस-अड्डे पर दो भाई मिले थे—अनोखे, चोखे और उनके वालिद शबराती—बँगलादेशी एजेंटों के एजेंट।"

"तो ?"

"बोले—दिल्ली जमुना-पुश्ता सीमापुरी में बेशुमार बँगलादेशी गिरा है और डार की डार।"

"तो ?"

"वो तीनों ही औरतों को काम दिलाते हैं।"

मोगरा ने कान खड़े किए। चेहरे पर मलाल और परेशानी नुमायाँ हुई।

"नहीं डैडी, और कुछ नहीं। बस दिल्ली शहर के अशराफ़ों[2] के यहाँ झाड़ू-कटका। कराची शहर के अशराफ़ों के वहाँ झाड़ू-कटका।"

"कराची से तो बंगाली कट गए थे, फिर जुड़ गए ?" मोगरा ने पूछा।

"पेट बड़ा बलवान रे बाबा, पेट बड़ा बलवान।" बेटे ने गाकर जवाब दिया।

"यह कोई नया घोटाला है ?" माँ ने पूछा।

लफ़ड़े पे लफड़ा, लफड़े पे लफ़ड़ा—तूफ़ानी टोली गर्र्र्र, न उसकी मशीन टूटे न रील—पिक्चर बनी थी चालीस साल पहले[2]।

"क्या है, अनोखे बोले—उधर बँगला देश में हज़ारों कलमा-गो कैंप में पड़ा था— भूखा-नंगा, बे-यारो-मददगार...."

"किधर का ?" बाप ने पूछा।

"आसमान और ज़मीन के बीच का। मिशनरी उनकी सेवा में लग गया—दवा, इलाज, स्कूल, कामकाज। सारा मियाँ भाई एक हल्ले में मय ज़न-बच्चा...." गुलाब ने बंबई के गवानियों की तरह क्रॉस का निशान बनाया।

---

1. दाँत कुरेदते, 2. संपन्न लोगों, 3. जब हिंदुस्तान को आज़ादी मिली थी।

"है-है !" चँबेली लरज़ उठीं।

"तो फिर? अनोखे-चोखे ने सीमापुरीवाली बेचारियों को काम से लगाया तो क्या बुरा किया?"

"वह तो समझे।" मोगरा ने मुख़्तसरन कहा, "गुल्लू ! तू यहाँ ग़ाज़ी पीर के अहाते में बैठकर फिर ग़लत धंधे सोच रहा है। चल, मेले में जाकर रिज़्के-हलाल[1] ढूँढ़।'"

"ओके, डैडी ! मजबूरी का नाम शुक्रिया।" माँ से बोले, "अम्माँजी ! हम अभी लिल्ली घोड़ी की कब्र भी देख आए। उसका एक गीत भी सीख लिया—

लिल्ली घोड़ी पवन पुत्री चले पवन से आगे
कूद सवार भये मियाँ लिल्ली पर बैरी सब भागे

डफ़ ख़रीद लाए। इस पर गाकर रिज़्के-हलाल कमाएँगे। ग़ाज़ी मियाँ के गीत तुम याद कर लो।"

"हमें आते हैं। अम्माँ, हनीफ़न बुआ, शद्दा ख़ाला सब गाती थीं—

मालिनिया मैं का ला दे, बेला की कली
अल्लाह मियाँ को चढ़ैयों बेला की कली।"

मोगरा डफ़ बजाने लगे—

"जेही कली पंज पीरन को चढ़ैयों
जेही कली ग़ाज़ी मियाँ को चढ़ैयों
कली पुकारे अली - अली
अल्लाह मियाँ को चढ़ैयों बेला की··· बेला की··· "

चँबेली बेगम की आवाज़ रुँध गई। आँसू बहने लगे।

"ओहो···अम्माँ, चलो मुँह धो लो ! कुल्ली करो !" गुलाब ने प्यार से कहा।

कुएँ के शफ़्फ़ाफ़ पानी की नाली क़रीब बह रही थी। तीनों ने हाथ-मुँह धोए। मोगरा बोले, "सुब्हान अल्लाह ! यहाँ तो जन्नत का मज़ा आ गया! ठंडी छाँव और बहता पानी···शुक्र है मौला का !"

वे तीनों क़ैलूले[2] की ग़रज़ से दरी पर लेट रहे।

चँबेली बेगम ने पेशानी पर एक बाज़ू रखकर आँखें मूँदीं। नींद के झोंके में—अपनी माँ जाफ़र बाँदी की उँगली पकड़े और बौर के गुच्छे उठाए पय्यों-पय्यों बड़े ख़ानसाहब की गढ़ी पहुँच गईं। वह थीं या बेला? नहीं, वह ख़ुद। अम्माँ उनको जजमानों के वहाँ चमकी का जोड़ा पहनाकर ले जाती थीं। बसंत में ज़र्द, सावन में धानी, मुहर्रम में काला। नहीं, बेला थी। गोटे-लचकेवाला लाल फ्रॉक, लाल टोपी पहने बंदरिया-सी। बड़ी-बड़ी आँखों से सबको ग़ौर और हैरत से तकती हुई। फ़रमाइश पर

---

1. ईमानदारी की कमाई, 2. दोपहर के खाने के बाद आराम करना।

फ़ौरन कलदार गुड़िया की तरह खड़ी होकर गाने लगती—*'मैया के रोए तो सब जग रोया। बाबुल ने खाई पछाड़। तू भौजी खड़ी मुस्काय।'* शद्दा ख़ाला उसे बताती[1] जातीं। इतनी ऊँची मिरासन तो सिर्फ़ सैयदानियों और पठानियों के वहाँ गाती थीं। हबशन ऐसी काली, आवाज़ जैसे बन की कोयलिया। जवान बेटा मरा। उनका गला पट। बेला मरी तो मेरी आवाज़ भी पट। कहाँ गई ? जहाँ मेरी लड़की गई—

मालिनिया मैं का लादे बेला की कली।
अल्लाह मियाँ को चढ़ैयों बेला की कली ॥

करवट बदली। गाँव में बड़े ख़ान साहब का मकान। भतीजे की विलादत पर ननद कंगन माँग रही है। सबने भावज को समझाया। ससुर भी समझाने आए—*बहुआ री दे डारौ हाथ के कँगनवा—धीरी परदेसन रे! परदेसी बैरन का कँगनवा मैं कैसे देहूँ? जो अब तुझे भेजूँ कभी न बुलैहौं, जिए[2] मेरा भैया भतिजवा। जो तुम न बुलैहौं मैं रथ चढ़ ऐहौं!* ढोलक की थाप। बीवियों के बश्शास क़हक़हे। करवट बदली—एक च्यूँटा कलाई पर रेंग रहा था। लड़की को मरे तीस साल हो गए। दरख़्तों में कोयल कूकी—कुहू, कुहू, कुहू!

मोरे अँगना चंदन लहर-लहर करेहो
कूऊ-कूऊ अँबवा के पेड़ झलर-झलर करें।

बंद पपोटों में तेज़ हरियाली। ऊपर हरे पत्ते। चारों तरफ़ पत्ते। आम ही आम। पतवास में पपीहा '···पी कहाँ पी कहाँ'। कुहू कुहू—बाप-बेटे गहरी नींद में डूब गए। कुएँ के जगत पर उकड़ूँ बैठा एक आदमी 'बीबी फ़ातिमा की चादर' ज़ोर-ज़ोर से पढ़ रहा था। जनाबे सैयदा की चादर चँबेली बेगम को पहले ही मालूम था कि हूरें अर्श[3] से लेकर आई थीं। यह अहले-बैत[4] अंतहार और अइम्मा[5] को मिली। फिर औलिया को। और अब सारी उम्मत[6] इसकी हिफ़ाज़त में बैठी थी। देहाती नज़्मख़्वाँ एक ही सुर में गत सब सुना रहा था। चँबेली बेगम ने झपकी ली तो शद्दा बुआ भी बीबी फ़ातिमा के गीत अलापती मिलीं—*बीबी की चूड़ी अर्श से उतरी हाथन पहनी बीबी, उम्मत कुर्बान! बीबी के गहने अर्श से उतरे, सुहागन बनीं बीबी, उम्मत कुर्बान! बेला भी बोया*···

तीस साल···आज नाती-पोतोंवाली होती! *बेला भी बोया, चँबेली भी बोई। अल्लाह तेरी गलियों में बरसे नूर!*

सिरहाने कुएं की नाली में पानी शर्र शर्र बहा किया।

अचानक कोयल ज़ोर से चिल्लाई—इत्र परी!

'अल्लाह जिलाई! आज से हम तुमको इत्र परी पुकारेंगे।' नवाब हशमत जहाँ

---

1. अभिनय बताती जातीं, 2. ननद ने जबाब दिया, 3. परलोक, 4. रसूल अल्लाह का परिवार, 5. हज़रत मुहम्मद साहब की औलाद की बारह औलाद, 6. हज़रत मुहम्मद साहब के अनुयायी।

बेगम के अलबेले साहबज़ादे ने कहा।

हाय-हाय ! हाय-हाय !

इत्र परी ? चँबेली देवी सिनेमा वाली। यासमीन बानो भावनगरी। लेडी क़व्वाल। ढाबेवाली अम्माँ चँबेली।

हाय-हाय ! हाय-हाय !

पपीहा पुकारा—इत्र परी !

दोपहर का गर्द-आलूद[1] सन्नाटा।

पानी का शर्राटा। मास्टर मोगरे के ख़र्राटे।

"टेटुआ दबा दूँगा साले बंडलबाज़ !" सोते में परीज़ादा गुलाब की बड़बड़ाहट।

कुएँ के मन पर बैठी टिटहरी चीख़ी—अलअतश[2], अलअतश !

पत्ते सरसराए—इत्र परी ! एकाएक कौओं का कोरस—आक की बुढ़िया, आक की बुढ़िया, आक की बुढ़िया !

"ऐ बूढ़ा, सारी जगह घेर ली ? परे हट !"

जामुन के नीचे बैठे क़व्वालों की आवाज़—*ए फ़लक[3] ! ग़ैरत ! यह महशरख़ेज़ मंज़र धूप में। बानी-ए-शर छाँव में, आले पयंबर धूप में !* उल्टा सूरज को पलट देने का डर था, इसलिए धूप अपना रूप दिखलाती है बिछकर धूप में।

चँबेली बेगम ने आँचल चेहरे पर फैला लिया। अपना ग़म भूलकर आले पयंबर के मसायब[4] पर अश्कबार हुईं। इतना रोईं कि हिचकियाँ बँध गईं। कुछ देर बाद खुद ही मुँह पोंछकर चुपकी पड़ रहीं।

नमाज़े-मग़रिब के बाद नाल दरवाज़े के नक़्क़ारख़ाने में तब्ल पर चोट पड़ी। तहज्जुद के वक़्त फिर नक़्क़ारा बजा। चारों तरफ़ रतजगा। सुबह तड़के नक़्क़ारख़ाने की रौशन चौकी ने शहनाई छेड़ दी। हिसार फ़िरोज़ शाह तुग़लक़ और मसजिदों और फाटकों के अंदर चहल-पहल बढ़ी।

निशान उठाए ढोलक बजाती 'बारातें' आती रहीं। उनके गाँवों और क़स्बों के नाम लाउडस्पीकरों पर एनाउंस किए जा रहे थे। ज़हरा बीबी के 'जहेज़' का सामान रजिस्टरों में चढ़ाया गया।

सुबह-सवेरे इस कुनबे को मुसाफ़िरख़ाने के बरामदे में जगह मिल गई। गुलाब चार पैसे कमाने की फ़िक्र में सरगरदाँ थे। नाश्ते के बाद शादाँ फ़रहाँ दौड़े आए, "अब्बाजी, एक आदमी से मामला पटा लिया, अब्दुल करीम बाजीकोर कलकत्ते वाला।

---

1. धूल से अटा, 2. प्यास प्यास, 3. इस क़व्वाली में कर्बला की लड़ाई की तरफ़ इशारा है, जहाँ बड़ी सख़्त धूप में इमाम हुसैन और उनके साथी धर्म-युद्ध में डटे हुए थे, 4. हज़रत मुहम्मद के परिवार पर कर्बला में पड़नेवाले दुख के बारे में सोचकर रोईं।

उसके तंबू में एक बाइस्कोप भी रखा है। बोला, हमारे को यह बाइस्कोप दिखाने का टाइम नहीं। इधर का पब्लिक बंगाल का जादू देखना माँगता है। तुम ट्राई मारो। मुनाफ़ा फ़िफ़्टी-फ़िफ़्टी। बोला—आजकल गाँव का बालक भी टेलीविज़न देखता है; बारह मन की धोबन नहीं देखता। क्या है अब्बा, कि अब यह नट लोग सिनेमा-रील बताते हैं, साथ ग्रामोफ़ोन पर रिकार्ड चालू। बंगाली नट बोला—गाजी मियाँ का दौरबार अछे। आमी दीनी पिक्चर लाया है 'नियाज़ और नमाज़', 'मेरे ग़रीबनवाज़', 'दयारे-मदीना'। मैं बोला—हम खुद फ़िल्म इंडस्ट्री का आदमी है। यह पिक्चर पन्द्रह साल पीछो बोम्बे में बना था, मॉडर्न स्टोरी बताया था। पन हीरो-हीरोइन ऊँट पर बैठकर मक्का-मदीना जाता। अब्दुल करीम भाई। आजकल गाँव-ग्राम का बच्चा लोग भी होशियार हो गया है। उसका बाप-भाई मक्का-मदीना में एयरकंडीशन गाड़ियाँ ड्राइव करने चला गया है। हाजी लोग बोम्बे से फ़्लाई करता है। बाजीगर बोला—ठीक हाय, मगर मियाँ भाई को इस्लाम की शान ऊँट ही में दिखता है। ऊँट और खजूर का पेड़ उसकी आँख की पुतली में खड़ा है। मैं बोला—अच्छा कोई वांदा नहीं, ऊँट चलेगा। और रील बताओ। कुली का 786 की बरकतवाला सीन। बोला—वह रील अभी कोलकत्ता और बाहर गाँव में इतना दिखाया, इतना दिखाया कि एकदम घिस गया। एक रील देश की शोब दरगाहों की लाया है, और एक प्रोफेसर पी० सी० शोरकार का मैजिक।"

नक़्क़ाल इब्ने-नक़्क़ाल थे। बंगाली लहजा छोड़ ज़ौजा-ए-अव्वल नेमत बाई की पूनावाली दक्खिनी उर्दू में दरयाफ़्त किया, "अमाँ, कढ़ाई-करछा होना? थाल-स्टोव होना? यानी चाहिए?" मूड़ी का नावाँ मेरे से लो।"

"नको।" वह अब आराम करना चाहती थीं।

मेला भरने लगा। दरगाह शरीफ़ के अहाते के बाहर कुछ दूर पर बंगाली नट और उसकी औलाद नज़रबंदी के खेल और करतब दिखलाती। उसके नज़दीक मास्टर गुलाब ने सैरबीन जमाई। उनके सामने दिलफ़रोश नाटक कंपनी ऑफ काशीपुर ने डेरा डाला।

मास्टर मोगरे को इल्म था कि नख़्ख़ास लखनऊ के कश्मीरी भांडों की तरह एक ज़माने में काशीपुर और मुरादाबाद के भांड और नक़्क़ाल भी मशहूर थे। उस्ताद मोगरे और मास्टर नब्बन खाँ, मालिक दिलफ़रोश कंपनी, यानी शो-बिज़नेस के दो टाइकून बातचीत में मसरूफ़ हुए।

"काम कैसा चल रहा है ख़ाँ साहब?" उस्ताद ने बीड़ी सुलगाकर पूछा।

"गंदा। दम होठों पर है।" स्याह मख़मली टोपी उतारकर बूढ़े नब्बन खाँ ने सर पर हाथ फेरा, "बाले मियाँ की बैरक़ के मेले हमारी तरफ़ भी जगह-जगह होते हैं, मगर—टेलीविज़न से हमारी बधिया बैठ गई—कलियर शरीफ़ की नौचंदी में मशहूरे-आलम नाच-गाना होता था एक ज़माने से। लो जी, दस-पंद्रह साल उधर मौलवियों ने उसे भी बंद करा दिया।"

मास्टर जी ने ख़ामोशी के साथ इज़्हारे-अफ़सोस किया।

"और सरकार रीछ-बंदर नचानेवालों को पेरिस भेज रही है।"

"फ़ॉरन में नौचंदी भी होने लगी ?"

"नहीं साब ! हिंदोस्तानी मेला। ढालें, ताशे, नफ़ीरी, जंगलियों की उछल-कूद। हबूड़ने, पहाड़नें, सब चली जा रही हैं।"

ख़ेमे के अंदर से अहलिया नब्बन खाँ की आवाज़ बुलंद हुई—"अरी उट्ठो—मंडवा भर गया। डूबी की नींद ना भरती···उट्ठो !"

"हमारी हीरोइन है—लाडो तेलन।" नब्बन खाँ ने कहा।

"बंदए-खुदा, नाम तो बदल देते !"

"पब्लिक में यही चल पड़ा। पिछलीवाली जो थी—नाज़ो—वह दौलत की हवस में आया की परमिट बनवाकर दुबई कू निकल ली। यह वाली हमें मेरठ की नौचंदी में मिली। तेली की लौंडिया है। घर से भाग आई थी। आवाज़ अच्छी थी, पर तालीम पर हमें मेहनत बहुत करनी पड़ी। खाँ साहब, यह कंपनी वालिद मरहूम ने क़ायम की थी। दालमंडी आगरा की एक से एक गानेवाली हमारे कन्ने स्टाफ़ पर थीं। अब क्या करो ? बख़त बदल गया !"

ख़ेमे के अंदर गए। पान की थाली लेकर लौटे, "घर में सलाम अर्ज़ करती हैं।"

"मेरी दुआ कहना।" मास्टर ने गिलोरी मुँह में रखी।

"नेकबख़्त, ज़रा चाय तो भेजियो," नब्बन खाँ ने पुकारा, "शताबी से !"

मोगरे खाँ को सनोबर कंपनी और क़व्वाल पार्टी का दौर याद आया, दिल पर घूँसा-सा लगा। महाराष्ट्र के देहात में मराठी 'तमाशा' वालों और लावनी नाचनेवालियों के डेरे। कर्नाटक का टूर। वहाँ पर बेचारी बेला पर किसी ने भानमती का जादू मारा तो बीमार पड़ गई थी।

मेज़बान ने चाय का धुँधला गिलास पेश किया। यह ग़रीब नब्बन खाँ भी कब तलक बाक़ी रहेंगे ! फिर भी बहुत चला ले गए। हिम्मत की बात है।

नब्बन खाँ से मास्टर की गाढ़ी छनी। भाँत-भाँत के क़िस्से सुनाते—नाज़ो कैसे मिली, "हम गढ़ मुक्तेसर के मेले जा रहे थे। क़स्बा मंडावर पहुँच गए। ज़िला बिज़नौर। चाँदनी रात में क्या देखते हैं कि एक क़िला सामने खड़ा है। विलायती क़िला। खँडहर। उसमें पड़ाव किया। पता चला एक मुंशी जी थे। वह गए लंदन।"

"आहा:—हज़रत जाते हैं लंदन। कृपा करो रघुनंदन !" मोगरे ने आँखें नीम-वा[1] कीं।

"जी ?"

"कुछ नहीं भाई ! एक बात याद आ गई।"

---

1. अधमुँदी।

"इरशाद।" मेज़बान ने हुक़्क़ा गुड़गुड़ाया।

"हमारे वाजिद अली शाह अपने मामलात के मुताल्लिक़ मलिका विक्टोरिया से फ़रयाद करने लंदन जाने वाले थे तो हमारे हिंदू लोग बहुत उदास थे। उन्होंने यह गीत बनाया।"

नब्बन ख़ाँ चन्द लम्हों तक ग़ौर करते रहे, फिर बोले, "और अब यह मुंशी जी मंडावर से गए लंदन—मलिका को उर्दू पढ़ाने। अमीर-कबीर होकर लौटे और यह क़िला बतर्ज़े-विलायत बनवाकर उसमें हँसी-ख़ुशी रहने लगे।"

"वाह-वाह! वाजिद अली शाह और मुंशी जी। दोनों के वक़्त बदल गए नब्बन ख़ाँ! मलिका विक्टोरिया की बदौलत एक का महल छूटा—एक का बना!"

"सुब्हान अल्लाह! क्या नुक़्ता पैदा किया है चचा!"

"नुक़्ता-वुक़्ता कुछ नहीं। हम तुम्हें दिलासा देना चाहते हैं। नब्बन ख़ाँ, कुरान शरीफ़ में अल्लाह मियाँ फ़रमाता है कि हम ज़माने को लोगों में अदला-बदला करते हैं।"

नब्बन ख़ाँ आँख बंद करके झूम गए। फिर बोले, "हक़ है। तो मास्टर, फिर हुआ बँटवारा। मुंशी जी की आल-औलाद चली गई पाकिस्तान। अब देखो तो क़िला खँडहर और उसके अंदर जंगल खड़ा था।"

"नब्बन ख़ाँ!" मोगरे ने बहुत गहरी साँस भरी, "हमारे-तुम्हारे अंदर भी जंगल खड़े हैं।"

"दुरुस्त! दुरुस्त!" नब्बन ख़ाँ ने कहा, "तो यह लौंडिया सुबह-सवेरे हमें क़िले के एक कमरे में घास छीलती मिली। कहने लगी—मेरा बाप लकड़हारा हैगा। सात बेटियों की फ़िक्र में हलकान। मुझे शायद नख़्ख़ासे में बेच डाले। अपने संग ले चलो। मैं बोला—चलो। बाप ख़ुश कि एक का बोझ कम हुआ। पर इसकी तालीम पर भी बड़ी मेहनत करी।"

"इसे [illegible] तो नहीं कहलवाया?"

वह ख़ूब हँसे, "नहीं साहब, मिस नाज़नीन पर वह नाज़ो-नाज़ो ही मशहूर हुई; पर-पुरज़े निकाले! हमारे इलाक़े में ठेकेदारों ने जंगल कटवाए। चूने की खुदाई से पहाड़ मुंडे कर दिए; और भी बड़ी आफ़त मची। नाज़ो के लिए जीप गाड़ियाँ आने लगीं। हम अशराफ़ों में से न सही, शरीफ़ तो हैं! बड़ी ग़ैरत आई। मेरे घर में बहुत बकीं-झकीं। नाज़ो कहने लगी—तुम लोगों की तनख़्वाह में मेरा गुज़र न होता। तो साहब, वह भी पासपोर्ट बनवाकर…"

"तूफ़ानी टोली पिक्चर की रील है कि चली जा रही है—घर्रर्र-घर्रर्र!"

नब्बन ख़ाँ समझे उस्ताद सिनेमा की बात कर रहे हैं। बोले, "मास्टर जी! हम रामपुर की नुमाइश से सीधे याँ कू आ रहे हैं। वाँ की सुनिए। एक कंपनी बंबई की फ़िल्मी छोकरियों को भर लाई।"

"एक्स्ट्रा गर्लें।"

"वही होंगी। वह फ़िल्मी गाने लाउडस्पीकर पर बजाते थे और छोकरियाँ उन पर बेहूदा नाच दिखाती थीं। ख़िलक़त उधर ही टूटी!"

नब्बन खाँ की बीवी इमाम बाँदी से चँबेली बेगम की ख़ूब पटी। वह दिन-भर उनके ख़ेमे में बैठी रहतीं। लाडो चाँदी के परीछम पहने छम-छम करती मेकप में लग जाती तो चँबेली बेगम फिर बेला को याद करतीं। वह जानहार इसी तरह रुनुक-झुनुक चलती थी।

परीज़ादे कि जो सदा के दिलफ़रोश[1] थे, दिलफ़रोश कंपनी की हीरोइन पर लट्टू हुए; पर उसने घास न डाली—"साली अपने-आपको श्रीदेवी समझती है!" उन्होंने अब्दुल करीम बाजीकोर से शिकायत की।

इस कोने में बहुत रौनक़ रही। बाजीकोर अपने अडंग-बडंग हाँकता। थियेटर के मंडवे में तबले की ज़ोरदार थाप पर गाने की आवाज़ बुलंद होती—*राजा जम-जम छम-छम चमकत आज— छत्र सीस पर घूम-घूम तन दमकत-चमकत मलिके[2] फ़लक[3] तक —बरतर सरवर[4] आसमान तक—दाद-दाद का डंका—कड़कड़—चंदरमाँ तक-तक लजात राजा।*

तीसरी जानिब मास्टर गुलाब भोंपू मुँह से लगाकर हलक़ फाड़ते—"आओ आओ, प्यारे बच्चो! बालको! नौनिहालो! राजा इंदर की तिलिस्मात देखो! बाग़ीचा-ए-सुलेमानी देखो! पल में हाज़िर—पल में ग़ायब!"

अल्लाह ग़नी—मास्टर मोगरे को याद आता। वह पहली बार क़ंबर मियाँ से मिलने गए थे। सनूबर कंपनी का इश्तिहार पढ़कर उन्होंने कहा था—यह फ़िल्म कंपनी है या कंपनी बाग़? उन्होंने फ़ौरन जवाब दिया था—जी हाँ, बल्कि बाग़ीचा-ए-सुलेमानी।

अल्लाह ग़नी, बाग़ीचा-ए-सुलेमानी या रेडरोज़ गार्डन। पल में हाज़िर, पल में ग़ायब!

गुलाब ख़ासे ज़हीन थे। इस इलाक़े के लोगों के अंदाज़ में पुकारते—"तशरीफ़ लाइए बाजी! बिटिया! हुसैन पाक की ज़रीह मुबारक, वारिस पाक का रौज़ा, मेरे ग़रीबनवाज़, दयारे-मदीना, नियाज़ और नमाज़ पिक्चर के सीन—आइए भइया, आइए अपिया!"

बाइस्कोप के नज़दीक बिछे टाट पर मास्टर आसन लगाए बैठे हुए थे। एक गत्ते पर 'प्रोफ़ेसर सामरी ऑफ़ बंबई' उर्दू-हिंदी के मोटे अक्षरों में लिखवाकर सामने रख लिया था। प्रोफ़ेसर सामरी बंबई के मशहूरो-मारूफ़ ज्योतिषी और आमिल थे। चंद साल क़ब्ल उनका देहांत हुआ। यहाँ उन्हें कौन जानता था!

---

1. दिलफेंक, 2. फ़रिश्ता, 3. आसमान, 4. बहुत बड़ा मालिक।

बरेली का सुर्मा और मंजन बेचने के लिए गुलाब जुहू बंबई की चौपाटी पर मजमा लगा चुके थे।

सैरबीन के लिए पुकारते-पुकारते दूसरी हाँक लगाते, "आइए मेहरबान, क़द्रदान, भाईजान, माताजी, दीदी, चाचा ! फ़िल्म स्टारों के ज़ाती ज्योतिषी—पामिस्ट—आमिल—प्रोफ़ेसर सामरी ऑफ़ बॉम्बे—मुक़द्दमे में कामयाबी—महबूब से मुलाक़ात—मतलूब से शादी—दुश्मन की बर्बादी—धंधा-व्यापार—अबूधाबी में रोज़गार—पाँच रुपये—सिर्फ़ पाँच रुपये !"

जेठ के पहले इतवार को बारात के दिन हस्बे-मामूल ज़ोर की आँधी आई।

मेला ख़त्म होने वाला था। गुलाब ने अब्दुल करीम से हिसाब-किताब किया। सैरबीन लौटाई। माँ से कहा, "चलो फूट चलें, वरना बसों में जगह नहीं मिलेगी।"

वालिदैन नब्बन खाँ और इमाम बाँदी से बचश्मे-पुरनम[1] रुख़सत हुए। चारों ने एक-दूसरे से कहा-सुना माफ़ करवाया। चँबेली बेगम रोने लगीं। उम्मीदपरस्त मोगरे ने उन्हें भी दिलासा दिया, "अजी रोती क्यों हो? इंशाअल्लाह फिर जल्द मुलाक़ात होगी।"

"लबे-गोर[2] हैं। अब क्यों मुलाक़ात होगी !" चँबेली बेगम ने जवाब दिया। "लश्टम-पश्टम बंबई पहुँच जाएँ तो ग़नीमत जानो !" ज़मीन पर उकड़ूँ बैठकर उन्होंने अपना बक्सा खोला। एक तस्वीर निकालकर इमाम बाँदी के हवाले की, "बिटिया, यह तुम ही रख लो—निशानी।"

"बेला हैंगी ?"

"तुम्हारी चची हैं।" उस्ताद मोगरे ने कहा। काशीपुरवाले इन दोनों को चची कहने लगे थे।

नब्बन ख़ाँ और इमाम बाँदी हैरान रह गए।

"बतौर गुल बकावली की बेटी के रोल में।" मोगरे ने मजीद इत्तला दी और मुस्कराए—"अल्लाहताला कलाम मजीद में फ़रमाता है—हम जब चाहें उनकी शक्लें बदल सकते हैं। ख़ान साहब, वख़्त इनसान को इधर से उधर कर देता है। चलो नेकबख़्त, मंडवा टूटा। टाट उठाओ और टट्टू खोलो !"

रख़्ते-सफ़र उठाए वह तीनों ज़ंज़ीरी दरवाज़े के सामने से गुज़रे। मास्टर बोले, "चलो मन्नत मानते चलें।"

"अब काहे की ?" बेटे ने अचंभे से दरयाफ़्त किया।

"बहार साहब कह रहे थे अमरीका में कबाब-पराठे की दुकान खोलेंगे। हमारा दिल कहता है, इसमें ज़रूर कामयाबी होगी।"

---

1. आँखों में आँसू भरकर, 2. क़ब्र के किनारे।

गुलाब ने सफ़री बैग काँधे से उतारकर एक फ़लक-शिगाफ़[1] नारा लगाया—"हक़ है!" और ज़मीन पर लोटने लगे।

हलदिया और ग़रारा धानी दुपट्टा पहने एक देहाती औरत पास से गुज़री। ठिठककर चँबेली बेगम से पूछा, "हाल[2] आ रहा है?"

"हाँ।"

"कौन बुज़ुर्ग हैं?"

"बाबा लोटन कबूतर।" वालिदा ने जलकर जवाब दिया।

औरत ने अपनी राह ली।

"अरे क्या गधे सरीखा लोट रहा है माटी-मिले!" माँ ने डाँटा। ग़ुस्से में वह बंबइया उर्दू बोलने लगती थीं।

परीज़ादा दुलत्ती झाड़कर खड़े हो गए। उनके क़रीब आकर बोले, "अरे मम्मी जी, क्या है कि ना आफ़ताबे-मोसीक़ी, न पद्मश्री, उस्ताद इमामबख़्श मोगरे ऑफ़ उम्मीदपुर घराना की बात सुनकर मेरे को हाल आ गया।"

"नालायक़! हम क्या खोजी[3] हैं? जानता नहीं मायूसी कुफ़्र[4] है?" अब बाप ने डाँटा और फाटक की एक तोप से पीठ लगाकर बैठ गए।

"जी हाओ! और डैडी जी, क्या है कि माँ की दुआ फ़ौरन असर करती है कि इधर मम्मी ने एक लेडीज़ को बोला बाबा लोटन कबूतर और हम फ़ौरन वही बन गए, बल्कि साईं कंबलीपोश दिलफ़रोश। अब लखनऊ से सीधा दादर स्टेशन, वहाँ से सीधा माहिम दरगाह। साउथ बॉम्बे का कोना चकोतरा जी पकड़ेगा, नॉर्थ बॉम्बे को हम सँभालेगा—साईं दिलफ़रोश।—छत्र सीस पर घूम-घूमकर—तन दमकत-चमकत मलिके-फ़लक तक!" हाथ से ताल देते आगे बढ़े, "हम प्रोफ़ेसर अब्दुल करीम ऑफ़ कामरूप का स्टूडेंट रह चुका है। हवा से विभूति निकालने सकता हूँ माँ!—बोलो तो तुम दोनों को कबूतर बना दूँ!"

"जा मेरे चाँद, अब दो रिक्शाएँ ले आ," माँ ने इल्तिजा की—"बुड्ढा हो गया मगर..."

"ऐ अम्मी हुज़ूर, भाँड कभी बूढ़ा होता है? चंदरमाँ तक-तक लजात!" भाव बताया। लू चल रही थी। चारों तरफ़ उड़ते ज़र्द पत्ते गुलाब के साथ चक्कर काटने लगे।

"अरे क्या बावला हुआ है?" चँबेली बेगम ने उकताकर जम्हाई ली। भोपाली बटुए की डोरी खींचकर चूना-तंबाकू निकाला। थोड़ा-सा चूना दर्दे-सर की वजह से

---

1. आकाशभेदी, 2. दरगाहों में जब लोग क़व्वाली सुनने में मगन होकर नाचते-गाते हैं, सर पटकते हैं और नारे लगाते हैं तो उसे 'हाल आना' कहते हैं, 3. पंडित रतननाथ सरशार के मशहूर उर्दू नॉवल "फसाना-ए-आज़ाद का मशहूर हास्य कैरेक्टर, 4. निराश होना नास्तिकों का काम है।

कनपटियों पर लगाया। कैसी मुसीबत! कैसी कुलफ़त! कैसी थकन! धूल और धूप और ज़र्द पत्तों और गदागरों[1] से पटा थोड़ा-सा रास्ता तो अभी क़ब्र का बाक़ी था। अपने शरीके-हयात[2] के क़रीब जा बैठी। न जाने कौन-से गोरिस्तान तलक हम दोनों के जनाज़े पहुँचाना इस हमारे नूरे-नज़र लख़्ते-जिगर के लिए ज़्यादा आसान रहेगा—जुहू, बाईकला, नारियलवाड़ी····

गुलाब ने अपनी ज़र्क-बर्क़ इलेक्ट्रॉनिक रिस्ट वाच पर नज़र डालकर वालिदैन को मुख़ातिब किया, "चलो उठो····बिस्मिल्लाह! या अली मदद!"

कुनबा बस-अड्डे की तरफ़ चल पड़ा। रास्ते में यात्री जौक़-दर-जौक़[3] अनारकली झील की तरफ़ जाते नज़र आए।

1. भिखारी, 2. जीवन-साथी, 3. टोलियाँ बनाकर।

डिस्कवरी ऑफ़ ए कल्चर हीरो

"चासर के कंटरबरी वाले इंग्लिस्तान की तरह ख़ल्क़े-ख़ुदा भाँत-भाँत की सवारियों पर या पैदल एक क़दीम ज़ियारतगाह[1] की जानिब उमड़ी चली आ रही है।

"मैं आबपारे[2] के नज़दीक एक 'मुक़द्दस चबूतरे' की सीढ़ी पर बैठी तुमको यह ख़त लिख रही हूँ। बरगदों की पेचीदा[3] शाख़ें एक तवील व अरीज़ हॉल की छत की मानिंद फैली हुई हैं। हरे खेतों की पगडंडियों पर से गुज़रते रंग-बिरंगी पोशाकें पहने मुस्लिम जनता नीली झील की तरफ़ जाती दिखाई दे रही है।

"शरायन के बाहर एक हौज़ में जज़ामी नहाकर कहा जाता है कि अच्छे हो जाते हैं। जैसे हमारे यहाँ वेस्ट में (ज़रा रुककर 'हमारे यहाँ' क़लमज़द किया) लूर्द—शायद हौज़ के पानी में गंधक है। शफ़ा-बख़्श अनारकली झील की तरह जो मुतबर्रिक[4] भी तसव्वुर की जाती है।"

"मामूँ मियाँ! आप अब कुछ बरनार्ड शॉ-से लगने लगे हैं, कुछ टालस्टॉय और थोड़े-से महर्षि अरविंद।" पिंकी की शगुफ़्ता आवाज़।

"हम फ्रेंच-कट दाढ़ी रखते हैं, महर्षि अरविंद की चीनी-सी थी। हम फुलूती अलमन-फुलूती हैं।"

वे लोग चिल्ले के क़रीब पहुँच गए। फ़िरोज़ा ने अधूरा ख़त बैग में रखा। मानिक बाई होली वॉटर से स्नान की धुन में हाँफती-काँपती पानी की तरफ़ गामज़न[5] थीं। ज़रीना और रानी दुल्हन ने धूप में पैदल चलने से इनकार किया था। वह इस सैलानी टोली में शामिल नहीं थीं। वे सब भी आन कर सीढ़ियों पर बैठ गए। मेज़बान की ख़ादिमा ज़हूरन बुआ ने कहा, "अच्छा हुआ आप लोग आज तशरीफ़ लाए। कल मकना देव अइहै। सारे में धूलै धूल।"

फ़िरोज़ा ने आँखें फैलाईं। क्या हम लोग परिस्तान में आ निकले हैं या दास्ताने-

---

1. पुरानी दरगाह, 2. झील, 3. उलझी हुई, 4. पवि॰ 5. गमनशील (जा रही)।

गुलबकावली के अंदर बैठे हैं ?

"मकना देव आँधी बरात के लिए झाड़े-बुहारे हर साल ऐकै वक़्त पर आवत है ड्यूटी पर। मगर झक्कड़ से नुक़सान किसी को नहीं होत है।"

"अरे यार, यह डिस्ट्रिक्ट दो-तीन नदियों की घाटी है। इद क़दर तो यहाँ गर्द उड़ती रहती है। मकना देव इन डीड !" पिंकी चुपके से हँस पड़े।

"मगर हर साल एक ही रोज़ एक ही वक़्त क्यों ? ऐन बरात के रोज़ ? मशरिक़ बिल्कुल क़तई पुरअसरार[1] है पिंकी, इसे पुरअसरार ही रहने दो।"

"हाँ। पुरअसरार और मुफ़लिस[2] और अवहाम-परस्त[3]। ब्राइन मूरलैंड को यही सब तो अच्छा लगेगा।" पिंकी को सहसा अपने लहजे की तल्ख़ी का एहसास हुआ।

परवीन सुल्ताना ने फ़ौरन बात सँभाली, "तुम लोग क़िस्सा तो सुन लो ! हाँ ज़हूरन बुआ !"

"बेगम साहब रुदौली में ज़हरा बीबी जौन रहीं, बड़ी ही ख़ूबसूरत और नेक। बेचारी अंधी रहीं। सैयद साहब हू बहुतै हसीन रहे। एक रोज़ लिल्ली घोड़ी पर सवार ज़हरा बीबी के दरवाज़े के सामने से गुज़रे। इनसे एक कटोरा पानी माँगिन। ई कहिन हम अंधी हैं, पानी कैसे लावें ? गाजी मियाँ कहिन—जाओ लेकर तो आओ ! ई घड़े से पानी लाईं, तो आँखें रौशन ! सय्यद साहब बहराइच आकर उनके बाप के पास पैग़ाम भेजिन—बिटिया, बुध के रोज़ यहाँ से एक आदमी रुदौली जात है...." ज़हूरन बुआ के लिए सारे ज़माने यकसाँ थे, जैसे एक ही युग निरंतर।

"अरे तब की बात तो बताओ !"

"इधर तारीख़ मुक़र्रर हुई, उधर गाजी मियाँ लड़ाई में शहीद हो गए। फिर गाते-बजाते बराती रुदौलीवालों से ख़ूब हँसी-मज़ाक़ करत हैं। लड़कीवाले कहत हैं अपनी बहिनी को क्यों नहीं लाए ?"

" 'बहिनी को क्यों नहीं लाए'.... क्या मतलब ?" फ़िरोज़ा ने पूछा।

"दरगाह के बाहर दो मतांग पिछल हैं, उन पर आम... कभी भी पकें, आम की सीर उस रोज़ ज़रूर टपकत है।....

"ठीक सुबह चार बजे पंडित पोथी बाँचकर चिल्लात हैं—पचका लग गवा ! नछत्रों में झगड़ा हो गवा ! ब्याह अगले साल ! यहाँ भी यही सब होत है। बनारस के पंडित आन कर पोथी बिचारत हैं। सुबह चार बजे पचका लग जात है।"

"इसीलिए कहावत है 'बाले मियाँ का ब्याह'[4] जो बराबर टलता रहता है। कम-

---

1. रहस्यमय, 2. गरीब, 3. अंधविश्वासी, 4. ग्यारहवीं सदी ईसवी की बात है कि बाले मियाँ का ब्याह होने वाला था। वह भरों से दलितों को बचाते हुए 18 साल की उम्र में शहीद हुए। तभी से उनकी बरात हर साल निकलती है और तभी से कहावत है कि जिस शादी में देर लगे उसे 'बाले मियाँ का ब्याह' कहते हैं।

अज़-कम एक उर्दू कहावत का स्रोत तो तुमने देख लिया।" पिंकी ने फ़िरोज़ा से कहा।

वे झील की तरफ़ जाने के लिए उठे।

कच्चे रास्ते के दोनों जानिब रंग-बिरंगे ग़रारे धूप में सूख रहे थे।

"अरे-अरे, वह देखो कारचोबी ग़रारा झाड़ी पर!" फ़िरोज़ा चिल्लाईं।

"मेले-ठेले में जनता अपने बेहतरीन कपड़े पहनकर आती है।" पिंकी ने जवाब दिया।

वे किनारे पर पहुँच गए। बहुत दूर सरकंडों की ओट में जाकर औरतें कपड़ों-समेत पानी में डुबकी लगातीं। निहायत महारत से कपड़े तब्दील करके बाहर निकलतीं। भीगे कपड़े धूप में फैलाती जातीं। मानिक बाई उस तरफ़ दौड़ गईं।

एक साहब अपनी बीवी के साथ कीचड़ में पड़े पत्थरों पर पाँव रखते गुज़रे। बीवी ने बुरक़ा उतारा—"जल्दी आना, बस तैयार खड़ी है।" उन्होंने कहा।

ताल के चारों ओर सरसब्ज़ खेत लहलहा रहे थे। किनारे-किनारे पानी की सतह पर गुले-नीलोफ़र[1] खिले थे।

ज़हूरन बुआ ने कहा, "अल्लाह की कुदरत है। गाजी मियाँ यहाँ बैठकर वज़ू करते रहे। बूँदई बूँद तालाब बन गवा।" वह मानिक बाई के कपड़ों का बैग उठाए उनके पीछे-पीछे भागीं।

चुग्गी दाढ़ियोंवाले तहमदपोश आदमी और साड़ीपोश औरतों की एक टोली आ पहुँची। औरतें सरकंडों की तरफ़ चल दीं।

"पिंकी, देखो वर्किंग-क्लास, किसान भी एक औरत बुर्क़ापोश नहीं, सिवा उनके जो शहरों से आईं हैं।" शहला ने पिंकी से कहा। बहैसियत एडवोकेट वह शाहबानो-केस के दिनों में बहुत बेचैन रही थीं।

"आपी! हम सारी उम्र बैठे इन मामलों पर ध्यान करते रहें, मौलवी पर कोई असर नहीं पड़ता।"

इस नई टोली में एक सफ़ारी सूटवाला नौजवान भी शामिल था।

"बनारस या मिर्ज़ापुर के जुलाहे।" पिंकी ने फ़िरोजा से कहा।

एक बुज़ुर्ग-सूरत सफ़ेद-रेश[2] बड़े मियाँ साथियों को किसी जेबकतरे से अपनी मुठभेड़ का क़िस्सा सुना रहे थे—

"पहले तो ऊ रेज़र से बैगवा काट दिहिस। हम बैगवा का जकड़ लिहेन। फिर ऊ बड़े जोर से बैगवा खींचिस, हमहू खींचिन। तो साहब, ऐसे-ऐसे जबरदस्त होत हैं जैसे हम।"

साथियों ने तारीफ़ी क़हक़हा बुलंद किया।

"वाह-वाह! अब्बा, कमाल कर दिहिन!" सफ़ारी सूटवाले ने कहा—"पॉकेटमार

---

1. कोका बेली, 2. सफ़ेद दाढ़ी।

के हथवा से छीन लिहिन !" वह विकी मियाँ की तरफ़ आया—"सलामालेकुम !" फ़ौरन बिज़नेस शुरू कर दी। विज़िटिंग कार्ड पेश किया—"हम साल में दो बार लखनऊ में भी फेरी लगाते हैं।"

फ़िरोज़ा ने पिंकी से कहा, "कमाल है ! तुमने कहा—बनारस के जुलाहे, वह फ़ौरन समझ गया लखनऊ।"

"क्या हम भोजपुरी और अवधी बोलियों का फ़र्क़ नहीं पहचान सकते ? और हम लोग क्या मिर्रीख़ के बाशिन्दे[1] हैं जो वह न पहचानता ? यार, तुम बहुत बुद्धू होती जा रही हो।"

"यार, यह पोठोहारी और मुल्तानी का फ़र्क़ नहीं जानती।" डिंकी ने बहन की तरफ़दारी की, "अगर वहाँ रहती तो ज़रूर जान जाती।"

चीनी रेशम की शलवार-कमीज़ में मलबूस परवीन सुल्ताना और फ़िरोज़ा पर सफ़ारी सूटवाले नौजवान ने उचटती-सी नज़र डालकर परवीन को मुख़ातिब किया—"बेगम साहिबा ! शलवार सूट, दुल्हन का शरारा सूट, दूल्हा की शेरवानी, आलातरीन किमख़्वाब ले जाइए।"

ब्राइन के लिए शेरवानी !—फ़िरोज़ा ने मज़बूती से सोचा।

बनारसी जवान सफ़िया, शहला, आमिना, सलीमा और महनाज़ की तरफ़ मुतवज्जह हुआ, "बिटिया ! इस मौसम के लिए बेहतरीन ज़रीकॉटन··· !"

नौजवान-समेत बनारस के जुलाहे जब रवाना हुए, परवीन ने कहा, "यह लड़का मुझे भी अलग से पहचान गया।"

"पेनी ख़ाला, आपके यहाँ से बेगमात बेटियों के लिए जहेज़ ख़रीदने भी तो इंडिया आती रहती हैं।"

"यह दीबा व हरीर[2] के ताजिर[3]...." विकी मियाँ ने हस्बेमामूल कहीं बहुत दूर पहुँचकर बात की, "शाहरहे-रेशम पर चलते हुए एक आलम का तजुर्बा रखते आए हैं।" विकी मियाँ के पास पहुंचकर मामूली से मामूली बात एक अजीब आलिमाना फ़लसफ़याना बल्कि Metaphysical कैफ़ियत अख़्तियार कर लेती थी।

मानिक बाई डुबकी लगा आईं। वे वापसी के लिए उठे।

एक नीचे-से हरे-भरे टीले पर भूरा-छोटा इमामबड़ा नज़र आया। अंदर एक सुर्ख़ ताज़िया रखा था।

"कर्बला !" ज़हूरन बुआ ने बतलाया, "हम सुन्नी लोगन की कर्बला[4]।"

विकी मियाँ ठिठक गए—"अजीब बात है !" वह चंद सेकंड के बाद चारों तरफ़

1. मंगल ग्रह के निवासी, 2. क़ीमती रेशमी कपड़े जो बाद में हिंदुस्तान में बनने लगे, 3. व्यापारी, 4. वह स्थान, जहाँ ताज़िये दफ़्न किए जाते हैं।

देखकर बोले, "इस भूरी इमारत के अंदर रखा यह सुर्ख़ ताज़िया और मैक्सिको के सुनसान खँडहर—अचानक वही पुरअसरार[1] सी फ़िज़ा !"

"खँडहर बा-रौनक़ भी होते हैं ?" हक़ीक़त-पसंद[2] परवीन ने छतरी खोलते हुए पूछा।

"तारीख़ के अदरूनी मज़ाहिर[3] की रूह यकसाँ है।"

"और विकी भय्या, यह अंदरूनी मज़ाहिर क्या होते हैं ?"

"एहराम—बालबक—पटरा—"

"तुम हम सब का इस धूप में पटरा न करो। चलो आगे बढ़ो !" परवीन ने बड़े भाई को प्यार से डाँटा।

हरी, आबी, नीली, निखरी-सी बेकनार ख़ामोशी में एक बच्चे की साफ़, नई-नवेली आवाज़ बुलंद हुई। वह इमामबाड़े के पीछे अकेला बैठा निहायत लगन से पंद्रह का पहाड़ा रट रहा था—"चौका साठ—पचे पिचुहत्तर—छी का नब्बे—सत्ती पांचा—अट्ठी बीसा—नौ पैंतीसा—दही का दहना डेढ़ सौ—"

"ऐ मंज़ूर भय्या ! चलो⋯" किसी औरत ने दूर से पुकारा।

"आए अम्माँ !" वह पुश्ते पर से कूदकर ताल की तरफ़ भागा और अपने घरवालों के साथ चलता जंगल की हरियाली में खो गया।

"अजब है रविश और अजब बाग़ है !" पिंकी गुनगुनाया किए।

तीनों नौजवान नवाब शुजाउद्दौला के दौर में बनी हुई रसूल की सीढ़ियाँ उतरे। दोनों भाई नंगे सर। फ़ामरोज़ मजूसी[4] ने रूमाल बाँध रखा था। पगडंडी पर मामूँ-भांजी टहलते नज़र आए।

तीनों लड़कों ने नज़दीक पहुँचकर विकी को सलाम किया।

"अजब है रविश⋯" पिंकी फिर गुनगुनाए।

"मामूँ मियाँ, कल मँडवे की स्टेज पर कोई गवय्या अलाप रहा था। हमें दूर से सुनाई दिया। कल से हम फ़िरोज़ा का ईस्ट ढूँढते फिर रहे हैं। शायद शेख़ ताहिर अली के रोज़ हाउस का मोतिफ़ भी यहीं मिल जाए। तुग़लक़ से लेकर जॉन कंपनी तक की इमारतें तो यहाँ मौजूद हैं।"

वे पाँचों एक दीप-स्तंभ की तरफ़ बढ़े। सूरज डूब रहा था।

"जंगलों में और खेतों में⋯" पिंकी ने बात जारी रखी—"ऐसे मीनार देखे जिनके लिए कहा गया कि वह मिलिट्री टॉवर थे—ग़ाज़ी मियाँ की शहादत के बाद ज़हरा बीबी ने बतौर यादगार तामीर करवाए थे, या ईस्ट इंडिया कंपनी के डिपार्टमेंट ऑफ़ सर्वे ने जाँच-पड़ताल के लिए तामीर किए थे। यह आख़िरी बात हमें दुरुस्त लगी, लेकिन असरार यूँ ही जन्म लेते हैं।"

---

1. रहस्यमय, 2. यथार्थवादी. 3. मिस्र और सेंट्रल एशिया की तारीख़ी यादगारें, 4. पारसी।

"बहुत-से असरार अस्ली भी होते हैं यार!" फल्ली ने कहा—"पुराने बंगाल के मंदिर-मठ देखो। सॉलिड मिस्ट्री! वह नामालूम कैफ़ियत जो महसूस करने के अलावा दिखलाई भी देती है—सॉलिड, वह मुग़ल इमारतों में नहीं है। सल्तनत-पीरियड में बेहद! क्या महज़ ज़माने का फ़ासला यह मिस्ट्री पैदा करता है?"

"और वह कौन-सा लतीफ़-उनसुर[1] है मामूँ मियाँ, जो मुख़्तलिफ़ ख़ित्तों के फ़नकारों और मेमारों के बिल्कुल अन्दरूनी विज़न को एक-दूसरे से अलग करता है?" पिंकी ने सवाल किया—"महज़ नस्ली हाफ़िज़ा और क़ौमी मिज़ाज और जुग़राफ़ियाई तहज़ीबी माहौल?"

"अंकल विकी, वह क्या शै है—वह एक्स्ट्रा चीज़—जो यूरोपियन और रूसी आर्टिस्टों से बच्चों की परिस्तानी कहानियों के इलस्ट्रेशन बनवाती है?—क्या महज़ Creative Imagination? मम्मी कहती हैं बिंदराबन में नदी के किनारे झाऊ के पेड़ लगे हुए हैं और सुननेवालों को चाँदनी रातों में वहाँ दूर कहीं बाँसुरी बजती सुनाई दे जाती है!"

"फ़ल्ली भी गया काम से! माँ का असर कब तक न होता!" पिंकी ने डिंकी को चुपके से मुख़ातिब किया।

सफ़िया दिखलाई पड़ीं। हस्बे-आदत गिरोह से अलग होकर एक पेड़ के नीचे अकेली बैठी थीं।

"सफ़िया, हम भी यहाँ बैठ जावें?" विकी मियाँ ने नरमी से दरयाफ़्त किया।

उन्होंने सर निहुड़ाकर माज़ूर[2] बाज़ू पर आँचल लपेटा और ज़रा-सी सरक गईं। विकी मियाँ का जी भर आया। वह अब उपनिषदों के किसी लेखक ऋषि की तरह दरख़्त के साये में बैठे गोया किसी उपनिषद् का दर्स दे रहे थे।

'फ़िरोज़ शाह तुग़लक के दौर में..." गुरु ने इरशाद किया, "एक बड़े बुज़ुर्ग मीर मुहम्मद माह शायद इसी जगह कुटी बनाकर रहते हों!"

"अजब यह रविश और अजब बाग़ है!" पिंकी फिर गुनगुनाए।

"कल राना साहब ने हमें एक अजीब वाक़्या सुनाया—वालिदा सुल्तान ने मन्नत मानी थी कि फ़िरोज़ जंग की ठठ से कामरान लौटे तो..."

ठठ? फ़िरोज़ा चौंकी। बहराइच के इस बाग़ में ठठ कहाँ से आ गया?

"जाम फ़िरोज़, सुल्तान फ़िराज़ से मिल गए थे। घमासान का रन पड़ा। फ़तहयाब होकर सुल्तान हाज़िरी देने यहाँ आए और मीर मोहम्मद माह से मुलाक़ात की। जब राना साहब यह क़िस्सा गोश-गुजार कर रहे थे, हमने सोचा—जाम फ़िरोज़—जाम तमाची—सुरसामुंदरी[3]—अफ़साना—वक़ाय फ़िरोज़ शाही[4]—अफ़साना—और जब रोमांस, रोमांस से भिड़ जाए तब भी ख़ूँरेजी!" विकी मियाँ दफ़अतन ख़ामोश हो गए।

"जाम साहब नवानगर क्रिकेट के मशहूर खिलाड़ी थे ना?" फ़िरोज़ा की आवाज़

---

1. तत्त्व अनूप, 2. अपंग, 3. सिंधी किताब, 4. सिंध के सुल्तान फ़िरोज़ शाह।

ने सुकूत[1] मुंतशिर[2] किया।

पिंकी हँस पड़े, "फ़ैरी ! तुम्हारे सवालात लाजवाब होते हैं !"

"आपने वह मीर मुहम्मद माह और सुल्तान फ़िरोज़ शाह का क़िस्सा नहीं बतलाया ?" डिंकी ने याद दिलाया।

"करामात[3] के मुताल्लिक़ था, तुम लोगों के वर्ल्ड-व्यू से बाहर।"

सूरज डूबा। मद्धम किरनों में ज़ियारतगाह कुछ देर तक और दमकती रही। विकी मियाँ कहने लगे—"जिस मुक़ाम पर सदियों तलक महज़ इबादत की जावे, वहाँ की टोन मुख़्तलिफ़-सी हो जाती है। इसे आल्डूज़ हक्सले 'व्हाइट मैजिक' कहता है। यह जगह ख़ालिस ख़ामोशी का एक जज़ीरा-सा नहीं है ?"

"नुमाइशगाह यहाँ से कुछ फ़ासले पर है और ज़्यादा लोग इधर आते नहीं।" पिंकी ने डिंकी से सरगोशी की।

फ़ल्ली हनूज़ रूमाल से सर ढाँपे ध्यान से सुन रहा था।

"क़दीम मस्जिदें और क़दम रसूल की ज़ियारगाहें..." विकी कहते रहे, "क़स्बात में भी एक अजीब कैफ़ियत अपने अंदर रखती हैं—परी-कथा ऐसी, सायादार कोहना दरख़्तों और हरे खेतों में घिरी... अंदर ठंडी रंगीन चटाइयों पर बैठे नमाज़ी... नीलगूँ हौज़... ऊपर खिरनी और मौलसरी की सरसराती डालियाँ। गोया 'शीशा पानी' नदी की सतह पर मावराई तसव्वुरात[4] का अक्स।"

"शीशा पानी... !" पिंकी ने घड़ी देखी, "रातों-रात ही उधर निकल लें।"

"यह बे-माया, बे-इल्म खिलक़त[5]...." मामूँ ने मेले की सिम्त इशारा किया, "इस छिपी हुई दिशा को छू लेती है।"

"मैं भी छू लेता हूँ अंकल ?" फ़ल्ली ने शौक़ से पूछा।

"हम क्यों कट गए इस दिशा से ?" फ़िरोज़ा ने सवाल किया।

"मुकम्मल तौर पर नहीं। मुझे यक़ीन है तुम्हारी हुड़दंगी जनरेशन कम-अज़-कम पल-भर के लिए इस कायनात से एक राब्ता-सा महसूस कर सकती है।"

"अपनी Identity के लिहाज़ से यक़ीनन, Creative Imagination के वसीले से शायद। लेकिन जिसे आप वज्दान इरफ़ान वग़ैरह कहते हैं उसके ज़रिए—मुझे अफ़सोस है कि—नहीं !" फ़िरोज़ा ने जवाब दिया और आम के हरे पत्ते पर रेंगते च्यूँटे पर नज़रें जमाईं।

बराबर के मैदान में तमाशागाह जगमगा उठी—सरकस और कार्निवाल के तंबू, मदारियों के टाँडे, तमाशागरों की ख़ेमागाह।

"शंकर शंभू क़व्वाल..." एक क़नात के पीछे से आवाज़ आई, "ख़लीफ़ा जी !"

"हाँ ख़ान साहब, कहे जाओ।"

---

1. मौन, 2. तोड़ना, 3. चमत्कार, 4. अलौकिक कल्पनाएँ, 5. अनपढ़ गरीब जनता।

"लड़के-से थे दोनों भय्ये ! इसी जगह उनको लैला-मजनूँ के स्वाँग में देखा।"

"ख़ान साहब ! पहले आदमी का टाइम क़बूतर की तरह यूँ उड़ जाता है, फिर आदमी ख़ुद।"

हुक्क़े की गुड़गुड़ाहट।

"ख़ान साहब।"

"हाँ, ख़लीफ़ा जी !"

"कल शाम एक अदद बंबइया जेंटलमैन घिरवा गाड़ी में आ धमके।"

"कारवाँ कार कहो, ख़लीफ़ा जी !"

"हाँ-हाँ वही।"

"नवाब साहब गुड़भेली ने 'आँख का नशा' के शो से खुश होकर अब्बा को बख़्श दी थी। इन मरहूम ने अर्ज़ की—सरकार ! इस महले-रवाँ के लिए मोटरख़ाना भी सुलेमानी[1] होवे और मोटरख़ाना होवे तो बँगला उसके साथ।....

"फ़रमाया—हाफ़िज़ छिद्दा ! हमारी तबीयत खुश करते रहोगे तो वह भी मिल जाएगा।"

"खींचो मति ख़ान साहब !"

"तब का वाक़या है जब पहाड़ पर हिज़ हाईनेस की तीन बराबर-बराबर की कोठियों में उनकी तीन मंज़ूरे-नज़र एक वक़्त में विराजमान थीं—तसनीम बानो, दीनार अख़्तर, और कलकत्ते की मिस किटी—एंग्लोइंडियन।"

"ख़ान साहब ! रात गई बात गई।"

"हमारे भी बड़े नक़्शे थे ख़लीफ़ा जी ! इस कारवाँ कार पर अल्लाह बख़्शे, अब्बा जी के साथ लाहौर तलक घूमे। वहाँ रावी रोड पर एक तरफ़ हमारा कैंप, दूसरी तरफ़ जहाँआरा कंपनी में कज्जन बाई के जलवे। अब्बा ने गाड़ी पर इंग्लिश में लिखवा रखा था—दिलफ़रोश थियेटर्ज़, डून वैली। जब हमारा टाइम बिगड़ा, उसे बेचना पड़ा।"

"फ़िलहाल का माजरा सुनो ख़ान साहब ! वह साहब दुखियारे धाड़ी-धाड़न[2] को ढूँढते इधर आए थे। यहाँ टकरा गईं ! हुड़दा बैंगनी लाडो पीछे पड़ गईं—सेठ, सनी में चांस दिला दो ! हमें संग ले चलो ! विन ने मना तो कर दिया, पर अपना कार्ड दे गए।"

हुक्क़े की गुड़गुड़ाहट।

"चिश्तियों का एक वज़ीफ़ा हैगा—आजकल परसों—उड़ जा भँभेरी सावन आया। ख़ान साहब, लाडो उड़ी और हमारी बधिया बैठी !"

---

1. पैग़म्बर सुलेमान—जिन्नों, परियों, जानवरों और परिंदों के बादशाह थे। इनके जिन्नात पल के पल में बाग़ तैयार करते और ग़ायब करते थे, 2. मास्टर मोगरे और चमेली बेगम।

"दिलफ़रोश नाटक कंपनी ! हाउ क्यूट !" क़दम रसूल से वापसी पर क़नात के सामने से गुज़रते हुए फ़िरोज़ा ने कहा।

सरहद नेपाल पर राप्ती की शाख़ शीशा पानी के किनारे वे सब सैर व शिकार में मशग़ूल थे जब एक सफ़ेद कारवाँ कार हरे पेड़ों में चमकी।

"विजयमाता फ़ाउंडेशन। सान फरनेंडो वैली कैलीफ़ोर्निया।" डिंकी ने काला चश्मा उतारकर बा-आवाज़-बुलंद पढ़ा।

मुश्किल अजनबी ज़बानें बोलते चंद लामा दिखलाई पड़े जो बिदेसी वज़ा[1] के ख़ेमे लगाने में जुट गए। फिर एक स्मार्ट बिज़नेस-एक्ज़ीक्यूटिव जैसा नौजवान। आख़िर में एक सुरसुंदरी—क़दीम रोमन वज़ा का टोगा—ज़ाफ़रानी, जज़्बात से आरी[2] किताबी चेहरा, छरेरा लंबा क़द, गोया रोम की कोई फ़ैशन-मॉडल। उसने एक पाँव नदी के पानी में डाला और चट्टान पर बैठकर फ़ौरन ललित आसन जमा लिया।

कॉलेज के छोकरोंवाले शरीर[3] अंदाज़ में दोनों कज़िन ज़रा फ़ासले पर टहलने लगे।

एक जानिब फ़ल्ली ढोंढी मछलियाँ पकड़ने के बाद नौवारिदों[4] से मुलाक़ात के बाद बाग़-बाग़ लौटा, "यार, क्या तुम यक़ीन कर सकते हो कि इस टोली में एक रेड इंडियन लामा भी है ?"

विकी फूलों की तस्वीर खींचकर वापस आए। सूटेड-बूटेड बाँका नौजवान उनकी तरफ़ बढ़ा, "गुड मॉर्निंग जेंटिलमैन !" अनारकली झीलवाले बनारसी पारचा-फ़रोश की तरह उसने भी अपना कार्ड पेश किया।

इब्ने बहार, पब्लिक रिलेशंज़ एडवाइज़र बहार एडवरटाइजिंग। फ़ोर्ट। बंबई।

विकी मुस्कराए, "माशा अल्लाह !"

"अस्सलाम अलैकुम !" नौजवान ने बाँछें खिलाकर दोनों हाथों से मुसाफ़ा किया।

"सतह समंदर से इतनी बुलंदी और इतने फ़ासले पर आपसे मिलकर ख़ुशी हुई। वालिद साहब बख़ैरियत हैं ?" विकी ने पूछा।

लड़का चकराया।

"तीस बरस का वक़्फ़ा न गुज़रा होता तो हम समझते बहार साहब ही तुलू[5] हो

---

1. शैली, 2. खाली (भाव-शून्य), 3. नटखट, 4. नशगन्तुकों, 5. उदय या प्रकट होना।

गए। अब तो वह माशाअल्लाह एक मीडिया पर्सनालिटी हैं। मुलाक़ात एक बार ही सरसरी-सी हुई थी।" बॉबी की दावते-वलीमा का ज़िक्र मुनासिब न समझा।

जवान भी ताड़ गया, "जी।" उसी रवानी और सलासत से जवाब दिया, "उस वक़्त वह सनोबर कंपनी के बदहाल मैनेजर और साँग-राइटर थे। अक्सर उस यादगार जलसे का ज़िक्र करते हैं।"

विकी मियाँ अजनबी की समझ-बूझ के क़ायल हो गए। बहुत कम लोग ऐसे हैं जो अपनी कायापलट के बाद पुराने वाक़िफ़कारों से आँखें न चुराते हों।

नौकरों ने दस्तरख़्वान बिछाया। ख़वातीन[1] जो इधर-उधर निकल गई थीं, वापस बुलाई गईं। पिंकी ने इब्ने बहार का उनसे तआरुफ़ कराया।

वह एक बातूनी आदमी था और अपने लिए निहायत मुनासिब पेशा उसने चुना था। खाना खाते हुए उसने सिलसिलाए-कलाम जारी रखा—"सीख़ पर—शीश पर—छोटा सुरख़ाब—इसका पर हमें दीजिएगा, साथ ले जाएँगे, बल्कि हम इसे अपना लेंगे और स्लोगन बना लेंगे। हमें अपनी ख़िदमत का मौक़ा दीजिए। हम आपकी टोपी में सुरख़ाब का पर लगा देंगे!

"राजा साहब! एडवरटाइज़िंग की दुनिया एक अजीब दुनिया है। गुज़िश्ता बरस हम अब्बा के साथ जर्मनी के एक बड़े शहर में एक इंडियन रेस्तराँ के अंदर गए। दरवाज़े पर ही राधा-कृष्णा, शिव-पार्वती, गणेश जी!....

"मालिक एक एन० आर० पी० नौजवान निकला। हमने तस्वीरों की तरफ़ इशारा किया। बोला—पब्लिक रिलेशंज़! क्योंकि इस शहर में हिंदू बहुत आबाद हैं।

"हमें हैरान पाकर वालिद ने कहा—फ़रज़ंदेमन, जानना चाहिए कि नज़रयाती कट्टरपन उन ही अरबाबे-हिकमत तक महदूद है जो अपने मुल्क़ के अंदर रहते हैं। बाहर पैसा कमाने और गोरों से मुक़ाबले के मामले में एन० आर० पी०, एन० आर० आई० के इंटरेस्ट एक हैं, सिवाय क्रिकेट मैच के जब वह एक बड़ी भीड़ में तब्दील होकर एक-दूसरे को ग़ालियाँ देते हैं और जंगलों में क़बायली ख़ासियत पर लौट जाते हैं।"

"आपका इस फाउंडेशन से भी कुछ ताल्लुक़ है?" फ़ल्ली ने पूछा।

"जी नहीं। महज़ ग़ैर-फ़िल्मी शो-बिज़नेस, क्लासिकल डांसर्ज़ वग़ैरह। लेकिन अब्बा ने फ़रमाया—बेटा, मैंने सारी उम्र उर्दू की रोटी खाई है, उर्दूवालों के लिए भी कुछ करो। हम फ़िल्म इंडस्ट्री के उर्दूवालों को तो और ज़्यादा शोहरत की ज़रूरत है ही नहीं। अलबत्ता जो ग़ैर-फ़िल्मी राइटर और पोयट लोग हैं, अगर वह अपनी पब्लिसिटी करवाते हैं तो निहायत भोंडेपन से। इसके लिए उनके पास पैसा भी नहीं है और अगर है भी—ट्राउट! वाह-वाह!

"फ़रमाया—अपने दफ़्तर में तुम एक सेक्शन उर्दू लेखकों और शायरों की

1. महिलाएँ।

ख़ातिर क़ायम कर लो, वाजिबी मुआवज़े पर, क्योंकि मैं उर्दू की रोटी...

"चुनांचे वालिदे-मोहतरम को खुश करने के लिए हमने एक उर्दू कॉपी-राइटर एंगेज किया जो विविध भारती में जिंगल्ज़ लिखता था। घिसे-पिटे तारीफ़ी Articles के बजाय ओरिजिनल क़िस्म के मज़मून उससे लिखवाए। नमूने के तौर पर भेजने के लिए मशहूर लेखकों और शायरों की एक फ़ेहरिस्त बनाई। फिर दफ़्तर में महफ़ूज़ रखने और ब-वक़्त ज़रूरत काम आने के लिए मृतकों की सूची का एक नमूना तैयार करने का ख़याल आया। इसी दौरान हमें बाहर जाना पड़ा। हम उस होनहार नौजवान से कहते गए कि तुम्हारी हिदायत की ख़ातिर अलहदा काग़ज़ पर एक नोट तहरीर किए जा रहे हैं ताकि याद रखो कि इस अंदाज़ में हर्गिज़ न लिखना...

"मरहूम अपनी ज़ात से अंजुमन थे। उनकी बेवक़्त रेहलत से अदब में जो ख़ला पैदा हुआ है, वह पुर होना मुश्किल है। ख़ुसूसन आज, जब कि ग़रीब उर्दू ऐसे नाज़ुक हालात से दोचार है, ज़रूरी है कि मरहूम के तमाम नसरी, शे'री, तनक़ीदी कारनामों का सैरहासिल जायज़ा लिया जाए ताकि उनके सही अदबी मुक़ाम का तअय्युन किया जा सके। वह पर्चा हम कॉपी-राइटर की मेज़ पर रखकर एअरपोर्ट चले गए। दूसरे रोज़ वह भी दफ़्तर नहीं आया। एक गुजराती पट्टेवाले ने उठाकर वह काग़ज़ Out की ट्रे में डाल दिया। मराठे डिस्पैच-क्लर्क ने उसकी फ़ोटो-कॉपीज़ निकालकर उन ज़िन्दा अदीबों के पतों पर पोस्ट कर दी जिसकी लिस्ट उसे पहले दे दी गई थी।

"लिहाज़ा उर्दू सेक्शन शुरू होने से क़ब्ल ही बंद हो गया। उसके जवाब में जो ख़त हमें मिले, उनमें अब्बा के हवाले से हमें कपूत लिखा गया था!" इब्ने बहार ने सर्द आह खींची।

यह क़िस्सा सुनकर सब लोग हँस पड़े।

"इधर कैसे आ निकले?" पिंकी ने सवाल किया।

"वालिद साहब स्कॉटलैंड में हैं। वहाँ उन्हें रेडरोज़-केस के फ़ैसले की ख़बर मिली। हमें ट्रंककाल किया कि मालूम हुआ है मास्टर जी बे-यारो-मददगार लखनऊ में पड़े हैं। फ़ौरन जाओ और बाई एअर वापस ले आओ।"

"ऐसे बावफ़ा दोस्त!" विकी मियाँ ने फिर दाद दी।

"हम झटपट उनके पते पर लखनऊ पहुँचे। मालूम हुआ वह बहराइच चल दिए।"

"लेकिन यह विजयमाता का क्या सीन है?" पिंकी ने दिलचस्पी से पूछा।

"लखनऊ में हम जिस होटल में उतरे यह वहीं बिराजती थीं। ख़ज़ाने की तलाश में इधर आई हैं।"

"हम समझे नहीं। ख़ज़ाना कैसा?"

"इनकी नारंजी पोशाक पेरिस में डिज़ाइन की जाती है। एक फ्रांसीसी हेयर-ड्रेसर इनके ज़ाती स्टाफ पर है। तीन मशहूर मौसीक़ारों ने इनकी तारीफ़ में गीत कंपोज़ किए

हैं—रूहानी।....

"क़िस्सा मुख़्तसर यह कि बहुत अच्छी जा रही हैं; मगर कहने लगीं जी को चैन नहीं। हमने कहा आप दूसरों को आत्मा का सुख बाँटती हैं और ख़ुद बेकल? कहने लगीं ख़ज़ाना नहीं मिला!

"हम समझे रूहानी बात कर रही हैं। हमने कहा वह भी मिल जाएगा। अभी आपकी उम्र ही क्या है!

"मिर्ज़ा साहब! हमारे जहाँगश्त वालिद ने एक बार तकियाक़रा दौलत जान बाबा मुल्क तुर्की में एक दरवेश से मुलाक़ात की जो...."

विकी ने बात काटी, "बहार साहब—विजयमाता का क़िस्सा बताइए।"

"जी, तो विजयमाता ने फ़रमाया कि वह अपने माँ-बाप की इकलौती औलाद थीं। बाप तहसीलदार थे, सीधे-सादे सनातनधर्मी आदमी। यह स्कूल में पढ़ती थीं। तबादला इनके वालिद का तराई की एक तहसील का हुआ, जहाँ एक खँडहर-ऐसी कोठी अर्से से ख़ाली पड़ी थी। उस पर उन्होंने क़ब्ज़ा कर लिया कि उसका कोई वारिस न था।"

विकी चौंक उठे, "उस पहाड़ी क़स्बे का क्या नाम था?"

"नाम नहीं बताया। रहस्यवादी महिला हैं और तांत्रिक बुद्धिस्ट, रहस्य अथाह। तो यह कुनबा उसमें रहने लगा। कोई ग़ैर-मामूली घटना न हुई—भूत-प्रेत वग़ैरह। अलबत्ता उस इलाक़े के चंद बड़े-बूढ़ों ने कहा—इसके अहाते में पेड़-तले बड़ा ज़बरदस्त ख़ज़ाना दफ़्न है।

"तराई के मुसलमान आमिल[1] दफ़ीनों का पता-निशान बतलाने के एक्सपर्ट माने जाते हैं। उन्होंने कहा इस पेड़ पर एक औघड़ रहता है।"

"औघड़ क्या?" डिंकी ने पिंकी से पूछा।

"और दफ़ीने के मटके पर शेषनाग बैठा है।"

फ़िरोज़ा ने फुरेरी-सी ली।

"वालिदैन के इंतिकाल के बाद उन्होंने ठान ली कि वह गंजीना ढूँढकर दम लेंगी। दही वाली, लूना वग़ैरह पुरानी जादूगरनियों के नामलेवाओं से मिलीं। काले जादू के पहाड़ी ज़िला कामरूप आसाम पहुँचीं। फिर बंगाल और तिब्बत के जंत्र-मंत्र-तंत्र में चली गईं, लेकिन कहती हैं कि हमेशा एक आँच की कसर रह गई। चुनांचे यह भी एन० आर० आई० बन गईं।

"कहने लगीं—हे वसंत-पुत्र! हम एक ऐसे युग में जीवित हैं जिसमें हर नामुमकिन चीज़ मुमकिन हो गई है। एक अरब-खरबपति 'ओम नमः शिवाय' का जाप कर रहा है। मादाम जहाँ अब ब्रह्मकुमारियों के गुन गाती हैं और तिलकधारी रूसी

---

1. सयाने

मॉस्को की सड़कों पर हरे रामा हरे कृष्णा अलापते फिरते हैं, अब क्या मुमकिन नहीं है? ख़ज़ाना मिल जाए तो मैं सारी दुनिया में देवी तारा की पूजा फैला दूँ। मैंने कहा फ़र्ज़ कीजिए, वह दफ़ीना मौजूद है और आपके हाथ लग गया तो क़ानूनन ब-हक़े-सरकार ज़ब्त होगा।

"उन्होंने मेरी बात ग़ैर-जरूरी समझकर सुनी-अनसुनी कर दी कि उनके नज़दीक सारी दुनिया ही ग़ैर-ज़रूरी है। कहने लगीं—कुमार बसन्त! मास्को क्या चीज़ है? अब तलक अल्बानिया में धार्मिक परिंदा पर नहीं मार सकता। मैं तराना पहुँचकर दिखा दूँगी।

"यानी पहले ख़ज़ाना, फिर तराना।

"हमने कहा—माता की जय हो! हम भी एक गुमशुदा गंजए-गराँ माया की खोज में निकले हैं। दो बूढ़े, बेघर, ख़स्ता-जान, सितमज़दा मियाँ-बीवी। हम बहराइच जा रहे हैं। आप भी चली चलिए। पहले आस्ताने पर हाज़िरी दीजिए। उसके बाद ऊपर जंगलात में जाकर तराई के आमिल खोजिए। चुनांचे उनके चलभवन में बैठकर बहराइच शरीफ़ पहुँचे। मेला छान डाला। लाउडस्पीकर पर ऐलान करवाए। फिर एक नाज़नीन हमशक्ल श्रीदेवी, अलमोसूम ब लाडो तेलन से मुलाक़ात हुई।"

सुननेवाले एकटुक सुना किए।

"वालिद मोहतरम अपनी जादू की छड़ी घुमाकर लाडो तेलन को लीला तिलगाँवकर बना देते कि एक वक़्त सनोबर टीवी एंड वीडियो फ़िल्म्ज़ करने का इरादा रखते थे। लेकिन मेरा ख़याल यह है अब वह थक गए हैं और फ़िलहाल ग्लास्गो में अपने उर्दू जजमानों के वहाँ आराम कर रहे हैं।

"थियेटर वाली बोली कौन जाने वह मियाँ-बीवी, मोगरे और चँबेली किस बस पर बैठे और किधर गए, इस भीड़-भड़क्के में कौन देखता है और किसे परवाह!" इब्ने-बहार चुप हो गए।

लंच के बाद हाथ धोने की ग़रज़ से इन सब ने दरिया का रुख़ किया। वे भी अचानक उदास हो गए थे। कोई किसी से बात करने को आमादा न था।

"कैसा सर्द और खुशगवार पानी!" इब्ने बहार ने नदी में हाथ डुबाकर कुछ देर बाद इज़्हारे-ख़याल किया।

विकी मियाँ ने थोड़ी-सी मिट्टी उठाई, "हाँ, इस मुक़ाम का आबो-तुराब[1] ही मुख़्तलिफ़ है। और देखो, यह 'शीशा पानीट नदी इतनी मुसफ़्फ़ा और शफ़्फ़ाक हैं कि सुई गिरे तो नज़र आ जाए।"

"वे दोनों भी इस नदी की तरह थे राजा साहब, पाकीज़ा और शफ़्फ़ाफ़। न जाने क्यों— मगर हमारा दिल कह रहा है कि अब वह ज़िंदा नहीं।"

---

1. पानी और मिट्टी।

नदी गुनगुनाती हुई बहा की। परिंदे फ़िज़ा में चक्कर काट रहे थे।

तुम्हारी तरफ़ ललपरे हैं चाँदनी ? और लालसरे ?

ताज़ा हवा में जंगली गुलाब की ख़ुशबू रची हुई थी।

और चाँदनी बेगम—विकी मियाँ ने नदी पर झुककर आबे-रवाँ[1] को मुख़ातिब किया—क्या वह तुम्हारी उजाड़ कोठी थी जो विजयमाता की मिलकियत बनी ? और वह ख़ाली दफ़ीना जो किसी को आज तक न मिला है न मिलेगा।

क्या वह तुम्हारी कोठी थी ?

ज़र्द रंग की बड़ी-सी तितली आकर एक झाड़ पर बैठ गई। गोया जवाबन कहती हो—इस इलाक़े में सैकड़ों क़स्बे हैं और अनगिनत पुरानी कोठियाँ। अपने ज़ेहन को ख़्वामख़्वाह के ग़ैर-ज़रूरी वसवसों[2] और ला-हासिल क़यास-आराइयों[3] से ख़ाली करो ! अगर वह चाँदनी का मकान था भी तो फ़िर ?

उन्होंने गीली रेत पर उँगली से लिखा—बंदा कमतरीन वक़ार हुसैन, जो अभी ज़िंदों में से हूँ। मैं भी एक रोज़ इस तरफ़ आ निकला था।

फिर उन्होंने चारों तरफ़ फैले सरसब्ज़ मंज़र पर निगाह दौड़ाई और ऊँची आवाज़ में पुकारे, "यह एक जंगल का सहीफ़ा[4] है, जो ख़ते-गुलज़ार[5] में लिखा गया।"

कोई उनकी बात न समझा।

तीसरे रोज़—

—उनकी मेज़बान एक बूढ़ी साबिक़ रानी साहिबा स्याह बुर्क़ा ओढ़े ख़रामाँ-ख़रामाँ उनके साथ चल रही थीं। आम के दरख़्तों के नीचे बैठे 'बाराती' हँसी-मज़ाक़ में मशग़ूल थे। कुछ कुएँ पर नहा रहे थे। जामुन के साये में क़व्वाली जारी थी। विकी मियाँ के लड़के टोनी, बन्नी और जिमी तस्वीरें खींचते-खींचते उकता गए।

भीड़ में से निकलते विकी मियाँ, डिंकी और पिंकी आगे-आगे जा रहे थे।

"डिंकी भी फ़ौरन अलग से पहचान लिये जाते हैं। माशाअल्लाह ऊँचे पूरे, खाए-पिएः" परवीन ने अपनी बेटी से कहा।

"अम्मी !" फ़िरोज़ा ने झेंपकर आहिस्ता से जवाब दिया, "आप यह बात यहाँ कई बार दोहरा चुकी हैं—खाए-पिए, खाए-पिए। बार-बार इस तरह न कहें। पिंकी भी फ़ाक़ाज़दा नहीं हैं। और डिंकी क़ौमी लिबास में मुख़्तलिफ़ न मालूम होंगे ?"

"ज़रा इस ग़ोल[6] को देखो ! काले-काले, छोटे-छोटे, टेढ़े-टेढ़े...."

"अम्मी ! पूरब के लोग आम तौर पर साँवले और छोटे क़द के होते हैं। ऐसे न कहें प्लीज़ ! आप बंगालियों का भी इसी तरह मज़ाक़ उड़ाती थीं। क्या आप मास्टर-रेस

---

1. बहता पानी, 2. आशंकाओं, 3. व्यर्थ के अनुमानों, 4. जंगल में लिखी हुई किताब यानी उपनिषद, 5. उर्दू लिपि का एक स्टाइल जो फूल-पत्तियों के डिज़ाइन की शक्ल में लिखा जाता है, 6. झुंड।

हैं ?" वह झुँझलाकर आगे बढ़ गई और एक चबूतरे के किनारे जा बैठी।

बिल्कुल ख़्वामख़्वाह ! ये लोग अम्मी का क्या बिगाड़ रहे हैं ?

विकी मियाँ नज़दीक आए, "तुम यहाँ बैठी हो ! मास्टर-रेस मेरे कान में पड़ा।"

"अगर मैं अम्मी को बता दूँ कि वह नस्लपरस्त हैं तो वह हरगिज़ यक़ीन न करें।"

विकी भी किनारे पर बैठ गए। चेहरे से पसीना खुश्क किया।

"यहाँ क्या है—मास्टर-कास्ट ?" फ़िरोज़ा ने पूछा।

वह मुस्कराए, "तुम बहुत अक़्लमन्द होती जा रही हो !"

"पिंकी तो मुझे···बुद्धू समझते हैं।"

एक तरफ़ ब्राइन, एक तरफ़ पिंकी। यह बच्ची बड़ी उलझन में पड़ गई।

मिसेज ढोंढी अटैचीकेस सँभाले हड़बड़ाती हुई सामने से गुज़रीं।

"वह देखो, बानो-ए-अजम[1] चली जाती है। यूनान तक की मास्टररेस थे—तफ़ो बर तौ···"

"जी।"

"और बाले मियाँ के मामूँ ने फ़िरदौसी[2] को कमीशन किया था।"

"जी।"

"तुम्हें हमारी आतो याद हैं? इलायची ख़ानम। लोधियों में से थीं, और—वो ख़ाने-जहाँ थे।"

चन्द 'बाराती' गाते-बजाते उधर से निकले।

"लेकिन देखो, वली अल्लाह किसी मास्टररेस से तअल्लुक़ नहीं रखते।"

"जी।"

"हम थोड़ी-सी ज़िन्दगी में एक-दूसरे को आजिज़ कर देते हैं। बस चलता है तो मिटा डालते हैं। ये कैसे लोग हैं? सदियाँ गुज़र गईं जनता को मुसर्रत के मवाक़े फ़राहम कर रहे हैं, क्योंकि जनता की ज़िन्दगियों में खुशियाँ बहुत कम हैं।"

"अम्मी कह रही थीं यह बाले मियाँ की ज़हरा बीबी से शादी बहुत ही बड़ी बिदअत[3] है।"

"बिदअत ! कितनी तो इन ग़रीबों ने इस मेले में तिजारत ही कर ली होंगी। यह

---

1. ईरानी महिला। प्राचीन ईरान की सल्तनत में यूनान भी शामिल था, 2. फ़िरदौसी—मशहूर शायर; महमूद ग़ज़नवी के हुक्म से फ़िरदौसी ने अपना मशहूर काव्य 'शाहनामा' लिखा था जिसमें प्राचीन ईरान के बादशाह का गुणगान है और उसमें फ़िरदौसी का एक शे'र था—तफ़ बर तौ ए चर्ख़े-गर्दूं। यानी आसमान को फटकारा कि ऐसे शानदार और ताक़तवर साम्राज्य को अरबों के ज़रिए नष्ट करवा दिया। और सालार मसूर महमूद ग़ज़नवी के भांजे हैं, 3. इस्लाम धर्म में कोई चीज़ ईजाद करने को बिदअत कहते हैं।

काश्तकारों का मेला है। जेठ में फ़स्ल कट चुकती है। किसान के पास ख़रीदारी के लिए पैसा होता है।"

"बड़े मामूँ! यह मुन्नी-मुन्नी दुकानें सजाए लोग इतने क्यूट लगे..."

हिंदू देहाती पेट के बल चलते आ रहे थे।

नेज़े और झंडे उठाए आम लोग हर सिम्त से चले आ रहे थे। उनके परचमों पर हाथी-घोड़े बने थे और नेज़ों पर चुनौर लहराते थे।

"बोलो बाले बादशाह की मदद!" वह नारा लगाते थे और नाचते और ढोलक बजाते थे।

"ये बिहार तक के गाँवों से पैदल आ रहे हैं।" विकी ने कहा, "यू॰ पी॰ के बत्तीस ज़िलों में यही मेले लगते हैं। ग़ाज़ी मियाँ के मज़ार और चिल्ले इतनी कसरत से हर जगह कैसे?"

एक दरवेशनुमा कैरेक्टर नमूदार हुए, रंग-बिरंगी तसबीहें, ज़ुल्फ़ें, दाढ़ी। वह भी फ़िरोज़ा को एक और अजूबा मालूम हुए, क्योंकि वह सफ़िया से ऑक्सफोर्ड के लहजे में अंग्रेज़ी बोलते हुए क़रीब पहुँचे थे।

"बात दरअस्ल यूँ थी—" उन्होंने तम्बाकू फाँका, "भाई साहब, कि बिदअत मिटाने के लिए औरंगज़ेब ने भेजी फ़ौज। उसने किया महासिरा[1]। अवाम इस फ़सील[2] के बाहर पड़ी ईंटें उठाकर वापस गए और जगह-जगह चिल्ले बनाकर यही मेले वहाँ लगा लिये। सिकंदर लोधी ने भी ये मेले बंद करवाने की कोशिश की थी।"

"इतनी शदीद अक़ीदत? और ज़्यादातर हिंदू। ग़ाज़ी मियाँ तो होली वारियर थे, यहाँ वह दलितों पर होनेवाले मज़ालिम के खिलाफ़ लड़ने आए थे।"

"बीबी, यह मामिलात आप नहीं समझ सकतीं।" वह मुस्कराए।

"यह अच्छी मुसीबत है किसी सवाल का माकूल जवाब देने के बजाय आप लोग यह ख़्वामख़्वाह मिस्ट्री बीच में क्यों ले आते हैं?" फ़िरोज़ा ने चिढ़कर कहा।

विकी ने आँखों के इशारे से मना किया।

"बात यूँ थी—" वह 'बुज़ुर्ग' इत्मीनान से बोले, "नौजवान सय्यद की करामात से फ़ायदा उठानेवालों और मुक़ामी हाकिमों से दुखी—ग़ालिबन मुक़ामी बाशिन्दे झंडे और हथियार लेकर कुमुक के लिए पहुँचे, मगर देर से। गंजे-शहीदाँ पर झंडे रखकर वापस गए। तब से ये परचम और नेज़े—अलावा अज़ीं—सरकार अलवी सय्यद थे, मुहम्मद बिन हनफ़िया की नस्ल से।

"राइट! आई अंडरस्टैंड सर! ज़ुल्म के खिलाफ़ लड़ता मुक़द्दस सूरमा। सेंट जॉर्ज दि ड्रेगन-किलर...इंगलिस्तान का क़ौमी सिम्बल...मगर यह कि—मालूम हुआ मार्गरेट थैचर फूल-बताशे लिये चली जा रही हैं!"

---

1. घेरा डालना, 2. दरगाह की चारदीवारी।

"तुम्हारे सारे रवय्ये यूरो सेंट्रिक (Euro Centric) हो चुके हैं।" विकी बहुत महज़ूज़ हुए।

"आइए, इधर इमली की ठंडी छाँव में चलकर बैठें।" दरवेश तीनों को एक तरफ़ ले गए।

"इनके साथ हुज्जत न करना!" विकी ने आहिस्ता से कहा—"यह पढ़े-लिखे जिन्न हैं।"

उन्होंने सुन लिया। चबूतरे पर उकड़ूँ बैठे। मुट्ठी बनाकर सिगरेट का कश लगाते हुए फ़रमाया—"बच्चा हैं, करने दीजिए बहस। जी तो देखिए, वह संगी हलक़ा[1] जो रखा है वह सरकार के हलक़ाबगोश[2] मकना देव के काम का संगी बाला।"

फ़िरोज़ा भौंचक्की रह गई—"आप...आप संजीदा नहीं हैं!"

उन्होंने छोकरी को नज़रअंदाज़ किया और मामूँ से मुख़ातिब रहे—

"और भाई साहब, क़िबला, गुलामी की बात तो यूँ है कि एक बार हम इंग्लैंड से लौटते हुए यूगोस्लाविया वग़ैरह का चक्कर लगाते हुए क़ौनिया जा पहुँचे—बिल्कुल बतौर टूरिस्ट उस वक़्त। दो इंग्लिश क्लासफ़ैलो हमराह थे। वहाँ हमें एक बाक़ी माँदा दरवेश मिला। उसने हमें इस पत्थर के मुताल्लिक़, जो उनकी रसूम में काम आता था, एक दिलदोज़[3] दुआ सुनाई। इस पत्थर को अपने कान में लटकाए रहे और अली के साईस, क़ंबर के गुलाम बनो।"

"सुब्हान अल्लाह!" विकी मियाँ को वज्द[4]-सा आया।

फ़िरोज़ा ने घबराकर सफ़िया को देखा। वह बे-तअल्लुक़ बैठी रहीं।

"मज़ीद समाअत फ़रमाइए[5]...."

"इरशाद।"

"मैं तेरे घोड़े के हमराह रहने से क़ंबर बन गया हूँ।"

"वाह!"

"अली इमाम मनस्त व वमन..."

"...गुलामे अली!" विकी मियाँ ने मिसरा पूरा किया।

दरवेश एक तरफ़ को दौड़ गए, फिर वापस आए।

"कड़का सुनाता हूँ जो अल्तमश के ज़माने से पढ़ा जा रहा है—रजज़ अल्तमश—फ़िरोज़शाह—शुजाउद्दौला—वह सब इन लोगों के बिल्कुल नज़दीक मौजूद हैं।"

फ़िरोज़ा की अनजानी-सी हैरानी बढ़ती गई।

दायाँ हाथ बुलंद करके वह कड़के—"खड़ग सरग है निरंकार—अनंत शाहे-मर्दा[6] के बंस। सुनिएगा भाई साहब, एक और क़दीम नौहा जो अब तक पढ़ा जाता है।"

---

1. पत्थर का कुंडा, 2. कान में कुंडल पहननेवाला गुलाम, 3. मर्मभेदी, 4. मस्ती उन्माद, 5. और सुनिए, 6. हज़रत अली।

"इरशाद...इरशाद !"

"—जब जूझन को गयो क़ासिम, दल मार के सगरो भगाय दियो।

पग पाछे धरो ना जरा हट के

तलवारन से तन चूर भयो और पाग के पेच गिरे कट के

गोरे मुख पे लहरावत हैं सब लोग कहीं सेहरा लटके!

ज्यों सावन में झड़ लागे—तीरन की बौछार

भुजा बली छिन छिन गिरें, महाबली[1] के यार।"

चक्कर-सा काटकर वह फिर एक तरफ़ को चल दिए।

"मामूँ जान! यहाँ हर जगह बड़ी ही अजीब बातें हो रही हैं।" फ़िरोज़ा ने कहा।

"अजीब? क़तई नहीं। राना साहब सन् बावन से क़ब्ल एक तिलकधारी राजा थे—ऑक्सफ़ोर्ड के तालीमयाफ़्ता।"

"क्या इनके पास फ़ाज़िल वक़्त बहुत है?"

"हाँ, मेरी तरह।"

भांजी शर्मिंदा हुई।

रफ़ाई सिलसिले के ग़ोग़ाई फ़क़ीरों का एक गिरोह सहन में से निकल गया। ये लोग बदायूँ, हुसैन टीकरी (मध्यप्रदेश) और देवरिया (महाराष्ट्र) के रफ़ाई तकियों से आए थे और 'मौला अली' के नारे लगा रहे थे।

राना साहब दोबारा नमूदार हुए।

"यह रफ़ाई दरवेश तुर्की और मध्य एशिया में तो ग़ायब हो चुके, यहाँ मौजूद!"

"क्योंकि वहाँ इनक़लाब कब का आ चुका और यहाँ न आया, न आने की उम्मीद है।" फ़िरोज़ा ने झुँझलाकर कहा।

"ये लोग औलिया की खुफ़िया पुलिस हैं।" राना साहब ने जवाब दिया—"साहिबे-मज़ार[3] साबिर होते हैं, मगर गुस्ताख़ बेअदब लोगों को यह क़लंदर पटख़नी दे देते हैं।"

फ़िरोज़ा ने अपने मामूँ से इल्तिजा की—"अब चलें?" वह बहुत गुस्से में मालूम हो रही थी।

दरअस्ल, इस बच्ची को बेवक़ूफ़ परवीन की Racism ने बेहद बेचैन कर दिया है। अगर इसकी मूरलैंड औलाद ने अपने एशियाई वरसे को कमतर जाना, तो यह दरगाही परंपरा भी तो उसके वरसे में शामिल है!

बहराइच के जेठ के मेले और वेस्ट में कितना फ़ासला है? एक-एक सितारे की रोशनी लाखों नूरी[3] बरसों में, ज़मीन तक पहुँचती है। पिछले युगों की रौशनी और अँधेरे दोनों यहाँ एक-साथ पहुँच रहे हैं। राना साहब अचानक बाक़ायदा गाने लगे—

---

1. हज़रत अली, 2. वे संत जिनकी समाधि दरगाह है, 3. आलोकीय (प्रकाश-वर्षों)।

नीर पीवन हेत गए सिंधु के किनारे।
सिंधु बीच बसत ग्रह, चरन धर पछारे।
हे गोविंद राखो शरन, अब तो जीवन हारे।

"संत तुकाराम?" विकी ने दरयाफ़्त किया।

"संत रायदास। राखो शरन अब तो जीवनहारे। सोलहवीं सदी। पांडिचेरी में फ़क़ीर ने डी० के० राय से खुद सुना।"

"आह..., ग्रेट सिंगर मिस्टिक—दिलीप कुमार राय।" विकी ने कहा।

"सोलहवीं सदी में आप...?" फिरोज़ा ने दोहराया। सब मुमकिन है—ये दीवाने लोग हैं। उकताकर जम्हाई ली। मैं यहाँ क्या कर रही हूँ?

"लोग तो पानी पीने गए। मगरमच्छ उन्हीं को खा गए। अफ़सोस!" विकी मियाँ की आवाज़ बुलंद हुई।

पानी पीने गए थे...कहाँ—? गर्मियों की भरी दोपहर। थकान। नींद का झोंका। दूर पपीहे ने दोहराया—कहाँ-कहाँ? टिटहरी चिल्लाई—अलअतश[1]।

फ़िरोज़ा ने आँखें मलीं।

"आप मराठी अंदाज़ में गाते हैं।" विक्की ने इज़हारे-ख़याल किया।

"फ़क़ीर प्रिंसिपल रतनजनकर का शागिर्द था।"

"पानी पीने गए थे। ज़िंदगी के दरिया में क़दम रखा और मगरमच्छ ने पछाड़ा।" विकी मियाँ ने जवाब दिया।

निराला डायलॉग है! फ़िरोज़ा ने आँखें फाड़कर नींद भगाने की कोशिश की। कराची और लंदन में यक़ीन न आएगा कि महज़ चंद रोज़ पहले मैं एक ऐसी अनोखी जगह पर मौजूद थी।

इधर-उधर निगाह दौड़ाई। एक बेल उठाया।

"अरे छोटी ख़ाला! देखिए, बिल्कुल क्रिकेट ही गेंद के बराबर फल।"

"बाले बादशाह मदद!" एक पहाड़ी मैना चिल्लाई। उसका ग़रीब-सा मालिक पिंजरा चबूतरे पर रखकर वज़ू के नलकों की तरफ़ चला गय।

पिंकी और डिंकी आकर एक नीची दीवार पर बैठ गए।

"और तुम दोनों लोफ़र कहाँ ग़ायब थे?" विकी ने प्यार से पूछा।

"नवाब मुजफ़्फ़र जंग पर काल करने गए थे।"

"....?"

"वहाँ इस इंतज़ाम में लग गए कि नवाब साहब और सराइलाई जाहे इम्पी के ज़रिए मिस्टर ज़फ़रुल इस्लाम डेनमार्क सटक लें।"

"....??"

---

1. प्यास।

"वहाँ इस इंतज़ाम में लग गए कि नवाब साहब और सराईलाई जाह एम० पी० के जरिए मिस्टर ज़फ़रुल इस्लाम डेनमार्क सटक लें।"

"···· ?"

"हम लोग प्रोफ़ेसर अब्दुल करीम के वहाँ बैठे थे।" डिंकी ने पिंकी की बात ज़रा खुलकर समझाई।

"···· ???"

"प्रोफ़ेसर अब्दुल करीम बाज़ीगर, वर्ल्ड-फ़ेमस मैजीशियन ऑफ़ कामरूप, गोल्ड मैडलिस्ट।" पिंकी ने परिचय मुकम्मल किया।

"उनके डेरे पर एक बंगलादेशी मिले। लुंगियाँ और रूमाल बेच रहे थे। हमें देखकर फ़ौरन एक बैग से चंद तस्वीरें निकालीं। मुर्शिदाबाद और कंपनी स्कूल। एक तस्वीर बहुत ही नादिर थी। नवाब मुज़फ़्फ़र जंग जिनके पीछे सराइलाई एम० पी० की मुहर लगी हुई है। कहने लगे—बीवी-बच्चों समेत यूरोप जाने का इरादा रखते हैं। दो भाई ओसलो पहुँच चुके हैं। पहले इंगलैंड गए, बतौर घुसपैठिये। वहाँ से चंद पाकिस्तानी घुसपैठियों के साथ गोया एक वायकिंग नाव पर सवार होकर नार्वे के साहिल पर जा उतरे।"

"वाह !

मैं कल के ख़्वाब की ताबीर किससे पूछूँगा
कि मैंने नूह की कश्ती में ख़ुद को देखा है !!"

"अब मिस्टर ज़फ़रुल इस्लाम इसी ताक में हैं। रुपये का बंदोबस्त कर रहे हैं। पाँच हज़ार की कसर है। डेनमार्क वरना स्वीडन। वह ह्यूमनिस्ट गवर्नमेंट है।

"तालीमयाफ़्ता आदमी हैं। हमने पूछा—क्या आप भी वहाँ सियासी पनाह लेंगे ? कहने लगे—ऐसी तो कोई प्रॉब्लम नहीं। यूँ तो हर बंगाली पैदायशी रिवोल्यूशनरी है।

"हमें मुहम्मद रज़ा खाँ मुज़फ़्फ़र जंग, नायब नाज़िम बंगाल, बिहार, उड़ीसा की तस्वीर ने बहुत उदास किया। सफ़ेद सुनसान महताबी पर सफ़ेद बारादरी के सामने बैठे पेंचवान[1] नोश कर रहे हैं बिल्कुल अकेले—प्लासी के बाद तारीख़ की पिन्हाइयों में यक्का व तन्हा····

"अँधेरी रात। ख़ामोश चबूतरा। बंगाल इस अथाह अँधियारे में डूब गया। और वह ख़ुद अब एक आवारावतन बँगलादेशी के झोले में पड़े हुए हैं—ऐसे ख़रीदारों के मुन्तज़िर, जो जानते ही नहीं कि वह कौन थे। इब्ने बहार ऊपर ही ऊपर वापस गए, वरना वह बंबई में यह सारी तस्वीरें बिकवा देते। हमने ज़फ़रुल भाई से कहा है, रात को रानी साहब के वहाँ आ जाएँ। बड़े मामूँ प्लीज़, एक-दो जरूर ख़रीद लीजिएगा। वह बहुत ज़रूरतमंद मालूम होते है।"

"इश्क़ ग़मे-नौ[2] ख़रीद—अब हमें और दुखी न करो, ज़रूर ले लेंगे। तुम दोनों हम्प्टी-डम्प्टी की तरह दीवार पर क्यों चढ़े बैठे हो ? इधर आ जाओ छाँव में !"

---

1. विशेष प्रकार का हुक़्क़ा, 2. नया ग़म।

राना साहब वापस आए।

"यह हमें बाले मियाँ के मुताल्लिक़ बतला रहे थे—उत्तर गय्ये गढ़ बहराइच।"

"बड़े मामूँ! विक्टोरियन अंग्रेज़ों ने तो ग़ाज़ी मियाँ के मार्के ही को आधी मिथ बतलाया है।"

राना साहब फिर क़लंदराना शान से उकड़ूँ बैठे। सिगरेट मुट्ठी में अटकाया। मुस्कराए। फिर बोले, "अब मैं आप नौजवानों की ख़ातिर जो पूरब और पश्चिम के दरमियान हवा में लटके हुए हैं—आप ही की नई Terminology में बयान करूँ कि यह सब क्या है?" एक गहरा कश लगाया—"यह एक अज़ीमुश्शान ड्रामा है। सिम्बलिस्ट प्ले। लोकगीतों में सरकार की पैदाइश पर उनकी वालिदा ब्राह्मणों से जन्मपत्री बनवाती हैं। ग़ज़नवी माँ और पंडित की पोथी—? तो भई स्पेन का वह क्रिश्चियन सूरमा जो मुसलमानों से लड़ा, वह ईसाइयों ही में एलसिड क्यों कहलाया? अलसय्यद?

"उनके माननेवाले कुमक लेकर देर से पहुँचे। मुसलमान वली थे, वरना नाटक बन जाते। उनकी अपशु घोड़ी के स्वाँग भरे गए। ब्याह हर साल टलता, क्योंकि पचका लग जाता है। हम कितना-कुछ करना चाहते हैं लेकिन कर नहीं पाते, क्योंकि हालात मुआफ़िक़ नहीं। हम अपने प्लान भविष्य पर छोड़ते जाते हैं, जो कभी नहीं आता। यह एक गोया रमज़िया तमसील (Mystery Play) है जो हमारे पुरखों ने आठ-नौ सौ साल पहले तैयार किया।" एक और कश।

"बाले मियाँ एक कल्चर हीरो हैं," उन्होंने फ़िरोज़ा से कहा, "एक कृषक समाज के संत। बसंत के मेले में आम के बौर और गेहूँ की बालियाँ यहाँ चढ़ाई जाती हैं। किसान अपनी सालाना आमदनी का एक हिस्सा गोलक में डाल जाते हैं। बात यह है कि औरंगज़ेब एक मॉडर्न ज़ेहन के आदमी थे— ऐंटी-मिस्ट्री..."

"अब बीबी, तुम ब्राइन को लिखो कि तुमने एक नॉर्थ इंडियन मेले में एक कल्चर हीरो डिस्कवर किया।" पिंकी ने धीमी आवाज़ में फ़िरोज़ा से कहा।

फ़िरोज़ा ने झुँझलाकर क्रिकेट की गेंद के बराबर बेल दूर फेंक दिया।

"बाले...बाले..." मैना चिल्लाई, "बादशाह...बादशाह..."

राना साहब ने गोया उसकी तरजुमानी की, "यह तुमको बतलाना चाहती है कि मुहम्मद बिन तुग़लक मय इब्नेबतूता शायद इसी जगह आकर बैठे थे! उस वक़्त मज़ार तक पहुँचने का दरवाज़ा इतना छोटा था और भीड़ इतनी ज़्यादा कि बादशाह और सय्याह[1] दोनों अंदर ही न जा सके।"

"बाले बादशाह, मदद...मदद..." मैना ने नारा पूरा किया।

राना साहब तरजुमानी में लगे रहे, "मुहम्मद बिन तुग़लक़ दरगाह के लिए तीन सौ गाँव ग्रांट दे गए, जिसकी बदौलत कई ताल्लुक़े बनवाए गए।"

---

1. पर्यटक।

"मददे-मआश[1] की जागीरें ?" पिंकी ने पूछा, "अरे क्या पता हमारे बदहाल पुरखे जिन्होंने तीन कटोरी सत्तू एक बुजुर्ग को पिलाया था, उनका ताल्लुक़ भी किसी आस्ताने से रहा हो !"

"जादुई ज़माने आज भी हैं।" फ़िरोज़ा ने कहा।

"हाँ, जादुई। रात को सोए लल्लू-पंजू, सुबह उठे मिनिस्टर। सात पुश्त के लिए इत्मीनान।" पिंकी ने जवाब दिया।

मिसेज ढोंडी, ज़रीना, फ़ल्ली और महनाज़ इमली के करीब आईं। ज़हूरन बुआ ने सर पर डलिया उठा रखी थी।

"ग़रीबी हटाओ !" मैना फिर चीख़ी।

सब खिलखिलाकर हँस दिए।

ग़रीब आदमी नमाज़ पढ़कर लौटा। पिंजरा उठाकर उसने अमीरों को माफ़ी चाहनेवाली नज़रों से देखा।

"यह इसे किसने सिखलाया ?" पिंकी ने मुस्कराकर पूछा।

"सरकार ! हमारा लड़का यूथ कांग्रेस में शामिल हो गया है।" वह सलाम करके भीड़ में ग़ायब हो गया।

ज़हूरन बुआ ने टोकरी बड़े अदब से चबूतरे पर रखी। फ़िरोज़ा ने कहा। "ग़रीबी हटाओ···अरे खुदाई कारख़ाने में कोई दख़्ल दे सकता है ? हमारे तीन रिश्तेदार मज़े से सऊदी अरब चले गए। हमारे बेटे ने खेती-बाड़ी, बहू के गहने गिरवी रखकर एजेंट की पूरी रक़म भरी। वह लेकर चम्पत !" आवाज़ भर्रा गई। दुपट्टे से आँसू पोंछे। सीमेंट के गर्म फ़र्श पर बैठ गईं, "हमारे मुक़द्दर में ग़रीबी ही लिखी है।"

"हाँ, बुआ !"

"हुज़ूर[2] ने एक बार दुआ फ़रमाई कि अल्लाह पाक हमारी उम्मत में कोई ग़रीब न रहे। दुआ कुबूल हो गई। फिर बिटिया, ज़ोरों की बारिश हुई। छतों के परनाले टपकने लगे। मज़दूर गायब ! मरम्मत कौन करे। ? सब तो पैसेवाले होईं गए थे। तो फिर लोग हुज़ूर के पास गए, दुआ फ़रमाईं कि कुछ लोग फिर से ग़रीब हो जाएँ। उन्होंने फिर दुआ फ़रमाई।"

विकी ने भिन्नाकर पूछा, "यह तुमसे किसने कहा ?"

"सरकार ! मौलवी साहब ने बारह वफ़ात के वाज़ में बतलाया था।"

"कहाँ हैं वह मौलवी साहब ? हमारे सामने लेकर आओ !" वह गरजे।

घबरा गईं, "हुजूर, गाँव में रहत हैं।"

"विकी···विकी प्लीज़, गुस्सा न करो !" मानिक बाई नरमी से बोलीं।

"यह देखो। हम कुम्हार की दुकान से कितनी फ़ैंटास्टिक चीज़ें लाए हैं !" तीन

1. जीविका-सहायता के लिए, 2. हज़रत मुहम्मद साहब।

छोटे बंडल डलिया से निकालकर गुलाबी काग़ज़ उतारे—"यह देखो होली काबा !"

"आहा ! मिट्टी का हरम और बना दो !"

"यह होली प्रॉफ़ेट की टूंब... और यह बहिश्त की हूर। बिल्कुल इस दुनिया से बाहर। यानी आउट ऑफ दिस वर्ल्ड।" मिट्टी का सर निकालकर चबूतरे पर रखा।

एक हसीना का चेहरा—नाक में बुलाक़, माथे पर सुनहरा छपका, सर पर शाहाने-अवध का ईरानी स्टाइल का ताज, आँखों में अचरज, घोड़ी जैसे नुकीले कानों में बुंदे।

"दुलदुल बुर्राक़ !" मानिक बाई ने इत्तिला दी, "मुहर्रम आनेवाले हैं। कुम्हारों ने अभी से तैयार कर लिये। शाही के ज़माने से एक ही साँचा।"

"एक बड़ा-सा हॉल था। बाहर शदीद हरियाली। तेज़ बारिश। ताशे बजाते गाँव के जुलाहे अपने ताज़िये लेकर फाटक पर आए। उन्होंने पन्नियों से सजा काग़ज़ी घोड़ा अंदर भेजा। उसकी गरदन पर यही शबीह[1] लगी हुई थी—बिल्कुल यही तो थी !"

किसी नामालूम रसायन के ज़ेरे-असर सफ़िया अपने ख़ोल से बाहर आ गई थीं। विकी ने उनकी हौसला अफ़ज़ाई की, "हाँ, हमें भी ख़ूब याद है। वह बड़ी फूफी का घर था जहाँ हम लोग गए हुए थे।"

"हम सब उस वक़्त बहुत यंग थे ना ?"

"हाँ... हाँ, अब भी लपटा हरीसा तो नहीं हो गए हैं। सफ़िया, सुनो ! तुम्हें इन नौजवानों से डरने की बिल्कुल ज़रूरत नहीं है। ये लोग भी अपने लिहाज़ से ठीक सोचते हैं।"

"हाँ भय्या, यही तो शबीह थी ! और हम चिल्लाए थे ज़रीह ब-शक्ले परी ! बताशन बुआ ने कहा था—नहीं, ई दुलदुल बुर्राक़ आँय। जन्नत की हूर रहीं। सत्तर हज़ार बरस रोती रहीं कि रसूलेपाक को मेराज शरीफ़ पर हम ही ले-जइबा। अल्लाह पाक ने इनकी इल्तिजा मंज़ूर फ़रमाई।"

"हाँ, और बारिश हो रही थी और चारों तरफ़ जंगल और भीगी पुरवाई अंदर आ रही थी। और बुर्राक़ का अक्स चमकीले सब्ज़ फ़र्श पर जैसे जंगल अंदर आ गया हो और जन्नत।"

"हाँ भय्या ?" सफ़िया ने छोटे बच्चों की तरह पूछा। उनको अपने हाफ़िज़े पर, खुद अपने-आप पर भरोसा नहीं रहा था। बड़े भाई से तसदीक़ चाहती थीं जो यक़ीनन इदराक[2] की एक जेहत औरों से ज़्यादा रखते थे।

"हाँ-हाँ सफ़िया !" उन्होंने नरमी से कहा, "बारिश थमी और दिल हिला देनेवाले दोहे गाते वह सब फाटक से निकल गए—

बैरन हमरी नाव पड़ी, बीच समंदर धार।
खेवनहारो चल बसे, अब पार करो करतार।"[3]

---

1. प्रतिमा, 2. अनुभूति, 3. इमाम हुसैन की बहन ज़ैनब का नौहा।

"बैरन हमरी नाव पड़ी····" सफ़िया ने दोहराया। चुप हो गई। फिर कहा, "नहीं। यह नहीं—एक और था।" सर झुकाकर उँगली पेशानी पर फेरी।

"बारह[1] बरस के बेटे दुलरवा, ताने चदरिया रे हाय
बन में सोई रहे, हाय रे हाय
हाय हाय सवार दुलदुल घुड़वा रे हाय!"

जिस तरह एक नेवला दरख़्त की खोह में से झाँककर सर फ़ौरन अंदर कर लेता है, सफ़िया सुल्तान अचानक अपने बिल में वापस चली गईं।

सेरह लॉरेंस में कंटरबरी टेल्ज़ पर पेपर लिखा था। क्या वह लोग उन कैरेक्टर्ज़ से मुशाबह हैं? कुछ कुछ—

अंकल विकी और राना साहब—नाइट।

फ़ैंकलिन और ज्योफरी चासर?

पिंकी—एस्क्वायर? बड़ी ख़ाला—मैडम एंगिलटाइन?

मिसेज़ ढोंढी—वाइफ़ ऑफ बॉथ?

छोटी ख़ाला—दूसरी नन····

नहीं—ग़लत मवाज़ना[2] है, और इनमें से ज़्यादातर लोग तो तीर्थ-यात्री हैं भी नहीं। किसी-न-किसी वजह से अपने अक़ीदे[3] खो चुके, सिवाय मिसेज ढोंढी के।

वे लोग चल पड़े। फ़िरोज़ा को पुकारा।

अंदर पहुँचकर मानिक बाई और फ़ल्ली चादर चढ़ाने के इंतज़ाम में जुट गए।

"यह ग्यारहवीं मोहर्रम को बावन डंडों के ताज़िये की ज़ियारत के लिए ख़ैराबाद भी तो जाती हैं। एक बार हमें साथ ले गई थीं।" पिंकी ने हँसकर फ़िरोज़ा को बतलाया, कहने लगीं—"देखो, ताज़िया खुद-ब-खुद घूमने लगता है। सैकड़ों आदमी उसे उठाए हुए थे। अचानक वो तेज़-तेज़ चक्कर काटने लगे। हमें तो वह इंगलिश काउंटी क्रिकेट का-सा मैदान मालूम हुआ, सरसब्ज़ और खुशफ़िज़ा। और हज़ारहा अच्छे कपड़े पहने हुए अवाम का हुजूम—और बावन डंडे का ताज़िया रक़्सां।[4]"

बड़ी ख़ाला ज़रीना गुफ़्तगू में शामिल हुईं, "पहले ज़मींदारों में ताज़िए का मुक़ाबला होता था। सबसे ऊँचा ताज़िया जुलूस में सबसे आगे। पैसा अब क़साइयों-जुलाहों के पास आ गया है। ऊँचे-से-ऊँचे ताज़िए का कंपिटीशन एक-दूसरे से कर रहे हैं।"

क़साई, जुलाहे, लीजिए एक और नस्लपरस्त[5] मैदान में उतरीं।—फ़िरोज़ा चिढ़कर एक तरफ़ को टल गईं।

फ़ल्ली सर पर रूमाल बाँधते हुए कह रहे थे, "मम्मी पूरा एजेंडा लेकर अजमेर

---

1. हजरत इमाम हुसैन के बेटे अली अकबर की शहादत का बयान है, 2. तुलना, 3. आस्थाएँ, 4. नाचता हुआ, 5. जातिवादी।

शरीफ़ भी जाती हैं। महनाज़ के लिए अच्छा पारसी डिकरा, कानपुर-इलाहाबाद का। बंबई का नहीं चलेगा। हमारे लिए अच्छी पारसी डिकरी। बंबई की चलेगी, मगर यज़दी ईरानी नहीं।"

"वह देखिए भय्या, मज़ार शरीफ़ के पास···चंदन का बिरवा!"

"हाँ ज़हूरन बुआ," पिंकी चंद मिनट तक सोच में डूबे रहे, "बड़े मामूँ! अभी हमें एक ब्रेन-वेव (Brain wave) आई।"

"कहो!"

"मैसूरी संदल —टोनी मियाँ को इसमें लगा दें।"

"अच्छा ख़याल है। तुमने माशाअल्लाह वाक़ई एक कारोबारी का दिमाग़ पाया है।"

राना साहब भी मुस्कराए।

पिंकी ने उनसे कहा, "राना साहब, कॉलेज में इंडियन हिस्ट्री हमारा मज़मून था। उसे पढ़-पढ़कर दुःखी हुआ किए। उसी मज़नून के ज़रिए फ़न्ने-तामीर तक पहुँचे और आर्किटेक्ट बन गए!···क्या करें! यार फ़ल्ली!"

"यस बॉस?"

"संदल का पेड़ देखा?"

एक मिनट तक उसने भी सोचा, फिर खिल उठा, "जॉली गुड!"

"अगर एक कर्नाटकी पार्टनर मिल जाए?"

"नॉर्थ इंडियन भी चलेगा यार!"

"और टोनी मियाँ मैनेजर। अब फ़र्क़ यह है राना साहब, कि मुट्ठी में लेकर सिगरेट आप ठीक से नहीं पी सकते। आपका यह चोला हक़ीक़तों से फ़रार मालूम होता है, माफ़ फ़रमाइएगा।"

राना साहब ने पिंकी के सर पर हाथ रखा, "भाई साहब, आपका भांजा माशा अल्लाह बहुत ज़हीन है!"

तबर्रुकात के मुहाफ़िज़खाने में विकी मियाँ प्राचीन ज़माने का क़ुरान मजीद देखने में खो गए। "हज़रत सालार की सदरी और जामए-क़ुरान[1]।" एक मुतवल्ली ने बतलाया, "और यह फ़र्ग़ल[2] फ़िरोज़शाह तुग़लक़ ने बनवाया था कि जामए-क़ुरान बोसीदा हो जाए तो उसे रिप्लेस कर दे। फ़र्ग़ल गल गया, जामए-क़ुरान वैसेन है।"

"आजकल क्यों नहीं होते चमत्कार?" फ़िरोज़ा ने बहस की।

"बड़े मामूँ से पूछो।" डिंकी ने कहा।

वह आगे जा चुके थे।

ढालों, तलवारों, तोड़ेदार बंदूकों से आरास्ता असलहाख़ाने के फाटक पर दरगाह

1. ऐसी पोशाक जिस पर क़ुरान शरीफ़ की आयतें लिखी जाती थीं, 2. ओवर कोट (Overcoat)।

के मुसल्लह सिपाही पहरा दे रहे थे।

"यार पिंकी, रावलपिंडी में बर्री इमाम के रौज़े पर हमने एक दफ़ा बेहद सुर्ख़ पोशाक पहने दो नौजवान मलंग देखे—नाक में सोने के बुलाक़, हाथ में सितार, हरी आँखें और पुरसुकून चेहरे, और बिल्कुल ख़ामोश पहाड़ की तरफ़ से आए, और चंद मिनट बाद चुपचाप एक तरफ़ को चले गए। वह दोनों अगर यहाँ चले आएँ तो इस मेले के मंज़र उनको बिल्कुल हैरान नहीं करेंगे जिस तरह हम और तुम हैरान हैं। लेकिन अपने तजुरबे से बाहर की चीज़ों पर ताज्जुब करना कुदरती बात नहीं।—तुम चाहते हो कि एक आदमी सारे आलम के रवय्यों[1] के मुताल्लिक़ यकसाँ तौर पर पुरसुकून रहे।"

"विकी मामूँ तो हैं कुछ-कुछ—पुरसुकून[2]। वह सुर्ख़ पोशाक पहनकर हाथ में सितार भी ले सकते हैं।"

बाहर आते हुए परवीन सुल्ताना ने ठंडी साँस भरी।

"सुन रखा था भारतीय दरगाहों पर ज़ायरीन को दौलतमंद पाकिस्तानी समझकर फ़क़ीर घेर लेते हैं। आज देख भी लिया। सारे मँगते मेरे और डिंकी के पीछे पड़े रहे।"

"ख़ाला, आपके वहाँ भी तो दरगाहों पर भिखारी होते हैं?" शहला ने दबी ज़बान से प्वाइंट आउट किया।

"इतने नहीं।" ख़ाला ने जवाब दिया।

"ख़ुदा की पनाह! तुम लोगों ने भिखारियों का मुक़ाबला भी शुरू कर दिया?" विकी ने हैरत से कहा।

"क्या करें मामूँ!" फ़िरोज़ा ने होंठ बिचकाए, "चालीस बरस से ताल्लुक़ात भी तो बहुत···यानी कि कशीदा[3] हैं। इस वजह से दोनों तरफ़ के लोग छोटी-छोटी बातों के मुताल्लिक़ भी ज़रा ···ज़रूरत से ज़्यादा Sensitive हो गए हैं।"

"महज़ क़शीदा? अरे चालीस बरस से एक-दूसरे की जान को आए हुए हैं। महज़ Sensitive? कतई Abnormal! आज़ादी के चंद साल बाद मजाज़ ने कहा था—

उधर मशकूक है मेरी सदाक़त
इधर भी बदगुमानी कम नहीं है।"

राना साहब ने क़िस्सा कोताह करने के लिए मक़ता पढ़ा—

बहुत मुश्किल है दुनिया का सँवरना
तेरी ज़ुल्फ़ों का पेचो-ख़म नहीं है।"

विकी ने घड़ी पर नज़र डाली।

"चलो, पिछले पहर हम उस दिशा की सिम्त निकल चलें जहाँ कोई ताल्लुक़ात ही नहीं—सन्नाटा है ···शून्य···"

---

1. Attitude, 2. शान्त, 3. खिंचे-खिंचे।

ख़ामोश शाहराह पर विकी मियाँ अपनी सुर्ख़ मारुती वैन में धुंध के साथ आगे-आगे उड़े जा रहे थे।

"मामूँ मियाँ···" पिंकी ने गियर बदलते हुए फ़िरोज़ा से कहा, "अब सूफ़ीइज़्म से ज़ेन की सिम्त रवाना हो गए हैं।"

"हाउ स्वीट !" फ़िरोज़ा ने हवा में उड़ते बाल समेटे।

"यह एरिया बिल्कुल गोया एक फ़लसफ़ाज़ार[1] है," पिंकी ने कहा, "वीराने में स्तूप गोया ख़ामोशियों के दफ़ीने ! इस तरफ़ एक स्तूप के नज़दीक एक क़दीम मज़ार—ग़ाज़ी मियाँ के साथी थे। यहाँ भी रन पड़ा होगा।"

"स्तूप और मज़ार··· ! अजीब जगह है !" फ़िरोज़ा ने कहा।

"उनके बाहम ताल्लुक़ात कैसे हैं ?" सफ़िया ने फिर अपने डरावने अंदाज़ में पूछा।

जैसे स्तूपों के अंदर संदूक़चों में मदफ़ून क़दीमतरीन भिक्षुओं की हड्डियाँ खड़खड़ाएँ।

मेरा तख़य्युल[2] भी ज़रूरत से ज़्यादा Active हो गया है।—फ़िरोज़ा ने फुरेरी-सी ली।

"किसके ताल्लुक़ात छोटी ख़ाला ?"

"सन्नाटे और सन्नाटे के, पत्थरों से पत्थरों के मामिलात किस नोइयत[3] के हैं ? कोयला हीरा बन जाता है और मोर जंगल में नाचता है।"

"इनसे कहिए यह हॉकी खेला करें।" परवीन ने ज़रीना से सरगोशी की।

"हैं ?"

"या बास्केट बाल।"

"····या हीरा कोयला बन जाता है।" सफ़िया बड़बड़ाया कीं।

"अरे कोई बच्चा मेले में तो नहीं रह गया ?" अचानक ज़रीना ने घबराकर पूछा, "शेली, ऐमी, डिंकी, सैली ! शेली और ऐमी कहाँ है ?"

"सब महफ़ूज़ हैं, अम्मी ! पीछे-पीछे आ रहे हैं।" पिंकी ने जवाब दिया।

परवीन सुल्ताना की पलकें भीग गईं। बेचारी ज़रीना ने कैसी वीरान ज़िंदगी गुज़ारी ! मियाँ छोड़कर चले गए ! बेचारी अकेली जान ने तीन बच्चों को पाला। बाप की कमी भी इन्हीं ने पूरी की ! और मैं हूँ कि जब भी आती हूँ, बैठी इनसे लड़ा करती हूँ। लेकिन यह भी तो ततय्या मिर्च हैं !

प्यार से बड़ी बहन के हाथ पर अपना हाथ रखा। काश ! वाक़ई फ़िरोज़ा ख़ाला के घर ही ब्याह कर आ जाती। पिंकी कैसा उसका शैदाई है ! जब से निगोड़े ब्राइन वाली ख़बर सुनी है बुझकर रह गया, वरना कैसा चहकता था ! मगर मैं क्या कर सकती

---

1. दार्शनिक उद्यान, 2. कल्पना, 3. प्रकार।

हूँ ! आजकल की खुदसर औलाद !

फ़िरोज़ा चिल्लाईं, "अरे-अरे पिंकी, वह देखो एक साहब हाथी पर घास लादे चले जा रहे हैं और इतने मगन गोया कॉनकार्ड पर बैठे हैं !"

"मेले के बस-अड्डे की भीड़ देखी थी ? सब ऐसे खुश गोया स्विट्ज़रलैंड से वापस जाते हों ।" पिंकी ने जवाब दिया।

एक जगह सड़क के किनारे चाय के ढाबे रौशन थे। उनके छप्परों पर लगे केसरी झंडे पिछले पहर की हवा में लहरा रहे थे ।

"पिंकी ! यह नारंजी परचम किस चीज़ की अलामत हैं ? तुम्हारे यहाँ हर शै की कोई-न-कोई सिम्बलिज़्म ज़रूर बताई जाती है ।"

"एक राइट विंग पार्टी है। शहर में उसका कोई जलसा-जुलूस होगा । "

"राइट विंग, लेफ़्ट विंग। तुम्हारे यहाँ सिचुएशन निहायत…यानी कि पेचीदा है न ?"

"बेशक-बेशक !"

पिछली सीट पर तीनों बहनें गहरी नींद सो चुकी थीं ।

"साउथ एशिया की हुकूमतें…" फ़िरोज़ा ने जोशीली आवाज़ में कहा—"एक नुक़्ते पर हमख़याल हैं ।"

"शश…आहिस्ता ! अम्मी लोग सो रही हैं ।"

"एक नुक़्ते पर हमख़याल हैं," फ़िरोज़ा ने सरगोशी की—"कि मामिलात—जूँ के तूँ रहने दो ।"

"इमली के नीचे बैठकर एक सहपहर में तुम्हारे अंदर बहुत ज्ञान आ गया !"

सफ़िया ने एक खर्राटा भरा ।

"थक गईं बेचारियाँ ! मतावातर इतने दिनों से हम लोगों के साथ-साथ घूम रही हैं। इतनी स्पोर्टिंग !" फिर वह उदास हो गई, "पिंकी, मैं यहाँ दोबारा आना चाहती हूँ। मतलब यह—कि…इस तरह की और जगहें, और चीज़ें। जो राना साहब ने बतलाया —जोगियों का मातम…और बंजारों के नौहे…

रो री[1] बानो तोरा साहब[2] मारा गयो
तोरा रावल[3] मारा गयो बन में

और नवीं की रात दो बजे दायरे में खड़े होकर जो पढ़ते हैं ।"

"ओहो ! तब तो तुम लखनऊ की आख़िरी हबशिनें भी ब्राइन को ज़रूर दिखला देना और उनका दायरे का मातम !"

"यह क्या अंदाज़ है ? बात-बेबात ब्राइन का ताना ?" फ़िरोज़ा ने त्योरी पर बल डाले, "हबशिनें ? यहाँ ?"

---

1. हज़रत इमाम हुसैन की बीवी, 2. हज़रत इमाम हुसैन, 3. हज़रत इमाम हुसैन ।

"ज़मुर्रद और अल्मास शायद अभी जीती हैं। पुराने महलात में बहुत सारी थीं। नानी अम्माँ हर साल तीन कटोरी में सुन्नियों वाली अज़ादारी करवाने के अलावा शहर की चंद ख़ास-ख़ास मजालिस में भी जाया करती थीं। अम्मी और छोटी ख़ाला अब भी जाती हैं—हम भी साथ लटक जाते थे। गलियों के साथ चलते नौहाख़्वाँ दहाड़ियों के जोड़... और उन अलिफ़लैलवी ड्योढ़ियों के अंदर हबशिनें! वह दायरे के अंदर खड़े होकर बड़े ही पुरजलाल अंदाज़ में दोनों हाथों से आहिस्ता-आहिस्ता मातम करती थीं गोया अफ्रीका की Primordial ताल और लय पर, दर्दनाक सुरीली आवाज़ में। उनके साथ खवातीनें[1] कर्बला के बैन—कि हाय हाय रे हाय—कि हाय मियाँ रे! बीबी ज़ैनब रोवन लागीं मेरा बीरन मारा रे! हबशिनों के कज़िन अमरीकन साउथ के खेतों पर उसी ग़मग़ीन गंभीर अंदाज़ में Negro Spirituals गाया किए।"

"सॉरी! तुम्हारे यहाँ हाय-हाय बहुत ज़्यादा है।"

"अभी तुम बारातियों की वाह-वाह भी तो सुनकर आ रही हो!"

"फ़ैरी, मसला यह है कि बाज़ यूनीवर्सल तहज़ीबें और उनकी Ideal Tradition कम्यूनिकेट नहीं कर सकतीं। अब मैं तुमको समझाता हूँ—नानी की एक सहेली थीं, रानी बादशाह बेगम।"

फ़िरोज़ा खिलखिलाकर हँस पड़ी। पिंकी ने हैरत से उसकी तरफ़ रुख़ किया।

"वाक़ई यह—यह सचमुच का नाम था? रानी बादशाह बेगम?"

"हाँ, क्यों? ज़रताज मंजिल में रहती थीं... विक्टोरिया स्ट्रीट पर, क्यों? इसमें हँसने की क्या बात है?" चुप हुए, फिर बोले—"तुम्हारा यह रि-एक्शन इसी कम्यूनिकेशन गैप की एक मिसाल है।"

लेकिन फ़िरोज़ा पर हँसी का दौरा-सा पड़ रहा था। दोहराया—"रानी बादशाह बेगम! ज़रताज मंज़िल—!! रॉयल्टी कॉम्पलेक्स। ओ॰ के॰। हाँ, फिर?"

"नन्नो हमें मन्नत का छल्ला पहनाने हर साल वहाँ ले जाती थीं। सात-आठ साल की उम्र तक वहाँ हमसे कोई पर्दा नहीं करता था। नवीं तारीख़ की रात उनका सहन मन्नत माननेवाली हिंदू औरतों से भर जाता है। ठीक दस बजे तमाम बीवियाँ पर्दे के पीछे चली जातीं—बच्चे भी। और चंद स्याहपोश[2] बड़े वक़ार[3] से चलती आकर बारगाह के सामने बैठ जातीं—और लाजवाब सोज़ और सलाम पढ़तीं। वह एक अजीब दिलदोज़ नज़ारा था। वसीअ[4] सुनसान इमामबाड़े के वस्त[5] में चाँदनी पर मौजूद स्याहपोश नौहाख़्वाँ औरतों का छोटा-सा गिरोह। क़र्बो-बला[6] के अलायम[7] अलम, ताज़ियों के सामने बैठी उस वक़्त वह बहुत ही तन्हा और सारी दुनिया से कटी हुई-सी मालूम होतीं। यह मंज़र... एक मिसाल के तौर पर एक चीनी की समझ में न आता।"

---

1. हज़रत इमाम हुसैन के खानदान की औरतें, 2. काले कपड़े पहने, 3. सहिष्णुता, 4. लंबा-चौड़ा, 5. बीच में, 6. मुसीबत व रंज, 7. Symbols.

"चीनी क्या, मेरी भी समझ से बाहर है।" फ़िरोज़ा ने कहा।

"ऊपर शहनशीन में चिलमन के पीछे नन्नो और अम्मी के साथ हम भी हिलगे रहते। उस वक़्त हमें भी मालूम नहीं था कि ये लोग जो नीचे पढ़ रही हैं, बच्चों तक को उनसे क्यों छिपाया जाता है। वह शहर की एक मशहूर गाने वाली थी और उसकी बेटियाँ। वह रानी बादशाह बेगम के एक मकान में उनकी किरायेदार थी और शबे-आशूर ज़रताज मंज़िल के अंदर आकर मर्सियाख़्वानी की उसे इजाज़त थी। सन् 59 में हम नैनीताल भेज दिए गए। वहाँ हम खुद किसी चीनी की तरह क्रिसमस की अंदरूनी ज़बान समझ न पाए।"

"गोया वन वर्ल्ड का आइडिया बेमाने है या फिर आदमी विकी मामूँ की तरह अंदरूनी तौर पर हफ़्तज़बान हो।"

दायरे और सिलसिले···वो या चलते चले जाते हैं या अचानक कट जाते और ग़ायब हो जाते हैं, तुम उनके फेर में न पड़ना। मुस्तक़बिल पर अपनी निगाह जमाए रखो।"

"वह तो बिल्कुल है—मुस्तक़बिल पर निगाह मरकूज़। लेकिन मैं यहाँ दोबारा आना चाहती हूँ। मतलब इसी दरगाह की क़िस्म के और मुक़ामात, अवामी ज़िंदगी, रवायात, और अपने यहाँ सिंध और पंजाब में यही सब देखने।"

"गोया अब आप बक़ौल मानिक ख़ाला बिल्कुल 'घास की जड़ों' से इब्तिदा करेंगी! एरिया स्टडी!"

"फिर शायद कुछ लिखूँ।"

"पूनम ढिल्लो पर नहीं लिखोगी?"

"ओह···प्लीज़—! ब्राइन एक पब्लिशर को जानता है।"

"तुम्हारी किताब छपेगी। उसके बाद?"

"मतलब?"

"उस पर Review आएँगे।"

"हाँ, उम्मीद तो है।"

"[illegible] की महफ़िलों में उसका ज़िक्र भी होगा। फिर?"

"लोग उसे पढ़ेंगे।"

"उसके बाद?"

"ओह पिंकी, प्लीज़!"

"शश···आहिस्ता!—अच्छा तो मालूमात और स्टडी और Analysis की कुंजी तो तुम्हें मिल गई। लेकिन ख़ज़ाना निकालने वाला आमिल[1] कामिल तो कहीं नहीं है।"

"हर आमिल औघड़ बन जाता है—चले चलो कि वो मंज़िल अभी नहीं आई!"

---

1. सयाना।

"कमाल है फ़ैरी! विकी मामूँ और उनके साथियों ने चालीस साल क़ब्ल यह शे'र रटना शुरू किया था, हम भी वही रट रहे हैं। अरे यार, चालीस बरस बाद तो हज़रत मूसा भी दश्त से निकल आए थे।"

फ़ल्ली और शहला की मोटरें, ज़ाँय-ज़ाँय पास से गुज़रीं। उन्होंने हाथ हिलाए। वे क़व्वालियाँ गाते जा रहे थे।

"ये लोग कितने खुश हैं!"

"माशाअल्लाह कहो।"

"माशाअल्लाह।"

"तुम नहीं हो?"

"क्या?"

"ख़ुश?"

"पिंकी, शायद मैं इस फ़ेंटेसी वेडिंग के लिए न आऊँ। हाँ, अगर ब्राइन न माना तो आना ही पड़ेगा।"

"मत भूल मुसाफ़िर, तुझे आना ही पड़ेगा।" पिंकी बनावटी ख़ुशी से गुनगुनाए।

फ़िरोज़ा ने नम पलकों पर उँगली फेरी—"वरना वहीं सादगी से शादी करूँगी, गो सादगी का तसव्वुर ही हमारे लाइफ़-स्टाइल से ग़ायब हो चुका है। पिंकी, तुमने हमारे हाँ की शादियाँ देखी हैं? मेहँदी···सात दिन तक डिनर वग़ैरह।"

"कल्चरल सरगर्मियों का ने'मलबदल[1]"

"नुमाइशपरस्ती···नाक़ाबिले-यक़ीन।"

"हमारा नौदौलता मियाँ भाई तुम लोगों की नक़्ल कर रहा है। नुमाइशपरस्ती और असराफ़। लेकिन वह हाथियों और भांडोंवाला कार्निवल जो तुम चाहती थीं, उसमें कौन-सी सादगी छुपी हुई थी? वह तबका य़हाँ ख़त्म हो गया—हाथी-घोड़ों समेत। डिंकी की तक़रीब अलबत्ता वहाँ बहुत शाहाना होगी। वडेरों के पास ज़मीन भी अब तक है और पोलिटिकल पावर भी।"

"तुम्हें मालूम हो गया?"

"इत्तिफ़ाक़िया। रात डिनर के बाद मानिक ख़ाला मिस्टर ज़फ़रुल इस्लाम से एक तस्वीर ख़रीदकर बोलीं—डिंकी बाबा के लिए वेडिंग प्रेज़ेंट! वह एक काला घोड़ा है (यानी डार्क हार्स।) एक पाकिस्तानी वडेरे की Get set decree।"

"ओह!"

"फ़िरोज़ा, हमें अफ़सोस है कि डिंकी ने हमसे भी छुपाया। हमारी तो उनसे बचपन की यारी है!"

---

1. जाँची-परखी जैसी।

"इसलिए शायद कि तुम सलीमा की वजह से बुरा मानते।"

"हमने तुम्हारी इत्तिला का बुरा माना?"

चंद मिनट की ख़ामोशी के बाद फ़िरोज़ा ने कहा, "एक बात का और ऐतराफ़ करूँ? इस ख़याल से कि तुमको रंज न हो, तुमको मैंने यह भी नहीं बतलाया कि अम्मी जब वहाँ अपनी सहेलियों के सामने तीन कटोरी के क़िस्से छेड़ती हैं तो मैं बड़ी कोफ़्त से कहती हूँ—छोड़ें अम्मी, अब अपने पोदीने के बाग़ का ज़िक्र न करें।"

"पोदीने का बाग़ क्या?" पिंकी ने दरयाफ़्त किया।

तीनों बहनें जाग उठीं।

सुबह का चार बज रहा था। सफ़िया ने कार के रौशन डायल पर नज़र डाली और ज़ोर से चीख़ीं—"पिंकी, गाड़ी रोको!"

भांजे ने घबराकर ब्रेक लगाई। वह फ़ौरन दरवाज़ा खोलकर उतरीं। रास्ते के किनारे जा खड़ी हुईं। आसमान पर दमकते धुँधले सितारों को ग़ौर से देखा और नारा बुलंद किया—"पचका लग गया!"

कार के अंदर दोनों बड़ी बहनें शर्मिंदा और ग़मगीन सर झुकाए बैठी रहीं।

जीतवन विहार में ऊँचे क्रेन लगे हुए थे। खुदाई की मशीनरी। आर्क लाइट्स। सूरज निकलने के साथ जापानी कैमरामैन और हिंदुस्तानी आरकेयोलोजिस्ट आन पहुँचे। खोजबीन का काम शुरू हो गया।

"काहे की खोज भई?" विकी ने कहा।

जापानी उन्हें हाइडिलबर्ग का कोई जर्मन समझे।

विकी मियाँ की पार्टी के लोग नीचे झाँककर एक नए विहार को देखने में मसरूफ़ थे।

"यार, ये स्टूडेंट लोग इतनी नन्ही-मुन्नी कोठरियों में अटते कैसे होंगे?"

"टेक्सला में भी बेहद नन्ही-मुन्नी कोठरियाँ..."

विकी मियाँ मुस्कराए, "शुक्र है कम-अज़-कम एक चीज़ तो यकसाँ निकली!"

"हमारे टेक्सला म्यूज़ियम में एक फ्रीज़ के नीचे लिखा है—'श्रावस्ती का चमत्कार'—यहाँ क्या हुआ था?"

मिसेज़ ढोंढी उस अज़ीमुश्शान पीपल की शाख़ से कलावा बाँधने चल दीं जिसका बीज बौद्ध गया से लाकर यहाँ बोया गया और गया में जिसके नीचे बैठकर महात्मा बुद्ध को जाने क्या मालूम हो गया था। वे सब उस तरफ़ पहुँचे।

चंद थाई महिलाएँ एक नीची डाल से कतरनें बाँध रही थीं।

"काफ़िर भी इसी तरह मन्नतें मानते हैं?" परवीन ने ताज्जुब का इज़हार किया।

"पेनी !" विकी मियाँ ने नर्मी से जबाब दिया, "तोहमात[1] यूनीवर्सल हैं। बाई दि वे, पेनी ! ग़ैर-मुस्लिम मुशरिक हैं। काफ़िर वह है जो ख़ुदा के वजूद से इनकार करे। रहे जैन और बौद्ध नज़रियात[2], वह तुम्हें समझाने की इस वक़्त मुझे मोहलत नहीं। मैं बेहद मसरूफ़ हूँ।" फूलों का मुताला करने की ग़रज़ से आगे बढ़ गए।

परवीन सुल्ताना प्यार से मुस्कराईं। विकी भय्या के लेक्चर ! सारी उम्र यह सबको नसीहतें किया किए। न दुनिया ने इनकी सुनी, न इन्होंने दुनिया की।

पलकें फिर भीग चलीं।

हमउम्र महनाज़, आमिना, और फ़िरोज़ा एक तरफ टहलने चली गई थीं। आमिना की मराठिन आया राधा बाई दोनों बच्चों को एक बेंच पर सुलाकर वहीं बैठ गई। रानी दुल्हन दूसरी बेंच पर आ बैठीं और वह भी ऊँघने लगीं।

फ़ल्ली और पिंकी जापानियों से बातें कर रहे थे।

परवीन पीपल के नीचे खड़ी रहीं। ज़रीना और शहला टहलती हुई उनके क़रीब आईं।

"यहाँ अकेली खड़ी हो।" बहन ने कहा।

शहला ने मुहब्बत से पूछा—"पेनी ख़ाला, A penny for your thoughts?"

"कुछ नहीं। बस अब तो सफ़र सवार है। अगले हफ़्ते आज के दिन इंशाअल्लाहताला हम लोग कराची में बैठे होंगे।"

पीपल के ख़ुश्क पत्ते ज़ोर-जोर-से खड़खड़ाए। उन पर तेज़-तेज़ चलती सफ़िया पास से गुज़रीं।

"या वहशत ! कहाँ भागी जाती हो ?" परवीन ने बुलाया।

"ख़ामोशी से ख़ामोशी की तरफ़, जहाँ अँधेरा अँधेरे से बात करता है।" उन्होंने ठिठककर इत्तिला दी।

"थमो तो !" ज़रीना ने आमिना की मुलाज़िमा को पुकारा, "राधा बाई, कॉफ़ी का फ़्लास्क लाना !"

"सन्नाटे में महज़ फ़ासला है या ख़ालिस कुर्ब[3], हुज़ूर क़ल्ब ?" सफ़िया ने एक और सवाल दाग़ा।

विहार के फैले हुए बाग़ात में जिधर बिल्कुल तन्हाई और तारीकी नज़र आई, उस तरफ़ रवाना हो गईं।

"फिर बहकीं छोटी ख़ाला।" शहला ने अफ़सोस से कहा।

"तुम सब की बेपरवाही का शिकार हैं।" परवीन फिर भड़क उठीं।

"पेनी !" ज़रीना ने एक बेंच की तरफ़ बढ़ते हुए डपटकर आवाज़ दी।

"जी, बजिया !"

---

1. अंधविश्वास, 2. दृष्टिकोण, 3. परमात्मा और आत्मा से करीब हो जाना, साधना।

"यहाँ आओ···बैठो !" ज़रा रुकीं। फिर बोलीं, "छोटी बहन के लिए तुम्हारी भी कोई ज़िम्मेदारी थी ? मैं अकेली क्या-क्या करती ? मियाँ अब्बा, अम्माँ दोनों मर गए। दोनों भाई एक-दूसरे से लगातार मुक़द्दमे ही लड़ा किए। तीन बच्चों को पाल-पोसकर मैंने बड़ा किया।"

"पता है बजिया !"

"इनके बाप का कोई फ़र्ज़ न था ? तलाक़ तो मुझे दी थी, बच्चे तो उन्हीं के थे ! तुम उसी शहर कराची में रहती हो, तुम उस आदमी को नहीं समझा सकतीं कि इनको कभी-कभार ख़त ही लिख दिया करें ?"

"बजिया, उनकी बीवी बड़ी फ़ितना है।"

"ये बच्चे तो जानते ही नहीं बाप कैसा होता है। पैसा-कौड़ी तो दरकिनार, ख़त तक न भेजा ! क्या इतना ही काफ़ी था कि अमीर ननिहाल में पल रहे हैं ? तो ननिहाल में भी वह अलल्ले-तलल्ले कहाँ रहे ? विकी-बॉबी रहा-सहा पैसा एक-दूसरे के ख़िलाफ़ मुक़द्दमाबाज़ी में झोंक बैठे। सफ़िया बेगम इतने ज़माने से एक कामियाब स्कूल की मालिक हैं—बिला शिरकते-ग़ैरे; मजाल है जो उन्होंने कभी भांजे-भांजियों पर एक नया पैसा भी ख़र्च किया हो ! कंजूस मक्खीचूस !"

"अरे मम्मी, छोड़िए पुरानी बातें।" शहला ने कोफ़्त के साथ कहा।

"न मामूँ आड़े आए न ख़ाला। अम्माँ, मियाँ अब्बा के मरने के बाद मैंने अपनी सियर की ज़मीन, गहने बेच-बेचकर इन तीनों को पढ़ाया, और तुम हो परवीन सुल्ताना कि हर बात का इल्ज़ाम सिर्फ़ मुझी पर डालती हो। तुम्हें मालूम है कि सफ़िया बेगम ने अपनी यह गत ख़ुद बनाई है। एक तो उन्हें दौलत का हौका है और ख़सीस भी किस बला की हैं ! टूटी चप्पलें पहने फिरती हैं सपड़-सपड़, सटर बिल्ली ऐसी। हाँ नहीं तो ! तुमने उनके लिए क्यों कोशिश नहीं की ?

"मैं क्या कर सकती थी ? हमेशा तो बाहर रही···सात समंदर पार।"

"यह भी अच्छा बहाना है।"

"और अब क्या कर सकती हूँ !" अचानक बड़ी ही बेबसी से रोने लगीं।

शहला ने कंधे पर हाथ रखा, "अरे-अरे पेनी ख़ाला ! सुबह-सुबह रोइए नहीं ! प्लीज़ ! आप बहुत जल्द अपने घर जाने वाली हैं। हँसी-ख़ुशी सिधारिए।"

एक संजीदा-सूरत जापानी सामने से गुज़रा।

"देखिए, ये जापानी क्या कहेंगे ? ये कभी सारी उम्र एक आँसू नहीं गिराते, इतने बहादुर हैं। और यह आरकेयोलोजिस्ट लोग क्या सोचेंगे ?"

"भाड़ में जाए सारी दुनिया ! आज के मामले तो कोई सुलझाता नहीं, गड़े गुर्दे उखेड़ने में लगे हुए हैं।" परवीन ने सिसकी भरी।

"पेनी ख़ाला, देखिए नसीमे-सहर[1] के झकोरे। यह रूहानियत से मामूर फ़िज़ाएँ[2]।"

---

1. सुबह की की ठंडी हवा, 2. आध्यात्मिकता से भरी हुई फ़िज़ा।

"बक-बक मत करो शहला, जाओ सफ़िया को ढूँढ़ो !" ज़रीना ने हुक्म दिया।

एक गिलहरी ने परवीन के क़दमों में उकड़ूँ बैठकर ज़मीन पर पड़ी आम की केरी मुन्ने-से पंजों में उठाई, गोया ग़ैर-मुल्की मेहमान को शांति का तोहफ़ा पेश करती हो—ओम् मणे पद्मे हूँ, ओम् मणे पद्मे हूँ !

ज़रीना ने भतीजों को पुकारा—"टोनी, बनी, जिमी !"

तीनों दौड़ते आए—हशाश-बश्शाश नौउम्र लड़के, फूल-ऐसे चेहरे। एक ज़माने में विकी और बॉबी ऐसे ही थे—बेफ़िक्र, तरो-ताज़ा, उछलते-कूदते। विकी तो इस पीपल की तरह बूढ़े हो गए। बॉबी बन गए काँटेदार भटकटय्या।

"जी फूफी जनियाँ ?"

"छोटी फुफ्फू को ढूँढ़कर लाओ ! हम वापस जाने के लिए तैयार खड़े हैं।"

तीनों भाई फ़ौरन ब्वॉय स्काउट्स की तरह ख़ुश-ख़ुश इधर-उधर भागे।

परवीन ने फ्रेंच शैफ़ॉन के दुपट्टे से आँखें खुश्क कीं।

"शादी···शादी, बस यही मौज़ू है आप दोनों के पास ?" शहला ने बुरा-सा मुँह बनाया।

"यह हाईकोर्ट-जज बनने के ख़्वाब देख रही हैं !" माँ ने शिकायत की।

"क्यों नहीं ? इतनी औरतें हमारे हाँ हाईकोर्ट-जज हैं।"

"अपनी छोटी ख़ाला की तरह तुम भी लपसी-हरीरा हो जाना।"

"अम्मी, वह लपसी-हरीरा नहीं हुई हैं। अब के आइए पेनी ख़ाला, तो आनरेबुल जस्टिस शहला मिर्ज़ा से मुलाक़ात कीजिएगा।"

"होश ठिकाने रखो शेली बेगम ! ए बजिया, फ़िरोज़ा भी इसी क़िस्म की टर-टर करती थी। जब ब्राइन के मुताल्लक़ मुझे बतलाया तो मैंने ख़ुदा का शुक्र अदा किया। बजिया, मैं क्या कर सकती थी ! मजबूर थी। औलाद की मुहब्बत से इनसान लाचार हो जाता है। मामता बेबस कर देती है बजिया, वरना मुझे क्या पसंद है ईसाई से ब्याह ?"

परवीन ने फिर ज़ारो-क़तार रोना शुरू कर दिया।

मानिक बाई धागा बाँधकर "डियर बोड़ा (बुद्ध)" से लौ लगाने के बाद वापस आईं। विकी मियाँ बौद्धी ट्री के नीचे ख़रगोश की तरह खड़े मुस्करा रहे थे। उनके चारों तरफ़ ज़र्द रंग की बारिश-सी हो रही थी। नीचे ज़मीन पर उन बड़े-बड़े पत्तों का फ़र्श बिछ गया था। थाई औरतें चबूतरे पर ख़ामोश बैठी शायद अपने-अपने थाई ख़्वाबों के बारे में सोच रही थीं।

सफ़िया भतीजियों के साथ आती दिखलाई दीं।

विकी ने एक पत्ता उठाकर मानिक भाई को पेश किया, "तोहफ़ाए दरवेश[1]! बर्गे-सब्ज़[2] अस्त। इसके ऊपर निहायत सुबुक पेंटिंग की जा सकती है।"

---

1. फक़ीर का तोहफ़ा, 2. हरा पत्ता।

"हम जारजट की साड़ी पर पेंट करता है। इस पर भी कर लेगा विकी भाई !"

"इस पर नक़्श कीजिए—ओम मणे पद्मे हूँ ! कँवल के दिल में पोशीदा हीरा।"

"यह बुद्धिस्ट लोग का महामंत्र है ना? बट मेरे को पाली आती नहीं। इंग्लिश में चलेगा?"

"बिल्कुल चलेगा मानिक बाई !"

"मानिक ख़ाला कितनी प्यारी चीज़ हैं ! मैं तुम सबको बेहद मिस करूँगी।" फ़िरोज़ा ने आमिना से कहा।

क़ाफिला जीतवन विहार के फाटक की तरफ़ रवाना हुआ।

लखनऊ वापसी के तीन रोज़ बाद पिंकी, परवीन, डिंकी और फ़िरोज़ा को देहली इंदिरा गांधी इंटरनेशनल एअरपोर्ट पहुँचा आए। सबको घर में बहुत उदास पाया। मज़ीद चंद रोज़ तक वे सब ग़मगीन रहेंगे। बात-बात पर पाकिस्तान वापस जाने वालों की याद आएगी। फिर अपनी-अपनी मसरूफ़ियात में लग जाएँगे।

शहर आम, ख़रबूजों और जामुनों से पट गया। असाढ़ भी निकला। कदम की डाल में नया तख़्ता डलवाया गया। खुशक़दम और सोनाकली ने इंतिहाई महारत के साथ मलमल की चुनरियाँ रँगीं। बहारआरा बेगम, रानी दुल्हन जिस महारत के साथ विकी-पिंकी और लड़कों के लिए कुर्तों की आस्तीनें चुनती थीं, उसी तरह वह लहराया दुपट्टे चुनकर उनकी कुंडलियाँ बनाती गईं—"और यह परवीन और फ़िरोज़ा के लिए। किसी आते-जाते के हाथ भेजवा देंगे।" ज़रीना ने कहा।

"अम्मी ! वो लोग कॉटन तो पहनती ही नहीं हैं। आप जाने क्यों उन्हें कॉटन भिजवाती रहती हैं ! प्योर मैसूर सिल्क को फ़िरोज़ा मोमजामा बता रही थीं।" शहला ने चिढ़कर कहा।

"तुम चुप रहा करो जी ! यह लेन-देन भी हमारी ज़िंदगियों तलक ही है। तुम लोगों की औलाद तो बिल्कुल ही एक-दूसरे के लिए अजनबी होगी।"

"अम्मी ! मैं आपको एक और तरीक़े से समझाता हूँ।" पिंकी बोले—"अपने नगड़ दादा का नाम आपको मालूम है? नहीं ! उनके भाई-बहनों की मौजूदा नस्ल को जानती हैं? नहीं ! वह कहाँ हैं, यह भी नहीं ! ना आपको जानने की परवाह है ! तो हम सब की आइंदा पीढ़ियाँ अगर एक-दूसरे से वाक़िफ़ नहीं होंगी तो कौन-सी अनोखी बात हुई? यही सोचकर ख़ातिर जमा रखिए।"

सावन की बूँदाबाँदी शुरू हो चुकी थी जब शेख़ ताहिर अली ने कलकत्ते से इत्तिला दी कि अनक़रीब पहुँचने वाले हैं।

पिंकी ने नई बिल्डिंग के Construction की फ़ाइल निकलवाई।

आल्हा ऊदल

चौड़े किनारे और हरी धारियों वाली बंगाली डिज़ाइन की नफ़ीस सूती साड़ी पहने हुए एक साँवली क़बूलसूरत ख़ातून कार्लटन होटल के बरामदे में खड़ी नवाब बेगम के उस हसीन मॉडल पर ग़ौर कर रही थीं, जो किसी चिकनफ़रोश ने बतौर इश्तिहार एक शो-केस में सजा रखे थे। धानी लहँगा पहने और सुर्ख़ दुपट्टा ओढ़े एक काली बाँकी जमादारनी फ़र्श पर पुचारा लगा रही थी। हाथ की जुंबिश के साथ-साथ उसके घने बालों में छुपी चाँदी की बिजलियाँ चमक उठतीं। बाहर आसमान पर सावन की काली घटा में छुपी बिजली कौंध जाती। होटल के ऊँचे दरख़्तों की हरियाली सिकंदर बाग़ के ज़मुर्रदीं रंगों में घुल-मिल गई थी। नम मिट्टी की सोंधी ख़ुशबू और ताज़गी फ़िज़ा में रची हुई थी। जेठ-आषाढ़ की तपिश के बाद शादाबी और तरावट का मौसम।

सफ़ेदपोश बैरे ब्रिटिश राज की परछाइयों के मानिंद बरामदे में से गुज़र रहे थे। टालीगंज क्लब कलकत्ता की तरह एक और बचा-खुचा कोलोनियल जज़ीरा। बंगाली साड़ी में मलबूस ख़ातून दार्जिलिंग और कलकत्ते की उसी अपरक्लास बरतानवी परछाइयों में पली-बढ़ी थीं। उन्होंने इस होटल को मुख़्तलिफ़ न पाया। प्लास्टर ऑफ़ पेरिस के नवाब व बेगम पर दोबारा नज़र डाली। डमी 'नवाब' साहब सफ़ेद अँगरखा दुपल्ली टोपी पहने आदाब बजा ला रहे थे। सर ख़म किए, झुककर दायाँ हाथ इस पुरतकल्लुफ़ अंदाज़ में उठा जबकि दुनिया उनके सामने से निकल चुकी थी। डमी बेगम ने कामदानी का ग़रारा पहन रखा था। नीचे किसी फ़र्म का नाम लिखा था।

नम-चमकीले फ़र्श पर दराज़कद पिंकी का अक्स पड़ा, फिर वह खुद नमूदार हुए।

मलिका सबा और सतहे-आब का फ़र्श[1]। लेकिन इस ख़ातून ने ख़ासी बेरुख़ी से रिस्ट वाच देखकर कहा, "मिस्टर मिर्ज़ा— ?····लैला सरोश।"

पिंकी ने लामुहाला[2] शो-केस वाले डमी नवाब की तरह तस्लीम[3] अर्ज़ की।

---

1. उत्तरी यमन की मलिका बिल्क़िस जब हज़रत सुलेमान से मिलने गईं तो पानी की तरह चमकते हुए फ़र्श को पानी समझकर उन्होंने और उनकी क़नीज़ों ने अपने पाइँचे उठा लिये। यह वाक़या 1000 B.C. का है। 2. अनसोचे ही, 3. अभिवादन।

"डैडी एपॉइंटमेंट के मुताबिक़ सुबह नौ बजे से आपके इंतज़ार में हैं।"

"चंद ट्रंककाल आ गए थे, माफ़ कीजिएगा।" खिसियानी हँसी।

एक सुपर-एफ़ीशेंट नो-नॉनसेंस बिज़नेस-वीमेन। एम० बी० ए० करने के बाद से वालिद की दस्ते-रास्त[1] और इस क़दर मसरूफ़ कि आज तक लखनऊ ही नहीं आ सकी थीं।

"यह भी टूरिज़्म के सिम्बल बन गए—नवाब और बेगम, और उनको बेचता कौन है?" साहबज़ादी ने पिंकी के साथ तेज़-तेज़ चलते हुए पूछा।

"हमारी रस्तोगी।"

"वह कौन है?"

"जैसे आपके कलकत्ते के मारवाड़ी।"

"नॉर्थ इंडिया की चिकन बादला मार्केट मैं भी स्टडी करूँगी। उसके एक्सपोर्ट फ़ीगर्स का आपको कुछ आइडिया है? और इस तरह की चुनरियाँ भी—जैसे यह औरत ओढ़े है?"

क़यामतख़ेज़ एंटरप्रिन्योर भई! एक दरवाज़े पर ठिठके।

"जी नहीं, और आगे चलिए। यह बरामदा कितने फर्लांग लंबा है।"

"हमारे अंग्रेज़ आसिफुद्दौला बहादुर के जानशीन थे। माक़ूल इमारतें बनवा गए।"

"अब आप भी रोज़ हाउस माक़ूल बनवाइए और वक़्त पर।"

एंटरप्रिन्योर ख़ातून बंबई और कलकत्ते में बेशुमार हैं, यह इस प्रॉविंशियल शहर के लिए ज़रा अनोखी रहेंगी। पिंकी ने सहम के सोचा कि कहलाते ही पिन्नकी पिंकी थे—सुबह दस बजे दफ़्तर पहुँचनेवाले। दफ़्तर क्या, क़सरे-शीरीं का कार्डरूम। शहरवालों से इस तरह के तअल्लुक़ात गोया एक बहुत बड़ी ज्वाइंट फ़ैमिली थी। दोस्त-अहबाब थे तो वह ज़्यादातर अपने वालिदैन के दोस्तों की औलाद गोया विरसे में हासिल की थी। मुलाज़िम थे तो ख़ानाज़ाद। चालीस बरस क़ब्ल जो पंजाबी और सिंधी पाकिस्तान से बतौर रिफ़्यूज़ी यहाँ आकर बसे थे, बातचीत में उन्होंने मुक़ामी रंग इख़्तियार कर लिया था, लेकिन रहे हमेशा की तरह चाक़ो-चौबंद। लिहाज़ा बिज़नस पर छा गए। फिर भी मज़े-मज़े से गुज़र रही थी। यह लैला सरोश तो हंटरवाली साबित होंगी।

बरामदा नदी की तरह बहता ही चला जा रहा था। एक मोड़ पर वही जमादारनी पुचारा लगाती मिली। बड़ी अदा से पिंकी को सलाम किया।

"इतनी देर में अभी यहीं तक पहुँची है यह स्वीपरेस!"

"क्लास फ़ोर कर्मचारी कहिए।" पिंकी ने कहा।

---

1. दाहिना हाथ।

"हर चीज़ स्लो मोशन···हर चीज़ स्लो मोशन।"

लेकिन तीसरे रोज़ पिंकी मियाँ ने (जो सुबह नौ बजे ही क़सरे-शीरीं पहुँच गए थे) फुर्ती से अपनी बड़ी बहन शाहला का नंबर मिलाया—"अप्पी! वह कौन-सा शे'र है—गर तू बुरा न माने तो सुकूने-दिल की ख़ातिर, मैं जहाने-रंगो-बू में कोई ढूँढ लूँ सहारा।" फ़ोन खट से बंद कर दिया, गोया ख़ुद भी हवा के घोड़े पर सवार!

कुछ देर बाद वालिदा ज़रीना सुल्ताना को फ़ोन किया—"अम्मी! वो···ऐसा है कि इस जुमे को शेख़ साहब की ज़मीन पर इंशाअल्लाह काम शुरू हो जाएगा। लैला मीलाद शरीफ़ करवाना चाहती हैं। हमारे हाँ ही इंतिज़ाम कर दीजिए।"

"ज़रूर-ज़रूर! और भई, वह अब तलक हम लोगों से मिलने क्यों नहीं आईं।"

"बेइंतिहा मसरूफ़ हैं। कल सुबह हवाख़ोरी के बाद···।"

लैला ने अपनी नोटबुक में दर्ज कर लिया था। T.K.H. 7.30 A.M.

कार्लटन होटल क़सरे-शीरीं और T.K.H. के आधो-आध फ़ासले पर था। सालहा-साल से यह दस्तूर चला आता था कि पहले तीन कटोरी और शीरीं कासिल वाले सूरज निकलने से पहले अपने-अपने घरों से निकलते और सिकंदर बाग़ के फाटक पर यकजा होकर अंदर हवाख़ोरी के लिए चले जाते।

मिस्टर ताहिर अली फ़ीलफ़रोश ने पिछले पंद्रह साल के दौरान बसिलसिलाए-मुक़द्दमाए-रेडरोज़ कलकत्ते से आकर कार्लटन होटल में इतनी मर्तबा क़याम किया कि वह 'कलकत्ते वाले शेख़ साहब का रूम' कहलाने लगा था। तब वह कभी-कभार ही सिकंदर बाग़ में चहलक़दमी करते थे। उन फटे-हाल मीरासियों से केस जीतने के बाद उसी चमनिस्तान में टहलते हुए उन्होंने परवेज़ एंड फ़रहाद को कांट्रैक्ट दिया था। इस दफ़ा विकी और सलीमा, पिंकी और शहला, शेख़ बाप-बेटी को होटल के फाटक से हमराह लेते हुए सिकंदर बाग़ के गेट पर पहुँच जाते जहाँ ढोंढी-ख़ानदान मुन्तज़िर मिलता। फ़ल्ली, पिंकी और शेख़ बाप-बेटी चहलक़दमी के दौरान बननेवाली बिल्डिंग के मुताल्लिक़ बातचीत में लग जाते। विकी जाबजा ठिठककर अपने दोस्त फूलों और पेड़ों को देखते जाते या कँवल के तालाबों की सिम्त चल देते। शलवार-क़मीज, जॉगिंग सूट और कैनवस के जूते पहन फ़ैशनेबुल ख़वातीन व हज़रात, बाग़ की महकती सड़कों पर पूरे-के-पूरे गुज़रते रहते। शनासा[1] एक-दूसरे को नमस्ते, गुड मॉर्निंग और आदाब अर्ज़ कहते जाते। सूरज निकलते-निकलते वे सब फाटकों पर खड़ी कारों और स्कूटरों पर बैठकर हवा हो जाते। बाग़ के क़रीब इमामबाड़ा शाह नजफ़ के सामने नज़फ़ रोड पर से टहलते हुए ब्राउन साहब, मेम साहब और उनके कुत्ते अपनी क़दीम कोठियों की तरफ़ लौटते नज़र आते।

लेकिन यह पुरसुकून माहौल भी तेज़ी से ग़ायब हो रहा था। इस पुरफ़िज़ा इलाक़े के बेशतर बंगले गिराए जा चुके थे। उनकी जगह अपार्टमेंट, ब्लॉक और दफ़ातिर तामीर

1. जान-पहचावाले।

हो गए थे। अक्सर हवाख़ोरी के बाद मानक बाई कलकत्तावालों को अपने घर ले-जाकर ब्रेकफ़ास्ट खिलातीं। एक सुबह उन्होंने कहा—

"इधर देखो मिस्टर टायर भाई हाथीवाला! फ़ल्ली भी तमाम पुराने बँगले गिराने पर झुका हुआ है। पर हमने बोल दिया है—शीरीं कासिल को हाथ न लगाना! तुम इसका सेंटीमेंटल वैल्यू नहीं समझ सकता।"

"ओह मम्मी···! इस अली बाबा के ग़ार में कब तक रहे जाओगी? डिंकी तो इसकी हालत देखकर भौंचक्के रह गए। मारे अख़लाक के कुछ बोले नहीं। तुम्हारे कमरे हैं या बड़े इमामबाड़े की भूल-भुलैया? बस इजाज़त दे दो। देखो, इस खटारा फिरंगी छत्ते की जगह क्या बढ़िया पंद्रहमंज़िला शीरीं टॉवर बनाता हूँ!—इतना हरा-नीला ग्लास, आईने, झाड़फ़ानूस, हर तस्वीर के आगे कँवल! मम्मी, यह घर है या इमामबाड़ा —दैट रिमाइंड्ज़ मी। महनाज़! तुम इतवार के रोज़ लैला को शहर तो घुमा लाओ! और लैला सरोश, तुम जंगल गर्ल होकर इतनी वरकुहलिक?"

"डैडी वापस जाने वाले हैं। मैं तो अभी यहीं रहकर काम देखूँगी। स्पीड वर्क··· तुम लोग कहते हो सावन की झड़ी लगने वाली है।"

"तुम अकेला छोकरी होटल में कैसे रहेगा? इधर आ जाओ!"

"लैला को ऊपरवाले गेस्टरूम में मत ठहराना शातू मारगो में।" फ़ल्ली ने पुर-इसरार अंदाज़ में लैला को मुख़ातिब किया, "कर्नल दोबोवा रहते थे—अक्सर वह आधी रात को फेरा लगा जाते हैं फ़ी-फ़ी के साथ और वह भौंकती भी है।"

"हम कलकत्ते के अंग्रेज़ भूतों के आदी हैं। डोंट यू वरी।"

वे सब इमामबाड़ा आसिफ़ी की भूल-भुलैया में दाख़िल हुए। शहला और महनाज़ आगे-आगे जा रही थीं। मानक बाई अपने मुटापे की वजह से ज़रा पीछे रह गईं। लैला उनके साथ थी। मानक बाई कह रही थी—"तुम्हारा डैडी इतनी बार लखनऊ आया और तुम फ़र्स्ट टाइम, ऐसा कैसे?"

"पहले मैं अमरीका चली गई पढ़ने। फिर काम में लग गई। तीनों छोटे भाई बिज़नेस करना नहीं चाहते। हाई टेक्नोलोजी में पड़ गए हैं। तो डैडी का हाथ कौन बटाए? हमारे एक ही चचा हैं। वह ईस्ट पाकिस्तान में थे। चटगाँव, सिलहट में खेदा करवाते थे। सन् इकहत्तर में वहाँ उनकी बीवी और लड़के मारे गए। लड़कियाँ अग़वा हो गईं। वह ख़ुद जान बचाकर कलकत्ते आए। डैडी ने अपने साथ काम में लगागा। मगर बीवी-बच्चों का सदमा इतना गहरा था कि उनके दिल ने जवाब दे दिया। अब वह लगातार बीमार रहते हैं। मैं उनकी जगह काम करती हूँ।"

"शाबाश! यह एक बहादुर लड़की है। बट, सुनो! अब तुम अपना स्पीड कम करो। हाथी पकड़ने के बजाय छोकरा पकड़ो! सुना क्या?"

"जी?"

"आपरू पिंकी—सुना क्या? ज़िंदगी ऐसी ही डार्क सुरंग है। तुम्हारे प्यारे बाप

का कज़िन क़ंबर अली इस भूल-भूलैया में ग़लत छोकरी से टकरा गया था। फिर देखो उसके साथ क्या हुआ? और सफ़िया सुल्तान···उसने अपने-आपको खुद ही भूल-भुलैया में डाल दिया। विकी का मामला बाँचो! वह चाँदनी बेगम का ट्रेजडी। खुदा उन लोगों को माफ़ करे! हम तो उनसे इतना नाराज़ हुआ था कि बहुत दिन तक मिलना-जुलना छोड़ दिया था। आदमी अपनी दौलत और पोज़ीशन के नशे में भूल जाता है। तुम्हारे चचा के साथ क्या हुआ? जब वह ठाठ से सिलहट में अपनी फैमिली के संग रहता था, क्या उसे पता था कि उसके साथ ऐसा भयानक ट्रेजडी होनेवाला है? तुम अभी ऊँची लहरों पर ऊपर जा रही हो। पन थोड़ा अपनी शान को अलग रख दो! यह टनल में जिधर रोशनी आवे, उधर लपको। अब तुम कोई बहार के मौसम की मुर्ग़ी का बच्चा नहीं हो।"

"जी··· ?" लैला अभी मानक बाई ढोंढी से इतनी वाक़िफ़ नहीं थी कि Spring चिकन का तर्जुमा फ़ौरन समझ ले।

"मम्मी इस शहर की नंबर वन मैच-मेकर हैं?"

"हाँ, महनाज़!"

"पिंकी?"

"हाँ, महनाज़।"

"तुमने क्या कहा?"

"हाँ, महनाज़।"

"एकदम आस्कर वाइल्ड वाला जवाब! शाबाश! कम एलांग!"

बरसात निकली। पतझड़ की हवाओं के साथ परवेज़ एंड फ़रहाद के सीनियर पार्टनर ने बंगाल की उड़ान भरी। एक झिलमिलाती रात टालीगंज क्लब में चाय पीते हुए एक गप्पी ने दूसरे गप्पी को अपने मैसूर प्रोजेक्ट से आगाह किया।

"दूर की सूझी!" ख़ातून एंटरप्रिन्योर तौसीफ़ा मुस्काईं, "पीने से चाय, बढ़ती है आँखों की रौशनी। डुमराँव नज़र आता है मुग़ले-सराय से।"

"मामूँ मियाँ के बड़े साहबज़ादे टोनी के मुतल्लिक़ हमें बहुत फ़िक्र है। बाप की तरह शायरमिज़ाज आदमी हैं। गुलो-लाला, चरिंद-परिंद से ज़्यादा शग़फ़ रखते हैं। मँझली ख़ाला वग़ैरह आई हुई थीं। उनको हम लोग घुमाने ले गए। एक श्राइन पर संदल का पेड़ दिखाई पड़ा। अचानक ख़याल आया—चंदन की हवा टोनी मियाँ को खुश आएगी। एक कर्नाटकी पार्टनर दरकार था। ख़ैर, एक अदद फ़ीलनशीन टिंबर एक्सपर्ट बंगालन भी चलेगी। बक़ौल फ़ल्ली—अल्लाहमियाँ काम बनानेवाले हैं।"

लैला सोच में पड़ गईं।

ख़िज़ाँ की ज़र्द रात। किसी बाउले संन्यासी की तरह नग़मासरा सुरीली हवाएँ दूर

वनों से गुज़र रही थीं। क्लब के बाहर ज़ाफरानी पत्तों के एहराम[1] ज़ेबे-तन[2] किए ऊँचे दरख़्त दराज़कद वारसी फ़क़ीरों की तरह खड़े थे।

गोल, पीले चेहरेवाले सरमुँडे लामा—जैसे कार्तिक पूर्णमासी के चाँद ने दरीचे में झाँका।

"ओह, याह—श्योर! दो-तीन साल इधर जंगलों में एक सीनियर लामा मिला।" बंगाली अड्डे यानि लंबी गप और पुरलुत्फ़ बहस-मुबाहिसे की आदी और शौक़ीन लड़की ने विंडो-सीट पर आराम से बैठते हुए जवाब दिया।

"वह भूटान के पहाड़ों से उतरा था और मेरे जंगल में भटक रहा था। चलते-चलते उसके पाँव ज़ख़्मी हो गए थे। मैंने उसे हाथी पर बिठालकर वीनागुड़ी पहुँचाया। रास्ते में उसने कहा···"

"तुम भूटानी लाओगी तो हम ऐसे लामा निकालेंगे जो कैलीफ़ोर्निया के पहाड़ों से उतरे थे शीशा पानी के किनारे।"

"सुनो तो! वह कह रहा था कि हर शै और हर वाक़या इंडिपेंडेंट नहीं है। सारी कायनात से एक फ़र्द के अनगिनत रिश्ते हैं। न कोई बेगाना है, न जुदागाना; और हर चीज़ दूसरी चीज़ पर असरअंदाज़ होती रहती है। अरे! जाने क्या बात है बाहर विक्टोरिया मेमोरियल भौंक रहा है।"

"टेम्ज़ के किनारे वाले संगी शेरों के लिए कहावत है कि वह बड़े ही नादिर मौक़ों पर गरज उठते हैं। विक्टोरिया मेमोरियल भौंकने भी लगा?"

"अरे नहीं! यह एक फ़लसफ़ी अंग्रेज़ का कुत्ता है—बेहद स्वीट।"

हर लड़की एक-जैसी बात क्यों करती है? फ़िरोज़ा कहती थी—वह कितना स्वीट गधा घास चर रहा है! यह धोबी कितना स्वीट है।

"हैलो! तुम किस पिन्नक में चले गए?"

"आह! वह कितना स्वीट लामा था। और उसका प्रोफ़ाइल। इस क़दर क्यूट और ओरिजनल!"

"डु शटअप पिंकी!"

वे दोनों दोबारा अपनी स्कीम के मुताल्लिक़ तबादला ख़यालात में मशग़ूल हो गए।

"संदल इंडस्ट्री में—तीस फ़ीसद सरमायादार और सत्तर फ़ीसद पुश्तैनी कारीगर मियाँ भाई हैं जो रवायती और मॉडर्न चीज़ें तैयार करते हैं। अगर हम···"

शेख़ सरोश की पुरानी दोस्त लेडी घोष बुर्जरूम की सिम्त जाते हुए लाउंज से गुज़रीं। उन दोनों की कारोबारी गुफ़्तगू कान में पड़ी। हमारे ज़माने में—उन्होंने अफ़सोस के साथ सोचा— नौजवान मंगेतर लोग इसी दरीचे में बैठकर Moon Light & Roses की बात करते थे। रोमांस का ज़माना ही ख़त्म हो गया!

---

1. अनसिले वस्त्र, 2. तन पर लपेटे।

शेख एंड मिर्ज़ा लखनऊ पहुँचे। लैला ने पहले की तरह क़सरे-शीरीं में क़याम किया।

एक खुशगवार और रौशन सुबह अहाता रेडरोज़ के पीपल पर एक खड़ैंचा आन बैठा और गोया अलहमदो की आवाज़ में बोला—मुंशी जी हो ! खड़ैंचा पहाड़ से उतर आवा ! जाड़े आ गए !

मिस्टर ताहिर अली की आराज़ी[1] पर से 'गुलाबवाड़ी' के वासियों को बेदख़ल करने के लिए बुलडोज़र आ गए थे। एक तरफ़ पुलिस की छोलदारी पड़ी थी। शामियाना तानकर चंद कुर्सियाँ और मेज़ें लगा दी गई थीं। स्टोव पर रखी चाय की केतली में से भाप उठ रही थी। परवेज़ एंड फ़रहद के अहलकार राजमज़दूरों को शीरीनी तक़सीम कर चुके थे। पिंकी, फ़ल्ली और लैला मेज़ के ग़िर्द बैठे काग़ज़ात देख रहे थे।

सफ़िया सुल्तान एक क़ित्ता ज़मीन की पैमाइश करवाने में मशग़ूल थीं, जिस पर वह अपना किंडर गार्टेन बनानेवाली थीं।

"रोज़ हाउस के आर्केड के लिए" पिंकी ने लैला को मुख़ातिब किया, "धड़ाधड़ बुकिंग जारी है। ज़रा यह सुनो !" उन्होंने फ़ुरसत निकाली, "नंबर एक परीखाना ब्यूटी पार्लर मिस्टर महबूब सलमानी। लंदन से हेयर ड्रेसिंग की ट्रेनिंग लेकर आए हैं। बंबई में अमिताभ बच्चन की ज़ुल्फ़ें सँवार चुके हैं। उनका एक सैलून हज़रतगंज में भी चल रहा है। हमारी अश्शो नावन के पोते हैं। दिस इज़ रीयल डेमोक्रेसी लैला ! इस सरमायादार मुआशरे के मुताल्लिक़ भी कुछ उम्मीद बँधती है।"

"वैरी ट्रू !"

"नंबर दो। फ़टाफ़ट लांड्री। मंज़ूर अहमद वल्द नत्था ख़ाँ मरहूम, जो यहीं रेडरोज़ में धोबी थे। यह ख़ुद जद्दह में तवील अरसा गुज़ारकर आए हैं। उनकी झटपट लांड्री शहर में चल रही है।····

"नम्बर तीन। किंग-फूचीनी रेस्तराँ। लाडले मिर्ज़ा।"

"नाम से तो यह कोई शहज़ादे मालूम होते हैं।" फ़ल्ली ने कहा।

"हाँ, आग़ा मीर की ड्योढ़ी पर रहते हैं। अपने बावर्ची को मैनेजर बनाएँगे। उन्होंने अपनी पहली क़िस्त दाख़िल नहीं की।"

"दो-चार लाला भाइयों ने सुपर मार्केट, फ़ास्ट फूड और वीडिओ गेम्ज़····"

"वीडिओ गेम्ज़····यार, इसको पालिका-बाज़ार न बनाओ ! छोटी ख़ाला का स्कूल उसी के सामने पड़ेगा।"

"बाज़ीचा-ए-अतफ़ाल[2] !" विकी मियाँ की आवाज़ आई। मुस्कराते हुए नमूदार

---

1. कृषि क्षेत्र, 2. बच्चों का खेल।
बाज़ीचये अतफ़ाल है दुनिया मेरे आगे।
होता है शबो-रोज़ तमाशा मेरे आगे॥—'ग़ालिब'

हुए।

पिंकी, फ़ल्ली, लैला फ़ौरन कुर्सियों से उठे—"वेलकम बड़े मामूँ!"

"बजिया तुम लोगों का लंच भेज रही थीं, बच्चा-पार्टी में शामिल होने हम भी आ गए!"

तीनों नौजवान उनकी आमद से खुश थे। सफ़िया वापस आईं। तीनों के चेहरे उतर गए।

"तुम यहाँ बाग़ीचा-ए-अतफ़ाल[1] खोल रही हो?" विकी मियाँ ने दरयाफ़्त किया।

"क़ंबर मियाँ कहा करते थे अपने बाग़ में एक मदरसा तामीर करेंगे। उनकी रूह ख़ुश हो जाएगी।" सफ़िया ने जवाब दिया।

"कंबर अली मरहूम ग़रीब बच्चों के लिए मुफ़्त तालीम चाहते थे। तुम्हारा स्कूल तो बहुत महँगा होगा। कितनी फ़ीस रख रही हो? पाँच सौ रुपया माहाना फ़ी बच्चा? इस इलाक़े में तो अब ज़्यादातर पंजाबी, सिन्धी अमीर बिज़नेसमैन ही आबाद हैं।"

सफ़िया त्योरी पर बल डालकर एक तरफ़ को टल गईं।

"पिंकी! तुम्हारी ख़ाला का क्या प्रॉब्लम है?" लैला ने आहिस्ता से पूछा।

"पेचीदा। अब अपने पिंट हाउस का प्लान निकालो।"

यही बहार के दिन थे, यही ज़माना था,
यही जगह थी इसी जा पे आशियाना था
ऐ बाग़बाँ तुझे क्या-क्या निशान बतलाएँ!

करंजे भांड गाते-बजाते आन पहुँचे। कोरनिश बजा लाए।

"अरे भई, ऐसा उदास गाना तो इस वक़्त न गाओ!" पिंकी ने कहा।

"तकसीर[2] माफ़ सरकार! आपके चौकीदार अन्दर नहीं आने दे रहे थे। बताशे बुलाने आए थे। हम फ़िरंगी बारात की तारीख़ मालूम करने कोठी पर गए। मालूम हुआ आप यहाँ तशरीफ़ रखते हैं।"

फ़िरंगी बारात? पिंकी के चेहरे का रंग बदल गया। लैला इस अचानक तब्दीली पर हैरान हुईं। विकी मियाँ ने मलाल के साथ पाइप का कश लगाया—बच्चों के जज़्बाती मसायल। वह उठकर बर्डबाथ की तरफ़ चले गए। बिट्टो चची के सजे-सजाए बाथरूम मिट चुके थे। वह परिंदों की ख़ातिर जो इंतिज़ाम कर गई थीं उसके लिए बादल पानी भी मुहैया करते हैं और चिड़ियाँ इसी तरह नहाती धोती भी हैं।

कगार पर एक परई आन बैठी।

"हैलो!" उन्होंने लैला पर निगाह की। फ़िरोज़ा परवाज़ कर गईं। उन्होंने चिड़िया को संजीदगी से मुख़ातिब किया—"लैला एक ख़ातून यप्पी हैं। यह नहीं उड़ेंगी!

---

1. बच्चों की नर्सरी, 2. कुसूर।

लेकिन ज़रा तुम भी इन्हें समझा देना।"

एकबारगी एक ग़ैर-मुअल्लिक़ ख़याल। नौजवानों को पुकारा—"भई, यह अकबर बादशाह चौकी पे कहाँ जाते थे?"

पिंकी और फ़ल्ली हँस पड़े। गुड ओल्ड विकी मामूँ।

"हमने फ़तेहपुर सीकरी में बहुत ढूँढ़ा। अकबर बादशाह का बैतुल-ख़ला[1] कहाँ था?"

"सरकार! दस्ते-कुदरत ने कुछ बंदोबस्त किया होगा।" करंजे भाँड ने दस्तबस्ता अर्ज़ की। राजा साहब को अपनी तरफ़ मुतवज्ज़ह पाकर बरजस्ता मकालमा[2] शुरू हुआ—

"क्यों साहब। सीकरी कबूतरों से ख़रीद लें?"

"वह फिर आ जाएँगे।"

"यह झाँकड़ बाग? क्या क़ीमत है?"

"एक शीशी इत्रेगिल।"[3]

"यहाँ क्या उगाओगे?"

"गुले-सैकड़ा।"

"गुले-हज़ारा क्यों नहीं?"

"टैक्स लग जाएगा।"

"और··· ?"

"लौकी···इस बुलडोज़र ऐसी।"

"इतनी बड़ी? भला उसे पकाओगे कहाँ?"

"गोमती में। फ़िरंगियों की बारात है, जाने कितने आदमी हों!"

"जो बारात यहाँ से कलकत्ते जावेगी उसके लिए क्या समुंदर में मछलियाँ तली जावेंगी?"

लैला लजाकर फ़ाइल पढ़ने लगीं।

"कजावे लादकर लाएँगी[4]!" मकालमा जारी रहा।

"हौदे।"

"महोदय! इस दहेज़ की मुख्य उपलब्धियाँ हमें क्या होने की संभावना है?"

पिंकी ने क़हक़हा लगाया, "तुम लोग दूरदर्शन पर क्यों नहीं जाते?"

"दर्शनी हुंडी मिलेगी? हुजूर का इक़बाल बुलंद और फ़ैज़ जारी रहे, हम तो इसी फ़िराक़ में रहते हैं कि आपके ऐसे हुनरपरवर को जोश आ जाए।"[5]

"हाँ तो पतिंगे, नाक़ा कब पहुँचेगा?"

"नाक़ा[6] नहीं बेवकूफ़, मैगडंबर।"

---

1. लैट्रिन, 2. भाँडों का बात से बात करने का तरीक़ा, 3. लखनऊ का मशहूर इत्र, जो मिट्टी से बनाया जाता था। 4. ऊँटों पर सामान रखने का ठीहा, यानि बहुत जहेज़ लाएँगी। 5. इस प्रकार की बातचीत को 'जिला-जुगत' कहते हैं। 6. चूँकि लड़की का नाम लैला है इसलिए नाक़ा यानि ऊँटनी।

"ये लोग तुम्हारा नाम, तुम्हारे वालिद का कारोबार सब मालूम कर चुके हैं। लैला की मुनासिबत से उन्होंने भारी जहेज़ के लिए क़जावे लादकर लाने का मुहावरा इस्तेमाल किया, हाथियों की मुनासिबत से दूसरे ने फ़ौरन हौदे और मैगडंबर।" पिंकी ने आहिस्ता से लैला को समझाया।

विकी मियाँ ने अपने ज़ाती[1] ख़िदमतगार को अबरू[2] से इशारा किया। उसने एक तरफ़ जाकर भाँडों को इनाम दिया। उन्होंने रवायती दुआओं की बौछार की।

देहातियों के एक गिरोह ने झाँका। करंजे ने अर्ज़ की, "हुज़ूर, ठाकुर महाबीर प्रसाद सिंह ने हस्बे-फ़रमाइश चंद भाँट भी इरसाल किए हैं। तीन कटोरी का आख़िरी भाँट तो कब का मर चुका।"

"हर हर महादेव!" अहाते के बाहर ज़ोरदार नारा बुलंद हुआ। फिर मजमा की भनभनाहट।

पिंकी ने एक क्लर्क से पूछा, "क्या बात है?"

"शायद कोई मेला चल रहा है।"

"लोग तो कंपाउंड के अंदर आ गए। ठहरो, हम जाकर देखते हैं।"

अहाते के मशरिक़ी[3] गोशे[4] में पीपल-तले हुजूम जमा था।

"क्या हो रहा है भई?"

"महादेव गढ़ी का मेला हूज़ूर!"

"महादेव गढ़ी? वह कहाँ है?"

"यहीं हूज़ूर, जहाँ आप खड़े हैं।"

"यह तो शेख़ साहब की ज़मीन है?"

"हमें चौधरी जी ने बतलाया कि यह महादेव गढ़ी है और उसके मेले का आज शुभारंभ होगा। हम लोग गाँव से आए हैं।"

"यह चौधरी जी कौन हैं?"

"हमारे ब्लॉक के नेताजी।"

पिंकी ने नज़र दौड़ाई। पीपल के तीन तरफ़ काफ़ी ज़मीन घेरकर सफ़ेद ईंटों से हदबंदी कर ली गई थी। एक ग्वाले से पूछा, "यह मंदिर कब बना?"

"प्राचीन काल में हुज़ूर!"

दूसरी सिम्त निगाह की। पश्चिमी कोने में मसजिद के तीन तरफ़ इसी क़िस्म की ईंटें चुन दी गई थीं।

पिंकी ने एक ओवरसियर को बुलाया, "माथुर साहब, यह तक़रीबन पाँच-पाँच सौ मुरब्बा गज़ ज़मीन नाजायज़ बस्तीवालों ने अलग से कब्ज़े में कर ली है। आपने अब तक ये सफ़ेद ईंटें नोटिस नहीं की थीं?"

---

1. निजी, 2. भौं, 3. पूर्वी, 4. छोर।

"सर ! हम सुबह से उत्तरी साइड में मसरूफ़ थे। इधर आए ही नहीं।"

फ़ल्ली आन पहुँचे। वे तीनों मसजिद की तरफ़ गए। एक नौउम्र मुल्ला मुँडेर पर बैठे अहले-दैर का तमाशा देख रहे थे।

"अस्सलाम अलैकुम मौलवी साहब !"

"वालैकुम अस्सलाम !"

"मौलवी साहब ! यह चकबंदी कैसी है ?"

"वल्लाह आलम विस्सवाब।"

"आप यहाँ कब से हैं ?"

"वालिद मरहूम यहाँ पेश इमाम थे। घोसियों ने मुक़र्रर किया था। तभी से यह झाँकड़वाली मसजिद की ज़मीन समझी जाती है—अलमौसूम बमसजिद गुलाबबाड़ी।"

"वह कहाँ है ?"

"जहाँ आप खड़े हैं।"

"अरे मुल्ला जी, क्या ग़ज़ब करते हो? यह तो शेख़ ताहिर अली की निजी जायदाद में शामिल है !"

"अलमिल्को लिल्लाह[1] ! हम पैदा ही यहाँ गुलाबबाड़ी में हुए थे।"

"गुलाबबाड़ी तो फ़ैज़ाबाद में है यार !"

"यह सामनेवाला क़रया गुरबा व मसाकीन भी इसी इस्मे-मुअत्तर[2] का हामिल है।"

दोनों आर्कीटेक्ट शामियाने में वापस आए। थके-हारे-से पिंकी अपनी कुर्सी पर बैठ गए। भाँटों से कहा, "अच्छा भाई, अब तुम अपना आल्हा सुनाओ !"

चीफ़ भाँट बकरीदी, उन हनीफ़ ख़ाँ के फरज़ंदे-अर्जुमंद थे, जो तीस साल क़ब्ल रघुवीरप्रसाद सिंह के गुलख़ाना चिनहट पर आए थे। उस वक़्त यह कमउम्र बकरीदी समेत छः थे। आज बच्चों और बड़ों की एक भीड़। गोया वोट-बैंक और ग़रीबी में इज़ाफ़ा।

बक़रीदी ख़ान ने दरख़्वास्त की, "माई-बाप ! हमारे लड़कन का ईंटा ढोये पर लगा लीजिए। आपकी दुआ और अल्ला मियाँ के करम से सात ठो हमार, बाकी चाचा और भैयन के। मेहनत मजूरी करत हैं। लोगन का टी-वी-चाही, आल्हा नाहीं चाही।"

वे सब दुबके खड़े रहे। चार सामने आए। काबुकी एक्टरों के मानिंद दस्तूरे-क़दीम के मुताबिक़ राजा साहब तीन कटोरी के सामने ज़मीन पर माथा टेका।

जापानी समुराई और हिंदुस्तानी सूरमा अपने पीछे क्या छोड़ गए ?

---

1. सारी जायदाद अल्लाह की है। (मिल्कियत सिर्फ़ अल्लाह की है), 2. मुल्लाजी अरबी-मिली उर्दू बोलते हैं, यानि ग़रीबों को बस्ती का यही खुश्बूदार नाम है।

करोड़पति अदाकार और भूखे भाँट।

बकरीदी ख़ान ने उकड़ूँ बैठकर एक साँस में रवानी से शुरू किया—

"उत्तर गइये गढ़ बहराइच, दक्खिन गइये शाह मदार।
पूरबी गइये नगर अयोध्या, जिहमें राम लिहिन अवतार।"

सियासतदानों ने अयोध्या को एक भयंकर मसला बना दिया। ये बेचारे इस मासूमियत से अपनी बुलंद जवानी के जौहर दिखला रहे हैं! यह क़दीम आल्हा-खंड इस ज़माने के लिए है ही नहीं।

विकी मियाँ पेशानी पर उँगली रखे सर निहुड़ाए ध्यान से सुना किए—

उत्तर गइए गढ़ बहराइच। दक्खिन गइए शाह मदार।

"पहले श्रोता और पाठक ग़ायक होता है, फिर फ़नकार की ख़ास कला। जब उसे फ़ीडबैक नहीं मिलता तो वह तलछट पर उतर आता है और कूड़ा-करकट पेश करने लगता है। बकरीदी के फ़न में अभी बहुत जान बाक़ी है। लेकिन जब तुम अपनी औलाद की शादी-ब्याह में उनको बुलाना चाहोगे, शायद यह भी कहीं पानी भरते, लकड़ी काटते मिलें।" मुकम्मल तबाही की ख़बरे-बद सुनानेवाले किसी क़दीम इबरानी पैग़ंबर की तरह सफ़ेद दाढ़ी हवा में लरज़ी।

पिंकी हँस पड़े, "मामू मियाँ! इतने प्रोफ़ेट ऑफ़ डोम न बनिए। आप किस क़दर कुनूती[1] हो गए हैं! अच्छा, हम बकरीदी खाँ को अगले फेस्टिवल ऑफ़ इंडिया में भिजवाने का इंतिज़ाम करते हैं—वाशिंगटन।"

बकरीदी अपने कैरियर और भविष्य से कुछ देर के लिए बेफ़िक्र अपनी पुश्तैनी फ़नकारी में डूबे हुए थे और लगातार बेतकान सुनाए जा रहे थे—*पच्छिम गइए देवी ललिता, हर-हर बहे गोमती माई; आल्हा बैठे हैं जमुना पर, सुनो रे भैया हमरी बात। अली-अली करके सैयद दौड़िन, ले अली मुर्तज़ा का नाम; सैयद हुक्म लगा दिहिन आल्हा पर सुनो रे भैया… सैयद हुक्म लगा दिहिन आल्हा पर सुनो रे… ।*

दूसरी सुबह पिंकी अपने घर में बैठे नाश्ता कर रहे थे कि ख़ुशक़दम बुआ ने टेलीफ़ोन लाकर उनके सामने मेज़ पर रख दिया। बेहद परेशान माथुर साहब दफ़्तर से बोल रहे थे, "रार! मंदिर-मसजिद वालों ने रातोंरात दो-दो फ़ीट ऊँची दीवारें खड़ी कर लीं!"

"इन दीवारों पर…" पिंकी ने हुक्म दिया—"बुलडोज़र चलवा दीजिए। बस्ती ख़ाली करवाने से पहले…इसी वक़्त, फ़ौरन!"

"हैलो!…जी हाँ, हम सलीमा हैं। तसलीम!"

"सुनो सैली बिटिया, पिंकी किधर है? हमने शहला को फ़ोन किया, सफ़िया को

---

1. निराशावादी।

फ़ोन किया। न वह बटाटा, न यह बटाटा।"

"भैया लैला बाजी के साथ एयरपोर्ट गए हैं। सुनिए···पूरी बात तो सुन लीजिए मानक ख़ाला! लैला बाजी आपके हाँ से सुबह इधर आईं। उसी वक़्त कलकत्ता से फ़ोन आ गया कि उनके चचा मियाँ की हालत नाज़ुक है। भैया ने उनको पहले हवाई जहाज़ से रवाना कर दिया। वह बहुत ही रो रही थीं। इसलिए मियाँ अब्बा, अम्मी, फूफी जनियाँ सब उनको पहुँचाने एयरपोर्ट गए हैं। जी हाँ, सामान नहीं ले-जा सकीं। इतना वक़्त नहीं था। अपने घर ही तो जा रही हैं! आपको बहुत रिंग किया। आपका फ़ोन बराबर एंगेज़ मिला और जहाज़ छूटने में बहुत कम वक़्त रह गया था।···छोटी फूफी ऊपर अपने स्कूल में मसरूफ़ हैं, उनको पता नहीं होगा। मानक ख़ाला, ख़ैरियत है?"

"अरे ख़ैरियत कहाँ नी? इधर पिंकी ने दीवारों पर बुलडोज़र चलवा दिया। ग्वालों और घोसियों ने अपनी गाएँ बुलडोज़र के सामने लाकर खड़ी कर दीं। समझा क्या? फ़ल्ली ने पुलिस बुला ली। पिंकी जैसे ही आवे, उसको बोलो!"

मानक बाई फ़ोन बंद करके घबराई हुई पूजा-रूम में पहुँचीं, "बनाम यज़दाँ मेहरबाँ बख़्शाइंदा" का ज़रतुश्ती विर्द करती धम से चटाई पर बैठ गईं। सामने तवील शेल्फ़ पर हज़रत जरतुश्त, जीसस क्राइस्ट, महात्मा बुद्ध, तमाम हिंदू देवी-देवता और साईं बाबा ऑफ़ शिरडी की तस्वीरें रखी हुई थीं। चारों तरफ़ काबा शरीफ़ और हिंद की मशहूर दरगाहों के फ़ोटोग्राफ़ आवेज़ाँ थे। अक्सर पारसियों के मानिंद मानक बाई ख़्वाज़ा अजमेरी से ख़ुसूसी अक़ीदत रखती थीं। आँखें बंद करके हाथ जोड़े और इल्तिजा की—"ख़्वाजा! बच्चा लोग के लिए शांति रखो! फ़ल्ली, पिंकी के वास्ते शांति रखो!"

पिंकी शामियाने में बैठे एक पुलिस-अफ़सर और एक वकील से बात करने में मसरूफ़ थे। दो कांस्टेबिल मंदिर-मसजिद के सामने तैनात किए जा चुके थे। हदबंदी के अंदर गाएँ जुगाली कर रही थीं। छोटे-से शिवालय और मसजिद के चौगिर्द ज़ाफ़रानी और चाँद-तारेवाली हरी झंडियाँ लहरा रही थीं।

'महादेव-गढ़ी बचाओ! झाँकड़वाली मसजिद बचाओ!' के पोस्टर फाटक पर लगा दिए गए थे। यही इश्तहार पुराने शहर की दीवारों पर चस्पाँ थे।

कुछ देर बाद पुलिस-अफ़सर अपनी जीप पर बैठकर चले गए। वकील साहब जो बैरिस्टर शहला मिर्ज़ा के जूनियर थे, हाईकोर्ट जाने के लिए उठे।

अमरीकन-कट ज़रा ढीले-से सूट में मलबूस एक कमज़ोर बूढ़ा अजनबी शामियाने में दाख़िल हुआ, "अस्सलाम अलैकुम पिंकी मियाँ!···पहचाने?"

"वालैकुम अस्सलाम!" पिंकी ने उनको निगाह भरकर देखा। निदामत से नफ़ी में सर हिलाया।

"मेराज अहमद···कुछ याद आया? आप छोटे-से थे। हम क़ंबर मरहूम के साथ विकी मियाँ से मिलने आपके हाँ आया करते थे।"

"जी-जी, अब याद आ गया। बहुत ख़ुशी हुई। तशरीफ़ रखिए! मगर क्या अजीब इत्तिफाक़ है! रेडरोज़-केस के दौरान बादशाह जानी ने आपको गवाही के लिए बेहद तलाश करवाया। उधर बेचारे मास्टर मोगरा मुक़द्दमा हारे, इधर आप मौजूद—कहाँ थे?"

"अजीब इत्तिफ़ाक़ है!" मेराज अहमद चौंक पड़े। उन्हें ख़याल आया—आग लगने के दूसरे या तीसरे रोज़ ऐन इसी जगह जहाँ यह सुर्ख़ शामियाना खड़ा है, गर्म राख के ढेर पर बैठकर अपने साथियों से उन्होंने कहा था—"सुनते हैं इत्तिफ़ाक़िया आग लगी—अजीब इत्तिफ़ाक़ात है भई! इत्तिफ़ाक़िया[1] यह दुनिया वजूद में आई, इत्तिफ़ाक़िया ज़िंदगी नमूदार हुई, इत्तिफ़ाक़िया ख़त्म हो जाएगी।"

"आप कहाँ रहे इतने अरसे?"

परवेज़ मियाँ के सवाल पर वह राख की टोकरी से वापस आए—"कैलीफ़ोर्निया।"

"लेकिन आप तो मशहूर लेफ़्ट विंग जर्नलिस्ट थे, वीज़ा कैसे मिल गया?"

"इसे भी इत्तिफाक़ ही समझिए। और कैलीफ़ोर्निया लिबरल स्टेट है। दरअस्ल, इस रूहफ़रसा[2] वाक़या का ऐसा गहरा असर हमारे दिलो-दिमाग़ पर था कि हम यहाँ रह ही नहीं सकते थे। बीवी-बच्चों को लेकर चल खड़े हुए। कुछ अर्सा इंग्लैंड में गुज़ारा, वहाँ से अमरीका निकल गए। मुख़्तलिफ़ भाड़ झोंके। हमारे लड़कों ने पढ़ाई ख़त्म होने के बाद अपना कारोबार फैलाया। अब पिंकी मियाँ दुनिया की ने'मतें हमारे पास हैं लेकिन अहाता सितारा बेगम वहाँ कहाँ से लाते? लिहाज़ा वापस आ गए।"

ग्वालों और घोसियों की एक सियासी गाय शामियाने में आकर इत्मीनान से घास चरने लगी। चाँद-तारे की काग़ज़ी हरी झंडियों का हार गले में पड़ा था। ग्वालों की गाय गेंदे की माला पहने माथे पर तिलक लगाए शामियाने में दाख़िल हुई।

पिंकी ने हँसकर कहा, "मुलाहिज़ा कीजिए। हरीफ़ों ने गोया अपने सफ़ीरे-कबीर[3] आपकी ख़िदमत में भेजे हैं। उनको शायद मालूम हो गया है कि आप अमरीकन जर्नलिस्ट हैं।"

"हम और आप अमरीकन जर्नलिस्ट कहलाते हैं। अल्ला हो अकबर!

ख़्वाबो-ख़याल हो गईं सारी हिकायतें।
अहमद हुसैन ख़ाँ का ज़माना बदल गया।"

उन्होंने आह भरी।

पिंकी ने उनके लिए चाय बनाई।

"जब हम यहाँ से गए थे, फ़स्ले-गुल अभी बाक़ी थी, सुर्ख़ गुलाब कुछ-कुछ खिलने लगे थे। अब आया तो देखा चहारसू गेंदा ही गेंदा और खजूर के ऊँचे दरख़्त।"

---

1. संयोगवश, 2. प्राणघातक, 3. राजदूत।

"जी, बल्कि ख़ालिस सऊदी खुर्मा। और गोमती के ख़रबूज़े ज़िंदा रूद[1] के ख़रबूज़ों का रंग पकड़ चुके हैं। गुलाबों में मुख़्तलिफ़ क़लमें लग गईं।"

"पिंकी मियाँ! हमारी लगाई हुई गुलाबबाड़ी तो गधे चर गए।"

"आप लोगों ने सही खाद नहीं डाली, वर्ना आज चालीस साल बाद यह अस्सी-नब्बे करोड़ की आबादी रोज़-बरोज मज़ीद कनफ़्यूजन में ग़र्क़ न होती।"

"भिड़ों का छत्ता महज़ हमारी ग़लतियों की बदौलत तैयार नहीं हुआ, पिंकी मियाँ! हम जब से वतन लौटे हैं, आपकी मुक़ामी सूरते-हाल को भी स्टडी कर रहे हैं। ग्वालों-घोसियों ने तो शेख़ ताहिर अली की एंटी बँटवा[2] दी!" मेराज अहमद पुराने अलीम थे, "लेकिन पिंकी मियाँ, आपने बुलडोज़र चलवाने में जल्दी की[3]।"

"वह मुल्की सियासत के बड़े मामलात थे क़िब्ला, यह एक निहायत लोकल, एक शख़्स की निजी जायदाद पर—एनक्रोचमेंट का मामूली-सा वाक़या है। रफ़ा-दफ़ा हो जाएगा।"

"जी नहीं। लीडर राई का पर्वत बना सकते हैं। इधर राम-जन्मभूमि और बाबरी मसजिद····"

"ओह नो! नॉट दैट अगेन! मेराज साहब, उसके मुताल्लिक सुनते-सुनते····"

"यह भी इबादतगाहों का मामला है पिंकी मियाँ, ज़मीनों पर नाजायज़ कब्ज़े का सहलतरीन नुस्ख़ा—एक छोटा-सा मंदिर या एक पत्थर पर चूने से लिखा हुआ किसी पीर का नाम और चाँद-तारे का झंडा। गोया इन बुज़ुर्ग का चिल्ला! राइट विंग पार्टियाँ इस झगड़े में फाँद पड़ी हैं। फ़िलहाल दोनों में बड़ी एकता है। लेकिन किसी लम्हे भी मामला कम्यूनल टर्न ले सकता है।"

"यह लखनऊ है मेराज साहब, आप भूल गए। यहाँ कम्यूनल टर्न के बावजूद हिंदू-मुस्लिम फ़साद नहीं होगा। आज तक तो कभी नहीं हुआ। ये लोग सब—बुनियादी तौर पर एक क़िस्म की तफ़रीह में शामिल हैं। कौन किसकी पतंग काटे? बटेर की पाली किसके हाथ रहे? आपको याद होगा····हम तो उस वक़्त कमसिन थे, जब शायद सन् इकसठ में बड़ी बाढ़ आई थी। पानी में घिरे लोग-बाग कनकव्वे के ज़रिए पैग़ामरसानी करने लगे थे।····

"चंद रोज़ क़ब्ल हमने यहाँ चक्कर लगाया। चाँदनी रात थी। बहुत सारे घोसी मुँडेर पर बैठकर बिरहा गा रहे थे—मोहे नाहिं परवाह—ख़ातून जन्नती नैया लगावें पार—हैदर साह बेड़ा लगावें पार—नबी जी! उनकी इस मासूम अक़ीदत का मंज़र देखकर मेराज साहब, हमारा तो जी भर आया। झोंपड़ियाँ गिरा दी गईं। ये सब बेघर हो

---

1. ज़िंदा रूद ईरान की एक नदी, सुन्नियों पर सऊदी अरब का और शियों पर खुमैनी के ईरान का, 2. अलीगढ़ यूनिवर्सिटी की एक ख़ास Term यानि प्रोपेगैंडा, 3. संजय गांधी के तुर्कमान गेट के महल पर बुलडोज़र चलाने की तरफ़ इशारा है।

जाएँगे।...

"ये नाजायज़ बस्ती बसानेवाले मुक़ामी ग़रीब क्या असल वारिस नहीं? शायद इन्हीं के पुरखों से क़ंबर मियाँ के परदादा ने यह ज़मीन छीनी हो! क़ंबर मियाँ उसे वापस करनेवाले थे।"

पिंकी ने सिगरेट सुलगाया, "सुनिए जनाबे आला! पहले यह इलाक़ा बाँके शेख़ लखनऊ की मिल्कियत थी। वह बाँके क्यों कहलाए? कि तलवार के धनी थे। ओ० के०। उनसे बुर्हानुलमुल्क ने छीना, बज़रियाए मुग़ल फ़रमान। और मुग़लों ने अपनी सल्तनत किससे छीनी थी? लोधियों से। उन्होंने सलातीने शरक़िया से। और हूजरे आला, उनसे पहले—तुग़लक़, ख़िलजी वग़ैरह, वग़ैरह, वग़ैरह, और उनसे पहले पृथ्वीराज आल्हा-ऊदल से लड़े थे और सारे राजपूत मारकाट, छीना-झपटी में जुटे थे। उन्होंने कमज़ोर गुप्ताओं को भगाया, उन्होंने मौर्यों को और उनसे पहले..."

मेराज अहमद ने गोया अमान पाने के लिए हाथ ऊँचे किए।

"एक बात और सुनिए! हम उन लोगों में से हैं जो हिंदुस्तान की इंटेलीजेंसिया कहलाते हैं—उसूलपरस्ती और ज़हनी दयानतदारी के दावेदार। अख़बारों में प्रोटेस्ट के लिए ख़त लिखते हैं, सेमिनारों में पेपर पढ़ते हैं, लेकिन अमलन इसी निज़ाम का एक अटूट हिस्सा हैं, बल्कि कल-पुर्ज़े।

"हम चूँकि शेरवुड और कोलंबिया वग़ैरह में पढ़े, लेफ़्टिस्ट विचारधारा में नहीं कूदे, लेकिन दाएँ किनारे पर भी नहीं पहुँचे। मँझधार में डुबकियाँ लगा रहे हैं। फ़िलहाल Yuppie हैं, गो Puppies से मुकाबला नहीं कर सकते।"

"और मियाँ, यह पप्पी कौन हैं?"

"पंजाबी-अपवर्डली प्रोग्रेसिव प्रोफ़ेशनल। आप लंबे अरसे बाद वतन से लौटे हैं। यहाँ मंज़रनामा यक्सर बदल चुका है। जब रेडरोज़ में आग लगी, सियासी माफ़िया और शहरी दहशतगर्दी का आग़ाज़ नहीं हुआ था। आजकल का ज़माना होता तो यह अफ़वाह फैलती कि क़ंबर अली को चंद सनसनीख़ेज़ और ख़ौफ़नाक और आलमगीर अहमियत के सियासी राज़ मालूम हो गए थे, जो उन्होंने अपने तीनों पर्चों में छाप दिए। वह पर्चे छापाख़ाने से आ गए थे और अव्वल वक़्त न्यूज़-स्टैंडज पर पहुँचने वाले थे। चुनांचे रातोंरात मुख़ालिफ़ीन ने एक बुर्क़ापोश एजेंट के जरिये टाइम-बम रखवा दिया। वह पुरअसरार नक़ाबपोश शाम के पौने छः बजे नदी के पुल पर क़ंबर मियाँ के साथ देखी गई थी। इसके अलावा वह राज़ आप ही ने, यानि मिस्टर मेराज अहमद चीफ़ रिपोर्टर रेडरोज़ ने हासिल किए थे। लिहाज़ा आप जल्द-अज़-जल्द मुल्क छोड़कर समुंदर पार जा बसे।"

"सेबोटाज़ का शुबहा ज़ाहिर तो किया गया था, मगर सबका फ़ैसला था कि इत्तिफाक़िया। क़ंबर अली बेचारे के कोई दुश्मन ही नहीं थे। वह तो इतने भलेमानुस आदमी थे कि अपनी बीवी से पिटा करते थे। अच्छा वह बेचारी बुर्क़ापोश थी कौन? बाद में कुछ पता चला?"

"चाँदनी बाजी। उनका अलमनाक क़िस्सा सुनकर अब क्या कीजिएगा! उस वक़्त भी जब अख़बारों में 'एक मेहमान ख़ातून' छपा तो हमारे घरवाले ख़ामोश रहे। हम स्कूल से लौटे तो पता चला चाँदनी बाजी चली गईं। उनको क़ंबर अली यहाँ ले आए थे।"

"यहाँ? यहाँ तो वीराना है।" मेराज अहमद ने चौंककर कहा।

पिंकी ने फ़िक्रमंदी से उन पर नज़र डाली।

झेंपकर बोले, "माफ़ करना पिंकी मियाँ, हम ज़रा डिसओरिएंटेड हो रहे हैं।"

"मेराज साहब! बड़े मामूँ बतलाते हैं कि क़ंबर मियाँ एक सच्चे क्लासिकल आइडियलिस्ट थे। अपने आदर्शों की ख़ातिर सारा सरमाया इलेक्शन और रिसालों में ख़त्म कर बैठे, फिर भी हिम्मत न हारी। ऐसे लोग अब बिल्कुल नज़र नहीं आते। एक रोज़ मामूँ हमसे कह रहे थे कि सारी दुनिया में हर सिम्त ऊँची-ऊँची दीवारें खड़ी हैं। चंद सिरफिरे याजूज-माजूज की तरह मुस्तक़िलमिज़ाजी के साथ दीवारों को चाटते रहते हैं, लेकिन वो और ऊँची होती जा रही हैं।····

"विकी मामूँ खुद उन सरफिरों में शामिल हैं। क़ंबर अली भी उन्हीं में से थे। हमारे मामूँ बेचारे अपने आइवरी टॉवर में बैठे रह गए। क़ंबर मियाँ ने इस कमउम्री ही में बहुत-कुछ करने की कोशिश तो की। काश! यह अहाता जब ही रिफ़ाए-आम के लिए वक़्फ़ कर दिया होता। इतनी मोहलत न मिली!····

"यह भी वक़्त की सितमज़रीफ़ी है कि उनकी ज़मीन पर से ग़रीबों को बेदख़ल करके एक सरमायादार का अपार्टमेंट हाउस तामीर होगा—दस-दस लाख के चालीस फ़्लैट, और सब अभी से बिक गए!"

"हाँ।" मेराज साहब फिर चौंके, "लोगों के पास इतना पैसा कहाँ से आ गया है?" ख़ामोश हो गए।

"तो हम कह रहे थे यह आग का वह हादसा आज के दौर में होता तो बड़ा हौलनाक मंज़रनामा उसकी वजह के मुताल्लिक़ तैयार हो जाता। मगर नेहरू-इरा था। स्थिति शांतिपूर्वक थी। कम्यूनल फ़सादात भी इतने नहीं होते थे।"

"हाँ, यह क्या बात थी? सॉरी, हम ज़रा डिसओरिएंटेड····"

पिंकी ने सिगरेट पेश किया। उन्होंने इनकार!

"मेराज साहब, आपकी सेहत तो ठीक है?"

"निहायत उम्दा। अल्लाह का शुक्र है! कल शाम हम आपके यहाँ गए थे। देर तक बारादरी में विकी मियाँ के पास बैठे रहे। वह हमेशा के प्रोग्रेसिव आदमी हैं। मगर आपके छोटे मामूँ ने उड़ा दी थी कि जागीर के ख़ात्मे ने सौदाई बना दिया। उनकी हालत नई बेज़मीरी[1] ने ग़ैर की थी। कल शाम कह रहे थे सुलह-सफ़ाई पर चलने के

---

1. नव-आत्महीनता।

लिए कोई तैयार नहीं। हमारे लिए अब लामुहाला एक ही रास्ता बाक़ी रह गया है और वह ऐशबाग़[1] की सिम्त जाता है।"

"मेराज साहब! आप सीनियर लोग ऐसी निराशा की बातें क्यों करने लगे हैं? अहाता सितारा बेगम, ऐशबाग़, मौलवी अनवार का बाग़[2]।"

"और क्या करें? हमने ही क्या कद्दू में तीर मार लिये? वेस्ट को बुरा कहा और वहीं गए! अपने लड़कों को हमने भी अमरीका ही में बसाया!"

माथुर साहब मय एक वकील आते दिखलाई दिए।

"इस ज़मीन के वबालखाते ने हमारी नाक में दम कर दिया। शायद इस वजह से बाबा नीम चँवेली ने धरती पर रहना ही छोड़ दिया। पचास साल से बरगद की शाख़ पर बैठे हैं।"

"बालागंज वाले योगी? अभी ज़िंदा हैं?"

"जी हाँ, मिसेज़ ढोंढी पाबंदी से उनके दर्शन को जाती हैं। एक दफ़ा हमें खींचकर ले गईं। हमसे कहने लगे—बच्चा, सूरए-मुज़म्मिल पढ़ा करो। हम हैरान कि उनको सूरए-मुज़म्मिल[3] कैसे मालूम?"

"सुना है वह जानलेवा बीमारियों का राख की चुटकी से इलाज कर देते हैं!"

पिंकी ने तअज्जुब से मेराज अहमद को देखा।

---

1. लखनऊ का मशहूर कब्रिस्तान, 2. लखनऊ का एक और क़ब्रिस्तान, 3. कुरान की एक आयत।

क़सरे-शीरीं—ब्रेकफ़ास्ट रूम

"इधर देखो फ़ल्ली ! मिस्टर टायर भाई हाथीवाला इतना बड़ा सेठ है। जंगल- एलीफ़ैंट। मगर उसका पेट नहीं भरता। इसको एलीफ़ैंट एंड कासिल[1] भी होना।"

"वाह-वाह ! मम्मी, तुम्हारे विट एंड ह्यूमर का जवाब नहीं !"

"ग़रीब पेटी मास्टर से जीता तो क्या जीता ? अपनी टक्कर के आदमी को हराता तो बात थी !"

"मम्मी ! हाथ आई जायदाद कोई आसानी से नहीं जाने देता। अच्छा तुम एक काम करो, दिलबहार बुआ ने ग्रेनी की इतनी ख़िदमत की। सारी उम्र उन्होंने हम लोगों की सेवा में गुज़ार दी। उसके एवज़ तुम उनको वह सर्वेंट क्वार्टर बख़्श दो, जिसमें वह—कितने साल से महनाज़ ?—पैंतालीस साल से रह रही हैं। उनके नाती-पोते तुमको दुआएँ देंगे।"

"तुम्हारा ग्रेनी[2] ऐसा बोलता तो बरोबर !"

"क्या पता उन्होंने अपनी विल में लिख दिया हो और तुमने यह काग़ज़ छिपा दिया !"

"टोबा-टोबा ! फ़ल्ली ब्वॉय, दस्तूरज़ादी के लिए ऐसा बात बोलता ? और सुनो ! अगर हमारे दिल में आ गया तो हम आक्खा सर्वेंट क्वार्टर उनको बख़्श जाएगा। जब तुम शीरीं टॉवर को फ़ीफ़ी पूडल के मोतीफ़ से सजाओगे, वह कुत्ता-परीवाला होटल कहलाएगा। फ्रेंच स्टाइल। फ़ाइव स्टार। हम आसमान से देख-देखकर खुश। अभी चीनयूट[3] के रास्ते ही में होंगे, उधर बुलडोज़र आ जाएँगे। ख़ैर, बट प्रॉमिस—बुआ के टब्बर को इजेक्ट मत करना !"

"अरे मम्मी, हम तो मज़ाक कर रहे थे।"

"हमारे संग मसख़री करता, फ्रामरोज़ ढोंढी ?"

---

1. लंदन का एक रेलवे स्टेशन, 2. दादी (Grand Mother), 3. पारसी धर्म वाले की आत्मा जिस पुल पर मौत के तीसरे दिन पहुँचती है।

तीन कटोरी हाउस—बारादरी

"लैला, तुमने कलकत्ते में देर लगा दी। और आकर भी क्या कर लेतीं। उन लोगों ने अदालत से हुक्म-इम्तिनाई (Stay order) हासिल कर लिया। हमारी Construction रुकी। शिया-सुन्नी झगड़ा दबने के बाद से बहुत-से लीडर बेकार बैठे थे, वो काम से लग गए। महादेव गढ़ी एक अलग इश्यू (Issue) बन गई है। रोज़ाना पोस्टर और अख़बारी बयानात! अदालत से यह सारी ज़मीन हासिल करके उस पर बृजधाम गऊशाला बनेगा और इंटरनेशनल वैदिक सेंटर। एक रोज़ वहाँ चंद गोरे संन्यासी भी अपने पैम्फ़लेट लिये घूमते नज़र आए। मसजिदवाले एरिया में इंटरनेशनल अरबिक सेंटर की तामीर का ऐलान हो चुका है। ईरान-इराक की हिमायत में अलग-अलग जलसे वहीं होने लगे हैं। मन्दिर के लिए यह इत्तिला दी गई है कि यह देव-स्थान यहाँ लाखों बरस से मौजूद है।"

"लाखों बरस पहले तो यहाँ समुंदर था!" लैला ने कहा।

"हाँ, लेकिन नदी से निकालकर वह गोल पत्थर उस पीपल की खोह में कब रखा गया? इधर मसजिदवाले लीडर कह रहे हैं कि शेख़ अज़हर अली व ताहिर अली के परदादा ने यह ज़मीन ज़बरदस्ती हासिल कर ली थी। दरअस्ल यह सारी अराज़ी किसी बादशाह ने इसी मसजिद के लिए वक़्फ़ की थी और यहाँ एक सराय भी थी।"

"तो सुन्नी वक़्फ़ बोर्ड से उसकी दस्तावेज़ें निकलवाईं। डैडी बतला रहे थे कि बड़े रईस लोग अपना मकान बनवाने से पहले अहाते में मसजिद ज़रूर तामीर करवाते थे।"

"लेकिन तुम्हारे कौन-से पुरखे ने यह मसजिद और कुआँ बनवाया? अब अप्पी शाहला यह केस लड़ेंगी। मंदिर-मसजिद कमेटी ने चंदा करके एक बड़ा वकील खड़ा किया है।"

"शिवजी के सिम्बल की कार्बन डेटिंग नहीं हो सकती?"

"नदी की तह से निकाला हुआ पत्थर जियोलॉजिकल टाइम से तअल्लुक़ रखता है और सारी देवमाला जियोलॉजिकल टाइम में शामिल है। मसजिद लखौरी ईंटों की

है। सरीहन अट्ठारहवीं सदी और ग़ालिबन 1737 से पहले—अहदे शेखज़ादगान। तुम्हारे पुरखे भी तो शायद शुयूख़ लखनऊ के क़बीले से तअल्लुक़ रखते थे?"

"अच्छा वह···डैडी बतला रहे थे कि उनके बुज़ुर्ग किला मच्छी भवन की तबाही के बाद कुर्सी में जा बसे थे। पिंकी, मैं यहाँ बिल्डिंग-कांस्ट्रक्शन के लिए आई थी, न कि तारीख़ के गड़े मुर्दे उखेड़ने। डैडी एक तो चचा मियाँ के इंतिक़ाल से इस क़दर ग़मग़ीन हैं, ऊपर से यह नागहानी आफ़त।"

"फ़िक्र न करो, विकी मामूँ को हमने अहदे शेखज़ादगान की रिसर्च पर लगा दिया है। वह कुछ न कुछ ज़रूर ढूँढ़ निकालेंगे।"

उन दोनों ने सर उठाकर देखा। सामने कुतबख़ाने का दरीचा रौशन था।

"और सुनो लैला! किसी से कहना नहीं कि तुम दरअस्ल कुर्सी की रहनेवाली हो। वह क़स्बा अपने बेवकूफ़ों की वजह से मशहूर है।"

"डैडी ने कहा है कि तमाम ख़ानदानी काग़ज़ात अज़हर अली चचा की तहवील में थे। वह जल गए। उनके पास नसबनामा ही है जो उस्ताद मोगरे के ख़िलाफ़ अपना हक़े-विरासत साबित करने के लिए कोर्ट में पेश किया था। उसमें यह कहीं नहीं लिखा कि मसजिद वग़ैरह कौन-से बुज़ुर्ग ने बनवाई थी।"

"तुम्हारे वालिद की तबीयत कैसी है?"

"अच्छी नहीं है। चचा मियाँ और उनकी मुसीबतें याद करके रोया करते हैं। चचा मियाँ को सुतून से बाँधकर उनकी आँखों के सामने उनकी बीवी और बेटों को गोली मार दी थी। दोनों जवान लड़कियों को उठा ले गए; फ़रीदा और फ़रहाना; आज तक उनका सुराग़ न मिला। चचा मियाँ को उसी ग़म ने घुला-घुलाकर मार डाला। पंद्रह साल···पूरे पंद्रह साल वह इस क़र्ब में जिए। रात को सोते-सोते फ़रीदा-फ़रहाना चिल्ला उठते। कहा करते थे जिस तरह रिज़्क के दाने-दाने पर मुहर है, आजकल बंदूकों की गोली-गोली पर उनका निशाना बननेवालों का नाम लिखा है।"

शोर मचाती चिड़ियाँ दरख़्तों की तरफ़ आ रही थीं।

"विकी मामूँ कहते हैं परिंदों में भी पैग़ंबर आते होंगे।"

"उन्हें पैग़ंबरों की ज़रूरत नहीं।" लैला ने पलकों पर उँगलियाँ फेरीं, "मैं जंगलों में बहुत रही हूँ।"

"जब हम कार्लटन में तुमसे पहली बार मिले, तुम्हें एक सख़्तमिज़ाज ख़ातून समझते थे। सुनो! तुम हमारे हाँ सावन की चुनरियाँ देखकर इस तरह कह रही थीं कि हमारी एक्सपर्ट खुशक़दम बुआ और सोनाकली वग़ैरह से रँगवाकर वेस्ट में इंडियन पाकिस्तानियों के लिए एक्सपोर्ट करोगी, और चटापटी की रज़ाइयाँ, ग़रारे; हैदराबादी, रामपुरी, भोपाली घुटन्ने। लैला बुटीक—बंबई, दिल्ली, लंदन, न्यूयॉर्क···"

"जहन्नुम में जाय लैला बुटीक! पिंकी, मेरा मज़ाक मत उड़ाओ!"

सफ़िया सुल्तान मकान में बरामद हुईं। टहलती हुई बारादरी तक पहुँचीं।

लैला फ़ौरन उठीं। मुँह धोने की ग़रज़ से अंदर गईं।

"वैसे तो यह बड़ी कर्री हैं। मेरे किंडर गार्टेन के ज़मीन के दाम में एक नया पैसा कम करने को तैयार नहीं हुईं। इस वक़्त क्यों मुँह थुथुआए बैठी थीं? कहीं घाटा हो गया?"

"छोटी ख़ाला! चचा का ग़म ताज़ा है। उनका चालीसवाँ भी नहीं हुआ और इस नये झगड़े के चक्कर में उनको फिर यहाँ आना पड़ा।"

"हाँ, नुक़सान तो बहुत हुआ। दोनों भाई मिलकर उधर के हाथी इधर करते होंगे, इधर.के उधर। मानक बाई उन्हें क्या पुकारती हैं?—मिस्टर टायर भाई। हैं भी डनलप भाई की मौत से हवा निकल गई। खुफ़िया हाथी और नेपाल बॉर्डर से हशीश। बड़ा सख़्त ख़सारा हुआ बेचारे का! वर्ना चचा की मौत पर कोई यूँ नहीं रोता। बॉबी मरेंगे तो विकी की औलाद इस तरह सोग मनाएगी?"

"छोटी ख़ाला, प्लीज़··· आप तमाम आलम से बदगुमान हैं।"

वह फ़ौरन उठ खड़ी हुईं, "मैं इसी वजह से तुम लोगों की महफ़िलों में नहीं बैठती। बाक़ी यह कि वह ज़मीन ही मनहूस है, उसका ख़याल छोड़ दो। जिस रोज़ तुमने काम शुरू करवाया, उसके पूरे पंद्रह दिन क़ब्ल आवाज़ ने बार-बार कह दिया था—मना कर रहे हैं। तो वही हुआ! इतनी बड़ी अड़चन पड़ गई। इलई का पुलवा हो गया!" वह सीढ़ियाँ उतरकर बाग़ में चली गईं।

पिंकी ने सिगरेट जलाया।

लैला वापस आईं।

पिंकी ने हैरत से सोचा—इस निस्फ़ बंगाली लड़की कि शख़्सियत में फ़िरोज़ा की कितनी झलक है! माहौल और बैकग्राउंड के फ़र्क़ के बावजूद—दोनों थोड़ी-सी बाग़ी और ख़ुदबीन। जदीद मशरिक़ी ख़्वातीन! लेकिन उनकी इस ख़ुद-ऐतमादी में उनकी तबक़ा और मग़रिबी तालीम का कितना दख़ल है?

सफ़िया रविश पर जा रही थीं। हवा में पल्लू उड़ाया। फ़ौरन बाज़ू पर दोबारा लपेटकर तेज़ी से आगे बढ़ीं।

"अरे··· !" लैला के मुँह से निकला।

"कभी ज़ाहिर न करना! वह बेहद हस्सास है!"

"अब मैं शायद उनको समझ सकती हूँ।"

"यह माज़ूरी उनका प्रॉब्लम नहीं।"

"फिर?"

"लिटिल सर एको।" (Little Sir Echo)

"वह कौन हैं?"

"लिटिल सर एको··· साकिन रेडरोज़। यह एक ग़ैर-हाज़िर का ग़ैर-मौजूद पता है,

जो आलमुल-मिसाल[1] में मौजूद है।"

"पिंकी! तुम भी दीवाने हो। कहे देती हूँ—तुम्हारे मुताल्लिक़ भी मुझे अपने फ़ैसले पर दुबारा सोचना पड़ेगा।"

"अरे नहीं भई! यह ग़ज़ब न करना।"

"क्या तुम लोग सीधे स्वभाव बात ही नहीं कर सकते सिवाय पहेलियों के? मैं क्यों एक एब्नॉर्मल ख़ानदान में शामिल हूँ?" वह फिर रुआँसी हो गईं।

"कम ऑन लैला!"

"सफ़िया ने आज तक सीधे मुँह बात नहीं की। उस रोज़ मैं शहला अप्पी से कह रही थी कि तुम्हारी ख़ाला का ईगो इतना बड़ा है यह लोगों से बोलती नहीं। शायद मेरा रिमार्क भी सुन लिया। तब से और ऐंठ गईं! मैंने उनका क्या बिगाड़ा है?"

"लैला, प्लीज़…!"

"मुझे उनका मामला बताओ। शायद मैं उनके लिए कुछ कर सकूँ। तुम जानते हो मैं जंगलियों-क़बायलियों से भी सरोकार रखती हूँ और बिज़नेस-मैनेजमेंट में हर क़िस्म के इनसानों से बर्ताव करना सीख चुकी हूँ…" सुबुक रूमाल में नाक सिनकी—"स्टेनफ़र्ड यूनिवर्सिटी में।"

पिंकी मुस्कराए।

"हँसो मत!"

"ओ॰ के॰। पहले यह बताओ, ठीकरे की माँग जानती हो? बंगाल में होती है?"

"मालूम नहीं।"

"जब सफ़िया ख़ाला पैदा हुआ थी तो क़ंबर मियाँ की दादी ने दाई के ठीकरे में अशरफ़ी डाल दी थी।"

"एक और पहेली।"

"अरे यार, पैदाइशी मँगनी! पर्दानशीन बेगमात के लिए तफ़रीहात बहुत कम थीं—सिवा रीत-रस्मों के; चुनांचे क़ंबर मियाँ की दादी और हमारी परनानी मरते दम तक रस्में अदा करती रहीं। वो दोनों दुनिया से चली गईं और तेरह साल की थी, जब सफ़िया ख़ाला को पोलियो हो गया। वह रफ़्ता-रफ़्ता अपने-आपको ट्रेजिक हिरोइन समझने लगी, क्योंकि उस तरफ़ से ख़ामोशी अख़्तियार कर ली गई।

"हमारे नाना-नानी का ख़याल था कि बैरिस्टर और बेगम अली पोलियो के नुक़्स के बावजूद वज़ादारी निभाएँगे। ग़ालिबन वह ऐसा करते, लेकिन बॉबी मामूँ की पहली शादी के मौक़े पर हमारे लाला कालीचरण उनके मुंशी भवानी शंकर से मिले। गोल-गोल अल्फ़ाज़ में पूछा। उन्होंने भी मुब्हम जवाब दिया कि क़ंबर भैया नहीं मानते।

1. Neo-Platonic दर्शन शास्त्र के अनुसार परलोक में जो कुछ है यह संसार उसकी परछाईं है।

मना कर रहे हैं। लाला ने आन कर नानी अम्मा को इत्तिला दी।

"मना कर रहे हैं—यह जुम्ला सफ़िया ख़ाला तक पहुँच गया। बोलीं हम लूले भी तो हैं! अपना कमरा बंद करके पहरों रोईं। उस रोज़ के बाद सबसे बेतअल्लुक़-सी होती गईं। घरवाले उनसे नादिम थे। उनको मज़ीद ख़जालत से बचाने के लिए दिन-रात पढ़ाई में जुट गईं। मार एक के बाद एम० ए०, डॉक्ट्रेट और जाने क्या-क्या!

"अक्सर क़स्बाती घरों में यही नक़्शा था। ज़मींदारों के नैनिहालों की नौउम्री में मँगनी कर दी जाती थी या निकाह। उसके बाद वह यूनिवर्सिटियों में पहुँचकर Communist Intellectual बन जाते और अपने घर के क़दामतपरस्त[1] माहौल से निकल भागते थे।"

"हाँ, मैंने सुना है। हमारे बंगाल में भी ऐसा बहुत हुआ।"

"फिर ये लोग या तो ग़ैर-रिवायती क़िस्म की शादियाँ पाकर लेते थे या रोमांटिक इनक़लाबी बने घूमा करते थे।....

"क़ंबर मियाँ का कुनबा दक़ियानूसी नहीं था, यानि तुम लोग। उनके वालिद नई प्रोफ़ेशनल क्लास से तअल्लुक़ रखते थे। माँ-बाप दोनों रौशन-ख़याल थे। वह बेटे की ज़बर्दस्ती शादी नहीं कर सकते थे, और उनको इसका एहसास था कि सफ़िया बेचारी के साथ ज़्यादती हुई, जिसकी असल ज़िम्मेदार उनकी दादी और हमारी परनानी थीं। बेचारियाँ! और क़ंबर मियाँ ने इसी इनसानी दर्दमंदी के नाते ही माँ-बाप की मौत के बाद एक मीरासी की लड़की पल्ले बाँध ली और सफ़िया ख़ाला के सिलसिले में मज़ीद सितम यह हुआ कि क़ंबर मियाँ मरहूम के ज़ेहन में जो नाकारा नकचढ़ी का इमेज मौजूद था, वह सुना है हमेशा तन्ज़िया अंदाज़ में ही सफ़िया ख़ाला का तज़किरा करते थे।

"हालाँकि दर-हक़ीकत—बेचारी छोटी ख़ाला ने अपने अपाहिजपन के बावजूद अपने हिसाब से एक 'कैरियर वूमन' बन दिखाया। पी-एच० डी० का सारा मक़ाला उन्होंने एक हाथ से टाइप किया। स्कूल चलाती है बिल्कुल इंडिपेंडेंट और ऐफ़िशेंट।"

"मुझे उनके मुताल्लिक़ अपनी राय बदलनी पड़ेगी।"

"मामलात से वाक़फ़ियत हासिल करने के बाद हमें अपनी राय बदलनी चाहिए। लेकिन उमूमन हम ऐसा करते नहीं, क्योंकि इस तरह हम अपने नज़रियात ग़लत साबित होने की तौहीन बर्दाश्त करना नहीं चाहते।"

"सत्य है, छोटे गुरु जी!"

"बड़े मामूँ ने उनकी बहुत दिलजोई करनी चाही और दोस्ती। लेकिन वह लोगों से राब्ता तोड़ चुकी थीं। हालाँकि एक रोज़ अचानक—लिटिल सर एको—नमूदार हो

---

1. रूढ़िवादी।

गए।"

"कोई अंग्रेज़?"

फिर फ़िरोज़ा! वही तमाम दानिशमंदी के बावजूद भोलेपन के सवाल।

"हाँ पिंकी, बतलाओ ना!...चुप क्यों हो गए? आगे चलो ना! एम० सी० सी० का कोई ठिगना अंग्रेज़ खिलाड़ी रहा होगा जो यहाँ टीम के साथ आया होगा। देखो, मैंने कैसे बूझा—कुर्सी की होने के बावजूद!"

"जब हमारी परवीन ख़ाला इज़ाबेला थोर्बन कॉलेज में पढ़ती थीं, एक मशहूर अमरीकन सिनेमा-स्टार थी—जूडी गार्लैंड।"

"अच्छा।"

"उसका एक गीत बहुत मक़बूल हुआ था—

Little Sir Echo, How Do you do! Hello Hello!!

Little Sir Echo, Come Dance with me, Hello Hello!!

"अच्छा...ओह आई सी।"

"क़ंबर मियाँ की सनसनीख़ेज़ शादी के बाद सर एको पहली बार सुनाई दिए। मगर ख़ाला ने किसी से ज़िक्र नहीं किया। रेडरोज़ की आग के बाद ज़ोर-शोर से ज़ाहिर हो गए। एक दिन हम सुबह को सोकर उठे तो घर में सन्नाटा। मालूम हुआ कि चंद रोज़ से छोटी ख़ाला निहायत Negative क़िस्म की पेशीनगोइयाँ करने लगी हैं और वह इत्तिफ़ाक से सही साबित हो रही हैं। पिछली रात उन्होंने ऐलान किया था कि कल तीसरे पहर तक यहाँ से एक जनाज़ा निकलेगा और शाम को नूरन की माँ चल बसीं। अब सब लोग सफ़िया ख़ाला से सहमे-सहमे फिर रहे थे।

"बताशन बुआ बोली—साया है, ओझे सयाने बुलवाएँ। उन्हें अम्मी ने झाड़ा। इसी दौरान परवीन ख़ाला चार रोज़ के लिए आन पहुँचीं। क़ाहिरा से आई थी और टोकियो जा रही थीं। तभी उन्होंने सफ़िया ख़ाला की उस पुरअसरार आवाज़ का नाम लिटिल सर एको रख दिया जो निहायत मौज़ूँ था और सही।

"विकी मामूँ ने हस्बे-आदत फ़लसफ़ियाना तबसरा किया—हम सब अहले-मशरिक़ लिटिल सर एको के जाल में गिरफ़्तार हैं।"

"मिसेज़ ढोंढी ने कोई राय न दी?"

"उन दिनों वह चाँदनी बेगम ट्रेजडी की वजह से बेहद नाराज़ थीं और मिलना-जुलना तर्क कर रखा था।...

"न्यूरोलोजिस्ट ने बतलाया। शदीद सदमात के असर से उनके दिमाग़ के नर्व्स, जिनका तअल्लुक़ बराहे-रास्त कान से है, वह मुतास्सिर हो गए हैं और इस वजह से जब भी उन नर्व्स पर ज़्यादा दबाव पड़ता है—उनके सब-कांशस में पोशीदा ख़यालात कान के नुक़्स की वजह से सुनाई देने लगते हैं।...

"नाना मियाँ के कारिंदे पं० दुर्गाप्रसाद ने जैन-फ़लसफ़े के क़िस्म की बात

की—बिटिया के चित्त के बारे में जो कुछ जो सोचता है वह भी सही है।····

"डॉक्टर ने जो दवाएँ उनको दीं, वह उन्होंने इस डर के मारे न खाईं कि कहीं उल्टा असर न हो—हम लूले तो हैं ही, आप लोग चाहते हैं बहरे भी हो जाएँ! दुनिया-वालों पर से उनका भरोसा उठ चुका था। फिर उन्होंने कंजूसी पर कमर बाँध ली। कालीचरन और नानी अम्माँ ने साज़बाज़ करके आमिल बुलवा ही लिया। अब बिल्ली के गले में घंटी कौन बाँधे? बताशन बुआ ने उनसे कहा। उन्होंने डाँटकर भगा दिया। चुनांचे बड़े मियाँ शागिर्द-पेशे की एक कोठरी में बैठे। तमाशा देखने हम भी पहुँचे। वह कुछ सुलगाकर हिल-हिलाकर कुछ पढ़ रहे थे—लोह बिन धार बिन धार बाँधूँ किया-कराया—भेजा-भिजाया बाँधूँ—दम-दम ज़िंदा शाह मदार! हमें यह नज़ारा बहुत भाया। खेलते-कूदते मकान में वापस आए और चिल्लाते फिरे—किया-कराया भेजा-भिजाया बाँधूँ दम-दम ज़िंदा शाह मदार!····

"अम्मी गैलरी में आ रही थीं। उन्होंने पकड़कर एक झापड़ रसीद किया। हम लड़कपन में बेइंतिहा शरारती थे।

"अब वह लिटिल सर एको मुद्दतों ग़ायब रहते हैं, फिर अचानक सुनाई दे जाते हैं। हमें ख़ाला के चेहरे की दहशत से अंदाज़ा हो जाता है, लेकिन वह चुपचाप अपने काम में लगी रहती हैं।"

"हाउ ड्रेडफुल! लेकिन सवाल यह है कि उन्होंने क़ंबर चचा को अपने नर्व्स पर इतना मुसल्लत क्यों किया? मँगनियाँ टूटती ही रहती हैं।"

"बचपन की निस्बत का रोमांस! बूढ़ी मामाएँ बतलाया करती हैं कि किस तरह तीज-त्यौहार पर क़ंबर मियाँ के हाँ सीनियाँ उठाते ख़ादिमों की क़तारें वारिद होती थीं। खिलौने, मिठाइयाँ, जोड़े, तोहफ़े, गाना-बजाना। यहाँ से इसी तरह उधर। सयानी हुईं तो क़ंबर मियाँ पार बसनेवाले हीरो न बनते?····

"रोमांटिक अंग्रेज़ी नाविलों और रोमांटिक फ़िल्मों के दौर में परवान चढ़ी थीं। तुम और हम नई Cynicism के परवरदा हैं और हमारी ज़िंदगियों से रोमांस कब का रुख़सत हो गया।"

"जानलेवा रोमांस था भई!"

"अरे हमारी ख़ाला तो सुना है जब कॉलेज में पढ़ती थीं इसी बारादरी में अपनी सहेलियों को बुलाकर दिलीपकुमार की सालगिरह मनाती थीं।"

"वाक़ई?" लैला ने क़हक़हा लगाया।

"वह बड़ी मासूम जनरेशन थी। हमें क़ंबर मियाँ थोड़े-से याद हैं। दुबले, पतले, दब्बू-से, हकलाते भी थे। लेकिन सुना है एक इनक़लाबी दानिशवर का हाला अपने गिर्द रखते थे। लड़कियों में बहुत मक़बूल थे।"

"मज़ीद बरआँ····चाँदनी बेगम के मुताल्लिक़ एहसासे-जुर्म भी शायद ख़ाला को बहुत सताता है। कम-से-कम उन्होंने चाँदनी बेगम के साथ अच्छा सुलूक किया होता,

तो वह उस बेबसी के आलम में रेडरोज़ न जातीं, जहाँ उसी रात जलकर भस्म हो गईं।"

"तुम्हारे बाक़ी घरवालों को यह एहसासे-जुर्म नहीं?"

"सिवाय विकी मामूँ के शायद किसी को नहीं। दरअस्ल, यह टॉपिक हमारे हाँ अनकहे तौर पर ममनूअ[1] है। विकी मामूँ को तो महीनों चुप लगी रही। इस वजह से नानी ने उनकी शादी आतो साहब की नवासी से तय कर दी। एक मकैनिकल गुड्डे की तरह उन्होंने ख़ामोशी से उसके लिए हामी भर ली।....

"नानी, अम्मी, परवीन, ख़ाला, ये बेगमात जान-बूझकर ज़ालिम या बेरहम नहीं थीं। महज़ इंसेंसेटिव, अपने-आप में मगन। वर्ना सदियों तक उनके तबक़े को यह ख़याल न आया कि भूखे-नंगे किसानों की मेहनत पर ऐश करने का उन्हें क्या हक़ है? और हमारे नाना मियाँ को महलख़ाना के मामलात की ख़बर नहीं होती थी, न परवाह। मैगी मुमानी के साथ भी यही हुआ।"

"पिंकी!" लैला ने ज़रा रुककर पूछा, "सफ़िया ख़ाला की आवाज़ भविष्यवाणी कैसे होती है? मेरी अम्मी तो कहती थीं यक़ीनन कहीं कोई जिन-विन होगा।"

सूरज डूब रहा था। नदी पर तैरता कोहरा बाग़ की सिम्त बढ़ा।

"डोंट बी सिली! विकी मामूँ बतलाते हैं एक रोज़ उन्होंने मुंशी पंडित दुर्गाप्रसाद से फ़रमाइश की कि चाँदनी बेगम की जन्म-कुंडली बना दें। उन्होंने नज़र भरकर उन बेचारी की पेशानी को देखा और बात टाल दी। तो क्या उनकी शक्ल देखते ही पंडित जी को इल्म हो गया था, वह बहुत जल्द मरनेवाली हैं? नॉनसेंस! चंद साल क़ब्ल छोटी ख़ाला बंबई गईं; वहाँ एक डिनर पर हरेंद्रनाथ चट्टोपाध्याय से मुलाक़ात हुई। उस वक़्त हरेन दा पर माना आया हुआ था। वह गोया एक बच्चा है जो अचानक उन पर आ जाता है, और वह बच्चों की आवाज़ में बोलने लगते हैं और बच्चों की-सी हरकतें करते हैं। वह दरअस्ल एक मँझे हुए पुराने अदाकार हैं, या शायद वह एक Alternative personality के मालिक हैं। इत्तिफ़ाक से ख़ाला को इसी डिनर में जाना रह गया। इस यक़ीन के साथ वापस आईं कि यह ख़ुद भी एक अलग शख़्सियत रखती हैं। लेकिन इस सूरत में उनको ख़ुद उस दूसरी आवाज़ में बोलना चाहिए था और उनकी हरकतें भी मुख़्तलिफ़ हो जातीं जिन्नात के असरवालियों की तरह। फिर उन्होंने सोचा कि यह किसी की रूह है। उनको बहुत समझाया कि अगर यह किसी की रूह है तो आप जापानी या तमिल में बात क्यों नहीं करतीं? आप ही की तरह क्यों बोलती हैं? अच्छा इससे पूछो कि रेडरोज़ में आग किसी ने लगाई या हादसा था और हादसा भी किस तरह पेश आया? उसकी क्या वजह थी? आवाज़ इस सवाल के जवाब में हमेशा ख़ामोश रही, क्योंकि ख़ुद सफ़िया ख़ाला को नहीं

---

1. मना।

मालूम। किसी को भी मालूम नहीं।"

कुहरा बारादरी के गिर्द मँडराने लगा।

"फ़ल्ली ने कहा—कम-से-कम कर्नल दोबुआ तो नहीं वर्ना आप फ्रेंच सीख जातीं ! इस पर यह खूब हँसीं। यह साल में एक या दो बार ही हँसती हैं। लेकिन शुक्र है, भूत-प्रेत के फेर में ज़्यादा नहीं पड़ीं।"

कान बजने के मसले पर लैला ने 'अड्डा' जारी रखा।

"सुनो ! टाम साहब कहता था—इनसान की खोपड़ी के अंदर पाँच ज़ेहन हैं, जिनमें से सिर्फ़ एक इस्तेमाल करता है।"

"यार, आदमी के एक ही दिमाग़ ने आफ़त मचा रखी है, तुम पाँच-पाँच ले आईं !"

"और टाम साहब ने कहा कि हर इनसान का एक चौथा डाइमेंशन भी है। उसका रिश्ता आदमी से समुंदर और साहिल जैसा है और इसकी लहरें इनसान पर आती-जाती रहती हैं। उन लहरों में पास्ट और फ़्यूचर दोनों मौजूद हैं। कभी-कभी उनका कोई पैग़ाम इनसान को अंदर ही सुनाई दे जाता है और यह चौथा डाइमेंशन आदमी की सारी उम्र की Time-Body है।"

"ज़रूर होगी। गोल करो ! और यह टाम साहब कौन बुज़ुर्गवार हैं ?" पिंकी ने कान खड़े किए।

"मशहूर आर्टिस्ट और होनेवाला मशहूर थिंकर, और वाक़या यह है कि वह भी कैलीफ़ोर्निया के पहाड़ों से उतरा था।"

"लारैब फ़न्ने-गुफ़्तगू यू० पी० के उर्दूवालों की ख़ास कॉटेज-इंडस्ट्री है। मगर बंगाली भी कम-तकरीरिए नहीं। अभी से डटकर मुकाबला किया चाहिए, वर्ना ब्याह के बाद यह बोला करेंगी और हम सुना करेंगे। नहीं-नहीं, ऐसा नहीं हो सकता !" खँखारकर ज़रा-सा ललकारे—"सुनो भाई लैला ! अभी कोई क़तई फ़ैसला नहीं किया जा सकता। यह मामला अभी इवॉल्यूशन की भूल-भुलैयों में पड़ा है।" आहा बेटा क़ैस, लाजवाब कर दिया।

भूल-भुलैया ! सोच की अंडरग्राउंड ट्रेन पर सवार क्षणभर में इमामबाडा आसफ़ी पर रुकीं, आगे निकलीं, सलातीन दक्कन के ग़मनाक़ उजाड़ लरज़ाख़ेज़ जुनूनी क़िले, पेचदार तारीक सुरंगें, तेज़रफ़्तार मशालबरदार रहबरों की सदाए-बाज़गश्त[1] – एको··· एको··· लिटिल सर एको, हाऊ डू यू डू? हैलो-हैलो ! लिटिल सर एको, कम डांस विद मी ! हैलो-हैलो !

जी भर आया। छुँगलिया से आँख के कोने खुश्क किए। पूअर, डियर सफ़िया ख़ाला !

---

1. Echo, प्रतिध्वनि।

अँधेरी सुरंग के बाहर अचानक तेज़ धूप। क़िला दौलताबाद की ख़न्दक के सब्ज़ काई और आबी पौधे। हयाते-अव्वलीं के नुक़ूश[1] और ऊपर जाती शिकस्ता क़दीम सीढ़ियाँ। ठंडे सायादार दरख़्तों के नीचे विराजमान ऐंटीक चीज़ें बेचनेवाले, दौलतमंद गैर सय्याहों को बेचते वज़नी टेढ़े-मेढ़े अरबी-फ़ारसी ठप्पोंवाले पुराने बादशाहों के, चमकीले इंग्लिश हरूफ़वाले सुडौल ईस्ट इंडिया कंपनी के, गोया शहरे-ईमान[2] से अहदे-डारविन तलक के सिक्के, जो हलवाहों को खेतों की मिट्टी में मिला किए, जैसे सुना है जुम्मा धोबी रेडरोज़ में हल चलाता था तो ट्रेन एक ख्वामख़ाह की ब्रांच लाइन पर चल पड़ी—वापस आई।

"राइट पिंकी, शायद तुम ठीक कहते हो।"

मिर्ज़ा ने बाँछें खिलाईं—कर दिया क़ायल! शाबाश बेटा क़ैस! चेहरे पर बुक़रातियत तारी करके दोबारा खँखारे, "देखो लैला बेगम! ऐसा है कि···" दूसरा सिगरेट सुलगाया, "कि ख़ाला की यह आवाज़ उनकी सायकी के अंधे कुएँ की गूँज है जो महज़ उन्हें सुनाई दे जाती है, जैसे सीप में समुंदर की गुनगुनाहट।"

"अंधा कुआँ!"

"लैला, अव्वलीन इनसान[3] तो बोलना ही नहीं जानता था। फ़र्ज़ करो हमारा इरतिक़ा[4] उस स्टेज पर पहुँच जाए जब हमारे अंदरूनी ख़यालात भी दूसरों को सुनाई देने लगें। हमारे तसव्वुरात सिनेमा-स्क्रीन की तरह नज़र आएँ।"

"इरतिक़ा की अगली मंज़िलों के लिए अभी लाखों बरस बाक़ी हैं। हाँ पिंकी, वह रेडरोज़ वाला अंधा कुआँ मैंने आते ही पूरा मिट्टी से पटवा दिया था। वहाँ भंग उग आई है। वह उखड़वा फेंकी। सुना है पहले वहाँ पर हिप्पी जमा हुआ करते थे।"

पिंकी ने सफ़िया को आवाज़ दी—"छोटी ख़ाला! सर्दी हो गई, अब अंदर आ जाइए।" फिर लैला को मुख़ातिब किया—"बात यह है कि जब यह किसी वजह से बहुत ज़्यादा बेचैन या फ़िक्रमंद होती हैं, उनके दबे हुए-से ख़ौफ़ कान की एब्नॉर्मल ख़राबी की वजह से आवाज़ बन जाते हैं। पिछले दिनों यह तुम्हारी ज़मीन पर अपने किंडर गार्टेन की तामीर के सिलसिले में बहुत एक्साइटेड थीं। वसवसे फिर सुनाई दिए— मना कर रहे हैं! मना कर रहे हैं! अब वह इस फ़िक़रे को मंदिर-मसजिद से जोड़ रही हैं। अभी कह रही थीं कि यह ज़मीन ही मनहूस है।"

लैला ने आहिस्ता से कहा, "पिंकी, यह वहम तो मेरे दिल में भी पड़ गया है। डैडी ने शायद उन ग़रीब मीरासियों की हक़तल्फ़ी की, मुक़द्दमा लड़ते-लड़ते बेचारे पैसे-पैसे को मोहताज हो गए और हम उस झोंपड़पट्टी को उजाड़ने वाले हैं।"

पिंकी ने सिगरेट का तवील कश लिया।

---

1. जानदार चीज़ों की पहली झलक, 2. Age of Faith., 3. आदि मानव, 4. प्रारंभ।

"लैला, यह वहम नहीं। तुम्हारे ज़मीर[1] की आवाज़ है। क्या तुम उस आवाज़ को सुनने के लिए तैयार हो? क्या तुम रोज़ हाउस की जगह उन झोंपड़ीवालों के लिए सस्ते क्वार्टर बना दोगी?"

सफ़िया वापस आती दिखाई पड़ीं।

"जहाँ तक ख़ाला के वहमों का सवाल है, अगर एक···"

फ़ौरन चुप हो गए, क्योंकि सफ़िया हौज़ के क़रीब पहुँच चुकी थीं।

"क्या?" लैला ने चुपके से पूछा।

"एक अदद छोटे ख़ालू।"

सफ़िया के कान बहुत तेज़ थे। ज़ोर से डाँटा—"बको मत" और कोठी की तरफ़ चली गईं।

"घूमने जाएँ···सैरो-सियाहत करें।"

"कंजूस हैं और हवाई सफ़र से डरती हैं। आज तक मुल्क से बाहर नहीं गईं, सिवाय कराची।"

गरम चादर लपेटे खुशक़दम बुआ नमूदार हुईं, "भैया। ख़ासा चुनवाईं?"

"हाँ बुआ, क्या-क्या पकवाया है?"

"लैला बिटिया के लिए ख़ास तीन क़िस्म की मछली—खंडले और सालन और कबाब।"

धुंध में टॉर्च चमकी। बजरी पर क़दमों की चाप।

"आहा, मेराज साहब!" पिंकी कुर्सी से उठे, "आदाब!"

"जीते रहिए!" सर से मफ़लर लपेटे मेराज़ साहब अंदर आए, "अभी से ठंड पड़ने लगी।"

"दिसंबर आ गया मेराज साहब!"

लैला ने सलाम किया।

"मिस सरोश, आप बंगाल से कल आई हैं।"

"जीते रहिए! हमारे ज़माने में यहाँ एक भोले-से शायर हुआ करते थे—'सलाग' मछलीशहरी।"

"वही जिनके लिए 'मजाज़' ने कहा था कि शायरों के एटम बम हैं। वह हिरोशिमा पर गिरा था, आप हमाशुमा पर गिरते हैं।"

मेराज अहमद ने क़हक़हा लगाया, "आपको कैसे याद रहा?"

"हम लड़कपन में विकी मामूँ के साथ अदबी महफ़िलों में जाया करते थे।"

"यह उनकी एक नज़्म की पहली लाइन थी। बीबी, हमें आपके चचा के मुताल्लिक़ मालूम हुआ। अफ़सोस! हिरोशिमा का एक ही फ़ाल-आउट था, ख़त्म हो

1. अंतरात्मा।

गया। हमारे क़ौमी अलमियों के फ़ाल-आउट बेशुमार हैं। न जाने कब तलक जारी रहेंगे।"

"इत्तिफ़ाक से अच्छे मौक़े पर आए मेराज साहब! आप यह गवाही दे सकते हैं कि पीपलवाला मंदिर कोठी के अहाते में शामिल था।···अरे बुआ, बस? कम-से-कम सात क़िस्म की मछली होती!"

"बिल्कुल! दरख़्त की खोह में एक महादेव जी रखे हुए थे। मुंशी भवानी शंकर 'सोख़्ता' ने उसके गिर्द चबूतरा बनवा लिया था। उस पर बैठकर ज्ञान-ध्यान करते थे। हमने बरसों यह मंज़र देखा।"

"जन्नत-मकानी की ज़िंदगी में सात क़िस्म की मछली पकती थी।" बुआ ने कहा।

"वह कौन साहब थे?" लैला ने चुपके से पूछा।

"नाना मियाँ···अपने नामवरतरीन गूरमे···जी मेराज साहब, आप यही बयान दीजिए।"

"पब्लिक का इस वक़्त जो मूड है, हमारा बयान माना जाएगा? पिंकी मियाँ, आज बरसों के बाद हमारे अंदर ख़्वाबीदा प्रेस-रिपोर्टर जाग उठा। हम सुबह-सवेरे ही आपकी साइड पर पहुँचे। वहाँ एक अजूबा देखकर दंग रह गए। बात मामूली है, मगर बेहद सिम्बोलिक! सुनिए, हम लोगों ने एक रेडरोज़ पार्टी बनाई थी। उसके टिकट पर क़ंबर मियाँ इलेक्शन लड़े। दराँती के अंदर गुलाब और हथौड़ा हमारा निशान था। हम ही ने उसका ब्लॉक बनवाया। पीतल के दो साइनबोर्ड बरामदे में रखे थे। ये 'लोगो' तीनों रिसालों के सरवर्क़ पर भी छपा था। वर्षों बाद जब जुम्मा धोबी को हल चलाते हुए वो दोनों प्लेटें मिलीं, उन्होंने मिट्टी से निकालकर मसजिद की दीवार से टिका दीं। आज यह बात हमें वहीं मालूम हुई। अब जनाबे-आला, मंदिरवालों ने एक तख़्ती पर से हथौड़ा और गुलाब खुरचकर दराँती को त्रिशूल बना दिया है। दूसरी पर से मसजिद-कमेटीवालों ने हथौड़ा मिटाकर दराँती को हलाल और गुलाब को सितारे की शक़्ल दे दी है। दोनों बोर्ड आमने-सामने नस्ब कर दिए गए हैं। हम फिर भी यही कहेंगे कि ये मामला त्रिशूल और इस्लामी सिम्बल के चक्कर में ज्वालामुखी बन सकता है।"

ख़ुशक़दम बुआ वापस गईं।

गवाही की बात पर लैला फिर सोच में पड़ीं। किसे मालूम उन तीनों की जान कितनी अज़ीयत से निकली!—क़ंबर—बेला—चाँदनी। बेसाख़्ता मुँह से निकला, "कोई गवाह नहीं।"

"मसजिद भी निजी थी।" मेराज अहमद ने कहा।

"गवाही।" गर्म ड्रेसिंग गाउन और कनटोप पहने विकी मियाँ सामने खड़े थे, "हम शेख़ज़ादों के मुताल्लिक़ गवाही देने आए हैं।"

तभी दूर नदी के उस पार पुलिस-लाइन में शाम बिगुल बजा। एड़ी पर घूमकर

उसकी बेहद मद्धिम आवाज़ की तरफ़ मुतवज्जह हुए।

"ग़ौर से सुनो !—ला-ला-ला-ला-ला-ला-ला-डी-डी- बरतानवी पास्तान शनासों ने क़दीम रोमन नोटेशन खोद निकाले हैं और रोमन साज़—और उनके नग़मे कंपोज़ किए हैं और उनमें से चंद सेकंड की एक धुन—और यह नोट पहचाने तो—हमने सोचा, ये रोमन एम्पायर की छावनियों में बिगुल बजाई जाती होगी और रोमन बरतानिया में।"

शाम के साउंड स्केप में वे चारों अपनी जगह तन्हा और ख़ामोश, कोहरे को देखा किए जो बेआवाज़ सुरों की तरह डोल रहा था।

फिर विकी मियाँ ने कहा, "यह सब इब्तिदा से कैसे हुआ और क्यों हुआ? शे'र—आदमी कोई हमारा...[1] ?"

"पिछले दस हज़ार साल में," मेराज अहमद ने कहा, "कभी-कभी बात बदल भी तो गई है !"

"लेकिन मुस्तनद गवाह ढूँढ़ने से मिल भी सकते हैं।" पिंकी ने कहा।

विकी चौंके, "रोमन ट्रंपेट और पैन पाइप और बरबत और बत्तख़ों और भेड़ों की हड्डियों से बनी वाइकिंग बासुरियाँ।"

"हड्डियों की बासुरियाँ? वह मतवातिर बज रही हैं...जब इनसान पैदा हुआ और मरा।" मेराज अहमद ने कहा।

फिर वे सब चुप हो गए।

किसी ने कुतुबख़ाने का दरीचा अंदर से बंद कर दिया।

"मामूँ मियाँ, कुछ मालूम हुआ ?" पिंकी की आवाज़ धुँधलके में उभरी।

"हाँ, मगर मुकम्मल तौर पर नहीं। नामालूम वह कितनी तकलीफ़ में थे जब वह मच्छी भवन से निकाले गए।"

"मेरी चची और कज़िन—उनके आख़िरी ख़यालात, आख़िरी अल्फ़ाज क्या थे जब वह मारे गए?" लैला ने कहा।

"लेकिन बीबी," मेराज अहमद बोले, "हम खुश हैं कि आपके हाँ दराँती और हथौड़े की सरकार ने कम-से-कम एक क़िस्म की मारामारी तो ख़त्म करवा दी।"

"जी हाँ, लेकिन अब ऐथनिक—जी० एल० एफ० ने दार्जिलिंग में..."

"माफ़ करना। हम बहुत अर्से बाद वापस आए हैं।"

"गोरखा लिबरेशन फ्रंट।"

"और नक्सलबाड़ीवालों का क्या ख़याल है ?"

"हमारा कारोबार तो नक्सलबाड़ी ही में फैला हुआ है और दवारज़ के वर्कर CITU में शामिल हैं।"

---

1. पकड़े जाते हैं फ़रिश्तों के लिखे पर नाहक़
आदमी कोई हमारा दमे-तहरीर भी था। —'ग़ालिब'

"और बीबी, ये CITU क्या है ?"

वे चारों बातें करते बारादरी से निकलकर मकान की सिम्त बढ़े।

"इंशाअल्लाह मैं मैसूर और दार्जिलिंग जा रही हूँ। कलकत्ते से आपके लिए क्या भिजवाऊँ ?" लैला ने खाने की मेज़ पर निहायत अख़लाक के साथ सफ़िया से पूछा।

"कुछ नहीं, शुक्रिया !"

"अरे छोटी ख़ाला, बंगाली साड़ी भी नहीं ? हमारे लिए तो किसी आते-जाते से भिजवा देना !" शहला ने कहा।

"अच्छा तो ढकई ?" लैला ने फिर पूछा।

"ढकई ? मैं तो इतनी बारीक झन्नकतार साड़ियाँ नहीं पहनती, थैंक यू !"

ज़रीना सुल्ताना नीची आवाज़ में पिंकी से पूछ रही थीं, "मेराज साहब बार-बार अहाता सितारा बेगम का ज़िक्र क्यों करते हैं ?"

"अम्मी ! अमरीका में डॉक्टरों ने कैंसर बताया है। वहाँ इलाज करवाने के बजाय चुपके से घर लौट आए। अभी बतला रहे थे कि उनके लड़के पकड़कर वापस ले जाने के लिए अनक़रीब पहुँचने वाले हैं।"

तवील मेज़ के सिरे पर विकी मियाँ मेराज मियाँ से मुख़ातिब थे—"भाई, हमने तो अपना कत्बा[1] भी लिख लिया है—'यह तो हो गया। अब उसके बाद··· ?' "

---

1. Tomb Stone।

टीपू सुल्तान बार

टालीगंज क्लब कलकत्ता के फ़िरंगी सिकत्तर चेहरे-मोहरे, चाल-ढाल से ख़ालिस साहब थे। पिछले बरामदे में खड़े नए साल की तैयारियाँ मुलाहज़ा कर रहे थे। ब्रिटिश राज की बची-खुची यादगारों में से थे, जिस दौर की झलक उनकी मौजूदगी की वजह से खुशगवार, उदास, रूमांटिक बरतानवी फ़िल्म-रील की तरह आँखों में फिर जाती थी। वह एक व्यक्ति के बजाय एक दशा-से मालूम होते थे। अलग ब्रिटिश सेंस ऑफ़ ह्यूमर की बदौलत उन्होंने अपने प्यारे कुत्ते का नाम विक्टोरिया मेमोरियल रख छोड़ा था। बैरे का नाम बंदूक था जो जिब्राल्टर की चट्टान की तरह उनके पीछे खड़ा था।

क्लब का 'फ़ारपोलियन' जगमगा रहा था—

Come fleety come fleety, my hookabardar,
For the sound of the tom-tom is heard from afar.
"Banoolah! banool ah!" the brahmins are nigh,
And the depth of the jungle re-echo thier cry.

Pestonjee Bomanjee
Smite The Guiter.

Join in the Chorus, My Hookabardar

जिस अंदाज़ से सिकत्तर साहब बरामदे में खड़े थे, इस तरह शायद कोई आख़िरी रोमन नए-नए मसीही बरतानिया के किसी बाक़ी माँदा रोमन इमारत के सुतून से टिका गुरूबे-आफताब का नज़ारा करता होगा। या, बनी उमैय्या[1] का कोई हारा हुआ मूर कैथोलिक बादशाह के जीते हुए शहर में किसी मेहराब के पीछे डूबते हिलाल[2] को देखता होगा। क्या मालूम !

भारतवर्ष में गिनती के चंद बूढ़े अंग्रेज़ अब भी मौजूद हैं कि हर साल क्रिसमस

---

1. इस्लामी उनदलस के शासक जिन्होंने सात सौ वर्ष तक हुकूमत की, 2. पहली तारीख़ का चाँद, इस्लामी निशान।

पर मुल्क के इंग्लिश अख़बारों में वह "बड़े दिन" याद करते हैं, जो उन्होंने दूर-दूर के इज़िला में अपने माँ-बाप की बड़ी कोठियों में मनाए। जब हाल एंड एंडर्सन कलकत्ता, मरे कंपनी और आर्मी एंड नेवी स्टोर्ज़ से मँगवाए हुए करेट उतारकर बरामदे में रखे जाते थे, वह टमटम पर बैठकर चर्च जाते और उनकी खुशमिज़ाज बूढ़ी दादी ख़ुफ़िया ख़ानदानी नुस्ख़े से वाइन बनाकर मेहमानों को पेश करती थीं।

इम्पीरियल तहज़ीबों के ख़ात्मे के बाद पसमाँदगान के लिए वक़्त सब्र-आज़मा है।[1]

इन क़दीम ख़्वातीन व हज़रात को मग़रिबी फिल्मसाज़ ब्रिटिश राज के मुताल्लिक़ पिक्चर बनाने के लिए बतौर सलाहकार ढूँढ़ निकालते हैं और मशहूर हिंदुस्तानी अदाकार निहायत फ़ख़्र के साथ खानसामा, बैरे, आया, क्लर्क, और हास्यास्पद "नेटिव" करेक्टर के रोल में उन फ़िल्मों में अदा करते।

जिस तौर पर बंगाल क्लब में अब तक अगाथा क्रिस्टी के नाविलों के सुर्ख़ चमड़े से जिल्दबंदी की जाती है, टालीगंज क्लब में भी कोलोनियल माहौल बरक़रार है।

कहते हैं बरतानिया सिर्फ़ दो दुश्मनों से लरज़ा। उस तरफ़ प्रशा यानी जर्मनी, इधर हैदर अली और टीपू। इन बाप-बेटे के तदब्बुर[2] और दिलावरी से ख़ौफ़ में थे और उनकी बहादुरी की प्रशंसा भी करते थे। 'टीपू' उनका 'बाग़ी' नहीं था। बेपनाह ज़हीन, ताक़तवर और जरी उनकी टक्कर का दुश्मन था। चुनांचे वेल्ज़ले कमसिन शहज़ादों के साथ बड़े प्यार से पेश आया।

अट्ठावन बरस बाद दिल्ली और लखनऊ के पुश्तैनी पेंशनयाफ़्ता फ़र्ज़ी बादशाहों के लिए अंग्रेज़ों का रवैया बदल गया। मुग़ल शहज़ादों को 'बग़ावत' के जुर्म में क़त्ल किया, जो ज़िंदा बचे उन्हें ज़लीलो-ख़्वार। नाअहलों[3] का यही हश्र होता है। कोरस में गाओ ऐ हुक्क़ा-बरदार—

Heed not the blast of the deadly monsoon.
Nor the brahmputra that gleams in the moon,
Stick to music, and oh, let the sound
Be heard with distinctness a mile or two round.

Jamsetjee Jeejeebhoy!
Sweep the guitar.

Join in the chorus, my hooka-bardar.
Art thou a buddhist, or dost thou indeed
Put faith in the mighty Mohammedan creed?

---

1. किसी भी इम्पीरियल तहज़ीब के अंत के बाद उसके बचे हुए लोगों के लिए वक़्त कठिन हो जाता है,
2. मनन, 3. अयोग्य।

Art thou a ghebir – a kindly Parsee?
Not that it matters an atom to me.

Cursetjee Bomanjee!
Twang the guitar.

Join In The Chorus, My Hooka-badar.

आज़ादी के बाद बंगाल की दो मर्तबा उखाड़-पछाड़ के बावजूद जो आवाज़ें हेनरी लीह[1] को गुज़श्ता सदी में घने जंगलों से बुलंद होती सुनाई दी थीं, वो हैं कि अब भी आए चली जा रही हैं।

आलीशान और मुन्नवर मसजिद टीपू सुल्तान के सामने से गुज़रते हुए ताहिर अली सरोश फ़ीलफ़रोश के ड्राइवर अब्दुल मजीद ने क्लब के बाहर कार रोकी। शेख़ साहब बरामद हुए। उनके गंजे सिर के गिर्द आवेज़ाँ सफ़ेद बालों की झालर हवा के झोंके में यूँ उड़ी कि वह एक देवमालाई मख़लूक नज़र आए, या ग़ज़बनाक मिर्रीख[2]। एक टेलीग्राम गुस्से और परेशानी की वजह से उनकी उँगलियों में लरज़ाँ था।

टीपू सुल्तान बार की तरफ़ मुड़े।

सत्तार बैरा रास्ते में मिला।

"अरशद मियाँ जैसे ही आवें, इधर भेज देना!" बार में जाकर स्टूल पर बैठ गए।

विक्टोरिया मेमोरियल टहलते हुए अंदर आया। चक्कर लगाकर चला गया।

चंद मिनट बाद एक और जेंटिलमैन दाख़िल हुए—"आदाब अर्ज़ भाई जान!"

शेख़ साहब ने तार उनको पकड़ाया—"निखिल राय, सुब्रतो चक्रवर्ती, तरुनदास और यह ख़ाकसार, सबके गोदाम और बँगले जला दिए गए—जंगलों में मोर्चे।"

"भाईजान! आपको भी इसी इलाक़े में कारोबार फैलाने की क्या ज़रूरत थी?"

"दुनिया में कौन-सा इलाक़ा महफ़ूज़ है? बहरहाल, लैला अपने मंगेतर की पार्टनरशिप में नई प्रोजेक्ट मैसूर में शुरू कर रही है। ख़ातून यप्पी।"

"आहा! संदल के जंगल ! अफ़सानवी कारोबार!"

शेख़ साहब त्योरी पर बल डाले बैठे रहे। थोड़ी देर के बाद बोले, "सुनो मियाँ अरशद!" हाथी की आँख से एक मुन्ना-सा आँसू टपका, "मेरा छोटा भाई मज़हर अली अपनी मुकम्मल बरबादी के बाद जा-ब-जा धक्के खाता फिरा। तीन मुल्क बन गए—एक पुराना, दो नए। फिर भी लोगों को चैन नहीं, क़रार नहीं, सुकून नहीं। मारे-मारे फिरते हैं। मारे जाते हैं। ज़मीन घूम गई। मज़हर अली ने सिलहट में खरीदी। वह उसके पाँव तले से निकली। दोवाज़ें में मेरी कुल ज़मीन गई। पुरखों की जो लखनऊ में मिली उसमें बाधा पड़ गई।"

विक्टोरिया मेमोरियल फिर अंदर आया।

---

1. एक अंग्रेज़ी कवि जो हिंदुस्तान में आया था, 2. मंगल ग्रह के वासी।

"सिर्फ़ विक्टोरिया मेमोरियल ही अटल है। हैलो विक!"

"हम इस नतीजे पर पहुँचे हैं कि हमें अपने आबाई गाँव ही से नहीं निकलना चाहिए था।"

"भाईजान, लैला किस वक़्त आएँगी ?"

"आती होंगी। न्यू मार्किट गई हैं। सुनो अरशद मियाँ, हमारे बुजुर्ग शेख़ज़ादे थे। उनको कोई नहीं जानता, क्योंकि हार गए थे। शाहाने-अवध की धूम मची है, क्योंकि वह जीत गए थे। क्या वह शयूख़ बाँके लोग नहीं थे? क्या वह लखनऊ के अकबरी दरवाज़े पर तलवार नहीं लटकाए रखते थे कि कोई फ़ीलनशीन[1] उनके सामने से बग़ैर सर झुकाए न निकल सके? क्या वह बाँगड़ू थे? अजी साहब, मदरसा फ़िरंगी महल उनके दौर में क़ायम हुआ। मच्छी भवन और पंजमहला उन्होंने बनवाया। और जाने क्या-क्या किया होगा! मगर तारीख़ फ़ातेह[2] लिखवाता है।"

"जी भाई जान!"

"लेकिन अरशद हुसैन, तुमको मालूम है ज़मीन का असल मोल क्या है?"

"भाव इतनी तेज़ी से बढ़ रहा है कि लोग-बाग करोड़ों में बात करते हैं।"

"जी नहीं। लैला अभी लखनऊ के भाँडों से मालूम करके आई हैं। ज़मीन की क़ीमत है महज़...एक शीशी इत्रे-गिल...सुब्हान अल्लाह! सुब्हान अल्लाह!"

एक आँसू और गिरा।

"भाईजान, सुना है मारवाड़ी बंगालियों को चाय बगान से बेदख़ल कर रहे हैं।"

"सरमायादार सरमायादार को, बादशाह बादशाह को, नेता नेता को, सब हमेशा एक-दूसरे को बेदख़ल करते आए हैं। अरशद मियाँ, जब नवाब बुरहानुलमुल्क ने मच्छी भवन पर हमला किया, शेख़ज़ादे उनके समने हाथ जोड़कर खड़े हो गए—हमारे लड़के चेचक में मुब्तिला हैं, क़िला ख़ाली करने के लिए चंद रोज़ की मोहलत दीजिए। नहीं साहब, उसी वक़्त तहस-नहस कर डाला मच्छी भवन। मुग़ल फ़ौज ने लूट मचाई। पूरे एक सौ बीस बरस बाद अंग्रेज़ों ने इसी तरह वाजिद अली शाह से लखनऊ ख़ाली करवाया। हमने लैला से कहा कि मज़हर अली तो गए! उनकी क़िस्मत में न था कि फ़रीदा-फ़रहाना को दुल्हन बना देखते!" आँसू तेज़ी से रवाँ हुए, "हम भी जाने किस लम्हा उठकर चलते बनें! तुम अब चचा के सोग से निकलो और अपना जहेज़ बनाओ ताकि हम तुम्हें अपने सामने डोली में बिठा सकें। चुनांचे लैला परसों मटियाबुर्ज गई थी दर्ज़ियों के पास। शाही इमामबाड़े में अजीब दिल दुखानेवाला मंज़र देखा। बादशाह की तुर्बत के सामने सीनी में सिक्के पड़े थे। एक ग़रीब बुर्क़ापोश मन्नत मान रही थी। लो साहब, जाने-आलम भी पीर बन गए!"

"भाईजान! कहते हैं कि वाजिद अली शाह ने सारी उम्र नमाज़े-फ़जिर क़ज़ा नहीं

---

1. हाथी पर बैठकर घूमनेवाला रईस अमीर, 2. जीतनेवाला

की। उनको अंग्रेज़ों ने बहुत बदनाम किया। आप भी फ़रमा रहे थे कि तारीख़ फ़ातेह लिखवाता है, और क्या पता वह पहुँचे हुए बुज़ुर्ग ही रहे हों ! ये रूहानी मामलात हैं।"

"बेशक...बेशक ! तुम्हारी डाईवोर्स्ड बीवी रोमीला का भी तो यही कहना था कि तुम उसकी चित्रकार आत्मा नहीं पहचान पाए और वह लेदर बिज़नेस की स्पिरिट न समझ सकी। ये सब रूहानी मामलात हैं। अच्छा, लैला बतला रही थीं कि तुम फिर सेटल होना चाहते हो ? हेलो... ।"

एक और जंटिलमैन आनकर स्टूल पर बैठे।

"चक्रवर्ती ! यह मेरी बीवी के कज़िन हैं—मिस्टर अरशद हुसैन। कानपुर के लैदर-किंग।"

"अरे कहाँ भाईजान ! हम शम्सी बिरादरी[1] से क्या मुक़ाबला कर सकते हैं।"

"ओह...हेलो—यह तुम्हारा शाला है !" चक्रवर्ती ने बाँछें खिलाईं। बेगम ताहिर जलपाइगुरी की रहनेवाली थी। अरशद हुसैन को हमवतन बंगाली समझकर चक्रवर्ती ने गरमजोशी से मुसाफ़ा किया और फ़ौरन बँगला में गुफ़्तगू शुरू कर दी।

"यह महज़ आधे बंगाली हैं।" ताहिर ने बतलाया, "बँगला नहीं बोल सकते। उनका फ़ादरलैंड सूबा बिहार है।"

"साहब !" सत्तार बैरे ने हाज़िर होकर चक्रवर्ती को मुख़ातिब किया, "लेडी घोष तशरीफ़ ले आईं। आपको सलाम बोला।"

"जाओ चक्रवर्ती, तुम लेडी चक्रवर्ती के साथ ब्रिज खेलकर अपना ग़म ग़लत करो।" ताहिर अली ने कहा।

वह साहब अरशद हुसैन से माफ़ी माँगकर उठ गए।

ताहिर अली ने बात जारी रखी, "लेडी घोष ब्रिटिश राज की बची-खुची यादगार हैं। अस्सी के ऊपर निकल गईं मगर पाबंदी से ताश खेलने क्लब आती हैं। और ज़मीन चक्रवर्ती के पाँव-तले से दोबारा निकल गई। उसके वालिदैन सन् 47 में ढाका से यहाँ आए थे। उसने दोवाज़ें में कारोबार जमाया। तो वह सब कल-परसों बर्बाद हुआ। यह टालीगंज क्लब जहाँ तुम बैठे हो, साढ़े चार मुरब्बा मील का इलाक़ा वेलज़ली ने टीपू सुल्तान के लड़कों को दिया था।"

"अरे इतनी बड़ी सल्तनत मैसूर उनके बाप से छीनी तो यह इतनी-सी ज़मीन भी उन यतीम बेआसरा बच्चों को न देते !"

"मियाँ, अभी एक रोज़ हम एक रिक्शा पर बैठे, मालूम हुआ कि रिक्शावाला शेरे मैसूर की औलादों में से है। क्या वह एक जेट पायलट नहीं बन सकता था ? क्या चीज़ रोके थी ?"

"अफ़लास[2] ।"

---

1. दिल्ली, कानपुर और कलकत्ता के पंजाबी सौदागर, 2. गरीबी।

"ग़रीबी ब-वजह असराफ़[1] ।क्या ग़रीबों की औलाद ऊँची तालीम हासिल नहीं कर लेती ? अहले-हनूद[2] को देखो। सुनो अरशद हुसैन, राजा राममोहन राय और टीपू सुल्तान दोनों एक ही वक़्त में थे और दोनों नए हिंदुस्तान के पैग़ंबर। टालीगंज में मैट्रो स्टेशन तामीर हुआ है। राममोहन राय के नामलेवाओं ने कलकत्ते की ज़मीन के नीचे रेल चला दी। टीपू की औलाद इसी ज़मीन पर रिक्शा खींच रही है, पौने दो सौ साल कलकत्ते जैसे तालीमी शहर में रहने के बाद।" ताहिर अली ने रूमाल निकालकर आँखें ख़ुश्क कीं।

अरशद हुसैन ने घड़ी देखी—"अच्छा तो भाईजान, हम अब···"

"या वहशत ! अभी कहाँ चले शाह साहब ?"

"क़िब्ला, हमें कलकत्ते आए चार रोज़ हुआ, दस अख़बार में दो ही स्टोरी पढ़ा। हर जगह महज़ दो तज़करा है—गोरखाग्रर्दी और उनमें शामिल दिलावर-अनवर। बलाकशाने बलादे कलकत्ता[3] ।"

"पहला क़िस्सा तबाहकुन, दूसरा क़िस्सा इबरतनाक[4] ।" शेख़ ने सर हिलाया।

"सुनते हैं दोनों साहबज़ादगान फ़ाक़ाकश की रिक्शाकशी महज़ एक रिक़्क़त-आमेज़ अफ़साना है। फ़रीक़े-सानी के ख़िलाफ़ पब्लिक की हमदर्दी हासिल करने की ग़रज़ से, क्योंकि ट्रस्ट के दिगरगूँ मामलात एक बार फिर प्रेस में आ गए हैं। सुना है टीपू की डायरेक्ट संतान के मुताबिक़ यह मुफ़लिस कुनबा[5] बेज़ाब्ता और गैर-मुसद्दका आयेली रवीबित की वजह से क़ानूनन हक़्क़े-वरासत नहीं रखता।"

मकना हाथी ने कान फटफटाकर तीन लँगड़ी चींटियाँ सूँड़ से झाड़ीं।

तीन अदद बद-हाल नफ़र सर झुकाए अदालत से बाहर निकले जो लखनऊ हाईकोर्ट था।

लंबूतरे चेहरेवाले फर्स-सवार[6] ने अपनी रुपहली अयाल[7] झटककर साग़र[8] उठाया।

"मियाँ साहबज़ादे ! आज तुमने भारी जैकेट पहनी है।"

"हवा भी तो बहुत तेज़ है। यह मेरे ही कारख़ाने की बनी हुई जैकेट है।"

गजपती आबे-अहमरी[9] बहुत पी चुका था। किनारे पर वापस आनकर गिड़गिड़ाया, "रंगे सियार[10] का यह भट—जब शेर के बच्चों[11] ने अपनी कछार बनाया।"

"मने··· ?" एक नौजवान मारवाड़ी ने सवाल किया।

"बा-अलफ़ाज़े-दीगर नील के एक फ़िरंगी प्लांटर से आल टीपू ने यह कोठी

---

1. फ़ुज़ूलख़र्ची, 2. हिंदू, 3. कलकत्ता शहर के मुसीबत खींचनेवाले, 4. शिक्षाप्रद, 5. ग़रीब ख़ानदान, 6. घुड़सवार, 7. घोड़े की गर्दन के बाल, 8. जाम, 9. लाल पानी यानि शराब, 10. अंग्रेज, 11. टीपू के बेटे।

ख़रीद ली।"

"क्या वह अपने साथ बहुत-सा माल वेल्लूर से लाए थे?"

"नहीं। महज़ हिम्मते-खुदादाद जिसकी बदौलत शाहज़ादा गुलाम मुहम्मद इब्ने-टीपू सुल्तान ने व्यापार में हुन बरसाया। और हुन के सिक्का विजयनगरम का था। सिक्का दौलत विक्टोरिया में ढल चुका था।" शेख़े-नख़लिस्तान[1] बाआलमे-सुरूर[2] दरियाए-लताफ़त वो-बलाग़त व इल्मियत[3] की लहरों में डुबकियाँ लगाता था।

"हुन—हूँ-हूँ!" मॉडर्न मारवाड़ी अपनी लाइन की बात सुनकर झूम उठा। सारा सुनहरा संसार लाल कपड़ों में लिपटी एक विशाल महान् बही है—खाता, पोथी; बाक़ी सब बेकार का तूमार[4] जो कि बेवकूफ़ लोग मुख़्तलिफ़ ज़बानों में लिखते चले आते हैं। असल ज़िंदगी का स्क्रिप्ट मुड़िया है, जिसमें बही क़लमबंद की जाती है। देखो कि बंगाल की लाल सरकार भी लाल पोथी उनसे छीन नहीं सकी।

"प्रिंस गुलाम मुहम्मद ट्रस्ट की मिल्कियत..."

"जी साहब, आधा कलकत्ता पकड़ो।" मारवाड़ी ने बात काटी।

"शहर के अंदर, शहर के बाहर, गोल्फ़ कोर्स, रेस कोर्स, यह क्लब, वह क्लब, सेंटर में इतनी बड़ी रियल स्टेट—कितने अरब?"

लम्हे-भर के बाद शेख पीलपैकर ने ख़ुद ही हाज़रीने-महफ़िल को जवाब दिया, "लेकिन—बसबब-इफ़्तिराक़ व चपक़लिश ख़ानदानी माबैन मुतवल्लियाने-औक़ाफ़ शहज़ादा मैसूर..."

अक्सर कामयाब इनसान अपने लिए एक ख़ामोश आडिएंस चाहते हैं। अरशद हुसैन ने सोचा। इसी वजह से उनके तीनों लड़के रस्सी तुड़ाकर तड़ी हो गए। मकान पर रह गई बेचारी आपा जान। मोम की मरियम और बेटी लैला। नई पीढ़ी की छोकरी, फावड़े को फावड़ा पुकारनेवाली। बाबा की सरचढ़ी और लाडली। उनकी लच्छेदार गुफ़्तगू सुनती है और कठहुज्जती भी करती जाती है। बाद में बतलाती है—रशो गामूँ! डैडी बात अकसर पते की करते हैं।

जब से मिस्टर हुसैन ने मद्रास और बंबई की फ़िल्म-कंपनियों को घोड़े मय साज़ो-चाबुक-सवाँरा सप्लाई करने शुरू किए, शो-बिज़नेस की मशहूर हस्तियों को भी लगातार बेथकान बोलते सुन चुके थे, आदी थे। लेकिन उस वक़्त दोबारा घड़ी देखी।

बहनोई ने अबरू उठाकर फिर सवालिया नज़र उन पर डाली—"अज़ीज़ेमन! इतनी उजलत किस वास्ते?"

"बेगम के हीरे, भाईजान!"

---

1. जंगलों का मालिक, 2. नशे की तरंग में, 3. अलंकृत भाषा और विद्या के साग़र में डुबकियाँ लगाता था, 4. मुग़ल पीरियड में सरकारी रोज़नामचा और दूसरी ख़बरें आदि लिखने के लिए एक पन्ना जोड़ देते थे। फिर उनको लपेटकर रोल बना देते थे जो लंबा होता जाता था। उसी से एक मुहावरा बना तूमार बाँधना।

"…… ?"

"मलिका दिलअफ़रोज़ का हार एक कौआ ले उड़ा!"

"तुम भी बहक गए रश्शो मियाँ! क्या बक रहे हो?"

"शिकरा दस्तयाब नहीं हुआ क्योंकि राजस्थान से बेशतर शिकरे अरब शहज़ादे उड़ा ले गए।"

"शाह अरशद हुसैन, क्या बूटी पीने लगे हो?"

"बाद अज़आँ सिपहसालार जहाँज़ेब की शमशीरज़नी के अजायब, क़नीज़ फुलझड़ी की अय्यारी। बेगम दिलअफ़रोज मलिका बहारिस्तान की वफ़ादार सहेली फूल-सूँघ सुरैया बानो एक रख़्शेताज़ी हेलीकॉप्टर पर लादकर ऐन मैदाने-जंग में उतरेगी। हम ख़ुश हुए! जितनी बेवकूफ़ी पिक्चर में भरें, उतने ही ज़्यादा घोड़े उन्हें दरकार—मय एक अदद ट्रेंड कौआ।"

शेख़ ने लंबी साँस भरी—"ठीक कहते हो शाह साहब, दूसरों की बेवकूफ़ी में अगर अपना फ़ायदा है तो उन्हें बेवक़ूफ़ ही रहने दो।"

"वह फ़िल्मसाज़ दिल्ली पहुँच गया है। अभी-अभी जब हम क्लब रवाना हो रहे थे, उसका तार मिला कि फ़ौरन आइए। अब हम उसे क्या यह टेलीग्राम भेजें कि ऐसी बेतुकी फ़िल्में न बनाओ, बेगम के हीरे न बनाओ, फ्रानन्ज़ काफ़्का पढ़ो, हमारी बुद्धिजीवी बीवी रोमीला बोस जिसको पढ़ा करती थीं?"

विक्टोरिया मेमोरियल ने दरवाज़े पर दस्तक दी।

"स्मार्ट और मुहज़्ज़ब!" किसी ने राय ज़ाहिर की।

"इंग्लिशमैन का कुत्ता है।"

"इंग्लिशमैन के ऐडमिरेशन में मरे जाते हैं! चर्चिल कह गया था कि एक वक़्त आएगा जब ये अहमक़ हमें याद करके रोएँगे।"

वह शेख़ के क़दमों में ठस्से से बैठ गया।

"यह गोरे ख़्वाजगाने-सगपरस्त[1] ही इस बेज़ुबान की क़द्रो-क़ीमत से वाक़िफ़ हैं। स्मार्ट डॉगी!" उन्होंने मज़ीद जज़्बे से कहा और झुककर उसके रेशमी सर पर हाथ फेरा—"लेकिन यह और इसका आक़ा दोनों बाख़बर हैं कि—बाज़ार में मुद्दत से नया सिक्का रवाँ है।"

"एक दफ़े में दो महीन इशारे।" बीवी के भाई मुस्कराए।

फ़ारपोलियन में एनाउंस किया जा रहा था—दीनशाह बड़ोचा गिटारिस्ट।

बोमन जी पेस्टन जी, छेड़ो गिटार।

"ज़ुबिन मेहता कलकत्ता आने वाले हैं।" कोई बोला।

ज़ुबिन मेहता—? एक रोबदार ख़ामोशी छा गई।

---

1. किस्सा चहार दरवेश का एक कैरेक्टर जो कुत्ते को अपने भाइयों से ज़्यादा अज़ीज़ रखता था।

ज़ुबिन मेहता—"हुसैन दी मास्टर।" रविशंकर।

कामयाबी और शोहरत के पहाड़ पर पहुँचकर क्या होता है ?

आदमी टूथपेस्ट के मुस्कराहटवाले इश्तिहार में तब्दील हो जाता है।

शेख जाम पर नज़र जमाए बैठा रहा।

"क्या कहिए, हमें क्या याद आया साहबो !" वह फिर बोले, "हम एलीफ़ैंट-ब्वॉय कहलाते थे और कभी-कभी हज़रत 'आरज़ू' लखनवी की ख़िदमत में आया करते थे—यहाँ…टालीगंज…न्यू थियेटर्ज़। तभी कानन देवी ने गाया—लेके कमंडल छोड़ के मंडल—अब छोड़ के मंडल कहाँ जाएँ ? मयूर बन में मोर्चे—क्या तुमको मालूम है कि आदमी से पहले दुनिया पर जिन्नातों का राज था और उससे पहले घोड़ों का ?"

"क़तअ-कलाम माफ़," अरशद हुसैन ने उसी संजीदगी से बात की, "दरवाज़े के ऊपर वह कैसी छोटी-सी तख़्ती लगी है ?"

"टीपू सुल्तान बार। जिन्नों के ज़माने की, हाँ ! और वह काले अंग्रेज़ जिन्होंने शराबखाने को यह नाम दिया, वो भी अपने ग्रे हाउंड्ज़ को भी अक्सर उसी नाम से पुकारते थे।" एक आँसू और गिरा।

"अच्छा तो भाईजान क़िब्ला," अरशद हुसैन स्टूल से उठे, "अब हम…"

डियर पिंकी,

परसों मैसूर से लौटी। अम्मी और डैडी भी गए थे। डैडी ने तुम्हारे प्रोजेक्ट को पसंद किया। तुम भी एक चक्कर लगा लो ! चले भी आओ कि संदल का कारोबार चले ! या पहले टोनी को भेज दो। ये सतरें न्यू मार्केट की एक दुकान से घसीट रही हूँ। साड़ियाँ ख़रीदते हुए एक और ख़याल आया—छोटे ख़ालू। याद है जो तुमने उस शाम बारादरी में बातें की थीं ? अम्मी की एक फूफी की शादी पटना में हुई है। उनके साहबज़ादे मिस्टर अरशद हुसैन ज़्यादातर कानपुर और फ्रैंकफ़र्ट में रहते हैं। इन दिनों यहाँ आए हुए हैं। सफ़िया ख़ाला के लिए ऐन मुनासिब हैं। पहली बीवी बंगाली आर्टिस्ट रामोला बोस—तलाक़—नो किड्ज़।

बहुत बरसों से बेघरे घूम रहे हैं और अब सेटल होना चाहते हैं। मैं समझती हूँ ज़रा-सी कोशिश की जाए तो राज़ी हो जाएँगे। वह खुद कानपुर में एक तालीमी इदारा क़ायम करने का इरादा रखते हैं। सफ़िया ख़ाला बेहतरीन रफ़ीक़ा साबित होंगी।

डैडी कब सुबह अरशद मामू को बसिलसिले-मंदिर-मसजिद केस लखनऊ भेज रहे हैं। साड़ियाँ उनके हाथ भिजवाती हूँ। ख़ाला से ज़रूर मिलवा दो। ख़ाला के साथ तुम सबको डिप्लोमैटिक होने की ज़रूरत है। और ज़रा दिल रखने की ज़रूरत है जो तुम बिल्कुल नहीं करते। एक मुन्ना-सा नया कैलेंडर भी भेज रही हूँ यानि सफ़िया ख़ाला के लिए अरशद मामूँ के हाथ से नए साल का खुशबूदार कैलेण्डर—नेक शगुन !

अब मैं ट्यूब-ट्रेन पकड़कर क्लब पहुँचती हूँ। मामूँ कहीं बहुत दूर ठहरे हैं।

अगर क्लब से निकल गए, फिर उनका हाथ लगना मुश्किल है। तुम सबको नया साल मुबारक!

खुदा हाफ़िज़।

काग़ज़ दुकानदार से ले लिया था, सादा लिफ़ाफ़ा नहीं मिला; ख़ैर, क्लब में होगा! साड़ियाँ एक बार फिर गिनीं कि होने वाली ससुराल का मामला था। पिंकी की अम्मी (डिक्टेटर), शहला (ठीक-ठाक), रानी दुल्हन और सलीम (नो प्रॉब्लम), सफ़िया ख़ाला (बेहद प्रॉब्लम), आमिना (जो बंबई में हैं और न जाने कैसी हैं), यह बराय महनाज़ और उनकी वालिदा।

बिल अदा किया। दुकान के एक छोकरे ने बैग उठाया। भागमभाग स्पीलैंड ट्यूब स्टेशन।

बेताबी से ट्रेन का इंतिज़ार। सुरंग की दीवारों पर बने कोलोनियल कलकत्ते के फ्रेस्कोज़ पर नज़र दौड़ाई।

हर वाक़या और हर मंज़र गुज़र जाने के बाद अफ़साना बन जाता है। बग्घी पर सवार साहब लोग। कंपनी के नेटिव गुमाश्ते। साहब और उसकी नेटिव बूबू। भोंपूवाला ग्रामोफ़ोन सुनती एडवर्डियन मेम।

आनंद मठ, तक़सीमे-बंगाल और हिंसा और अहिंसावादी आंदोलन, गुलामी के दौर में ये सब चीज़ें ब्रिटिश राज के निशान थे और उनसे नफ़रत की जाती थी, अब एक दिलआवेज़ दास्तान बन गए और उनकी नक़्क़ाशी हम बंगालियों की ज़हनी पुख़्तगी का सबूत। बरतानवी यादगार मिटाने के बजाय हमने उनको आर्ट में ढाल दिया। ज़रा फ़ख्र से मुस्कुराईं।

यह सीन एक कहानी है और अब लगता है इसी तेज़ी से आए और गुज़रे जिस तरह गड़गड़ाती हुई ट्यूब ट्रेन आई और निकली। स्टेशन ज़ायँ-ज़ायँ आते और गुज़रते गए। पार्क स्ट्रीट स्पोर्ट्‌र्स के मनाज़िर से सजा मैदान। टैगोर की मुसव्वरी और नज़्मों के ब्लोअप से आरास्ता राविंद्र सदन। भवानीपुर। जतिनदास पार्क। कालीघाट-स्टाइल तसावीर से सजा काली घाट। राविंद्र सरोवर। टालीगंज।

प्लेटफ़ॉर्म पर उतरकर तेज़ी से ऊपर आईं, कहीं अरशद मामूँ चले न गए हों! दुआएँ माँगती स्टेशन के पड़ोस में टालीगंज क्लब पहुँचीं। दुकान के छोकरे को रुख़्सत किया। डैडी बार में होंगे। बार के बराबर लाउंज में जा बैठीं।

सत्तार ने जाकर सलाम किया। अंदर जाकर कहा, "बीबी आ गईं।"

टेलीग्राम हाथ में लिये ताहिर अली नमूदार हुए।

"क्या बात? क्या दौड़ती हुई आ रही हो?"

"चौरंगी से...बगटुट! ये पैकेट अरशद मामूँ को देना है।"

"ओह ! वह तो अभी निकल गए !"

"अरे ! वो तो कल सुबह जा रहे थे।"

"उनका फ़ौरी काम निकल आया। यहाँ से दमदम—रात की फ़्लाइट से दिल्ली। परसों लखनऊ।" ताहिर अली लंबी साँस लेकर सोफ़े पर बैठ गए।

तब लैला ने उनकी रो देनेवाली हालत नोटिस की—"डैडी ! अब क्या हुआ ? ख़ैरियत ?"

उन्होंने अपने मैनेजर का लंबा टेलीग्राम हवाले किया।

लैला ने मज़मून दोबारा पढ़ा, चेहरे का रंग उड़ गया। चंद सेकेंड तक ख़ामोशी तारी रही। सत्तार चाय लाकर मेज़ पर रख गए।

'बहादुर एलीफ़ैंट गर्ल, चियर अप !' चंद रोज़ क़ब्ल लखनऊ में पिंकी ने मंदिर-केस की पेचीदगी समझाते हुए उससे कहा था।

बहादुरी की मुख़्तलिफ क़िस्मे हैं और तरह-तरह के मक़ासद। हम लोगों को अपना सरमाया और जायदाद बचाने और उसके नुक़सानात सहने का हौसला दरकार है। वह जान हथेली पर रखकर लड़कियाँ और लड़के जो बाग़ी, इनक़लाबी, छापामार और मुजाहिद कहलाते हैं, हम उनकी दिलेरी नहीं समझते। उनका मुक़ाबला करते पुलिस और फ़ौज के जवान भी कितनी बेख़ौफ़ी से मौत के मुँह में जाते हैं !

"डैडी, मैं ज़रा मुँह-हाथ धो आऊँ।"

लेडीज़ रूम में पहुँचकर दफ़अतन पिंकी के नाम ख़त का ख़याल आया। अरशद मामूँ तो चले गए। यह पर्चा किसी के हाथ न पड़ जाए। पर्स से निकालकर फाड़ा। चंदन का कैलेंडर महफ़ूज़ था। ख़त के पुर्ज़े टोकरी में डाल दिए। अभी घर पहुँचकर पिंकी को ट्रंककाल करना है। सफ़िया ख़ाला के मुताल्लिक़ अपना प्रोजेक्ट समझा दूँगी। क्रिश्चियन आया 'मलिका का बुत' बनी बैठी थी। हम लोग के ज़माने में उसकी माँ इसी जगह बैठती थी।"

उसने मुस्कराकर साफ़ तौलिया और साबुन पेश किया।

नया संदल सोप भी लाँच करना चाहिए मार्केट में।—लैला ने फ़ौरन सोचा।

लाउंज में वालिद उसी तरह सर झुकाए बैठे थे। भाई की मौत के बाद वह बहुत जल्द रो पड़ते थे। फिर आँखों में आँसू भर आए।

"लक-अप डैड !"

"बेशक···बेशक।" उन्होंने मुस्कराने की कोशिश की, "कल सवेरे ही जाता हूँ, चक्रवर्ती भी चल रहा है।"

"मैं भी।"

"तुम··· ? सवाल ही पैदा नहीं होता।"

"क्या मैं हमेशा की निडर जंगल-गर्ल नहीं हूँ ?"

"ठीक है, लेकिन तुम यहाँ अपनी माँ के पास रहोगी।"

"मैं तो घर पहुँचते ही पिंकी को फ़ोन करती हूँ कि जा रही हूँ और यह भी कि हरी कहता है हालात बेहतर हैं। यह देखिए।" तार सरकाया।

"अगर पिंकी इजाज़त दे। उस नेक नौजवान से तुम्हारी मँगनी हो चुकी है।"

"पिंकी.... ? यह क्या दक़ियानूसियत है। पॉप, क्या अपने ठेकों के सिलसिले में वह नेक नौजवान मुझसे पूछकर आता-जाता है? मैं तो मिडिल ईस्ट की ख़ुश्बू-मार्केट दुबई स्टडी करने भी जाऊँगी।"

"डाटर, अभी से वार-पाथ पर न चलो। रोमीला बोस की ख़ुदसरी का अंजाम देख चुकी हो।" फिर जेब से रूमाल निकाला।

चाय ठंडी हो गई थी। सत्तार हेनरी लीह के हुक्काबरदार की-सी वफ़ादारी और फ़िक्रमंदी के साथ दरवाज़े के बाहर खड़े थे। लैला ने पुकारा। फ़ौरन अंदर आए। चायदानी उठाकर ले गए।

रौशन कमरों में लोगों की आमदो-रफ़्त जारी रही। आज़ादी के बाद से 'कलकत्ता सीज़न' की रौनक़ दोबाला हो चुकी थी। तरह-तरह के नए ज़राए, तफ़रीह की बहुतात और फ़ाइव स्टार इलेक्ट्रॉनिक कल्चर के छा जाने के बावजूद अँग्रेज़ों के बनाए हुए क्लबों में शामिल होना नए अमीरों के लिए दिलकश और अहम था। शेख़ ताहिर अली सभ्यता के बचे हुए खुसूसी हिसारों पर वहशियों की यलग़ार से दुखी थे, लेकिन इस वक़्त उनकी परेशानी और रंज की वजूहात क़तई मुख़्तलिफ़ थीं।

चंद मिनट बाद उन्होंने सर उठाया।

"डाटर, तुमसे एक बात कहना है।"

लैला का दिल धक से रह गया। उसने सोचा मेरी बहस से ख़फ़ा हो गए।

"अच्छा अगर इंडिपेंडेंट ही रहना चाहती हो तो रहो। बतौर सज़ा इरशाद होगा। शादी फिलहाल मुल्तवी। अपनी बहादुरी दिखाओ और कजली वन का ख़सारा चंदन वन से पूरा करो।"

ब्याह तो बहरहाल कुछ अर्सा के लिए मुल्तवी। क्या मैं ऐसे नाज़ुक हालात में अपनी ख़ुशी की ख़ातिर लखनऊ चल दूँगी?

और वे तीनों लोफ़र बेटे बूढ़े बाप को उनके मसायल से निपटने के लिए अकेला छोड़कर अपनी ख़ुशी की ख़ातिर अमरीका से चिपके बैठे हैं!

लेकिन बेटियाँ ही तो माँ-बाप का साथ देती हैं। मैं भी यही करूँगी।

"हम इस नतीजे पर पहुँचे हैं कि हमारे दादा को अपने आबाई गाँव से ही नहीं निकलना चाहिए था।" वालिद ने कहा।

टालीगंज क्लब में यह दादा कहाँ से आ गए? टेंशन अचानक काफ़ूर हुआ। हँसी आई।

"देखो, हमारे पुरखे अपने देहात में जिए, वहीं मरे। क्या सुख-चैन की ज़िंदगियाँ

बिताईं ! और औरतें भी उनकी सब फ़रमाँबरदार, पर्दे में महफ़ूज़।"

लैला मुहब्बत से मुस्कराई। गुड ओल्ड डैड।

"न जाने हमारे कौन-से नासमझ बुज़ुर्ग थे जिन्होंने शहरों का रुख़ किया !"

"शेख़ अब्दुर्रहीम।"

"ओ-हो ! डाटर, तुम बहुत जान गई हो।"

"विकी मामूँ ने बताया। एक साहब शेख अब्दुर्रहीम बिजनौर से चलकर क़िस्मत-आज़माई के लिए अकबर के दरबार में पहुँच गए थे। अकबर ने उनको सूबेदार अवध बना दिया।"

"फिर देखो औलाद का क्या हश्र हुआ ! अरे न छोड़ते बिजनौर ! उनके अलावा भी···कौन गाँव-क़स्बे से निकलता था !"

"क्यों ? लोगबाग परदेस नहीं जाते थे ? बग़रज़े-तिजारत, दीबा व हरीर, खुश्बूयात, संदल-मसाले, गोलकुंडा के हीरे, और मुहिम जूई अलग।"

"फिर उनको तय करने पड़ते थे हफ़्तख़्वाँ[1]।"

"और लश्कर लेकर बादशाह··· !"

"यही तो ग़ज़ब हुआ डाटर ! फ़ौजें लेकर मुल्क़ फ़तह करने चल पड़े। बहुत बुरा हुआ !"

डैडी इस वक़्त सख़्त निराशावादी हो रहे हैं। होना भी चाहिए।

और हमारे बुज़ुर्ग लखनऊ में मच्छी भवन पर हारने के बाद कुर्सी जा बसे। अरे उसी क़स्बे बिजनौर में शांति से बैठे रहते।

"डैडी ! पिंकी कह रहे थे कि कुर्सी में बेवकूफ़ बसते हैं। आप भी आइंदा यह बात किसी को बतलाइएगा नहीं।"

शेख़ साहब ने मुस्कराकर बेटी के सर पर हाथ रखा—"पिंकी···पिंकी···हम बहुत जल्द तुम्हें लखनऊ मुस्तक़िल तौर पर भेजने का इंतिज़ाम करते हैं। और पिंकी को यह बतला देना कि मशहूर नाविलनिगार अब्दुल हलीम 'शरर' कुर्सी के शेख़ज़ादे थे।"

"ओ० के०।"

"और हमेशा पिंकी की ताबेदारी करना ! तुम रोमीला बोस न बनना ! अरे भाई सत्तार !"

"हुज़ूर ?"

"तुम अपना गाँव छोड़कर क्यों आए ?"

"हुज़ूर, हम तो पैदा ही कलकत्ते में हुए थे।"

---

1. शाहनामा फ़िरदौसी की एक अन्तःकथा, जिसमें रुस्तम ने कैकाऊस को आज़ाद कराने सात दिन में माज़िन्दरान तक का रास्ता बड़ी कठिनाइयों से तय किया।

"तो ग़लत पैदा हुए थे।"

"डैड, अब घर चलिए।"

विक्टोरिया मेमोरियल बाहर एक सीढ़ी पर बिराजमान दुनिया का हाल देख रहा था।

"गुड नाइट विक !" लैला ने कहा।

पितरस के साहब लोग वाले कुत्ते की तरह, जो कि वह था, उसने अख़्लाक़न दुम हिलाई !

क्लब के तवील रास्ते पर मोटरों की क़तारें। बढ़िया सूट में मलबूस एक नौजवान 'पप्पी' अपनी गाड़ी से उतरा—"नमस्ते शेख़ साहब ! हेलो मिस अली !"

"हेलो चड्ढा !" उससे दो-चार बातें करने के बाद वे आगे बढ़े।

एक कार की रौशनी एक क़दीम दरख़्त पर पड़ी। कार गुज़र गई। शेख़ साहब उधर लपके।

"अरे-अरे डैड, उधर अँधेरे में मत जाइए।"

—6 फरवरी 1792 शेख़ ने पढ़ा, "यह तहरीर आज दिखलाई दी। क्या अकास-बेल में छिप गई थी ? कोई मसरूर फ़ौजी अफ़सर रहा होगा। कलकत्ता थिएटर से लौटते हुए इधर से गुज़रा होगा···चाकू से यह···"

"कर्नल टाली और ईना मारिया टाली··· !" इन सरसराते अँधेरे दरख़्तों के नीचे अचानक याद आया। क़सरे-शीरीं में फ़ल्ली से कहा था—हम कलकत्ते के क़दीम अंग्रेज़ भूतों के आदी हैं।

"6 फरवरी 1792।" शेख़ साहब ने दुहराया—"फ़तह श्रीरंगापट्टम की पहली सालगिरह। बड़े ज़श्न मनाए गए। कलकत्ता थियेटर में। बॉल, डिनर, ऐसा चिराग़ाँ कि नेटिव ख़िल्क़त देखने के लिए टूट पड़ी।"

"नेटिव ख़िल्क़त बड़ी अजीबोग़रीब चीज़ है, शायद हमेशा से।"

"कंपनी के झंडों के नीचे टीपू का परचम झुकाया गया। तमाम लेडीज़ ने साटन के सफ़ेद गाउन पहने। उन पर भी 6 फरवरी 1792 काढ़ा गया था, और लॉर्ड कार्नवालिस के साथ हिज़ हाइनस नवाब सआदत अली ख़ाँ भी जश्न में शरीक हुए, बतौर चमचा।"

लैला मुस्कराईं, "वह कौन थे ?"

"चमचे···हाय-हाय ! टोडीबच्चा हाय-हाय !"

इस वक़्त बेहद बेचैन हैं। शाम से बैठे लगातार पी रहे थे।

"हिंदुस्तान जन्नते-निशान के मुसलमान हुक्मराँ टीपू के ख़िलाफ़ अंग्रेज़ों से मिल गए। डाटर, इस मुल्क की तारीख़ का तारीकतरीन दिन कौन-सा था ?—6 मई 1799।" रूमाल से नाक पोंछी।

चंद मोटरें पास से गुजरीं।

"कर्नल मैक्डावेल ने शमशीर अलहदा की, कर्नल वाल्टन ने जेबी घड़ी; दूरबीन जिसे लेकर वह ग़ाज़ी मैदाने-जंग में गया था और एक जड़ाऊ मेडिलियन—जिस पर असदुल्लाह अल ग़ालिब कुंदा था।"

"मिर्ज़ा ग़ालिब?"

"नहीं, बेवकूफ़! हज़रत अली शेरे-खुदा का लक़ब है; और सोने की मूठवाली छड़ी और कल्ग़ी और जवाहरात और जड़ाऊ ब्रोच उस फ़ौजी अफ़सर ने महल से लूटे और उनको तुड़वाकर अपनी बीवी और बेटी के ज़ेवर बनवाए। उसका नादिर कुतुबख़ाना लूटा। सब लंदन ले गए। सुनो, वह अपनी किताबें इंतिहाई एहतियात से संदूक़ों में रखता था।"

क्लब से पिआनो की आवाज़ बुलंद हुई।

"और महल से उन्हें एक आरगन बाजा मिला जिसमें एक यूरोपियन को एक शेर ने ज़ेर कर रखा था और उसे बजाओ तो शेर की गरज और फिरंगी के कराहने की आवाज़ निकलती थी।" ताहिर अली की आवाज़ आरगन के गंभीर नीचे सुरों के मानिंद सुनाई दी और क्लब के पिआनो में खो गई।

"लंदन के म्यूज़ियम में मैंने ये सारी चीज़ें देखी हैं। वेरी सैड! लेकिन डैड, किस हुक्मराँ को मरने के बाद इतनी अक़ीदत और मुहब्बत मिली है! हज़ारहा तो कर्नाटकी हिंदुस्तानी रोज़ाना उनके मज़ार पर नज़रें चढ़ाता और मन्नतें मानता है।"

"वली था। जो ख़्वाब देखता था, सुबह को क़लमबंद करता था। रात के साथ तारीख ऊपर लिखता था। या करीम! या कारसाज़! या हाफ़िज़! इस एहतियात से लिखता था ख़्वाबनामा कि कोई देख न ले। ताले में बंद रखता था। और सोते में भी जंग के नक्शे बनाता था और अंग्रेज़ों को शिकस्त देता। और रसूल अल्लाह को अक्सर देखता था और हज़रत अली को...

"और हफ़्त ख़्वाजगान ख़र्क़ापोश को। सबके नाम उसने लिखे—ख़्वाज़ा यूसुफ़ हमदानी, ख़्वाजा बायज़ीद बस्तागी, ख़्वाजा अबुल हसन ख़र्क़ानी, ख़्वाजा बहाउद्दीन नक़्शबंदी, ख़्वाजा..."

"डैडी, सुनिए।"

"मेजर बैटसन ने उसकी फ्रांसीसी राइटिंग-टेबल की दराज़ तोड़ी। ख़्वाबनामा हाथ लगा। कोर्ट आफ़ डायरेक्टरेट के चेयरमैन को भेज दिया—यह हैरतअंगेज़ डायरी इरसाले-ख़िदमत है। टीपू सुल्तान रात को सोते में भी हमसे लड़ता था।"

वह टहलते हुए अपनी मारुति के क़रीब पहुँच गए।

"टीपू और गुलाम मुहम्मद दो अलामतें हैं।" उन्होंने ऐलान किया—"हिंदुस्तान की मिलिट्री सोसायटी की शिकस्त और ब्रिटिश कमर्शियलिज़्म की जीत।" बेंच पर बैठ गए।

"गुलाम मुहम्मद रूहे-असर[1] को पहचान गया और फ़ातेहीन की तिजारती Empire में शामिल हुआ। वह हिंदुस्तान के अव्वलीन Yuppies में से था, गोया आज का अरबपति!"

लाख। करोड़। अरब। संख। महासंख। पदम। महापदम।

मिडिल ईस्ट में अलक़ामूस व अलचाउश के महल का ठेका मिल जाय तो परवेज़ एंड फ़रहाद इसमें फ्रेंच परफ़्यूम की नहरें बनवाएँ, मैं संदल के फ़र्श। या करीम। या कारसाज़!

"टीपू सुल्तान यूनिवर्सिटी। कितने टेक्निकल कॉलेज इस ट्रस्ट से बनते!"

वालिद साहब इस वक़्त मौलाना हाली हो रहे हैं।

"लेकिन डाटर, हम ऐसे आउट ऑफ़ कैरेक्टर काम क्यों करेंगे? हम रिक्शा खींचने का माहौल बनाएँगे। बस टीपू के मज़ार को एक दरगाह में तब्दील कर दिया!"

"पॉप! शहला अप्पी कहती हैं जायदाद के मुक़द्दमे इस सवाल पर कि मुद्दई की शादी का कोई सबूत नहीं मिलता, इसी की बुनियाद पर 'रेडरोज़' का छोटा-सा मुक़द्दमा मीरासियों से जीत गए। और महज़ जायदाद क्यों अब्बाजान, मुल्कों, दरियाओं, पहाड़ों, बर्फ़िस्तानों के बँटवारे में कौन कितना मुस्तहक़ है या नहीं है? आपको हज़रत राबिया बसरी का वाक़या याद है?"

"नहीं डाटर, तुम्हीं इरशाद करो।"

"विकी मामूँ ने बताया है कि राबिया बसरी के कपड़े बहुत फटे-पुराने हो गए। उन्होंने एक दिरहम एक आदमी को दिया कि बाज़ार से उनके लिए चादर ख़रीद लाए। वह कुछ दूर जाकर लौट आया और पूछा—किस रंग की? उन्होंने सिक्का वापस लेकर दजला में फेंक दिया और कहने लगीं—बस, मिल्कियत का ख़याल आते ही तफ़रीक़[2] पैदा हो गई थी।"

शेख़ ताहिर अली कुछ देर सोचने के बाद बोले, "विकी मियाँ तो यूटोपिया में रहते हैं। तुम भी अपना पासपोर्ट हुगली में फेंक दो।"

"बाबा जानी। आपकी निफ़ाक़पसंद मिल्लते-बैज़ा ने तो देवबंद में दो दारुल-उलूम बना लिये, बल्कि दो दारुल उलूम बना लिया—बक़ौल अरशद मामूँ। इसपे याद आया कि उनके सिलसिले में फ़ौरन से पेशतर लखनऊ ट्रंक करना है। आपको नहीं बताऊँगी, न अम्मा को। यह अब्दुल मजीद कहाँ ग़ायब हो गए?"

"तुम बहुत पढ़े-लिखे मुस्लिम नौजवान या लेफ़्टिस्ट हो जाते हो या मिल्लत से बेतअल्लुक़ या कट्टरपंथी।"

"जी, और शिकागो शरीफ़ के ट्रिप···ये सब रूहे-अस्र है अब्बा हुज़ूर!"

"दरमियानी रास्ता तुम लोगों को दिखाई ही नहीं देता!" फिर टहलने लगे।

---

1. Spirit of the Age, 2. भेदभाव।

रुककर बहुत ज़ोर से चिल्लाए—"या हाफ़िज़ ! या करीम ! या कारसाज़ !" फिर से तकरीर शुरू की—

"सन् 72 से आज तक केरल में गल्फ़ की आमदनी से बेशुमार दीनार हाउस और हज़ारों-हज़ार नई मसजिदें बन गईं। उनमें कितनी सह-मंज़िला और एयर-कंडीशंड। इनके साथ ही अगर अस्पताल और मॉडर्न स्कूल भी बन जाते तो कितना अच्छा था !

"पॉप ! आप क़ंबर चचा मरहूम की तरह सियासत में आ जाइए। लेकिन, आप लीडर बन भी गए तो सी० पी० एम० तो ज्वाइन करेंगे नहीं। आप भी हिंदुस्तान के मुस्लिम लीडरों की तरह मौजूदा सिचुएशन बरक़रार रखेंगे, वर्ना आपकी लीडरी ख़तरे में पड़ जाएगी। कल्चर को भद्र लोगों की मीरास किसने बनाया ?"

"हम देखते हैं डाटर, कि तुम पर पिंकी मिर्ज़ा के अलावा उनके मामूँ विकी का भी काफ़ी असर हो गया है और तुम उर्दू भी बहुत अच्छी बोलने लगी हो।"

"शुक्रिया अब्बा हुजूर !"

खूब हँसे, आँसू पोंछकर चारों तरफ़ नज़र डाली—"अब्दुल मजीद शायद नमाज़े- इशा पढ़ने चले गए।" चारों तरफ़ देखकर कहा—"ज़िंदा है मिल्लते-बैज़ा। हम क्लब जाते हैं, वह मसजिद। लगता है अकबर इलाहाबादी ने मेरे लिए कहा था—

कैसी नमाज़ बाल में नाचो जनाबे शेख़ !
तुमको खबर नहीं कि ज़माना बदल गया॥"

"एक और कशमकश, पॉप ! आप ही ने तीनों लड़के मग़रिब पहुँचाए। उनको देवबंद क्यों न भेजा ?"

"बेशक-बेशक। अगर वह अमरीका से न लौटे तो मेरे बाद इस पगोडा-ट्री को झाड़ते रहने की मुख़्तारे-कुल तुम होगी। उस पर नक्सलवादियों का क़ब्जा तुमको सच्चे दिल से ख़ुशी देगा ? या रेडरोज़ बस्तीवालों से वापस न ली जाए ?"

"पिंकी ने मुझसे भी यही सवाल किया था।"

"तुमने क्या कहा ?"

"डैड ! बहुत-से बुनियादी सवालात ऐसे हैं जिनका जवाब देने से हम उम्रभर बचते रहते हैं। मैं अभी आपको क्या बता सकती हूँ ?"

अब्दुल मजीद ड्राइवर भागते हुए मसजिद टीपू सुल्तान से वापस आए।

टालीगंज अंडरग्राउंड की बाहरी शो-विंडो के सामने पुराने ओवरकोट और बदरंग स्कार्फ़ में मलफ़ूफ़ एक 'कील कटा हाफ़ कास्ट'। बूढ़ी चुपचाप खड़ी थी। उसने अपना सूखा चमरख़ सफ़ेद हाथ प्लेट ग्लास दीवार पर रखा हुआ था। वह अंदर सजी बराय- फ़रोख़्त जदीदतरीन बंगाली तजरीदी तसावीर को हैरत से देख रही थी। वह बूढ़ी एंग्लो-इंडियन

औरत की उस पिक्चरस्क बरतानवी दौर की बची-खुची यादगार थी जिसकी नक़्क़ाशी नए बंगाली आर्टिस्टों ने इतनी चाबुकदस्ती से स्टेलेनेड मेट्रो की सुरंग में की थी। पार्क के रौशन ग्लोब फ़िज़ाई आलूदगी[1] से बोझिल धुँधलके में ज़्यादा पीले मालूम हो रहे थे।

लेक पर कुहरा तैरने लगा। सारा कलकत्ता शहर भाँति-भाँति की फ़िज़ाई और अरज़ी कसाफ़तों[2] से ज़र्द हो गया।

---

1. प्रदूषित वातावरण, 2. आसमानी और ज़मीनी गंदगी।

बिंतुलजबल[1]

चौधवीं की रात थी। पूर्णमासी। बद्रे-कामिल।

सरो के दरख़्तों में से झाँकता हुआ चाँद नक़ली मख़मल पर छपा वह रोमांटिक मंज़र मालूम हो रहा था जिसे शौक़ीन लोग मिडिल ईस्ट से लाकर अपनी दीवारों पर सजाते।

सफ़िया सुल्तान स्कूल के सुनसान बरामदे में टहल रही थीं। डेस्क इधर-उधर बिखरे हुए थे। दो शिफ़्ट क्लासों के लगते थे, फिर भी अब गुंजाइश बाक़ी नहीं थी और दरख़्वास्तें थीं कि वज़ीरों की सिफ़ारिश के साथ आए चली जाती थीं। सफ़िया इस सेंट सूफ़िया कॉन्वेंट की एक शाख़ अब डाली बाग़ में क़ायम करने वाली थीं। कोठी किराए पर ले ली थी। रेडरोज़ का मामला खटाई में न पड़ता तो वहाँ उनके सेंट रोज़ा किंडर गार्टेन की दीवारें उठ गई होतीं। आज सुबह उन्होंने डाली बाग़ वाले स्कूल का साइन-बोर्ड लिखवाने के लिए पेंटर बुलवाया था लेकिन उसके लिए नाम नहीं सोच पाई थीं।

अवामी मुहावरे बहुत देर पा होते हैं। बरतानवी दौर के कॉन्वेंट स्कूल चलाने वाली संन्यासिनियों को जनता भगतिन पुकारती थी। उनके कॉन्वेंट भगतिन स्कूल। आज़ादी के बाद पुरानेवाले जाणी कॉन्वेंट भी अवाम के लिए भगतिन स्कूल ही रहे। जिस तरह देसी गवर्नर और उनकी बीवियों को गवर्नमेंट हाउस का अम्ला अब भी 'लाट साहब' और 'लेडी साहब' ही पुकारता था।

सफ़िया सुल्तान भी एक सख़्तगीर मदर सुपीरियर से क्या कम थी! मगर कल रजिस्ट्रेशन करवाना था और नए भगतिन स्कूल का नाम समझ में नहीं आ रहा था।

बहन-भाइयों या उनकी औलाद से किसी मदद की उम्मीद बेकार थी। वह तो सेंट 'सूफ़िया कॉन्वेंट' ही से बे-तरह झेंपते थे। उन्होंने सफ़िया को उसके हाल पर छोड़ दिया था। कान का इलाज न करवाकर वह खुद ही घाटे में रही थीं।

ख़ैर, मेरे-ऐसे लोगों की ज़िंदगी भी कट ही जाती है। लखनवी तर्ज़ की ऊँची

---

1. पर्वत की बेटी।

मेहराब वाली छत पर जाकर उन्होंने सामने निगाह दौड़ाई। तेज़ चाँदनी में डूबा मंज़र—बाग़ात, मोती महल का सफ़ेद गुंबद, गोमती···

नाक के नीचे विकी मियाँ और शहला की मोटरें खड़ी थीं। इसी फाटक से गुज़रती बेला और चाँदनी का रिक्शा अंदर आया था। बताशे ने बे-बज़ाअत मेहमान का मामूली सामान उतारकर बाहर ही पड़ा रहने दिया था।

"बिटिया !" नूरन ने ऊपर आकर ख़यालात का सिलसिला मुंतशर कर दिया, "बशीर पेंटर बहुत देर से आए हैं।"

"अब आए हैं आधी रात को ? कल सवेरे ही डाली बाग़ जाकर बोर्ड लगवाना है।"

"सुबह आए थे···आपने कहा शाम को।"

"अच्छा, ख़ैर ठीक है, अभी बुलाते हैं।"

नूरन वापस गई। सफ़िया बालकनी में जा खड़ी हुई। रोमन कैथोलिक सेंट अब तक तो तक़रीबन सारे ही दूसरे प्राइवेट स्कूलों ने उचक लिये। अभी परवीन बाजी ने बताया था—लाहौर में एक गुलनार कॉन्वेंट एंड एकेडमी खुल गई और एक सन जोज़फ़ स्कूल। सन यानी सूरज। कमाल है, उस रोज़ बेला इसी बात पर कैसे तन्ज़ से हँसी थी ! हम लोग अम्माँ के कमरे में जमा थे। चाँदनी को कम-हैसियत समझकर पीढ़ी पर बिठाला। बेला ने चाँदनी को एक-दो बार मूनी-मूनी भी पुकारा था। अम्माँ ने पूछा—भला यह मूनी कौन नाम है ?

मूनी—मोना—सांता मोनिका।

फ़िरोज़ा ने एक दफ़ा सांता मोनिका कैलीफ़ोर्निया से पोस्टकार्ड भेजा था।

वह अजनबी, ग़ैर-अहम, बेमानी लड़की तीन महीने उस घर में मेहमान रही।

कौन किसका मेहमान था ?

वह कैसी लड़की थी ? नादार, बेख़ानुमाँ, हैरतज़दा नेपाली-सी चेहरेवाली, मोटी ऐनक लगाए, मशीन पर झुकी तेज़ी से हैंडिल घुमाती या अँगनाई के नल पर बैठी वज़ू करती। उसके यही दो काम थे—सिलाई और नमाज़।

सफ़ेद प्लास्टिक की चूड़ियाँ, गुलाबी रबर के चप्पल। मोटी-झोटी साड़ियाँ। मामूली काली शॉल।

जैसे धोबन चिड़िया, जैसे जाड़े आते हैं तो खडैंचा पहाड़ से उतर आता है और फिर उड़ जाता है।

उसे किसने यहाँ भेजा था ? वह एब्सर्ड-सी लड़की लायानी ज़िंदगी। मोहमिल मौत। तो भला मौत बामानी कब होती है ?

वह कौन थी ?

बिन्तुलजबल[1] पहाड़ों की तरफ़ से आई थी।

---

1. अरबी शब्द यानी पर्वत की बेटी।

बिन्तुलजबल—यानी अज़ीम दुःख, मुसीबत व क़र्ब।

बिन्तुलजबल—यानी आवाज़े-बाज़गश्त।[1]

वह काहे की आवाज़े-बाज़गश्त थी?

निदाए-कोहसार।

वह भोली-सी पहाड़ी लड़की—ख़ामोश, ज़हीन, बुर्दबार; और जब वह हँसती थी तो बच्चों की तरह हँसती थी। कितनी मज़लूम[2] और सितमरसीदा और कैसी साबिरो-शाकिर[3]!

सेंट चाँदनी—सेंट मूनी—सेंट मूनीज़ कॉन्वेंट, डाली बाग़।

"नूरन···" ज़ोर से पुकारा "पेंटर को भेजो!"

"आदाब, बिटिया!"

सफ़िया ने सर हल्का-सा ख़म करके गोया सलाम का जवाब दिया, जो बड़े लोगों का क़ायदा है—"वह बोर्ड उठाइए। हम लिखकर देते हैं।"

बशीर पेंटर ने किरमिच के बैग से सफ़ेद रोग़न और ब्रश निकाले। बल्ब के नीचे उकड़ूँ बैठ गए।

सफ़िया ने एक डेस्क में से पेंसिल बरामद की, काग़ज़ पर मोटा-मोटा लिखा—

ST. MOONIE'S CONVENT, DALIBAGH

"बिटिया, घर से तैयार करके कल सवेरे ले आवें?"

"ठीक है।"

वह बोर्ड और बैग उठाकर ज़ीने से उतर गए।

अब मुझे आख़िरकार चाँदनी बेगम से लिबरेशन हासिल हो गया—आज़ादी··· छुटकारा! इत्मीनान की गहरी साँस ली, फिर जाकर बालकनी में खड़ी हो गईं। बहुत दिनों से आवाज़ भी सुनाई न दी। पिंकी की एनालिसिस डाइग्नोसिस···सौ फ़ीसदी दुरुस्त! महज़ ख़फ़क़ान[4]···मीराक़[5]···तहतुल-शऊर की शरारत।

वह नीचे जाने के लिए ज़ीने की सिम्त बढ़ीं। अचानक आवाज़ ने कहा—"अस्सलाम अलैकुम!"

दम-बख़ुद सीढ़ियों पर पहुँचीं। नीचे अँधेरा था।

ज़ीना इस तौर से तय किया, गोया अंधे कुएँ में उतरती हों। गैलरी में से गुज़रीं। शहला के दफ़्तर में तेज़ रौशनी नज़र आई। वह कामयाब और मुतमइन बैरिस्टर हस्बे-मामूल अपने क्लाइंट्स से बातचीत में मशग़ूल थीं।

पिछले बरामदे में पहुँचकर सफ़िया अँगनाई में आईं। कोने में नलका टपके जा रहा था जिसके किनारे बैठकर चाँदनी वज़ू करती थी। ख़ुश्बूदार हरे पत्तों में छिपे

---

1. प्रतिध्वनि, 2. जिस पर ज़ुल्म किया गया हो, 3. हर हाल सब्र और शुक्र करनेवाली, 4. Subconcious, 5. दिल धड़कने की बीमारी।

अमरूद चाँदनी में चमके, जैसे किसी बच्चे ने शोख़ हरे और ज़र्द रंगों से तस्वीर बनाई हो—अलिफ़ से अमरूद, बे से बेला, च से चाँदनी।

नल टपके ही चला जा रहा है। कल मिस्त्री बुलवाना चाहिए।

नौकरानियों का दालान तुड़वाकर विकी मियाँ ने अपने बड़े लड़के टोनी के लिए एक ख़ूबसूरत कॉटेज बनवा लिया था। इलायची ख़ानम, बताशन बुआ और वज़ीरन मर गईं। खुशक़दम बुआ और सोनाकली ऊपर स्कूल के एक कमरे में सोती थीं। नूरन अपने शौहर बताशे के साथ सर्वेंट-क्वार्टर में थी।

सफ़िया आहिस्ता-आहिस्ता ड्योढ़ी की जानिब बढ़ीं। इसी में से निकलकर मैगी ज़नख़ों के साथ भाग निकली थी।

"दरवाज़ा बंद है!" लिटिल सर एको ने कान में इत्तिला दी। चंद क़दम और चली—"मना कर रहे हैं।" सर एको ने फिर कहा—"दरवाज़ा बंद है!"

ड्योढ़ी में पहुँचीं। काई-लगी दीवारों की दराड़ में सरसों और पीपल के चंद तरोताज़ा हरे पौधे उग आए थे। भारी स्याह पुराने किवाड़ों में ताला पड़ा था। बहादुरी से मुस्कराईं। पेशगोई महज़ इस दरवाज़े के लिए ही थी। मैं कौन-सी इसमें से निकल कर फ़रार होनेवाली थी!

अपने कमरे में वापस जाकर टेबुल-लैंप जलाया। डालीबाग़ स्कूल का नया-नवेला रजिस्टर लेकर बैठ गईं। दरीचा बाहर के रुख़ पर खुलता था। बरसाती में एक मोटर स्टार्ट हुई।

एक मुवक्किल तो रवाना हुआ। अभी एक मौजूद है, क्योंकि दफ़्तर से अभी शहला नहीं निकली थीं।

अपने कमरे में बैठे-बैठे सफ़िया सारे घर की चलत-फिरत से आगाह रहती थीं। कोई दरवाज़ा भड़ से बंद हो, समझ लो ज़रीना बजिया का मूड ख़राब है। विकी के क़दमों की चाप, पिंकी की आमद और रवानगी, रानी दुल्हन की कुंजियों का छनाका, उनके तीन लड़कों की तूफ़ानी रफ़्तार, सलीमा की खुशख़रामी[1], शहला की फुर्ती, नौकरानियों की चाल—सफ़िया को सब पता रहता था—कौन उनसे कितने फ़ासले पर है, क्या कर रहा है।

आज शाम दो मुवक्किल आए थे। एक तो चले गए, एक अभी मौजूद थे। अचानक आवाज़ ने कहा—"छोटे ख़ालू!"

सुन्न-सी रह गईं।

थोड़ी देर बाद अचानक और ख़िलाफ़े-मामूल[2] शहला उनके कमरे में आईं। ज़्यादातर अहले-ख़ाना[3] से सफ़िया की मुलाक़ात दिन में तीन-चार मर्तबा महज़ खाने की मेज़ पर होती थी। सब अपने काम में जो इतने मसरूफ़ थे। वह खुद भी अपने स्कूल में लगी रहती थीं। बड़ी भांजी ने झिझकते हुए कहा—"छोटी ख़ाला!"

---

1. सहज-सहज चलना, 2. नियम के विपरीत, 3. घर के लोग।

"कहो !"

"ज़रा बाहर चली चलिए। हमारे एक नए मुवक्किल से मिल लीजिए और बतलाइए आपको कैसे लगते हैं ?"

आवाज़ ने फिर दुहराया कान में—छोटे ख़ालू !

हाथ-पाँव ठंडे पड़ गए। उस शाम पिंकी ने लैला से यही अलफ़ाज़ तो कहे थे जो उन्होंने सुन लिये। कुछ हिचकिचाहट के साथ खड़ी हुईं। भांजी के साथ चेंबर में पहुँचीं।

एक खुशपोश, घने खिचड़ी बालों वाला ख़ूबरू आदमी चरमी कुर्सी से उठा। तसलीम अर्ज़ की।

"छोटी ख़ाला ! सैयद अरशद हुसैन—मिस्टर ताहिर अली के बिरादरे-निस्बती, यानि लैला के मामूँ। आपको मालूम है न, मंदिर-मस्जिद-केस की पैरवी अब मैं कर रही हूँ। यह उसी सिलसिले में यहाँ आए हैं।"

"तशरीफ़ रखिए !" अरशद हुसैन इस तरह गोया[1] हुए जैसे वह मेज़बान थे और यह मेहमान।

सफ़िया को उनकी खुद-एतमादी भी मालूम हुई। बैठ गईं।

"अरशद साहब ! हमारी ख़ाला माहिरे-तालीम हैं। डबल एम॰ ए॰ और पी-एच॰ डी॰ ।"

"हूँ-हूँ।" अरशद हुसैन ने पाइप समेट हामी भरी।

"ख़ाला ! आपने तो एक एम॰ ए॰ अरबी में किया था और दूसरा ?"

एकबारगी वह चिढ़ गईं—क्या मेरा इंटरव्यू हो रहा है ? और इस छोकरी को यह भी मालूम नहीं कि ख़ाला ने दूसरा एम॰ ए॰ किस मज़मून में किया था ? चेहरे पर तकद्दुर के आसार नुमायाँ हुए। ख़ामोश रहीं; फिर बोलीं, "यह सब बताने की क्या ज़रूरत है भई ?"

"नहीं ख़ाला, यह कलकत्तेवाले हम लोगों को बेहद दक़ियानूसी तसव्वुर करते हैं। यहाँ आकर सत्यजीत रे की 'शतरंज के खिलाड़ी' की एक पुरानी हवेली देखने गए थे। उसकी बेगमों को फ़र्राटे की अंग्रेज़ी बोलते सुनकर हैरान हुए। शायद इनका ख़याल था कि हम लोग भी 'शतरंज के खिलाड़ी' ही चले जा रहे हैं। अरशद साहब, हमारी ख़ाला ने एजूकेशन में डॉक्ट्रेट किया है।"

"माशा अल्लाह ! माशा अल्लाह ! यह सेंट सूफ़िया स्कूल आप ही का है ?"

यह क़तई ग़ैर-मुतवक़्क़ा[2] सिचुएशन थी—सुखद, अनोखी और इतनी ही मज़हकाखेज़[3] भी। ख़ैर, आवाज़ ने कुछ देर क़ब्ल ही उन्हें इस खुशगवार सूरते-हाल का सामना करने के लिए ख़बरदार तो कर दिया था। थैंक यू आवाज़ ! होंठों पर हल्की-सी मुस्कराहट आई।

---

1. बोले, 2. अप्रत्याशित, 3. हास्यास्पद।

"डॉक्टर साहब ! हम भी इरादा रखते हैं कि अपने फ़ैक्टरी वर्कर्स के लिए बच्चों का कानपुर में एक स्कूल खोलें। आप चलकर जगह देखिएगा। आपके मशविरे बहुत क़ीमती साबित होंगे।"

"ज़रूर !"

"अरे ख़ाला तो एव किन्डर गार्टेन भी शुरू करने वाली हैं और इनका एक स्कूल डाली बाग़ में कल से ही खुल रहा है !"

"माशा अल्लाह···माशा अल्लाह···मुबारक हो ! डॉक्टर साहब, इस वक़्त हमारे साथ डिनर के लिए तशरीफ़ ले चलिए।"

सफ़िया ने घबराकर भांजी को देखा।

"चलिए ना छोटी ख़ाला ! अरशद साहब कह रहे हैं, हम सब जाएँगे।"

"विकी और बजिया भी ?"

"सब। पिंकी सीधे कार्लटन आ जाएँगे। अल्लाह चलिए भी, मेरी अच्छी छोटी ख़ाला !"

तो यह डिनर पहले से तय कर लिया गया था !

"अब आप भी जाकर झटपट तैयारी पकड़िए। सॉरी, आपको पहले नहीं बतलाया। हम और अरशद साहब इस मुक़द्दमे की बात में लग गए थे।"

जब वह कमरे से बाहर गईं, शहला दिल में दुआएँ माँग रही थी कि उनकी घिसी हुई कोल्हापुरी चप्पलों पर अरशद की नज़र न पड़ी हो ! गोंडा, बहराइच की सारी धूल और कीचड़ अटने के बाद भी सफ़िया ने इन चप्पलों को छुट्टी नहीं दी थी।

ख़ाला की वफ़ादारी और सादगी पर खिसियानी हँसी हँसकर शहला ने कहा, "ये एकेडेमिक लोग अपनी ही दुनिया में खोए रहते हैं।"

"हाँ भई, ये एक मख़सूस टाइप है···क्वाइट डिलाइटफुल···"

"बस आप इनको डॉक्टर साहब कहकर कभी न पुकारिएगा।"

"नहीं पुकारेंगे, मगर क्यों ?"

"यहाँ लोगों ने 'डॉक्टर सफ़िया का स्कूल' पुकारना शुरू किया था, जैसे डॉक्टर सैफ़ी का मंजन वग़ैरह; हम सबको बहुत कोफ़्त हुई। इसके अलावा उनका कहना है कि पी-एच० डी० टके सेर हो गए हैं।"

"डॉक्टर सैफ़ी का मंजन··· ! हा-हा-हा···या वह डॉ० सोंधी का मैरिज ब्यूरो—रिश्ते ही रिश्ते !"

"जी हाँ।" शहला खूब हँसीं, "लेकिन मुझे लगता है उन्हें इस रिश्ते का आइडिया पसंद आया।"

"आइ एम ग्लैड ! समझदार ख़ातून है। बस लोगों से शायद कम्यूनिकेट नहीं कर सकतीं।"

"रोमीला बोस तो इस क़िस्म की नहीं थीं ?"

"अरे नहीं भाई ! वह बेहद बातूनी थीं; हालाँकि उन्हें इरफ़ाने-ज़ात[1] हो चुका था, और उस इरफ़ान के बाद आदमी ख़ामोशी अख़्तियार कर लेता है !"

"बग़ैर इरफ़ाने-ज़ात के ख़ाला चुप रहती हैं। अलबत्ता हमें यक़ीन है कि आपकी उनसे ख़ूब पटेगी। उन्हें एक सच्चे ग़मख़्वार की ज़रूरत है। हम लोगों को कभी इतनी फ़ुर्सत नहीं मिली।··· अच्छा जनाबे आला ! आप ज़रा बड़े मामूँ के पास चलकर बैठिए। हम अम्मी व मुमानी दुल्हन से कहें जल्दी तैयार हों।"

सफ़िया अपने ड्रेसिंगरूम में आईं। अभी सन्नाटे में थीं। हाथ-पाँव सर्द। आवाज़ ने अट्ठाइस साल में आज पहली बार खुशख़बरी सुनाई थी।

वह सिंगार-मेज़ के सामने बैठ गईं। यह उनकी माँ का ड्रेसिंग रूम था जो वह अब खुद इस्तेमाल करती थीं। उन मख़्दूमा[2] का सामान उसी तरह मौजूद। एक नक़्शीं डेवनपोर्ट के ऊपर उनका नागरदान सजा था। उसके अंदर सफ़िया वार्डरोब की कुंजी रखती थीं। उठकर वह निकाली। याद आया उनके मरहूम मामूँ ने मरने से पहले उनके लिए 'भात'[3] भिजवाई थी। वे सारे तोहफ़े एहतियात सेगोदाम में रखे थे।

फिर मुस्कराईं। अलमारी खोलीं।

कौन-सी साड़ी पहनें ?

परदा हटा। शहला अंदर आईं।

"छोटी ख़ाला, कैसे लगे ?"

"ख़ासे।"

"अरे बस ख़ासे ?—कैसे लगे ?"

"हाँ आँ—ठीक हैं।"

"ठीक नहीं छोटी ख़ाला, बहुत अच्छे हैं और कमाल देखिए, इतने नज़दीक कानपुर में मौजूद; लेकिन कभी यहाँ हम लोगों से मिलने का इत्तिफ़ाक़ न हुआ।"

"करते क्या हैं ?"

"सरोश साहब को मानक ख़ाला मिस्टर हाथीवाला कहती हैं तो यह समझिए—मिस्टर घोड़ावाला। कानपुर में लैदर फ़ैक्टरी है। शहसवारी का साज़ो-समान बनवाकर जर्मनी और कनाडा भेजते हैं।"

"शादी अब तक क्यों न की ?"

"अरे की थी।" शहला ने वार्डरोब के सामने जाकर साड़ियों का जायज़ा लिया—"सिविल मैरेज, एक बंगाली आर्टिस्ट से···रोमीला बोस। वह बक़ौल मानक ख़ाला चट्टानों पर चली गई। तलाक़। नो किड्ज़। लीजिए ख़ाला, यह वेंकटगिरी पहन

---

1. आत्मज्ञान, 2 पूजनीया, 3. लड़की की शादी पर उसके मामा की तरफ़ से जो सामान आता है।

लीजिए... यह वाली—हरी। लाल किनार। बड़ी आर्टिस्टिक साड़ी है। तमाम साड़ियाँ रखे-रखे गल जाएँगी, आप इन्हें पहनती क्यों नहीं? जूड़ा ढीला बनाइएगा। ज़रा अरशद पर रोब पड़े, हमारी कितनी स्मार्ट ख़ाला हैं आप। बिल्कुल टीचरोंवाला जूड़ा कस लेती हैं। तो... आपको अच्छे लगे?"

"हाँ।"

"सबको पसंद आए। बस आप ही से पूछना बाक़ी था।"

"आदाब अर्ज़ है!" हल्का-सा क़हक़हा।

सिंगार-मेज़ का किनारा मज़बूती से पकड़ा।

शहला ने एक वेंकटगिरि निकालकर कुर्सी पर रखी और उसके साथ हरी शॉल—"ख़ुदा के लिए वह अम्माँ हव्वा के वक़्तों का उन्नाबी दोशाला न ओढ़ लीजिएगा! अम्मी भी आपको टोक चुकी हैं।"

"सबको पसंद आए। चलिए शुक्र है आपने भी अप्रूव कर लिया। बॉबी मामूँ से मिलवाने कल ले जाऊँगी। उनको कल फ़ोन किया था। बहुत ख़ुश हुए। वह तो दोनों शादियों में शिरकत के लिए भी तैयार हैं।"

'ओहो... दूसरी किसकी?"

"पिंकी और लैला। आपको तो मालूम है। सुनिए, बॉबी मामूँ को दो बार हार्ट-अटैक हो चुका है। अब आप लोग पुरानी रंजिशें भूल क्यों नहीं जाते? विकी मामूँ तो उनका हाल पूछने कई बार जा चुके हैं। Human life is so short."

"यह डिस्कवरी तुमने आज की?"

"छोटे मामूँ बेचारे का बाई-पास भी होने वाला है।"

"पूरी ज़िंदगियाँ ही बाई-पास हो जाती हैं।"

या अल्लाह। यह तो बहुत झक्की हो गई हैं! इस वक़्त तक तो ख़ैरियत रही। डिनर पर अरशद साहब से ख़्वामख़ाह उलझ न पड़ें! वह एक जहाँदीदा और डिप्लोमेट आदमी—इनका मिज़ाज फ़ौरन ही पहचान गए।

"अच्छा, अब हम जाकर मुमानी दुल्हन को खटखटाएँ। वह सजने में बहुत देर लगाती हैं।"

चौड़े किनारे की साउथ इंडियन साड़ी, ढीला जूड़ा, गले में कुंदन का जुगनू।

सफ़िया ने क़द्दे-आदम आईने में सरापा पर नज़र डाली।

स्कूल खोलने का इरादा है... आपके मशवरे बेशक़ीमती... !

बेबस, सर्द तैश और बेपनाह शर्मिंदगी से लरज़ते हुए वह दरवाज़े की तरफ़ बढ़ीं। हरे सैंडिल्स दिखाई पड़े जो शहला उनके लिए निकालकर रख गई थी। उनको ठोकर मारी। मज़ीद इंतिक़ाम की ग़रज़ से बोसीदा उन्नाबी दोशाला भी ओढ़ लिया जो हमेशा घरवालों के ज़ेरे-बहस रहता था और उनके बचपन में उनके लिए ख़रीदा था। बाहर निकलीं।

सारे घर में अचानक बड़ी गहमागहमी-सी महसूस हुई। ग़ालिबन आज शाम ही शहला ने सबको बतलाया था। ख़ादिमाएँ भागी-भागी फिर रही थीं। किवाड़ खुलते और बंद होते थे। बंद होते थे, फिर खुलते थे। गोया ज़रीना, रानी दुल्हन, शहला, सलीमा सबने मिलकर फ्रांसीसी इत्र के कंटर बहा दिए। नूरन गुनगुनाती हुई बरामदे से गुज़री। ड्राइंग रूम से अरशद हुसैन और विकी मियाँ के क़हक़हे बुलंद हुए। सफ़िया अपने कमरे में जाकर दरीचे में खड़ी हो गईं। चंद लम्हों बाद शहला की कार रवाना हुई। अरशद हुसैन सामने, सलीमा, बनी और जिमी पिछली सीट पर।

सफ़िया फिर गैलरी में आईं।

ज़रीना अपने कमरे से बरामद हुईं—उम्दा रेशमी ग़रारा, पशमीने की शॉल, चेहरा दिली ख़ुशी से जगमगा रहा था। सफ़िया पर नज़र पड़ी—"रेडी? शाबाश! मगर फिर वही बोसीदा दोशाला ओढ़ लिया? सफ़िया, कुछ ख़याल करो! ग़ैर आदमी दामाद बननेवाला है। क्या सोचेगा? ऐसी भी क्या ख़िस्त? ऐसा हुलिया न बनाओ कि लोग तुमको बिल्कुल पीपल से उतरी समझें। ऐ··· और कोई शॉल नहीं है? लाओ मैं दे दूँ··· नूरन··· !"

"नहीं।" सफ़िया टस से मस न हुईं।

"ठीक है, सर पर दो सींग भी लगा लो और फुलबूट पहन लो। अच्छा जाओ, कार में बैठकर हॉर्न बजाओ, तभी दुल्हन निकलेंगी।"

सफ़िया ख़ामोशी से बरसाती की तरफ़ चल दीं।

ज़रीना ने बहारआरा बेगम को पुकारा, जिनकी विकी से शादी उनके घरवालों के लिए एक मोजज़ा थी। चट मँगनी पट ब्याह! ग़रीब माँ-बाप ने फूलों का ज़ेवर पहना कर विदा किया था। नवासी की रुख़्सती के बाद इलायची ख़ानम गाँव से वापस न आई थीं। उनके लिए पेंशन मुक़र्रर कर दी गई थी।

"अल्लाह की क़ुदरत!"

नूरन ने आवाज़ दी, "अरे रानी दुल्हन को बुलाओ भई!"

"आते हैं बजिया!"

वह आईं। बनफ़शई ग़रारे का जोड़ा, शाहतूस की शॉल, कानों में हीरे के बुंदे, कलाइयों में सुर्ख़ काँच की चूड़ियाँ।

ननद-भावज दर में जा खड़ी हुईं।

घर का भेदी चाँद सुनगुन लेने की ख़ातिर सामने आ गया। ज़रीना सुल्ताना की आँखों में ख़ुशी के आँसू थे। उनको ऐसा महसूस हुआ जैसे चाँद ने मसरूर शरारत से उनको विंक किया।

"तुम्हारे मियाँ का सिंगार-पटार ख़त्म नहीं हुआ?"

रानी दुल्हन हँसने लगीं, "दार्जिलिंग से लैला बात कर रही हैं।"

"ओहो··· ! जब से मैसूर से वापस गई हैं, न ख़त न पत्तर। फ़ोन भी आज किया

पंद्रह दिन बाद। पिंकी तक को नहीं लिखा!" ज़रीना ने अभी से सासवाला रवैया अख़्तियार कर लिया था।

स्याह शेरवानी और चूड़ीदार पाजामा में मलबूस विकी मामूँ बरामदे में आए।

"क्या हुआ?"

"अरे बजिया, वह लोग तो दार्जिलिंग में बदअम्नी की वजह से बड़ी मुसीबत में फँस गए। बेहद माली नुक़सान हुआ है। शुक्र है जानें बच गईं।"

"अरे तो इत्तिला तो करते… !"

"लैला कह रही थीं—उन्होंने दोवार्ज़ रवाना होने से क़ब्ल कलकत्ते में रात को कई बार कोशिश की, लाइन नहीं मिली। फिर उनके वालिद अपने बेटों को अमरीका ट्रंककाल करने में जुट गए। वह तीनों अलग-अलग शहरों में रहते हैं। अब बहन के ब्याह और मामलात की देखभाल के लिए तीनों वापस आ रहे हैं।"

"शुक्र है। अकेली लड़की हल्कान हुई जा रही थी।" रानी दुल्हन ने कहा।

"लैला ने बतलाया—शोरिश की वजह से वह इलाक़ा बिल्कुल कट-ऑफ़ हो गया था। हमने ख़ुशख़बरी सुनाई तो वह भी भौंचक्की!"

"कुछ कह रही थीं?" ज़रीना ने दरियाफ़्त किया।

"बारहा पूछा—किससे? हमने चिल्लाकर शहला का नाम बताया। एक तो लाइन ख़राब, और शायद वह मुतवक़्क़े[1] नहीं थीं। उनके मामूँ और शैली कनफ़र्म्ड क़िस्म के बैचलर और यूँ झटपट फ़ैसला। बस समझो क्लिक कर गए। बजिया, शाह साहब जल्दी चाहते हैं, उनको जल्द यूरोप जाना है। अब शैली और पिंकी—आगे-पीछे दोनों की तारीख़ें।" बातें करने में वे तीनों तख़्त पर बैठ गए।

सफ़िया ने बेदिली से एक-दो बार हॉर्न बजाया, फिर कार की खिड़की से लगकर शबे-माह[2] के नज़ारे में खो गईं।

शहला के दफ़्तर में फ़ोन की घंटी बजी। टोनी ने बात की—"जी हाँ। वहीं तशरीफ़ लाइए। जी, मियाँ अब्बा वहीं पहुँचते हैं।"

पिछली सीट पर सफ़िया आराम से बैठ गईं। पाँव फैलाए। चप्पल उतारे। अँगूठे हिलाए। फिर चप्पल पहने। फ़ेमिली और फ्रेंड्स लगातार एंगेजमेंट डिनर। एक मुहज़्ज़ब नफ़ीस बाज़ाब्ता ज़िंदगी…बाक़ायदा समाजी कार्रवाइयाँ। हद यह है कि विकी भी कितने होशमंद हो गए! 'लड़की' के बुज़ुर्ग और सरपरस्त; ज़िम्मेदार, पाबंद वज़ा, 'स्क्वायर'। सूरत, आवाज़, लहजा, क़दमों की चाप, वही गंभीर हुंकारा—एकदम मियाँ अब्बा। उन्हीं की तरह बरामदे में उन्हीं की आरामकुर्सी पर बैठकर इंतिज़ामात के लिए अहकाम सादिर करेंगे।

---

1. आशान्वित, 2. चाँदनी रात।

शहला, अरशद, पिंकी, लैला, फ़िरोज़ा ब्राइन।

गो फ़िरोज़ा आख़िर-आख़िर में गोरे के मुताल्लिक़ ढुलमुल यक़ीन हो गई थीं।

पहलू बदला। नाक खुजाई।

लुत्फ़ आ जाए अगर इधर से परवीन इत्तिला दे। नूरचश्मी ने बराय पिंकी मूरलैंड को गुडबाई कहा—और यहाँ पहुँच चुका हो महमिल[1] लैला। मज़ा आ जाए!

हा-हा-हा! आवाज़ ने मद्धिम-सा क़हक़हा लगाया।

एक चंडोल भी चिल्लाता हुआ ऊपर से गुज़रा।

मज़ीद रागरंग—अनक़रीब।

एक खुश्क वुडरोज़ टप से रंगीन चबूतरे पर गिरा। बरसाती से आवेज़ाँ उसकी बेल हवा में लहराई। धूप में बेल के ज़र्द गुलाब मुर्झाकर प्लाइवुड से तरशे फूल मालूम होते हैं। खुदा की कुदरत! उनकी भी अजीब-अजीब कुदरते हैं। चोबीं गुलाब। विकी पक्का पान हो गए। मगर बॉटनी में फ़ल्सफ़ियाना दिलचस्पी सदाबहार। ख़ाली आदमी क्या करे! फ़ल्सफ़े बघारे। जब्रो-अख़्तियार[2]। फ़लाना ढमाका। आँय बाँय शाँय।

बजिया शादी के बाद अपनी सुसराल गईं। फिर वापस आ गईं। न जब्र, न अख़्तियार। महज़ ख़ाविंद की ढिठाई। गढ़ी से विदा हुई थीं किस शान से बेचारी! फाटक पर अद्धे, रथ, चौडोले, हाथी। मेहमानों की कटीले और कौन-कौन मोटरकारें। न उन मेहमानों के नाम अब किसी को याद हैं न उनकी मोटरों के। ब्रिटिश राज ग़ायब। चीज़ें ग़ायब!

पिंकी की घोड़ा-चढ़ाई। ज़र्द जोड़ा। शाहमीना साहेब को सलाम के लिए ले-जाए गए। जलसा—इसी चबूतरे पर। हादी महराज का कत्थक। उस वक़्त यहाँ अंगूर की बेल थी।

कैसा दौर आया कि परवीन का निकाह बज़रिया ट्रंककाल दूल्हा को इंडिया आने का। No Objection Certificate नहीं मिला। इस बरसाती से रोती-बिलखती रुख़्सत हुई। छुनकी और पारू ने इन्हीं सीढ़ियों पर खड़े हो 'काहे को ब्याही बिदेश' अलापा तो पिट्टस पड़ गया। अब इस बरसाती में परवीन आकर उतरती है तो एक मुख़ालिफ़ हस्ती। कैसी बदलीं! All change at the next station[3]। लाउडस्पीकर पर अनाउंसमेंट लगातार जारी है।

बॉबी···डियर बॉबी···कैसे बदले।

My Bonnie is over the ocean,
My Bonnie is over the lee,
Bring back, O bring back, O bring back

---

1. लैला-मजनूँवाली लैला की सवारी, 2. Will & Pre-determination, 3. लंदन में एक स्टेशन पर जब ट्रेन रुकती है तो अनाउसमेंट के द्वारा सारे मुसाफ़िर उतरकर एक दूसरी ट्रेन में बैठते हैं।

My Bonnie – my Bobby to me[1], to me.

एक आँसू गिरा। खिलंडरे। मुहब्बतवाले। लड़कपन में तीनों बहनों को कैसी तफ़रीह करवाते थे! इंग्लिश पिक्चर्स, सैर सपाटे, हू-हुक।

एक बार 'बिस्मिल की आरज़ू' की शूटिंग भी तो दिखलाने ले गए थे। अख़्तरी फ़ैज़ाबादी—आइडियल फिल्म्स, ए-आई-आर से सटी।

अख़्तरी—और उनके दौर की मिथ बन गई, क़ंबर अली की भी।

धीरे बहो नदिया! हम तो उस पार न जा सके। क़ंबर की भतीजी लैला संदल-फ़रोश, रेडरोज़ हाउस से रुख़्सत होकर इस पार आ जाएँगी। शहला अप्पी! आपकी छोटी ख़ाला का ईगो बहुत बड़ा है।

मेरा ईगो··· ? मेरा··· ?

एक बड़ा-सा आँसू गोद में रखे पर्स पर टपका—वुर्डरोज़ की तरह।

उस बेल के ज़र्द गुलाब जैसा नाज़ुक फूल मौसम बदल जाता है तो गुले-चोबीं बन जाता है। नहीं बदली तो मैं—सफ़िया सुल्तान। वही सूफ़ियाना रंगों की सारियाँ, वही मदरसा, वही टाइम-टेबल, वही स्टाफ़! वज़ादारी हो तो ऐसी! शाबाश।

पैरों पर निगाह की—फुलबूट। नाक में हड्डे का बुलाक़ बतर्ज़े ज़ूलू। सर पर नागा सींग। वह छैला चमड़ा-फ़रोश मुझे जो जागीर देता हो, न दे।

एक्सेंट्रिक—डैम एडिथ टसि वेल[2] – दी किंग ऑफ़ चाइनाज़ डाटर—अंडर दी नट मिग ट्री।

दूर गजर बजा। सर्दियों की सुस्तरफ़्तार रात। शाम से अब तलक इतना-कुछ हो गया और अभी महज़ दस बजा है। ये लोग अंदर क्या मिस्कोट कर रहे हैं? यह मकान राज़ों से लबरेज है, गोया अगले वक़्तों का फ्री मैसन लॉज। अवाम जिसे जादूघर पुकारते थे। मियाँ अब्बा भी फ्री मैसन थे। जैसे सेब से लदे हुए घने दरख़्तों में छिपी कोई पुरानी पहाड़ी ख़ाली कोठी। ये सब मुश्तबह[3] कैरेक्टर हैं। अब वहाँ कैंडिल-लिट लेट-नाइट डिनर होगा। पूस की ठंडी रात में परछाइयों से भरी सराय। उसके अंदर भारी सिल्वर और सुर्ख़ गुलाबों से लदी मेज़ पर गुलगूँ अजनबी चेहरे, बटवा ऐसी मानक बाई। फ़ल्ली ज़रूर अपना पारसी दगला पहनकर आया होगा। ख़ास मौक़ों पर पहनता है दगला।

दगलेवाली पलटन। दादा मियाँ के ज़माने में—छावनी मुहम्मद बाग़।

जनरल और मिसेज़ खन्ना भी होंगे, और कौन-कौन?—जिनसे बहुत हेल-मेल है—नरायणबख्श सिंह ख़ानदान, इनाम अली वाले, कुमार चौधरी लोग। लॉज के ग्रैंड मास्टर विकी सदारत करेंगे। कोई मेरा दोस्त नहीं।

---

1. एक अमरीकन गीत—My Jony is over the ocean, 2. मशूहर अंग्रेज़ कवयित्री जो सनकी कहलाती थी—'ज़िंदग़ी में एक वक़्त ऐसा आता है जब सब-कुछ बदल जाता है', उनकी मशहूर कविता है, 3. संदेहजनक।

माघ का ठंडा चाँद आँखों में उतरा। शबनम-आलूद सर्द सब्ज़ा सरापा में सरायत कर गया। सरो के पेड़ भी अंदर मौजूद हैं—सर-सर-सर-सर।

वृक्षकन्या ।

विकी जब दीवाने-मुफ़क्किर[1] शायर थे, चार दिन की चाँदनी को चंद्रप्रभा पुकारते, शशिकांता। मूनलाइट सोनाटा। "रोहिणी—देवमाला में चंद्रमा देवता की बीबी—" उस लड़की को समझाते जाते। उन दिनों कादंबरी पढ़ रहे थे। तशबीह-इस्तिआरे[2] में गुफ़्तगू करते। कादंबरी हेमकोट से वितराला नदी के तट पर आती थी। चाँदनी हिमालय से हमारी नदी के किनारे उतरी हैं। अरे भाई सफ़िया, क़ासिम साहब ने अपनी नई कोठी का नाम नदी-किनारे रख दिया। डैम गुड! अच्छा भई चाँदनी, बात सुनो! राजकुमार चंदरपीड चाँद का वासी था। हम भी महताब-गज़ीदाँ हैं।

और सफ़िया, तुम महाश्वेता देवी की तरह अछोर झील के किनारे बैठी हो, और तोते ही तोते!

महाश्वेता देवी तो कलकत्ते की एक लेफ्टिस्ट राइटर हैं।

—नहीं—वह महाश्वेता देवी, जो अछोर झील के किनारे बैठी है, ये सब कादंबरी के कैरेक्टर जो हैं। ये कोई अजूबा, ख़याली मख़लूक़ थोड़े ही हैं! हम ही लोग हैं, और हमारे अंदर के तोते। तमाम कहानियाँ यकसाँ हैं सफ़िया बेगम! सारे इनसान और उनके अल्मिये[3] एक-से हैं। मुसीबत कर्बो-बला, मज़हब और मुल्को-क़ौम और ज़माने की शिनाख़्त करके नहीं आती।

—मैं महाश्वेता देवी अछोर झील के किनारे बैठी हूँ, जबकि बीसवीं सदी के ख़ात्मे में तेरह बरस बाक़ी हैं, जब साले-नौ के पहले महीने की पचीसवीं शाम सारे तोते उड़ गए।

अब सारा आलमे-नबातात[4] व जमादात, चरिंद-परिंद, तयूरो-होश मेरे अंदर हों तो क्या, और सारी कायनात खोपड़ी में घुस जाए तो क्या! खोपड़ी में महज़ ठंडी मिट्टी घुसती है या गरम राख—भूभल!

स्वीट-पी और सूरजमुखी और गुलेदाऊदी चुपके पड़े रहे। आधी रात के राग चंद्रकोंस के मानिन्द किरनें महताबी[5] पर फैलीं।

वह हज़ारहा महताबियाँ पत्थर की जाली के जंगले वाली, बीच में मसनद पर बेगम, राजा-रानी, संगीतकारों से चंद्रकोंस सुनते हैं। पीछे कदम के पत्ते और रंगीन चिलमनों वाले सुबक दोमंज़िला मुनक़्क़श मक़ान, और ताक़ों में गुलदान और हौज़ में लाल कँवल और सफ़ेद बतख़, और राजा के हाथ में जामो-सबू और रानी के हाथ में फूल, और डोमनियों के हाथ में मंजीरें और तंबूर और आबेज़र, और रंगों में उनका

---

1. दार्शनिक, 2. उपमा, रूपक अलकार, 3. Tragedy, 4. उद्भिज-सृष्टि, 5. घर की सीढ़ियों के ऊपर बना छोटा-सा कमरा।

क़िस्सा मुख़्तसर[1] और अटल जब तक उसे दीमक न खा जाए, और उस महताबी पर बेला और डोमिनी मेहमानों की फ़रमाइश पर 'बेला फूले आधी रात गजरा में—गजरा में—के के—के के—दीमक—छिपकली—बिज्जू[2] के—गले डारों।

चाँदनी भी अक्सर उस चबूतरे पर आनकर बैठती थी, निटिंग करती—पाक-साफ़। डाल से टूटी। इतनी बड़ी दुनिया में उसका मान-गान करनेवाला कोई न था।

आग-हवा-पानी तत्त्वों ने उसका कतबा लिखा।

विकी ने अपना कतबा भी सोच लिया—'अच्छा जनाब, यह भी हो गया। अब इसके बाद ?'

लाजवाब ! विकी जो बात करेंगे, अनोखी !

और शहला बेगम का ?—'मी लॉर्ड, अब मैं अपना ब्रीफ़ पेश करती हूँ।'

सैयद अज़हर हुसैन ?—'घोड़े बेचकर सोए हैं।'

स्कूल का नाम सोचने के चक्कर में आज मग़रिब के वक़्त इस्तग़फ़ार की तस्बीह भी रह गई। तौबा इस्तग़फ़ार ! तौबा इस्तग़फ़ार ! अस्तग़फ़िरुल्लाह रब्बी—उँगलियों पर गिन लूँ।

अचानक…

स्याह साड़ी में मलबूस, आँचल से सर ढाँपे सफ़ेद सूरतवाली एक औरत, चीनी की मूरत, चाँदनी में चमकते चबूतरे पर नमूदार हुई। झुककर वुडरोज़ उठाया। पल्टी। सफ़िया सुल्ताना को निगाह भरकर देखा, आँखें चमकीं। चेहरे पर जैसे सफ़ेद पाउडर।

"अरे…" सफ़िया के मुँह से बेसाख़्ता निकला, "बेला ?"

वह फ़र्राटे के साथ चबूतरे पर से गुज़री और बाग के सुनहरे धुँधलके में ग़ायब हो गई। तेज़ रफ़्तार। बादे-सरसर बगूला। क़दम रखने का अंदाज़ अजीब। सर-सर[3] निकल गई।

सफ़िया हैबतज़दा रह गई। घिग्घी बँध गई। हलक़ में काँटे चुभे। लरज़ा चढ़ा। ठंडे पसीने आए। पिंडलियों पर चींटियाँ रेंगीं। बमुश्किल हिम्मत करके दोबारा पुकारना चाहा—"बेला…"

उनकी 'अंदरूनी आवाज़' ने बहुत धीरे से जवाब दिया—"चाँदनी बेगम।"

ज़रीना, रानी दुल्हन और विकी मियाँ टोनी को पुकारते गैलरी में आ चुके थे, जब दफ़्तर में फिर टेलीफ़ोन बजा। विकी लपककर अंदर गए और शहला से बात की, "हाँ-हाँ, अभी आए। तुम्हारी तारीख़ ही तय कर रहे थे भई ! बस पाँच मिनट में पहुँचे।"

दोनों बेगमात नज़ाकत से पाइंचे सँभाले सीढ़ियाँ उतरीं, पीछे-पीछे शॉल और सैंडिल उठाए नूरन।

---

1. संक्षेप में, 2. जो कब्रिस्तानों और वीरानों में कीड़े पाए जाते हैं, 3. तेज हवा।

नौजवान टोनी छलाँग लगाकर बरसाती में कूदे, कार का दरवाज़ा खोला। उसी फुर्ती से उनके वालिद अगली सीट पर। मुड़कर उचटती नज़र डाली—"ओहो...सफ़िया तो इंतिज़ार करते-करते सो गईं!"

टोनी ने उनको जगाने के लिए हॉर्न बजाया। ज़रीना ने पिछला दरवाज़ा खोला, "उठो भई, यह लो नई शॉल। तेरी साड़ी के बॉर्डर से मैच करेगी। लो, और यह मनहूस चादर उतारो! अल्लाह की क़सम, कल ही अंगूरी को न दे दी तो मेरा नाम बदल लेना! उठो सफ़िया, ज़िद नहीं करते।"

वह टस से मस न हुई।

विकी फिर मुड़े, "यह शॉलों का मसला इस वक़्त तक हल किया जा रहा है? और देर न लगाओ बजिया! चलो टोनी!"

बेटे ने इंजन स्टार्ट किया, "बैठिए फूफी जनियाँ...अम्मी!"

"यह जगें तो सही! माशा अल्लाह क्या ग़ज़ब की नींद पाई है! उठो भाई, उधर सरको तो हम लोग भी बैठें।"

सफ़िया उसी तरह सीट पर नीमदराज़ रहीं। ज़रीना ने नूरन को बुला उनके पैरों की तरफ़ इशारा किया।

ख़ादिमा ने दोनों कोल्हापुरी आहिस्ता से उतारे।

"फेंको इन्हें बाहर!" बड़ी बिटिया गरजी, "सुबह अंगूरी से कहना—कूड़े में ले जाए!"

नूरन ने हुक्म की तामील की। सीमेंट के रास्ते पर पट से गिरने की आवाज़ आई। सफ़िया बदस्तूर आँखें मूँदे साकित लेटी रहीं। गोया मादाम री कैमियर की तस्वीर, जो आर्टिस्ट डेविड ने बनाई थी। नूरन ने एक हरा सैंडल उनके पाँवों में पहनाना चाहा, अचानक हहलकर चिल्लाईं।

ज़रीना और रानी दुल्हन ने सफ़िया को झंझोड़ा और ख़ौफ़नाक चीख़ें मारीं।

मरने से कुछ देर पहल बरज़ख़[1] क़ायम कर दी। सब नक्शे सामने आए।

समावात[2] में नूरानी पैकरों के शामियाने लगे हैं।[3] नीचे कठपुतलियाँ चल रही हैं। आवाज़ें सबमें से निकलती मालूम होती हैं। आवाज़ एक ही है।

उपनिषदों में लिखा है कि हक़—हक़ीक़त—वाहिद है, लेकिन मुतानव्वे और कसीरुल-जेहत[4] है।

मी लॉर्ड! पीपल इस तौर से उगा कि आधा अहाते के अंदर है आधा बाहर। दरख़्त की खोह तीन-चौथाई अंदर है, एक-चौथाई नदी के रुख। लिहाज़ा इसे अहाते के अंदर

---

1. इस्लाम धर्म के अनुसार मरने के बाद प्रलय तक का वह ज़माना जिसमें आत्माएँ रहती हैं, 2. आसमानों, 3. परलोक में ज्योति स्वरूपी शमियाने लगे हैं, 4. चित्र-विचित्र और बहुरूपी।

तसव्वुर किया जाए। मेरे मुअज़्ज़िज़ दोस्त ने सवाल किया है कि तसव्वुर और हक़ीक़त में क्या फ़र्क़ है ?

मी लॉर्ड ! इनसान का चेहरा बयक-वक़्त दो सिम्त है। एक रुख़ ता-हयात दुनिया में रहता है, एक ता-हयात[1] सूए अहाता सितारा बेगम की तरफ़, मी लॉर्ड !

डॉक्टरों की राय थी कि शदीद बेचैनी में कोई अचानक ज़हनी धक्का पहुँचने की वजह से दिल की हरकत बंद हुई।

मरहूमा के पुराने न्यूरोलोजिस्ट के मुताबिक़ 'अन्दरूनी आवाज़' के अलावा हेलोसीनेशन याने फ़रेबे-नज़र[2] भी एक वजह हो सकती थी।

सुबह को जब जनाज़ा अहाता सितारा बेगम रवाना हुआ, मोटरें आहिस्ता- आहिस्ता शहर की जानिब बढ़ीं। मकान पर ख़्वातीन का ताँता बँधा। मानक बाई ढोंडी जो हमेशा की माहिरे-मुन्तज़िम[3] थीं उनकी तजवीज़ पर माइक्रोफ़ोन लग गया और बरसाती के वुडरोज़ के ऊपर लाउडस्पीकर ताकि गाड़ियों के नंबर और ड्राइवरों को बुला सकें, जैसा ख़ुशी के मौक़ों पर होता है।

बॉबी अपने लड़के के सहारे मोटर से उतरे। बड़े भाई और बहन से मिलकर ख़ूब रोए।

बरसाती से लगे चबूतरे पर कुरानख़्वानी की जा रही थी। अंदर मरहूमा के कमरे में चाँदनी का फ़र्श कर दिया गया था। उनकी बहन और भावज तिलावते-कलाम-मजीद के बाद गाव-तकिए से लगी चुपचाप बैठी थीं। औरतें अपना-अपना सिपारा पढ़कर चली जातीं और पिछले बरामदे और ड्राइंगरूम में जा बैठतीं। चंद-एक कनखियों से अंदर के कमरों के फ़र्नीचर और साज़ो-सामाने-आराइश का जायज़ा भी लेती गईं। रिश्तेदार ख़्वातीन मरूफ़ियत से काम करवाती इधर-उधर घूम रही थीं।

ऐवाने-नशिस्त[4] में बहुत हजूम था। वहाँ भी चाँदनी बिछा दी गई। बीवियाँ टुकड़ियों में बैठती जा रही थीं। किसी बात पर हँसी आती तो फ़ौरा ज़ब्त करके चेहरे पर मुनासिब ग़मगीनी तारी कर लेतीं।

सरगोशियाँ—"ज़िंदगी में भी प्रॉब्लम रहीं, मरके भी। तीन ब्याह मुल्तवी !"

"शहला के मंगेतर क्या दोहाजू हैं ? सर सफ़ेद। आते के साथ ही जनाज़े को कंधा देना पड़ा···अच्छा शगुन नहीं !"

"बस अब चुप रहो बाजी !"

"बंगालन बहू नज़र नहीं आईं ?"

"कलकत्ता में बैठी हैं। ऐ···बहू न कहो अभी से।"

"छः महीने से तो लड़के के साथ घूम रही हैं···"

---

1. सारी ज़िंदगी, 2 दृष्टि-भ्रम, 3. प्रबंध-विशेषज्ञा, 4. बैठकखाने।

"यह तुम पीली साड़ी पहनकर क्यों आ गईं ?"

"सफ़ेद रंग सास पहनने ही नहीं देती। एक साड़ी बिल्कुल व्हाइट है, वह भी जारजट की। विंटर-साड़ी एक नहीं।"

"इनसान के पास ऐसे मौक़ों के लिए मुनासिब लिबास होना चाहिए।"

"मैंने तो ज़रीना सुल्ताना से बहुत कहा कि अपने यहाँ भी ज़नाना इज्तिमाअ[1] करवा लें। हमीदा बेगम शिकागो के सेंटर से आई हैं अपने घर, अपने लड़के की निस्बत तय करने। उनका वाज़[2] रख लें। ज़रीना टाल गईं। क्या ये लोग आधे शिया हैं ?"

"न कहीं !"

"लड़के ने झाँकड़वाली मसजिद शहीद करवा दी !"

"न कहीं !"

"आजकल तो बांबे में सायरा बानो और पुराने ज़माने की ऐक्ट्रेस वीणा—लंबी आस्तीन के ब्लाउज़ पहने घर-घर तब्लीग़ करती फिर रही हैं। "

"सच कहो !"

"हेलोजी ! कैसी हैं आप सुधा दीदी ?"

"हैलो ! नमस्कार सोमेश्वरी जी ! सफ़िया बाजी के गुज़रने की ख़बर आपने किस वक़्त सुनी ? हम तो बाथरूम में थे जब सुरेश के डैडी ने आवाज़ दी। हम तो सुनकर ऐसे भौंचक्के हुए कि साबुन पर फिसलते-फिसलते बचे। अरे सफ़िया बाजी से परसों सवेरे ही फ़ोन पर बात हुई थी।"

"कड़वी रोटी[3] तो सुना है शीरीं कासिल से आएगी; शाम के लिए मैं भिजवा देती मगर आज ही गैस ख़त्म हो गया।"

"एक ही सिलेंडर है ?"

"तीन। लेकिन मेहमानदारी भी तो माशाअल्लाह से हमारे हाँ बहुत रहती है। अम्मी के घर से पकवाकर ले आऊँगी।"

"अरे इनके हाँ तो जाने कहाँ-कहाँ से 'आवेगा खाना !"

"शकरक़न्दी की खीर भी बनवा दूँ ? मौसम की चीज़ है।"

"इनके हाँ तो ढेरों खाना...."

"पाँच मिनिस्टर तो मैंने अब तलक गिने। सबको बेचारी शहला ने रिसीव किया। मर्द अब तक लौटे नहीं कब्रिस्तान से।"

"सब चली आ रही हैं, पर शब्बो बाजी को न देखा।"

"ज़रीना सुल्ताना भी तो उनकी माँ के मरने में नहीं गई थीं !"

"हशमत महल वालियाँ आ गईं !"

---

1. तबलीग़ी जमाअत की मीटिंग, 2. प्रवचन, 3. मरनेवाले के घर जो खाना दूसरों के घरों से आता है।

"बहुत जल्दी आईं।"

"ठस्स से।"

एकदम शोर मचा। कराची काल लग गई....कराची काल लग गई!

"अरे हाँ परवीन, नामुराद बहन के तीजे में ही शरीक हो लें!"

फिर भनभनाहट फैली—परवीन कल शाम तक पहुँच जाएँगी।

फ़िरोज़ा भी आ रही हैं। अरे सोनाकली, फ़िरोज़ा भी आ रही हैं?"

"मालूम नहीं बेगम साहिब!"

तीसरा बुलेटिन नश्र हुआ—फ़िरोज़ा लन्दन में हैं।

कुछ बीवियाँ जो ट्रंककाल लगने की ख़बर सुनते ही गैलरी में आ गई थीं कि शहला और परवीन की अलमनाक ड्रामाई गुफ़्तगू का मंज़र बचश्मे-खुद देखें, वे चुपचाप लौट आईं, क्योंकि नूरन ने शहला के कमरे का दरवाज़ा अंदर से फ़ौरन बंद कर लिया। चंद लड़कियाँ दूसरे कमरे में पिंकी के फ़ोन के पास मौजूद रहीं। किस वास्ते कि दुनिया उम्मीद कर क़ायम है। मुमकिन है कि बंगालन से उनकी निस्बत टूट जाए! ख़ैर, जिसकी क़िस्मत में जो लिखा है वह होगा। एक लड़की ने बहरहाल खुद को पिंकी मिर्ज़ा की तमाम अर्जेंट काल रिसीव करने पर मामूर कर लिया, बाक़ी ऐवाने-नशिस्त में अपनी माओं के पास वापस गईं या एक खिड़की में जा खड़ी हुई।

"अरे-अरे वह देखो, इला देवी और असलम ख़ाँ।"

"पता है वह मद्रास से पिक्चर ख़त्म करके आई हैं। असलम ख़ाँ बंबई से पहुँचा। 'दिलकुशा' में शूटिंग चल रही है—बेगम के हीरे।"

"कमाल है! यह भी पुरसा के लिए आ गए!"

"मैं बतलाऊँ कैसे आए? शहला बाजी के मंगेतर जो हैं न शाह साहब, वह 'बेगम के हीरे' के लिए घोड़े सप्लाई करते हैं। चलो चुपके से चलकर देख आएँ क़रीब से।"

"लड़कियो! हुड़दंगापन न करो! निचली बैठो....ख़ामोश!'

अवेस्ता के पाठ में मशग़ूल मानक बाई ड्राइंगरूम के पिछले दरीचे में बैठी थीं। कभी-कभी सर उठाकर ज़नाने सोगवार को देख लेतीं। कोई ज़ेरे-लब मुकालमा कान में पड़ता तो नागवारी के साथ फिर पाक किताब पर झुक जातीं। लीमूँ के पत्तों की महक दरीचे में रची हुई थी। एक क़दीम पाकड़ में छिपे किसी परिंदे ने सीटी बजाई।

अशीम वहू दहिश्ताँ अस्ति, —उस्ताहस्ती—उस्ताहिमाय—या ईशाए दहश्ताए अशीम—तू पाक परवरदिगार है—तू पाक...शौहर की मौत याद आ रही थी। और सास शीरीं बाई और ननद रोडा बाई—मौत के बाद पहली सुबह पाएदश्त। हर शाम—सरोश

नो पात्रों—फ़रिश्ते के लिए दुआएँ।

सोयम के दिन रवाँ-रवानी बड़ी तकलीफ़ में होती है, क्योंकि अपनी ज़मीनी क़ैद से आज़ाद होकर चीनोट के पुल पर पहुँचती है।

—कल बेचारी सफ़िया का तीजा है। सवेरे से आना होगा। जीने के भी कितने इंतिज़ाम—मरने के भी—ओ प्यारे ख़ुदा!

ज़ेरे-लब औराद[1] करती हुई उठीं।

बशीर पेंटर वायदे के मुताबिक़ अलस्सुबह 'सेंट मूनी' का नया बोर्ड हौज़ की मुँडेर से टिकाकर उसी मुस्तैदी के साथ सर पर रूमाल बाँधे, जनाज़े के साथ हो लिये। हरी दूब पर 'सेंट सूफ़िया' की ग़ैर-मुस्लिम उस्तानियाँ घेरा बनाए सर झुकाए बैठी थीं। स्कूल अब कौन चलाएगा? आला तालीमयाफ़्ता लड़कियों की बहुतात और बेरोजग़ारी के इस दौर में उनकी रोज़ी-रोटी का दरवाज़ा बंद हुआ।

सूरज सर पर आ गया। एक नौजवान टीचर ने हल्की-सी उलझन के साथ नज़रें बचाकर घड़ी देखी।

"अंतिम संस्कार में देर तो लगती है!" दूसरी ने जैसे धीमे से जवाब दिया।

दरख़्तों के परे बहती रुपहली नदी धूप में जगमगा उठी। नदी का अन्दरूनी क्लॉक उसका अपना है और उसका काल-चक्र। देर-सवेर की उसे क्या परवाह! मिसेज़ तरला जोशी ने घास का एक डंठल तोड़ा। इज़बला थोबरन में सफ़िया की क्लासफ़ेलो रह चुकी थीं और स्कूल की सबसे पुरानी उस्तानी थीं। वह जब कॉलेज में पढ़ती थीं, कभी-कभार यहाँ आती थीं। इसी लॉन पर वह सफ़िया को मुख़ातिब करके बसिलसिलाए क़ंबर अली बड़ी ख़ुशदिली से नीचे सुरों में 'धीरे बहो नदिया, मोरे सइयाँ जी रहते हैं पार' अलापती थीं। धीरे बहो—हम उतरबा पार!

उतर गईं भई!

किसी को उनकी मौत का ग़म नहीं। एक प्रकार की हमदर्दी और अफ़सोस। सब दिल में और ज़बान से एक ही शब्द दुहरा रहे हैं—"बेचारी!" जैसे कोई इम्तिहान में फ़ेल हो जाए या सिविल सर्विस के कॉम्पीटीशन में न आ सके।

अगर वह पब्लिक लाइफ़ में होतीं तो महिला होने के नाते लोग पहले ही उनको नोंचकर खा चुके होते। अब रस्मी अफ़सोस के लेख लिखते।

—वो कौए हैं! नेवले हैं! गिद्ध! गिरगिट! मगरमच्छ! शार्क! वह दूसरों के मुताल्लिक़ इतने बेरहम हैं कि हैरत होती है!

—सफ़िया, तुम भी तो किसी को नहीं बख़्शतीं।

—वो इसी लायक़ हैं।

---

1. चुपके-चुपके ज़र्तुश्ती मंत्रों का जाप करती उठीं।

वो तो ऐसे लोगों को भी, जो किसी को कुछ नहीं कहते, उन्हें भो कोंच डालते हैं, ख़्वामख़्वाह ! सफ़िया बेचारी तो बहुत ज़्यादा मनमोहिनी भी नहीं थी। अरे ! मैं भी उन्हें 'बेचारी' सोच रही हूँ ? क्या बेचारापन था ? अपने स्वभाव और संस्कारों के अनुसार अच्छा-ख़ासा जीवन बिताया।

चार-पाँच मुसलमान उस्तानियाँ क़ुर्‌आनख़्वानी के बाद बाहर घेरे में आकर शामिल हो गईं।

"अल्लाह जन्नत नसीब करे ! तीन महीने की मेरी तनख़्वाह रोक रखी थी।"

"आप तीन महीने बग़ैर इत्तिला ग़ैर-हाज़िर भी तो रहीं ! "

"अब हिसाब-किताब कौन करेगा ? पिंकी मियाँ या शहला ?"

"अरे कौसर बाजी, अभी से यह क़िस्सा न छेड़िए।"

"शमीम फ़ातिमा। जो मेरी ज़िम्मेदारियाँ हैं और ख़र्चे···· ?"

तरला जोशी लोगों की आमदो-रफ़्त देखा कीं। हमेशा एक जुमला यह भी दुहराया जाता है—मेरे लायक़ कोई काम ?—हर चीज़ रुटीन है। ज़िंदा रहना, मर जाना, अंतिम संस्कार—कितनी भारी रुटीन ! काल के नोटिस-बोर्ड पर चिपका टाइम-टेबल।

बताशे के साथ कई मुलाज़िम दूसरी मंज़िल से स्कूल की कुर्सियाँ उतारकर लाते दिखलाई पड़े। सोनाकली उनकी निगरानी करते पास से गुजरीं। एक उस्तानी ने फ़ौरन उठकर कहा, "आया जी, मेरे लायक कोई काम ?"

दोपहर का बाग़ दफअतन जौहरी की दुकान बन गया—सोना ही सोना, ज़ुमुर्रद ही ज़मुर्रद, लाल ही लाल, रंग-बिरंगे नगीने।

पेड़ों पर बैठे मोर और तोते मीनाकारी के नक़ूश। फ़र्नीचर उठाए नौकर इस नफ़ीस व नाज़ुक कारीगरी में बाधा डाल रहे थे।

सोनाकली ने जवाब दिया, "अरे बिटिया, कोई एक काम हो तो बताऊँ। बड़ी बिटिया कहिन—कुल[1] के लिए मरदाना ऊपर होइए, स्कूल के सारे कमरे ख़ाली करवा दो। हम कुर्सियाँ-डेस्क सब निकलवा दिहन। अब कहिन—वहम आता है। पहले वहाँ तीजा हुआ और कुछ दिन बाद अल्लाह रखें, पिंकी मियाँ और लैला बेगम वहीं आनकर बसें। कहिन—कुर्सियाँ नीचे रखवा दो। सोयम के लिए शामियाना लग जइहैं। फिर कहिन—स्कूल का सामान ऊपर वापस न पहुँचाना, यहीं से नख़्ख़ास चला जइहैं।"

सोनाकली आगे गईं। उस्तानियों ने नज़रें उठाकर ऊपर देखा। चुनांचे सेंट सूफ़िया बंद। दूसरी मंज़िल पर अब नया जोड़ा अपना घर बसाएगा।

तुरंत फ़ैसले। आदमी के पास समय बहुत कम। फ़ैसलों में देर लगाएँ तो कैसे काम चले ? सोच में डूबी तरला जोशी सर झुकाए अपने पाँव ही को देखती रही।

---

1. तीजे के दिन क़ुर्आन शरीफ़ की आयता को मरनेवाले की आत्मा को पुनः पहुँचाया जाता है।

बारिश की फुहार आ गई।

“तौबा! महावटें भी आज ही? यह भी अक्सर होता है। इधर क़ब्र खुदी और फ़ौरन पानी-कीचड़, तौबा!”

“ऐसे मौक़े पर बारिश तो अल्लाह की रहमत है कौसर बाजी!” शमीम फ़ातिमा हमेशा मामलात का अच्छा रुख़ देखना चाहती थीं।

वे सब हड़बड़ाकर उठीं और सर ढाँपकर बरामदे की सिम्त भागीं। बादल आया और निकल गया।

जाड़ों का बूँद-सा दिन। सूरज ढला। तेज़ ठंडी हवा चल रही थी। ज़र्द पत्ते खूब उड़े। ड्राइवर लोग इधर-उधर बैठे हाथों में छिपाकर सिगरेट-बीड़ी फूँक रहे थे। रामप्यारी मालिन ने बाग़ की सफ़ाई पर कमर बाँधी। सेंट मूनी का बोर्ड उठाकर उसके पीछे से चार मीनार की ख़ाली डिबियाँ निकालीं। खुशक़दम बुआ अंदर जा रही थीं; रुक गईं। सब जने अभी तलक नहीं आए?—उन्होंने मुस्कराकर पूछा। गोया वे सब क्रिकेट के मैदान से लौटने वाले थे। खुशक़दम बुआ बुढ़ापे की वजह से ख़ासी सनक गई थीं।

वे वापस आने शुरू हुए। बहुत आहिस्ता रफ़्तार से गए थे; तेज़ी से लौटे। बहुतों को भूख भी सता रही थी और चाय-सिगरेट की तलब भी। अब अपने-अपने घर जाकर नहाएँगे और गर्मागर्म चाय या कॉफ़ी.....

“मानें या न मानें, सबके दिलों में एक ही ख़याल होता है—हमेशा...” खुशक़दम बुआ हौज़ की मुँडेर पर टिककर बड़बड़ाईं—“एक ही ख़याल—अनजाना—यह मेरा जनाज़ा नहीं था। मैं ज़िंदा हूँ। शुक्राना और इत्मीनान—अनजाना।”

रामप्यारी उकड़ूँ बैठ गई। डिबियाँ खोलकर देखीं—एक-दो सिगरेट पड़े हों तो माली के लिए ले जाऊँ। वह सोयम की देगों को चूल्हे तैयार करने में मसरूफ़ था।

गिंकी और भरशाद हुसैन सामने से गुज़रे। फ़ौरन उठी। घूँघट काढ़ा।

छालटीन के सफ़ेद ग़रारे सरसराती हशमत महल की दो ख़ानाजाद बूढ़ी हब्शिनें बाहर आईं। एक शोफ़र फ़ौरन गाडी लेकर बरसाती में पहुँचा। खिड़कियों के नीले पर्दे बराबर किए।

नीग्रो औरतें एक मेहराब के नीचे संतरियों की तरह खड़ी हो गईं। उनकी आँखें दुनिया के क़दीमतरीन इनसानों की आँखें थीं और उन्होंने बेहदो-हिसाब ख़ात्मों का नज़ारा किया था—इनफ़रादी[1] और इजतमाई[2]। बेचारी नीम अपाहिज सफ़िया सुल्तान की क्या हस्ती थी! इन क़दीम आँखों ने सारा अफ्रीका उजड़ते देखा। पूरब व पश्चिम जहाज़ों में भरकर वह भेजी गईं। कुदरत ने महज़ उन्हें खुश-आवाज़ी दी थी और सख़्त-जानी।

---

1. व्यक्तिगत, 2. सामूहिक।

हब्शिनों की पलटनें कहाँ-कहाँ किन महलात पर तैनात रहीं—क़िलाए मुअल्ला—दिल्ली, नवाबी और शाही का लखनऊ, आसिफ़जाही हैदराबाद।

ज़मुर्रद और अल्मास—शहर की आख़िरी हब्शन महलदारनियाँ। बेगम कोठी पर तैनात उनकी उर्दू बेगनी परदादियों ने सन् 1858 ही में हथियार डाल दिए।

और यूँ देखो तो सैकड़ों-हज़ारों वर्ष के हेर-फेर में इज्तमाई ख़ात्मे की भी कोई हैसियत बाक़ी नहीं रहती। उनके लिए सिर्फ़ एक लफ़्ज़ इस्तिमाल होता है—'थे'।

और इनफ़रादी ख़ात्मे की अहमियत तो तीसरे रोज़ में मिट जाती है। उसके लिए भी बस एक ही लफ़्ज़—'थे' या 'थीं'।

महज़ ग़मे-हुसैन बाक़ी और क़ायमो-दायम है।

—कि हाय हाय रे हाय —कि हाय मियाँ रे!

बीबी सुगरा[1] रोए लागीं मोरा क़ासिम[2] दूल्हा मारा कि हाय हाय रे हाय!

हशमत महल की बेगमात निकलीं। ज़रीना सुल्ताना उनके साथ थीं। स्याहफ़ाम क़नीज़ों ने नीचे जाकर कार का दरवाज़ा खोला।

ज़रीना को याद आया। नवीं तारीख़ को सफ़िया मरहूमा उनके साथ हशमत महल जाती थीं और ज़मुर्रुद, अल्मास और दूसरी हबशिनों के जोड़ दायरे का मातम और नौहाख़्वानी करते वह बड़े खोए हुए आलम में सुनती थीं।

—कि हाय हाय रे हाय—कि हाय रे मियाँ रे!

"इन हबशिनों के बैन..." एक बार सफ़िया ने कहा था—"दश्तो[3]-दरिया[4] पर गूँजते हैं।"

हाय मेरी दुखियारी बहन! ज़रीना सुल्ताना ने सफ़ेद दुपट्टे में आँसू जज़्ब किए। हबशिनों ने झुककर तसलीम अर्ज़ की। गाड़ी रवाना हुई।

भीड़ छट गई। अब अंगूरी झाड़ू सँभाले झुकी-झुकी बरसाती में वारिद हुई। नूरन बरामदे में चुपचाप खड़ी थी। डाइनिंग रूम में चाय की प्यालियाँ खनकीं, फिर ख़ामोशी।

जमादारनी ने हस्बे-आदत दुपट्टा कमर के गिर्द लपेटा। झाड़ू शुरू कर दी—सर-सर-सर-सर।

वह कोल्हापुरी वांडरिंग ज्यों की त्यों फैलती बेल की नीचे औंधे पड़े थे। एक तले पर ये मोटी छिपकली।

"धत! धत! बरी! बरी!" अंगूरी ने वावलेपन से उस पर झाड़ू मार दी। वह उछलकर दीवार पर चढ़ गई।

"अरे वाह री महोतन!" नूरन हँसी।

अंगूरी ने चप्पल उठाए। ग़ौर से देखा, क्योंकि सुझाई कम देता था—"बिटिया के

---

1. हज़रत इमाम हुसैन की बेटी, 2. हज़रत इमाम हुसैन का बेटा, 3. रेगिस्तान, 4. समुंदर।

हैंगे।" मैले दुपट्टे से आँखें पोंछीं।

नूरन सीढ़ी उतरकर नीचे आईं। वह चंद लम्हों तक उन चप्पलों को टकटकी बाँधे तका कीं। फिर धीरे से बोलीं, "जमादारिन, फेंको नहीं, घर ले जाओ। धोकर कोने में डाल देना।"

एक काग़ज़ हवा में उड़ता फिर रहा था। मेहतरानी ने उसे पकड़ा। चप्पल लपेट कर एक तरफ़ रख दिए।

अचानक नूरन को बड़ी बिटिया के अल्फ़ाज़ याद आए—कल ही यह मनहूस चादर अंगूरी को न दे दी तो मेरा नाम बदल देना!"

नूरन भी चंद सेकेंड के लिए आलमे-हैरत[1] में जा पहुँची। फिर कहा, "बिटिया का उन्नाबी दोशाला भी तुमहि का मिलिहै।"

कमअक्ल अंगूरी चुप रही; सोचा—इस इत्तिला पर खुशी का इज़हार करे या ग़म का। बड़े राजा साहब के मरने के बाद जब जायदाद बँटी तो कोई रोना-पीटना तो यहाँ हुआ नहीं था। सब खुश ही दिखलाई देते थे।

अंगूरी की ख़ामोशी को नूरन ने मायूसी समझा। बिटिया के कपड़े भी अलमारियों में हैं, पता नहीं यतीमख़ाने[2] में भेजेंगे या क्या करेंगे।

"सच्चा तिल्ला है पुराने ज़माने का! लिपटा हरीसा[3] तो हो गई, पर ओढ़े फिरना।"

इस वफ़ादार मेहतरानी और उसके आख़ोरची कुनबे की सारी उम्र तीन कटोरी हाउस से रक़म-रक़म उतरनें और नाकारा पापोश मिला किए थे और खुशी की तक़रीबों पर नए जोड़े। उसे फ़ौरन ख़याल आया—अभी तीन-तीन ब्याह होने वाले हैं। नए कपड़े-लत्ते भी तो बहुत मिलेंगे।

झाडू देते-देते रुक गई।—सिंधु के किनारे-पार वाले बैरिस्टर अज़हर अली मरहूम के झगड़ेवाले रेडरोज़ मैदान में लाउडस्पीकर पर मराठी-सी धुन का एक पुराना, पुर-जलाल[4] भजन हो रहा था—हे गोविंद! राखो शरन अब तो जीवनहारे—अब तो जीवन...

नूरन भी चौंकी—"बिटिया की ख़बर क़ंबर मियाँ की ज़मीन पर पहुँच गई!"

"क़ंबर मियाँ की ज़मीन कि लैला बिटिया की?" अंगूरी ने नाक पर उँगली रखकर कहा, "और लैला बिटिया की—तो समझो हमरे पिंकी भैया की!" अंगूरी मिल्कियत के मामलात का ख़याल आते ही दफ़अतन बडी अक़्लमंद हो गई थी।

"अल्लाह की शान! किसकी चीज़—किसको पहुँची!" नूरन फिर अचंभे में पड़ी। चंद लम्हों के बाद कहा—"कभी रात को घोसी लोग वहाँ ख़ातून जन्नती वाला बिरहा गाते हैं, तब भी आवाज़ यहाँ बड़ी साफ़ सुनाई देती है।"

---

1. सूफीइज़्म का टर्म यानी चकित हो जाना, 2. अनाथालय, 3. सड़ा फूस, 4. प्रताप, यश का द्योतक।

काली नदी, और झाउ नदी जिसके किनारे चाँदनी रातों में सुननेवालों को बाँसुरी की आवाज़ सुनाई दे जाती है, और गोमती तो सामने ही बह रही है। हरहर बहें गोमती माए।

"आज वहाँ महादेव गढ़ी का मेला हुइहै, क़ुम्बर भैयावाले मंदिर में।"

"क़ुंबर भैया का मंदिर ?" नूरन फिर गड़बड़ाई।

"ऐ नूरन बिटिया ! बसन्त आने वाली है। अबके से हमारी बहू के लिए एक-दो दुपट्टे रंग देना, जाड़े तो समझो निकल गए।" अंगूरी ने बायाँ हाथ पीछे कमर पर उल्टा धरा और सफ़ाई में मशगूल हो गई—सर-सर सर-सर।

यकबारगी बड़ा भारी सन्नाटा छाया। नूरन ने अपनी शॉल का बुक्कल मारा। सुतून से टेक लगाकर चेहरा हाथों में थामे यह सरसराहट ध्यान से सुनती रहीं। कुछ देर बाद सर निहुड़ाए सपड़-सपड़ स्लीपर घसीटती शागिर्दपेशे की तरफ़ रवाना हो गईं।

□□